CHRISTIAN FÖRSCH

ACQUA MORTALE

aufbau

Christian Försch, Jahrgang 1968, lebt in Ferrara und Berlin. In seinen preisgekrönten Radiofeatures und Filmdokumentationen hat er Italien, seine Menschen und seine Landschaften porträtiert. Er hat u. a. die Kriminalromane von Claudio Paglieri sowie Paolo Sorrentinos Roman »Ragazzi, was habe ich verpasst?« übersetzt.

In der idyllischen italienischen Stadt Ferrara stirbt ein Gymnasiast unter den Stockschlägen einer Polizeistreife, der Chef des Deichbauamtes verschwindet spurlos, ein angesehener Kollege hängt tot in einem Schleusentor. Eigentlich sollte der deutsche Journalist Kaspar Lunau eine Reportrage über die faszinierende Flusslandschaft des Po-Deltas schreiben, doch bald wird klar: Lunau hat in ein Wespennest gestochen. Er findet sich zwischen ehemaligen Partisanen und Faschisten wieder und entdeckt ein Netzwerk skrupelloser Geschäfte. Dass die Wasser des Po lebensgefährlich sein können, muss er am eigenen Leib erfahren.

»Acqua Mortale« ist der Auftakt einer Krimiserie, in deren Verlauf Kaspar Lunau immer tiefer in die geheimen Kämpfe um die Macht über Ferrara und den Po, die Lebensader Italiens, hineingezogen wird.

CHRISTIAN
FÖRSCH

ACQUA MORTALE

Kriminalroman

aufbau

»Dies ist ein Werk der Phantasie. Auch wo reale Fakten, Institutionen oder Persönlichkeiten die literarische Handlung anregen, bleibt diese eine Erfindung des Autors, keine Rekonstruktion objektiver Ereignisse.«

FSC
www.fsc.org
MIX
Papier aus verantwortungsvollen Quellen
FSC® C083411

ISBN 978-3-7466-2736-6 | Aufbau Taschenbuch ist eine Marke der Aufbau Verlag GmbH & Co. KG | 1. Auflage 2011 | Umschlaggestaltung capa, Anke Fese, unter Verwendung eines Motivs von Thomas Pritschet | buchcover.com | Typografie Renate Stefan, Berlin | Gesetzt aus der Garamond Premier Pro durch psb, Berlin | Druck und Bindung CPI – Clausen & Bosse, Leck | Printed in Germany |

www.aufbau-verlag.de

Gewidmet meinen Söhnen Lorenzo und Claudio.
Sie wissen, was es heißt, Deutsche in Italien und
Italiener in Deutschland zu sein.

Die wichtigsten Figuren:

Kaspar Lunau, 42	Journalist
Amanda Schiavon, 21	Publizistikstudentin
Vito Di Natale, 40	Wasserbauingenieur
Silvia Di Natale, 38	Vitos Frau, dazu *Mirko*, 10, und *Sara*, 7
Giuseppe Pirri, 56	Chef des Deichbauamts (AIPO)
Alberto Gasparotto, 65	Chef der Binnenschifffahrtsbehörde (ARNI)
Andrea Zappaterra, 47	Sandgrubenbesitzer
Marta Zappaterra, 44	seine Frau
Dany Bellini, 27	Sekretärin
Gustavo Bellini, 55	Schäfer, Danys Vater
Adelchi Schiavon, 51	Steuerberater, Amandas Vater
Michele Balboni, 48	Leiter der Mordkommission

Außerdem:

Marco Clerici	unter ungeklärten Umständen verstorben, einst Amandas Freund
Susanna Clerici, 41	Marcos Mutter
Stefano Catozzo, 31	Brigadiere der Polizei
Sandro Massari, 35	Brigadiere der Polizei
Antonino Pulla, 26	Vicebrigadiere
Ida Gasparotto, 93	Alberto Gasparottos Mutter
Jette Lunau, 39	Lunaus Frau, dazu *Stefan*, 11, und *Paul*, 7
Dr. Wilma Gerstner, 45	Lunaus Wellenchefin

TEIL I

1

Zornig starrte Aroldo auf seine Stiefel, die bei jedem Schritt im Matsch festklebten und sich nur quatschend, mit einem plötzlichen Ruck, befreien ließen. Achtzehn Kilometer hin, achtzehn Kilometer zurück, dazwischen eine schlaflose Nacht, eigentlich hätte er zu erschöpft sein müssen, um all die Wut und Enttäuschung zu spüren. Nicht einmal Fahrräder hatten sie benutzen dürfen, »zum Schutz der Operation«. Welcher Operation?, fragte er sich.

Sie hatten die Nacht, während ihre Mägen knurrten und die Nässe durch ihre geflickten Stiefel, durch Gamaschen, Hosen und Jacken kroch, am Rande eines frisch gepflügten Feldes gelegen, zwischen Krüppelweiden und Schafdung. Sie hatten in die Stille gehorcht und das Jucken in ihren Schamhaaren gespürt. Gegen vier hatte Aroldo eine Filzlaus erwischt und mit den Nägeln geknackt, um halb sechs hatten sie die Aktion abgebrochen. Da dämmerte es, und es war klar, die Amerikaner würden nicht mehr kommen.

Aroldo blieb stehen und schaute sich um. Es war längst Tag, in der Ferne bellte ein Hund, ein Reiher flog träge an einem Kanal auf, der pfeilförmige Kopf, der zerbrechliche Hals, man hörte den Schlag seiner schweren Schwingen. Weit und breit nur nasse, schwarze Felder, durch die sich schnurgerade die Bewässerungskanäle und Wege zogen. Auf Kilometer kein Versteck, keine Deckung. Nur Felder, Wiesen, Wege, so weit das Auge reichte. Hin und wieder ein Bauernhof, auf dem sich die Versorgungseinheiten der Deutschen eingenistet hatten und den Bauern die Haare vom Kopf fraßen. »Partisanen können nur im Gebirge überleben. In Höhlen und auf verlassenen Almen«, hatte der Brigadekommandeur gesagt. »Die

Bauern unterstützen uns.« – »Die Höfe sind fast alle besetzt.« – »Wenn die Deutschen in den Häusern hocken, dann wohnen wir eben im Heuschober«, hatte Aroldo trotzig erwidert. »Und wenn die Deutschen im Heuschober sind?« – »Dann quartieren wir uns im Stall ein.« Sie hatten es tatsächlich geschafft, in der Ebene einen Partisanenkrieg zu organisieren. Und mit den amerikanischen Maschinenpistolen, Panzerfäusten und Handgranaten wollten sie den Deutschen mit offenem Visier begegnen, beweisen, dass sie keine Wegelagerer und Kriminellen waren, sondern Krieger wie sie. Tapferer als sie. Sie wollten die Deutschen festsetzen, aufreiben. Noch bevor sie Ferrara, Aroldos Heimat, erreichten.

Doch kein Flugzeug war über die deutschen Linien geflogen. Die kleinen weißen Fallschirme mit den Holzkisten waren nicht vom Himmel geschwebt.

Was sollte er jetzt seinen Kameraden sagen?

Endlich war im Nebel das kleine Gehöft aufgetaucht. Am Wohnhaus konnte Aroldo das birnenförmige Loch im Dach und die sechs Fenster unterscheiden. Träge wand sich der Rauch aus dem Kamin, Fiocco, der Bastard, bellte aufgeregt. Niemand zu sehen. Offensichtlich saßen Aroldos Kameraden mit den Bauersleuten und ihrem halbwüchsigen Sohn zusammen. Teilten die Arbeiten ein: Die Schweine mussten versorgt, das kleine Wehr am Bewässerungskanal repariert werden. Die Partisanen halfen, wo es ging. Dafür bekamen sie ein Dach über dem Kopf und zu essen, jetzt, im April, nicht viel mehr als vertrocknete Fenchelknollen und Kartoffeln.

Aroldo wollte schon auf seinem Pfeifchen spielen, wollte Stefano, den vierzehnjährigen Sohn der Bauern, aus dem Haus locken, als ein Windhauch über die schmutzige Türschwelle fuhr und ein paar weiße Flocken aufwirbelte. Aroldos Herz schlug schneller. Das war kein Schnee. Das waren Flaumfedern. Und warum wurde um diese Zeit nicht auf den Feldern gearbeitet? Mit einem einzigen Blick hatte Aroldo das kleine Gebäudeensemble erfasst: Vor sich das Haus, links der kleine Schuppen, rechts der Stall. Jemand hatte ein Huhn gerupft. Sicher nicht die Bauersleute. Und erst recht kein Kamerad. Seit drei Monaten ertrugen sie ihr Gackern, aber wenn sie die Tiere zu lange anstarrten, dann erriet der Bauer ihre Gedanken und stieß wüste Beschimpfungen aus. Aroldo spürte, wie das Blut in den Schläfen pumpte, sein Atem sich beschleunigte. Abhauen. Aber das wäre verdächtig gewesen. Sicher wurde er schon beobachtet. Seine Waffe. Die musste er loswerden. Er öffnete den Hosenstall und ging, betont langsam, hinter den Schweinestall. Ein Ölfleck, Reifenspuren, dort hatte ein Krad mit Beiwagen gewendet. Aroldo zog sein Glied hervor und zielte mit dem Strahl auf den Abzugsgraben, in dem sich das Schmelzwasser gesammelt hatte. Wenn er die Pistole hineinwarf, würde man das Klatschen bis zum Haus hören. Er ließ sie neben seinen Fuß fallen und schob sie unter einen Klumpen Mist.

»Mani sù!«*, schrie ein Mann mit dem eckigen Akzent der Deutschen. Hände hoch! Aroldo ließ den Urin einfach in weitem Bogen weiterlaufen.*

Ein Tritt traf ihn in die Kniekehlen, und er fiel auf den Rücken. Der Soldat zerrte ihn am Kragen hoch. Er war blutjung. Mit seiner Maschinenpistole dirigierte er Aroldo zum Haus. Manchmal lächelte er schief. Wollte er freundlich sein? Er hatte ihn nicht einmal nach Waffen durchsucht, achtete auf den Matsch, statt auf Aroldo. Aroldo hatte sein Schnitzmesser im Gürtel stecken. Er musste die Halsschlagader treffen. Aber wenn er den Deutschen erstach, dann waren die Kameraden geliefert. Vorausgesetzt, sie lebten noch.

Aroldo wollte nicht glauben, dass sich innerhalb weniger Stunden die Euphorie in ein solches Desaster verkehren konnte. Und schuld waren nur die Amerikaner! Sie hatten die Deutschen durch den ganzen Stiefel gejagt, bis an die Gotenlinie. Auf dem Apennin, nur fünfzig Kilometer entfernt. Und dann war plötzlich Schluss gewesen. Die Deutschen hatten das soundsovielte Wunder geschafft.

Weil die Amerikaner sie gewähren ließen. Weil der amerikanische General Alexander im November verkündet hatte: »Bei dem Wetter kann man keinen Krieg führen. Wir sehen uns im Frühling wieder.« Die Deutschen hatten sich eingegraben und hatten auch diesem brutalen Winter getrotzt. Sie schienen längst geschlagen, aber nach fünf Jahren Krieg waren sie gegen Schläge und Kälte unempfindlich geworden, während die britischen LKW von den vereisten Feldwegen schlitterten und das Schmierfett an den Panzerfahrzeugen hart wurde. Während die Treibstofftanks der Amerikaner platzten und die indischen Einheiten von Lungenentzündung und Ruhr dezimiert wurden.

Damit hatten die Deutschen Zeit, um das Hinterland zu durchkämmen. Auf Partisanenjagd zu gehen. Die Partisanen wussten ohnehin nicht, wie sie den Winter überstehen sollten. Hungrig waren sie in die Städte geflüchtet, auf der Suche nach Brot und Wolle. Manche hatten sich auf Dachböden versteckt. Wer nicht steckbrieflich gesucht wurde, war einfach wieder arbeiten gegangen, hatte weiter Gewehrläufe für die deutschen Besatzer gezogen und Kugeln gegossen, die sich in den Kopf ihrer Kameraden bohren würden. Manche hingen im Morgengrauen an einer Straßenlaterne, um den Hals eine Schlinge aus Stacheldraht und ein Schild, auf das die Deutschen, auf Deutsch und Italienisch, »Verräter« geschrieben hatten.

Die Tür führte direkt in die Stube. Rechts der Herd, auf dem ein großer dampfender Topf stand. Es duftete nach Hühnerbrühe. Man hatte sieben Stühle im Halbkreis aufgestellt. Darauf die Bauersleute, der Junge und Aroldos Kameraden. Mit ihren eigenen Schnürsenkeln gefesselt, aber unverletzt. Zwei Soldaten zielten mit Maschinenpistolen auf die Gefangenen, ein Offizier stellte in einem gepflegten Italienisch Fragen. Gott sei Dank keine SS, dachte Aroldo. Große Funkgeräte, ein paar Akkumulatoren, eine Fernmeldeeinheit.

»Wer sind Sie?«, fragte der Offizier den Bauern, der mit müder Stimme seinen Namen wiederholte und erzählte, wie lange er schon den Hof bewirtschaftete. Er musste diese Sätze schon die ganze Nacht aufgesagt haben.

»Und das?« Der Offizier deutete auf die Frau, während man einen achten Stuhl für Aroldo in den Halbkreis stellte.

»Meine Frau, Fiamma.«

»Und das?«

»Mein Sohn Stefano.«

»Und das?« Er deutete auf Lorenzo, den jüngsten der Kameraden.

»Ein Knecht.«

»Und das?« Er deutete auf den nächsten.

»Ein Knecht.«

»Und das?«

So ging es reihum, immer wieder, ein ums andere Mal.

Die spinnen, die Deutschen, dachte Aroldo, während der Offizier in seinem gelehrten Italienisch davon redete, dass es eine Schande für so eine große Kulturnation wie Italien sei, dass sie den Stahlpakt gebrochen habe, das gegebene Wort. Dass das Deutsche Reich nicht Krieg führe, um Tod und Verderben zu bringen, sondern eine höhere Idee von Volkstum und Ehre.

Aroldo spürte auf seiner Wange den flehenden Blick Stefanos. Aroldo drehte sich zu ihm, lächelte ihn an und sagte: »Mach dir keine Sorgen, wir sind nur einfache Bauern. Die Deutschen werden das feststellen.«

Der Offizier steckte sich eine Zigarette an und formulierte wieder seine Fragen. Immer dieselben.

»Wie viel Hektar Land bewirtschaften Sie?«

»Zehn.«

»Fünf Knechte für zehn Hektar Land? Sind Sie arbeitsscheu?«

Seine Leute starrten teilnahmslos vor sich hin, während im

Herd das Feuer knackte, die Brühe blubberte und der Hühnerduft allen den Schweiß auf die Stirn trieb.

Zwei Soldaten wurden angewiesen, die Zimmer zu durchsuchen. Man hörte ihre verhaltenen Stimmen, leises Gepolter. Sie schienen nichts mutwillig zu zerstören. Aroldo schaute verstohlen die Kameraden an. Luigi, der erst drei Wochen bei ihnen war, geflohen vor dem Einberufungsbefehl der Faschisten, genauso wie Beppe und Aldo. Lorenzo war erst siebzehn. Er hatte beide Brüder im Abessinienfeldzug verloren. »Wenn ich sterbe, dann nicht für den Duce«, hatte er gesagt und die Faust zum kommunistischen Gruß erhoben, obwohl er noch nie ein Wort von Karl Marx oder Antonio Gramsci gelesen hatte. Aroldo dachte an seinen Lederbeutel, in dem sich ein vierter Pullover, eine wollene Unterhose und ein Korken befanden. Darin steckte ein kleiner Zettel für den Posten in Cento, ein Kassiber. Aroldo kannte den Inhalt nicht, es war ihm verboten, ihn zu lesen. Aber wenn die Deutschen ihn fanden, würde man sie erschießen, die Bauersleute inbegriffen.

Aroldo wurde steckbrieflich gesucht. Sein Bild hing in Bologna an jeder Hausecke. »Der Pfeifer«, das war sein Spitzname, fünf Kilo Salz und fünftausend Lire wurden für seine Ergreifung geboten. Partisanen zu denunzieren war seit Monaten die einzige Chance, an Salz zu kommen.

Der Offizier stellte sich vor den Bauern und sagte: »Wir haben einen Hinweis aus der Bevölkerung bekommen.«

Der Bauer antwortete nicht.

»Dem müssen wir nachgehen, das ist unsere Pflicht, verstehen Sie? Sie sollen hier Saboteure verstecken.«

»Behauptet mein Nachbar Sabelli das? Der war schon immer auf meine Felder scharf«, sagte der Bauer.

Der Offizier schüttelte den Kopf. »Wir kennen keinen Sabelli. Der Hinweis kommt aus berufenem Mund.«

Die beiden Soldaten kehrten in die Stube zurück. Sie schüttelten den Kopf. Das Funkgerät krachte, und der Funker setzte den Kopfhörer auf, schraubte an den Reglern und fing an, sich Notizen zu machen.

»Wie heißen Sie?«, fragte der Offizier Aroldo.

Aroldo nannte seinen Decknamen, sein fingiertes Alter, seinen Geburtsort, ein winziges Dorf im Po-Delta, wo sie das Geburtsregister vernichtet hatten, damit die Faschisten keine Einberufungsbefehle zustellen konnten.

»Wo waren Sie die ganze Nacht?«

»In Bologna.«

Aroldo musste sich verkneifen, die anderen anzuschauen.

»Sie wissen, dass eine Ausgangssperre herrscht.«

»Ich bin gestern Nachmittag losgegangen und erst um sechs Uhr heute Morgen wieder aufgebrochen.«

»Wo haben Sie übernachtet?«

»Bei einem Freund.«

Aroldo nannte Namen und Adresse.

»Was hatten Sie in Bologna zu suchen?«

»Fahrradschläuche.«

Das Gesicht des Deutschen entspannte sich ein wenig. Offensichtlich hatten alle dasselbe gesagt.

Der Funker rief den Offizier an den Apparat. Dieser nahm den Hörer, presste ihn sich ans Ohr, legitimierte sich und sagte mehrmals: »Jawohl.«

»Ich bin Angehöriger der Wehrmacht«, sagte der Offizier, nachdem er aufgelegt hatte. »Ich halte mich an Kriegsrecht.« Er war rot im Gesicht.

Er zündete sich eine weitere Zigarette an, rauchte hektisch und ging auf und ab.

»So nehmen Sie doch Vernunft an!«, schrie er den Bauern an. »Sie setzen Ihr Leben aufs Spiel.«

Plötzlich hörte man in weiter Ferne ein Grummeln, dann ein-

zelne Schläge. Als ob ein Gewitter heranrollte. Aber alle im Raum hatten geschulte Ohren. Das war Artilleriefeuer, etwa dreißig Kilometer entfernt. Einer der Soldaten schaute aus dem Fenster, dann sandte der Funker einen Spruch ab.

Das musste sie sein, die lang ersehnte Offensive. Sie brach mit ungeheurer Gewalt los und schien schon die Vororte Bolognas erreicht zu haben. Die Deutschen wurden hektisch. Zwei Soldaten stürmten hinaus, holten das Krad aus einem Gebüsch und den gepanzerten Funkwagen aus dem Schweinestall. Der Offizier schaute Aroldo und seine Kameraden an. Sollte er sich an die Genfer Konvention halten? An seine Soldatenehre? Acht Patronen sparen? Dann mochten ihm seine Kameraden einfallen, die er mit geplatztem Schädel, abgerissenen Gliedmaßen oder in Großwildfallen hatte verbluten sehen. Scheiß auf die Genfer Konvention! Wir haben den Italienern in Griechenland, in Afrika, auf dem Balkan den Arsch gerettet. Und das ist der Dank. Sie kämpfen nicht wie Männer, sondern schießen aus dem Hinterhalt, lockern Bahngleise, erstechen uns im Schlaf, mischen sich unter Marktweiber und stecken uns entsicherte Handgranaten in die Manteltaschen.

»Aufsitzen«, schrie er. Er legte seine Hand auf das Lederholster, das er am Gürtel trug. Dann schrie er: »Heil Hitler« und verschwand durch die Tür.

Die Augen der verbliebenen acht Personen wanderten von der Tür zur Feuerstelle: Das Huhn war längst gar.

2

Lunau überkam, als er auf seinen Schreibtisch sah, ein Gefühl von Ekel, aber er hatte sich geschworen, dass er bis zum Nachmittag die Formulare mit den Produktionsabrechnungen ausfüllen würde. Insgesamt 45 Seiten, in denen er kaschieren musste, dass er seinen Autoren einen Teil der Reisespesen erstattete. Außerdem hatte er mehrere Einladungen zu Festivals zu beantworten, zwei Manuskripte höflich abzulehnen, zwei Sendungen für Übernahmen zu prüfen, um 15 Uhr stand eine Besprechung mit den Abteilungsleitern Tagesaktualität und Künstlerisches Wort an, am Abend ein Symposium zur Meinungsfreiheit im Großen Sendesaal. Er war zum Bürokraten geworden.

Da klopfte es. Er rief: »Herein.«

Die Tür schwang auf, und Lunau traute seinen Augen nicht. Da stand Dr. Wilma Gerstner und lächelte. Sie hatte ihn noch nie angerufen, geschweige denn aufgesucht.

»Was verschafft mir die Ehre?«, fragte er und bot seiner Wellenchefin einen Stuhl an. Sie blieb stehen, als wäre ihr der physische Kontakt mit dieser Umgebung unangenehm. Eine längliche Zelle mit grauem Teppichboden, angegrauten Wänden und einem vergilbten Holzfenster von 1929. Frau Gerstner betrachtete die unzähligen Farbfotos, die Lunau an die kahlen Wände gepinnt hatte. Zwei Sudanesen in verdreckten Ärztekitteln, eine Gruppe Eritreer in Kampfanzügen und Flip-Flops, Kinder mit Macheten auf einer Kakaoplantage. Die Bilder hatten nichts mit seiner jetzigen Funktion zu tun, und das schien Frau Gerstner zu missbilligen. Sie schaute aus dem Augenwinkel noch immer auf die Fotos und sprach wie beiläufig.

»Wie Sie wissen, arbeiten wir an einer neuen Kommunikationskultur im Haus. Unser Sender muss effizienter, schlanker, dynamischer werden.«

»Und dazu schafft man immer neue Chefsessel?«

Dr. Wilma Gerstners Rücken wurde steif. Sie war Mitte vierzig. Ihr Haar dunkelblond getönt, Lider und Wangen leicht geschminkt, Feuchtigkeitscremes sollten die Furchen um Augen und Mund füllen. Ein halbes Leben lang hatte sie eisern darum gekämpft, beneidet zu werden. Und jetzt, in der zweiten Lebenshälfte, kämpfte sie eisern gegen ihre Neider. Zu denen sie auch Lunau rechnete.

»Ich weiß nicht, wie ich Ihre Bemerkung verstehen darf.«

»Alle sechs Monate wird unser Budget gekürzt, angeblich müssen wir die anderen ARD-Sender jedes Jahr um Finanzhilfe bitten. Wir haben kein Geld mehr für Reisespesen und CD-Rohlinge in den Studios. Wie hoch ist denn der Posten unseres neuen Koordinators für Kultur dotiert? Und wozu brauchen wir ihn? Um seiner Partei zu berichten, was wir hier treiben? Oder sagt ihm seine Partei, was wir hier treiben sollen?«

Frau Gerstners Wangen wurden rot. »Sie sind nicht in der Position, die Richtungsentscheidungen unseres Hauses zu beurteilen.«

»Das habe ich auch nicht vor. Ich bin ein Mann der Praxis.«

»Ach ja?« Frau Gerstners Ton war scharf geworden. »Gut, dass Sie das erwähnen. Dann lassen Sie uns über die Praxis sprechen. Eigentlich war ich gekommen, weil ich ein Zeichen setzen wollte. Ich will die langen Dienstwege abschaffen. Flache Hierarchien ist das Stichwort.«

Lunau fragte sich, warum ihn keiner vorgewarnt hatte. Entweder hatte die Gerstner die anderen nicht besucht, oder die anderen kümmerten sich nicht mehr um Lunau.

»Also zur Praxis. Ihre Redaktion beliefert fünf Mini-Programmplätze in der Woche, fünf Mal fünf Minuten, und glauben Sie mir, ich gehöre zu unseren treuesten Fans. Ich spreche jetzt sozusagen als Ihre Hörerin, nicht als Ihre Chefin. Ich habe in diesem Jahr noch nicht eine spannende Neuproduktion gehört. Und diese Reisebilder aus Kasachstan, sagen Sie mal, wollen Sie sich über unser Publikum lustig machen?«

»Ich wollte einem Anfänger eine Chance geben.«

»Wir sind kein Workshop für Stümper.«

»Der Junge ist kein Stümper. Er muss nur ein wenig geschult werden.«

»Dann schulen Sie ihn. Dazu sind Sie Redakteur.«

»Wissen Sie eigentlich, unter welchen Bedingungen wir hier produzieren? Sie wollen Reisebilder aus aller Welt, aber wir dürfen unseren Autoren keine Reisespesen erstatten. Glauben Sie, dass ein Profi unter solchen Bedingungen arbeitet?«

»Ich dachte immer, Sie wären Idealist, einer dieser Journalisten, denen es nicht ums Honorar, sondern um die Wahrheit geht.«

»Solche Leute wachsen aber nicht auf den Bäumen. Wenn Sie zu einer Konferenz nach Hamburg fahren, dann sind Sie sicher mit ganzem Herzen bei der Sache, bezahlen den Sprit aber trotzdem nicht aus eigener Tasche. Sie reisen mit Dienstwagen und Fahrer, und Sie bekommen auch noch eine Verpflegungspauschale ausbezahlt. Wenn mir ein Autor ein Thema aus Kasachstan anbietet, dann muss ich ihm sagen: Gerne, aber sieh selber zu, wie du da hinkommst.«

Frau Gerstner machte fast unsichtbare Kaubewegungen. »Sie werden doch eine Wellenchefin nicht mit einem x-beliebigen freien Autor vergleichen wollen.«

»Ich dachte, das sei mit flachen Hierarchien gemeint.«

Frau Gerstner hatte zahlreiche Kurse zu Körpersprache, Rhetorik und souveräner Mitarbeiterbehandlung besucht. Lunau nicht. Er wusste nicht, in welchem inneren Handbuch sie gerade blätterte.

»Niemand hat Sie gezwungen, diesen Redakteursposten anzunehmen. Wenn ich meinem Vorgänger glauben darf, hat man diesen Sessel sogar für Sie eingerichtet, eine Art sozialer Geste. Ich mache Ihnen einen Vorschlag: Sie gehen mal wieder selbst an die Front. Liefern Sie mir einen Grund, dass die erste radikale Sparmaßnahme im Hause nicht Ihre Stelle betrifft. Sie haben eine Woche.«

Die Tür fiel mit einem Krachen zu, das sicher aus keinem der Handbücher stammte.

Lunau wollte aufstehen und sich die Beine vertreten. Er brauchte Luft. Er nahm seine Jacke vom Haken, als das Telefon klingelte. Kein wirkliches Klingeln, sondern ein elektronisches Blubbern, eine Tonleiter aufwärts. Widerwärtig. Das Telefon stand neben dem Wust der Formulare, bei deren Anblick er am liebsten laut aufgeschrien hätte. Lieber ein Tagesmarsch durch eine Bergwüste, mit fünfzehn Kilo Gepäck und Blasen an den Füßen, als ein einziges Formular für Kostenaufstellungen auszufüllen.

Er wollte schon gehen, als er die Vorwahl auf dem Display erkannte. Ein Anruf aus dem Ausland.

Lunau meldete sich. Eine junge weibliche Stimme. Die sich als Amanda Schiavon ausgab. Sie sprach Deutsch, mit starkem italienischem Akzent. Lunau setzte sich.

»Was kann ich für Sie tun?«

Die junge Frau verhaspelte sich und sprang um auf Englisch. Ein britisches Englisch, das nach Seebädern und von den Eltern finanzierten Sommerkursen klang.

»Ich rufe aus Ferrara an. Ich brauche Ihre Hilfe.«

Lunau wartete. Das Mädchen war erregt, was auch der professionelle Tonfall nicht kaschieren konnte.

»Ich schreibe für *Il Tempo di Ferrara*, das wichtigste Lokalblatt, aber man will meinen Artikel nicht bringen, ... eine riesige Geschichte. Soll unter den Teppich gekehrt werden, das heißt, ganz unter den Teppich kehren kann man es nicht, aber der Chefredakteur will nur fünf belanglose Zeilen in einer Randspalte bringen.«

»Ich verstehe immer noch nicht, was ich für Sie tun kann.«

»Das ist eine Riesenschweinerei. Die Sache an sich schon, dass man den Jungen vermutlich ... Entschuldigen Sie.«

Sie fing noch einmal von vorne an. Die Geschichte hatte vor vier Jahren begonnen. Damals war bei einer nächtlichen Polizeikontrolle ein siebzehnjähriger Schüler, Marco, ums Leben gekommen. Laut offiziellem Bericht wegen eines durch Drogenkonsum ausgelösten Kreislaufkollaps. Doch der Zufall wollte, dass ein Onkel von Marco, ein Krankenpfleger, in jener Nacht in der Notaufnahme des Krankenhauses Sant'Anna Dienst tat. Und er sah, in welchem Zustand sein Neffe eingeliefert wurde. Gesicht und Oberkörper mit Schürfwunden und Hämatomen übersät. Und diese Hämatome waren striemenförmig wie die Schlagstöcke der Polizei. Die Eltern des Jungen nahmen sich einen Anwalt, der Nachforschungen anstellen ließ. Anwohner, die sich anfangs als Zeugen gemeldet hatten, wurden von Beamten unter Druck gesetzt und wollten sich schon eine Woche später an nichts mehr erinnern können. Die Tonbandaufzeichnungen der Funksprüche zwischen Streifenwagen und Zentrale waren verschwunden. Es gab für nichts Beweise, nur einen schalen Nachgeschmack, eine stumme Wut. Doch dann wurden Marcos Freunde aktiv, eine Menschenrechtsorganisation schaltete sich ein, verschiedene Bürgerinitiativen, und nach langem Ringen kam es zu einem Ermittlungsverfahren. Der Polizeichef war plötzlich versetzt worden, und jetzt wurde gegen mehrere Polizisten Anklage erhoben, wegen Vernichtung von Beweismitteln, unterlassener Hilfeleistung und vielleicht sogar fahrlässiger Tötung.

»Dann ist doch alles im Lot«, sagte Lunau.

»Nichts ist im Lot. Nicht einmal meine Zeitung will einen ordentlichen Bericht über den Prozess drucken. Wenn die Medien den Skandal nicht aufgreifen, dann wird die Sache im Sande verlaufen. Man wird den Prozess so lange verschleppen, bis sich nur noch Gutachter und Sachverständige streiten, bis die Menschen sich gelangweilt dem Tagesgeschäft zuwenden und alle Delikte verjährt sind.«

»Wir können den Gang der Justiz nicht beeinflussen, das ist nicht unsere Aufgabe.«

»Der Prozess allein wird nicht für Gerechtigkeit sorgen. Das müssen wir tun. Marco ist tot. Aber nicht weil er ein Junkie war, sondern weil die Polizisten ihn totgeschlagen haben. Das muss den Leuten gesagt werden.«

Lunau wusste nicht, was er mit diesem Mädchen anfangen sollte. Ihre Geschichte war empörend, das gab er zu, aber es war eine von Tausenden.

»Sie haben damals *Solidarnews* gegründet, um genau dafür zu sorgen: dass die Wahrheit ans Licht kommt, wenn nötig über Umwege. Dass Journalisten vor Ort, denen man die Arbeit erschwert, weil man sie unterschwellig oder offen bedroht, unter die Arme gegriffen wird.«

»Machen Sie eine Radiodokumentation daraus. Wenn sie gut wird, produziere ich Sie.«

Das Mädchen schluckte. »Mein Guthaben ist gleich aufgebraucht. Könnten Sie mich zurückrufen?«

Lunau notierte die Nummer, legte auf und wählte die italienische Handynummer. Wieder ein Posten, der in der Kostenprüfungsstelle für Unmut sorgen würde.

Das Mädchen schluchzte: »Sie können sich nicht vorstellen, in welchem Klima wir hier leben.«

»Haben Sie Erfahrung mit dem Radio?«

»Nein.«

»Aber Sie haben doch sicher ein Aufnahmegerät. Wichtig ist, dass Sie sich ein gutes Mikrophon besorgen. Und nehmen Sie nicht in Mp3 auf.«

»Ich möchte, dass Sie kommen.«

»Bitte?«

»Wenn Sie eine Radiodokumentation daraus machen, dann kann der Fall nicht mehr ignoriert werden.«

»Das geht leider nicht.«

»Warum nicht? Der Flug nach Venedig kostet hundert Euro. Ich kann Sie dort abholen. Früher hat ein Anruf bei Ihnen genügt, und Sie haben sich sogar in Bürgerkriegsgebiete begeben, 2002 sind Sie allein zu Fuß über die Demarkationslinie zwischen Äthiopien und Eritrea marschiert.«

»Wer hat Ihnen das erzählt?«

»Das steht im Internet.«

»Da steht viel Unsinn.«

»Ein Toter allein ist für Sie nicht interessant genug, oder? Hier geht es nicht nur um Marco, hier geht es darum, dass die Polizei unter dieser Regierung einen Freibrief hat. Denken Sie an das Massaker beim G-8-Gipfel in Genua. Da sind Hunderte Jugendliche misshandelt, Beweise gefälscht worden. Hier geht es darum, dass ein ganzes Land sich verändert.«

»Wenn ich recht informiert bin, hat es auch wegen der Vorfälle in Genua bereits Verurteilungen von Polizisten gegeben.«

»Aber keine Konsequenzen.«

»Tut mir leid. Ich bin Redakteur in einem neuen Aufgabenbereich, eine Menge Leute hängen von mir ab. Ich kann nicht einfach ins Ausland reisen, um irgendeine Geschichte zu recherchieren.«

»Das ist nicht irgendeine Geschichte, ich dachte, das hätten Sie begriffen.«

»Setzen Sie sich mit ›Solidarnews‹ direkt in Verbindung. Dort sind großartige Leute vernetzt, ich bin nur der Gründer.«

»Und als Journalist nicht mehr großartig, wie?«

»Hören Sie ...«

Das Mädchen hatte aufgelegt.

3

Dany hörte, wie im Nebenraum die Tür ging, und zitterte fast vor Erregung. Es war der vierte Tag, an dem sie fastete. Am vierten

Tag kam dieses Hochgefühl auf, diese Losgelöstheit. Der Hunger war unterworfen, jetzt war sie Herrin ihrer Gelüste. Immer noch tauchten dieselben Bilder in ihrem Kopf auf: Berge aus Radicchio mit Parmesanraspeln, Kartoffelpüree, das, neben einer fettig glänzenden *Salama* und Erbsen, auf dem Teller ein dampfendes Gebirgsmassiv bildete, Jumbobrötchen, aus denen die Kante eines gebratenen Hamburgers ragte. Aber diese Bilder waren keine Pein mehr, sondern ein heimliches, beliebig reproduzierbares Vergnügen. Und wenn sie hinter dem Kastell an der *K2*, der beliebtesten Eisdiele der Stadt, vorbeikam, dann erfreute sie sich am Anblick der Menschen, die bis auf die Straße Schlange standen. Diese Menschen waren unfrei, sie nicht. Selbst der Hunger, der archaischste und stärkste aller Instinkte, hatte sich ihrem Willen unterworfen.

Schwer klang sein Schritt auf dem Linoleum. Männer hatten etwa dreißig Prozent mehr Muskelmasse als Frauen, in ihrem Fall mochte die Differenz bei siebzig Prozent liegen. Sie hörte, wie er seine Jacke an die Wand hängte, seinen Schlüsselbund lässig auf den Tisch warf. Sie wusste, dass er gleich hereinkommen würde, dass seine Schritte im Nebenraum nur dazu dienten, ihrer beider Verlangen zu steigern. Sie kannte jede seiner Gesten und doch zuckte sie zusammen, als die Tür sich mit einem Ruck öffnete, der Luftzug an den Kanten der Papiere zupfte und die Jalousie mit einem blechernen Knall gegen den Fensterrahmen schlug. Er lächelte sie an, schloss die Tür, ging vorbei und drehte an dem Sechskantstab, bis die Lamellen sich aneinander schmiegten und im Raum nur noch Schummerlicht herrschte.

Er fuhr mit seinen Fingerspitzen über das Schlüsselbein, das sich hart und zerbrechlich unter ihrer fast transparenten Haut abzeichnete. Er griff mit einer Hand an ihre Kehle und drückte so fest zu, dass sie den Druck des Blutes in ihrem Schädel spürte. Sie schaute in seine Augen, die Pupillen waren geweitet, als hätte er

Kokain geschnupft. Er lächelte. Kleine Sterne flimmerten am Rand ihres Gesichtsfeldes, der Sauerstoffmangel machte sich langsam bemerkbar, war jetzt kein angenehmer Kitzel mehr. Da ließ die Hand von ihr ab und schob sich unter ihre Bluse, tastete an den Rippenbögen entlang, griff nach der fast knabenhaft flachen Brust und stimulierte ihre Brustwarze.

Seine Zunge schmeckte nach Tabak und Minze, sie war rau und hart. Als ihre Becken aneinanderschlugen, sah sie in seinen Augen die freudige Überraschung. Sie wusste, wie sehr er diesen Knochen an ihr mochte, wie gerne er sie mit beiden Händen packte, um ganz in sie einzudringen, um ganz eins zu werden mit ihrem Körper, an dessen Vervollkommnung er so großen Anteil hatte. Er schien gemerkt zu haben, dass sie noch einmal ein halbes Kilo abgenommen hatte.

Er hatte nie von ihr verlangt, dass sie etwas künstlich verändern ließ. Kein Skalpell, kein Silikon. Er war ein Naturbursche, wie er so gerne sagte. Er mochte Jagdhunde, natürlich gereifte Weine und magere Frauenkörper. Je magerer desto lieber, so einfach war die Formel.

Sie spürte, wie die heiße Flüssigkeit sie erfüllte, während er ins Hohlkreuz ging und heftig schnaubte, seine Oberschenkel zu zittern begannen und er seinen Mund von dem ihren löste. »Du, du …«, sagte er und schüttelte den Kopf. »Du kleines Biest weißt, wie du mich um den Verstand bringst.«

Sie antwortete nicht. Männer konnte man nicht um den Verstand bringen, sie hatten keinen. Sie dachte an ihren Vater, der wie ein Tier unter Tieren lebte. Der in einem plötzlichen Anfall von Blutrausch alle Ziegen geschlachtet, ihre Haut gegerbt und auf Getreidesiebe gespannt hatte, um daraus Trommeln zu machen.

Während er seine Jeans zuknöpfte, war sein Blick plötzlich wieder hellwach. Er fischte ein Foto aus seiner Jackentasche und gab es Dany. Sie war darauf zu sehen, im Bikini, unten am Lido.

Man sah noch die Hitze auf ihren Wangen, den Rausch des Neuen. Warum wollte er dieses Bild nicht mehr?

»Aber ...?«

»Du musst mir einen Gefallen tun.«

Sie wartete und dachte an die Neuigkeit, die sie ihm hatte mitteilen wollen. Aber die Panik war stärker als die Gedanken.

»Du musst es mit ins Büro nehmen.«

»Wieso denn?«

»Ich gebe dir noch Bescheid. Sonst irgendwelche Neuigkeiten?«, fragte er.

Sie schüttelte den Kopf.

»Nur ein Anruf, ein Journalist aus Deutschland, den Namen habe ich notiert«, sagte sie, aber die wirkliche Neuigkeit war eine andere: Sie hatte die Pille abgesetzt. »Ich habe schon eine Familie, ich will kein Kind von dir«, sagte er immer. Aber sie wollte ein Kind von ihm. Sie wollte, dass er in ihr weiterlebte, egal was passieren würde.

4

Es war Mittwoch, der 28. April, als Kaspar Lunau in Ferrara eintraf. Zwei Tage waren seit Amanda Schiavons Anruf vergangen. »Du lieber Himmel«, dachte er, als er das groß gewachsene Mädchen auf dem Bahnsteig winken sah. Er schob sich mit seinem Koffer durch den Ausstieg und kämpfte gegen die wogenden Massen der Pendler an. Das Mädchen rannte fast, seine Wangen glühten vor Anstrengung oder Begeisterung, als es vor ihm stand und ihm die Hand hinstreckte.

»Wie haben Sie mich erkannt?«, fragte Lunau.

»Sie sehen genau so aus wie auf den Fotos.«

»Auf welchen Fotos?«

»Von ›Solidarnews‹, aus dem Internet.«

»Sie hatte ich mir dagegen anders vorgestellt.«

Das Mädchen hatte blau gefärbte Haare, die in Zapfen von ihrem Kopf abstanden, eine ganze Batterie von Ohrringen und sorgfältig zerfetzte Jeans von einer teuren Designerfirma. Ihr wahres Alter war unter der Schminke schlecht zu schätzen, sie mochte Ende Zwanzig sein.

Als Amanda nach Lunaus Reisekoffer griff, wehrte er sich.

»Ich bin erst 42, das schaffe ich noch.«

»Ich weiß, wie alt Sie sind. Ich habe mein Auto da, ich bringe Sie erst einmal ins Hotel«, sagte das Mädchen.

Als sie aus dem Bahnhofsgebäude traten, wehte Lunau die laue Frühlingsluft entgegen, ein azurblauer Himmel und das Geknatter von Scootern und alten Vespas, Kleinwagen und ramponierten Lastern. Die Leute hupten, palaverten, grüßten einander über die Fahrbahnen hinweg. Hätte man Lunau diese Tonspur im Studio vorgespielt, er hätte gewusst, dass sie irgendwo in Mittel- oder Norditalien aufgenommen worden war. Von klein auf war er von seinen Eltern mit diesem Land traktiert worden, mit seiner Kultur- und Musiksprache. Er schloss einen Moment die Augen und sog den Trubel ein. Die Geräusche euphorisierten ihn. Auf dem Vorplatz standen, in eine Art Gehege gezwängt, City- und Trekkingbikes, Mountainbikes, alte Renn- und Hollandräder, vor allem aber klassische Stahlfahrräder, leicht verrostet, mit ausladenden Lenkern.

»Ferrara ist die Stadt der Radfahrer«, sagte Amanda und öffnete per Fernbedienung die Türen eines Minis. Eine feine Schicht rötlichen Sands hing an dem Lack. Amanda fing Lunaus Blick ab.

»Aus der Sahara. Den bringt der Scirocco«, sagte sie. Lunau stieg ein und kämpfte gegen seine Irritationen an. Das Auto roch nagelneu, war peinlich sauber und beschleunigte wie ein Rennwagen.

»Das ist Ihr Wagen?«

Sie nickte.

»Was sind Sie?«, fragte er. »Ein Punk oder eine höhere Tochter?«

»Geht nicht beides?«

Er musste lachen. Und er spürte, wie sie ihn von der Seite musterte. Ihre schlanken Beine bewegten sich behände zwischen Gas-, Kupplungs- und Bremspedal hin und her. Durch die sorgfältig ausgefransten Risse im Stoff schimmerte die helle Haut. Lunau beschloss, dass er besser aus dem Seitenfenster sah. Mittelalterliche, verwinkelte Gassen, eine gewaltige, aus gebrannten Ziegeln errichtete Stadtmauer. Unten Spaziergänger und Jogger, oben Spaziergänger und Jogger. Ein Gewimmel von Fahrrädern, Fußgängern, Scootern und Autos, Frauen im Pelz, SUVs und dunkel lackierten deutschen Limousinen. Hin und wieder ein Schwarzafrikaner, der Papiertaschentücher, Socken und Gasfeuerzeuge verkaufte. Es duftete nach Espresso, nach raffiniertem Parfüm, nach Abgasen aus Zweitaktmotoren, nach frivolem Leichtsinn und Frühling.

Das Mädchen hatte eine CD mit lautem Rap eingelegt, und Lunaus Hirn begann zu ächzen. Die männliche Stimme, die über einem heftigen Bass italienische Worte ausspuckte, dazu das Jaulen des Automotors, der Verkehrslärm.

»Könnten Sie das abstellen?«

Sie schaute ihn von der Seite an. »Gefällt Ihnen nicht? Das ist Marco.«

»Ich kann mich jetzt nicht darauf konzentrieren.«

»Sie brauchen sich ja nicht zu konzentrieren.«

Sie fummelte auf der Rückbank herum, wobei das Auto, dank der empfindlichen Servolenkung, immer wieder in die Gegenfahrbahn tauchte.

»Lassen Sie mich das machen«, sagte Lunau und griff nach

der Ledertasche, die auf der Rückbank lag, wobei er ihren schmalen Unterarm berührte, den sie nicht wegzog, sondern einfach unter seinem Arm liegen ließ. Als er die Tasche an sich nehmen wollte, leistete sie Widerstand.

»Ich bin kein kleines Mädchen mehr«, sagte sie.

Lunau gab es auf.

»Das ist eine Kopie meiner allerneuesten Aufzeichnungen. Um achtzehn Uhr haben wir einen Termin bei Marcos Mutter. Den Anwalt können wir morgen direkt nach dem Prozess sprechen, Marcos Onkel morgen Abend.«

»Ich hatte Ihnen doch gesagt, Sie sollen mein Kommen geheim halten.«

»Nur die Guten wissen, dass Sie hier sind.«

»Den Termin um achtzehn Uhr müssen wir verschieben.«

»Warum?«

»Ich will mich erst einmal einarbeiten.«

»Haben Sie das nicht schon getan? Haben Sie meine Mails nicht bekommen?«

Lunau ließ genervt den Aktenordner sinken, in dem er geblättert hatte. »Ihr Engagement in allen Ehren, aber ich muss mir selbst ein Bild machen. Außerdem habe ich schon Termine. Heute Abend bin ich bei einem gewissen Di Natale zum Essen eingeladen.«

»Vito Di Natale?«

»Sie kennen ihn?«

»Jeder in Ferrara, der jünger als dreißig ist, kennt ihn. Er rennt durch die Schulen und erzählt allen, dass der Po nicht die größte Kloake Italiens ist, sondern ein schlummerndes Paradies.«

Sie hatte scharf gebremst. Vor einem Hotel namens »Lucrezia Borgia«. »Glauben Sie nicht, was Sie über die Borgia lesen. Sie war keine egomanische Giftmörderin und Männerfresserin. Stellen Sie sich mal vor, Sie würden als Tochter eines Papstes geboren werden, der Sie vergewaltigt und mit zwölf an einen reichen Sack verschachert.«

»Hat Di Natale Familie?«, fragte Lunau.

»Wieso?«

»Ich würde gerne eine Kleinigkeit mitbringen«, sagte Lunau, aber eigentlich wollte er wissen, worauf sein Gehör sich einzustellen hatte.

»Eine Frau und zwei Kinder.«

»Mädchen oder Jungen?«

»Ein Mädchen und ein Junge.«

»Wie alt?«

Sie zuckte mit den Schultern und streckte ihren Arm zur Seite. Sie hielt die Hand auf einen Meter Höhe. »Ich hole Sie dann um acht Uhr ab.«

Ehe Lunau etwas erwidern konnte, war sie davongefahren. Er checkte im Hotel ein und folgte dem Pagen, der die beiden Koffer aufs Zimmer trug. Lunau gab ihm ein Trinkgeld und ließ sich auf das Doppelbett fallen. Von der Gasse drang gedämpft das Geklöne einiger Halbstarker herein. Ein paar Straßen weiter das gleichmäßige Rauschen von Pneus und das Brummen der Motoren, offensichtlich eine Hauptverkehrsader. Die Verbundglasfenster waren neu und effizient. Im Zimmer selbst waren nur die Minibar zu hören und die Bettfedern, die ächzten, wenn Lunau seine Stellung veränderte.

5

Amanda hatte eine Art Abendkleid angelegt, das sie vermutlich selbst geschneidert hatte. Es war aus bunten, eng anliegenden Stoffteilen, zwischen denen großzügige Risse klafften. Darunter trug sie einen schlichten cremefarbenen Body.

Sie fuhr durch die Gassen der Innenstadt, überquerte einen Seitenarm des Po und bog in eine Straße, die parallel zum Wasser verlief. Sie fuhr mit einer Geschwindigkeit, die Lunau aufbrachte.

»Haben Sie wirklich Lust auf dieses Abendessen?«, fragte er.

»Ich kann bestimmt etwas lernen. Wenn schon nicht von Di Natale, dann von Ihnen.«

Di Natales Haus stand in einer Reihe mit geduckten, etwas muffig wirkenden Fischerhäusern. Der Gehsteig war finster, die gelblichen Straßenlaternen drangen kaum durch den Dunst, der aus dem Po di Volano stieg, an den Hauswänden hochzog, über die Dächer waberte und die Gassen wie mit Flüssigstickstoff füllte.

Als sich die Tür öffnete und Di Natale ins Haus rief, der Besuch sei da, wusste Lunau, dass er einen großen Fehler gemacht hatte. Gute Laune, festliche Stimmung und das, was südländische Temperamente für ein normales Familienleben halten, hatten sich zu einem infernalischen Cocktail vermengt, gegen den auch seine individuell gegossenen, achthundert Euro teuren Ohrplugs wenig ausrichten konnten.

Di Natale hatte Pausbacken, listig funkelnde Augen und Kraushaar. Seine Kinder sprangen ihm in den Rücken, rutschten an ihm ab und klammerten sich an seine Beine. Di Natale schwankte, johlte, tat, als würde er der Länge nach hinschlagen und fing sich dann im letzten Moment an einer Kommode ab, wobei mehrere Telefonbücher und kleinere Plastikgegenstände auf den Boden prasselten.

»Ich habe eine Kollegin mitgebracht, ich hoffe, das ist okay«, sagte Lunau.

»Natürlich.«

Di Natale betrachtete einen Moment lang Amanda, ein bisschen länger als nötig, er gab ihr zwei Küsse auf die Wange und reichte dann Lunau die Hand. Dieser begrüßte Sara, einen schwarzen Lockenkopf mit riesigen türkisfarbenen Augen, dann den Jungen, der hager und blass war, aber athletisch wirkte. Die Kinder dankten artig für die Geschenke und rannten jubelnd in die Küche. Die Frau rief einen Gruß heraus, die Ofenluke krachte, Frau Di Natale stieß einen spitzen Schrei aus, um ein kleines Malheur mit dem Braten zu kommentieren, dann trat sie in den Flur. Sie schaute verblüfft auf Lunau und seine Begleiterin.

»Bist du nicht Amanda?«, fragte sie. Amanda senkte den Blick und schaute Silvia dann fast herausfordernd an.

»Ja, schon.«

»Wann war das?«

»Ist schon einige Jahre her«, sagte Amanda.

»So lange auch wieder nicht. Historisches Präsens?«

»Silvia unterrichtet Sprachen«, sagte Di Natale. »Ich dachte, Sie wären auch aus Berlin.«

»Leider nicht. Ich bin waschechte Ferrareserin«, sagte Amanda.

Lunau überreichte Frau Di Natale den Blumenstrauß. Sie vergrub ihr Gesicht darin und hob dann den Kopf. Silvia, so hieß Frau Di Natale, war ein süditalienischer Typ, hatte die gleichen Locken, die gleichen türkisfarbenen Augen und vollen Lippen wie ihre Tochter. Aber ihre Lippen waren ein wenig zu voll. Sie waren geschwollen wie unter Insektenstichen, wohl die Folge eines chirurgischen Eingriffs. Lunau hasste Schönheitsoperationen. Er hatte zu viele Kliniken gesehen, in denen es an allem fehlte, an Ärzten, Betten, Dachschindeln und Verbandszeug, an allem, nur nicht an Patienten. Er hatte in einer Klinik gefilmt, in der Krankenpfleger versuchten, einen Blinddarmdurchbruch zu operieren, weil der einzige Arzt verhaftet worden war, während seine Kollegen in der Ersten Welt gesunde, aber wenig graziöse Nasenbeine zertrümmerten, mit Silikonimplantaten Gesäßmuskeln rundeten und Gesichtsnerven mit Botox lahmlegten, damit durch Lächeln keine Falten entstanden. Diese Frau passte nicht zu Di Natale, zu diesem schlichten Haus und der zwanglosen Familie.

Eine peinliche Stille hatte sich über die Familie gelegt.

»Freut mich, Sie kennenzulernen«, sagte Lunau, um die Situation zu überspielen.

»Ganz meinerseits.«

Sie gab ihm die Hand – angenehm entschlossen und warm – und lächelte. Ihm wurde klar, dass die Stille nur in seinem Kopf eingetreten war. Die Kinder und der Gatte hatten weiter getollt, das Papier von den Geschenken gerissen und die Pappschachteln geöffnet. Amanda ließ sich den Bagger und die sprechende Ziege vorführen.

Das Essen war exzellent, selbst gemachte Tagliatelle mit Wildschweinragout und ein Rinderbraten, und es kostete Lunau gehörige Mühe, den in den Kristallgläsern leuchtenden rubinroten Wein abzulehnen. Di Natales tranken ausgelassen und wurden immer ausgelassener. Obwohl Vito peinlich genau darauf achtete, wie viel seine Kinder aßen, ja sogar darüber Buch führte.

Die Kinder waren nicht ungezogen, aber lebendig. Lunau griff sich immer wieder an die Ohrstöpsel, schob sie tiefer in die Gehörgänge, bis er Mühe hatte, dem Gespräch zu folgen.

Lunau hatte seit längerer Zeit Probleme mit dem Gehör. Er konnte Lärm nicht ertragen, auch deshalb nicht, weil er nur bedingt fähig war, seine akustischen Wahrnehmungen zu hierarchisieren. Jeder normale Mensch hört so ähnlich wie er sieht: Er rückt etwas, das ihn interessiert, lockt, vergnügt, in den Vordergrund und blendet Störendes, Unangenehmes aus. Die Augen unterstützen diese Selektion durch Muskelbewegungen. Hals- und Nacken- sowie extraokulare Muskulatur richten den Augapfel auf das gewünschte Objekt aus und verformen ihn so weit, dass sich dessen Bild auf der Netzhaut scharf abzeichnet. Vergleichbares lässt sich mit unserem Gehör nicht bewerkstelligen.

Wir hören grundsätzlich stereophon, können zwar den Kopf so drehen, dass die Ohrmuscheln bestimmte Signale besser einfangen als andere, aber wir nehmen im 360°-Winkel Reize auf. Das Gehirn muss einen größeren Aufwand betreiben, um das Interessante »laut« zu stellen und alles andere leise. Lunaus Hirn hatte diese Fähigkeit weitgehend verloren. Er hörte so »objektiv« wie ein Mikrophon. Wenn eine Gabel mit 32 Dezibel auf einen Tellerrand schlug und sein Gegenüber mit 32 Dezibel sprach, dann hörte er die beiden Ereignisse gleichberechtigt. Dazu, etwas leiser, die Schuhsohlen auf dem Boden, das Gebläse der Dunstabzugshaube in der Küche, das Knacken der Dielen im Obergeschoss, das Vibrieren der Fenster bei leichten Böen. Wenn dann noch vier recht starke Geräuschquellen wie diese Familienmitglieder auf ihn einwirkten, dann geriet sein Gehirn schnell derart in Schieflage, dass es nur noch ein Signal aussandte: Schmerz. Nichts wie weg.

»Diese ganz unvermeidliche Reaktion ist höchst problematisch«, hatten die Ärzte übereinstimmend gesagt. »Denn wenn Hören für sie zur Qual wird, dann wird ihr Gehör sie schützen wollen und unempfindlicher werden. Mit einem Wort: Wenn Ihnen Hören nicht bald wieder Spaß macht, werden Sie ertauben.«

Irgendwann war der Nachtisch gegessen, und Mirko kam mit einem bunten Beutel, auf dem ein Frosch mit riesigem Maul grinste, an den Tisch. Vito überschlug die Broteinheiten, die sein Sohn gegessen hatte, sog Insulin mit einer Spritze auf und setzte sie ihm auf den nackten Bauch. »Diabetes«, sagte Di Natale.

Während Silvia die Kinder ins Bett brachte, führte Di Natale Lunau und Amanda ins Wohnzimmer. Das Haus war unaufwendig, aber geschmackvoll eingerichtet. Die Klinkerwände unverputzt, davor Regale aus dunklem groben Holz, einige kuriose Bilder aus bunten Holzteilen. Durch die Terrassentür sah man

Rasen, Plastikspielzeug, Büsche und die Lichtreflexe auf dem finsteren Fluss. Di Natale bot Lunau und Amanda einen Whiskey an, Lunau lehnte ab. Di Natale schenkte großzügig zwei Gläser ein und setzte sich in einen Sessel, Amanda und Lunau gegenüber.

»Was genau kann ich für Sie tun?«

»Ich suche nach Originalen, die es nur hier geben kann. Fischer, Fährmänner, was auch immer mit dem Fluss zusammenhängt.«

Amanda ruckelte unruhig auf dem Sofa hin und her, während Di Natale antwortete: »Sie meinen mich?«

»Zum Beispiel. Und dann will ich die Geräusche aufzeichnen, die diese Landschaft ausmachen. Vogelstimmen, aber auch Schifffahrtsverkehr, Schleusentore, Industrieanlagen, was auch immer charakteristisch ist für den Fluss und sein Delta.«

Di Natale lachte: »Da müssen Sie mindestens ein Jahr bleiben, hier hängt alles mit dem Fluss zusammen. Jede Gasse, durch die sie gehen, wurde vom Wasser des Po geformt.«

»Lassen Sie uns mit dem Interessantesten anfangen.«

»Die Zugvögel kommen aus Afrika zurück, machen hier Station Richtung Mittel- und Nordeuropa. Im Moment finden Sie nirgendwo in Europa so viele Arten wie im Delta.«

»Könnten Sie mir ein paar Stellen empfehlen?«

»Ich mache morgen ein bisschen früher Schluss, danach fahre ich Sie hin.«

Lunau wollte ablehnen. Er konnte Di Natale kein Honorar bezahlen, und im Grunde war er beim Aufnehmen lieber allein.

Aber Di Natale ließ sich nicht umstimmen. »Wenn jemand den Po sogar im Ausland zu Gehör bringen will, da bin ich zu jedem Opfer bereit!« Di Natale hatte Lunaus Blick auf die kuriosen Bilder an den Wänden abgefangen. »Ach, das ist eines meiner bescheidenen Hobbys. Ich sammle Treibholz aus dem Fluss.«

Di Natale stand auf und holte eines der Werke. Man assoziierte eine flache Landschaft, über der die Sonne als orangefarbene Scheibe stand, eine rätselhafte Ruhe ging von dem Bild aus. »Jedes dieser Holzstücke hat eine lange Geschichte, war vielleicht einmal Fischerboot oder Landungssteg, Ruder oder auch nur Obstkiste. Ich verändere die Farbe nicht, säge die Stücke nur so zurecht, dass sie in eine Komposition passen, die einem inneren Bild von mir folgt. Die eigentliche Arbeit hat der Fluss getan.«

Lunau betrachtete die je unterschiedliche Maserung der einzelnen Holzelemente und den durch Wind, Wetter und Wasser gezeichneten Lack. Winzige Risse und Blasen waren zu sehen, die man unwillkürlich berühren wollte. Und Lunau bedauerte wieder einmal, dass er für ein rein akustisches Medium arbeitete.

Di Natale redete von seiner Arbeit bei der ARNI, der Binnenschifffahrtsbehörde, die den Fluss wieder in eine florierende Wasserstraße verwandeln wollte. Amanda schaute die beiden Männer mit offenkundigem Widerwillen an und trank einen Whiskey nach dem anderen. Zum Rauchen ging sie hinaus in den Garten, und Lunau betrachtete ihre schlanke Silhouette vor dem finsteren Fluss.

Nach der fünften Zigarette schlug Lunau vor, nach Hause zu gehen. Di Natale entschuldigte sich für seine Frau, die wohl bei den Kindern eingeschlafen war.

Am Auto musste Lunau mit Amanda um die Schlüssel streiten.

»Ich habe keinen Schluck getrunken«, sagte er.

»Warum eigentlich?«, fragte das Mädchen. »Sind Sie immer so ein Langweiler? Einer, der mit einem Anglerhütchen auf dem Kopf nach Blesshühnern sucht? Ich dachte, Sie wären an Marcos Schicksal interessiert.«

Lunau merkte jetzt, dass sie lallte, und eine unsägliche Wut stieg in ihm hoch. »Wären Sie jetzt in Ihrem Zustand noch Auto gefahren? Und womöglich so schnell wie auf der Herfahrt?«

»Vielleicht, Papi.«

»Jetzt geben Sie schon her.«

Er versuchte, ihr die Schlüssel zu entwinden, sie fing an zu kichern und zeigte eine erstaunliche Kraft. »Wetten, dass Sie sie nicht bekommen?«

»Gute Nacht«, sagte Lunau und ging zu Fuß. Die Straße war verlassen, die Häuser mit Fensterläden verrammelt und feindselig. Der Nebel hatte sich verzogen, aber es war erstaunlich kalt.

»Jetzt steigen Sie schon ein.« Amanda war neben ihn gerollt.

»Nur wenn ich fahren darf.«

Amanda kroch auf den Beifahrersitz und zischte »Penner« durch die Zähne. »Eins möchte ich klarstellen: Sie sind nicht mein Erziehungsberechtigter.«

»Da wären wir uns schon mal einig. Sie lassen mich meine Arbeit machen. Wenn Sie mir dabei helfen können, gut, wenn nicht, geht jeder seiner Wege.«

»Ich dachte, wir arbeiten zusammen.«

»Haben Sie eigentlich schon einmal gearbeitet?«

Sie schaute ihn voller Hass an. Plötzlich bebte ihr Kinn, und die Schminke lief in dicken Spuren über ihre Wangen. Lunau verfluchte sich dafür, dass er jetzt in Italien saß, in diesem Minicooper, neben diesem Mädchen. Frauen und Kleinkinder, die weinten, es gab nichts, was mehr an den Nerven zerrte.

»Wo wohnen Sie?«, fragte Lunau.

»Fahren Sie zu Ihrem Hotel, das letzte Stück schaffe ich schon.«

»Ich fahre Sie nach Hause, und dann gehe ich zu Fuß oder nehme mir ein Taxi.«

Ihr Widerstand war gebrochen. Sie dirigierte ihn durch lange Boulevards, die für eine Stadt mit 135 000 Einwohnern erstaunlich großzügig wirkten. Sie bogen in eine lange Allee, die Reifen prasselten auf den Flusskieseln. Vor einer Villa mit Garten und mehreren Limousinen ließ sie ihn halten. Sie schaltete ein Navigationsgerät am Armaturenbrett ein und tippte auf dem Touchscreen herum.

»Folgen Sie den Pfeilen, dann kommen Sie zu Ihrem Hotel.«

»Ich nehme mir ein Taxi.«

»Nehmen Sie das Auto. Sie sehen ja, wir haben genug davon«, sagte sie und deutete auf den Fuhrpark, den man durch das sich öffnende Metalltor sehen konnte. Sie stieg aus, lehnte sich noch einmal in die offene Beifahrertür, und Lunau musste bewusst an ihrem Ausschnitt vorbeischauen. Noch so eine Situation, die er nicht ausstehen konnte.

»Wir sollten uns eine halbe Stunde vor Prozessbeginn treffen, vielleicht wird es eng im Saal«, sagte sie. »Holen Sie mich ab?«

»Ich dachte, die Medien interessieren sich nicht für den Fall,« sagte Lunau und startete den Motor.

»Natürlich schicken alle pro forma ihre Reporter hin, aber dann werden die Artikel auf ein paar nichtssagende Floskeln zusammengestrichen.«

Sie schlug die Tür zu, und er wartete, bis sie den weitläufigen Vorplatz überquert hatte und im Haus verschwunden war.

6

Jetzt musste er seinen Jagdinstinkt beherrschen, diese flimmernde Erregung, die ihn kurz vor dem Ziel befiel. So ruhig und überlegt agieren, als ginge es um eine von den vielen Tausend Händen, die er in letzter Zeit gespielt hatte, und nicht darum, ob er hier am Tisch die Führung übernahm und sich für das Main Event qualifizierte. Das erste Turnier der World Series, das in Italien ausgetragen wurde, mit insgesamt 1,5 Millionen Dollar Preisgeldern. Endlich hatte er seine Gegner so weit, wie er wollte. Er hatte ein Königpärchen auf die Hand bekommen und vom ersten Moment an Druck gemacht, die ganze Hand hatte er lehrbuchmäßig gespielt. Er hatte erhöht und Mad Max zum Fold gezwungen, nach dem Flop (für die anderen kam nur Müll, für ihn der dritte König), hatten Sweet Caroline und Cavallo Pazzo die Segel gestrichen, nach dem Turn auch Öresund. Alle hatten ordentlich Geld investiert in Blätter, die nicht aufgegangen waren. Der Pott war voll, der Tisch leer, bis auf einen Gegner: Charlie's Angel. (Die Vorstellung, dass er gegen eine Frau kämpfte, löste einen besonderen Kitzel aus. Natürlich hatte der Deckname nichts zu bedeuten, aber die Art, wie sie einen Moment zögerte, ehe sie sich zum Setzen oder Folden durchrang, wie sie mit exzellenten Händen fast scheu die Zügel in die Hand nahm, das hatte etwas Frauliches an sich.) Er hatte einen Königdrilling, mit einer passenden Karte kam ein starkes Full House zusammen, was mochte Charlie's Angel haben? Ein Flush war nicht möglich, denn die Farben auf dem Tisch waren bunt gemischt. Ein Bube lag im Flop, im Höchstfall hatte sie, falls sie mit einem Pärchen gestartet war, einen Bubendrilling. Hielt sich also für bärenstark, zu Recht, aber er war noch stärker. Denn wenn durch den River noch ein Pärchen zu Stande kam, dann ergänzte dieses Pärchen ihrer beider Blatt. So waren nun einmal die Regeln im Texas Hold'em. Dann stand ihr Buben-Full-House gegen sein König-Full-House. Ideal. Er war dran. Wie viel sollte er setzen? Ohne sie zu verschrecken? Er musste sie ködern, indem er unsicher wirkte. Oder er erhöhte so extrem, dass sie einen Bluff witterte. Aber würde sie dann mitgehen, so viel Geld auf den Tisch werfen, nur um einen Bluff zu entlarven? Das taten Frauen selten. Das Eigenkapital war ihnen wichtiger als die Demütigung des anderen. Er durfte auch nicht wie das hilflose Opfer wirken, sonst weckte er womöglich

Mutterinstinkte, dann würde Charlie's Angel versuchen, sich den Pott zu holen, ohne ihn weiter bluten zu lassen. Er musste sie reizen, die Domina in ihr wecken. Aber gab es in ihr eine Domina?

Er hörte unten das Telefon. Seit ein paar Minuten klingelte sein Handy, aber das hatte er ignoriert, jetzt hielt der Nervtöter sich ans Festnetz. Goldene Zeiten, als noch das Telefon blockiert war, wenn man im Internet spielte, dachte er. »Geh nicht ran, ist nicht wichtig«, schrie er durch die Tür. Er hatte sich für die softe Variante entschieden, er zog das Frauenregister. Wozu hatte man sich jahrelang in sie hineingedacht und -gefühlt, hatte sich abweisen, belehren und rüffeln lassen, bis man endlich verstand, wie Frauen tickten? Er erhöhte nur um achtzig Euro. Jetzt lagen eintausendvierhundertdreißig Euro im Pott, für Online-Poker ganz beachtlich. Sie brachte die achtzig, jawohl, sie hatte angebissen. Aber ... was machte sie nun? Noch einmal hundertfünfzig? Wieso erhöhte sie wieder? Und dann so verhalten? War sie tatsächlich so verrückt, auf einen Flush zu spekulieren? Das war die einzig mögliche Kombination, die über seine Könige ging. Glaubte sie tatsächlich, dass auf dem River noch ein Herz kam? Nein, der Grund war ein anderer. Sie glaubte, *er* habe kein starkes Paar. Sie glaubte, *er* spekuliere auf einen Herz-Flush. Jetzt war sie in die Falle gegangen, seine bisherigen Bluffs hatten Erfolg gehabt. Nach vier Stunden zähen Ringens und bescheidener Verluste hatte er sich an diesem Tisch das Image des Hasardeurs erworben. Diese Investition zahlte sich nun endlich aus. Anfänger meinen, man gewinne beim Poker, indem man einzelne Hände gewinnt. Der Könner weiß, dass eine entscheidende Hand zum Sieg führt. Aber diese eine Hand will vorbereitet sein, über Stunden, Tage, ja manchmal über ein ganzes Spielerleben. Natürlich brachte er die hundertfünfzig Euro, nach einer angemessenen Frist. Da ging die Tür auf.

»Kommst du bitte mal ans Telefon?«

Er nahm den Blick nicht vom Bildschirm. Der Geber ließ die oberste Karte vom Stapel und legte sie zur Seite. Dann kam die letzte. Die entscheidende. Sie würde sich gleich umdrehen, und dann stand mathematisch fest, dass er diesen Pott gewonnen hatte und mit dem größten Stack in die Finalphase ging. Charlie's Angel konnte nur noch versuchen, ihn aus dem Spiel zu drängen, indem sie aberwitzig erhöhte. Um so besser. Sie war wie ein Fisch, der den Haken immer tiefer ins Fleisch trieb, je heftiger er sich wehrte.

»Beppe!«

»Ich hab doch gesagt, lass es klingeln. Ich kann jetzt nicht.«

»Du musst.«

»Wer ist es denn?«

»Weiß ich nicht.«

»Lass dir die Nummer geben, ich rufe sofort zurück.«

»Du musst selber an den Apparat kommen.«

Sie hatte es in einem so merkwürdigen Ton gesagt, dass er sich ablenken ließ. Sie war kreidebleich und zitterte.

»Was ist denn los, verdammt? Du siehst doch, ich bin am Arbeiten. Das, das …«

Er lief schnell die Treppe hinunter und nahm den Hörer in die Hand. »Hören Sie, im Moment kann ich leider …«

»Ich bin es.«

Er zuckte zusammen. Die Stimme war nur ein Flüstern. Dahinter rauschte etwas, wie ein Fernseher, der keinen Empfang mehr hatte.

»Ich hatte Ihnen doch gesagt, Sie sollen nicht unter dieser Nummer anrufen.«

Keine Reaktion, nur dieses sonderbare Rauschen, das ihm kalte Schauer über den Rücken jagte. Ihm wurde klar, dass er einen Fehler begangen hatte.

»Nein, entschuldigen Sie, es ist nur …«

»Sie wissen nicht, was für ein Privileg es bedeutet, dass ich diesen Anruf tätige. In einer solchen Phase habe ich einen Vorgang grundsätzlich aus der Hand gegeben. Dann kümmern sich Mitarbeiter darum. Sagen wir, Ihr Privileg ist unserer langjährigen Beziehung und Ihrem Nachnamen geschuldet.«

»Am Montag. Bis Montag schaffe ich es. Am Wochenende bin ich beim größten Turnier der Geschichte, ich bin schon qualifiziert, damit habe ich garantiert ein Preisgeld von ...«

»Sie haben Zeit bis morgen zehn Uhr. Bei einem Aufschlag von fünf Prozent.«

»Zehn Prozent. Montag, acht Uhr morgens. Sie können sich auf mich verlassen.«

Der andere lachte. »Natürlich. Als hätte ich jemals daran zweifeln können. Ach, übrigens ...«

Beppe Pirri hielt inne. Er ließ seinen Blick durch den Flur schweifen, über die Stilmöbel, die schon seinem Vater gehört hatten, der sich einen teuren Geschmack und dessen Befriedigung durch bedingungslosen Einsatz erarbeitet hatte. Sein Vater war lange tot. Wer konnte ihm jetzt noch helfen?

»Ab jetzt bin ich nicht mehr für Sie verantwortlich.«

»Was meinen Sie damit? Sie brauchen mir nicht zu drohen«, antwortete Pirri.

»Von mir geht doch keine Bedrohung für Sie aus. Ihre Wechsel sind verkauft.«

»An wen?«, fragte Pirri.

»Der Betreffende wird sich gewiss bald bei Ihnen melden.«

»An wen?« Pirri hatte fast geschrien, aber der andere hatte bereits aufgelegt. Beppe Pirri brauchte einen Moment, um mit dem Hörer die Gabel zu treffen. Er fuhr sich hektisch durch die grauen Locken. Wer konnte ihm unter die Arme greifen? Er dachte an Di Natale. Seine erbarmungslosen und etwas stupiden Grundlinienschläge. Sein lächelndes Gesicht in der Sauna, das jede Niederlage wegsteckte. Auch wenn es Differenzen gab, Di Natale war ein echter Freund. Der selbst kaum Geld hatte. Pirri ging die Treppe hoch.

»Wer war der Mann?«, fragte seine Frau.

»Ein Geschäftspartner.«

»Um diese Zeit? Auf deinem Privatanschluss?«

»Ein Unfall auf dem Bauabschnitt zwölf. Die Deichstraße ist plötzlich abgesackt.«

»Musst du hin?«

Er schüttelte den Kopf und setzte sich an den Rechner. Scheiße, das durfte nicht wahr sein! Da lag ein ganz anderes Blatt. Auf seinem Konto waren nur noch ein paar Kröten. Sie hatten den Pott der dusseligen Kuh gegeben.

»Erica!« Er schrie wie ein Wahnsinniger. Sie kam langsam die Treppe hoch. War sie so alt geworden, dass sie nicht mehr zügig gehen konnte?

»Jetzt mach schon!«

Sie kam durch die offene Tür.

»Was war da auf dem Bildschirm?«

»Bitte?«

»Als ich weg war. Da muss eine Karte aufgedeckt worden sein. Was für eine Karte war das?«

»Du hast Karten gespielt?«

Sie schüttelte den Kopf und ging wieder hinaus. Er hätte sie umbringen können. Von nichts eine Ahnung, von gar nichts. Das wären locker zweitausend Euro geworden. Aber das war nicht das Schlimmste. Das Schlimmste war, dass er nicht wusste, was auf dem River gekommen war. Noch ein König? Oder ein Bube? Oder tatsächlich noch ein Herz? Und jetzt ließ man ihn nicht mehr an dem Tisch zu.

Er wurde fahrig. Er versuchte immer wieder, sich in die Runde einzuloggen. Kein Zutritt. Er kratzte sich an den Schienbeinen und an den Handrücken, während er es wahllos mit anderen Tischen bei demselben Anbieter probierte. So kannst du nicht spielen, sagte er sich, so kannst du nur verlieren. Endlich wurde er an einem Tisch zugelassen. Unbekannte Gegner. Die Decknamen kamen aus aller Welt. Und der Tisch war kein Qualifikationsturnier fürs Wochenende. Was sollte er hier? Wenn er bis Mitternacht die Qualifikation nicht geschafft hatte, brauchte er 20 000 Euro in bar, um sich direkt einzukaufen. Er brauchte jetzt sichere Gewinne. Aber sichere Gewinne machte man nur mit Kommunalobligationen. Gewinne, die langsamer stiegen als die Inflation.

7

Kaspar Lunau wurde durch einen Streit geweckt. Die heisere Stimme eines Mannes, der seine Frau beschimpfte. Die Frau reagierte anfangs mit schüchternen Besänftigungsversuchen, aber diese brachten den Mann immer mehr auf. »Schlampe, billiges Flittchen. Ich habe eine Hure geheiratet, ich rackere mich ab, damit du dir die Fotze piercen kannst. Damit dein Stecher einen besonderen Kitzel spürt, wenn er dich leckt.« Lunau saß im Bett und schaute auf die Uhr: Halb drei. Er erkannte das Hotelzimmer. Da hörte man ein Klatschen, und einen gellenden Schrei der Frau, der schnell erstickt wurde.

Lunau fuhr aus dem Bett, schlüpfte in seine Hose, während sich drüben auch die Kinder einschalteten. Ein Mädchen flehte den Vater an, er solle der Mama nicht wehtun. Noch eine Ohrfeige, jetzt weinte das Mädchen, und der Junge bettelte. Ein Möbelstück krachte gegen eine Mauer. Wo kam der Lärm her? Durch die Wand an der Kopfseite des Bettes. Also aus Zimmer 12. Lunau lief nach draußen. Die grünen Signallampen für die Notausgänge warfen einen kränklichen Schein auf den Teppichboden. Lunau betätigte einen Lichtschalter und trat vor die 12. Die Frau heulte und wimmerte unter den Schlägen, die in immer schnellerer Folge auf sie einprasselten. Lunau klopfte, bei dem Krach ein sinnloses Unterfangen. Also hämmerte er mit beiden Fäusten, trat gegen das Türblatt, bis die Tür aufflog.

Vor Lunau stand ein Mann in gestreiftem Pyjama, das graue schüttere Haar tanzte in langen Strähnen in der Zugluft. Sein Gesicht war krebsrot.

»Sind Sie von allen guten Geistern verlassen? Ich werde mich bei der Direktion über Sie beschweren. Wissen Sie, wie lange ich heute gearbeitet habe?«, schrie er. Lunau wollte ihn am Kragen packen, aber dann fiel sein Blick ins Zimmer. Der kreisrunde Lichtkreis auf dem Nachtschränkchen, die Decke auf dem französischen Bett, die nur an einer Ecke zurückgeschlagen war. Das Zimmer still und leer, der Ehekrach ging irgendwo anders weiter.

»Entschuldigung, ich habe mich im Zimmer geirrt.«

»Das will ich meinen.«

»Würden Sie mich einen Moment begleiten?«

»Wohin denn?«

»Wohin wohl? Da rüber. Er bringt sie um!«

Der Mann schaute skeptisch. Und tatsächlich war der Geräuschpegel gesunken. Vielleicht hatte der Schläger gemerkt, dass er inzwischen Ohrenzeugen hatte. Die Lärmquelle lag hinter der Tür zum Zimmer 19, auf der anderen Seite des Korridors.

Lunau wies mit dem Kinn in die Richtung.

Der Mann zog die Augenbrauen hoch und schüttelte verwirrt den Kopf. »Wovon reden Sie?«

Nachdem Lunau sich umgedreht hatte, kam der Lärm aus der 11. Je nachdem in welche Richtung er sah, änderte sich auch die Position der Geräuschquelle. Lunau entschuldigte sich kleinlaut bei dem Mann und ging zurück auf sein Zimmer. Cremefarbene Wände, Terrakottafliesen, ein Doppelbett, ein kleiner

Sekretär mit Stuhl, ein Schrank. Genau wie am Nachmittag. Von halb rechts kam jetzt der Ehekrach, wieder aus Zimmer 12, wo der einsame Mann mit dem grauen Haar schlief. Also wieder nur eine Halluzination.

Lunaus Herz raste. Irgendwie hatte er gehofft, er hätte seine Probleme allmählich im Griff, die Einsamkeit in seiner ehemaligen Wagenremise, die stillen Stunden hätten für eine Entzerrung gesorgt. Und selbst diese Auslandsreise schien die heilsame Wirkung anfangs zu verstärken. Das gleichmäßige Singen der Flugzeugtriebwerke, das melodiöse Gewirr italienischer Stimmen. Fast drei Uhr. Er dachte an Paul und Stefan, die jetzt in ihren Zimmern lagen und schliefen. Er dachte an sein einstiges Abendritual, wie er vor dem Zubettgehen noch einmal in die beiden Kinderzimmer blickte, die süßliche Wärme spürte, die von den schlafenden Körpern aufstieg, ihren Atem an seinem Ohr. Es war der schönste Augenblick des Tages, wenn alles geschafft war und er sich zur Belohnung noch ein paar Minuten auf den Boden setzte, Paul und Stefan betrachtete, ihnen über das Haar, über einen kleinen, nackten Fuß strich, der sich aus der Bettdecke hervorgearbeitet hatte und einen Traum mit sanften Ruderbewegungen auf dem Laken begleitete.

In Lunaus Kopf ging unterdessen das Spektakel weiter. Er wusste nicht, ob das die Tonspur aus einem Film war, den er irgendwann gesehen hatte, oder seine eigene Erfindung.

Er spürte das Bedürfnis, Jette anzurufen. Ihre Reaktion konnte er sich ausmalen, um vier Uhr morgens. Er stand auf, öffnete die Minibar. Die Flaschen standen in einem strahlenden Lichtkeil, mit einem sanften Klirren waren sie aneinander gestoßen. Traubentrester, den man hatte vergären lassen, um ihn dann zu destillieren, 40 % Volumenalkohol; Kräutersud, den man mit Industriealkohol zu Likör verwandelt hatte, 28 %. Seine Zunge war trocken, seine Hände zitterten. Die Bierflaschen waren Null Zwo, fünf Prozent Volumenalkohol, das hieß, wenn er ein Bier trank, dann nahm er gerade mal ein Gramm reinen Alkohol zu sich. Was war das schon? In einem achtzig Kilo schweren Körper? In einem grenzenlosen, sich ständig weitenden Kosmos?

Wütend warf er die Tür zu und legte sich wieder hin. Er würde nicht einknicken. Den letzten Rest Selbstachtung würde er über die Zeit retten. Über welche Zeit? Und wozu? Das war das Problem. Der Alkohol fing wieder an, für ihn das Denken zu übernehmen. Wenn er sich vorsagte: Alkohol ist keine Lösung, dann antwortete der Alkohol: Kommt auf die Dosierung an. Der Alkohol hatte alle schlagenden Argumente auf seiner Seite. Und davor musste Lunau die Ohren verschließen. Die Ohren verschließen, dachte er. Mein Spezialgebiet.

8

Amanda sprang aus dem Bett und öffnete die schweren Spiegeltüren ihres Schrankes. Endlich war diese Nacht vorbei. Endlich war Donnerstag, der 29. Mai. Stundenlang hatte sie sich im Bett gewälzt, der Alkohol hatte ihr nicht den erhofften komatösen Schlaf beschert. Sie schaute unschlüssig auf die Kleider, die, auf einem Meter achtzig Breite, an der Aluminiumstange hingen. Sie fühlte sich schwach, ausgelaugt und nervös. Kein Outfit schien ihr angemessen für die Situation. Sie wollte sie selbst sein und gleichzeitig ein Zeichen setzen. Für Marco, der sie von irgendwo her betrachten würde. Aber wie? Sie lief zu ihrem Schreibtisch, fuhr den Laptop hoch, trat wieder an den Schrank, holte eine weiße Seidenbluse und einen grauen Hosenanzug hervor, dann ging sie in das kleine Bad, das zu ihrem Schlafzimmer gehörte, und stellte sich unter die Dusche. Sie schob die Mischbatterie abwechselnd auf kalt und warm, um wach zu werden.

Sie zitterte, und ihr war schlecht. Fast vier Jahre hatte sie auf diesen Augenblick gewartet, hatte Flugblätter geschrieben, Freunde versammelt, Internet-Blogs gegründet und die Fankurve im Stadion für sich gewonnen. 4 Uhr 27 zeigte damals das Display ihres Handys an. Die Stimme von Laura, Marcos Schwester, hatte sich ganz sanft in ihr Bewusstsein gedrängt: »Marco hatte einen Unfall« – »Schlimm?« Laura hatte leise zu schluchzen angefangen. »Er liegt im Krankenhaus, sie sagen mir nichts Genaues.« Amanda hatte gespürt, wie es ihren Magen langsam nach unten zog. Sie hatte gespürt, dass sich etwas für immer in ihrem Leben veränderte, gegen ihren Willen. »Hatte er einen Helm auf?«, fragte sie. – »Er war zu Fuß unterwegs.« Gott sei Dank, dachte Amanda. Noch kannte sie die Bilder aus den Akten nicht: Die Schwellungen über den Jochbögen, die aufgeplatzte Haut, das zermatschte Gesicht, in dem man lange nach irgendeiner Spur von Marco suchen musste. Und hätte sie Marcos Eltern nicht dazu überredet, einen Anwalt zu engagieren und ihre festverzinslichen Wertpapiere für eine zweite Autopsie zu liquidieren, dann hätte sie diese Bilder aus den Polizeiakten wohl nie zu Gesicht bekommen.

Sie schaute auf ihr Handy. Keine Nachricht. Die Verhandlung war nicht im letzten Moment verschoben worden. Zwar brauchte es ein Wunder, wenn die Schweine nicht ungeschoren davonkommen sollten, aber warum sollte dieses Wunder nicht eintreten? Dass es zu einer offiziellen Anklageerhebung kommen würde, hatte auch keiner für möglich gehalten.

Es dauerte lange, bis die Zuckerlösung, mit der Amanda gewöhnlich ihre Haare in Form brachte, herausgewaschen war. Sie schlüpfte in ihren Bademantel, kehrte in ihr Zimmer zurück und legte Marcos letzte CD ein: »Kopfformat«, seine Stimme klang heiser über dem trockenen Beat: »Sie brauchen dein Hirn, aber nicht deinen Geist, ihre Viren fressen sich in deine Dateien, fressen Erinnerung, fressen Hoffnung und geben dir Angst dafür. Angst fesselt dich, an den Rechner, an die Tastatur, deine Finger geben Daten ein, für sie. Deine Finger geben Daten ein, für sie. Datensätze, die dein Hirn lähmen, Datensätze, Ecksätze, Umsätze, Zinssätze. Zeug ein Kind, bau ein Haus, nimm Kredit auf. Nimm Kredit auf, auf die Erbsünde folgt die Bausünde. Du wirst zahlen, bis ans Ende deiner Tage, für ein Paradies. Das es nicht gibt. Wenn nicht du es schaffst. Formatier deinen Kopf neu. Alle Daten löschen? Ja!«

Tränen liefen ihr über die Wangen, aber die Wut behielt die Oberhand über die Melancholie. Sie rief ihren Blog auf und schrieb: »In zwei Stunden ist es soweit: Die Schweine werden vor dem Richter erscheinen. Sie werden ihre Visiere ablegen müssen. Sie werden uns ins Gesicht sehen müssen und Antworten geben. Nicht nur uns, sondern auch der internationalen Presse. Ich habe dafür gesorgt, dass wir nicht allein sind, dass die schmutzige Wäsche nicht wieder in der Familie gewaschen wird. Ich erwarte von euch, dass ihr noch einmal euren Arsch bewegt. Flagge zeigen, das ist heute das Mindeste!«

Sie wischte sich die Tränen ab und konzentrierte sich auf ihr Äußeres. Nichts sollte heute sein wie sonst. Sie kämmte und föhnte ihre Haare, zog einen weißen Spitzen-BH an, darüber die Bluse und den Hosenanzug. Am Ende sah sie aus wie eine Chefsekretärin. Marco würde sie gefallen. In manchen Dingen war er altmodisch. Auf Schminke verzichtete sie, denn sie fürchtete, dass dies nicht die letzten Tränen des Tages gewesen waren.

Als sie hinunter in die Wohnküche kam, saßen ihre Eltern schon beim Frühstück. Gianna, die Ukrainerin, servierte und lächelte Amanda an.

»Was ist denn mit unserer Tochter passiert? Willst du einem Professor imponieren?«, fragte ihr Vater zwinkernd und blies über seinen Espresso.

»Nein, Marco.«

Adelchi Schiavon setzte die Tasse ab.

»Heißt das, du gehst heute nicht in die Uni?«

Amanda winkte nur ab. Sie überlegte einen Moment, ob sie wenigstens ihrer Mutter einen Kuss auf die Wange geben sollte, aber wozu wäre die Heuchelei gut gewesen? Sie erwiderte das Lächeln der Haushälterin und sagte: »Ciao, Gianna.« Dann wandte sie sich an die Eltern: »Macht's gut. Es lebe der Duce.«

Als sie die Tür zuwarf, hörte sie noch, wie ihr Vater auf die beiden Frauen einschrie.

Lunau stand mit dem Mini vor der Villa. »Gute Idee, sich dezent zu kleiden. Wir wären sonst jedem sofort ins Auge gesprungen«, sagte er.

»Ich habe es nicht für uns getan, sondern für Marco.«

Den Rest der Fahrt wurde geschwiegen. Amandas Parfüm war weniger dezent als ihre Kleidung, es roch nach Moschus und Sandelholz. Es hatte Lunau schon am Vortag irritiert, jetzt machte es ihn nervös.

Das Gerichtsgebäude lag nur einen Steinwurf vom Kastell entfernt, ein hypermoderner Bau mit kubischer Fassade, Foyer und Treppenhaus als senkrechte Zäsur in blauem Glas. Die Leute strömten aus dem Zentrum und den Nebenstraßen herbei, elegant gekleidete Anwälte, Presseleute, Angestellte und Bürger jeden Alters und jeder politischen Couleur, genau wie die Zeitungen, die sie unter dem Arm trugen. Junge Leute standen in Gruppen zusammen, heftig debattierend. Einige trugen die weiß-blauen Farben der Ferrareser Fußballmannschaft, andere T-Shirts mit einem Gesicht und dem Aufdruck: »Alle für Marco.« Ein Kordon von Polizisten in Kampfausrüstung hielt sich im Hintergrund. Ein hagerer Bursche mit wilden Locken und Drei-Tage-Bart erkannte Amanda, kam auf sie zu und küsste sie auf beide

Wangen. Dann schaute er Lunau fragend an. »Ich bin Gaetano.« – »Ein Freund meines Vaters«, stellte Amanda Lunau vor. »Verstehe«, antwortete der Bursche, aber er hatte die Lüge nicht geschluckt. Die anderen der Gruppe zogen nach, umarmten Amanda lange, schlugen ihr auf die Schulter. Sie war der Mittelpunkt des Pulks. »Ich gehe schon mal vor«, sagte Lunau. In Ferrara schien jeder jeden zu kennen, und vor allem schien man Amanda zu kennen, in jeder Verkleidung.

Lunau kam an die Eingangskontrolle hinter der breiten Glastür. Die Sitzung war öffentlich, aber Ton- und Videoaufnahmen waren untersagt, wie ein Schild verriet. Die Polizisten hielten die Besucher mit herrischer Geste an, schauten aber nur in Handtaschen und klopften Lunaus Flanken, die Hosenbeine, Brust und Rücken ab. Es gab nicht einmal einen Metalldetektor. Lunau hatte seinen Digitalrekorder mitsamt Mikrophon in die Unterhose gesteckt.

Der Verhandlungssaal, der größte in Ferrara, war bereits zu zwei Dritteln gefüllt. Die ersten Reihen fast komplett mit Polizeiuniformen besetzt, einige Beamten filmten die Zuhörerreihen.

Die beiden Fraktionen im Publikum waren leicht auszumachen, und es herrschte eine äußerst angespannte Atmosphäre. Ein paar Jugendliche mit weiß-blauen Fanschals provozierten die Polizisten mit halblaut gemurmelten Sprechchören.

Lunau hasste Menschenansammlungen, aber schlimmer als der Körperkontakt war der Lärm, der immer weiter anschwoll. In den hinteren Reihen herrschte das übliche Gemurmel wie vor einer Theatervorstellung, nur war die Akustik in dem kahlen, mit Marmor gefliesten Saal eine andere. Die Schallwellen wurden an den Wänden reflektiert und überlagerten sich. Die Türen schlugen immer wieder, die Stuhlbeine kratzen auf dem Boden, Hunderte Stimmen quasselten durcheinander.

Lunau hatte in der Nacht Amandas jüngste Aufzeichnungen

gelesen. Die Hasstirade eines verblendeten Teenagers. Amanda redete sich ein, dass die Polizisten Marco ermordet hätten, aber bei jedem Mord ist das wichtigste Element das Motiv. Welches Motiv sollten die Beamten gehabt haben? Marco war ein harmloser Gymnasiast gewesen, der sich für Musik und Karate interessierte, ein Junge mit normalen Hobbys und revolutionären Ideen, auch das war normal in seinem Alter.

Als der Richter und die beiden Beisitzer den Saal betraten, heftete Lunau sein Mikro an den Hemdkragen und stellte den Rekorder an. Die Leute standen auf, tausende Metallstuhlbeine schrammten über die Marmorfliesen, einige Stühle fielen um, in der Tonanlage des Saales krachte es, Papier raschelte, die Lautsprecher brummten, Lunaus Nachbar räusperte sich. Der Richter eröffnete die Verhandlung, indem er die Anklagepunkte verlas, wobei die übersteuerte Tonanlage mehrmals schmerzhaft jaulte: Drei Polizeibeamte standen wegen unterlassener Hilfeleistung vor Gericht, zwei wegen Behinderung der Ermittlungen. Schon gab es die ersten Proteste, jemand schrie: »Mörder!« Lunau hatte seine Ohrplugs in die Gehörgänge geschoben, aber trotzdem wurde ihm übel. Er verstand kein Wort des Richters mehr, weil er jeden Huster, jede geflüsterte Bemerkung in seiner Nähe registrierte. Er schloss die Augen und versuchte, sich auf das Bild einer blauen Kugel zu konzentrieren, um die der Lärm wie um eine Insel in der tosenden See brandete. Sein Rekorder zeichnete unterdessen für ihn auf. Lunaus Hirn hatte sich angewöhnt, Geräusche überproportional zu verstärken, sie krachten in sein Bewusstsein, als befände er sich in dem Dämmerzustand, kurz vor dem Einschlafen, in dem man jeden Laut überdeutlich wahrnimmt. Doch plötzlich knallte und schepperte es nur noch, man rempelte Lunau an. Der Holzhammer des Richters platzte durch den Wust an Schallwellen. Die Leute waren aufgesprungen, zwischen Jugendlichen und Polizei kam es zu einem Gerangel.

»Meine Herrschaften, meine Herrschaften«, schrie der Richter immer wieder, und dann strömte die Menge ins Freie. Lunau sprang auf und wurde mitgerissen. Der Menschenstrom massierte sich an der Tür, Lunau wurde eingeklemmt, bekam einen Ellbogen in die Rippen, eine ältere Dame kreischte. Er wollte nur noch an die Luft. Aber das wollten alle. Im Treppenhaus wurde geschoben und geknufft, Polizisten versuchten, den Abfluss zu steuern, sie redeten beschwichtigend auf die Menschen ein und halfen Alten, die in Schwierigkeiten gerieten. Als Lunau im Freien war, scherte er aus der Menschenmenge aus. Alle strebten dem Tor zur *Via Bocca dei Leoni* zu, Lunau setzte sich auf ein Mäuerchen und wartete. Er lehnte den Hinterkopf an die kühle Mauer und hörte zu, wie sich das Tohuwabohu ganz allmählich zerstreute, in die umliegenden Gassen floss und abschwoll. Ein Polizeiauto stellte das Martinshorn an und fuhr mit quietschenden Reifen davon, dann folgte ein ganzer Konvoi, das brachte die Menge noch einmal zum Kochen, aber dann ebbte der Lärm ab, und es wurde auf wundersame Weise still in dem weiten Hof.

9

Lunau stand unter der riesigen Eisenbahnbrücke, über die ein Eurostar donnerte. Die Stahlkonstruktion ächzte und knirbelte, der Schall wurde von der Flussoberfläche reflektiert und hallte lange an den Deichflanken nach. Lunau sah, wie der Aufnahmepegel in den kritischen Bereich leckte, drosselte ihn vorsichtig und schloss die Augen. Sagenhaft, dieses akustische Spektakel, auch wenn es nur ein Effekt war, ohne Aussage. Lunau arbeitete mit seinem Lieblingsmikro, einem winzigen Kunstkopfmikrophon, und seinem Lieblingsrekorder, einem zigarettenschachtelgroßen Digitalrekorder von Korg. Auf der Festplatte war Platz für zwanzig Stunden Material. Das Mikrophon war unauffällig und behinderte Lunau nicht, es steckte in seinen Ohren wie ein kleiner Kopfhörer und nahm im 360°-Winkel auf. Eigentlich war dieses Mikrophon die technische Umsetzung seiner Krankheit. Oder seine Krankheit war die Weiterführung dieses Mikrophons.

Lunau hatte sich zwei Arbeitstage freistellen lassen. Außerdem stand ihm das Wochenende zur Verfügung. Marcos Geschichte ließ sich in diesen vier Tagen nicht rekonstruieren. Der Prozess gegen die Polizisten würde sich noch über Monate, wenn nicht Jahre hinziehen. Lunau würde seine Reisebilder einfangen und am Sonntag nach Berlin zurückkehren. Mit den letzten fünf Stunden konnte er zufrieden sein. Nachdem er lange unter der Dusche gestanden hatte – das Rauschen und Brausen in seinen Ohren beruhigte sein Gehör nach der Kakophonie im Gerichtssaal –, hatte er angefangen, Ferrara und Umgebung zu erkunden, hatte Atmosphären und Interviews mit »Originalen« aufgezeichnet, an die Di Natale ihn verwiesen hatte: Ein alter Mann, der für eine schwimmende Brücke lebte, die es nicht mehr gab, die letzte »Fährfrau« am Hauptarm des Po, einen Bootsbauer, der noch in Handarbeit die *Sandola*, den typischen schlanken Nachen, zimmern konnte. In seinem Notizbuch standen außerdem noch ein Schleusenwärter, ein Korbflechter und ein Störfischer, der, da es im Po keine Störe mehr gab, seinen Pfahlbau am Wasser in ein Museum verwandelt hatte. Nachts dagegen jagte er die Welse, die man im Po ausgesetzt hatte, um Angeltouristen aus Deutschland und Osteuropa anzulocken. Diese Welse wuchsen zu meterlangen Bestien, die bis zu zweihundert Kilo wogen und alles wegfraßen, was einst im Po heimisch gewesen war. Vor allem den Laich der Störe, den Kaviar.

Lunau war durch die Innenstadt gestreift, hatte das Stimmengewirr in den Gassen aufgenommen, das Zischen der großen Espressomaschinen in den Bars, die Marktschreier, die ihre billigen

Imitate mit den Logos berühmter Designer anpriesen. Er hatte hallende Schritte im Innenhof des Kastells aufgenommen, Möwenschreie, Reiherschwingen, das Surren von Rennradreifen auf der Deichstraße, das Tuckern der Fähre und das Ächzen der Schleusentore.

Die Landschaft um ihn her war surreal. Der Fluss lag wie eine unendliche träge Masse vor Lunau, grau wie Beton, so breit, dass man eine leichte Wölbung der Oberfläche zu erkennen meinte. Ein kühler, algiger Hauch kroch vom Wasser unter die Kleidung, kratzte am Windschutz des Mikrophons und ließ das Laub der Pappeln silbrig flimmern. Diese bewaldeten den Uferstreifen in kilometerlanger geometrisch strenger Formation, dazwischen Wildnis, Buschwerk, Spuren von streunenden Hunden und Wildschweinen, am Horizont rauchten die Schlote der Chemiewerke. Und darüber ein Himmel, der sich so unendlich hoch wölbte und so tief herunterreichte, dass man sich fragte, ob die Welt nicht doch eine Scheibe sei.

Das Handy klingelte, zum siebten Mal. Zum siebten Mal war es Amanda. Sie war wütend auf den Richter, auf Lunau, auf die ganze Welt. Die Verteidigung der Beamten hatte einen Befangenheitsantrag gestellt, gegen das Richtergespann und gegen das Gericht als öffentlichen Ort. Angeblich habe im Publikum eine feindselige Atmosphäre geherrscht, die eine ausgewogene Beurteilung der Sachlage verhindere. Der Richter hatte daraufhin die Sitzung vertagt, um den Obersten Richterrat über diesen Antrag entscheiden zu lassen.

Lunau überlegte, ob er den Anruf nicht einfach zurückweisen sollte, aber das Mädchen tat ihm leid. Hätte er vorher gewusst, dass sie in das Opfer verliebt gewesen war, dass sie ein Paar gewesen waren, dann hätte er sich auf die Geschichte nicht eingelassen.

Sie weinte.

»Amanda, mit dieser Taktik war zu rechnen.«

»Jetzt hast du gesehen, was das für Schweine sind.«

»Die Verteidiger machen nur ihren Job.«

»Das nennst du einen Job? Sie wissen genau, dass die Bullen Marco erschlagen haben, aus reinem Sadismus.«

»Wichtig ist, dass du und deine Freunde jetzt still halten. Auch bei der nächsten Verhandlung müsst ihr euch, egal was passiert, diszipliniert verhalten. Ihr dürft der Gegenseite keinen Vorwand liefern, neue Befangenheitsanträge zu stellen oder die Sitzung abbrechen zu lassen.«

»Der nächste Termin ist noch nicht einmal festgelegt. Und es geht gar nicht darum, dass sie Marco umgebracht haben.«

Sie schluchzte, und er spürte das Verlangen, sie in den Arm zu nehmen.

»Amanda, ich werde euch helfen, so gut ich kann.«

»Ach ja? Das hat man heute gesehen. Du redest genauso einen Scheiß wie die Bullen und die Anwälte. Da kann ich gleich mit meinem Alten sprechen. Und die Interviews?«

»Ihr seid alle so aufgebracht.«

»Du meinst: befangen?«

»Es hat keinen Sinn, jetzt mit Marcos Mutter zu reden. Ich sehe zu, dass ich meine Reise-Impressionen in den Kasten kriege, und danach habe ich Zeit und Energie für euch.«

»Ist klar.«

Sie hatte aufgelegt.

Lunau kraxelte die von duftendem Gras und Gestrüpp bewachsene Deichflanke hoch. Sie war so steil, dass er immer wieder ausglitt. Der Deich war auf der Flussseite als vierzehn Meter hohe Böschung angelegt, auf der Landseite war er terrassiert. Ein wuchtiger Koloss, der sich auf beiden Seiten des Flusses entlangschlängelte. Aufgeschüttet in jahrzehntelanger unbezahlter Kleinarbeit, von den Bewohnern der Po-Ebene, die morgens um drei mit ihren Schaufeln und Schubkarren von zu Hause aufbrachen, bevor sie ihrer eigentlichen Arbeit nachgingen. In der Brusttasche war Lunaus Korg, und wenn er allzu heftig mit den Armen ruderte, dann verursachte das dünne Mikrophonkabel krachende Geräusche in der Aufnahme. Als er oben stand, erfasste ihn eine heftige Windbö. Sie schabte an dem Schaumstoff, der die Mikrophonkapseln bedeckte. Solche Stellen waren technisch unbrauchbar. Aber hinter dem Kratzen hatte Lunau etwas wahrgenommen. Einen zarten Ton, eigentlich eine Vielzahl von Tönen, wie er sie noch nie gehört hatte. Ein stilles, dichtes Tröpfeln flirrender Einzeltöne, die einen reinen e-Moll-Dreiklang umspielten. War das Musik? Ein Glockenspiel? Aber wo sollte das herkommen? Weit und breit nur Wasser und Wildnis. Im Deichvorland kein Mensch. Oder hatte Lunau sich auch diese Töne nur eingebildet? Er stoppte die Aufnahme und spielte die letzten Sekunden noch einmal ab. Das war keine Halluzination gewesen. Da waren sie wieder: zarte, unregelmäßig zusammenspielende Töne, die keinem festen Rhythmus folgten, aber einer reinen Stimmung entsprachen, wie sie seit dem Spätbarock nicht mehr verwendet wurde. Lunau nahm die Mikrostöpsel aus den Ohren, lauschte in die Ferne. Nichts. Er setzte das Mikrophon wieder auf, drehte den Pegel hoch. Das Mikrophon konnte noch feiner hören als Lunau. Aber es hatte auch bei höchster Empfindlichkeit nichts aufgezeichnet. Nur Wind, ein Sportflugzeug irgendwo im Himmel, ein Zug, der von Süden her in den Bahnhof Ferraras einfuhr. Aus welcher Richtung waren die Töne gekommen? Er fing zu laufen an.

Lunau hatte das untrügliche Gefühl, dass genau hier seine Geschichte begann.

In Zeiten der Schneeschmelze steigt der Wasserspiegel des Po schnell um fünf, sechs Meter über Normalniveau. Kommen dann noch Frühlingsregen dazu und womöglich Gegenwind, der den Abfluss ins Meer bremst, dann erreichen die Pegel innerhalb von Stunden die Alarmstufe. In diesem Jahr war der Höhepunkt der Schneeschmelze bereits überschritten, die Spitzenpegel in die Adria abgeflossen. Für die Bevölkerung hieß das Entwarnung, für die Ingenieure von der AIPO Schwerstarbeit. Denn erst jetzt, wenn der Fluss den Blick auf die Deichflanken freigab, wurden die Zerstörungen des Frühlings sichtbar. Ein Deichwächter hatte aktuelle Fotos gemailt. Beppe Pirri strähnte mit seinen Fingern das dichte gelockte Haar, das seinen runden Kopf einrahmte. Er versuchte sich auf die Bilder zu konzentrieren, aber immer wieder schob sich in seinem Kopf das Full House davor. Das höhnische Grinsen der Könige. Diese Karten hätten ihm das Leben retten können, stattdessen waren sie einfach irgendwo in der virtuellen Welt verschwunden.

Kurz vor Ro, einem Dorf 12 km flussabwärts, beschrieb der Fluss eine scharfe Linkskurve. Wie in jeder Kurve eines fließenden Gewässers wurde das Wasser dadurch mit besonderer Wucht gegen die Außenbahn gedrängt, gegen das so genannte Prallufer. Dort nimmt die Fließgeschwindigkeit zu, der Wasserspiegel steigt über das Flussmittel, und in der Tiefe bilden sich Spiralwirbel. Das Prallufer verlangt besondere Sicherung, die Deichkrone muss dort höher sein als auf der Gegenseite, dem Gleitufer, und der Deichfuß muss gegen Erosion geschützt werden. Jedes Jahr verstärkte man an diesem Deichfuß die Schutzmaßnahmen, jedes Jahr spülte das Wasser die Investitionen wieder fort. Im Vorjahr hatte Pirri auf den Tisch gehauen und die Budgetgrenzen ignoriert, um endlich eine langfristige Lösung zu finden. Er hatte hochwertiges Material aus Südtirol anliefern und eine Schüttung klobiger Steine vornehmen lassen. Doch das Wasser hatte auch den Granit mitgenommen und sich tief in das Erdreich des Deiches gefressen. Die Stelle musste noch aufwendiger gesichert werden, und zwar schnell. Eigentlich kam nur Mauerwerk in Frage. Unbezahlbar. Pirri brauchte eine geniale Idee, aber immer wieder lenkte ihn die Erinnerung an das Telefonat vom Vorabend ab. Er hatte es stets verstanden, seine beruflichen Anforderungen brillant zu meistern und privat seinen Passionen zu frönen. Nun war etwas aus den Fugen geraten und löste in seinen Schläfen einen schmerzhaften Druck aus.

Er griff zum Telefon und wählte die Nummer des Rathauses. Als man seinen Namen hörte, stellte man ihn sofort durch.

»Die Partei muss mir helfen«, sagte Pirri.

»Du wirst unser Spitzenkandidat, ein größeres Zeichen für unsere Wertschätzung kann es gar nicht geben.«

»Was nützt mir der Sessel in einem Jahr? Ich brauche jetzt Hilfe.«

»Du steckst doch nicht schon wieder in Schwierigkeiten?«

»Natürlich, sonst würde ich dich nicht anrufen.«

Schweigen.

»Ich fürchte, ich weiß, worauf du hinauswillst. Für deine saubere Weste musst du selber sorgen. Wir können keine schlechte Presse gebrauchen.«

»Wer redet denn von der Presse?«

Die Verbindung war schon unterbrochen. Pirri war kein Mann, der bei dem kleinsten Problem in Panik geriet. Aber das war kein kleines Problem mehr. Er brauchte Hilfe. Sofort. Er schaute auf seinen Talisman, die Fluss-Karte, die über seinem Schreibtisch hing. Napoleon hatte sie nach der Eroberung Italiens in Auftrag gegeben. Maßstab 1:500 000. Die schönste Abbildung, die je vom Po entstanden war. Das Rückgrat Italiens, mit seinen Nebenflüssen, die wie Gräten abstanden. Stets waren von dieser Karte Trost und Erbauung für Pirri ausgegangen, von der naiv-liebevollen Farbwahl, den exakten Tuschelinien, mit denen das Flussbett und stilisierte Dörfer, Weiler und Wäldchen gezeichnet worden waren. Das waren keine Landvermesser, sondern Künstler gewesen.

Die vielen tausend Tote, die Napoleon auf den Schlachtfeldern zurückgelassen hatte, waren vergessen, die Karte war geblieben. Die Momente der Poesie waren entscheidend, nicht die Opfer, die man dafür zu bringen hatte. Sollte er jetzt wegen 100 000 Euro die Kontrolle über sein Leben verlieren? Wenn er als Spieler etwas gelernt hatte, und Napoleon war der größte Spieler aller Zeiten gewesen, dann dies: Solange man noch spielte, war man nicht verloren. Solange man noch Mittel und Wege fand, den Einsatz zu erhöhen, konnte man Verluste wettmachen. Es reichte eine Hand. Wenn einem 100 000 Euro fehlten, musste man einfach um 200 000 spielen.

Er griff wieder zum Telefon.

»Ich habe ein Problem«, sagte Pirri.

»Schon wieder?«

»Ich brauche deine Hilfe«, sagte Pirri.

»Irrtum. Ich brauche deine«, erwiderte der Mann am anderen Ende der Leitung. »Und ich habe alle Argumente auf meiner Seite.«

»Was soll das heißen? Du weißt doch, dass wir an einem Strang ziehen.«

»Eben. Und heute bist du mit Ziehen dran. Ich erkläre es dir, aber nicht am Telefon. In einer Stunde am gewohnten Ort.«

Je weiter Serse Rabuffo zurückdachte, desto wütender wurde er. Er dachte an den süßlichen kühlen Geschmack des Powassers, das seine Großmutter vor Sonnenaufgang aus dem Fluss holte, damit der feine Sand sich bis zum Mittagessen am Boden des Blecheimers absetzen konnte. Er dachte an die muskulösen Unterarme seines Großvaters, mit dem er, fünfjährig, zum ersten Mal hinausgefahren war. Mit der *Sandola*, diesem schlanken, eleganten Holzboot, das heute keiner mehr bauen konnte, das nach harzigem Lärchenholz duftete, an dessen Bug die Laternen schwankten, welche sich nachts auf dem finsteren Wasser spiegelten und die Fische lockten. Serse hatte schneller gelernt als seine Brüder, mit achtzehn wusste er, zu welcher Tageszeit in welchem Mäander die Deibel und die Störe, die Neunaugen und die Stichlinge standen. Er kannte jeden Strudel in den Biegungen, spürte, ob der Fluss in gnädiger Stimmung oder den Menschen gram war.

Und dann waren die Aasgeier gekommen, mit ihren großen Motorkuttern, mit Schlepp- und feinmaschigen Stellnetzen hatten sie alles leer gefischt, selbst in der Laichzeit. Die Agnellis hatten ihren Riesenkonzern aufgebaut, mit Kampfflugzeugen und Panzerwagen, und nach der Niederlage im Krieg hatten sie eine Regierung nach der anderen geschmiert, damit der Warentransport vom Wasser auf die Straße verlegt wurde, damit jeder seinen Dreck ungestraft in den Po leiten durfte und die Leute Trinkwasser aus der Leitung bezahlen mussten.

Serse Rabuffo stemmte den Gashebel noch weiter nach vorne, ließ die Schraube noch schneller durch die Fahrrinne pflügen. Die Spitze des kleinen Kunstharzrumpfes hob sich aus dem Wasser und zeigte, leicht zitternd, gen Himmel.

»Können Sie nicht ein bisschen langsamer fahren? Sie verjagen doch sämtliche Vögel.«

Serse riss den Gashebel gegen seinen Bauch, die Drehzahl erstarb, die Bremsung war so heftig, dass Lunau und Di Natale gegen die Kajüte flogen.

»Ich habe zu tun. Herr Di Natale, ich müsste hier ein neues Schild setzen«, sagte Rabuffo. Ein hagerer Hals ragte aus einem fadenscheinigen Hemd, das selten gewaschen und nie gebügelt wurde.

Di Natale wollte den Mann zurechtweisen, aber Lunau hielt ihn am Arm fest.

»Lassen Sie ihn einfach seine Arbeit machen. Das ist für mich genauso interessant.«

Während Rabuffo das Boot vertäute, spielte Lunau Di Natale die merkwürdige Aufnahme mit dem Glockenflirren vor. Di Natale lauschte angestrengt und schüttelte schließlich den Kopf.

»Das sagt mir gar nichts.«

»Haben Sie eine Idee, was es sein könnte?«

Di Natale zuckte mit den Schultern.

»Tut mir leid.«

»Es ist wichtig.«

»Nein, ich würde Ihnen gerne helfen.«

Rabuffo hatte einen Holzpfahl mit einem Schild und eine Motorsäge auf den Uferstreifen geschafft. Er fraß sich durch das Unterholz, säuberte eine Stelle und rammte das Schild ein.

»Damit wird die Fahrrinne markiert«, sagte Di Natale mit fast kindlichem Stolz. »In der Flussmitte setzen wir Bojen zur Begrenzung, und die Schilder kündigen Untiefen oder Engstellen an. Außerdem stellen wir die Messdaten über Verlauf, Tiefe und Breite der Rinne, die unsere computergestützten Echolote ständig an die Zentrale melden, ins Internet. Alle Binnenschiffer sehen dort rund um die Uhr die aktuellen Daten.«

Lunau ließ sich das Gerät an Bord zeigen, aus dem eine Endlosrolle Papier lief, mit verschiedenen Fieberkurven.

»Interessant«, sagte Lunau. Aber interessanter als dieses Echolot fand er den wortkargen Mann mit dem gegerbten Gesicht, der meinte, man habe ihnen den Fluss genommen wie den Indianern die Büffel. Man habe sie in Reservoire gesperrt und speise sie mit Almosen ab.

Sie fuhren weiter flussabwärts und kamen an einem riesigen Kahn vorbei, dessen Motoren einen infernalischen Lärm machten, obwohl er nicht vom Fleck kam.

»Was ist das?«, fragte Lunau.

»Einer unserer Schwimmbagger. Er saugt den Sand aus der Fahrrinne.«

Tatsächlich hingen zwei gelbe Rüssel ins Wasser, die den Sand an Bord pumpten.

»Und wohin bringt man den Sand?«

»Nirgendwohin. Er wird an einer anderen Stelle, wo er die Schifffahrt nicht stört, wieder ins Flussbett eingeleitet.«

»Das scheint mir wenig effizient, die Strömung verteilt den Sand doch wieder.«

»Der Sand ist für das ökologische und hydraulische Gleichgewicht im Fluss unverzichtbar.«

Lunau verstand nicht recht, was das heißen sollte, aber er konzentrierte sich lieber auf den Aufnahmepegel, denn die Motoren klangen spektakulär. Di Natale winkte der Besatzung, diese winkte freundlich zurück, und das Boot glitt weiter Richtung Mündungsgebiet. Die Nachmittagssonne warf ein warmes, orangefarbenes Licht auf das Wasser, die Pappelreihen rückten in immer weitere Ferne, und plötzlich befanden sie sich nicht mehr auf einem Fluss, sondern in einer unendlichen Landschaft aus grünem Wasser, kleinen Inseln, wippenden Schilfgürteln, Sandbänken. Di Natales Gesicht leuchtete ebenfalls. »In dieses Labyrinth haben sich immer nur die Einheimischen gewagt. Hier hat sich Giuseppe Garibaldi vor den Österreichern versteckt, und die Partisanen lagen im Wasser, atmeten durch Schilfrohre, während die Deutschen erfolglos ihre Säuberungen durchführten.« Das schien nicht mehr Europa zu sein, der Enddarm eines der am dichtesten industrialisierten Gebiete der Welt. So weit das Auge reichte nur Wasser, Sumpfpflanzen, Möwen und Reiher. Der Schiffer stellte den Motor ab. Stille, erfüllt vom Wellenschlag am Bootsrumpf, den fernen Möwenschreien und dem Wind in den Ohrmuscheln. Lunau lehnte seinen Kopf an die Kajüte und lauschte auf die Vogelstimmen, die aus dem Schilf schallten. Am Horizont ging das Tiefblau des Meeres in den Himmel über, ein Schwarm Flamingos flatterte auf, eine rosa Wolke, die hinter einem kleinen Deich verschwand, sich mit den weißen in der Dünung wippenden Punkten aus Lach- und Königsmöwen mischte. Lunau schloss die Augen und ließ sich vom Boot wiegen. Das heisere Krächzen der Möwen, das Pfeifen der Seeschwalben, die unterschiedlichen Schreie hoben sich aus der Stille ab wie Sterne an einem dunklen Firmament. Lunaus Gehörsinn entspannte sich endlich. Vergessen die Nervosität, die im Laufe des Tages in ihm aufgestiegen war, weil er hinter seinen »Geschichten« herjagte. Vergessen die panische Verzweiflung vom Vorabend. Er spürte, dass er hier sicher war vor Halluzinationen. Weil sein Hirn nicht überlastet war, sondern das Hören genoss. Sie alle hatten recht, seine Frau Jette, sein Psychotherapeut, ja vielleicht sogar Dr. Wilma Gerstner. Er durfte nicht immer nur nach einer Mordsschweinerei suchen. Wie der Sondermüll, der von Schiebern, eskortiert von europäischen Marineeinheiten, vor Somalia im Meer versenkt wurde, wie die Kindersklaven, die trotz der Ethik-Charta der Großkonzerne für genau diese Großkonzerne die Kakaobohnen ernteten. Acht- und Neunjährige, die man aus Mali entführte und für zweihundert Dollar an die Plantagenbesitzer verkaufte. »Warum schaust du nur dahin, wo es Böses und Hässliches gibt?«, hatte Jette ihm immer vorgeworfen. »Du veränderst die Welt nicht, du veränderst nur dich selbst. Du wirst genauso hässlich und mies wie das, was du wie ein Besessener aufspüren willst.«

Vielleicht war es so einfach, wie Jette behauptete: Man war nicht das, was man aß, sondern das, was man sah. Und hörte. Er hatte sich selbst krank gemacht.

»Na, was sagen Sie?«, fragte Di Natale.

»Atemberaubend.« Der Wind brachte kühle, salzhaltige Luft vom Meer, die Lunau in die Nase fuhr, die Sonne kitzelte auf der Haut.

»Die ganze Welt redet von der Camargue, aber wir hier …« Er machte eine ausholende Geste.

»Wir haben noch viel mehr zu bieten. Das ist ein Eldorado für Birdwatcher, und mit dem Mikro können Sie absolute Raritäten einfangen. Nach welchem Vogel suchen Sie?«

Lunau verstand, warum der Mann seinen Beruf liebte. Der Sinn seines Tuns war nicht zu leugnen. Was für Lunaus Arbeit nicht mehr galt. Seit der achtjährige Sami ihn fassungslos angestarrt hatte. »Du gehst?«, hatte er gefragt, als Lunau mit seinen Recherchen auf den Plantagen an der Elfenbeinküste fertig war. »Und nimmst mich nicht mit?« Lunau hatte den Kopf geschüttelt. »Ich dachte, wir wären Freunde«, meinte der Kleine aus Mali. »Sind wir auch«, hatte Lunau geantwortet. Ein halbes Jahr später war Sami tot, und Lunau bekam den Ehrenpreis von »Reporter ohne Grenzen« für seine Dokumentation über Kindersklaven auf den Kakaoplantagen.

»Ehrlich gesagt, bin ich kein Spezialist für Vogelstimmen.«

»Wollen Sie lieber Steißfüße, Entenvögel oder Reiher?«

Lunau zuckte mit den Schultern.

»Irgendetwas Ausgefallenes.«

Di Natale grinste.

»Dann lassen Sie mich mal machen.«

Di Natale ging in die Kajüte und wechselte ein paar Worte

mit Rabuffo. Der kam mit zwei Paddeln, die beiden setzten sich in das Heck des Bootes und fingen vorsichtig zu rudern an. Lunau stellte den Aufnahmepegel höher.

Der Bug schob sich in einen Schilfgürtel, in dem dicke Hummeln brummten und abertausend scharfkantige Blätter im Wind aneinander rieben und ein bizarres Geräusch verursachten. Mit trockenem Knacken brach das Schilfrohr unter dem Druck des Bootsrumpfes. Di Natale stach mit dem Paddel ins Wasser und bremste das Boot. Dann deutete er auf eine Stelle im Dickicht.

»Näher können wir nicht ranfahren. Er brütet.«

Lunau sah und hörte nichts.

»Sagenhaft, oder?«

»Er singt nicht.«

»Wir müssen warten.«

Sie warteten eine Dreiviertelstunde. Man sah mehrmals einen beige-gescheckten kleinen Vogel wegfliegen und zurückkehren.

»Das ist das Männchen,« sagte Di Natale.

Lunau drehte den Pegel noch höher, aber der Vogel schwieg.

Di Natale schaute auf die Uhr. »Ich muss los.«

»Können Sie mich nicht hier auf dem Boot lassen?«, fragte Lunau.

»Rabuffo muss reinfahren. Wir versuchen es morgen noch einmal. Dann nehmen wir mein Kajak.«

Sie ließen sich an Land bringen und verabschiedeten sich von Serse.

»Einen Moment«, sagte Lunau, und Di Natale wurde sichtlich nervös. Lunau spielte Serse das merkwürdige Geklingel vor, aber dieser schüttelte nur den Kopf. Sie stiegen in den Wagen. Di Natale startete den Motor, schoss los und schaltete hektisch durch die Gänge. Er jagte über die enge Deichstraße und plauderte vergnügt, während Lunau sich immer fragte, was wohl hinter der nächsten Kurve kommen würde. Das Gras auf der Deichkrone stand so hoch, dass man nur eine grüne Wand sah, aus der hin und wieder Gegenverkehr kam. Fünfzig Stundenkilometer durfte man fahren, hundert fuhr Di Natale.

»Gibt es einen Grund für Ihre blendende Laune?«, fragte Lunau.

Di Natale ließ den Arm durch die Landschaft rudern.

»Ist das nicht Grund genug?« Er zwinkerte mit einem Auge und lachte.

12

Silvia stand am Spielfeldrand und schaute zu, wie Mirko dem Ball nachjagte, den ein Teamgefährte in den freien Raum gespielt hatte. Der Trainer hatte überzogen, in zehn Minuten musste Silvia in der Ballettschule sein, wo Sara wartete. »Golden Goal«, hatte der Trainer gesagt, und da konnte Silvia ihrem Sohn nicht die Schmach antun, ihn im entscheidenden Moment vom Feld zu holen. Mirko hatte die gegnerischen Verteidiger hinter sich gelassen und stürmte allein aufs Tor zu. Er nahm den Ball an und führte ihn locker und elegant mit dem Außenrist, der Torwart kam aus dem Kasten und sprang Mirko mit beiden Beinen entgegen. Der gertenschlanke Mirko verwandelte sich in ein Knäuel, das sich kurz in die Luft erhob und dann in die Grasnarbe einschlug, während der Ball zur Seite spritzte. Silvia unterdrückte einen Schrei, aber Mirko stand schon wieder. Ein paar Zweikämpfe, ein Doppelpass in Gegenrichtung. Da war es endlich, das »Golden Goal«, zwar nicht für Mirkos Mannschaft, aber Silvia war das egal. Sie zerrte ihren Sohn aus der Traube, die sich gebildet hatte. »Das war doch ein klares Foul, verdammt«, schrie jemand. Fünf Minuten später sah sie Mirkos wütendes Gesicht im Rückspiegel. »Du weißt, dass Sara wartet«, sagte Silvia.

Sie jagte über die schmale Straße auf den Verkehrskreisel zu, dann an der Stadtmauer entlang. Diese idiotische Mauer, dachte sie. Zweieinhalb Kilometer Umweg, nur um ein Stadttor zu finden. Seit fünfhundert Jahren musste man ein Bollwerk überwinden, das die Republik Venedig, die *Serenissima*, von einer Invasion abhalten sollte. Wie stolz sie auf ihre Mauer sind, die Ferrareser, dachte sie, andere Städte haben Opernhäuser oder den Eiffelturm, Kathedralen voller Kunstschätze oder Haute-Cuisine, wir haben eine Mauer. Wir sind stolz auf unsere Beschränktheit.

Die Ballettlehrerin schaute Silvia vorwurfsvoll an, Sara saß mit rot geheulten Augen auf dem Boden.

Silvia bugsierte Sara ins Auto und versuchte sie aufzumuntern, aber sie erntete nur trotzige Blicke. Silvia spürte, wie ihre Kräfte erlahmten. Sie hatte fünf Stunden Schule plus eine unbezahlte Vertretungsstunde gehalten, hatte sich in einer Lehrerkonferenz von ihrem Schulleiter erklären lassen, wie wichtig Konfliktentschärfung und didaktische Variabilität seien, sie hatte die Buntwäsche bei 40° und die Bettwäsche bei 60° gewaschen und eingekauft. In einer Viertelstunde war Vito da. Er wollte pünktlich essen. Er habe später noch einen wichtigen Termin.

Silvia jagte über die Brücke von *San Giorgio*, hatte aber keinen Blick übrig für den schiefen Kirchturm und die weißen Marmorstatuen auf den Brückengeländern. Sie bog nach rechts ab, den *Po di Volano* entlang. Sie parkte in der Einfahrt und flehte die Kinder an, sie mögen sich beeilen. Da sie sich nicht rührten, schloss sie die Haustür auf, lief in die Küche und setzte Nudelwasser und ein bisschen Olivenöl für den *Sugo* auf, in den sie Tomatenpüree und Kräuter kippte. Dann ging sie wieder nach draußen, streichelte Sara über die Wange und klopfte Mirko auf die Schulter.

»Ihr müsst mir jetzt ein bisschen helfen«, sagte sie.

»Wenn es hart auf hart kommt, muss ich mit meiner Mama

verschwinden, verstehst du?«, schrie Mirko und verschränkte die Arme. Sara starrte aus dem Seitenfenster und schluchzte. Silvia unterdrückte, was sie auf der Zunge hatte, und lief wieder ins Haus.

Der *Sugo* schmeckte nach nichts, sie drückte ein bisschen Tomatenkonzentrat aus der Tube hinein. Sie rührte mit dem Holzlöffel Salz und Paprika darunter, kostete. Er schmeckte immer noch nach Papiertaschentuch. Im Wohnzimmer krachte es, dann heulte Sara auf. Silvia warf den Kochlöffel wütend in den Topf und rannte ins Wohnzimmer. Sie riss die Tür auf und schrie: »Habe ich euch nicht schon tausend Mal gesagt, dass ...« Mirko saß auf Sara und kitzelte sie. Das Mädchen jaulte vor Vergnügen. »Entschuldigt. Das Essen ist gleich fertig.«

Was ist nur los mit mir?, dachte Silvia und schloss die Tür zum Wohnzimmer. Der Stress, gut, aber der Stress war nicht größer als sonst auch. Irgendetwas stimmte nicht in diesem Haus. Das spürte sie. Es ging von Vito aus. Aber Vito war noch gar nicht da. Was war das für ein wichtiger Termin, nach dem Abendessen? Angeblich spielte er Tennis mit Beppe Pirri, aber sie hatte zufällig gehört, wie er den Hallenplatz abbestellt hatte. Vito stellte seit ein paar Tagen eine derart gute Laune zur Schau ... Die war verdächtig. Hatte er Ärger, den er überspielte? Die ungelösten Probleme an seinem Arbeitsplatz waren in einem Winkel seines Gesichtes immer zu lesen gewesen. Zumindest für Silvia. Wo waren diese Probleme hingekommen? Und was hatte dieser Fremde plötzlich in ihrem Leben zu suchen? Dieser Journalist aus Deutschland, für den Vito sich auf einmal derart begeisterte, dass er Arbeitstermine verlegte, was sonst nie geschah. Was versprach Vito sich von dessen Reportage? Sollte ein Publikum in Deutschland dafür sorgen, dass sich hier in Italien etwas änderte? Wo sich seit dem Fall des Römischen Imperiums nichts mehr geändert hatte. Oder hatte Vito ... Sie wollte den Gedanken gar nicht weiterdenken. Sie dachte an ihren Schulrektor, der neuerdings jedes ihrer Kleidungsstücke mit einem Kompliment bedachte und versuchte, Vieraugengespräche anzuberaumen, an den Biologielehrer, der angeblich mit der neuen Vertretung im Kopierraum erwischt worden war, sie dachte an die Statistiken, die sie beim Zahnarzt in einer Klatschzeitschrift gelesen hatte. Was machte sie eigentlich so sicher, dass ihre Ehe anders war als die anderen? Dass Vito genauso treu war wie sie? Ich bin überarbeitet, deshalb sehe ich Gespenster, sagte sie sich. Ich muss abschalten, mir mit Vito irgendeine dümmliche Fernsehkomödie anschauen, auf dem Sofa in seinem Schoß ein wenig dösen. Aber sie würde heute nicht in seinem Schoß dösen, sie würde diesen Abend alleine verbringen. Wieso?

Neben der Telefonkommode stand seine Aktentasche. Sie beugte sich nach unten und fuhr vorsichtig über die kalten Messingschlösser. Noch nie hatte sie in den Sachen ihres Mannes gestöbert, auch seine Tagebücher nicht gelesen. Ihre Finger zitterten. Mit den Daumen presste sie gegen die wuchtigen Entriegelungsknöpfe, doch sie saßen fest. Abgeschlossen. Auch das war neu. Silvia schaute auf die Uhr. Noch zehn Minuten. Sie lief hinauf in Vitos Arbeitszimmer, riss die Schubladen auf. Sicher gab es einen Ersatzschlüssel. Sie kramte hektisch in alten Briefen, Büroklammern, Gummis und Münzen fremder Währungen. Nach fünf Minuten hatte sie den Schlüssel. Sie rannte die Treppe hinunter und schob ihn ins Schloss. Er passte. Sie wollte ihn umdrehen, hetzte aber zuerst in die Küche, stellte die Gasflamme unter dem *Sugo* ab und rührte die Nudeln im sprudelnden Wasser noch einmal um. Dann ging sie ins Wohnzimmer und schaltete den Kindern den Fernseher an.

»Aber wir dürfen doch sonst nie vor dem Essen fernsehen!«, sagte Mirko.

»Ist doch egal. Ich will SpongeBob sehen«, sagte Sara und nahm die Fernbedienung.

»Jetzt kommt Dragonballz«, schrie Mirko.

»Nein, ich will SpongeBob sehen.«

Silvia verwünschte sich. Warum hatte sie sie nicht einfach weiterspielen lassen? Sie ging in den Flur, führte den Schlüssel ein und drehte ihn. Mit einem trockenen Klacken sprang ein Schloss auf. Dann auch das andere. Der Inhalt des Koffers war ihr vertraut. Ein paar Kladden, ein Terminkalender, Stifte und ein Durcheinander aus Visitenkarten. Außerdem ein Briefumschlag, der so dick gefüllt war, dass die dreieckige Lasche sich nicht hatte schließen lassen. Aus dem Spalt leuchtete das giftige Grün einer Hunderteuronote. Ein ganzes Bündel. Und unter den Kladden waren noch mehr von diesen Umschlägen. Insgesamt acht, allesamt gefüllt mit Hunderteuronoten. Silvia erstarrte, nahm einen Schein heraus, prüfte das Wasserzeichen. Echt. Seit Jahren drehten sie jeden Cent zwei Mal um, sie wussten nicht, wie sie die Raten für das Häuschen bezahlen sollten, konnten sich kein zweites Auto leisten, Sara musste auf einen Platz in der billigsten Musikschule warten ...

Sie hörte den Schlüssel an der Haustür, klappte den Koffer zu und versuchte, ihn wieder abzuschließen. Ihre Hand zitterte so stark, dass sie das Schloss nicht traf. Die Tür ging auf. Vito stand vor ihr. Schaute sie an, eher verwundert als empört. Diese gespielte Unschuld brachte sie dermaßen auf, dass sie an den Rändern ihres Gesichtsfeldes nur Schwarz sah. Im Bruchteil einer Sekunde wurde ihr klar, wie perfekt er seine Rolle als fürsorglicher Ehemann und Vater immer gespielt hatte, mit welcher Kaltblütigkeit er sie all die Jahre hintergangen hatte. Er war einer dieser vollendeten Betrüger, die deshalb so überzeugend sind, weil sie eins geworden sind mit ihrer Rolle. Und dann die Kontrolle verlieren.

Sie richtete sich auf, während aus dem Wohnzimmer die hysterischen Stimmen und die überdrehte Musik einer Zeichentrickserie hallten. Vito runzelte die Stirn.

»Seit wann sitzen die Kinder um diese Uhrzeit vor dem Fernseher?«

Silvia traute ihren Ohren nicht und fragte:

»Für wie bescheuert hältst du mich eigentlich?«

13

Lunau genoss die kühle Abendluft, die stumpfsinnige Kreisbewegung seiner Beine und das sanfte Schnurren der Reifen auf dem Asphalt. Er saß auf einem Fahrrad, das Di Natale ihm geliehen hatte, und er fuhr zu einem Termin, den Di Natale ihm vermittelte hatte. Mit Andrea Zappaterra: »Vito hat mir erzählt, Sie suchen Einblicke in die Flusslandschaft. Kommen Sie in meinen Betrieb. Sie werden staunen.«

Inzwischen war es fast dunkel. Vom Fluss zog kühler Dunst durch die Pappelpflanzungen, kroch in Schwaden an den Deichflanken hoch, das Wasser floss lautlos, irgendwo hinter dem Dickicht und den hohen Wipfeln der Pappeln. Der Dynamo sang, in der Ferne fingerten die Scheinwerfer eines Autos an den letzten violetten Schraffierungen im Himmel. In Lunaus Rücken lag die Eisenbahnbrücke, an der er am Nachmittag die merkwürdigen Töne aufgezeichnet hatte. Aber jetzt hörte man nur das unvermeidliche Rauschen von Autoreifen in der Ferne und die ersten Grillen des Jahres. Außerdem ein tiefes Brummen, wie von riesigen Motoren. Es wurde immer stärker und ließ Lunaus Bauchdecke vibrieren. »Ungefähr siebenhundert Meter nach Francolino, flussabwärts«, hatte Zappaterra gesagt. »Ist nicht zu verfehlen.«

Tatsächlich tauchten nach einer Biegung des Deiches zur Rechten Flutlichtmasten auf. Sie beleuchteten eine eingezäunte Mondlandschaft aus Seen, Sandbergen, Förderbändern, Speichersilos und Bürobaracken. Auf den Wassertümpeln trieben flache Kähne.

Vom Deich ging eine Schotterpiste ab und führte hinunter zum Haupttor der Sandgrubenanlage. Da kratzte ein Anlasser, ein Motor startete, Scheinwerfer leuchteten auf. Am Straßenrand rollte ein Auto an und kam Lunau entgegen. Es waren nur noch wenige Meter bis zur Abfahrt, aber das Auto blieb auf der verkehrten Fahrbahn, wollte Lunau offensichtlich nicht in die Quere kommen und schnitt ihm gerade dadurch den Weg Richtung Sandgrube ab. Lunau musste nach links ausweichen, doch nun orientierte das Auto sich ebenfalls in die Fahrbahnmitte. Was für ein Idiot, dachte Lunau. Entweder hatte der Fahrer ihn nicht gesehen, oder er war erstaunlich rücksichtslos. Das Auto – für Autos hatte Lunau sich nie besonders interessiert, jedenfalls nicht für die, die er sich hätte leisten können, aber er meinte einen blauen Punto zu erkennen – war jetzt fast auf seiner Höhe und zog plötzlich noch weiter nach links. Es fuhr Zickzacklinien und steuerte dann genau auf Lunau zu! Lunau warf sich nach rechts und wäre fast hingeschlagen. Er schaffte es, rechtzeitig einen Fuß vom Pedal zu nehmen und, während seine Hände die Bremsen zogen, den Aufprall abzufangen. »Arschloch«, schrie er. Er war mit dem Knöchel umgeknickt, sein Herz raste, und vor Wut machte er eine obszöne Geste. Er drehte sich um, tastete nach seinem Korg, der glücklicherweise nicht aus der Brusttasche gerutscht war, und sah, dass die Bremsleuchten des Autos glühten. Offensichtlich hatte der Fahrer ihn doch noch wahrgenommen und wollte sich entschuldigen. In Lunau rangen Wut und Nachsicht miteinander. Sein Fahrradlicht funktionierte. Der Mann *musste* ihn gesehen haben. Wahrscheinlich hatte er an seinem Handy oder seinem iPod herumgefummelt, statt auf die Fahrbahn zu achten. Oder er hatte eine Frau im Auto. An der Deichstraße standen, in gewissen Abständen, Fahrzeuge, in deren Fahrgastzellen kein Licht brannte, aber trotzdem Leben war. Aber warum hatte er sich dann so dicht an die Sandgrube gestellt? Die taghell erleuchtet war? Oder hatte er jemanden abgeholt? Lunau saß wieder im Sattel und fuhr langsam auf das Auto zu, bereit, eine Entschuldigung anzunehmen. Tatsächlich legte der Fahrer den Gang ein und wendete. Aber die Lenkbewegungen waren eckig, immer wieder schlingerte der Wagen, bis er Kurs hielt und Lunau langsam entgegenkam. Lunau wollte schon winken, als der Motor aufheulte. Der Wagen beschleunigte, das Getriebe sprang vom ersten in den zweiten Gang, kurz sank die Drehzahl des Wagens, um dann gleich wieder so anzuziehen, dass man meinte, die Kolben müssten durch die Motorhaube kommen. Der Wagen hielt genau auf Lunau zu. Dessen Gehirn stellte auf Autopilot um. Über den Kühler flirrten die Lichtreflexe der Flutlichtmasten, es fehlten nur noch zehn Meter. Lunau wollte davonsprinten, aber er hatte einen zu hohen Gang eingelegt, zum Schalten blieb keine Zeit. Er ging aus dem Sattel, stemmte sein ganzes Gewicht ins rechte Pedal. Das Fahrrad nahm widerwillig Fahrt auf, Lunau schlug einen Haken nach rechts, dann nach links. Lunau meinte, einen Kopf hinter der finsteren Windschutzscheibe zu erkennen. Er hatte zwei komplette Pedaldrehungen geschafft, seine Oberschenkel brannten, Lunau musste stehen bleiben, den Körperschwerpunkt hochhalten, dann würde die Stoßstange nur das Rad und seine Unterschenkel treffen. Er musste versuchen, abzuspringen, sich über die Kühlerhaube oder das Autodach abzurollen.

Lunau spürte nichts mehr, keine Eile, keine Angst. Die Szene lief ohne sein Zutun ab, wie ein Film ohne Tonspur. Wie damals auf der Schotterpiste im Hochland, wo der Soldat an dem Kontrollpunkt ihre Presseausweise gesehen hatte und plötzlich zu schreien anfing: »Deutsche Welle! Deutsche Welle!« – »Nein, wir sind nicht von der Deutschen Welle!«, rief Lunau immer wieder. Er wusste, wie verhasst die Deutsche Welle bei den Unabhängigkeitskämpfern war, aber Lunau war mit Kurt genau deshalb auf eigene Faust in das Grenzgebiet gereist: Um sich selbst ein Bild zu machen. Er versuchte das zu erklären und nannte seinen Sender. Den der Kämpfer noch nie gehört hatte. Als gleichzeitig mehrere Eritreer auf den Geländewagen losgingen und versuchten, Kurt, Lunaus Kameramann, aus dem Wagen zu zerren, gab Lunau Gas. Kurt hatte die Tür wieder zugeschlagen, und sie hatten dreihundert Meter hinter sich gebracht, als Lunau eine Art Stromschlag in seinem rechten Oberarm spürte. Der Arm wurde heiß und dann eiskalt, während das Blut aus dem Hemdärmel rann. Lunau schrie Kurt an, aber Kurt antwortete nicht. Sein Mundwinkel war zur Seite gerutscht, als wollte er eine seiner ironischen Bemerkungen machen. Erst nachdem Lunau noch einige Kilometer gefahren war, den Freund aus dem Gurt gelöst und die Wunde verarztet hatte, nachdem er einen Notruf über das Satellitentelefon abgegeben und den letzten Wiederbelebungsversuch unternommen hatte, erst da waren die Geräusche und Gerüche wieder in aller Deutlichkeit da. Der Staub auf den Zähnen, das Brennen im Arm, der Diesel, der aus der Treibstoffleitung tropfte.

Lunau spürte, wie der Boden nachgab. Er befand sich im freien Fall, verlor den Kontakt zur Lenkstange. Der Knall war ausgeblieben, er hörte nur den Motor aufheulen, das sanfte Klingeln seiner Fahrradglocke, und dann schlugen ihm Dornen ins Gesicht, er fiel hart auf die Schulter, rutschte ein Stück, mit einem ratschenden Geräusch öffnete sich ein Hosenbein. Lunau verfing sich in einem Busch.

Er war sofort wieder auf den Beinen und voller Energie. Er wühlte sich aus dem Gestrüpp und die Böschung hoch. Nichts schien gebrochen, sein Körper funktionierte. Er tastete nach seinem Korg, riss ihn aus der Brusttasche. Äußerlich fehlte ihm nichts. Auch das Kunstkopfmikro hing noch an den Kabeln. Lunau stand auf der Deichkrone. Kein Auto weit und breit. Nur der Motor, dessen Röhren sich entfernte. Der Fahrer hatte die Scheinwerfer abgestellt.

Lunau hatte nicht nur das Fahrzeugmodell erkannt. Was er da gesehen hatte, schien ihm jedoch zu absurd, als dass er es hätte glauben können. Das Gesicht von Vito Di Natale. Lunau tastete seinen Körper ab, stellte den Korg an und machte eine Probeaufnahme mit dem Mikro. Alles heil. Sein rechtes Hosenbein war aufgeschlitzt, Blut lief in seine Socke. Nur eine Schürfwunde.

Sollte das ein Spaß gewesen sein? Irgendein traditioneller Schabernack, der mit dem Fluss zusammenhing? Hunger und Hanfausdünstungen sollten über die Jahrhunderte in den Bewohnern der Po-Ebene eine besonders bizarre Fantasie entfesselt haben. Sie waren bekannt für die Streiche, die sie Fremdherrschern und Touristen spielten. Aber das war kein Schabernack gewesen, dachte Lunau, während er das Fahrrad aus dem Gebüsch zerrte. Das Vorderrad hatte einen Achter, und die Verkabelung des Dynamos war abgerissen. Der Rest schien funktionstüchtig. Lunau tastete nach seinem Handy und rief Di Natales Nummer an. Niemand meldete sich. Danach wählte Lunau die Festnetznummer. Es tutete vier Mal in der Leitung, dann sprang der Anrufbeantworter an. Lunaus Beine zitterten. Das Adrenalin spielte Flipper in seinen Synapsen. Er verschnaufte kurz, ehe er das große Metalltor aufschob und mit dem Fahrrad hindurchging. Er lehnte es an die Baracke, vor der ein dunkler Wagen parkte. Lunau klopfte. Die Tür ging auf.

14

Alberto Gasparotto war ein hagerer Mensch, dessen aufrechte Haltung dem durchschnittlichen Betrachter steif vorkam. Er saß auf dem Sofa und betrachtete ein Porträt von Italo Balbo, dem faschistischen Führer aus Ferrara, dem Mann der ersten Stunde, der Mussolini beim Marsch auf Rom begleitet und sein Stellvertreter geworden war. Auf der anderen Seite des Kamins hing eine Kampfszene, ein italienischer Abfangjäger lag quer in der Luft und schoss aus seinen Bord-MGs auf einen englischen Aufklärer.

»Ja, schau sie dir nur an, deine Kopien«, sagte seine Mutter, das Wort »Kopien« verächtlich betonend. Als ob der Sohn Schuld daran wäre, dass die Originale bei Plünderungen entwendet worden waren. Alberto hatte italienische Sammler kontaktiert und Verbindungen zu Militaria-Spezialisten im Ausland genutzt. Aber nirgendwo fand sich eine Spur von den Werken.

»Du weißt, irgendwann werde ich die Originale wiederbeschaffen.«

»Du hast ja nicht einmal eine Ahnung, wo sie sind. Und das Geld zum Ankauf hast du auch nicht.«

Gasparotto ließ den Blick durch den Raum schweifen, traf auf das Gesicht seiner Frau und wandte die Augen erschrocken wieder ab. Seine Frau schaute ihn aus ihrem Rollstuhl erwartungsvoll an. Aber was erwartete sie noch von ihm? Er war bei ihr geblieben. Trotz allem. Was wollte sie noch? Seine Mutter fing seinen Blick ab, und ihr eckiger, dürrer Kiefer wurde noch eckiger. Sie hatte ihn immer gedrängt, die Ehe annullieren zu lassen. Mit Hilfe ihrer guten Verbindungen zur Kurie. Die Ehe war nicht vollzogen worden. Eine Formalie. Mit einer anderen Frau hätte Alberto ihr Enkel geschenkt. Er hätte der Nation neue Untertanen geschenkt. Alberto hatte es nicht fertiggebracht. Er hatte, seit seiner frühesten Kindheit, für ein besseres Italien gekämpft.

Aber seine Frau hatte er diesem Kampf nicht geopfert. Seine Mutter nannte das Schwäche. Und sie hatte recht. Es klingelte. Gasparotto erhob sich.

»Entschuldige mich, ich habe noch zu arbeiten«, sagte er und ging zur Tür.

»Arbeiten«, sagte seine Mutter, und das Wort klang noch vernichtender als »Kopien«. Er wusste, was sie meinte, und ihn ärgerte, dass er ihr im Grunde wieder Recht geben musste. Gasparotto drückte dem Mann widerwillig die Hand. Wenn es nach ihm gegangen wäre, hätte diese Vereinigung der beiden Parteien nicht stattgefunden. Vereinigung. Seine Partei war von der anderen geschluckt worden, das Parteiprogramm war dem Verdauungsprozess zum Opfer gefallen. Der Mann vor ihm war untersetzt und hatte ein schelmisches Grinsen aufgesetzt. Was sollte das? Ahmte er seinen Partei- und Regierungschef nach? Der seine Karriere als Entertainer auf Kreuzfahrtschiffen begonnen hatte, und der immer Entertainer geblieben war. Als Erfinder des italienischen Privatfernsehens und als Regierungschef. Gasparottos Partei hatte ihm treu, bei jeder Wahl, zur nötigen Mehrheit verholfen. Das war Kameradschaft, ein Bündnis gegen die kommunistische Gefahr, gegen die Laschheit, Faulheit und Disziplinlosigkeit, die einrissen, wenn man sich von Gewerkschaften und Arbeiterführern auf der Nase herumtanzen ließ. Aber sollten sie deshalb jetzt alle wie Clowns auftreten? Jedes Problem mit einem Bonmot liquidieren?

Der Mann setzte sich, noch bevor Gasparotto ihm einen Stuhl angeboten hatte. »Lass mich gleich zum Punkt kommen«, sagte er. »Wir wissen, wie viel wir dir zu verdanken haben. Wir stehen auf immer in deiner Schuld, aber wir können diesen so plötzlichen Entschluss nicht verstehen.«

»Er kommt nicht plötzlich, er kommt viel zu spät.«

Der Mann ruckelte auf dem Stuhl und schaute sich um. Er

suchte die Wände nach einer Hausbar ab. Ihn dürstete, nach Alkohol. Gasparotto betrachtete seine leicht gerötete Nase und den Kugelbauch, der sich aus dem billigen engen Jackett vorwölbte.

Mein Gott, dachte er, wie wollen diese Leute den Schlendrian ausmerzen, der unser Land zu Grunde richtet? Sie sind selbst hoffnungslose Hedonisten. Wenn sie nicht den Vatikan bräuchten, um an der Macht zu bleiben, würden sie sogar ihren Atheismus zugeben.

»Wir haben doch immer für gemeinsame Ziele gekämpft. Unsere Parteien waren zwei Seiten derselben Medaille, und nur gemeinsam können wir dieses Land regieren.«

»Genau das ist das Problem«, sagte Gasparotto, »euch genügt es, dieses Land zu regieren. Meine Partei stand dafür ein, dieses Land umzugestalten. Wir haben eine Mission, die 1943 unterbrochen wurde.«

»Versteh doch, dass diese Mission heute nur mit anderen Waffen fortgeführt werden kann. Die Menschen sind verweichlicht und misstrauisch. Den Faschismus kann man nur mit modernen Mitteln wiedererrichten. Was früher Propaganda hieß, heißt heute Marketing.«

»Mag sein«, sagte Gasparotto, »aber die Marketinggenies seid ihr. Und dann verstehe ich nicht, wozu ihr mein Geld braucht.«

»Marketing setzt bei den Bedürfnissen der Menschen an. Um diese Bedürfnisse zu erzeugen, muss man erst einmal investieren. Hast du finanzielle Schwierigkeiten?«

Gasparotto wurde immer wütender. Und sein Blick machte seinem Gegenüber klar, wie unpassend die Bemerkung gewesen war. Endlich war das joviale Grinsen verschwunden.

»Aber du willst doch nicht der Partei den Rücken kehren? Du setzt nur die Spenden aus?«

Gasparotto schwieg. Er dachte daran, wie sich sein einstiger Parteichef jetzt mit versöhnender Geste nach Israel und zu Schwulenverbänden einladen ließ. Ekelhaft. »Ich setze sie nicht aus. Es ist vorbei mit meinen Spenden. Meine Partei gibt es nicht mehr.«

Der Mann erhob sich. Plötzlich hatte seine Miene sich verändert.

»Ist das dein letztes Wort?«

Gasparotto hielt es für überflüssig, sich zu wiederholen.

»Du weißt, dass man auf gute Freunde angewiesen ist«, sagte der Dicke und ruckte wild an seinem Revers.

»Ja, auf *gute.*«

»Glaubst du etwa, es war ein Zufall, dass nicht Vito Di Natale Chef der Binnenschiffahrtsbehörde geworden ist, sondern du?«

»Natürlich nicht. Ich habe hart dafür gekämpft.«

Der Gast lachte spöttisch. »Womit denn? Wenn ich bösen Zungen glauben will, dann waren deine beruflichen Qualitäten sogar eher hinderlich. Wie kommt es eigentlich, dass du nie den Abschluss an der Universität gemacht hast? Das hatte sicher nichts damit zu tun, dass die Formeln für statische Berechnungen im Deichbau einfach zu hoch für dich waren, oder? Ich nehme an, du hattest damals bereits eine wichtigere Mission.«

Gasparottos Ohren begannen zu glühen. So etwas musste er sich nicht anhören, nicht in seinem Haus. Er lachte stumm. Was hatte er sich in diesem Haus nicht schon alles angehört! Aber nicht von so einem Schmierenkomödianten, einem kleinen Geldeintreiber, einem Parteidiener, der vor fünfzig Jahren noch Kurzwaren an der Haustür verkauft hätte.

»Ich denke, du findest den Weg«, sagte er.

Der Mann drehte sich noch einmal um. In seinem Blick lag eine Brutalität, die man ihm nicht zugetraut hätte. Gasparottos Widerwillen schlug in Ekel um.

»Willkommen in meinem Reich«, sagte ein großgewachsener Mann von Mitte vierzig. Andrea Zappaterra stand auf der Metalltreppe, die in einen Bürocontainer führte, und beugte sich zu Lunau herunter. Sein Händedruck war kräftig, aufdringlich kräftig. Zappaterra war ein Mann, der sich diesen Händedruck antrainiert hatte. Und es erschien Lunau merkwürdig, dass er ein guter Freund Di Natale sein sollte. Aber was war nicht merkwürdig an Di Natale?

»Was ist denn mit Ihnen passiert?«, fragte dieser.

Lunau beschloss, sich erst einmal defensiv zu verhalten, Di Natale nicht zu erwähnen.

»Haben Sie oben an der Straße einen Wagen bemerkt?«

»Was für einen Wagen?«

»Ein blauer Punto. Er parkte da, und vor ein, zwei Minuten heulte der Motor auf.«

»Ich verstehe nicht recht.«

»Er hat versucht, mich zu überfahren. Ich muss zur Polizei.«

Zappaterra betrachtete Lunau halb verblüfft, halb amüsiert.

»Jetzt beruhigen Sie sich erst einmal. Kommen Sie einen Moment in mein Büro, trinken Sie ein Glas Cognac, und dann erzählen Sie mir alles.«

Zappaterra ging durch ein Vorzimmer in einen karg eingerichteten Raum. Ein Schreibtisch, ein paar Aktenschränke, mehrere Wandkalender, die seit längerem nicht umgeblättert worden waren. Er schrieb mit einer entschuldigenden Geste eine SMS und schickte sie ab. Lunaus Worten schien er nicht allzu viel Bedeutung beizumessen.

»Haben Sie denn nichts gehört?«, insistierte dieser.

Zappaterra deutete in die Luft. Das tiefe Brummen war auch

bei geschlossenen Türen überdeutlich. Darauf hätte Lunau auch selbst kommen können.

»Meine Sekretärin ist schon gegangen. Aber ich habe Kaffee und Tee machen lassen.«

Zappaterra stand auf, ging ins Vorzimmer und kam mit einem gewaltigen Tablett mit Getränken, belegten Weißbrotschnitten und in Blätterteig eingebackenen Wurst-, Sardinen- und Olivenspezereien wieder.

»Ich muss zur Polizei. Wenn die sofort jemanden losschicken, kriegen sie den Wagen vielleicht noch.« Lunau stand schon wieder.

Zappaterra winkte ab. »Bis die sich von Ferrara aus in Marsch gesetzt haben ... Wieso meinen Sie, man wollte Sie überfahren?«

Zappaterra setzte sich und nahm eine besonders üppige Schnitte. Er entblößte die Schneidezähne, durch die sich beim Beißen die Mayonnaise drückte. Lunau schilderte den Ablauf der Ereignisse.

»Kommt leider immer wieder vor, dass Fahrradfahrer auf der Deichstraße übersehen werden. Eigentlich ist die Straße von April bis September für den Autoverkehr gesperrt, ein reiner Radweg, aber kaum jemand hält sich daran.«

Der Fettgeruch löste auf einmal Übelkeit bei Lunau aus. »Der hat mich nicht übersehen. Der hätte mich um ein Haar gerammt, aus voller Absicht. Und dann hat er gewendet und noch einmal voll auf mich zugehalten.«

»Haben Sie ihn provoziert?«

»Ich bin ganz friedlich in meiner Spur gefahren.«

»Ich meine nach der ersten Beinahekollision.«

»Ich habe gestikuliert, um auf mich aufmerksam zu machen.«

»Haben sie einfach freundlich gewinkt, oder haben Sie ihm womöglich die Hörner gezeigt?«

»Würden Sie jemandem, der Sie umbringen will, nur freundlich winken?«

Zappaterra grinste.

»Haben Sie vielleicht ein Desinfektionsmittel da?«, fragte Lunau.

Zappaterra ging hinaus in den Vorraum, kramte in einem Schrank und kam mit einer Flasche Cognac zurück. »Verbandszeug ist auf dem Schwimmbagger. Trinken Sie erst einmal. Sie sind auf einmal ziemlich blass. Soll ich Sie ins Krankenhaus bringen?«

Lunau schüttelte den Kopf. »Ich will zur Polizei.«

»Da werden Sie um diese Zeit niemanden erreichen. Ich meine, niemanden aus der Mordkommission.«

»Ich muss aber sofort hin.«

Zappaterra setzte sich, schenkte zwei Gläser Cognac ein und reichte eines davon Lunau.

»Danke, ich trinke nicht.«

Zappaterra trank sein Glas in einem Zug. »Die Sache wird im Sande verlaufen. Wissen Sie, wie oft in der Woche Autos und Fahrradfahrer aneinander geraten? Ferrara gilt zwar als Fahrradstadt, aber den Autofahrern ist das egal. Allerdings, wenn der Fahrer ermittelt wird, dann winkt Ihnen ein saftiges Schmerzensgeld. Ich habe einen Anwalt an der Hand, der ist auf so etwas spezialisiert. Schmerzensgeld, Behandlungskosten, Verdienstausfall, Reha-Maßnahmen. Wenn Sie dann noch mit ein paar Attesten nachweisen, dass Ihnen ein kleiner Schaden zurückgeblieben ist, ein Trauma oder chronische Schmerzen in einem Gelenk, da kommt schon eine kleine Leibrente zusammen.«

»Ich will keinen Lottogewinn, ich will nur, dass der Kerl bestraft wird.«

»Wir desinfizieren jetzt grob die Wunde, dann gehen wir ins Krankenhaus. Da soll man Sie röntgen und auf innere Verletzungen untersuchen. Einen Helm hatten Sie nicht auf?«

Lunau schüttelte den Kopf.

Zappaterra ging über den erleuchteten Platz, Lunau folgte. Von einem Betonkai aus winkte er einem Mann auf einem großen Kahn.

»Ein Schwimmbagger. Das ist unser Kronjuwel. Zwanzigtausend PS Leistung. Der kostet so viel wie eine kleine Reihenhaussiedlung«, schrie Zappaterra und ließ seine Goldzähne blitzen.

Träge wie ein Wal drehte der Kahn sich im Wasser und nahm Fahrt auf. Er steuerte auf die Mole zu, eine niedrige Bugwelle vor sich herschiebend. Lunau stieg mit Zappaterra an Bord. Auf der Brücke roch es nach Schmieröl und fauligem Fisch. Auf dem Armaturenbrett war eine Unzahl an Signallämpchen, Druck-, Leistungs-, und Ölanzeigen zu sehen. Seit der Pumpmotor abgestellt war und nur noch der Dieselantrieb lief, konnte man sich fast normal unterhalten.

»Hast du etwas auf der Deichstraße bemerkt? Einen Wagen? Es hat einen Unfall gegeben.«

Der Arbeiter starrte Lunau an. Er war Ende fünfzig, groß und hager, mit Bratpfannenhänden. Er schüttelte seinen kahlen Kopf.

»Ruf mal die anderen zusammen.«

Der Arbeiter zog an einem Strick, ein Nebelhorn heulte vier Mal auf.

»Wir brauchen deinen Verbandskasten.«

Der Mann im Overall öffnete einen Hängeschrank an der Rückwand der Brücke. Darauf war ein grünes Kreuz, dem der obere Balken fehlte. Der Verbandskasten sah entsprechend aus. Das Leukoplast war eingetrocknet, die Mullbinden vergilbt. Das Desinfektionsmittel seit zwei Jahren abgelaufen.

Auf der Mole hatten sich drei Arbeiter versammelt. Ein schmächtiger Mann um die sechzig, mit Schnauzbart, stellte sich als Mario vor. Daneben waren zwei junge Hünen, in deren Overalls dicke Muskeln und jeweils ein Bierbauch steckten. Sie hatten ölverschmierte Gesichter und ähnelten einander wie Brüder. Zappaterra fragte sie ebenfalls, ob sie etwas bemerkt hätten. Nein, wie hätte man in den Gruben, im grellen Licht der Flutlichtmasten und dem infernalischen Dröhnen der Saugmotoren etwas mitbekommen sollen?

»Hatte jemand vor wenigen Minuten Schichtende und wurde abgeholt?«, fragte Lunau.

Den Arbeitern schmeckte nicht, was in dieser Frage mitschwang. Der Kleine, wohl der Vorarbeiter, schüttelte den Kopf. »Die Spätschicht endet um achtzehn Uhr. Seitdem sind nur wir vier noch in der Grube. Und der Chef.«

Lunau bedankte sich und ging. Zappaterra lud das Fahrrad in seinen Geländewagen.

»Tut mir leid, dass ich Sie aufhalte«, sagte dieser, obwohl er bei allem den Eindruck hatte, Zappaterra halte ihn auf. Er ließ sich durch nichts aus der Ruhe bringen und lachte kurz auf.

»Ich hatte mir den Abend sowieso für Sie frei gehalten. Ehrlich gesagt, hatte ich noch nicht so genau verstanden, was Sie eigentlich suchen. Menschenschicksale? Einblicke in unsere Arbeit? Oder geht es Ihnen um ökologische Aspekte?«

»Wenn man eine gute Geschichte erzählt, ergibt sich der Rest von selbst.«

»Und die gute Geschichte wollen Sie von mir hören?«

»Wenn Sie eine auf Lager haben.«

Zappaterra lachte wieder. »Wie sieht's mit meiner Gewinnbeteiligung aus? Ich bin Geschäftsmann, wissen Sie.«

Lunau schaute aus dem Seitenfenster. Die schmalen Stämme der Pappeln flogen vorbei, eine fette Nutria verschwand vom Straßenrand im hohen Gras, grün irisierten die Augen eines Fuchses. Im Wagen roch es nach neuem Plastik und Leder. Der

Dieselmotor brummte sanft, obwohl auch Zappaterra fast hundert fuhr.

Zappaterra erzählte die Geschichte seiner Sandgrube. Der Betrieb »Cave Zappaterra« war seit 1921 in Familienbesitz, gegründet von Andreas Großvater väterlicherseits, der den Sand noch mit Schaufel und Eimer aus dem Flussbett geholt hatte. Aktuell beschäftigte er 41 Mitarbeiter, die, je nach Auftragslage, in zwei bis drei Schichten arbeiteten. Dem Unternehmen gehörten ein Schwimmbagger und diverse Pumpen, die den Sand vom Grund der Tümpel saugten. Vom Po angeschwemmter Sand sei besonders wertvoll, weil er einen hohen Quarzgehalt habe, die Körner sehr fein und rund geschliffen seien, während der industriell gefertigte Sand aus zerstoßenem Gestein gewonnen werde, das viel scharfkantiger und gröber sei.

»Für feinkörnigen Verputz, hochwertiges Glas oder Kosmetika können Sie nur unseren Sand verwenden«, sagte Zappaterra mit kindlichem Stolz. »Nur als Streusand taugt er nicht.«

Im Jahr gewann die Grube etwa zwanzigtausend Tonnen Sand. Umsatz und Gewinn erwähnte Zappaterra nicht. Aber seine Lederjacke, die Uhr und der nagelneue Geländewagen ließen vermuten, dass er sich kaum etwas versagen musste.

Das alles war ganz interessant, für jemanden, der ein Haus verputzen wollte. Brauchbar waren womöglich die Geräusche des Schwimmbaggers, der Saugmotoren und des Nebelhorns.

16

In der Notaufnahme des Krankenhauses mussten sie über eine Stunde warten. Zappaterra schaute hin und wieder auf die Uhr, harrte aber mit stoischer Ruhe aus. Das Blut in Lunaus Wunde pochte heiß.

»Ich komme alleine klar«, sagte Lunau.

»Ich bleibe bei Ihnen. Sie kennen unsere Krankenhäuser nicht.« Das stimmte zwar nicht, aber Zappaterra war nicht umzustimmen. Lunau wurde von einem blutjungen Arzt untersucht, der die Nikotinausdünstungen seiner Haut mit einem schweren Parfüm zu überdecken suchte. Er mochte dreißig sein, hatte aber schon graues Haar und Krähenfüße. Er nahm sich viel Zeit, tastete Lunau behutsam ab, fragte ihn nach seinem Lebensstil, bedenklichen Blutwerten und röntgte Kopf und Gliedmaßen. Um die Frage der Krankenversicherung machte er sich dagegen keine Sorgen. Er betrachtete die Röntgenbilder, und da kein Verdacht auf eine Gehirnerschütterung vorlag, entließ er Lunau auf dessen ausdrücklichen Wunsch hin.

Zappaterra brachte Lunau zum Hotel. Nachdem er das Rad ausgeladen hatte, fragte er: »Soll ich mit hoch kommen?«

»Nicht nötig. Es sei denn, Sie haben Lust, noch ein bisschen zu plaudern.«

»Warum nicht«, sagte Zappaterra nach einem Blick auf die Uhr. »Es ist noch nicht einmal halb elf.«

»Haben Sie keine Familie?«

»Doch. Aber um die Uhrzeit schlafen alle.«

Lunau schloss das Rad an ein Verkehrsschild vor dem Hoteleingang.

»Ich habe einen Freund bei der Kriminalpolizei. Zu dem sollten Sie morgen gehen. Das heißt, ich könnte ihn gleich einmal anrufen.«

Zappaterra wählte eine Nummer mit seinem Handy, nach ein paar Sekunden fing er zu reden an und schilderte kurz den Vorfall. Er nickte. Die Italiener überraschten Lunau immer wieder mit ihrer spontanen Hilfsbereitschaft. Selbst ein Mann wie Zappaterra, dessen Geländewagen und die im Fitnessstudio geformte Figur einen etwas gefühllosen, zum egoistischen Hedonismus neigenden Macho erwarten ließen.

Als sie das Foyer betraten, fragte Zappaterra: »Und sonst haben Sie keine Hinweise bemerkt? Wissen Sie, blaue Puntos gibt es in Italien wie Sand am Meer.«

Lunau nickte.

»Wie sah der Fahrer aus?«

Lunau zögerte. Der Portier schaute Lunau, dessen nackter verpflasterter Unterschenkel aus einem abgeschnittenen Hosenbein ragte, etwas verwundert an und gab ihm den Schlüssel.

»Soll ich etwas für Sie aufs Zimmer bringen lassen?«, fragte Lunau Zappaterra.

Der schüttelte den Kopf. »Und? Wie sah er aus? Ein Mann? Eine Frau? Alt oder jung?«

Lunau beschloss, seine Beobachtung preiszugeben. Er achtete genau auf Zappaterras Mimik. »Ich kann es mir nicht erklären. Aber für einen Moment meinte ich, ich hätte Di Natale erkannt.«

Zappaterra blieb stehen. Er war fassungslos. Dann fing er sich und lachte: »Sie meinen Vito?«

Lunau nickte. Der Knöchel schmerzte bei jeder Treppenstufe. Wenn er weiter anschwoll und am nächsten Morgen das Pflaster am geronnenen Blut klebte, würde es kein angenehmes Erwachen geben.

»Völlig ausgeschlossen«, sagte der Italiener.

»Wieso?«

»Ich kenne Vito. Sie müssen sich irren.«

»Dachte ich anfangs auch, aber je nüchterner ich die Bilder in meinem Kopf sehe, desto sicherer bin ich.«

Zappaterra schaute noch einmal auf die Uhr. »Vito hat doch keinen Grund, Sie zu attackieren. Und was soll er um die Uhrzeit auf dem Deich verloren haben?«

»Das wüsste ich auch gerne.«

»Vielleicht sollten Sie sich jetzt besser ausruhen. Ich lasse Sie lieber allein«, sagte Zappaterra.

»Wie Sie meinen«, sagte Lunau, den plötzlichen Meinungsumschwung Zappaterras nicht kommentierend. Er gab ihm die Hand und fragte: »Wie heißt denn Ihr Freund, mit dem Sie telefoniert haben?«

Zappaterra schaute auf einen unbestimmten Punkt an der Wand. Dort hing ein Stich mit dem von einem Wassergraben umgebenen Kastell, seinem Gewirr aus Zinnen, Zugbrücken und Schießscharten. Er schien mit den Gedanken weit weg.

»Ihr Freund bei der Polizei.«

»Ach so. Michele Balboni. Er erwartet Sie morgen früh.«

Zappaterra hastete die Treppe hinunter. Lunau schloss sein Zimmer auf, ging ans Fenster und schaute hinunter auf die Straße. Zappaterra telefonierte beim Einsteigen und schlug heftig die Autotür zu. Das sah nach einem Krach aus. Da haben wir den italienischen Macho, dachte Lunau und sah amüsiert zu, wie der schwere Geländewagen mit einem eckigen Sprung auf die Fahrbahn setzte und davonschoss. Er versuchte noch einmal, Di Natale zu erreichen. Vergeblich. Da wurde Lunau klar, dass er vielleicht gerade eine wichtige Spur zu Di Natale verlor. Mit schmerzendem Bein rannte er die Treppe hinunter und fragte den Portier nach einem Taxistand.

»Gibt es hier nicht, aber ich kann Ihnen eines rufen.«

Lunau winkte ab, ignorierte den Schmerz und lief auf die Straße. Er hatte Glück. Er konnte ein Taxi stoppen, stieg ein und bat den Fahrer, den Rücklichtern am Ende der Straße zu folgen. Der Geländewagen fuhr durch die *Via Porta Po*, Richtung Norden. Plötzlich waren die Lichter verschwunden. Lunau ließ den Taxifahrer abbremsen, suchte die Seitenstraßen ab. Vielleicht hatte Zappaterra irgendwo geparkt. Die Suche verlief ohne Ergebnis. Lunau wählte Zappaterras Handynummer, aber es war nur die Mailbox geschaltet.

17

Lunau kehrte ins Hotel zurück. Die Geräusche des vergangenen Tages hallten so laut durch seinen Schädel, dass er nicht wusste, ob es sich um Erinnerungen oder die Vorstufe zur Halluzination handelte. Verlor er jetzt komplett den Verstand? Hatte er sich tatsächlich Di Natales Gesicht eingebildet?

Er griff zum Telefon und probierte wieder Vitos Handy- und seine Privatnummer aus. Silvia ging dran.

»Kann ich Ihren Mann bitte sprechen?«, fragte Lunau.

»Wissen Sie, wie spät es ist?«

»Es ist äußerst wichtig, auf dem Handy erreiche ich ihn nicht.«

»Er ist noch unterwegs.«

»Wissen Sie, wo?«

»Nein.«

»Sagen Sie ihm bitte, dass er mich sofort anrufen soll, egal um welche Uhrzeit?«

»Ja.«

»Bitte, es ist wichtig.«

»Das habe ich verstanden.«

Lunau legte auf, wartete eine Weile, dann stand er auf, fuhr den Laptop hoch und fing an, die Audiofiles vom Rekorder auf seine Festplatte zu kopieren.

In Lunaus Kopf kreisten immer wieder dieselben Fragen. Er rief Amanda an. »Gibt es irgendeine Verbindung zwischen Vito Di Natale und Marco?«

Amanda war immer noch verschnupft, aber sie musste nicht lange überlegen. »Nein.«

»Bist du ganz sicher? Du warst bei Vitos Frau in der Klasse. Auch Marco?«

»Ja.«

»Und die Polizisten, die Marco verhaften wollten, stehen die in einer Beziehung zu Di Natale?«

»Nicht, dass ich wüsste. Aber was ist denn mit Vito Di Natale?«

Lunau überlegte, ob die Polizisten Di Natale benutzt hatten, um ihn einzuschüchtern. Dann mussten diese Polizisten irgendetwas guthaben bei Di Natale. Aber was?

»Kann ich dir jetzt nicht sagen.«

»Wissen Sie was ..?« Sie war wieder zum Sie zurückgekehrt. »Ich würde sagen, Sie machen Ihr Ding, und ich mache meines. War mir eine Ehre, Sie kennengelernt zu haben.«

Sie hatte aufgelegt.

Er wählte Zappaterras Handynummer. Diesmal antwortete er, mit nervöser Stimme. Im Hintergrund dröhnte noch immer der Automotor, das Leder seiner Jacke und seiner Sitzbezüge ächzte, und alle paar Sekunden quietschten die Reifen.

»Wo sind Sie?«, fragte Lunau.

»Wieso?«

»Ich würde Sie gerne noch einmal treffen.«

»Das geht jetzt nicht. Ich habe einen Termin, sehr privat, wenn Sie verstehen, was ich meine.«

Lunau verstand, was Zappaterra meinte. Er fragte: »Gibt es irgendwelche blinde Flecken in Di Natales Vergangenheit? Ist er in krumme Machenschaften verwickelt? Lässt er sich schmieren, wenn es um Bauaufträge der Schifffahrtsbehörde geht?«

»Sie müssen sich irren. Sie können nicht Di Natale gesehen haben.«

»Was macht Sie da so sicher?«

»Es ergibt keinen Sinn. Wie sind Sie eigentlich an Di Natale geraten?«

Lunau überlegte. Zappaterra hatte recht. Ein Kollege vom WDR, der eine Filmdokumentation über die Wasserstraßen

Europas gedreht hatte, hatte Lunau an Di Natale verwiesen. Eine »wandelnde Enzyklopädie zum Fluss« hatte er ihn genannt, einen »jugendlichen Liebhaber«.

Es wäre ein absurder Zufall, wenn genau dieser Mann auch mit dem anderen Fall in Verbindung stünde. Also doch eine Halluzination?

»Wem haben Sie von unserem Termin erzählt?«, fragte Lunau.

»Ich verstehe nicht recht.«

»Wer konnte wissen, dass ich um diese Uhrzeit bei Ihnen auftauchen würde?«

Zappaterra überlegte einen Moment. »Jetzt nehmen Sie Vernunft an. Wer sollte Sie denn umbringen wollen? Ich denke, Sie sind nur hinter Vogelstimmen her.«

»Was ist mit Ihren Mitarbeitern? Ihrer Familie?«

»Ich will Ihnen mal zugute halten, dass Sie noch unter Schock stehen.«

Lunau legte auf. Er öffnete das File aus dem Gerichtssaal und hörte sich an, was vor Ort an ihm vorbeigerauscht war. Marcos Freunde hatten immer wieder Parolen gegen die Polizei skandiert und ihrer Wut mit Zwischenrufen Luft gemacht. Der Richter hatte eine bewundernswerte Geduld bewiesen und erst gegen Ende mit der Räumung des Saales gedroht. Doch dazu war es gar nicht gekommen. Die Vertagung hatte dem Spuk ein Ende bereitet.

Lunau öffnete die Aufnahme mit den merkwürdigen Klingeltönen und legte verschiedene Filter darüber. Er rief den Equalizer auf, dämpfte die tiefen Frequenzen und das Hintergrundrauschen, die Töne wurden ein bisschen lauter, fügten sich zu betörenden Drei- und Vierklängen, blieben aber trotzdem rätselhaft. Lunau zog sich aus, legte sich ins Bett und löschte das Licht. Aber sofort schoben die wenigen Geräusche in dem Raum, das Knacken des Lattenrostes, das Rütteln der Minibar und das Geknatter von

Scootern sich zu einer bedrohlichen Wolke zusammen. Er spürte, dass sich ein neuer Anfall anbahnte. Er musste wach bleiben.

Di Natales Haus lag in Dunkelheit, die Läden waren geschlossen. In der Einfahrt stand ein weißer Fiat Panda, an der Wand lehnten zwei Kinderfahrräder, deren Rahmen im Licht der Straßenlaternen einen tristen Orangeton angenommen hatten.

Das Törchen zur Straße war nicht abgeschlossen. Lunau sah sich um, öffnete es und ging über den knirschenden Kiesweg zur Haustür. Aus einer Ritze am Fensterladen der Küche drang ein schwacher Lichtschein. Es war kurz nach zwölf, zu spät zum Klingeln. Lunau klopfte vorsichtig an die Tür. Er hatte den Eindruck, dass jemand dahinter stand. Er wählte den Festnetzanschluss und legte das Ohr an die Tür. Man hörte gedämpft das Klingeln durch das Holz. Silvia Di Natale ging dran, legte aber, als sie Lunaus Stimme hörte, sofort wieder auf. Lunau war der Meinung, dass er zumindest eine Erklärung verdient hatte. Auch wenn Zappaterra meinte, er habe sich die Attacke auf dem Deich nur eingebildet. Das Pochen in seinem Knöchel war nicht wegzudiskutieren.

»Frau Di Natale«, rief Lunau mit halblauter Stimme, und dazu schlug er sanft mit der flachen Hand ans Türblatt. Keine Reaktion. Er ließ seinen Blick über die Fassade gleiten. Kein Laden bewegte sich.

Lunau wollte auf die Rückseite des Hauses gelangen, doch die Fischerhäuser bildeten eine durchgehende Front. Lunau ging die Straße hinab, durch die der modrige Geruch des *Po di Volano* zog. Nach hundertfünfzig Metern erreichte er einen Durchlass, einen Weg, der zu einer Fußgängerbrücke führte. Er kletterte über ein Metallgeländer und ließ sich hinab auf die glitschige Uferböschung. Sein Knöchel jaulte. Lunau arbeitete sich humpelnd durch wildes Schilf und Müll, bis er an einen verrosteten Maschendrahtzaun kam. Dahinter lag ein Garten. Am Ufer war ein Zaunpfosten locker, er hing schräg im Schlamm, der Zaun ließ sich einfach niederdrücken. Lunau lauschte einen Moment. Der Fluss rauschte leise, der Wind fuhr durch das Schilfgras. Lunau durchquerte gebückt den Garten. Und kam an einen Stahlzaun, der mit einem Fächer langer Spitzen über dem Fluss endete. Lunau griff in den Zaun, verhakte die Füße zwischen den Spitzen, ließ den schweren Umhängekoffer auf seinen Rücken gleiten und hangelte sich herum.

Plötzlich hörte er Keuchen, es knackte im Röhricht, eine breite Schnauze mit wabbelnden Lefzen schob sich auf Lunau zu. Lunaus Herz raste. Das Gebell hallte über den Fluss. So laut, dass Lunau einen Moment lang gar nichts hörte. Er stieß einen beschwichtigenden Zischlaut aus. Hunde waren Lunau immer unheimlich gewesen, obwohl er wusste, wie man ihre Angriffe abwehren konnte. Er überwand sich und bot ihm erst einmal die offene Handfläche, der Hund fing zu schnuppern an, bellte, schnupperte wieder. Dann fing er an, im Kreis zu traben und zu heulen. Lunau hatte nur den Fluss hinter sich, der Nachbargarten lag hinter einem hohen Bretterzaun. Wenn er versuchte, hinüberzuklettern, würde der Hund vermutlich nach seinen Füßen schnappen. Lunau richtete sich auf, ging auf das Tier zu und murmelte »*bravo, fai il bravo*«. Das Tier glotzte. Lunau ging weiter, der Hund protestierte verhalten und folgte, bis Lunau auf dem übernächsten Grundstück war. Lunau legte sich ins Schilf und wartete. Ein Fensterladen schlug auf, jemand rief nach dem Hund. Das Tier antwortete mit wütendem Gekläffe. Lunau wollte warten, bis Stille eingekehrt war, aber da kam eine Taschenlampe durch die Finsternis. Lunau ließ sich rückwärts die Böschung hinabgleiten, seine Füße fanden auf Wurzelwerk Halt. Die Taschenlampe fuhr über seinen Kopf hinweg und verschwand wieder. Mitsamt dem Hund.

Die nächsten Grundstücke durchquerte Lunau ohne Mühe. Aus Di Natales Haus fiel ein Lichtschein in den Garten, aber hinter der Glastür und den beiden Fenstern der Rückfront war niemand zu sehen.

Lunau setzte das Audio-Equipment ab, als er einen Schatten an der Rückwand des Wohnzimmers sah.

Silvia Di Natale ging in dem weiten Raum auf und ab, warf sich aufs Sofa, stand wieder auf, blieb stehen, um in den Flur zu lauschen, dann ging sie weiter.

Lunau marschierte durch die feuchte Wiese auf die große Glastür zu und klopfte.

Silvia Di Natale fuhr herum. Einen Moment lang leuchtete ihr Gesicht, aber das freudige Strahlen erstarb sofort, als sie Lunau erkannte.

Sie zog die Schiebetür einen Spalt weit auf.

»Ich muss mit Ihnen reden.«

»Was fällt Ihnen ein?«

»Es ist dringend. Es geht um Ihren Mann.«

»Der ist nicht da.«

»Ich weiß.«

Sie schaute einen Moment unschlüssig über das finstere Grundstück. Ihre Augen waren gerötet, ihr Atem roch nach Alkohol.

»Wenn Sie nicht sofort verschwinden, rufe ich die Polizei.«

Lunau spürte, wie das Blut in seinen Schläfen pochte. Er dachte an Di Natales Gesicht hinter der Scheibe, den Moment, wie er mit dem Rad abgehoben hatte. Er betrachtete Silvias Lippen und fragte sich wieder, ob sie falsch waren.

»Bitte, ich habe vorhin Ihren Mann gesehen.«

Sie erstarrte. »Wo?«

»Auf dem Deich.«

»Wann?«

»Wollen Sie mich nicht einen Moment hereinlassen?«

Sie zögerte und betrachtete Lunaus Schrammen. »Lieber nicht.«

»Wann haben Sie Ihren Mann zuletzt gesehen?«, fragte er.

»Ich verstehe nicht, was Sie das angeht.«

»Die Umstände, unter denen ich Vito getroffen habe …«

»Was für Umstände?«

Hinter Lunau bellte wieder ein Hund. Er sah sich in dem Garten um, in dem die Büsche finstere Wolken bildeten. »Kann ich ganz offen zu Ihnen sein?«

»Hören Sie, ich bin hundemüde. Morgen habe ich die ersten Stunden zu halten. Können Sie zum Punkt kommen?«

»Ich kann es mir selbst nicht erklären, aber Ihr Mann saß in einem Auto, das genau auf mich zufuhr.«

Sie runzelte die Stirn und fragte: »Was heißt das?«

»Hat Ihr Mann irgendetwas mit Marco zu tun?«

»Wovon reden Sie? Welchen Marco meinen Sie?«

»Marco Clerici, den Jungen, der vor vier Jahren ums Leben kam.«

Sie machte eine kraftlose Geste. Dann griff sie nach dem Hebel an der Schiebetür.

»Ich bin nach Ferrara gekommen, um zu Marcos Tod zu recherchieren«, setzte Lunau neu an.

»Ich dachte, Sie wären am Fluss interessiert.«

»Auch. Aber die spannendere Geschichte schien die von Marco zu sein.«

»Sie meinen, Sie haben meinen Mann getäuscht?«

»Nein.«

»Bedaure, das ist mir alles zu hoch. Vielleicht bin ich nicht mehr ganz bei mir, aber ich verstehe Sie nicht.«

»Ich fange an, mich für einen ungeklärten Mord zu interessieren, und zehn Stunden später versucht man, mich zu überfahren.«

»Was hat das alles mit Vito zu tun?«

»Das ist es doch, was ich Ihnen erklären will. Ihr Mann steuerte den Wagen, der mich attackierte.«

Sie schüttelte den Kopf und verzog den Mund zu einer säuerlichen Schnute. Dann warf sie die Tür zu und verriegelte sie. Sie stand da und schaute Lunau in die Augen. Lunau betrachtete ihre grünen Pupillen, die Augäpfel, die gerötet waren, als ob sie geweint hätte. Sie überlegte, ob sie die Tür wieder aufmachen sollte. Rief aber durch die Scheibe: »Sie haben Vito wirklich gesehen?«

Lunau nickte.

»Wann?«, fragte sie.

»Um zwanzig nach acht.«

Sie schien nachzudenken. »Wo?«

»In der Nähe von Zappaterras Sandgrube. Richtung Francolino …«

»Ich weiß, wo sie liegt.«

»Wann hat er das Haus verlassen?«

»Um 19.40 Uhr.«

»Was hat er Ihnen gesagt. Wo wollte er hin?«

Sie zuckte mit den Schultern und fragte: »Was war das für ein Auto, das Sie attackiert hat?«

»Ein blauer Punto.«

»Sehen Sie, so ein Auto haben wir nicht. Und auch Beppe Pirri nicht.«

»Wer ist Beppe Pirri?«

»Sein Freund, mit dem er normalerweise Donnerstagabend Tennis spielt.«

»Normalerweise. Heute nicht?«

»Beppe Pirri hat ihn abgeholt. Aber Vito hatte noch irgendeinen Termin.«

»Was für einen?«

»Das weiß ich nicht, wirklich nicht.«

»Und das Auto von Pirri?«

»Ein weißer Geländewagen. Ein BMW, glaube ich.«

18

Herkules, Sohn des Zeus, halb Mensch, halb Gottheit, bewies schon als Neugeborener seine sprichwörtliche Tatkraft. Die Giftschlangen, die ihm seine eifersüchtige Stiefmutter in die Wiege legte, erwürgte er mit seinen Speckfingern. »Herkules« heißt auf Italienisch »Ercole«. Und Ercole I., aus dem Geschlecht der Este, gilt als der genialischste Herrscher, den Ferrara je hatte. In nur vierunddreißig Lebensjahren zeugte er acht eheliche und eine unbekannte Anzahl unehelicher Kinder. Man sagt Ferrara nach, es sei in der Menschheitsgeschichte die erste neuzeitliche Stadt, mit rationalistischem urbanistischem Grundriss. Denn Ercole gab um 1490 herum seinem Hofarchitekten Biagio Rossetti den Auftrag, einen Plan für ein neues Ferrara zu entwerfen, drei Mal größer als das alte. Die Grundfläche wurde so uferlos, dass sie erst nach dem Zweiten Weltkrieg ausgefüllt wurde. Auch deshalb, weil für die Pläne des Herrschers so horrende Steuern und Abgaben erhoben werden mussten, dass der Bevölkerung zum Wachstum keine Kraft blieb. Und noch heute stößt man innerhalb der Stadtmauern auf Wiesen und Ackerland, ja einen kompletten Bauernhof. Die zu errichtende Stadtmauer hatte einen Umfang von fast zehn Kilometern. Mit den notwendigen Ziegeln hätte man eine weitere Stadt errichten können. Die Schlüsselgebäude – die Residenz der Herrscher, die Kathedrale, das Kastell, die Kartause – innerhalb dieser Mauern wurden auf Kardinalpunkten positioniert, die einem Sternbild entsprachen. Dem Sternbild zu Ercoles Geburtsstunde. Die Stadttore wurden so auf die Himmelsrichtungen abgestimmt, dass positive kosmische Energie herein- und negative abfließen konnte. Das Stadtbild stammte also nicht von einem absolutistischen Herrscher oder seinem begabten Architekten, sondern von Ercoles persischem Hofastronomen, einem der bestbezahlten Fachleute seiner Zeit.

Das Glanzlicht der Herkulischen Stadterweiterung, auf dem Kreuzungspunkt der beiden Hauptverkehrsachsen gelegen, war der *Palazzo dei Diamanti*, dessen 8500 weiße Diamanten, mit denen die Fassade verkleidet ist, nur scheinbar eine je gleiche Form haben. In Wahrheit sind die Spitzen der pyramidenförmigen Ausbuchtungen so geschliffen, dass sie auf den Betrachter weisen und so die perspektivische Wirkung erhöhen. Ein Bluff.

Man weiß also nicht, gedeiht die Ferrareser Volksseele auf dem architektonischen Humus des Illusionismus, des neuzeitlichen Rationalismus, der orientalischen Sternenmagie oder einfach auf der eitlen Ichsucht eines Tyrannen. Tatsache ist, dass die *Questura*, das Hauptkommissariat der Polizei, in einem wuchtigen, aber recht nüchternen Palais vis-à-vis vom *Palazzo dei Diamanti* liegt.

Michele Balboni, der Leiter des Dezernats für Tötungsdelikte, war an diesem Freitagmorgen gut gelaunt zur Arbeit erschienen. Er war froh, dass das Verfahren gegen seine Kollegen vertagt worden war und in der Stadt vorerst wieder Ruhe einkehrte. Es hatte seiner guten Laune auch keinen Abbruch getan, dass man ihm einen deutschen Radwanderer ankündigte, der unbedingt Anzeige gegen unbekannt erstatten wollte, weil ein Autofahrer ihn auf dem Deich hatte umbringen wollen. Balboni hatte eine Schwäche für Deutsche. Er mochte ihre Art, Fußball zu spielen und in den entscheidenden Partien gegen Italien zu verlieren. Und beim Rugby waren sie einfach nur jämmerlich. Einmal hatte er eine deutsche Klub-Mannschaft in Ferrara auflaufen sehen. Breitschultrige Recken, furchterregende Übermenschen, wie aus einem Handbuch des Lebensborns der Nazis. Orientierungslos und tumb waren sie auf dem Feld herumgewankt, ohne einen vernünftigen Pass zu spielen, ohne ihrer Gegner habhaft zu werden, ohne einmal zwischen die hohen Pfosten des Tores zu treffen.

Balboni stellte sich einen dieser Paradiesvögel in Schreckfarben vor. Irgendetwas verriet sie immer. Selbst wenn sie sich die Beine rasiert und den Bauch abtrainiert hatten, dann war da noch eine Satteltasche, eine Trinkflasche oder eine Pulsuhr zu viel am Karbonlenker. Den eigentlichen Grund, warum er Deutsche mochte, gestand Balboni sich aber selbst nicht ein: Sie hatten England bombardiert. Doch als die Tür aufging und dieser schlanke, mittelgroße blonde Mann, leicht hinkend und mit einer Schramme an der Stirn, auf der Türschwelle erschien, war Balboni verunsichert. Woher kannte er dieses Gesicht? Er versuchte, sich die Schürfwunde und die Schwellung wegzudenken ... Genau. Im Gerichtssaal. Er war dieser deutsche Journalist, von dem alle redeten. Angeblich ein Wadenbeißer.

Michele Balboni begrüßte Lunau zuvorkommend, ließ ihn auf dem Besuchersessel Platz nehmen und hörte sich geduldig dessen Erzählung an. Normalerweise wusste er nach wenigen Minuten, ob eine Anzeige ein Hirngespinst oder Ernst war. In diesem Fall war er ratlos. Michele Balboni gab das Protokoll direkt in seinen Computer ein und löste den Druckbefehl aus. Mit sanftem Summen nahm ein Laserdrucker seine Arbeit auf.

»Ich will ganz offen sein«, sagte der Kommissar. »Wir werden keine flächendeckenden Ermittlungen durchführen können. Dazu sind die Konsequenzen des Vorfalls nicht gravierend, Ihre Hinweise nicht konkret genug. Wenn ich Sie recht verstanden habe, gab es nicht einmal eine Kollision ...«

Lunau wollte protestieren, aber Balboni hob die Hand, um ihn zum Schweigen zu bringen.

»Es gab eine Kollision ...«

»Niemand stellt in Abrede, dass der Versuch zur Ins-Werk-

Setzung einer schweren Straftat unternommen wurde, das Problem ist nur, dass ein blauer Punto, an dem eindeutige Unfallspuren fehlen, und dessen Kennzeichen uns nicht bekannt ist, schlichtweg nicht ermittelbar ist.«

Lunau hatte nicht erwähnt, dass er Di Natales Gesicht erkannt hatte. Mit Di Natale konnte er selber reden.

Balboni stand auf, gab Lunau eine weiche Hand und eine Kopie des Protokolls. »Damit und mit Ihrer Krankenakte können Sie zu Ihrer Versicherung gehen, falls Sie eine haben. Ich werde nachher an den Unfallort fahren und dort etwaige Spuren sicherstellen. Wollen Sie mich begleiten?«

Balboni musste wirklich eng mit Zappaterra befreundet sein, wenn er sich selbst die Mühe machte. In Süditalien hatte Lunau ganz andere Erfahrungen mit der Polizei gemacht. Dort wurde jeder Zivilist, der ein Kommissariat betrat, als Nervtöter angesehen, jeder Journalist als Staatsfeind.

»Ich habe einen Termin, würde aber vielleicht später dazustoßen.«

»Ich kann mich nach Ihnen richten«, sagte Balboni und gab Lunau eine Visitenkarte, auf die er seine Handynummer notierte.

Es war halb zehn, als Lunau wieder auf der mit runden Flusskieseln gepflasterten Gasse stand. Am *Palazzo dei Diamanti* drängten sich Touristen, die eine Ausstellung über moderne Kunst sehen wollten. Am Ende der Straße zeichnete sich das Kastell im Dunst ab.

19

Um kurz vor zehn klopfte Lunau gegen die Scheibe des Minicoopers, dann öffnete er die Tür. Amanda war außer sich, aber Lunau hatte weder Lust noch Energie für einen Streit. Kaum hatte er sich gesetzt, spürte er nur noch eine unendliche Müdigkeit.

»Ich versuche seit einer Stunde, dich auf dem Handy zu erreichen«, fing Amanda an.

»Entschuldigung, das hatte ich abgestellt. Etwas Dringendes?«

»Ich habe keine Lust mehr. Du holst mich mitten in der Nacht aus dem Bett …«

»Es war sechs Uhr morgens.«

»Wie auch immer. Wenn wir zusammenarbeiten wollen, okay, aber deinen Handlanger spiele ich nicht.«

Lunau hatte die Nacht durchgearbeitet. Er hatte bis zwei Uhr das Haus observiert, ohne Ergebnis. Dann hatte er seinen Korg auf dem Fenstersims der Küche platziert und war ins Hotelzimmer zurückgekehrt, um im Internet die Einträge zu Di Natale zu durchforsten. Er hatte Zeitungsartikel gefunden, Kongressberichte von Flussregulierungsbehörden, außerdem Ranglisten vom Tennisverein. Pirri und Di Natale spielten tatsächlich regelmäßig gegeneinander, und sie schienen etwa gleich stark zu sein.

»Was hast du beobachtet?«

Amanda holte ihr Notizbuch vom Armaturenbrett und schlug es auf. »Um sieben Uhr wurden die Fensterläden geöffnet, um fünf nach sieben ging in der Küche das Licht an. Um 8.12 Uhr ist Silvia mit den Kindern aus dem Haus gekommen. Sie sind ins Auto gestiegen und weggefahren.«

Lunau nickte. »Super.«

»Ja, super. Wahnsinnig spannend.«

»Hast du Vito gesehen?«

»Ach ja, das hatte ich vergessen.«

»Wann?«

Lunau betrachtete ihr ungeschminktes Gesicht, in dem man immer noch zwei Schlaffalten erahnen konnte. Ein Lastzug rollte hinter ihrem Rücken vorbei, ein Kanaldeckel knallte unter dem Druck der Tonnenlast, und Amanda zuckte zusammen. Dann schüttelte sie den Kopf. »Meinst du, das hätte ich dir nicht als Erstes gesagt?«

Lunau öffnete die Wagentür, stieg aus und schmiss sie wieder zu. Er schaute sich in der *Via Fabbri* um. Reger Autoverkehr, zwei Mütter mit Kinderwagen, in der Nähe der Fußgängerbrücke leerte ein Müllauto den Altglascontainer. Das Klirren, Scheppern und Zerplatzen der Flaschen dröhnte in Lunaus Schädel, trotz der enormen Entfernung, wie in einem großen Resonanzkasten. Je größer sein Schlafdefizit, desto größer wurde dieser Resonanzkasten. Am Haus der Di Natales rührte sich nichts. Lunau öffnete die Pforte und vermisste seinen Digitalrekorder. Silvia musste ihn von der Küche aus entdeckt haben. Er fuhr mit dem Fuß durch das hohe Gras an der Hauswand. Vier Jahre hatte er mit diesem Gerät gearbeitet. Selbst im Schlaf und im Vollrausch konnte er blind die Knöpfe und Schieberegler bedienen. Da sah er das Glitzern. Das Gerät schien heil, auf dem Display zuckten die Balken des Aufnahmepegels, die Zeitanzeige lief. Silvia musste den Rekorder, ohne ihn zu bemerken, mit dem Fliegengitter vom Sims gewischt haben.

Er kehrte ins Auto zurück, stoppte die Aufnahme und kontrollierte das File. Das Gerät hatte seit zwei Uhr durchgehend aufgezeichnet.

»Ich habe mir hier umsonst den Arsch platt gesessen?«, rief Amanda.

»Nein. Du siehst mit deinen Augen mehr, als das Gerät festhalten konnte. Wie hat Silvia Di Natale auf dich gewirkt?«

»Ziemlich fahrig.«

Lunau dachte nach. Aber das klappte nicht, wenn Amanda neben ihm saß, wie ein offenes Rasiermesser. »Alles, was ich über Di Natale herausgefunden habe, passt zu dem offiziellen Bild.

Brillanter Student, vorbildlicher Familienvater, pflichtbewusster Ingenieur. Das Einzige, was nicht passt, ist die Tatsache, dass er nicht Chef seiner Behörde geworden ist.«

»Warum sollte das nicht passen? Ein brillanter Geist ist in Italien bei der Karriere eher hinderlich.«

»Das gilt nicht nur in Italien.«

»Aber hier besonders.«

»Ich bräuchte eine detaillierte Biographie von Di Natale, Andrea Zappaterra und Beppe Pirri.«

»Wer sind Zappaterra und Pirri?«

»Zappaterra gehört eine Sandgrube, Pirri ist der Chef des Deichbauamtes.«

»Und weiter?

»Zappaterra ist ein Bekannter, Pirri Di Natales bester Freund, Tennispartner, wahrscheinlich der Letzte, der ihn gesehen hat.«

»Außer dir.«

»Ja, außer mir.«

So hatte Lunau das noch gar nicht betrachtet.

»Könntest du im Tennisklub herausfinden, ob sie gestern gespielt haben? Und ihre Lebensläufe und ihren Leumund recherchieren? Das Internet habe ich bereits abgegrast. Du müsstest tiefer einsteigen. Über das hiesige Zeitungsarchiv, Befragung von Angehörigen und Bekannten.«

»Du meinst: meinen Vater?«

»Dein Vater ist mit ihnen befreundet?«

»Das würde ich nicht sagen. Aber fast alle Honoratioren Ferraras lassen von ihm die Steuererklärung machen.«

»Steuerberater sind verschwiegener als Beichtpfarrer. Aber sicher gibt es irgendwelche Gerüchte, Klatsch, Gemeinheiten.«

Amanda starrte geradeaus.

»Was hast du?«, fragte Lunau, obwohl er die Antwort kannte.

»Was machst du in der Zwischenzeit?«

»Ich schaue mich an Di Natales Arbeitsplatz um und versuche, Pirri zu erreichen.«

»Ich dachte, wir recherchieren zu Marcos Tod.«

»Womöglich ist das dasselbe.«

»Verstehe ich nicht.«

»Ich komme nach Ferrara, um zu Marcos Tod zu recherchieren, und schon am ersten Tag wird ein Anschlag auf mich verübt. Ich nehme an, das war eine Warnung.«

»Von Di Natale?«

Amanda runzelte die Stirn. »Marco kannte Di Natale nicht.«

»Sagtest du nicht, jeder in Ferrara, der unter Dreißig ist, kennt ihn?«

20

Dany legte den Hörer auf. Das Blut pochte in ihren Schläfen, und sie hatte das Bedürfnis, diesen Augenblick zu feiern. Sie würde sich einen Snack gönnen. Sie holte die Birne aus ihrer Tasche, die als Mittagessen gedacht war, schnitt sie mit ihrem Taschenmesser in kleine Scheiben und legte sich eine nach der anderen auf die Lippen, kostete die Süße mit der Zunge und zermahlte langsam das mehlige Fruchtfleisch.

Zum ersten Mal hatte er explizit von einer gemeinsamen Zukunft gesprochen, von einer kleinen Wohnung, ja, er hatte sich sogar schon etwas angesehen. Dany wollte wieder erwähnen, dass sie die Pille abgesetzt hatte, aber irgendetwas hatte sie im letzten Moment zurückgehalten. Jetzt gilt es, nur noch ein wenig Geduld zu beweisen, hatte er gesagt, hab ein bisschen Vertrauen, sie hatte einen Zauber gespürt, den sie durch nichts zerstören wollte. Sie hörte Schritte im Korridor und schreckte hoch. Seine Anweisungen waren unmissverständlich gewesen. Sie ging um den Schreibtisch herum und zog die oberste Lade auf. Doch da lag das Foto nicht. Das Bild, das er am Lido von ihr gemacht hatte, in einem Bikini, dessen Spaghettiträger wie zufällig von der Schulter gerutscht war. Im Hintergrund der Fluss, der an diesem Tag smaragdgrün leuchtete, der weiße Sand mit den bizarren Wurzeln, die das letzte Hochwasser freigelegt hatte. Er hatte ihr das Bild erst vor wenigen Tagen zurückgegeben, aber jetzt war es verschwunden. Sie durchwühlte die Papiere, öffnete die zweite Lade. Hier lag es. Obenauf, wie erwartet. Sie hatte sich nur in der Schublade geirrt.

Da ging die Tür auf, ein Windstoß zupfte an ihrem Haar und ließ die Jalousie gegen den Fensterrahmen krachen. Ein blonder Mann stand auf der Schwelle.

»Entschuldigen Sie«, sagte der Gast und taxierte dabei den engen Raum. Zwei Schreibtische, mit den Längsseiten aneinandergerückt, so dass sie ein großes, von zwei Computern, Papierstapeln, Aktenordnern und Krimskrams bedecktes Quadrat auf Metallbeinen bildeten. Alles ein bisschen schäbig und provisorisch. Zwei Stühle betrachteten einander, über das Chaos hinweg.

»Was kann ich für Sie tun?«, fragte Dany und spürte, wie er den Edelstein auf ihrem Schneidezahn betrachtete.

»Ich suche Herrn Di Natale.«

»Hatten Sie einen Termin?«

»Ja. Sind Sie seine Sekretärin? Ihr Name steht nicht an der Tür.«

»Ich arbeite nur Teilzeit.«

Sie ging zurück auf ihren Platz und versuchte, das Foto unauffällig verschwinden zu lassen.

»Wo ist Herr Di Natale?«, setzte der Mann neu an. Er sprach mit einem Akzent und hatte eine Schramme am Kopf. Aber Dany fand, dass er gar nicht schlecht aussah, mit seiner geraden

Nase und den fein geschwungenen Lippen, die zu seinen breiten Schultern einen interessanten Kontrast bildeten.

»Noch nicht da. Worum geht es?«

»Mein Name ist Gerd Schremmling, vom Schifffahrtsamt Köln. Ich hatte mit Herrn Di Natale einen Termin. Er wollte mir die neuen Brückenprojekte zeigen.«

Dany amüsierte sich. Hätte sie nicht das Bild von Kaspar Lunau gesehen, dann wäre sie auf die Lüge sicher hereingefallen, so beiläufig, wie Lunau sie vorgetragen hatte.

»Er wird sicher bald kommen.«

Lunau nickte.

»Kann ich so lange hier auf ihn warten?« Dany nickte, obwohl ihr die Anwesenheit des Mannes unangenehm war. Sie spürte, wie ihre Finger in ihrem Rücken feucht wurden. Der Mann betrachtete ihre dünnen Arme und die Tätowierung an ihrem Schlüsselbein. Er lächelte.

»Ja, dann kümmere ich mich mal wieder um meine Arbeit.«

Sie fuhr den Rechner hoch, zog eine Schublade auf und warf das Foto hinein. Als sie aufsah, kreuzte sich ihr Blick mit dem seinen. Er hatte jede ihrer Bewegungen beobachtet. Sie hoffte nur, dass er das Motiv auf dem Foto nicht gesehen hatte.

»Merkwürdig. Ich kenne ihn als ausgesprochen pünktlichen Menschen«, sagte Lunau.

Dany hatte nur auf den Bildschirm gestarrt. Sie fand die Situation nicht mehr amüsant.

»Um wie viel Uhr kommt er denn für gewöhnlich?«

Sie schaute auf. »Bitte? So um neun.«

»Haben Sie eine Idee, warum er sich verspätet haben könnte? Wir waren nämlich schon vor einer Stunde unten in der Bar verabredet. Er sagte, er frühstücke dort, ich sollte zu ihm stoßen und dann mit hoch in sein Büro kommen.«

»Er wird schon kommen.«

»Auf seinem Handy meldet er sich nicht.«

Dany ließ die Hände in den Schoß sinken. Aber der Mann gab keine Ruhe: »Hat er vielleicht noch ein zweites Handy?«

Sie schüttelte den Kopf.

»Nein?«

Dany fing an, sich über sich selbst zu ärgern. Warum schaffte sie es nicht, den Kerl einfach rauszuwerfen? Er hatte sich mit einer Lüge Zutritt zu ihrem Büro verschafft, er war unhöflich, er hielt sie von der Arbeit ab. Doch genau das war Danys Problem. In Gegenwart anderer Menschen vergaß sie, dass sie einen eigenen Willen hatte. Und wenn sie ihn hatte, wusste sie nicht, was dieser Wille wollte.

»Sie kennen Herrn Di Natale doch ausgesprochen gut, Sie wissen sicher fast alles über ihn.«

»Wie meinen Sie das?«

Lunau wies mit dem Kopf Richtung Schublade, in der Dany das Foto hatte verschwinden lassen, und sie spürte, wie ihr die Schamesröte ins Gesicht stieg. Dagegen war leider kein Kraut gewachsen, und wenn sie die Hände vor die Augen schlug, wurde alles noch schlimmer.

»Sie verstehen das ganz falsch«, sagte sie.

»Wie sollte ich es denn verstehen?«

»Es ist nicht das, was Sie meinen, das schwöre ich Ihnen.«

»Erklären Sie es mir.«

»Das geht leider nicht, aber ich garantiere Ihnen, dass sich die Sache nicht so verhält, wie sie jetzt auf Sie wirkt.«

»Wo ist Herr Di Natale?«

»Ich kann Ihnen nicht helfen.«

»Wann haben Sie ihn das letzte Mal gesehen?«

»Gestern.«

»Wann genau?«

»Wird das ein Verhör?«

Dany bereute ihren unwirschen Ton sofort. »Um halb eins«, schob sie nach.

»Und dann ist er gegangen?«

»Nein, ich bin gegangen, ich arbeite hier nur halbtags.«

»Hat er heute einen Termin außer Haus?«

Sie zuckte mit den Schultern und spürte, wie ihr Schlüsselbein unter dem Kleid hervorrutschte. Wieder schaute er auf die Tätowierung und auf den mageren Knochen.

»Nicht, dass ich wüsste«, antwortete sie.

Der Mann schien ungeduldig zu werden. »Wer ist der Chef dieser Behörde?«

»Wieso?« Wieder änderte sich ihre Gesichtsfarbe, und wieder konnte sie es nicht verhindern. »Sie wollen sich doch nicht beschweren über mich, oder? Wissen Sie, ich habe hier nur einen Zeitvertrag, und …«

Lunau schaute sie fast mitleidig an. »Wenn Sie mir sagen, wo Di Natale ist, brauche ich Ihren Chef nicht.«

»Ich weiß es wirklich nicht.«

»Sollte Vito sich melden, dann sagen Sie mir Bescheid.«

Lunau nahm einen Zettel vom Notizblock und schrieb eine Handynummer darauf. Dann gab er ihr die Hand. Er hielt sie einen Moment lang fest und sah ihr in die Augen. »Ich wollte nicht grob sein, Verzeihung.«

Sie nickte, und er ging mit einem knappen Gruß. Sie sah die Locken, die über seinen kräftigen Nacken fielen.

Alberto Gasparotto saß an seinem Schreibtisch und hörte, wie draußen jemand seine Sekretärin belästigte. Er stand auf, schloss die Tür und setzte sich wieder an den Computer. Er war nervös. Er sah auf die Homepage der Partei, der er beigetreten war, aber das schale Gefühl, das er gestern bei der Versammlung gehabt hatte, war geblieben. Trotz der erhebenden Aufmärsche aus Scharen grüner Fahnen, grüner Hemden und schmissiger Hymnen. Sicher, Gasparotto mochte klare Aussagen, und der Abgeordnete aus Rom hatte nicht um den heißen Brei herumgeredet: Es galt, den Vormarsch des Islam und fremder Kulturen zu stoppen, die Geburtenrate der Italiener zu steigern. Sozialwohnungen und andere Infrastrukturen sollten zuerst Italienern dienen – und dann den Fremden. Aber Gasparotto wurde den Verdacht nicht los, dass die Parteispitzen (und auch die Basis) zu den Fremden nach wie vor auch Süditaliener rechneten, *terroni*, wie sie abfällig genannt wurden. Trotz aller gegenteiligen Beteuerungen hatte die Lega Nord ihren separatistischen Impuls bewahrt. Und Gasparotto wollte eine große starke Nation, keine »Unabhängige Republik Padanien«. Und dann erinnerten die Thesen ihn auf schmerzliche Weise daran, dass er kinderlos war.

Plötzlich ging die Tür auf, und ein Mann trat ein. »Guten Tag, mein Name ist Kaspar Lunau.«

Gasparotto reckte das Kinn nach oben und schloss die Seite auf dem Rechner. Der Gast hatte die Frechheit, vorher noch einen Blick darauf zu werfen.

»Ich wüsste nicht, dass wir einen Termin hätten«, sagte Gasparotto kalt.

»Ich weiß, ich habe gegen das Protokoll verstoßen, aber ich war mit Herrn Di Natale verabredet, und dieser ist seit Stunden unauffindbar.«

Der Besucher schaute sich schnell in dem großzügigen Büro um. Die Panoramascheibe ging auf den *Viale Cavour*, einen breiten Boulevard, über den der Verkehr in vier Spuren rollte. Die Wände waren mit schweren Bücherregalen bedeckt, in denen kostbare Bände standen.

»Herr Di Natale ist einer unserer Mitarbeiter. Wieso kommen Sie damit zu mir? Entschuldigen Sie mich bitte, ich habe zu tun.«

Lunau stand unschlüssig da. Sein Blick war durchdringend

und machte deutlich, dass er sich um Gasparottos Rang keinen Deut scherte.

Gasparotto winkte mit den Fingerspitzen Richtung Tür.

»Di Natale ist Ihr wichtigster Ingenieur. Und er ist verschwunden.«

Gasparottos Kopf zuckte auf dem hageren Hals. »Verschwunden?«

Lunau schaute Gasparotto direkt in die Augen. Gasparotto war dieser Blick unangenehm, und so starrte er auf seine Hände, die nach einem Dossier mit Vorschlägen zu Budgetkürzungen griffen. Aber der Besucher verstand den Wink nicht, sondern setzte neu an: »Ihr Mitarbeiter Di Natale hat gestern Abend versucht, mich auf dem Deich zu überfahren, und jetzt ist er verschwunden.«

Gasparotto hatte Mühe, seinen Schrecken zu überspielen. »Sind Sie betrunken?«, sagte er nach kurzem Stocken.

»Nein.«

Lunau gab Gasparotto seine Visitenkarte. Dieser schaute sie lange an.

»Ich verstehe nicht recht. Fernsehen?«

»Radio.«

»Ach so«, sagte Gasparotto, sichtlich entspannter. Erstaunlich, dass jedermann das Radio für etwas Harmloses hielt.

»Es ist natürlich Unsinn, dass Herr Di Natale Sie angegriffen hat. Sie müssen sich irren.«

»Das sagt jeder.«

»Sehen Sie.«

»Mir sagt aber auch jeder, er sei bei der Arbeit. Und da ist er nicht.«

Gasparotto seufzte, drückte auf eine Taste des Telefons, fragte seine Sekretärin nach Di Natale und wiederholte deren Angaben: »Er ist noch nicht zur Arbeit erschienen.«

Lunau machte auf dem Absatz kehrt und sagte: »Würden Sie Ihre Sekretärin bitten, mich zu verständigen, sobald sie Nachricht von Di Natale hat?« Es klang ironisch, aber Gasparotto nickte.

21

Pirri hätte der glücklichste Mensch der Welt sein müssen. Noch vier Stunden, hundertachtzehn Kilometer, und er war am Ziel. Doch hektisch suchten seine Augen den Pulk aus schwitzenden, stinkenden, von Alltagssorgen und kleinlichen Sehnsüchten, Telefonaten und dümmlichen Hits aus Mp3-Playern abgelenkten Existenzen ab. Er spähte ängstlich nach einer Uniformmütze, denn auch er wurde von kleinlichen Sorgen getrieben: Er hatte keine Fahrkarte. Pirri hatte die 6,30 Euro für die Zweite Klasse nicht aufbringen können, und als Schwarzfahrer war er nicht geübt. Sollte man sich in den letzten Waggon setzen, oder in den vordersten? Oder, wie in den Filmen, aufs Klo? Aber musste nicht jeder halbwegs intelligente Kontrolleur dort zuerst nachsehen? Der Zug war voll mit Pendlern, die jeden Quadratzentimeter belegten, sitzend, stehend, im Mittelgang auf dem eigenen Gepäck kauernd. Der Plebs bekam dadurch sogar einen Sinn: als Barriere für den Zugbegleiter. Aber wenn er kam – wie sollte Pirri sich dann unauffällig davonstehlen? In seinem Anzug und dem teuren Staubmantel, mit dem ledernen Aktenkoffer und seinen grauen Locken wirkte er wie ein seriöser Geschäftsmann. Er würde in sämtlichen Taschen nach dem Fahrschein suchen und das Ganze schließlich als peinliche Unachtsamkeit abtun. Er holte das Pokerblatt aus der Tasche und ließ die Karten durch seine Finger gleiten. Pirri liebte jede Form von Spiel, er war mit der Zeit gegangen und hatte früh die Chancen im Online-Poker erkannt, aber nichts konnte das prickelnde Gefühl ersetzen, das von echten Karten ausging, von diesen kartonierten Bildern, die sich an den abgerundeten Ecken rau und widerspenstig anfühlten, auf der Oberfläche kalt und glatt.

Wieder klingelte sein Handy. Immer dieselbe ausländische Nummer. Diesmal nahm Pirri das Gespräch an. Es war Lunau, der Journalist aus Deutschland. Auf der Suche nach Vito Di Natale.

»Ich verstehe nicht, wie ich Ihnen helfen kann«, sagte Pirri.

»Di Natale ist verschwunden. Sie sind sein bester Freund.«

»Wir haben Tennis miteinander gespielt.«

»Auch gestern Abend, oder?«

»Nein, gestern nicht.«

»Aber Sie waren doch zum Tennis verabredet.«

»Ja, aber dann hat Vito abgesagt.«

»Wo waren Sie gestern Abend?«

Pirri schwieg. Die Schiebetür zur Zwischenplattform ging auf, eine Uniform drängte sich in den Waggon. Aber es war nur ein Carabiniere, mit Wochenendgepäck.

»Ich glaube nicht, dass ich Ihnen zu Auskunft verpflichtet bin.«

»Man hat Sie gestern zusammen gesehen.«

»Unmöglich. Vito hat das Tennis wegen eines anderen Termins abgesagt.«

»Was für ein Termin war das?«

»Keine Ahnung.«

»Wann haben Sie ihn das letzte Mal gesehen?

»So gegen siebzehn Uhr.«

»Da können Sie ihn nicht gesehen haben, er war mit mir unterwegs.«

»Nicht direkt gesehen. Wir haben telefoniert.«

»Ich kann mich an kein Telefonat mit Ihnen erinnern.«

»Dann haben Sie es eben vergessen.«

Lunau zögerte einen Moment. Dann fragte er: »Danach hatten Sie keinen Kontakt mehr zu ihm?«

»Nein. Das sagte ich doch bereits.«

»Um 19 Uhr 40 hat man gesehen, wie Sie ihn mit Ihrem weißen BMW-Geländewagen abgeholt haben. Es gibt einen Zeugen.«

»Wer soll das sein?«

»Frau Di Natale.«

Pirris Hirn spielte verrückt. Er konnte sich auf einmal an keine Uhrzeit mehr erinnern. 19 Uhr 40. Was sollte er sagen? Sollte er überhaupt etwas sagen? Wenn er nicht so angstvoll auf die Schiebetür gestarrt hätte, wäre er auf das Gespräch gar nicht eingegangen.

»Sie irrt sich.«

Pirri wollte auflegen, aber der Mann kam ihm mit der nächsten Frage zuvor.

»Sind Sie jetzt mit Di Natale zusammen?«

»Wie kommen Sie darauf?«

»Sie sind heute nicht zur Arbeit erschienen. Niemand weiß, wo Sie stecken. Dasselbe gilt für Di Natale. Wohin sind Sie unterwegs?«

Der Zug bremste so heftig, dass Pirris Pilotenkoffer ins Rutschen kam. Das Quietschen übertönte jedes Geräusch aus dem Handy.

»Ich bin Ihnen zu keiner Auskunft verpflichtet.«

»Sind Sie nicht, aber wenn Sie Ihrem besten Freund helfen wollen, dann sollten Sie meine Fragen beantworten.«

Der Zug stand nun, Lautsprecherstimmen schallten. Der Mittelgang leerte sich, und dann tröpfelten die ersten neuen Fahrgäste in den Waggon, belegten hektisch die freien Sitzplätze und verstauten ihr Gepäck in den Ablagen und zwischen den Sesseln.

»Sie sitzen im Zug?«

»Ja, wissen Sie ... aus ökologischen Gründen.«

»Wenn es nach der Ökologie geht, sollte man zu Hause bleiben.«

Pirri lachte. »Ja, da haben Sie auch wieder recht.«

Und dann drückte er das Gespräch weg. Es strömten immer mehr Leiber in den Mittelgang. Pirri sah immer wieder die Gestalt Di Natales vor sich. Den ungläubigen Ausdruck auf seinem Gesicht. Aber dann entdeckte Pirri die Uniformmütze, die durch die Schiebetür der Waggonschleuse kam. Vielleicht konnte Pirri es noch schaffen, den Zug zu verlassen. Aber dann hing er hier auf dem Bahnhof fest.

Der Kontrolleur hatte angefangen, sich die Karten zeigen zu lassen und knipste sie bedächtig mit seiner Zange ab. Der Zug ruckte an. Es war zu spät. Pirri würde schauspielern müssen.

22

Das Lokal, in dem sie saßen, war voll mit parfümierten jungen Leuten. An den Wänden hingen Flachbildschirme, aus denen grelle Videoclips pulsierten. Lunau bereute, dass er Amanda die Wahl des Treffpunkts überlassen hatte. Die Gläser gluckerten ins Spülbecken, jemand schlug den Filter der Espressomaschine auf die Kante des Mülleimers, die Tür zur Toilette krachte, neben Lunau brüllten zwei Angetrunkene einander Zoten ins Ohr, und darunter wummerte ein Brei von Hiphop-Bässen. Mit jeder Runde, die auf den Tresen geknallt wurde, nahm der Geräuschpegel der Gäste zu.

Lunau war froh, als er Amanda erkannte. Sie hatte wieder die Irokesenfrisur, schwarz geschminkte Lider und Lippen. Ihre Wangen glühten, sie strahlte euphorisiert und schien sofort sensationelle Neuigkeiten loswerden zu wollen. Lunau dagegen hatte eine Serie von Fehlschlägen hinter sich. Er war mit Balboni auf dem Deich gewesen und hatte nur ein paar Bremsspuren gefunden, die nicht unbedingt vom Vortag stammen mussten. Keine Lacksplitter oder Hinweise auf einen bestimmten Wagen, nicht einmal Hinweise auf eine Kollision. An Pirris Villa, einem schmucken Bau aus der Ära des Faschismus, war er unhöflich abgewiesen worden. Er hatte auch kein Auto im Hof entdecken können, weder einen blauen Punto noch einen weißen BMW. Auch die Nachbarn hatten kein Wort gesagt. Ebenso wenig die Kollegen bei der AIPO, dem Deichbauamt, das Pirri leitete.

Amanda hatte einen Abriss geschrieben, den sie Lunau vorlas:

»Beppe Pirri, Spross einer der renommiertesten Patrizierfamilien Ferraras. 56 Jahre alt, ältester Sohn Aroldo Pirris, eines vor fünfzehn Jahren verstorbenen ehemaligen Partisanenführers und Politikers. Nach dem Krieg Stellvertretender Bürgermeister in Ferrara, dann Abgeordneter in Rom und schließlich Senator. Sorgte dafür, dass der staatliche Chemiekonzern in Ferrara eines der wichtigsten Werke baute, Arbeitsplätze und Wohlstand brachte. Sein Sohn Beppe hat in Bologna studiert, danach Ingenieur beim ›Genio Civile‹, einer Art Katastrophenschutz, der den Fluss überwachen sollte. Später umgewandelt in die ›AIPO‹, die ›Agenzia Interregionale Fiume Po‹. Damit wollte man verhindern, dass jede Region auf eigene Faust am Fluss herumdokterte und man wieder hinter Napoleon zurückfiel. Pirri gilt als einer der weitsichtigsten Köpfe der AIPO, als ein Mann der überregionalen Zusammenarbeit, weltgewandtes Wesen, Verbindungen in höchste Gremien, bla, bla, bla. Schon als Jugendlicher in der Kommunistischen Partei, mit neunundzwanzig jüngstes Mitglied im Stadtrat. Später Beauftragter für Kulturfragen und Tourismus, vor zwei Legislaturperioden hat man ihm das Bauressort übertragen, aktuell außerdem Stellvertretender Bürgermeister. Gerüchten zufolge soll er nächstes Jahr als Spitzenkandidat antreten und dann die Stadt regieren. Es sei denn …«

»Es sei denn?«, fragte Lunau.

»Jetzt bist du erst mal dran.«

Amanda trank ihr Bier in gierigen Schlucken, während Lunau laut darüber nachdachte, was Pirri und Di Natale jenseits des Tennissports verbinden könnte.

»Sie haben beide ihr Leben dem Fluss gewidmet. Sie haben mit Firmen zu tun, die Großaufträge bekommen. Sie könnten sich bei der Vergabe dieser Aufträge bereichert haben. Und sie haben sich beide abgesetzt.«

»Und sie sind beide pleite.« Amandas Augen funkelten, während sie eine Umhängetasche präsentierte, die aus einer Lkw-Plane genäht war.

»Was ist das?«

Sie öffnete den Klettverschluss und legte vier Kladden auf den kleinen runden Bistrotisch. Auf den beiden dünneren stand »Vito Di Natale«, auf den dickeren »Giuseppe Pirri«.

»Auf Beppe Pirris Haus am Wasserturm lastet eine Hypothek, ebenso auf seinem Ferienhaus in Cortina d'Ampezzo und auf der Wohnung am Lido degli Estensi. Die letzte Waschmaschine mussten sie auf Raten kaufen. Für dich ist alles kopiert.«

Lunau blätterte in den Unterlagen. Kontoauszüge, Steuerbescheide, Quittungen, Buchungsbelege.

»Bei Di Natale ist die Situation nicht ganz so dramatisch. Er hat noch nie viel besessen, aber letztes Jahr hatte er Mühe, die Raten für sein Haus zu bezahlen«, fuhr Amanda fort.

Lunau wurde hektisch. Er wollte nicht glauben, was er sah. »Das ist nicht dein Ernst, oder?«

Amandas Strahlen war erloschen. Sie schaute drein wie ein Kleinkind, dem man auf die Fingerspitzen geklopft hat.

»Du bist doch nicht ins Büro deines Vaters eingebrochen, oder?«

»War gar nicht nötig«, sagte sie mit einem Achselzucken. »In seinem System sind alle Unterlagen gespeichert, alles fein säuberlich eingescannt. Er gilt nicht umsonst als Perfektionist.«

»Und wie bist du reingekommen in das System?«

»Wer meinen Vater kennt, weiß auch, wo er seine Passwörter notiert.«

»Ist dir nicht klar, was du gemacht hast? Du hast nicht deinem Vater einen kleinen Streich gespielt, das ist eine Straftat.«

Sie blies die Backen auf. »Bist du wirklich so ein Langweiler?«

Lunau hatte endgültig die Nase voll. »Ich habe dir gesagt, du sollst dich ein bisschen umhören, meinetwegen auch Gerüchte auswerten.«

»Das hier sind Fakten, nicht bloß Gerüchte.«

Der Barkeeper hatte die Musik noch einmal um zehn Dezibel lauter gedreht, und Lunau wusste nicht mehr, was er sagen sollte. Er wollte nur noch hinaus in die Nacht. Durch die stillen Gassen zum Hotel wandern. »Unsere Zusammenarbeit ist beendet.« Er zückte sein Portemonnaie.

»Vergessen Sie es«, meinte Amanda.

»Was?«

»Ihren Saft.«

»Ich will nicht, dass du für mich bezahlst.«

»Habe ich nicht. Marcos Freunde zahlen in dieser Bar nicht.«

»Ich bin aber nicht Marcos Freund. Komm mit.«

Lunau hatte Amanda an der Schulter gefasst und wollte sie hochziehen, aber sie blieb sitzen. Sie war schwerer als erwartet.

»Nehmen Sie die Finger weg. Haben Sie Angst, ein Glas Saft könnte Ihren unbestechlichen Blick trüben?«

»Ich habe keine Lust mehr, mich von dir auf den Arm nehmen zu lassen.«

»Ich habe Sie nicht auf den Arm genommen.«

»Ach ja? Journalistin von *Il Tempo di Ferrara*. Du hast noch nie einen Artikel für diese Zeitung geschrieben. Es gibt von dir nur Ergüsse im Internet und in irgendwelchen Anzeigenblättchen, in denen für Dorfdiskotheken, Eisdielen und zwielichtige Massagesalons geworben wird.«

»Ich habe vierzehn Artikel für *Il Tempo* geschrieben, sie wollten sie nur nicht drucken. Ich muss das mit den Käseblättern machen, sonst werde ich nie für das Staatsexamen als Journalistin zugelassen. Hier in Italien gilt noch ein Pressegesetz aus der Zeit des Faschismus.«

»Jetzt hör mit deinen krankhaften Anspielungen auf den Faschismus auf. Du hast keine Ahnung, was eine Diktatur ist. Und du hast keine Ahnung, was seriöser Journalismus ist. Und dann bist du noch so blöd, im Internet herumzuposaunen, dass ›die internationale Presse‹ jetzt vor Ort ist. Falls es eine Verbindung zwischen Marco und Di Natale gab, dann habe ich den Anschlag dir zu verdanken. Wir hatten eine klare Abmachung. Journalismus bedeutet nicht, dass man bei Papa und Mama im gemachten Nest sitzt und ein bisschen im Internet surft.«

Sie war einen Moment sprachlos. Dann sagte sie: »Was bilden Sie sich eigentlich ein? Ich wollte, dass Sie mir helfen, einen Mord aufzudecken. Stattdessen rennen Sie nur hinter Ihren Ressentiments her, weil Ihnen jemand auf dem Radweg in die Quere gekommen ist. Ich dachte, Sie wären einer, dem es nicht nur um kleinkarierte persönliche Interessen geht.«

»Ich sag's ja: Das Internet verstellt einem den Blick auf die Realität.«

»Sie haben recht: Vergessen wir es.« Sie zog eine Grimasse, griff sich ihre Tasche und stand auf. Lunau folgte ihr zum Ausgang. Da ging ein Raunen durch den Saal, schlagartig wurde es still. Nur der Hiphop-Sound hackte weiter durch die Luft. Alle starrten auf die Bildschirme. Man sah, in knallbunten Farben und dem geschmacklosen Design amerikanischer Fernsehformate, einen ovalen Tisch, an dem gepokert wurde. Die Finger, die gerade die beiden Karten so weit auseinanderschoben, dass man einen Buben in Pique und eine Herz-Zehn erkennen konnte, gehörten, wie der weiße Schriftzug neben dem Spieler verriet, Giuseppe Pirri. Als er seinen Einsatz brachte, tobte das Publikum im Lokal, man fing an, den Lokalmatador anzufeuern.

»Beppe Pirri?«, fragte Lunau.

Amanda nickte. Die Kamera zoomte auf Pirris Blatt, dann auf das Gesicht des Spielers, das keine Regung zeigte. Die Gäste in der Bar johlten, und Lunau hatte Mühe, einen klaren Gedanken zu fassen. »Wie kann man sich für ein solches Turnier qualifizieren?«, fragte er Amanda.

»Entweder über eine Punktzahl, die man beim Online-Poker erwirbt, oder indem man sich einkauft.«

»Und wie hat Pirri sich qualifiziert?«

Amanda zuckte mit den Schultern. »Was weiß ich, kann man aber im Internet recherchieren.«

Lunau nahm seine Jacke und stand auf.

»Wo wollen Sie hin?«, fragte Amanda.

»Nach Venedig.«

»Lassen Sie sich Zeit. Wie ich sehe, hat Pirri noch 320 000 Euro, solange er nicht rausgeflogen ist, kommen Sie nicht ran an ihn. Die sind von Security-Leuten völlig abgeschirmt, dürfen das Hotel nicht verlassen, nicht einmal Handys benutzen oder fernsehen, damit sie nichts über die Strategien der anderen Spieler erfahren.«

Lunau stand auf. Er würde Amanda nach Hause bringen und endlich ungestört nachdenken.

Rodolfo Recanati schreckte hoch, geweckt vom Klingeln des Handys. Es war Samstag, der 1. Mai, 8 Uhr 11. Seine Frau Adelaide starrte ihn aus ihren wächsernen Augen an, ohne den Kopf zu bewegen. Das Handy lag auf dem Nachttisch, weil Recanati Bereitschaftsdienst hatte. Rodolfo griff das Telefon, stieg aus dem Bett und verließ das Zimmer, damit seine Frau weiterschlafen konnte. Ein Anruf um diese Zeit, das verhieß nichts Gutes. Ausgerechnet heute, da ein Schicksalsspiel anstand. Zu viele der Details, die über den Ausgang eines solchen Spieles entscheiden, erzeugten Misstöne. Schon die Tatsache, dass er Bereitschaftsdienst hatte. Auch der Nebel verhieß nichts Gutes, jetzt, Anfang Mai. Und dann hatte man das Spiel auf den Samstag vorverlegt, in Samstagsspielen hatten sie noch nie gut ausgesehen. Er sah, dass der Anrufer nichts mit der SPAL zu tun hatte, eine Dienstnummer der ARNI. Recanati war erleichtert.

Die Betonflanken des Stadions zeichneten sich in der grauen Suppe ab. Seit zweiunddreißig Jahren, seit er geheiratet und dieses Apartment bezogen hatte, galt Recanatis erster Blick am Morgen dem Stadion. Und jeden Morgen erfüllte ihn eine Mischung aus Stolz, Begeisterung, Liebe und Furcht, je nach Wochentag, je nachdem, welcher Spieltag bevorstand, je nachdem, wie der letzte Sonntag gelaufen war und auf welchem Tabellenplatz – und in welcher Liga – die SPAL sich gerade befand. »Società Polisportiva Ars et Labor.« Welcher andere Fußballverein hatte einen solch exklusiven Namen? Aber an diesem Morgen spürte er nur dieses flaue Gefühl im Magen. Nicht nur der Bereitschaftsdienst, ausgerechnet an diesem Wochenende, da die SPAL gegen Hellas Verona und gegen den Abstieg spielte, beunruhigte ihn. Auch die Angina, die den Präsidenten heute angeblich von einem Stadionbesuch abhielt, ein Interview mit pessimistischen Zwischentönen von Carboni, dem Kapitän und Abwehrchef. Es werde sehr, sehr schwer werden. Die Ratten verließen das sinkende Schiff. Die vielen Verräter, die in den letzten Jahren Station in Ferrara gemacht hatten, weil der Name SPAL noch immer den Lebenslauf eines Fußballprofis aufwertete. Zu viele hatten sich hier nur für gutes Geld ein schlaues Leben machen wollen, Söldner, für die die Fans die Zeche zahlten.

Recanati nahm den Anruf entgegen.

»Warum dauert das denn so lange?« Ciolli, sein Kollege von der Nachtschicht.

»Ich habe noch geschlafen.«

»Wir haben einen Notfall, du musst sofort kommen.«

»Was für ein Notfall?«

»Eine Störung im System, die ganze Schleusenanlage ist eingefroren, weil eines der Tore klemmt.«

»Sicher wieder ein Ast oder ein Wels.«

»Ein Wels.«

»Na bitte. Den kannst du doch alleine rausziehen.«

»Ich darf den Kontrollraum nicht verlassen.«

»Es kommt doch sowieso nur alle paar Tage ein Schiff durch die Schleuse. Gib zu, dass für dieses Wochenende keine Passage angemeldet ist.«

»Du weißt, das spielt keine Rolle.«

»Und du weißt, was für ein Spiel heute ansteht.«

»Es sind noch sieben Stunden bis zum Anpfiff.«

Diese beschissene Schleuse, dachte Recanati. 14 Millionen Euro für ein Wunderwerk der Technik, das nie genutzt wurde. Wann würde man endlich einsehen, dass man aus dem Po, dieser Mischung aus launischem Gebirgsbach und verödendem Wüstenstrom, keine funktionierende Wasserstraße machen konnte? Und je mehr das Klima verrückt spielte, desto unmöglicher wurde es. Was hätte man mit 14 Millionen für Spieler kaufen können!

»Ich komme«, sagte Recanati, den man ohne die Schleuse bei der ARNI längst ausgemustert hätte.

Er ging in die Küche, um sich einen Espresso aufzusetzen, obwohl der Urologe ihm Kaffee verboten hatte. Das Display seines Handys meldete, dass eine SMS eingegangen war: »Wenn die SPAL nicht absteigt, dann nur, weil euch nicht einmal die vierte Liga will«, dahinter ein Smiley, eines dieser grinsenden Gesichter mit einem zugekniffenen Auge. Die SMS kam von seinem Neffen aus Verona. Noch einer, der Spaß von Ernst nicht unterscheiden konnte.

Recanati ließ einen letzten zärtlichen Blick über die Außenmauern des Stadions *Paolo Mazza* gleiten, an den hellblau-weißen Stahlträgern entlang, an den fleckigen Betonfugen, bis er zur Fankurve kam, in der sich heute noch einmal dreitausend Zuschauer versammeln würden, vielleicht zum allerletzten Mal, nach siebzehn Jahren in der Serie A, 23 in der Serie B. Nachdem die SPAL den italienischen Verbandspräsidenten und Nationalspieler gestellt hatte, nachdem sie Ausnahmetalente wie Luigi Del Neri und Fabio Capello ausgebildet hatte, die inzwischen Juventus Turin und die englische Nationalelf trainierten.

»Versammelt ihr euch jetzt schon morgens um acht?«, fragte Adelaides Stimme. Er drehte sich um, sah sie in ihrem unbeschreiblich abstoßenden Morgenmantel, den sie auf dem Wochenmarkt gekauft hatte.

»Ich muss zur Arbeit.«

»Hoffentlich steigt ihr ab, ach was, hoffentlich geht der Verein bankrott, verschwindet von der Bildfläche, dann können wir womöglich noch einmal so etwas wie eine Ehe führen. Du hast mich doch nur geheiratet, weil meinem Vater dieses Apartment direkt am Stadion gehörte.«

»Unsinn.«

»Schon auf der Hochzeitsreise hätte ich dusselige Kuh begreifen müssen, was es geschlagen hat. Wer fährt schon von Ferrara aus nach Rimini?«

Er wusste, worauf sie anspielte. Er hatte die Hochzeitsreise damals gebucht, weil die SPAL in Rimini ein Relegationsspiel hatte. Dabei war sie mit Rimini gut bedient gewesen. Die SPAL hätte genausogut Lumezzane als Gegner erwischen können. In Lumezzane gab es nur ein paar Eisenwarenfabriken, in denen Bratpfannen und Campingbesteck hergestellt wurden, Rimini war immerhin ein Seebad.

Recanati ging in die Küche, trank reichlich Wasser nach, damit der Espresso sich nicht wieder mit einem Brennen aus seinem Unterleib verabschieden würde, dann nahm er seinen Mantel, seine Mütze und die Autoschlüssel.

Er hatte kaum geparkt und einen Blick vom Deich auf das innere Schleusenbecken geworfen, als er den Schlamassel erkannte. Weißlich schimmerte ein Kopf an der Wasseroberfläche, der Fischleib war dunkel. Da der Elektromotor es nicht geschafft hatte, den Rumpf mit dem Tor zu zerteilen, musste es eines dieser Biester sein, die hundert Kilo und mehr wogen. Er ging hinauf in den Kontrollraum, der wie die Querlatte eines hohlen Fußballtors über der Schleuse lag, und wechselte ein paar Worte mit seinem Kollegen Ciolli. Er zog die Wathose über, nahm zwei Enterhaken und holte den Schlüssel für das Vorhängeschloss, mit dem das Ruderboot gesichert war.

Als er im Stehen durch das Schleusenbecken paddelte, kam wieder ein Signal für eine SMS. Die nächste Hiobsbotschaft, und diesmal aus dem Fanklub. Serrao, der Mittelfeldregisseur, habe sich beim Abschlusstraining verletzt. Recanati rief sofort zurück.

»Das ist Quatsch. Er hat gestern das Training regulär beendet, das habe ich selbst gesehen.«

»Nur zum Schein. Man will es bis zum Anpfiff geheim halten.«

Recanati fiel ein Zusammenprall mit dem Torwart ein, nach dem Serrao mit schmerzverzerrtem Gesicht liegen geblieben war. Nach kurzer Kontrolle des Knöchels hatte er jedoch weitergespielt. Aber wenn Recanati genau nachdachte, dann hatte Serrao sich nicht mehr in die Zweikämpfe eingeschaltet, war immer in der Nähe des Mittelkreises herumgetrabt.

»Von wem weißt du es?«

»Mein Schwager wohnt neben dem Mannschaftsarzt. Er hat es ihm eben am Garagentor gesagt.«

Scheiße, Scheiße, Scheiße, dachte Recanati, griff nach dem Enterhaken und streckte ihn nach dem aufgedunsenen Fischkadaver. Das Schleusentor hatte ihn eingeklemmt und nicht wieder freigegeben, weil die Steuerung aus Sicherheitsgründen alle Vorgänge blockierte. Das hieß, im schlimmsten Fall mussten sie den Fisch zerhacken, ehe sie ein Reset der Software starten konnten. Er wollte versuchen, den Metallhaken in die Kiemen einzuführen, aber dazu musste er sich einen Weg durch die Algen bahnen, die um den Fischkopf waberten. Recanati stocherte in der dunklen Wolke herum und stieß gegen einen Knochen. Er merkte, dass die schwarzen Fäden, die im sanften Wellenschlag wippten, keine Algen, sondern Haare waren. Das Schleusentor hatte keinen Wels eingeklemmt, sondern einen Menschen, einen erwachsenen Mann weißer Hautfarbe.

TEIL II

24

Aroldo stand auf, nahm die große Schöpfkelle von der Wand, setzte sie auf die brodelnde Suppe und schaute zu, wie die duftende Flüssigkeit mit den Fettaugen langsam über den Metallrand floss und sich in der Senke der Kelle sammelte. Er tauchte den Schöpflöffel in die Tiefe und spürte einen Widerstand. Fleisch. Zum ersten Mal seit Ostern.

»Jetzt bind uns schon los, verdammt!«, rief Lorenzo. Aroldo hob die Kelle an die Lippen, blies, dass der Dampf in alle Richtungen stob und grinste.

»Hör auf mit dem Unsinn.«

Aroldo ließ den Blick von einem zum anderen wandern. Das Granatfeuer setzte einen Moment aus, setzte wieder ein, diesmal umso heftiger. Aroldos frotzelnder Blick blieb an Stefano hängen. Der Junge grinste zurück. Selbst der Bauer, ein schmächtiger Mann um die vierzig, den die Feldarbeit gebeugt hatte, zeigte lächelnd die Lücken zwischen seinen gelben Zähnen. Die Detonationen in Bologna waren so gewaltig, dass der Lehmboden zitterte. Der Duft so betörend, dass Aroldo den Speichel hinunterschlucken musste. Und wenn er schnell einmal kostete? Nur einen winzigen Schluck, nur für die Zungenspitze. Am Vortag gegen fünf hatte er das letzte Mal etwas gegessen. Zwei verschrumpelte Mohrrüben, aus einem Hasenstall. Er warf die Kelle zurück in den Topf und ging auf Stefano zu. Legte ihm die Hand auf den Kopf, aber da bohrte sich etwas in seinen Rücken. Rechts und links der Wirbelsäule.

»Hände hoch!«, schrie Stefano auf Deutsch, die eckige Sprech-

weise der Besatzer übertreibend. Triumphierend reckte er seine Fäuste in die Luft. Er hatte sich selbst von den Fesseln befreit.

»Du hast genug gelernt, um bald selbst zu kämpfen«, sagte Aroldo, weil er wusste, dass Stefano das gerne hörte. Aroldo wünschte sich das Gegenteil. »Bind deine Mutter los!«, sagte Aroldo zu Stefano und wandte sich dem Bauern zu.

*Wieder hielt der Krieg kurz die Luft an, und aus dem brabbelnden Hall ferner MG-Salven und kleiner Geschütze tauchten Motoren auf. Wie ein Schwarm orientierungsloser Bienen schwirrten sie umher. Die Motoren verstummten, und dann flog die Tür krachend auf. Vier Maschinenpistolen erschienen auf der Schwelle, die Läufe in die Küche gerichtet. Jemand schrie: »*Tutti fermi!*«, einer trat näher, und dann schien Aroldos Schädel zu zerspringen. Er ging zu Boden, von einem Gewehrkolben getroffen, wurde am Kragen hochgerissen, auf den Stuhl geworfen, eine Fessel schnitt in seine Handgelenke. SS.*

Ein Sturmbannführer trat ein und ließ den Blick über die Gesichter schweifen. Aroldos Schädel jaulte, aber nicht laut genug, um die Angst zu übertönen. Der Sturmbannführer ging vor den Gefangenen auf und ab und fragte, wo ihre Papiere seien. Sie lagen noch auf dem Küchentisch. Er schaute sie sich gründlich an, fuhr mit dem Daumennagel über die Kanten der Passbilder und studierte die Farbe der Stempel. Er grinste höhnisch. Die Ausweispapiere der fünf Partisanen waren gefälscht, hervorragend gefälscht, denn sie stammten aus der Druckerei in Bologna. Dort gaben die Besatzer die Befehle, und die Italiener bedienten die Maschinen. Aber die SS suchte nicht nach Indizien und Beweisen, sie wollte Geständnisse. Und sie wusste, wie und wem sie Geständnisse abpressen konnte. Der Sturmbannführer war ein drahtiger, frisch rasierter Mann. Er nahm seine Uniformmütze mit dem blinkenden Totenkopf ab, fuhr sich über das kurze Haar und setzte die Mütze wieder auf. Nicht, um seine Müdigkeit zu überspielen, sondern um die Vorfreude zu steigern.

»Wir wissen, dass auf Ihrem Hof Saboteure leben«, sagte er zu dem Bauern. »Sie haben gegen das Gesetz verstoßen, aber wir lassen Gnade vor Recht ergehen, wenn Sie uns die betreffenden Personen zeigen und deren wahre Namen nennen.«

Das konnte der Bauer nicht. Er kannte die Identität der Männer nicht, ebensowenig wie die Männer selbst. Das war ein Grundprinzip der Resistenza. *Abgesehen von langjährigen Freunden, die sich gemeinsam einem Kommando angeschlossen hatten, wusste niemand, mit wem er es jeweils zu tun hatte. Er wusste nicht, wo sich das operative Kommando oder andere Einheiten befanden. Befehle wurden von Kurieren übermittelt, meist Frauen, manchmal Kinder, die ihrerseits nur tote Briefkästen und Deckadressen kennen sollten. Wenn einer geschnappt wurde, konnte er nur bruchstückhafte Informationen preisgeben. Da half auch Folter nicht. Die SS folterte trotzdem.*

»Sie werden verstehen, dass wir nicht viel Zeit haben«, sagte der Sturmbannführer und machte eine vage Geste Richtung Bologna, wo die Offensive tobte. Er schaute einen seiner Männer an, dann zuckte sein Kopf Richtung Stefano und Richtung Mutter. Fiamma, Anfang dreißig. Tagsüber schuftete sie für zwei, und nachts geisterte sie durch die Träume der fünf Fremden auf dem Hof, auch wenn ihre Brüste klein und ihre Hüften schmal geworden waren.

Der Sturmbannführer ging auf den Herd zu, rührte in der Suppe und warf, obwohl man ihm den Hunger ansah, die Kelle verächtlich in den Topf. Er bückte sich nach dem Schürhaken, öffnete einen der Ofenringe und schob den Haken in die Glut. Mit Knüffen der Gewehrkolben scheuchten die SSler die Männer auf, sie wankten mit den auf den Rücken gebundenen Stühlen an den Tisch, bis sie wie bei einem Festbankett saßen. Dann nahmen die Deutschen Stefano und Fiamma, warfen sie bäuchlings auf den langen Esstisch und banden sie mit Lederriemen fest. Der Sturmbannführer zog dem Jungen Stiefel und Lappen von den Füßen. Fiamma trug nur

Holzschuhe, die sie mit verkrampften Zehen festhielt. Der Sturmbannführer riss sie herunter und warf sie in die Kochmaschine, wo sie in den Flammen zu knacken begannen. Er gab einem seiner Schergen ein Zeichen, und dieser suchte über dem Spülbecken nach Geschirr. Dann füllte er fünf Teller und verteilte sie an seine Kameraden.

»Mir ist es gleich, wer von Ihnen redet, meine Herrschaften«, sagte der Sturmbannführer und blies über den Löffel mit der heißen Suppe. Schlürfend kostete er und nickte anerkennend Richtung Fiamma. Die Frau hätte am liebsten ausgespuckt, aber ihre Zunge klebte trocken am Gaumen.

Der Sturmbannführer ging an den Herd, nahm ein Geschirrtuch, griff den Schürhaken, kehrte an den Tisch zurück und legte das weißlich-orange glimmende Eisen neben Fiammas Kopf auf den Tisch. Eine feine Rauchsäule stieg auf, es duftete nach verbranntem Holz, und die Spitzen von Fiammas langen Wimpern verbogen sich und schnurrten zu Klümpchen zusammen.

»Noch nicht heiß genug«, sagte der Sturmbannführer und brachte den Schürhaken zurück zur Kochmaschine. Dann nahm er seinen Suppenteller und sagte: »Dafür ist die Suppe jetzt wohl temperiert.«

Er setzte sich direkt vor Fiamma und Stefano und aß bedächtig Löffel für Löffel, sich zwischendurch immer wieder die Kinnspitze mit der Kante des Esswerkzeugs reinigend. Seine Männer waren längst fertig, einer zerteilte mit einem Bajonett das Hühnchen und gab den Ranghöchsten die Brust- und Schlegelstücke, den anderen die Flügel.

Aroldo lauschte auf das Artilleriefeuer in der Ferne. Manchmal schien es näher zu kommen, dann wieder zu verstummen. Wo blieben sie nur? Wollten die Alliierten zuerst Bologna befreien, ehe sie Richtung Norden vorrückten? Aber welchen Sinn sollte es für die Deutschen jetzt haben, ihre Zeit mit fünf lausigen Partisanen zu verschwenden, von denen drei noch nicht einmal eine automatische Feuerwaffe hatten? Warum erschossen sie sie nicht einfach? Aroldo suchte den Blick des Jüngsten. Ein rotblonder, hagerer Kerl, dem die Uniformärmel zu kurz waren. Sommersprossen, fast durchsichtige Brauen. An der Schulter ein grob gestopftes Loch. Ein Schuss, der ihn oder seinen Vorgänger getroffen hatte. Sein Koppel schnürte eine enge Taille ein, die fast feminin wirkte. Verlegen wich der Junge Aroldos Blick aus.

Der Sturmbannführer holte wieder den Schürhaken, und diesmal drückte er die geschwungene Spitze, ohne jede Vorwarnung, in Stefanos linke Fußsohle. Das Fleisch zischte, qualmte und stank, und der Junge versuchte, seinen Schrei zu unterdrücken. Vergebens.

Aroldo spürte den Schweiß auf seiner Stirn, instinktiv spannte er alle Muskeln an und stemmte sich gegen die Fesseln, aber er musste sich beherrschen. Ihre einzige Chance war, die Deutschen hinzuhalten.

»Seit wann sind diese fünf Männer auf dem Hof?«, fragte der Offizier den Bauern.

»Lorenzo seit drei Jahren, die hier seit achtzehn Monaten, der seit einem halben Jahr.« Er wies mit dem Kinn auf die Kameraden und blieb am Ende an Aroldo hängen.

»Der hier ist seit einem Monat da, seit seiner Verwundung.«

Der Sturmbannführer blätterte in den Entlassungspapieren der italienischen Armee. Er ließ sich betont viel Zeit.

»Schussverletzung am Bein, schlimme Sache. Da heißt es: Zähne zusammenbeißen beim Wandern, was?«

Er nahm sein Fahrtenmesser vom Koppel und schlitzte Aroldos Hosenbein auf. Auf dem Quadriceps hatte die Kugel eine helle Delle hinterlassen.

»Ich würde vorschlagen, wir lassen jetzt die Lügengeschichten.«

Wieder zischte der Schürhaken, diesmal im rechten Fuß. Der Bauer konnte seine Tränen nicht zurückhalten.

»Hast du uns etwas zu sagen?«, fragte der Sturmbannführer den Jungen. Stefanos Kiefer zitterte. Er schüttelte den Kopf.

»Mein Sohn weiß nichts«, schrie der Bauer.

»Was sollte er denn wissen?«

»Warum nehmen Sie nicht mich?«, wimmerte der Vater.

»Immer schön der Reihe nach«, antwortete der Sturmbannführer und legte den Schürhaken wieder in die Glut. Er hatte das Messer in die Scheide gesteckt, aber nicht mit der Lederlasche gesichert. Aroldo bewegte die Finger, damit sie nicht abstarben. Mit dem Fingernagel rieb er an den Fasern der Hanfschnur, die sich trocken splissen. Alleine würde er es nicht schaffen, den Sturmbannführer zu überwältigen und als Schutzschild zu nutzen. Aber er musste es trotzdem versuchen. Besser, sie starben bei einem Schusswechsel, schnell und schmerzlos. Er suchte den Blick Lorenzos und bewegte fast unmerklich die Arme. Lorenzo zwinkerte zwei Mal. Das hieß: Nein. Er konnte sich nicht befreien.

Der Sturmbannführer folterte Stefano, holte ihn immer wieder mit Ohrfeigen und kaltem Wasser aus seiner Ohnmacht, bis er sich nicht mehr wecken ließ. Dann nahm er sich die Frau vor. Aroldo und seine Kameraden kannten die Gerüchte über die Methoden der SS, aber sie selbst waren nie gefoltert worden. Sie alle hatten sich geschworen, sie würden niemals weich werden, aber Aroldo fing zu zweifeln an. Er hielt sich mit den Gedanken an seinem Hass fest, der Hass musste stärker sein als die Angst. Er prägte sich jede Bewegung des Sturmbannführers ein, seine fast formvollendete schmale Nase, die rosa Lippen und den schlichten Ehering an der rechten Hand. Ich werde dich finden, sagte er sich immer wieder vor, ich werde dich finden, und gleichzeitig arbeiteten seine Daumennägel, die warm und feucht wurden von Blut.

Plötzlich wurde das Haus von einem Donnerschlag durchgerüttelt, Kalk rieselte auf die beiden Leiber auf dem Tisch. Der Sturmbannführer hob seinen Blick von den weißen Waden der

Frau und bedeutete einem seiner Männer, er solle ans Fenster gehen.

»Mörsergranaten, Herr Sturmbannführer.« Das hieß, die Bodenoffensive war bis auf einen Kilometer herangekommen. Der Mann am Fenster war untersetzt und dunkelhaarig. Seine braunen Augen und die krausen Haare wirkten wie die eines Süditalieners. Und sein Deutsch klang holprig. Einer dieser Verräter, die sich an die Nazis verkauft hatten. Ein sanftes gleichmäßiges Brummen in der Ferne verriet, dass Truppenteile verlegt wurden. »Ich glaube, die Straßen Richtung Norden werden bald verstopft sein«, sagte der Mann am Fenster. Der Sturmbannführer warf wütend den Schürhaken in die Kochmaschine und lief nach draußen. Mit gezücktem Messer kam er wieder herein. Sein Blick irrte umher.

»Aufsitzen«, schrie er. Durch die offene Tür sah Aroldo draußen im Hof einen Kübel- und einen kleinen Mannschaftswagen. Der Sturmbannführer trat an den Tisch, riss Stefanos Kopf an den Haaren hoch und starrte auf dessen geschlossene Augen. Dann durchtrennte er den Lederriemen. Dasselbe tat er mit Fiamma.

Ein Mann warf sich den leblosen Jungen wie einen Sack über die Schulter, zwei andere fassten Fiamma an Händen und Füßen. Ihr Kopf schlug gegen ein Tischbein, und davon erwachte sie. Ihr Blick kreiste durch den Raum und blieb an Aroldo hängen. Dieser zuckte nur mit den Lippen. Begraben unter einer Welle aus Scham, Wut und Schuldgefühlen.

Der Sturmbannführer riss einen Vorhang von der Decke, hielt ihn in den Herd, und als er Feuer gefangen hatte, warf er ihn unter den Tisch. Seine Männer kamen herein und schütteten einen Bottich Stroh darüber. Sie zerschlugen zwei Stühle, wickelten Lumpen darum und tränkten sie mit dem Petroleum einer Lampe, die neben dem Herd hing. Mit diesen Fackeln liefen sie Richtung Scheune und Stall. Sie trieben das Schwein heraus, fingen zwei Hühner ein und verluden alles, gemeinsam mit Fiamma und Stefano, in den

Mannschaftswagen. Das Feuer hatte unterdessen den Tisch erfasst, der Qualm erfüllte die Küche und brannte in den Augen.

Aroldo hatte die Fessel so weit gelockert, dass er mit den Handgelenken an dem rauen Holz entlangscheuern konnte. Der Rauch wurde immer dichter. Draußen heulten die Motoren auf, ein Getriebe krachte. Plötzlich gab der Strick nach, Aroldos Hände flogen nach vorne. Er sprang auf und lief zur Tür. Frischluft, ehe einer seiner Kameraden erstickte. Der Mannschaftswagen hatte zwei Flügeltüren am Heck, jeweils mit einem kleinen vergitterten Fenster. Stefanos Gesicht erschien. »Ich habe nichts verraten«, schrie er, »ich habe euch nicht verraten!« Da knallte ein Schuss, und dann noch einer. Die Flügeltüren öffneten sich, und die beiden Körper flogen auf den Feldweg. Sie fielen in den Matsch, mit ausgebreiteten Armen. Mutter und Sohn schienen ein letztes Mal nacheinander greifen zu wollen, doch die wenigen Zentimeter, die ihre Fingerspitzen trennten, blieben ein unüberwindliches Hindernis.

25

Das Klopfen war so rabiat, das konnte kein Angestellter des Hotels sein. Lunau sah auf die Uhr, Samstagmorgen halb zehn. Er hatte verschlafen. Wieder klopfte es, und Lunau schoss wie immer der Gedanke durch den Kopf, es könnte eine Halluzination sein. Doch die Tür bewegte sich unter den Schlägen, und als Lunau sie öffnete, stand da tatsächlich jemand. Zwei Polizisten in Uniform.

»Sind Sie Kaspar Lunau?«, fragte der Ältere von beiden.

»Ja.«

»Ziehen Sie sich bitte an, und kommen Sie mit.«

»Wohin?«

»In die Questura.«

»Warum?«

»Bitte ziehen Sie sich an.«

Lunau sah die Handschellen, die am Koppel der Beamten blinkten. Er kannte das Gefühl, wenn das Metall sich um die Handwurzelknochen presste. Die auf den Rücken gefesselten Hände ließen einen vollkommen wehrlos werden. Man geriet in ein prekäres Gleichgewicht, jeder Stoß oder Schubser konnte einen von den Beinen holen.

»Darf ich erfahren, worum es sich handelt?«

Keiner der Beamten antwortete. Der jüngere, Sonnenbrille im gegelten Haar, goldene Uhr und Kaugummi, spielte an den aufgeklappten Aluminiumkoffern mit dem Audioequipment herum und wandte sich dann dem kleinen Sekretär zu, genauer gesagt den Kladden mit den photokopierten Steuerunterlagen. Lunau ging dazwischen, zog das Holzrollo über die Arbeitsplatte und fragte: »Haben Sie einen Durchsuchungsbefehl?«

Der Ältere blieb stehen und schaute unschlüssig drein.

»Dann möchte ich Sie bitten, mein Zimmer zu verlassen. Ich komme sofort.«

Die beiden schauten einander an. Schließlich nickte der Ältere seinem Kollegen mit dem Kopf zu. Lunau schloss die Tür hinter ihnen und drehte den Schlüssel um. Dann verwahrte er die Papiere im Zimmersafe, ging ins Bad, duschte, putzte sich die Zähne und zog sich an. Er hörte, wie gegen die Tür gehämmert wurde.

Als er schließlich hinaus auf den Flur trat, stand dort der Ältere, das Handy am Ohr, mit hochrotem Kopf. Er sagte schnell: »Ach, hier ist er«, beendete das Gespräch und rief seinen Kollegen an, der sich, außer Atem, am Streifenwagen zu ihnen gesellte. Lunau wurde unbehaglich zu Mute. Hatten die Polizisten tatsächlich gemeint, er wäre durchs Fenster abgehauen? Dann musste es sich um etwas Ernstes handeln.

»Ist das eine Festnahme?«, fragte Lunau. Keine Antwort. Der Jüngere fuhr, mit Martinshorn und quietschenden Reifen, während der Polizeifunk hysterisch knackte.

»Falls das eine Festnahme ist, möchte ich einen Anwalt kontaktieren.«

Der Ältere drückte auf den Tasten des Funkgerätes herum. Es war ein Digitalmodell, das Lunau noch nie gesehen hatte. Der Beamte stieß eine Verwünschung aus und schlug die Abdeckklappe zu.

»Sie sollen zu einer Befragung mitkommen.«

»Als Zeuge oder als Beschuldigter?«

»Das wissen wir nicht.«

»Dann informieren Sie sich bitte. Falls ich als Beschuldigter vernommen werden soll, bestehe ich auf der Anwesenheit eines Anwalts.«

Das Auto war am *Palazzo dei Diamanti* vorbeigerauscht, bremste scharf und fuhr durch den großen Torbogen in den Innenhof der Questura. Fünf Minuten später saß Lunau, nach einer Leibesvisitation, in einem Verhörraum im zweiten Obergeschoss. Ein Tisch mit Resopalplatte, drei Stühle, eine Videokamera auf einem Stativ, zwei kleine Überwachungskameras in den Ecken der Zimmerdecke, auf dem Tisch ein Mikro. In der Seitenwand zwei dunkle Fenster. Kein Deckenfresko, keine Marmorstatuen. Die drei Neonröhren summten leise.

Lunau mochte das Geräusch. Aber nach einer halben Stunde hatte er es über. Michele Balboni kam nach einer guten Stunde, entschuldigte sich und nahm Platz. Lunau wusste, dass diese Verspätung gewollt war, und doch hatte sie seine Verunsicherung erhöht.

»Beschuldigt man mich eines Vergehens, oder soll ich nur als Zeuge gehört werden?«, fragte Lunau.

»Sie sind hier als Zeuge.«

»Können Sie mir dann diese Folklore erklären?«

»Was meinen Sie?«, fragte Balboni.

Lunau schloss die Augen. »Vergessen Sie es. Worum geht es?«

Balboni stellte das Aufnahmegerät an, sagte Datum, Uhrzeit, die Namen der Anwesenden. »Befragung im Ermittlungsverfahren zum gewaltsamen Tod des Vito Di Natale.«

Irgendwo prasselten Reifen über die Flusskiesel, mit denen die Straßen der Altstadt gepflastert waren, die Neonröhre verursachte jetzt ein klickendes Geräusch. Lunau hörte die Worte in sich nachhallen.

»Vito ist tot? Aber ...«

Balboni sagte: »Sie haben gegenüber Dritten angegeben, dass Sie Vito Di Natale vorgestern Abend auf dem Deichstraßenabschnitt zwischen Francolino und Pescara gesehen haben. Ist das richtig?«

Jetzt war Lunau endgültig wach. Balboni hatte schnell ermittelt, und irgendjemand hatte Lunau angeschwärzt. Zappaterra, Silvia Di Natale ... Lunau spürte einen Moment lang dieselbe Panik wie in einer Woge, die einen von den Füßen holt und in eine Richtung schleudert, die man nicht versteht.

»Ja.«

»Um wieviel Uhr war das?«

»Das wissen Sie. Um 20 Uhr 20, unmittelbar bevor ich bei Zappaterra war.«

Balboni schaute in ein Dossier, das er vor sich hatte, und strich sich mit Daumen und Zeigefinger die beiden Augenbrauen glatt, wobei er immer wieder die Fingerspitzen aufeinander presste, an der Nasenwurzel ansetzte und sie dann in den Spagat gleiten ließ.

»Warum haben Sie mir gegenüber ausgesagt, Sie seien von einem Unbekannten angegriffen worden?«

»Ich war mir nicht sicher und wollte niemanden zu Unrecht verdächtigen.«

»Gegenüber Dritten waren Sie sich aber sicher.«

Lunau schwieg, dann sagte er: »Ein Gespräch unter Freunden ist etwas anderes als eine polizeiliche Anzeige.«

»In welchem Verhältnis standen Sie zu Herrn Di Natale?«

»Wir kannten uns flüchtig. Er half mir bei meinen Recherchen zur Flusslandschaft. Wie ist Di Natale denn gestorben?«

Balboni las Lunau noch einmal das Vernehmungsprotokoll vom Vortag vor, in dem die Beschreibung des Unfalls stand.

»Sind diese Angaben so weit richtig und damit auch in diesem Ermittlungsverfahren gültig?«

»Ja«, sagte Lunau.

»Fehlt nur die Angabe, dass Vito Di Natale in dem Fahrzeug saß. Waren weitere Personen in dem PKW, und konnten Sie diese womöglich erkennen?«

»Ich habe nur Di Natale gesehen.«

»Auf dem Fahrer- oder dem Beifahrersitz?«

Lunau musste zugeben, dass er sich diese Frage nicht gestellt hatte. Der Reflex der Flutlichtmasten hatte sich auf der Windschutzscheibe gespiegelt. Einen Teil des Innenraums hatte man einsehen können, und da hatte Di Natale gesessen. Links oder rechts, das wusste Lunau nicht mehr.

»Sie sagten aus, der blaue Punto sei davongefahren, ohne Licht, für Sie mit dem defekten Fahrrad uneinholbar. Als Sie mit Herrn Zappaterra sprachen, sagten Sie immer wieder, die Polizei solle den Punto sofort jagen. Warum sind Sie nicht auf die Idee gekommen, mit Zappaterras Wagen die Verfolgung aufzunehmen? Immerhin gab es auf der Deichstraße nur eine Richtung, in die der Wagen verschwunden sein konnte.«

Lunau schwieg. Er wusste keine Antwort.

»Hat das nicht damit zu tun, dass Sie Herrn Di Natale nicht einholen mussten, weil Sie ihn bereits gestellt hatten?«

»Wie meinen Sie das?«

»Herr Zappaterra gibt an, Sie hätten recht gefasst gewirkt. Hatten Sie sich womöglich schon gerächt?«

»Sie beschuldigen mich, Vito Di Natale ermordet zu haben? Das ist doch lächerlich.«

»Finde ich gar nicht.«

»Was für ein Motiv sollte ich gehabt haben?«

»Das haben Sie sehr anschaulich geschildert. Was für ein Motiv sollte Herr Di Natale gehabt haben, Sie zu überfahren?«

»Ich bin also doch kein einfacher Zeuge.«

»Bis jetzt schon.«

In Lunaus Schläfen pumpte das Blut.

»Wo hat man seine Leiche gefunden?«

»In der Schleuse von Pontelagoscuro.«

»Im Wasser?«

Balboni nickte.

»Das ist doch flussaufwärts. Wenn ich ihn bei der Sandgrube gestellt und umgebracht hätte, dann wäre seine Leiche Richtung Meer getrieben.«

»Sie können ihn auch länger verfolgt, weiter oben in den Fluss geworfen haben.«

»Das sind sechs Kilometer. Sechs Kilometer Verfolgungsjagd zwischen einem Fahrrad und einem PKW?«

»Vielleicht haben Sie ihn am Unfallort überwältigt und dann sein Auto benutzt.«

»Um fünf Minuten später wieder bei Zappaterra zu sitzen?«

Lunau wusste, die Anschuldigung war absurd, und Balboni glaubte selbst nicht daran. Welchen Zweck verfolgte er?

»Gibt es überhaupt Hinweise auf ein Fremdverschulden?«, fragte Lunau.

»Das darf ich Ihnen nicht sagen.«

Lunau deutete auf die Aufnahmegeräte, und Balboni schaltete

sie ab, nachdem er gesagt hatte: »Die Befragung wird für einen Moment unterbrochen.«

»Lassen Sie uns wie vernünftige Menschen miteinander reden«, meinte Lunau. »Sie wissen, dass Ihre Anschuldigungen absurd sind. Es geht Ihnen um etwas anderes. Meine Anwesenheit während des Prozesses macht die Polizei nervös.«

Balbonis Blick wurde hart.

»Ich habe nichts Illegales getan, Sie können mich nicht einschüchtern. Ich kann Ihnen aber eine Zusammenarbeit anbieten. Ich gewähre Ihnen Einblick in meine Informationen, und umgekehrt«, sagte Lunau.

»Sie verkennen Ihre Rolle. Als Zeuge sind Sie gesetzlich verpflichtet, mir alle Informationen zu geben. Als erfahrener Journalist wissen Sie zudem, dass ich nicht gegen das Dienstgeheimnis verstoßen kann. Welche Informationen halten Sie zurück?«

Erfahrener Journalist. Balboni hatte also weitere Erkundigungen über Lunau eingezogen. War das ein gutes oder ein schlechtes Zeichen?

»Vito Di Natale soll am Donnerstagabend mit Giuseppe Pirri zusammengewesen sein.«

Balboni seufzte, stand auf und ging im Raum auf und ab. »Bisher hat die Gerichtsmedizin keinen Hinweis auf Fremdeinwirkung gefunden. Das Ganze sieht nach Selbstmord aus.«

»Und wann ist die Leiche gefunden worden?«

»Heute morgen.«

»Und das Auto?«

»Verschwunden.«

Das alles ging viel zu glatt. Wieso ließ Balboni sich auf einmal auf den Handel ein? Und warum ermittelte er so übereifrig bei einem Fall, der nach Selbstmord aussah? Wollte er der ausländischen Presse zeigen, wie sorgfältig man in Ferrara gewaltsame Todesfälle untersuchte? Selbst am Wochenende. Lunau betrachtete Balboni. Er machte einen vertrauenerweckenden Eindruck, auch wenn Lunau nicht wusste, warum.

»Lassen Sie mich einen Blick in den Obduktionsbericht werfen, sobald er vorliegt?«

Balboni blieb abrupt stehen und schaute Lunau an. Sein Gesicht verzog sich zu einem ungläubigen Grinsen. »Frechheit siegt, meinen Sie?«

»Ich meine, dass Italiener die Gabe haben, Dinge effizient zu regeln, effizienter, als es die Bürokratie des Landes vorsieht.«

»Ich bin nicht so, wie Sie sich Italiener vorstellen.« Balboni schaltete die Geräte wieder an, sagte Uhrzeit, Gegenstand der Befragung, Namen der Anwesenden. »Ich muss Sie bitten, die Stadt bis auf weiteres nicht zu verlassen. Die Befragung ist hiermit beendet.«

»Todeszeitpunkt?«, fragte Lunau.

Balboni ließ sich auf seinen Stuhl fallen und schüttelte resigniert den Kopf. »Gegen 21 Uhr.«

»Tatort?«

Balboni zuckte mit den Achseln.

Als Lunau auf der Straße stand, versuchte er, seine Gedanken zu ordnen. Man holt ihn nach Ferrara, um den Tod eines Gymnasiasten aufzuklären. Er lernt einen Wasserbauingenieur kennen, der äußerst hilfsbereit und gut gelaunt wirkt, allerdings versucht, Lunau umzubringen und kurz darauf selbst stirbt. Wo sollte der Zusammenhang zwischen all diesen Ereignissen liegen? Er war nicht erkennbar. Hatte Lunau sich tatsächlich die Attacke auf dem Deich eingebildet? Aber wo kamen dann seine Verletzungen und der Achter am Fahrrad her? War er einfach aus Unachtsamkeit über die Deichkante geraten und hatte, wie in einer Traumsequenz, die in Sekundenbruchteilen eine ganze Legende für eine konkrete Sinneswahrnehmung liefert, die Kollision halluziniert? Oder war das alles eine Verkettung von Zufällen? Unwahrscheinlich.

Silvia Di Natales fahles Gesicht hatte den typischen Grünstich von Menschen, die unter Schock stehen und deren Kreislauf die Durchblutung der Körperperipherie eingestellt hat. Geistesabwesend hatte sie die Tür geöffnet und war in die Wohnküche gegangen.

Lunau setzte sich zu ihr an den Tisch und versuchte, ihr in die Augen zu sehen. »Es tut mir aufrichtig leid«, sagte er.

Es klang genauso idiotisch wie damals bei Kurts Witwe. »Raus. Und wehe, ich sehe dich auf der Beerdigung ... Wehe, ich sehe auch nur ein Bild aus Kurts Kamera in deinen Filmen«, hatte diese damals erwidert.

Silvia schüttelte nur den Kopf und fixierte einen Hängeschrank. Dann wischte sie sich die Tränen aus den geschwollenen Augen.

»Wo sind die Kinder?«

»Spielen im Garten.«

»Falls ich irgendetwas für Sie tun kann, egal was ... Ich werde vorerst in Ferrara bleiben.«

Sie schaute auf. »Wieso?«

»Die Polizei will es. Und ich will es auch.«

»Wieso die Polizei?«

»Ich war einer der letzten, der Ihren Mann gesehen hat.«

Sie nickte und fingerte in ihrem Ärmel nach einem Papiertaschentuch. Von den Kindern war nichts zu hören.

»Silvia, ich muss wissen, wo Ihr Mann nach dem Abendessen hinwollte.«

Sie zuckte nur mit den Achseln.

Lunau war aufgestanden, um aus dem Fenster zu sehen. Die Stille irritierte ihn. Wenn seine Kinder unbeaufsichtigt im Garten spielten, klang das anders.

»Können Sie sich denn vorstellen, dass Ihr Mann sich umgebracht hat?«

Sie rührte sich nicht, aber die Sehnen an ihrem Hals waren gespannt. Lunau sah seine Mutter vor sich, wie sie geistesabwesend durch das Haus gegangen war. Eine Woche hatte sie nicht geredet, nicht einmal Geige gespielt. Sie war immer nur ans Klavier gegangen und hatte ihre Fingerspitzen auf die Tasten gelegt, ohne sie anzuschlagen. Auf die Tasten, die Lunaus Schwester Vera so oft benutzt hatte. Vera. Vielleicht half es Silvia, wenn sie reden konnte, gerade über Vito.

»Er schien mir einer der wenigen Menschen, die mit sich und der Welt im Reinen sind. Sowohl mit seiner Familie als auch mit den Kollegen.«

Silvia lachte auf.

»Stimmt nicht, was ich sage?«

»In seiner Behörde hat man ihn wie einen Trottel behandelt.«

»Wer?«

»Vito hätte längst Chef sein müssen.«

»Stattdessen ist es Gasparotto geworden. Wahrscheinlich hatte er die besseren Beziehungen.«

Sie presste Luft durch die Zähne, was ein verächtliches Zischen verursachte. Lunau hakte nach: »Stimmt nicht, was ich sage?«

»Er hat der ARNI einen Schwimmbagger gestiftet, und wenige Wochen später saß er auf dem Chefsessel.«

»Er hat sich den Posten gekauft, meinen Sie? Aber deswegen bringt Ihr Mann sich doch nicht um, nicht nach fünf Jahren.«

Sie antwortete nicht.

»Was tun Ihre Kinder im Garten?«

Sie zuckte mit den Achseln.

»Wissen sie Bescheid?«

Sie schüttelte den Kopf. Lunau stand auf und schaute in den dunklen Korridor. Aus der Tür zum Wohnzimmer fiel ein Lichtschein.

»Ich glaube nicht, dass Ihr Mann sich umgebracht hat. Das hätte er Ihnen und den Kindern niemals angetan.«

»Ach ja? Woher nehmen Sie diese Gewissheit?«

Sie war plötzlich so kalt, dass Lunau erstarrte. Er hatte es schon einmal erlebt, dass die Trauer von Hass erstickt wurde. Vielleicht eine gesunde Reaktion, die das Überleben erleichterte.

»Falls Sie Interesse daran haben, den Täter zu finden – ich würde Ihnen helfen«, rief Lunau aus dem Flur. Es kam keine Antwort.

Lunau schaute ins Wohnzimmer. Es schien die Kälte zu reflektieren, die plötzlich in dieser Familie Einzug gehalten hatte. Irgendetwas an der Einrichtung schien verändert, aber Lunau kam nicht darauf.

Durch die große Glastür sah er die Kinder im Garten. Sie winkten ihm, und er winkte zurück. Sara kam angelaufen, schob die Tür auf und flüsterte: »Komm mal. Ich muss dir was zeigen.«

Lunau blieb unschlüssig stehen. Aus der Küche drang kein Laut. Er folgte Sara hinaus in den Garten. Es war fast Mittag, die Sonne hatte die Morgennebel aufgesogen, ein schwüler Wind trug Pappelsamen wie Wattebäusche über die Zäune und breitete sie zu einer Art Schneeteppich über das Gras. Es roch würzig nach Holzfeuer.

Der Garten fiel in einer Böschung zum Wasser hin ab. Von dort zog dunkler Rauch hoch.

»Habt ihr ein Feuer gemacht?«, fragte Lunau.

Sara lief voraus Richtung Ufer. »Schau mal!«

Das Mädchen schob mit den schaufelförmig geöffneten Händen die Pappelsamen zusammen und trug sie zu der Feuerstelle. Bunte Latten waren zu einer Pyramide aufgestellt. Sara warf die

Samen in die Glut, doch die Thermik trieb sie nach oben und verstreute sie wieder auf dem Rasen.

»Du musst sie zu einem Klumpen pressen«, sagte Mirko und machte es vor. Der Schneeball, den er in die verkohlten Holzreste warf, verbrannte in einer lodernden Stichflamme.

»Ist das nicht toll?«, fragte Sara.

Lunau nickte. »Ich muss jetzt gehen.«

»Hat Papa dich geschickt?«, fragte das Mädchen und schaute Lunau erwartungsvoll an.

»Nein.«

»Er kommt nicht wieder, oder?«, setzte das Mädchen nach und biss sich auf die Lippen. Ihr Bruder stieß sie in die Seite.

Lunau ging zurück zum Haus und kam an einer Wassertonne vorbei, in der ein Holzmodell trieb. Ein Schaufelraddampfer, bis ins letzte Detail ausgestaltet, mit einer strohgedeckten Hütte als Kajüte und Figürchen, die an Deck herumspazierten. Als Lunau es anfassen wollte, schrie der Junge: »Das gehört mir!«

»Natürlich. Wieso meint ihr, dass euer Papa nicht wiederkommt?«

»Mama will ihn nicht mehr«, sagte Sara, und Mirko funkelte sie böse an.

»Mama meint, Papa ist böse, genauso böse wie der Fluss«, sagte Sara.

Da kam Silvia durch den Garten gelaufen. Ihr Blick schien irre, die Wangen glühten. »Lassen Sie die Kinder in Frieden! Meinen Sie nicht, Sie haben genug Unglück gebracht?«

Lunau ging langsam zurück ins Haus, während sie auf ihn einschrie: »Sie sind Schuld! Sie sind Schuld!«

Lunau drehte sich um und hielt ihre Handgelenke fest. War es möglich, dass sie ihm die Schockstarre nur vorgespielt hatte?

»Ich glaube nicht, dass Ihr Mann Selbstmord begangen hat«, sagte Lunau erneut und verschwand durch die Tür.

Als er auf der Straße stand, sah er wieder das Wohnzimmer vor sich, das so kalt und abweisend gewirkt hatte. Und jetzt fiel ihm ein, was gefehlt hatte: Vitos Bilder. Sie verbrannten in der Feuerstelle.

27

Amanda saß in ihrem Zimmer, aus dem Kopfhörer hackte Marcos Stimme. Gab ihr Kraft und die nötige Portion Wut. Sie würde einfach nicht hingehen. Sie kannte diese Strategie aus ihrer frühesten Kindheit, sie wurde zum Vater zitiert, ins Arbeitszimmer. Die Mutter teilte es ihr immer mindestens eine Stunde vorher mit, damit Schuld- und Angstgefühle wie eine Herde Ameisen über Amanda herfallen konnten.

Noch sieben Minuten. Sie würde nicht gehen. Sie stellte sich vor, wie er auf seinem Drehstuhl saß, den er noch einmal um ein paar Zentimeter aufgebockt hatte, so dass sein magerer Oberkörper in einer grotesken Höhe über dem Schreibtisch schwebte. Im maßgeschneiderten Sakko und mit dem perfekten Windsorknoten der Krawatte, die er immer anlegte, ehe er sein Heiligtum betrat. Auch wenn er sich nur auf Youporn schlüpfrige Streifen ansehen und in ein Taschentuch onanieren wollte. Er saß da und wartete. Er würde vergebens warten.

Sie stand auf, stellte die Stereoanlage ab und machte sich auf den Weg.

Ihr Vater überraschte sie mit einem Tablett, auf dem eine Flasche aus böhmischem Bleikristall stand, gefüllt mit Whiskey, außerdem zwei Gläser. Er schenkte für beide ein. »Möchtest du Eis?«

»Seit wann trinkst du Whiskey?«

Er lächelte. »Seit ich deine Marke ausprobiert habe.«

Sie betrachtete seinen hageren Hals, an dem sich eine schlaffe Kielfalte bildete, die vom Adamsapfel an die Kinnspitze reichte und bei jeder Kopfbewegung schaukelte. Plötzlich sah sie den alten Mann, der er in ein paar Jahren sein würde. Und zum ersten Mal spürte sie so etwas wie Mitleid.

»Ich weiß, dass wir oft nicht einer Meinung waren …«, fing er an.

»Wieso *waren*? Hast du deine geändert?«

Er erstarrte und rang nach Fassung. »Bitte, Amanda. Ich weiß, wie sehr du an dem Jungen hingst.«

»Der Junge hat einen Namen, einen Namen, der an jeder zweiten Hauswand, in jedem Internetforum, in jeder Zeitung steht.«

»Ich weiß, wie viel Marco dir bedeutet hat. Und ich muss zugeben, dass ich die Geschichte falsch eingeschätzt habe.«

»Inwiefern?«

»Es ist gut möglich, dass die Polizisten einen Fehler gemacht haben.«

»Meinst du, du hast soeben das kochende Wasser erfunden? Um mir das zu sagen, bestellst du mich zu diesem Termin ein?«

»Was ich sagen will, ist, dass ich manchmal zu hart mit deinen Ideen ins Gericht gegangen bin. Ich will dich nicht mit Floskeln abspeisen. Ich will dir konkrete Hilfe anbieten.«

»Wobei?«

»Mir ist nicht entgangen, was du seit ein paar Tagen treibst.«

Amanda wurde es heiß und kalt. Gab es Spuren, die man zwangsläufig hinterließ, wenn man in sein Computersystem eindrang? »Was meinst du damit?«

»Wollen wir nicht einmal wie vernünftige Menschen miteinander reden? Du bist meine Tochter, mein einziges Kind, alles was ich tue, tue ich im Grunde …«

»Bitte nicht, bitte ... Kein Mensch verlangt, dass du etwas für mich tust. Scheffle dein Geld, mach Karriere, mach, was immer du willst, aber erzähle nicht, du tätest es für mich. Wenn du etwas für mich tun willst, dann musst du ganz anders ansetzen.«

»Wie zum Beispiel?«

Jetzt war sie sprachlos. Sie schaute ihn durchdringend an. Er war vollkommen ernst, und sie machte eine wegwerfende Geste.

»Wie meinst du eigentlich, dass du einmal deinen Lebensunterhalt bestreiten wirst? Als Bloggerin im Internet?«

»Ich werde vom Journalismus leben.«

Er zog eine Schnute und nickte bedächtig. »Wie, bitte, soll das funktionieren? Wenn du es nicht in die etablierte Presse schaffst?«

»Etablierte Presse«, sagte sie verächtlich.

»Ich könnte dir helfen, einen Artikel im *Carlino* unterzubringen.«

Sie verdrehte die Augen.

»Was ist schlecht daran?«

»Der *Carlino* ist ein rechtspopulistisches Blatt, das Propaganda für die besitzende Klasse macht. Außerdem möchte ich es alleine schaffen.«

»Alleine wirst du es nie schaffen.«

Sie kniff die Lippen zusammen, sie fürchtete, er könnte recht haben. »Weil du dafür sorgen würdest?«

Er schüttelte den Kopf und schaute betont traurig. »Glaubst du, ich würde meiner Tochter Steine in den Weg legen? Was ihr nur allmählich begreifen müsst, das ist, dass die Presse eine neue Aufgabe hat.«

»Die Presse hat dafür zu sorgen, dass die Wahrheit bekannt wird. Das war schon immer ihre Aufgabe.«

Er schüttelte langsam den Kopf. »So einfach ist das nicht. Weil die Welt nicht mehr so einfach ist. Wir brauchen einen

Journalismus, der uns zu Höchstleistungen anspornt, der uns moralische Unterstützung gibt.«

Sie verzog das Gesicht, als kratze eine Gabel auf Fensterglas.

»Du meinst, wie die Anfeuerungsrufe im Stadion? Eine Art Kriegspropaganda?«

»Wir müssen uns von der Vorstellung verabschieden, dass allen Bürgern in unserem Land sämtliche Informationen zugänglich sind. Das stiftet nur Verwirrung und Verzagtheit. Unsere Welt ist so komplex geworden, dass nur noch wenige die fachlich richtigen Entscheidungen treffen können.«

»Du bist also für Pressezensur?«

»Ein hässliches Wort. Aber Zensur hat es immer gegeben. Jeder Organismus funktioniert so. Wenn du dich auf eine Aufgabe konzentrieren willst, blendest du störende Informationen aus. Auch der demokratischste Staat hat Geheimdienste und vertrauliche Informationen, die niemals ruchbar werden. Im Krieg müssen Informationen noch stärker gefiltert werden.«

»Aber wir sind nicht im Krieg.«

»Irrtum. Früher hieß es, Krieg sei die Fortführung der Politik mit anderen Mitteln, heute ist der Frieden die Fortführung des Krieges mit anderen Mitteln. Wir sind längst in einem Handelskrieg mit China, den arabischen Staaten, ja selbst den USA, die um jeden Preis ihre Vormachtstellung verteidigen wollen. Es wird mit brutaler Gewalt um Währungen, Rohstoffe und Zukunftstechnologien gekämpft. Die westlichen Demokratien werden diesen Kampf verlieren, weil sie ihre Völker nicht disziplinieren können wie zum Beispiel die Chinesen. Wir verzetteln uns in individuellen Freiheiten, in Anarchie und kurzsichtigen Partikularinteressen. Wenn Italien eine neue Mülldeponie braucht oder eine Schnellbahntrasse, dann muss sie gebaut werden, egal was die Anwohner davon halten. Wir haben uns mit unseren Regeln selbst gelähmt.«

»Wenn ich dich richtig verstanden habe, soll ich als Journalistin mithelfen, unsere Demokratie abzuschaffen?«

Er trank einen Schluck und hob dann das Glas in einem Ruck.

»Unsinn. Ich rede ins Blaue hinein, ich überspitze gerne. Ich bin selbst Demokrat. Aber um unsere Demokratie zu schützen, müssen wir sorgsamer mit Informationen umgehen. Das ist alles. Ich möchte nicht, dass du dein Lebtag in einem sinnlosen Gewissenskonflikt verbringst, ich möchte nicht, dass du Journalistin wirst.«

Sie lachte kurz auf. »Vergiss es.«

Er nickte und starrte vor sich auf den Tisch. Eine große, glänzende, mit einer ledernen Schreibgarnitur verzierte Mahagoniplatte. Das gesamte Büro war von klinischer Sauberkeit. Kein einziger Klientenname. An zwei Wänden standen Metallschränke mit alphabetischen Kürzeln, an der anderen Seitenwand Regale mit Aktenordnern und Grundlagenwerken zum Steuerrecht, hinter dem Schreibtisch ein Fenster mit dicken Stores und zwei Porträts. Ein Parteichef in grünem Polo-Shirt, noch mit jugendlichem Gesicht und braunen Locken, es war vor seinem Schlaganfall aufgenommen worden, auf der anderen Seite Adelchis Vater, im Lodenmantel.

»Du bist also nicht umzustimmen?«

»Nein.«

Stille. Sie rechnete damit, dass er ihr nun drohen würde, sie aus dem Haus zu werfen, ihr jegliche finanzielle Unterstützung zu streichen. Und sie merkte, wie sie wieder schwach wurde.

»Dann werde ich dir helfen. Wenn du mir versprichst, dass du mit den Informationen nicht sorglos umgehst.«

»Natürlich nicht«, sagte sie.

»Und ich möchte, dass du die Finger von diesem ausländischen Reporter lässt.«

»Aber …« Sie sprang auf. »Das kommt nicht in Frage.«

»Der Mann steht für genau den Journalismus, der keinem weiterhilft. Und die Leute reden.«

»Der Mann ist einer der wenigen integren Reporter, einer, der sich nicht um seine Karriere schert, sondern um Berufsethos.«

»Bist du da so sicher?«

Sein Lächeln gefiel ihr nicht. »Ja,« sagte sie, und ihre Stimme klang nicht sehr fest.

»Bisher hat er nicht viel für Marco getan, oder?«

»Woher willst du das wissen?«

»Ich habe so meine Kanäle.«

Sie ließ sich auf den Stuhl fallen. »Ich weiß nicht, was du eigentlich von mir willst.«

»Wie gesagt, ich will, dass wir endlich wie zwei erwachsene Menschen miteinander auskommen. Und dass wir einander beistehen, wenn Not am Mann ist. Ich biete dir meine Hilfe an und bitte dich um dasselbe. Zwischen Vater und Tochter sollte das normal sein. Bei uns ist es das nicht, daran bin auch ich schuld, und das sehe ich ein. Ich werde dir alles sagen, was ich zu Marcos und Di Natales Tod weiß. Und im Gegenzug tust du dasselbe, einverstanden?« Er hielt ihr die offene Hand hin. »Als Bonus kannst du deinen ersten Artikel im *Carlino* veröffentlichen.«

Sie schaute ihm in die Augen. Sein Blick war warm und klar. Seine Hand hing immer noch in der Luft. Sie spürte diesen Wunsch, einfach einzuschlagen, aber sie spürte auch, dass dieser Wunsch nichts mit ihrer Zukunft zu tun hatte. Es war die Tochter, die artig zu ihrem Vater sein wollte.

»Ich lasse mich nicht kaufen«, sagte sie und wandte sich zur Tür. Da hörte sie ein kratzendes Geräusch und ein Krachen, wie aus einem Funkgerät. Eine blecherne Stimme rief nach einem Streifenwagen, wieder und wieder. Amanda schaute ihren Vater an, der die Lautstärke an seinem Computer hochfuhr. Endlich kam eine Antwort von der Streife: »Ja, hier Hecht 81.« – »Probleme? Wieso meldet ihr euch nicht.« – »Nein, keine Probleme.« – »Und der Verdächtige?« – »Schweigt.« – »Bringt ihn mit zur Dienststelle.« Es krachte im Funkverkehr. Die Zentrale fragte immer wieder an. Dann antwortete wieder dieselbe Stimme. »Im Moment nicht vernehmungsfähig.« – »Wieso?« – »Pulla hat ihn ein bisschen hart rangenommen.«

Amanda starrte ungläubig auf ihren Vater.

»Die reden von Marco?«

Adelchi Schiavon nickte.

»Ich denke, der Mitschnitt des Funkverkehrs ist verschwunden? Wo hast du das her?«, fragte Amanda.

»Wie gesagt, ich habe so meine Kanäle. Willst du dich nicht wieder setzen?«

28

Die Erdgeschichte hat eine Million Jahre gebraucht, um die Landschaft zu schaffen, die man heute als Po-Ebene sieht: eine schier grenzenlose, öde Wanne, durch die sich scheinbar träge und kraftlos ein manchmal silbergraues, manchmal schlammfarbenes, manchmal blaugrünes Gewässer zieht. Vor einer Million Jahre lag diese Ebene noch unter den Wassern der Adria, etwa hundert Meter unter dem Meeresspiegel. Was dann passierte, ist den Wissenschaftlern ein Rätsel. Eines dieser Rätsel, die sie in vollmundige Metaphern kleiden. Sie sprechen von »wandernden Sonnenflecken« und »kosmischem Nebel«, angeblich kam es, Lichtjahre entfernt, im All zu einem Zwischenfall, der die Energiestrahlung der Sonne veränderte. Wie auch immer, die Sonnenstrahlen, die bis zur Erdkruste gelangten, waren weniger intensiv als gewohnt, die Temperaturen auf der Erde sanken, im mitteleuropäischen Januar auf ein Mittel von –14 bis –22 °C. Schon bei 0 °C ändert Wasser seinen Aggregatzustand. Es wird zu Eis. Es dehnt sich aus und sprengt Bierflaschen und Körperzellen. In Felsspalten wirkt es wie Dynamit, lässt Bergflanken explodieren und zerkleinert ganze Massive.

Vor einer Million Jahre zogen sich, während nördlich der Alpen alles festfror und die Wälder abstarben, Wind- und Klimagürtel Richtung Äquator zurück, die Gletscherkrusten auf Gebirgsgipfeln wurden dicker und wuchsen Richtung Flachland. Sie wuchsen so langsam, dass man es mit bloßem Auge nicht sehen konnte. Aber sie hatten Zeit. Wie ein Grashalm, der eine Asphaltdecke knackt. Eine Eiszeit folgte auf die nächste, unterbrochen von Interglazialzeiten. Um das Mittelmeer herum setzte eine Pluvialzeit ein. Der Regen fror fest und bildete neues Eis. Die Eismassen wurden von nachdrängenden Gletschergebilden immer weiter nach Süden verschoben, langsam, aber sicher zermalmten sie alles, was sich ihnen in den Weg stellte: Wälder, Hügel, Bergflanken. Sie trieben Mammuts und Hominiden vor sich her. Wie eine in Zeitlupenbilder eingefrorene Dampframme kam das Eis über die Alpen in das Tiefland, hackte, mahlte und schürfte, schleppte Steinkolosse auf seinem Rücken mit wie ein wütendes Nashorn die Vögel, die ihnen die Parasiten aus den Panzerfugen picken. In den Interglazialzeiten wurde das Eis wieder zu Wasser, in reißenden Bächen schoss es aus Alpen und Apennin zu Tal, wälzte die Steinkadaver Richtung Meer, schwemmte, schliff und schmirgelte, brachte Kies, Sand, Lehm und Schluffe. Schob diese so weit, wie es Kraft und Lust hatte, und ließ alles unaufgeräumt liegen. Aber am Ende sah die Ebene nicht unaufgeräumt aus, sondern wie der Garten Eden: Die Sedimente hatten sich in fruchtbaren Humus verwandelt, der Boden war gesättigt mit Süßwasser. Aus dem Sumpf wucherte es artenreicher denn je, die Flussarme fächerten sich zu einem amphibischen Delta auf, in dem sich riesige Störe, Sumpffrösche, Feuersalamander und eine Unzahl von Vogelarten tummelten. Die Findlinge konnte man, je nach Größe, als Zufluchtsort vor wilden Tieren, Aussichtspunkt oder Sitzgelegenheit nutzen. Nur die Malariamücken trübten die paradiesische Heiterkeit.

Der Kosmos brauchte eine Million Jahre, um dem Fluss sein überdimendioniertes Bett zu schaffen, in dem er sich ruhelos wälzen konnte, der Mensch brauchte nur hundert, um ihn in ein Korsett zu schnüren. Der Po, der größte Fluss Italiens, ist heute auf seiner kompletten Länge, über 652 Kilometer, eingedeicht. In den letzten hundert Jahren haben diese Deiche allen Hochwassern, allen Wühlarbeiten von Füchsen, Maulwürfen, Nutrias und Saboteuren getrotzt. Bis auf ein einziges Mal. 1951, als bei Ferrara einer der Norddeiche brach und die Region Venetien innerhalb weniger Stunden um eine Million Jahre in der Erdgeschichte zurückversetzt wurde, nur dass sie nicht von Salz-, sondern von Süßwasser überspült wurde.

Lunau parkte bei Pontelagoscuro, dem nördlichen Vorort Ferraras. Hier klaffte im Hauptdeich eine fünfzig Meter breite Lücke, durch die ein stummelförmiger, künstlicher Seitenarm des Po auf ein riesiges Metalltor zuführte. Daran schloss sich ein etwa siebzig Meter langes Becken an, das auch auf der anderen Schmalseite von einem Metalltor abgeschlossen wurde. Lunau betrachtete das trübe Wasser in dem Becken, in den der Rumpf von Di Natales Leiche geragt hatte, während die Beine noch im Canale Boicelli steckten. Dort hing rot-weiß gestreiftes Absperrband der Polizei. Sonst deutete nichts auf den Fund hin. Kein Schleusenwärter war zu sehen. Lunau ging um das Becken, stieg den Deich hoch und schaute über den Hauptarm des Po. Serse Rabuffo legte gerade mit seinem Kunstharzboot an.

»Haben Sie es schon gehört?«, fragte Lunau.

»Natürlich.«

Sie standen nebeneinander auf dem Deichkamm und schauten hinunter in das Schleusenbecken.

»Wo ist er Ihrer Meinung nach ins Wasser gefallen?«

Rabuffo zuckte mit den Achseln. »Er kann nur aus dem Canale Boicelli angetrieben worden sein. Das Nordtor zum Po war zwischen Donnerstag und Samstag geschlossen, keine Schiffspassage.«

»Und direkt vom Betonkai an der Schleuse?«

»Der ist rund um die Uhr taghell erleuchtet, unsere Kollegen sitzen oben in der Steuerungsanlage, sie hätten ihn sehen müssen. Di Natales Leiche muss aus dem Canale Boicelli angeschwemmt worden sein, am Samstagmorgen, zwischen sieben und acht Uhr.«

Lunau betrachtete den hageren Mann, der sich die Nase mit dem Ärmel seiner geflickten Jacke abwischte.

»Ich muss los.«

»Eine Frage noch: Was war Di Natale für ein Mensch?«

Rabuffo starrte ins Leere. »Er war ein Träumer, aber beliebt, und bei der Arbeit absolut zuverlässig.«

»Glauben Sie, dass er sich umgebracht hat?«

Wieder ein Achselzucken. »Er war Sizilianer.«

»Was soll das heißen?«

»Die können noch so aufgeräumt und zugänglich wirken, richtig in die Karten schauen lassen die sich nicht.«

»Angenommen, man hätte ihn ermordet ...«

Serse Rabuffo schüttelte den Kopf. »So blöd kann keiner sein. Wenn einer eine Leiche verschwinden lassen will, dann wirft er sie nicht kurz vor einer Schleuse ins Wasser.«

Rabuffo tippte sich zum Gruß an die Stirn und ging.

»Hatte Di Natale etwas mit Marco Clerici zu schaffen?«

Rabuffo drehte sich um. »Sie meinen den toten Jungen? Den habe ich nie mit ihm zusammen gesehen.«

Rabuffo stieg den Deich hinab und holte ein Schlüsselbund aus der Tasche.

Lunau rief ihm nach:

»Wie weit kann die Leiche in fünfunddreißig Stunden getrieben sein?«

»Schwer zu sagen. Da müsste man die Daten über die Fließgeschwindigkeit des Kanals auswerten.«

»Ungefähr.«

»Vielleicht drei Kilometer, vielleicht dreißig.«

»Würden Sie sich die Daten für mich einmal anschauen?«

Rabuffo stieg in sein Auto. Er hatte mit dem Kopf in eine Richtung gezuckt, die man kaum als Ja verstehen konnte. Lunau ging vom südlichen Schleusentor am Canale Boicelli entlang, um eine geeignete Stelle für einen Selbstmord zu suchen. Ein schwieriges Unterfangen. Hinter der Schleuse lag ein Industriegebiet, und danach führte der Kanal durch Äcker, Gewerbegebiete, Einkaufszentren, Wohngebiete und wieder Äcker. Die Ufer waren betoniert und überwuchert. Es gab keine Straße, nicht einmal einen Fußweg. Lunau arbeitete sich ein paar Kilometer durch die Wildnis, dann sah er ein, dass die Suche aussichtslos war.

29

Dany nahm die Kurve in gemächlichem Tempo, und das war ihr Glück, denn plötzlich endete das schwarze Asphaltband an einer hellbeigen Wand, die in ständiger Bewegung war, auf und ab wippte und sich ruckweise verschob. Die Schafe am Rand der Herde drängten in eine bessere Position, und getrieben vom Hirtenhund, sprangen sie einfach über ihre Artgenossen oder versuchten, über die Leiber der anderen hinwegzukullern und in der sicheren Mitte des Pulks zu landen.

Saudumme Viecher, dachte Dany, sie hatte Schafe nie leiden können, und sie mochte auch die beiden zotteligen Promenadenmischungen nicht, zwei Kreuzungen von Maremma-Hirtenhunden, die schwer wie Kälber waren, dämlich glotzten, mit ihren blütenweißen Zähnen aber spielend Frischlinge und Füchse rissen. Sie bremste und stellte den Wagen am Rand der Deichstraße ab. Die Herde ergoss sich wie ein Pilzbefall über die Deichkrone und die flussseitige Flanke.

Danys Vater stand, obwohl es sonnig und warm war, in seinem olivgrünen Regenponcho, breitkrempigem Filzhut und Wollhose unten im Vorland. Aus seiner zerfurchten Haut ragten lange Bartstoppeln, die Augen waren blutunterlaufen, und über seine Schulter hing, an einem Lederriemen, seine Lieblingstrommel.

»Hallo, Papa!«, rief Dany und kletterte die Böschung hinunter.

Der Mann hob lustlos den Arm.

»Ich habe dir etwas mitgebracht.« Sie winkte mit einem Paket, in das sie getrockneten Speck, frische Unterwäsche und ein Geldkuvert gewickelt hatte. Der Vater ließ den Speck unter seinem Poncho verschwinden. Die Wäsche und das Geld gab er zurück. Dany wusste, dass er es vorzog, seine Sachen im Fluss zu waschen. Auch wenn er das ohne großen Erfolg tat. Er stank wie eine Mischung aus Geißbock und Tippelbruder. Aber wieso wollte er jetzt auch kein Geld mehr?

»Du brauchst es doch«, sagte Dany und versuchte, ihm das Kuvert in die Tasche des Ponchos zu stecken. Er schob ihre Hand mit einer derben Geste zurück und führte den abgespreizten Daumen zum Mund, weil er etwas vermisste.

»Den Wein bekommst du später.«

Wie hatte sie sich noch im Auto danach gesehnt, ihn zu sehen, ja ihn sogar zu umarmen, jetzt empfand sie nur Trauer und Wut.

»Wie geht es dir?«, fragte sie. Er legte den Zeigefinger auf die

Lippen, setzte sich auf einen Stein und schlug mit dem rechten Handballen einen starren Vierertakt auf seiner Trommel, dann setzten die Fingerspitzen der Linken mit schweren Synkopen ein.

»Du bist traurig?«, fragte sie.

Der Mann schien nur noch auf seine Trommel zu hören.

»Du weißt also, was heute für ein Tag ist?«

Keine Reaktion, nur der Trommelschlag.

»Ich bin gekommen, um dich mitzunehmen.«

Die Trommel setzte aus.

»Keine Angst, nur für eine halbe Stunde. Ich will, dass du mit mir zu Mama kommst.«

Er schüttelte den Kopf und wies mit einer vagen Geste auf seine Herde.

»Das machen die Hunde schon alleine.«

Er stieß einen heiseren Laut aus, der nach Protest klang.

»Nur eine halbe Stunde.«

Sie griff nach seiner schwieligen Hand, in der grobe Knochen steckten, die aber erstaunlich feine Rhythmen schlagen und, mit der Präzision eines Künstlers, Ornamente und Basreliefs schnitzen konnten. Der Vater hatte die hölzernen Getreidesiebe, auf die er die Ziegenhäute spannte, mit Fabelwesen versehen, die in einer endlosen Prozession im Kreis gingen. Bizarre Mischungen aus Hund und Schwein, Lurch und Gockelhahn, die einander in den Schwanz bissen, einander zu begatten schienen, ein Knäuel, das niemals endete, so lange man die Trommel auch drehte. Als kleines Mädchen hatte sie sich gegruselt, wenn diese Gestalten sich allmählich aus dem Holz schälten und ihr Vater seine Beschwörungsformeln murmelte.

»Tu es für Mama.«

Er riss sich los, und plötzlich funkelte Zorn in seinen Augen. Er zerrte am Kragen seines Ponchos, die Halsschlagader schwoll an, und er fuhr sich mit den Nägeln durchs Gesicht.

»Papa! Papa!«

Als sie ihm in den Arm fallen wollte, erwischte er sie mit einer schallenden Ohrfeige. Sie war nach der Fastenwoche noch nicht wieder bei Kräften, ihre Beine knickten weg, und sie schlug in das hohe, feuchte Gras. Und da war sein beißender Atem über ihr. Seine Bartstoppeln rissen an ihrer Haut, seine Lippen ...

Sie rappelte sich auf, wie eine Schlange entwischte sie ihm, auf allen vieren kroch sie die Deichflanke hoch. Sie trat panisch nach den Schafen, die sich um ihr Auto geschart hatten, riss die Tür auf, warf sich auf den Fahrersitz und betätigte die Zentralverriegelung. Sie klammerte sich an das Lenkrad und ließ ihren Tränen freien Lauf.

Sie dachte an ihre beste Freundin, Katia, die auf der anderen Seite des Deiches gewohnt hatte, an die wohlig warme Wohnküche, in der abends ihre Eltern warteten, mit einem Tischgebet, einer dampfenden Minestrone und einer süßen reifen Birne, die immer aufrecht neben dem Teller stand. Wenn Dany Katias Familie sah, dann nagte der Neid an ihren Eingeweiden. Dann stellte sie sich vor, wie Katia starb, und wie sie, Dany, ihre Stelle einnahm, gestreichelt und gefüttert wurde, denn sie, Dany, hätte es verdient gehabt. Katia gab ihrer Mutter schnippische Antworten, und einmal sah Dany gar, wie sie einen Geldschein aus der Schublade des Vertikos stahl. Und trotzdem hatte sie den Platz an diesem Tisch, und ihr Vater kaufte ihr jeden Frühling und jeden Herbst ein neues Kleid. Ich bin der bessere Mensch als sie, ich gebe mir so viel Mühe, dachte Dany dann, ich wäre diesen Eltern eine adäquate Tochter, Gott, warum bist du so gefühllos und ungerecht?

Es pochte am Autoblech, und sie riss die Augen auf. Aber es war nicht ihr Vater, es waren die Schafe mit ihren blöden Ärschen und Hufen. Der Vater saß wieder unten auf seinem Stein und trommelte. Sie griff neben sich, nach der bauchigen Strohflasche, öffnete die Tür einen Spalt und stellte den Wein auf die Straße.

Dann startete sie den Motor und betätigte die Hupe, aber davon ließen die Schafe sich nicht beeindrucken. Sie musste sie sanft mit dem Kühler zur Seite drängen, um sich einen Weg zu bahnen. Sie holte den Blumenstrauß von der Rückbank, sog den schweren Duft der Rosen ein und legte sie neben sich auf den Beifahrersitz. Das Rot erinnerte sie an das Blut, das ihrer Mutter damals von den langen Fingern gelaufen war und sich zu einer großen schmierigen Lache auf dem kalten Steinboden gesammelt hatte. Dany war ausgerutscht und der Länge nach hingeschlagen, und als sie sich im Spiegel sah, hatte sie dieselbe rote Schraffierung wie die Mutter.

»Mama«, flüsterte sie, während das Auto langsam Richtung Friedhof rollte.

30

Die Identität der drei angeklagten Polizisten war geheim. In den Zeitungsartikeln standen nur erfundene Initialen, die Pressestelle der *Polizia di Stato* gab keinerlei Auskünfte, und der Polizeichef stand für Interviews nicht zur Verfügung. Er habe auch sämtlichen Beamten untersagt, mit der Presse zu sprechen, sagte er Lunau, nachdem dieser elf Mal in seinem Vorzimmer angeklingelt, Presseausweis und eine »Projektbeschreibung« seiner Reportage gefaxt hatte. Die drei Beamten waren Brigadiere Stefano Catozzo, 31, aus Jolanda di Savoia, Brigadiere Sandro Massari, 35, aus Comacchio, und Vicebrigadiere Antonino Pulla, 26, aus Porto Empedocle. Die beiden ersten stammten aus der Provinz Ferrara, Porto Empedocle dagegen lag auf Sizilien, in der Provinz Agrigent.

Massari und Catozzo bildeten ein festes Team, sie waren seit sechs Jahren gemeinsam auf Streife. Pulla dagegen war erst vor vier Jahren nach Ferrara versetzt worden, wenige Monate vor dem Tod des Schülers Marco. Warum auch er in jener Nacht am Tatort war, ging aus den Berichten und Akten nicht hervor.

»Verzichten Sie einen Moment auf die Fakten. Ich will wissen, wie Sie persönlich sich den Ablauf des Geschehens vorstellen.«

Dottor Carlo Palombo schaute Lunau aus winzigen grauen Augen an. Alles an ihm war grau. Der zerknitterte Anzug, die dichten, nach hinten gekämmten Haare, die Gesichtshaut. Nur die Fingerspitzen und die Nägel waren gelb. Seine Nikotinsucht hatte in 22 Jahren Berufsleben die Wände gesättigt und die Blutgefäße in seiner Körperperipherie (und in der seiner Sekretärin) komprimiert. Seine Kanzlei lag in der *Borgo dei Leoni*, wenige Meter vom Gerichtsgebäude entfernt. Unten auf der Straße kreischte eine Moped-Bremse, der dichte Verkehr vom *Corso Giovecca* kam als monotoner Brei durch das dünne Fensterglas.

»Das läuft doch nicht, oder?«, fragte Palombo.

Er zeigte auf das Aufnahmegerät, das Lunau auf den Schreibtisch gelegt hatte.

»Ich lasse es nur für persönliche Zwecke laufen. Damit ich bestimmte Details überprüfen kann.«

Carlo Palombo war ausgesprochen zugänglich gewesen. Er war gleich ans Telefon gekommen und hatte Lunau sofort empfangen. Aber jetzt schüttelte er den Kopf.

»Wenn wir ganz ungezwungen reden sollen, dann machen Sie es besser aus.«

Lunau gehorchte, und Palombo setzte neu an: »Ich hatte schon viel früher mit Ihrem Besuch gerechnet.«

»Die Sache mit Di Natale hat mich ein wenig Zeit gekostet.«

»Natürlich.« Der Anwalt schüttelte den Kopf, ehe er weitersprach: »Wir können später gerne auch ein Interview aufzeichnen, aber wenn Sie eine subjektive Version hören wollen, muss die unter uns bleiben.«

»Natürlich.«

Palombo drückte die filterlose Zigarette aus und steckte sich eine neue an. Er sog hektisch drei Mal hintereinander, nahm dann einen tiefen Zug, legte den Kopf nach hinten, schloss einen Moment die Augen und sagte: »Catozzo und Massari halten Marco an. Ein junger Bursche, lange Haare, lässige Kleidung, für die Polizisten der typische linke Kiffer. Sie kontrollieren ihn, schikanieren ihn ein bisschen. Da sie keine Drogen bei ihm finden, sind sie enttäuscht und fangen an, ihn zu provozieren. Marco war kein Duckmäuser, vermutlich hat er sich gewehrt.«

»Verbal oder körperlich?«

»Verbal. Er konnte mit Worten umgehen.«

»Ich kenne seine Songs.«

»Daraus werden die Polizisten irgendein Vergehen konstruiert haben. Beamtenbeleidigung, Staatshetze oder so. Sie wollen ihn festnehmen und zur weiteren Befragung auf die Wache bringen, Marco fühlt sich ungerecht behandelt und wehrt sich.«

»Diesmal körperlich?«

»Versucht, sich loszureißen. Es kommt zum Gerangel. Marco war fast neunzig Kilo schwer. Für die Beamten ein willkommener Vorwand, um die Schlagstöcke zu ziehen. Von da an lief die normale Eskalation einer Schlägerei ab.«

»Bei einer normalen Schlägerei gibt es keine Toten.«

»Ich fürchte, die Sache lief komplett aus dem Ruder, als Pulla dazustieß.«

»Wieso?«

»Ein junger Kollege, Sizilianer, vermutlich wollte er sich auszeichnen und schoss über das Ziel hinaus.«

»Sind Sie sicher, dass Catozzo und Massari zuerst am Tatort waren?«

»Nein. Die Dienstpläne sind verschwunden, ebenso die Funksprüche. Fahrtenbücher von den Streifenwagen ...«

Er machte eine wegwerfende Geste.

»Wie kann überhaupt ein Beamter nachts alleine auf Streife sein? Wer war Pullas Partner?«

Palombo zuckte mit den Achseln, und Lunau hakte nach: »Ist es nicht auffällig, dass man immer nur von einem Trio gehört hat, wo doch auf der ganzen Welt Streifenwagen mit Duos besetzt sind und offenkundig zwei Wagen am Tatort waren?«

Palombo betrachtete die Aschenspitze seine Zigarette von vorne, als hätte er plötzlich unbekanntes Terrain entdeckt. »Der große Unbekannte?«

Lunau zuckte ebenfalls mit den Achseln und sagte: »Reine Theorie.«

»Wie alles, was wir bisher haben. Ich weiß nicht, wer den tödlichen Schlag geführt hat. Es ist nicht einmal klar, ob Schläge für den Exitus verantwortlich waren oder der extreme Druck auf den Brustkorb. Marco lag am Boden, hatte vermutlich ein oder mehrere Knie auf dem Thorax und an der Kehle. Laut Obduktion war Atemstillstand die Todesursache.«

Lunau überlegte. »Was von dieser Version deckt sich mit den Fakten?«

»Zeugen haben Schreie gehört, auch Marcos Flehen, sie mögen doch aufhören, es sei genug, er werde sich nicht mehr wehren.«

Diese Aussagen der Anwohner waren zurückgezogen worden. Niemand wollte etwas gesehen oder gehört haben. Lunau hatte den Tatort inspiziert. Eine Nebenstraße der *Via Bologna*, die an eine Schwimmhalle führte. Grünstreifen und große Mehrfamilienhäuser. In jener Nacht schliefen alle tief und fest, niemand kam spät aus der Kneipe, niemand stand am Fenster und rauchte, niemand führte den Hund aus, niemand hatte eine so schwache Blase, dass er in der Nacht rausmusste und zufällig einen Blick durchs Küchenfenster warf.

»Es ist für mich unzweifelhaft, dass etwas vertuscht wird«, sagte Lunau. »Ich frage mich nur, ob das Ganze ein dummer Zwischenfall war oder eine gezielte Aktion. Am Freitagmorgen habe ich dem Prozess beigewohnt, und am Abend hat man versucht, mich anzufahren.«

Palombo schaute verblüfft: »Ein Anschlag?« Er schüttelte den Kopf. »So weit gehen die nicht. Einschüchterungsversuche ja, aber noch einen Totschlag können sie sich nicht leisten. Brauchen sie auch nicht. Sie halten sich für unantastbar. Solange die Polizei dicht hält, haben wir kaum eine Chance.«

»Aber vielleicht gibt es einen Zusammenhang zwischen Di Natale und Marco.«

»Wieso?«

»Weil in dem Auto, das mich attackiert hat, Di Natale saß.«

»Was?«

Der Anwalt verzog das Gesicht. »Das ergibt gar keinen Sinn.«

»Kannten Sie Di Natale?«

»Vom Theaterabonnement. Wie man sich in Ferrara eben kennt. Di Natale war ein untadeliger Kerl. Amanda hat mich auch schon nach einer Verbindung gefragt. Es gibt keine. Außer, dass Marco bei Silvia in die Klasse ging.«

Lunau nickte. »Amanda ist auch ein Bindeglied. Sie war Marcos Freundin, Silvias Schülerin und hatte am Vorabend von Di Natales Tod bei ihm zu Abend gegessen.«

»Gemeinsam mit Ihnen. Das ist viel zu vage. Ferrara ist klein – auf derart oberflächlichem Niveau gibt es zwischen allen Einwohnern Verbindungen.«

Lunau verabschiedete sich.

Palombo gab ihm die Hand. »Wann immer Sie eine Frage haben – kommen Sie zu mir. Ich habe hier in Ferrara nichts mehr zu verlieren.«

»Wie meinen Sie das?«

»Ich gelte als Nestbeschmutzer und unbelehrbarer Kommunist.«

»Und? Sind Sie das?«

»Nestbeschmutzer oder Kommunist?«

Lunau sah sein verschmitztes Grinsen.

Palombo winkte ab und lachte. »War nur ein Scherz. Ich bin beides.«

Kaum stand Lunau auf der Straße, war das angenehme Gefühl, das Palombo ausgelöst hatte, verpufft. Er war keinen Schritt weitergekommen. Es gab wohl keine Verbindung zwischen Marco und Di Natale. Vito hatte sich offensichtlich das Leben genommen. Warum, wusste niemand.

31

Krasnodar ist die Hauptstadt der gleichnamigen Region, Provinzhauptstadt einer ehemaligen Sowjetrepublik. Einst berüchtigtes Kriegsgefangenenlager. Mit ihren 700 000 Einwohnern, den Industrieanlagen und den Plattenbausiedlungen, die einen nicht existenten Stadtkern einschnüren, wirkt sie ähnlich trostlos wie die nach ihr benannte Straße in Ferrara. Wohnblöcke aus den siebziger Jahren, dazwischen sterile Grünflächen. Wer in der *Viale Krasnodar* wohnte, war in Ferrara stigmatisiert. Nirgendwo waren die Mieten billiger, nirgendwo vermutete man mehr Arbeitslose, Trunksüchtige und Kleinkriminelle. In den neunziger Jahren wurden dann die beiden Wolkenkratzer am Bahnhof von Immigranten, vor allem aus Schwarzafrika, kolonialisiert. Und seitdem gilt die *Viale Krasnodar* als rehabilitiert.

Aber nicht die *Viale Krasnodar* war Schuld an der Trostlosigkeit, die von Dany Bellinis Behausung ausging. Auch nicht der Betonquader im Querformat, die nicht funktionierende Klingelanlage, die unverschlossene Metalltür am Treppenaufgang D. Der Aufzug funktionierte, Lunau fuhr hinauf in den siebten Stock. Ein Geruch von billigem Waschpulver und Hühnerbrühe hing in der Luft.

Lunau drückte auf die Klingel. Laute Discomusik aus den Achtzigern drang durch die Furniertür. Lunau klingelte erneut, die Musik verstummte. Schritte, Dany schaute wohl durch den Türspion, dann öffnete sie einen Spalt.

»Was wollen Sie denn hier?«

»Ich muss Ihnen etwas beichten.«

»Ach ja?«

»Ich bin kein deutscher Kollege Di Natales. Mein Name ist Kaspar Lunau, ich bin Journalist und recherchiere zu Vitos Tod.«

Sie winkte ab. »Geschenkt.«

Lunau war erstaunt, dass sie ihm die Lüge nicht übel nahm. Sie trug einen schwarzen Kimono aus Kunstseide, auf dem Rücken einen Drachen, der sich wild gebärdete und Feuer spie. Die dünnen blassen Waden endeten in rosa Pantoffeln. Sie ging den kurzen Weg voraus. Vorbei an einer Kochnische in das einzige Zimmer, Wohn- und Schlafraum in einem.

Am Fenster stand ein großes Doppelbett, mit bunten Fliegennetzen, die zum Baldachin angeordnet waren. In der Zimmermitte ein Esstisch mit zwei Stühlen, davor eine Sitzecke, Flachbildfernseher und Stereoanlage. Danys Leben spielte sich auf 32 Quadratmetern ab.

»Ich brauche nicht viel«, sagte sie wie zur Entschuldigung.

Lunau nickte. Er selbst wohnte in einer ehemaligen Remise. Die Dependance auf einem Villengrundstück im gutbürgerlichen Westen der Stadt. Ein einziger großer Raum, ohne Komfort. Aber groß genug für einen Menschen, und vor allem still. Wenn er morgens aufwachte, sah er den Kiesplatz, alte Bäume und manchmal den Fahrer, der den weißen Rolls Royce für den einstigen Bühnenstar aus der modernen Doppelgarage holte. Dany sah auf ein verlassenes Gewerbezentrum, dessen sämtliche Scheiben man eingeworfen hatte. Auf der Umgehungsstraße staute sich der Verkehr. Samstag nachmittag, die Leute fuhren einkaufen.

»Wie lange ging das schon so zwischen Ihnen und Di Natale?«

Sie zuckte mit den Achseln. »So anderthalb Jahre.«

»Die Sache war also unwichtig für Sie?«

»Wie kommen Sie darauf?«

»Die Frauen, die ich kenne und schätze, können sich an bestimmte Details ganz genau erinnern.«

»Es fing vorletztes Jahr nach dem Sommer an. Er kam aus dem Urlaub, aus seinem sizilianischen Heimatdorf, und auf einmal war alles ganz anders.«

»Inwiefern?«

»Sein Blick, seine Stimme, wenn er mir einen Auftrag gab. Und dann …«

»Ja?«

»Plötzlich schienen unsere Körper anders aufeinander zu reagieren. Wissen Sie, was ich meine?«

Lunau nickte. Er dachte an Kerstin, eine rothaarige Praktikantin, die man zu ihm ins Büro gesetzt hatte. Eine von vielen. Aber die erste nach dem Bruch mit Jette. Er merkte damals, wie sich seine Arme oft unwillkürlich in ihre Nähe bewegten. Kleine, unscheinbare Gesten, keine Zudringlichkeiten, kein bewusstes Austarieren von Grenzen. Es geschah wie von selbst. Papiere, an denen man gemeinsam arbeitete, wanderten besonders oft von Hand zu Hand, die Ellbogen berührten sich häufiger, die Blicke verweilten ein wenig länger auf dem anderen. So als hätte man allem, was man sagte, noch etwas hinzuzufügen. Er war sich damals sicher, das beruhe auf Gegenseitigkeit, heute war er es nicht mehr.

»Setzen Sie sich doch. Wollen Sie einen Kaffee oder Tee?«

»Gern.«

Sie verschwand in der Diele, Lunau betrachtete die Kunstdrucke an den Wänden. Klimt und Renoir. Selbst die Originale hätten Lunau auf die Stimmung geschlagen. Das Sofa war weich, die Kissen bunt. Auf dem Doppelbett lag eine Tagesdecke, deren Pastelltöne sich mit allem anderen bissen.

Dany kam mit einem Tablett wieder, auf dem eine kleine Espressokanne, eine Teekanne sowieso drei Schüsseln mit verschiedenen Kekssorten standen.

»Ich kann Ihnen auch etwas Deftiges zubereiten.«

Lunau lachte. »Danke, nein.« Ihr magersüchtiger Körper stand in Widerspruch zu dieser kulinarischen Freizügigkeit.

»Di Natale war verheiratet.«

»Ich weiß«, sagte sie, »aber die Sache ging nicht von mir aus.«

»Wie stellten Sie sich Ihre Zukunft vor?«

»Nicht als die Mätresse eines verheirateten Mannes.«

»Also gab es Streit?«

»Es war vorbei.«

Irgendetwas störte Lunau. Dany war so entgegenkommend. Warum sprach das Mädchen so rückhaltlos über ihr Intimleben? Noch dazu gegenüber einem Fremden, der sie hintergangen hatte?

»Seit wann?«

Plötzlich war das Pfeifen eines Teekessels zu hören. Dany kümmerte sich nicht darum, sah nur Lunaus fragenden Blick.

»Seit wann war es vorbei?«, wiederholte dieser. »Sie sollten das Wasser vom Herd nehmen.«

Sie schaute ihn an, als versuchte sie, von seinen Lippen abzulesen.

»Das Wasser.«

Er deutete Richtung Flur. Sie stand auf und sagte: »Ich hatte es ihm vor ein paar Tagen gesagt.«

»Wann genau?«

Sie überlegte. »Am Mittwoch.«

Da war Lunau bei Di Natales zum Abendessen gewesen. Vito hatte sich nichts anmerken lassen. Das Pfeifen wurde immer schriller und lauter, bis es plötzlich in einem tiefen Ton aushauchte.

Dany kam zurück. »Sie haben sich getäuscht. Ich hatte mich schon gewundert.«

»Worüber?«

»Ich war zwar ein bisschen oft in der Disko, aber so schlecht ist mein Gehör nicht.«

Lunau starrte sie an. Das also war es gewesen. Diese falsche Atmosphäre, die er gespürt hatte. Es ging wieder los. Der Anfall im Hotel war erst drei Tage her. Normalerweise war er in Phasen intensiver Arbeit vor diesen Halluzinationen gefeit. Sie kamen nach dem Stress, in Entlastungsphasen. Aber jetzt galt auch das nicht mehr.

»Was ist mit Ihnen?«, fragte Dany.

Lunau schüttelte den Kopf und holte sein Aufnahmegerät aus der Tasche. »Würden es Ihnen etwas ausmachen, wenn ich unser Gespräch aufzeichne.«

Sie schlug ihre mageren Beine übereinander und verschränkte die Arme. Abwehrhaltung.

»Es ist nur eine Gedächtnisstütze. Das Material bleibt privat. Und Sie können es sich am Ende noch einmal anhören und löschen, was Ihnen missfällt.«

»Meinetwegen.«

Lunau versuchte sich an die letzte Frage zu erinnern, während im Bad die Gastherme ansprang und aus dem Treppenhaus gedämpfte Frauenstimmen zu hören waren. Aber waren sie wirklich da?

»Wann genau am Mittwoch haben Sie es ihm gesagt?«

»Nachmittags im Büro.«

»Und wie hat er reagiert?«

»Gar nicht. Er nahm es nicht ernst. Ich war auch für ihn Freiwild.«

Lunau stoppte die Aufnahme und hörte die ersten Sekunden ab. Da war das Wummern und Rütteln der Gastherme, und da waren die beiden Frauen, die sich über etwas zu mokieren schienen. Dany schaute irritiert. Lunau fragte: »Wieso *auch*? Für wen noch?«

Sie schüttelte den Kopf. »Wollten Sie Kaffee oder Tee?«

»Kaffee. Für wen waren Sie noch Freiwild?«

Sie schenkte ihm einen Espresso ein und winkte ab. »Ich hatte eine schwere Kindheit.«

Das konnte viel bedeuten. »Sie meinen ...?«

»Keine Übergriffe in der Familie oder so. Eher gar keine Familie.«

»Di Natale nahm also Ihre Trennungsabsichten nicht ernst. Warum hat er sich dann Ihrer Meinung nach umgebracht?«

»Am Donnerstag musste er sie ernst nehmen.«

»Inwiefern?«

»Er stand mit einem Koffer voller Geld vor mir. Wollte alles aufgeben, ein neues Leben mit mir anfangen. Plötzlich wollte er, was er mir über die anderthalb Jahre versagt hatte: gemeinsame Kinder, Familie.«

Lunau hatte aus der Ferne quietschende Reifen gehört. Er sprang auf und ging zum Panoramafenster. Tatsächlich stand ein Sattelschlepper quer auf der Umgehungsstraße, das Gummi qualmte.

»Wann haben Sie ihn das letzte Mal gesehen?«

»Am Donnerstag Abend.«

»Um wieviel Uhr?«

»Es war halb neun. Er hatte mich unbedingt noch einmal treffen wollen.«

»Wo?«

»Am Lido, das ist der ehemalige Badestrand auf Höhe der alten Zuckerraffinerie.«

Fünf Autominuten von der Sandgrube entfernt. »Warum gerade dort?«

»Dort hatten wir uns oft getroffen.«

Lunau setzte sich wieder aufs Sofa und versuchte nachzudenken. Aber er schaffte es nicht. Er musste an den pfeifenden Wasserkessel denken und lauschte auf neue, verdächtige Geräusche. Dann stellte er sich Vito vor, der zu Beppe Pirri ins Auto steigt und eine halbe Stunde später am Flussufer steht.

»War Di Natale allein?«

»Natürlich war er allein.

»Sie haben nirgendwo Beppe Pirri gesehen?«

»Beppe Pirri, vom Deichamt? Nein.«

Lunau starrte sie an: »Erzählen Sie, wie das Treffen ablief.«

»Er wollte mich umstimmen. Er sagte, er habe lange über alles nachgedacht, er sei ein Egoist gewesen. Seine Entscheidung stehe fest. Es gebe kein Zurück mehr.«

»Welche Entscheidung?«

»Dass er mit mir leben wolle. Er hatte alles verkauft, was er verkaufen konnte in den paar Tagen, das Startkapital für unser neues Leben hatte er mitgebracht.«

»Und wo lag das Problem?«

»Ich hatte auch meine Entscheidung getroffen. Gegen ihn.«

»Und deshalb hat er sich umgebracht?«

Sie zuckte mit den Achseln, was Lunau nervös machte. Eine Geste, die Italiener so häufig verwendeten, dass sie wie ein Tick wirkte. Dany fing zu weinen an. Die dürren Schlüsselbeine zitterten in dem Kimono, und dann wurde sie von heftigen Konvulsionen geschüttelt.

»Es tut mir so leid. Er war ein großartiger Mensch.«

Lunau spürte das Bedürfnis, sie in den Arm zu nehmen oder sie zu schütteln. Er berührte ihren Nacken.

»Haben Sie das der Polizei gesagt?«

»Wozu sollte ich?«

»Es ist für die Ermittlungen wichtig. Mit was für einem Auto war Di Natale an den Lido gekommen?«

Sie hob den Blick und zögerte.

»Er muss doch einen Wagen dabeigehabt haben.«

Wieder dieses Achselzucken.

»Als ich wegfuhr, war Vito noch unten am Wasser. Ich habe kein Auto gesehen.«

»Und wo sind Sie danach hingefahren?«

»Ich habe mich mit jemandem getroffen.«

»Mit wem?«

Sie biss sich auf die Lippen und schüttelte den Kopf. »Mit dem Mann, dessenthalben Sie sich von Vito getrennt haben?«

Sie reagierte nicht.

»Ich finde alleine raus«, sagte Lunau und schaute sich noch einmal die Arbeitsplatte in der Diele an, auf der Dany in wenigen Minuten eine ganze Palette an Gaumenfreuden bereitet hatte. Freuden, die sie sich versagte. Warum?

»Eine Frage noch.«

Dany war hinter ihn getreten und hielt inne. Im Gegenlicht, das aus dem Zimmer kam, zeichnete sich die Silhouette ihres grazilen Körpers unter dem Kimono ab. Lunau dachte wieder an das Tablett mit dem Imbiss, den Zappaterra ihm angeboten hatte. Kaffee und Tee.

»Arbeiten Sie auch für Zappaterra?«

Sie nickte.

»Auch an jenem Donnerstagabend?«

»Ich arbeite jeden Vormittag beim Schifffahrtsamt, nachmittags in der Sandgrube.«

»Ist das erlaubt?«

Wieder Danys Achselzucken. »Offiziell sind Nebenbeschäftigungen von Angestellten öffentlicher Behörden verboten oder genehmigungspflichtig. Aber wie soll dir eine Behörde, die dir 520 Euro zahlt und keine Festanstellung gibt, verbieten, dass du etwas dazuverdienst? Unsere Chefs bekommen das Zehn- oder Fünfzehnfache und sitzen außerdem in einem Dutzend Aufsichtsräten.«

»Haben Sie zu Zappaterra ein rein professionelles Verhältnis?«

Sie runzelte die Brauen.

»Er war der Grund, dass Sie mit Di Natale gebrochen haben?«

»Ich war sehr offen zu Ihnen, wie ich finde.«

Lunau schaute ihr in die Augen, der Lidschatten war dick aufgetragen, die Wimpern geschwärzt, die Brauen gezupft. Ihr Blick war unsicher, Lunau musste nur ein bisschen grob werden, und sie würde vielleicht alles preisgeben.

»Keine Antwort ist auch eine Antwort«, sagte er.

Sie widersprach nicht. Als Lunau auf den Hausflur trat, verstummten die beiden Klatschweiber und lächelten ihn verlegen an. Er lächelte zurück, mit so viel Erleichterung und Dankbarkeit, dass die Damen den Kopf schüttelten, als er im Aufzug verschwunden war.

Amanda wartete in ihrem Minicooper und ließ das Seitenfenster herunter. Sie hatte vierzehn Zigaretten geraucht und bekam jetzt Kopfschmerzen. Sandro Massari war Brigadiere, er war bei dem Einsatz der Dienstälteste gewesen. Sein Haus lag direkt über dem schilfbewachsenen Kanalufer, an dem tagsüber die Rentner auf Klappstühlen saßen und angelten. Massaris Familie war zu Hause, Massari nicht.

Amanda stellte Musik an, ließ den Sitz ein wenig nach hinten klappen und schloss die Augen. Wenn Massari zu Hause zu Abend essen wollte, musste er langsam kommen. Der Bass pochte in Amandas Bauchmuskeln und an ihrem Hinterkopf. Marcos Stimme drang aus den Lautsprechern in den Seitentüren, und sie sah die Falte, die sich an seiner Nasenwurzel bildete, wenn er rappte, die Backen, die rot glühten und ihn fast pummelig aussehen ließen.

Durch ihre geschlossenen Lider wanderte ein Lichtschein. Sie öffnete den Wagenschlag und sah, wie sich ein ferngesteuertes Tor öffnete, ein Auto in die Einfahrt rollte und in einer Garage verschwand. Der Mann, der unter der Laterne an der Haustür erschien, wirkte ebenso muskulös wie speckig, und er wirkte älter als 35 Jahre.

»Herr Massari!«, rief Amanda vom Törchen aus.

Der Mann drehte sich blitzschnell um, starrte Amanda aus zusammengekniffenen Lidern an und sagte barsch: »Wer sind Sie?«

»Kann ich kurz mit Ihnen sprechen?«

»Sie haben meine Frage nicht beantwortet. Was wollen Sie?«

Er hatte mit einem Blick kontrolliert, ob Amanda allein war. Dann entspannte er sich ein wenig und kam durch den Vorgarten.

»Du bist doch die kleine Schiavon! Hast du nicht schon genug Ärger gemacht?«

Sie hatte sich nur auf die Stimme konzentriert. Der Tonfall war jetzt ein anderer. Sie war sich nicht sicher.

»Pulla hat ihn ein bisschen hart rangenommen«, sagte sie.

Er runzelte die Stirn. »Was soll das?«

»Pulla hat ihn ein bisschen hart rangenommen. Würden Sie diesen Satz einmal sagen? Mir zuliebe?«

»Geh nach Hause.«

Sie drückte auf die Playtaste und hielt Massari das Gerät unter die Nase. Man hörte das Krachen im Funk und dann Massaris Stimme: »Pulla hat ihn ein bisschen hart rangenommen.«

Der Polizist rührte sich nicht. Sein Gesicht war wie erstarrt, nicht einmal seine Pupillen bewegten sich.

»Das ist doch Ihre Stimme.«

»Wo hast du das her?«

»Also hat Pulla ihn umgebracht? Wieso?«

»Du …« Massari schüttelte den Kopf. »Gib mir das!«

Sie ließ das Gerät in ihrer Jackentasche verschwinden und trat einen Schritt zurück. Er kontrollierte wieder mit einem Seitenblick, ob jemand auf der Straße war. Die Kreuzung war etwa fünfzig Meter entfernt. Dort leuchteten vier Straßenlampen im Dunst. An den meisten Reihenhäusern waren bereits die Läden geschlossen. Auf den geparkten Autos schimmerte der Tau.

»Ich warne dich«, rief Massari, während Amanda zu ihrem Wagen rannte und die Tür aufriss. »Ich schwärze keinen Kollegen an.«

Sie startete den Motor, ließ die Scheibe herunter und zischte im Vorbeifahren: »Danke, Sie haben mir sehr geholfen.«

33

Die Halogenscheinwerfer summten leise, die Kameras surrten, ab und zu leuchtete ein Blitzlicht durch die Scheibe, obwohl es den Zuschauern auf der anderen Seite verboten war, Fotos zu schießen. Aber Pirri sonnte sich nicht in der öffentlichen Aufmerksamkeit, nichts konnte ihn jetzt ablenken. Von der ersten Minute an hatte er sich ausschließlich auf sein Spiel konzentriert. Er hatte sich am Vorabend an den ersten Tisch gesetzt und nur vier Stunden gebraucht, um als Sieger wieder aufzustehen. Drei Stunden Pause in seinem komfortablen Zimmer, dann saß er am nächsten Tisch. Von den 1295 Konkurrenten waren da nur noch 217 übrig. Am zweiten Tisch hatte er allerdings länger gebraucht. Sein Biorhythmus bremste ihn, er spielte von vier Uhr morgens bis elf, schlief zwei Stunden, spielte wieder, gewann, schlief, und nun saß er am Final Table. Er hatte es geschafft. Ein Gegner war bereits eliminiert, und Pirri war nun unter den fünf besten Poker-Spielern Italiens. Er hatte vier wichtige Hände gewonnen und besaß den drittgrößten Stack am Tisch. Wenn er unter die letzten vier kam, dann war ihm ein Preisgeld von 200 000 Euro sicher. Aber warum sollte er nur vierter werden? Nun würden zuerst die kleinen Fische gefressen werden, und dann gingen die Großkaliber aufeinander los. Zu denen auch er gehörte.

Er würde endlich wieder seinen Kindern unter die Arme greifen. Seiner Tochter Anita, die in einer schäbigen Ein-Zimmer-Wohnung in Florenz saß und sich als ewige Praktikantin in Architekturbüros ausbeuten ließ. Seinem Sohn Emanuele, der seine Selbständigkeit dadurch unter Beweis gestellt hatte, dass er ausgerechnet zu den Fallschirmjägern gegangen und sich für den Irak gemeldet hatte.

Vergessen die kleinlichen Sorgen um die freigespülte Stelle am Deichsockel, die Gastherme im Haus, die im Herbst wieder den

Dienst versagen würde. Selbst Vitos Tod hatte seinen grausamen Beigeschmack verloren. Die unangenehmen Erinnerungen echoten nur noch als ferner, angenehmer Widerhall am Rand seines Bewusstseins, sie bildeten die Grundierung seines Glücksgefühls. Wie gesagt: Man musste so lange den Einsatz erhöhen, bis man die entscheidende Hand gewann. Und dann aufhören. Das war die Kunst.

Die Karten wurden gegeben. Pirri bekam ein Ass und eine Zehn dazu, beides in Karo. Er musterte seine Gegner. An den Ecken des Tisches saßen zwei dieser jungen Überflieger. Sonnenbrillen, Kapuzenpullis, blütenweiße Zähne. Innerhalb eines Jahres waren sie im Internet zu Legenden geworden. Der eine 22, der andere 23 Jahre alt. Sie spielten eiskalt, und dank ihrer Jugend hatten sie ein enormes Konzentrationsvermögen. Pirri musste sie über die Distanz schlagen. Er war 56, er hatte ein geringeres Schlafbedürfnis. Die nächste Pause war für drei Uhr morgens angesetzt. Ihm würden die vorgesehenen vier Stunden Schlaf reichen, den beiden Jungen nicht. Danach würden sie anfangen, Fehler zu machen. Pirri musste sich nur in diese Pause retten. Anschließend würden die beiden Jungen so müde sein, dass sie sich insgeheim nach dem Ende sehnten. Und das war das Ende eines Spielers. Antonio, der Spieler mit den langen Koteletten, hatte schon zwei Mal sein Blatt mit einer eindeutigen Grimasse der Enttäuschung kommentiert. Er hatte sein Mienenspiel nicht mehr unter Kontrolle.

Ansonsten waren noch ein 50-jähriger Kaffeeröster aus Triest am Tisch und ein betagter Mathematikprofessor aus Neapel. Angeblich ein Stochastikgenie. Zwei respektable Hobbyspieler, der eine dank seines Familienvermögens, der andere dank seiner Intelligenz. Aber sie hatten schon einen Großteil ihrer Chips verloren. Sie spielten zu eintönig, der Kaffeeröster zu offensiv, der Professor zu defensiv. Pirri hatte ihnen jeweils über 80 000 Euro abgenommen.

Der Mathematiker brütete eine Weile über seinen Karten und erhöhte dann. Allen am Tisch war klar, er hatte etwas in der Hand. Pirri ging mit, Antonio ebenfalls. Der Kaffeeröster stieg aus, ebenso Ghost, der andere Jüngling.

Es kam der Flop. Für Pirri das zweite Ass und noch eine Zehn. Besser ging es kaum. Beppe Pirri konzentrierte sich darauf, keine Reaktion zu zeigen. Er überschlug, welche Kombinationen für die anderen möglich waren. Eine Sieben lag auf dem Tisch, neben Ass und Zehn. Im schlimmsten Fall war jemand mit einem Assen- oder Zehnerpärchen gestartet. Der Mathematiker erhöhte noch einmal zaghaft, Pirri ging mit und erhöhte noch einmal. Antonio schaute ihn interessiert an, ließ die Chips aufreizend langsam wie ein Jojo auf und ab prasseln und erhöhte dann seinerseits.

Pirri musste sich zusammennehmen, um seinen Kehlkopf nicht zu bewegen. Er war verdattert. Entweder hatte Antonio soeben ein ungeschriebenes Gesetz gebrochen, nämlich dass man zuerst die kleinen Fische fraß, oder er zählte Pirri ebenfalls zu den kleinen Fischen. Der nur durch Zufall einen großen Stack hatte. Pirri merkte, wie ihm der Kamm schwoll, aber er durfte sich nicht provozieren lassen. Er strich sich bedächtig durch die grauen Locken und legte dann die Hände ab.

Auf dem Turn kam ein weiteres Ass, also hatte niemand ein Assenpärchen haben können. Pirri lag vorn. Er durfte es nur nicht zeigen. Auch nicht, indem er plötzlich zerknirscht oder zögerlich tat. Das war der Unterschied zum Online-Poker: Die Gegner sahen ihn. Er musste alle Muskeln still halten, ohne Anspannung zu zeigen. Der Mathematiker passte und stieg aus, nachdem Pirri erhöht hatte. Antonio zog gleich und setzte 100 000 Euro.

Pirri spürte, wie es an seinen Nackenhaaren kitzelte. Er spielte sämtliche Kombinationen durch. Was konnte Antonio haben? Ein Flush war unmöglich. Falls er mit einem Siebenerpärchen gestartet war, dann hatte er jetzt einen Drilling. Der war weniger wert als Pirris drei Asse, die zudem von einem Zehnerpärchen komplettiert wurden. Full House mit Assen. War das ein Bluff? Oder wollte Antonio sich tatsächlich über ihn lustig machen? Antonio hatte 800 000 Euro. Investierte er ein Achtel seines Stacks, um Pirri zu verhöhnen oder so zu reizen, dass er anschließend gravierende Fehler beging?

Pirri nutzte eine altbewährte Technik. Er lenkte seine Gedanken auf die letzte harmonische Familienfeier, Anitas Diplomfeier, als sie mit dem Lorbeerkranz auf dem Kopf durch die Gassen von Florenz gezogen war, ihre Kommilitonen im Schlepptau, die obszöne Lieder anstimmten. Emanuele hatte Heimaturlaub, Pirri lud zu einem opulenten Menü in einer traditionsreichen Trattoria der Altstadt. Anita in hochhackigen Schuhen und rotem Cocktailkleid. Sogar Pirris Frau Erica war aufgeblüht und hatte nach dem zweiten Glas Champagner die jugendliche Hitze auf den Wangen, die er so an ihr mochte.

Pirri war selig, und er würde es bleiben. Er strich sich durch die Haare, strich über seinen kugelförmigen Bauch und ging mit. Dann erhöhte er, ohne den Blick zu heben, um weitere 100 000. Antonio lächelte ihn an. In seinem Blick lag die Arroganz des jungen Rebellen, der meint, unter seiner Kraft würde das Althergebrachte einfach zu Staub zerfallen. Aber gerade weil er jung war, wusste er nicht, wieviel Kraft und Zähigkeit auch in dem Althergebrachten steckte.

Antonio ging All-In. Maximaleinsatz. Die Kameras blitzten. Pirri sah Anita in ihrem eigenen Architekturbüro über den Dächern von Florenz. Sich selbst und Emanuele in Neoprenanzug und Flossen auf einer Tauchbasis im Roten Meer. Die Zeit des Luxus würde wieder anbrechen. Die Croupiers zählten die Chips. Maximaleinsatz bedeutete: so viel wie der Schwächere von beiden hat. Pirri lächelte. Jetzt durfte er lächeln. Denn beim All-In werden die Karten aufgedeckt. Bluffen sinnlos. Antonio hatte zwei

Siebener. Als das Publikum und die anderen Spieler sahen, dass Pirri Ass und Zehn hatte, damit also ein Full House mit Assen, schien auch das letzte Geräusch zu verstummen. Kein Räuspern, kein Knistern von Hosenstoff, sogar die Halogenlampen schienen einen Moment die Luft anzuhalten.

Antonio hatte sich verspekuliert. Der junge Springinsfeld war barfuß in ein Feld mit Brennnesseln gesprungen. Er würde auf allen vieren davonkriechen, mit weniger als 100 000 Euro. Damit war er Opfer, selbst für einen Zauderer wie den Stochastikprofessor. Man würde ihn hetzen, bis er aus Verzweiflung eine Serie von All-Ins spielte. Pirri hatte kein Mitleid.

Der Geber drehte die letzte Karte um. Und dann entlud sich die Anspannung. Es wurde geseufzt und gelacht. Man konnte beim Pokern nur gewinnen, wenn man vernünftig seine Chancen einschätzte. Wenn man Risikobereitschaft und Sicherheitsbedürfnis in ein gesundes Verhältnis zueinander brachte. Der Kitzel beim Spiel war, dass man nie wusste, wo dieses Verhältnis lag. Der Kitzel war, dass man bestraft werden konnte für Sünden, die man nicht begangen hatte, und belohnt wurde für Verdienste, die man nicht erworben hatte. Poker blieb, bei aller Kunst, ein Glücksspiel. Und Glück ist eine Form von Ungerechtigkeit.

Auf dem Filz lag die vierte Sieben.

Pirri versuchte, sich die Konsequenzen genau vorzustellen. Solange er im Hotel war, konnte man ihn nicht behelligen. Ihm standen noch sechs Stunden Schlaf in seinem Zimmer zu. Er musste in diesen sechs Stunden eine Flucht organisieren. Aber wie? Man rüttelte ihn an der Schulter. Er musste aufstehen, den anderen Spielern die Hand geben, auch Antonio. Pirri wollte nicht weg. Pirri wollte den Tisch nicht verlassen. Wieso auch? Pirri schaute seinen Gegner an. Der Junge schlug ihm aufmunternd auf die Schulter. Und Pirri hätte am liebsten zurückgeschlagen. Er war so jung, dass er nicht wusste, was das Leben bringen würde: Niederlagen. Ihm würden zuerst die Haare ausfallen, dann die Zähne. Sein Gehör würde nachlassen, sein Augenlicht, er würde langsam den Geruch des Alters verströmen, und dann würden die Frauen anfangen, sich vor ihm zu ekeln. Der glaubte, gewonnen zu haben, weil er besser gespielt hatte! Weil er der bessere Spieler war!

Man zog Pirri aus dem Saal, während ein Blitzlichtgewitter auf ihn einprasselte. In einem Salon reichte man ihm ein Glas Orangensaft, eine üppige, überschminkte Blondine mit riesigen Brüsten hielt ihm ein Mikro vors Gesicht.

»Das war ja nun wirklich Pech, Herr …«, sie zögerte und schaute auf eine Plastiktafel, auf der in riesigen Lettern »Pirri« stand, »… Pirri. Wie haben Sie denn diesen Showdown erlebt, der wohl allen Zuschauern noch lange im Gedächtnis haften bleibt?«

Pirri starrte auf die rotlackierten Fingernägel. Und dann dachte er wieder an seine Frau Erica. An dieses etwas unansehnlich gewordene, einfache Wesen. Er spürte Sehnsucht und eine unendliche Zärtlichkeit. Er widmete ihr diese Niederlage. Er korrigierte sich und sagte, es sei für ihn ein unheimlicher Erfolg, es so weit geschafft zu haben, und das alles habe er auch seiner Frau zu verdanken. Was rede ich nur für einen vollkommenen Bullshit, dachte Pirri, aber er redete einfach weiter, redete und redete, als die Kamera längst ausgeschaltet war, das Mädchen ihm mit einem verlegenen Lächeln das Mikro entwunden und ein Ordner ihn nach draußen bugsiert hatte.

34

Lunau hatte sich im Hotel ein wenig ausgeruht und versucht, seine Gedanken zu ordnen. Je länger er nachforschte, desto unwahrscheinlicher wurde, dass Di Natale und Marco in irgendeiner Verbindung gestanden hatten. Aber er wollte auch die letzte Chance nutzen, eine mögliche Verbindung zu entdecken. Sein Gefühl sagte ihm, dass es sie gab.

Das Gebäude, in dem Marco Clerici die siebzehn Jahre seines Lebens verbracht hatte, war ein schmuckloser, glatt verputzter Kasten aus den achtziger Jahren. Ein Mehrfamilienhaus an der *Via Modena*, wo die Mieten niedrig waren, weil sich in dem Wohngürtel um die Chemiefabriken nicht nur die Arbeiter einquartiert hatten, sondern auch die Emissionen aus den Schloten. Ferrara gehörte zu den europäischen Städten mit der höchsten Rate an Asthma, Bronchitis und Lungenkrebs.

Marcos Mutter stand auf der Schwelle der Wohnungstür und lächelte freundlich. Ein hageres, außergewöhnlich schmales Gesicht, graue kurze Haare, zierlicher Körper.

»Freut mich sehr, Sie kennenzulernen«, sagte sie und gab Lunau die Hand, während es in ihren Augen leuchtete. Nichts in der Wohnung deutete auf Trauer hin. Die Wände waren in satten Farben gestrichen, zahlreiche Lichtquellen schufen eine anheimelnde Atmosphäre. Alle Türen standen offen, auch das zu Marcos Zimmer.

»Es ist ein bisschen spät geworden«, sagte Lunau.

»Das macht nichts, im Gegenteil. Dann können Sie zum Abendessen bleiben.«

»Das ist sehr nett von Ihnen, aber das wird sich nicht einrichten lassen«, sagte Lunau. Er suchte einen Moment nach den passenden Worten: »Ich weiß nicht, wie schwer es Ihnen fällt, über Marcos Tod zu reden.«

Die Frau schaute ihm direkt in die Augen, mit einer solchen Intensität, dass er den Blick abwenden wollte: »Es gibt nichts Schlimmeres, als ein Kind zu verlieren. Jeder muss für sich entscheiden, wie er damit umgeht. Wir haben uns entschieden zu kämpfen. Was wollen Sie wissen?«

»Mich interessiert vor allem, ob Marco und Vito Di Natale in irgendeiner Verbindung zueinander standen.«

Sie runzelte die Stirn, ihr Kopf zuckte leicht zurück. »Wie kommen Sie auf die Idee?«

»Ich reise nach Ferrara, um zu Marcos Tod zu recherchieren, kaum bin ich da, versucht Di Natale, mich zu überfahren. Und wenige Stunden später stirbt Di Natale.«

Sie betrachtete Lunau von oben bis unten. »Merkwürdig«, sagte sie. »Darf ich Ihnen etwas anbieten?«

»Danke, nein.«

»Wollen Sie Marcos Zimmer sehen?«

Sie ging voraus in einen Raum mit einer Dachschräge. Die Wände mit Postern beklebt, dazwischen Graffiti, ein Verstärker, Keyboards und eine E-Gitarre. Auf den Regalen Taschenbücher und CDs. Boxhandschuhe und Kampfsportgürtel in allen Farben hingen an den Regalpfosten. Das Bett war frisch bezogen und gemacht. Man roch den Weichspüler.

»Da hat am Wochenende eine Freundin von Laura geschlafen. Wir wollten kein Museum daraus machen, aber wir bringen es auch nicht fertig, etwas wegzuwerfen.«

Lunau sah eine ganze Reihe von gebundenen Buchrücken ohne Aufschrift. »Sind das Tagebücher?«, fragte er.

Sie nickte.

»Hat die Polizei sie ausgewertet?«

Sie wehrte verächtlich ab. »Sie haben nur nach Sätzen gesucht, in denen es um Joints oder andere Drogen geht, und daraus haben sie dann die Legende gezimmert, Marco sei ein Junkie gewesen.«

»Haben Sie alle zurückbekommen?«

»Ich musste zwar einen Riesenwirbel veranstalten, aber irgendwann kamen auch die letzten Bände zurück.«

»Hat Marco sich besonders für den Fluss interessiert? Für Naturschutz?«

»Er trennte den Müll und rügte uns manchmal, wenn wir Produkte von bestimmten Konzernen kauften. Aber trotzdem fuhr er lieber mit dem Scooter als mit dem Fahrrad.«

»Also war er kein Umweltfanatiker?«

Sie schüttelte den Kopf.

»Kannte er Vito Di Natale?«

»Nicht dass ich wüsste.«

»Aber Vito Di Natale hat auch in Marcos Klasse seine Vorträge über den Po gehalten.«

»Wenn das so war, hat es Marco nicht besonders beschäftigt, glaube ich.«

»Und der Unterricht bei Silvia Di Natale?«

»Was war damit?«

»Hatte er ein besonderes Verhältnis zu ihr als Lehrerin?«

»Wie meinen Sie das?«

Ihre Stimme hatte eine andere Färbung angenommen, und Lunau merkte, dass er sich auf vermintes Gelände begab. Er ruderte zurück.

»Haben Sie vielleicht gemerkt, dass er plötzlich eine Passion für deutsche oder österreichische Literatur entwickelt hat?«

»Sie meinten nicht den Stoff, Sie meinten die Lehrerin.«

Lunau machte eine hilflose Geste und sagte: »Ich tappe im Dunkeln, ich versuche einfach herauszubekommen, warum man Ihren Sohn getötet hat.«

»Marco war mit Amanda zusammen, und soweit ich weiß, waren sie sehr verliebt ineinander. Allerdings ist das ein Alter, wo man das Wichtigste nicht mit den Eltern, sondern mit Freunden bespricht. Sie sollten Amanda fragen.«

Lunau streckte die Hand nach einem Tagebuch aus. »Darf ich?«

»Bitte.«

Sie musste sich zu dieser Antwort überwinden. Das Telefon

läutete. Während sie den Raum verließ, rief sie: »Sie können sich so viel Zeit nehmen, wie Sie wollen.«

Marcos Handschrift war klein und krakelig. Vor allem war der Kern auf der Zeile winzig, während die Schleifen darunter und darüber weit ausschwangen. Angeblich ein Zeichen für starke sinnliche Impulse. Marcos Mutter hatte den Hörer abgenommen, sich gemeldet, aber seitdem kein Wort geredet. Dann hörte Lunau hastige Schritte.

»Es ist für Sie, glaube ich«, sagte Frau Clerici. Lunau schaute verwundert auf. Marcos Mutter hatte glühend rote Wangen, ihre Pupillen waren merkwürdig stumpf.

»Niemand weiß, dass ich hier bin.« Lunau ging ans Telefon und meldete sich.

»Du solltest deine Blesshühner aufnehmen und dich aus allem anderen raushalten.«

»Wer sind Sie?«, fragte Lunau. Er versuchte, möglichst unbeeindruckt zu wirken, aber das Blut pumpte in seinem Hals. Die Stimme war künstlich verzerrt.

»Oder hast du die Lektion auf dem Deich nicht verstanden?«

Es knackte in der Leitung.

Lunau starrte Frau Clerici an. »Was hat die Stimme zu Ihnen gesagt?«

»Nur, dass man Sie sprechen möchte.«

»Meinen Sie, er hat mich hereinkommen sehen?«, fragte Lunau und lief in die Küche, um durchs Fenster auf die Straße zu schauen. Der Bürgersteig war gesäumt von parkenden Autos, ein alter Herr führte seinen Hund aus, eine Gruppe von Jugendlichen, die sich knufften und mit einer leeren Bierdose kickten, ein junges Pärchen. Kein auffälliges Gesicht hinter einer Autoscheibe.

»Wer weiß, dass ich hier bin?«

Sie zuckte mit den Achseln. »Mein Mann, unser Anwalt und Amanda.«

»Niemand sonst?«

»Nein.«

Lunau lief die Treppe hinunter und spähte durch einen Spalt in der Haustür. Nichts Auffälliges. Er verließ das Gebäude durch den Hinterausgang – der Hof war leer –, kletterte über einen Zaun und kehrte über eine Nebenstraße in die *Via Modena* zurück. Er schritt die geparkten Autos ab, sah in das Foyer einer Sporthalle, hinter die Büsche von Vorgärten. Er konnte niemanden finden und kehrte in die Wohnung zurück.

»Die Stimme war künstlich verfremdet, aber kam sie Ihnen bekannt vor?«, fragte Lunau.

Sie betätigte ein paar Tasten an dem Anrufbeantworter, dann hörte man eine blecherne Stimme: »Ihr solltet vorsichtig sein mit den Lügen, die ihr erzählt. Ihr habt einen Fixer großgezogen, einen Dealer, der an seinem eigenen Dreck verreckt ist. Ihr solltet den Rat eines guten Freundes annehmen.«

Die Konsonanten klangen merkwürdig hart, wie bei einem süditalienischen Dialekt oder einem osteuropäischen Akzent.

»Ist es immer derselbe Anrufer?«

Sie wiegte den Kopf hin und her und sprang im Menü des Anrufbeantworters herum. Lunau hörte verschiedene Telefonate: Beleidigungen, Drohungen.

»Darf ich diese Aufnahmen kopieren? Man kann versuchen, die Verfremdung zu korrigieren.«

Sie protestierte nicht, also speicherte Lunau die Files auch auf seinem Rechner.

Amanda hatte ihm gesagt, wann Di Natale seinen Vortrag in der Klasse gehalten hatte. Lunau schlug den entsprechenden Tag auf. Di Natale wurde nicht einmal erwähnt. Dann blätterte er durch den letzten Tagebuchjahrgang. Er brauchte eine Weile, um sich an die Handschrift zu gewöhnen. »Bis drei bei Amanda. Dann durchs Fenster weg. Ihr Vater ist ein Arsch. Aber sie ... Kein Tag, an dem sie mich nicht verblüfft, und erst recht keine Nacht. Wir wollten es uns aufheben für später. Waren von uns selbst enttäuscht, dass wir es nicht aushielten zu warten. Das alles ist mehr, als man sich ausmalen kann. Vor einem Jahr habe ich noch an Selbstmord gedacht. Was wäre ich für ein Idiot gewesen! Nichts hatte ich kapiert, nichts verstanden vom Leben. Wäre ich gläubig, würde ich Gott auf Knien anflehen, dass es immer so bleiben möge.«

Lunau wechselte in ältere Bände, musste sich wieder an eine neue Handschrift gewöhnen, fand aber auch dort nichts, was auf Vito Di Natale oder seine Behörde verwiesen hätte. Er stieß stattdessen auf »das erste Mal«: »Ich hätte nicht gedacht, dass die Körper dabei völlig verschwinden. Man ist nur noch im Körper des anderen, und gleichzeitig spielen die Körper keine Rolle mehr. Man spürt sich wie noch nie vorher, weil man nur den anderen spürt.«

Dann kam eine lange Abhandlung über die Form von Amandas Zehen, über ihre Knöchel, denen Marco einen Song widmen wollte. Lunau brach die Lektüre ab. Er dankte Frau Clerici und verließ das Haus durch den Hinterausgang. Er kletterte wieder über den Zaun und stand in der feuchten, kalten Nachtluft. Nichts Verdächtiges zu sehen. Lunau kehrte auf die *Via Modena* zurück und setzte sich in seinen Leihwagen. Er tauchte in den Verkehr der Ausfallstraße ein und steuerte das Stadtzentrum an. Im Rückspiegel sah er mehrmals ein Paar scharf geschnittener Scheinwerfer, sie erinnerten an Katzenaugen. Nach jeder Kurve verschwand der Wagen, um kurz darauf wieder aufzutauchen.

Lunau durchquerte das Stadtzentrum, fuhr auf die *Via Pomposa*, die Richtung Meer führte und bog in einen Flurbereinigungsweg ab. Die schmale Asphaltstraße schlängelte sich kilometerlang durch die Ebene. Man konnte bis zum Horizont sehen. Lunau hielt an einem Feldweg, stieg aus dem Wagen und versteckte sich hinter einer Hecke. Er wartete umsonst. Niemand folgte ihm.

35

Es war empfindlich kalt, und Lunau zitterte vor Übermüdung. Inzwischen war der Sonntag angebrochen. Es war zwanzig Stunden her, dass man Vito Di Natales Leiche gefunden hatte. Und nach zwanzig Stunden schien dieser Selbstmord geklärt. Auf den ersten Blick zumindest. Ein Mann in der Midlife-Crisis, der alles aufgeben will und plötzlich vor dem Nichts steht. Ein Mann, der sein gesamtes Umfeld perfekt getäuscht hat, von seiner Frau aber im letzten Moment enttarnt wird. Und wenn alles ganz anders war? Wenn Silvia ihren Mann gezwungen hatte, die Beziehung zu Dany zu beenden? Vielleicht hatte nicht sie mit ihm, sondern er mit ihr Schluss gemacht. Dany hatte die Beherrschung verloren und … Aber wie sollte dieser Windhauch von einem Mädchen einen kräftigen Mann ertränken? Und warum hatte Di Natale Lunau attackiert? Oder war das tatsächlich eine Halluzination gewesen? Die Antwort konnte nur Pirri kennen. Und in Kürze musste er hier auftauchen.

Lunau saß auf dem Metallgeflecht eines Bushäuschens, mit dem Hinterkopf an die Glasscheibe gelehnt. Es war stockdunkel, und die Meeresbrise trug den Duft von Salz und Tang herüber. Die Dünung und vereinzelte Möwenschreie waren die einzigen Geräusche, zu wenig, um das Adrenalin in seinen Adern in Bewegung zu halten. Auf dem *Lido di Venezia*, einer zehn Kilometer langen Sandbank mit einer einzigen Buslinie und praktisch nur einer Straße, brannte alle 120 Meter eine Laterne. Fragte sich, für wen. Das Spielcasino hob sich wie ein strahlender Dinosaurier ab aus der Reihe finsterer, verlassener Art-déco-Hotels, zu denen auch das *Grand Hôtel des Bains* gehörte. Hier hatte Lunau einmal die Ferien verbracht, weil sein Vater das unbedingt wollte. Das sei die wahre Hochkultur, hatte er gemeint, auf Thomas Mann, Gustav Mahler und Luchino Visconti verwiesen. Lunau hatte schon damals die so genannte Hochkultur gehasst. Vera war seit einem halben Jahr verschwunden, und nichts war wie vorher. Er hatte sich vorgenommen, hart und stark zu werden. Er hasste das Klavier, er hasste die Geige, er hasste jede Form von Musik. Lunau übte nicht mehr, stattdessen trainierte er heimlich Boxen.

Lunau überlegte noch einmal, was er bisher sicher wusste. Pirri hatte Di Natale am Freitag um 19 Uhr 40 mit einem weißen BMW an dessen Haus abgeholt. Danach hatte Vito seine Geliebte getroffen, einen Korb bekommen und sich umgebracht. Mit einem Koffer voller Geld. Aber wo war das Geld? Und wo war Pirri gewesen, als Dany Di Natale zurückwies?

Im Osten wurde das Grau der Morgendämmerung von hingestaubten Orangetönen aufgelockert, ein Auto fuhr aus einer Tiefgarage, zehn Minuten später lief ein Jogger in Kapuzenpulli am Strand entlang. Lunau hatte übers Internet mitverfolgt, wie Pirri aus dem Turnier geflogen war. Ebenso wie ein Kaffeeröster und ein Mathematiker. Aber noch immer war niemand von ihnen aus dem Gebäude gekommen.

Zwei Männer in dunklen Anzügen traten aus dem Haupteingang des Spielcasinos und postierten sich auf der obersten Treppenstufe, am Rand des roten Teppichs. Jetzt war Lunau wach, trotz des Schlafdefizits. Da erschienen der Professor und der Fabrikant. Pirri war nicht zu sehen.

Lunau rannte auf das Gebäude zu und lief an der Seitenfront entlang. Die Rückfront war durch hohe Pinien und Magnolien verdeckt. Aber es musste mehrere Dienstbotenausgänge geben.

Ein Mädchen lief zwischen geparkten Autos hindurch. Ihr Laufstil war verkrampft, weil sie mit dem linken Arm eine Umhängetasche auf die Flanke presste. Die Tasche kannte Lunau, und jetzt erkannte er auch das Mädchen: Amanda. Sie hatte also genauso gut kombiniert wie er. Vielleicht noch ein bisschen besser. Lunau rannte ihr nach. Sein Knöchel stach bei jedem Schritt, aber er konnte Amandas Tempo halten. Nur Pirri sah er nicht.

Amanda lief an der Uferstraße entlang, Richtung Vaporetto-Haltestelle. Falls Pirri noch am Lido war, dann saß er in der Falle, denn der Lido war eine Insel. Das Vaporetto legte nur alle zwanzig Minuten ab.

»Wo ist er?«, rief Lunau, als er Amanda fast eingeholt hatte. Sie wurde langsamer. Sie lehnte sich mit dem Rücken an eine Werbetafel und schnaufte heftig.

»Ich sehe ihn nicht.«

Amanda zeigte auf eine weiße Bugwelle, die sich schnurgerade durch die Lagune pflügte. Ein Außenbordmotor sang hochtourig. Das Boot steuerte auf das Gewirr aus Pfahlbauten, Gassen, Kanälen und Kais zu, aus dem sich die Stadt Venedig zusammensetzte, kurz vor der Einfahrt in den Canal Grande bog es jedoch Richtung Süden ab und steuerte Porto Marghera an, das Chemiewerk.

»Was will er da?«, fragte Lunau.

»Seine Spuren verwischen, in Porto Marghera liegen riesige Frachtschiffe, und es fließen unzählige Kanäle ins Meer. Er kann sich aussuchen, über welchen er ins Binnenland fährt.«

Amanda grinste Lunau an. Sie trug eine Strickjacke und eine graue Leinenhose.

»Ich dachte, du willst nicht mehr mit mir zusammenarbeiten«, sagte Lunau.

»Tu ich auch nicht.«

»Wo hast du die Nacht verbracht?«, fragte Lunau.

»Auf der Rückseite des Kasino-Gebäudes. Du hattest ja die Vorderfront im Blick. Wenn du nicht gerade gepennt hast.«

Lunau setzte sich auf den Boden. Er war zwar immer noch gut im Training, aber sein Knöchel jaulte.

Die Sonne stand inzwischen als feuerroter Ball in ihrem Rücken, warf eine funkelnde Spur auf das gekräuselte Wasser. Noch ein Motor wurde angeworfen, und ein zweites Boot machte sich auf den Weg Richtung Porto Marghera. Zwei Männer saßen darin. Keine Fischer, keine Touristen. Sie trugen Straßenkleidung und leichte Mäntel. Am Heck sah man den Außenbordmotor, einen dunkelblauen Quader, auf dem die PS-Zahl prangte: 90. Lunau und Amanda schauten einander an. Sie waren nicht die Einzigen, die umsonst auf Pirri gewartet hatten.

»Kanntest du die beiden?«, fragte Lunau.

Amanda schüttelte den Kopf.

»Vielleicht Polizisten«, sagte Lunau.

»Oder Geldeintreiber. Pirri hat jede Menge Schulden«, antwortete Amanda. »Bin ich wieder mit im Boot?«

»Ich hatte dich nie ausgesetzt. Du warst plötzlich verschwunden. Was hast du gestern gemacht?«

Amanda grinste und hakte sich bei Lunau unter. Sie gingen zur Vaporetto-Haltestelle, wo bereits ein paar Pendler warteten.

36

Zu Beginn der 20. Jahrhunderts war Italien, neben Russland, der größte Hanfproduzent der Erde. Und nirgendwo wuchs so viel *Cannabis sativa* wie in der Provinz Ferrara. 36 300 Tonnen Hanffasern produzierte man hier pro Jahr. Im März war die Aussaat, im August die Ernte. Dann wurden die drei Meter langen Stängel gebündelt und zum Trocknen aufgestellt, anschließend, von Gewichten beschwert, in Rottegruben versenkt. Innerhalb von ein, zwei Wochen zersetzten die Bakterien im Wasser das pektinhaltige organische Material, und übrig blieben die robusten Hanffasern. Ideal für den Hausbau, für reißfeste Kleidung, Schiffstaue und Segel.

Es war Sonntag morgen, die Innenstadt Ferraras wie ausgestorben. Lunau hatte nur noch zwei Namen auf seiner Liste mit den Personen, die womöglich Aufschluss über Di Natales Tod geben oder mit seinem Ableben in Verbindung stehen konnten. Pirri und Gasparotto. Der Mann vom Deichamt war abgetaucht, der Mann von Di Natales Schiffahrtsbehörde sollte, wie man Lunau in äußerst unfreundlichem Ton am Telefon gesagt hatte, bei einer Buchpräsentation sein. In der *Sala Agnelli*, einem mit Kassettendecke und Wandfresken geschmückten Prunksaal der Bibliothek *Ariostea*, hatte sich die bessere Ferrareser Gesellschaft zu einer Matinee versammelt, um einer Autorin zu lauschen, die zweieinhalb Jahre damit zugebracht hatte, die rund 1400 verbliebenen Rottegruben in der Provinz zu zählen, zu kartographieren und deren Flora und Fauna zu erfassen. Die Damen im Pelz, trotz der frühlingshaften Temperaturen, die Herren in Anzug und Trenchcoat. Über dem Podium hing die Fahne des Lion's Clubs, der die Lesung großzügig finanzierte, außerdem die Flagge der ARNI, des Schifffahrtsamtes. Alberto Gasparotto saß in einer Reihe mit einem Bankdirektor, dem Präsidenten des Lion's Clubs und der Autorin.

Lunau und Amanda konnten kaum die Augen offen halten. Sie hatten die Begrüßungsworte des Bankdirektors, des Präsidenten des Lion's Clubs und Alberto Gasparottos über sich ergehen lassen, und nun machte Lunau Gasparotto Zeichen, kurz nach draußen zu kommen. Die Zeichen wurden ignoriert.

Die Autorin zeigte historische Aufnahmen von der Hanfgewinnung, Dias von Teichen und Tümpeln, von Molchen, Wasserlinsen und Laubfröschen. Hanf sei reißfester als Baumwolle, habe sich aber mit amerikanischen Wirtschaftsinteressen nicht vertragen. Ebenso wenig wie die leichten Drogen aus der Cannabis-Pflanze. Die Honoratioren lächelten gequält. Der Präsident des Lion's Clubs, ein bekannter Herzchirurg, hob die Hand, als wollte er etwas einwenden. Doch dann schwieg er und schaute verdrossen.

Lunau winkte Gasparotto noch einmal und deutete auf den Ausgang, doch dieser schaute auf einen beliebigen Punkt an der Rückwand des Saales.

Lunau beugte sich zu Amanda und sagte: »Wir verschwenden hier nur unsere Zeit. Hast du deinen Vater gefragt, ob Pirri zu ihm Kontakt aufgenommen hat?«

Sie schüttelte den Kopf. Lunau stand auf und bat die Dame neben sich, ihn durchzulassen. In ihrem Blick lag Tadel. Es war zeit- und geräuschaufwendig, sich durch die Reihe zu kämpfen. Die Autorin stockte in ihrer Lesung und starrte Lunau und Amanda an.

Da ergriff Gasparotto das Wort. Lunau fragte sich, ob er die peinliche Situation überspielen wollte. Der hagere Chef der Schifffahrtsbehörde näherte sich dem Mikrophon und fragte die Autorin: »Diese Rottegruben bieten natürlich einen idealen Unterschlupf für die Tierwelt, oder?«

Die Autorin schaute ihn genauso verdutzt an wie Lunau und Amanda. Die Frage schien von einem besonders begriffsstutzigen Schüler zu stammen.

»Natürlich, das sagte ich doch eben. Die biologische Vielfalt ist dort einzigartig. Genau deshalb müssen diese Biotope erhalten bleiben, auch wenn sie keinen wirtschaftlichen Nutzen mehr haben.«

Mit dem Mikrophon in der Hand suchte Gasparotto nach Worten. »Und Menschen haben sich nie dort versteckt?«

»Wie meinen Sie das?«

»Partisanen und Widerstandskämpfer gegen die österreichischen und französischen Besatzer zum Beispiel. Die steckten doch in Sümpfen und Lagunen, aber nicht in Rottegruben, oder?«

»Das weiß ich nicht. Worauf wollen Sie hinaus?«

»War nur so eine Frage. Der Mensch ist schließlich auch ein Säugetier. Und da Ihnen die Tiere so am Herzen liegen.«

Im Publikum wurde gemurmelt. Vereinzelte Lacher.

»Ist er betrunken?«, fragte Amanda.

»Keine Ahnung«, antwortete Lunau, der mit ihr an der Saaltür stehengeblieben war.

»Wenn Sie ganz sicher gehen müssten, dass niemand Sie finden kann, wo würden Sie sich dann verstecken?«, fragte Gasparotto die Autorin, die hilfesuchend in die Runde schaute.

Der Bankdirektor ergriff das Wort, aber da Gasparotto ihm das Mikrophon nicht gab, verstand man ihn nicht.

»Die Menschen sind verweichlicht. Sie wollen immer ein festes Dach über dem Kopf, selbst wenn sie auf der Flucht sind. Selbst in der warmen Jahreszeit. Aber wo ein dichtes Dach ist, da wohnen meist schon andere Menschen«, sagte Gasparotto mit der Vehemenz des Eiferers.

»Ja«, sagte die Autorin und lächelte verstört. »Außer in reinen Wirtschaftsgebäuden.«

»Die wir bei der Schifffahrtsbehörde nicht haben, im Gegensatz zur AIPO, dem Deichamt. Dort hat man Landfahrzeuge, *Magazzini* für Deichschutzmaßnahmen, und was macht man daraus?«

Gasparotto legte das Mikro auf den Tisch und stieg vom Podium. Das Gemurmel im Publikum schwoll an und beruhigte sich, als die Autorin mit einer Entschuldigung wieder an ihren Vortrag anknüpfte.

Gasparotto eilte auf Lunau und Amanda zu. Er geleitete die beiden hinaus. »Entschuldigen Sie, dass ich mich nicht sofort freimachen konnte«, setzte er an.

Lunau war immer noch verdutzt. »Verständlich. Immerhin sind Sie der Schirmherr der Veranstaltung.«

»Was kann ich für Sie tun?«, fragte Gasparotto.

»Wie schnell fließt der Kanal Boicelli, durch den die Leiche getrieben ist?«

»Ich bin kein Strömungsexperte«, antwortete Gasparotto.

Lunau schaute den verknöcherten Mann an. Amanda stellte sich vor. Gasparotto gab ihr die Hand und versuchte, seine Unsicherheit mit einem linkischen Kompliment zu überspielen.

»Di Natale war höchstens fünfunddreißig Stunden im Wasser. Welche Strecke hat er in dieser Zeit zurückgelegt?«, fragte Lunau.

Gasparotto zuckte mit den Achseln.

»Ich dachte, das wäre Ihr Job«, sagte Lunau.

»Seit Jahrhunderten versucht man, das Strömungsverhalten von fließenden Gewässern zu bestimmen. Das ist extrem schwierig, weil unzählige Parameter berücksichtigt werden müssen. Form und Beschaffenheit des Flussbettes, Tiefe des Gewässers, Uferbewuchs usw. Im Randbereich herrscht eine andere Strömungsgeschwindigkeit als in der Fahrrinne, Treibgut kann sich außerdem in Wurzeln oder an Brückenpfeilern verfangen, ehe es weitergeschwemmt wird.«

»Also haben Sie schon darüber nachgedacht?«

»Wie Sie sagten, ist das unser Job.«

»Was haben Sie der Polizei gesagt?«

Gasparotto schaute Lunau genau an. Und dieser erwartete, dass Gasparotto ihn einfach stehen lassen und auf sein Podium zurückgehen würde. Stattdessen lächelte dieser plötzlich: »Sie sind ein hartnäckiger Mensch.«

»Wenn ich die Karte richtig studiert habe, dann muss Di Natale, um in diesem Schleusentor zu landen, in einem der künstlichen Kanäle ins Wasser gegangen sein. Das ergibt keinen Sinn.«

»Wieso?«

»Wenn ich mich umbringen will – und Di Natale konnte gut schwimmen –, dann suche ich mir ein möglichst großes Gewässer mit starker Strömung. Die Kanäle, die in Frage kommen, sind aber zahm.«

»Nicht am Donnerstag. Im Apennin hatte es Anfang der Woche heftig geregnet, es kam viel Wasser Richtung Po.«

»Wer ist der beste Strömungsexperte Ihrer Behörde?«

»Das war Di Natale.«

»Und an wen kann ich mich jetzt wenden?«

»An mich.«

Gasparotto grinste. Er hatte Lunau erneut überrascht, diesmal mit schwarzem Humor.

»Was schätzen Sie, wie viele Kilometer hat die Leiche zurückgelegt?«

»Das ist beim besten Willen nicht zu sagen.«

»Sagen Sie es trotzdem.«

»Vielleicht fünf, vielleicht fünfundzwanzig. Wir wissen nicht einmal, wie lange die Leiche in der Schleuse hing. Womöglich war sie auch schon lange vorher gegen das Tor geprallt, ehe die Schleuse sich öffnete.«

»Maximaldistanz unter Idealbedingungen?«

»Dreißig Kilometer. Übrigens ist nicht einmal die Fließrichtung in dem Kanal konstant. Sie hängt von den Pegelständen im Hauptarm und den Nebenarmen des Po ab. Die Kanäle dienen als Schifffahrtsverbindung, zur Bewässerung und auch als Hochwasserpuffer. War's das jetzt?«

Die Lesung war zu Ende, die Zuhörer drängten aus dem Saal.

»Haben Sie eigentlich Pirri gefunden?«, fragte Gasparotto, während er versonnen auf den Büchertisch starrte.

»Wie kommen Sie auf die Idee, dass wir Pirri suchen?«

Gasparotto grinste wieder sein merkwürdiges Grinsen, das die graugelben Zahnzwischenräume freigab.

»Halb Ferrara sucht ihn, und ganz Ferrara weiß es.«

»Haben Sie eine Idee, wo er sein könnte?«

Gasparotto zuckte mit den Achseln. »Was ich weiß, habe ich Ihnen gesagt.«

»Nicht ganz. Wo waren Sie eigentlich an jenem Donnerstagabend?«

Gasparottos Miene änderte sich. »Ich glaube nicht, dass ich Ihnen zur Auskunft verpflichtet bin.«

Lunau schaute ihm direkt in die Augen. »Das sind Sie nicht.«

Er gab ihm die Hand und zog Amanda mit.

»Wenn Ihre reizende junge Begleiterin ihren Vater fragt, dann wissen Sie es«, rief Gasparotto ihnen nach.

Gasparotto wurde umringt von Honoratioren, die ihn für seine interessanten Randbemerkungen lobten. Sie hatten einige Mühe, überzeugende Worte zu finden, aber sie schlugen sich wacker. Lunau und Amanda schauten einander an und traten hinaus auf die stille Gasse.

»War Gasparotto an dem Abend mit deinem Vater zusammen?«, fragte Lunau und starrte auf die große weiße Marmoruhr über dem Haupteingang der Bibliothek. Sie stand.

»Keine Ahnung.«

»Bitte, frag ihn. Und dann müssen wir überprüfen, ob Pirri in einem seiner Ferienhäuser steckt.«

»So blöd ist er nicht. Die Geldeintreiber kennen die Adressen sicher.«

Lunau überlegte. Amanda hatte recht. Aber wo sollte Pirri dann sein?

»Ich habe noch einen wichtigen Termin«, sagte Amanda. Lunau wollte fragen, wo und mit wem, aber er verkniff es sich. Etwas mehr Hartnäckigkeit hätte er sich von Amanda allerdings schon erwartet.

37

Mit dem Leihwagen fuhr Lunau auf den Hauptdeich, bis er wieder auf die Schleusenanlage stieß. Er stellte den Motor ab und starrte auf den Po, der hier von den Deichen eng geführt wurde.

Er ließ die Fenster herunterfahren, um Frischluft in den Wagen zu lassen. Aber plötzlich legte die Müdigkeit sich wie eine bleierne Hand in seinen Nacken. Er war jetzt den fünften Tag in Ferrara, zwei Nächte hatte er kaum geschlafen. Den Tatort konnte er ohne Hilfe nicht finden.

Lunau dachte an das merkwürdige Klingeln, das er auf dem Deich, nur wenige Kilometer flussaufwärts, eingefangen hatte. Ganz sanft drang es in seinen durch den Schlafmangel überreiztes Bewusstsein. Es waren tatsächlich Drei- und Vierklänge, allerdings rein gestimmt. Wenn bestimmte Glöckchen zusammen erklangen, hörte man saubere Terzen, Quinten und Oktaven, wie sie nur noch in der historischen Aufführungspraxis vorkamen.

Darunter lag ein wildes Getrappel, dumpfe Schläge gegen Blech. Lunau merkte, dass er die Töne nicht in seiner Erinnerung hörte, auch war es keine Halluzination. Sein Wagen schaukelte sanft, er war von einer Schafherde umzingelt. Sie kroch an der Deichflanke hoch und zog die Straße flussabwärts weiter. Schafsglöckchen. Eine banale Erklärung. Wieso war er nicht früher darauf gekommen? Hunde dirigierten versprengte Tiere Richtung Herde, der Kopf des Schäfers schob sich über die Deichkante. Lunau wollte aussteigen, aber die Leiber blockierten die Türen. Lunau rief nach dem Schäfer, doch dieser würdigte ihn keines

Blickes. Lunau nahm die Fotos von Di Natale und Pirri, lehnte sich aus dem Seitenfenster, stieß mit den Knien ein paar Tiere zur Seite und ging auf den Schäfer zu.

»Kennen Sie die?«, fragte er und hielt ihm die Fotos unter die Nase.

Der Mann knurrte etwas Unverständliches und ging weiter. Er stank. Lunau war plötzlich hellwach. Es war später Vormittag, die Sonne glitzerte auf dem Fluss, und das Flirren erinnerte ihn an den betörenden Klang der Glöckchen.

»Wie sind Sie nur auf diese Harmonien gekommen?«, fragte Lunau. »Oder hat Ihnen jemand die Glöckchen so gestimmt?«

Der Schäfer stapfte in seinen schweren feuchten Lederstiefeln weiter. Lunau folgte ihm. Am liebsten hätte er seinen Rekorder geholt, aber dann hätte er womöglich den Schäfer mit seiner Herde verloren. Dieser stieg nämlich ins Vorland hinab, behände überwand er Hecken und Müllberge, bis er an ein halb verfallenes Haus aus Backstein kam. Es bestand aus nur einem Raum, der dank eines großen Lochs im Dach hell erleuchtet war und eine Unmenge an Klamotten, altem Werkzeug und Unrat beherbergte. Es stank nach Hammel und Katzenpisse. Die Wände waren mit Kohlezeichnungen bedeckt. Fabelwesen, die sich bekämpften und begatteten. An Nägeln hingen große Trommeln, in deren Rahmen dieselben Fabelwesen im Miniaturformat geschnitzt waren.

Plötzlich nahm der Schäfer Lunau die Fotos aus der Hand und rief: »Pidrüs!«

»Pidrüs?« Lunau kannte das Wort nicht. Der Schäfer nahm einen Enterhaken von der Wand und führte eine Art Tanz auf, bei dem er eingebildete Gegner erlegte. Dazu schrie er immer wieder: »Pidrüs, Pidrüs!« Schließlich reichte er Lunau den Haken, holte einen großen Jutesack und eine Sichel, deutete wieder auf die Fotos und gab Lunau einen Wink.

Sie gingen hinaus, der Schäfer erteilte den Hunden ein paar stumme Anweisungen und klopfte einigen der Lämmer auf den Schädel. Dann führte er Lunau an eine Röhre, die aus der Deichflanke ragte. Er zeigte Lunau, wie er den Enterhaken zu halten habe. Mit der Eisenspitze gegen die Öffnung der Röhre.

Der Schäfer stieg die Böschung hoch, gab Lunau noch einmal zu verstehen, dass er dort zu warten habe, dann war er verschwunden. Im Hintergrund waren tiefe Dieselmotoren zu hören, vermutlich die Schwimmbagger, die auf dem Po oder in Zappaterras Grube arbeiteten. Ein Boot mit Angeltouristen glitt in Lunaus Rücken vorbei, über die Deichstraße kamen Radwanderer und winkten fröhlich. Mehr passierte nicht. Lunau stand mit gespreizten Beinen über dem Kanal, den der Zulauf sich gegraben hatte. Ein paar Stechmücken umkreisten Lunaus Kopf, setzten sich dann auf die Handrücken und fingen an zu saugen.

Lunau wurde langsam ungehalten. Er dachte an die Gummiwand aus Hilfsbereitschaft, vermeintlicher Aufgeschlossenheit und frecher Lüge, gegen die er immer wieder anrannte. Dany hatte ihm, fast ohne Zögern, intime Details verraten, auch Silvia und Zappaterra hatten sich zugeknöpft gegeben und gleichzeitig entscheidende Fakten preisgegeben. Lunau war es gewohnt, dass sein offenes Gesicht den Interviewpartnern Vertrauen einflößte. Aber seine besten Geschichten hatte er bisher dank seiner Beharrlichkeit recherchiert. Wenn er immer wiederkam, öfter als seine Kollegen, hörten die Interviewpartner Anteilnahme aus seinen Fragen heraus, und sie empfanden es als Erleichterung, einem Fremden zu beichten. Lunau hatte dann Mühe, bei diesen Beichten eine Grenze zu ziehen.

Immer wieder dachte er an die merkwürdige Entgleisung Gasparottos. Wirtschaftsgebäude, die nur die AIPO hat. *Magazzini.* Lunau holte sein Handy hervor und rief Amanda an.

»Was sind die *Magazzini*, von denen Gasparotto gefaselt hat?«, fragte er.

»Wieso?«

»Erkläre ich dir gleich. Was hat es damit auf sich?«

»Lagergebäude entlang der Deiche, in denen Werkzeuge und Material zum Hochwasserschutz bereitliegen.«

Plötzlich hörte man ein Rauschen und Gurgeln, eine braune Brühe schoss aus der Röhre. Sie kam mit einer solchen Wucht, dass sie den Enterhaken zur Seite schlug und Lunau fast umgerissen hätte. Die Flüssigkeit prallte gegen Lunaus Hosenbeine und spritzte in alle Richtungen. Lunau nutzte den Enterhaken als Krücke, stieß sich ab und sprang zur Seite. Wieder landete er auf dem schmerzenden Knöchel.

»Pidrüs, Pidrüs!«, schrie es hinter ihm mit einem meckernden Lachen.

38

Es war Sonntagnachmittag. Alberto Gasparotto und Adelchi Schiavon betraten das Parteibüro in der *Via Ripagrande*. Sie durchquerten einen Raum, der die Größe eines Klassenzimmers hatte und der mit Fahnen und Wahlplakaten ausgekleidet war. Ein keltischer Krieger, der ein Schild hielt und stolz das Schwert in den Himmel reckte, überfüllte Flüchtlingsschiffe, von denen zerlumpte Gestalten mit finsteren Mienen in die Kamera starrten. Der rote Balken mit dem Parteisymbol, der sich wie eine Barriere vor diese Überschwemmung stellte.

Der Ortssekretär stand in der offenen Tür seines Büros und breitete die Arme aus. Er war ein Mann um die fünfzig. Sein Vollbart gepflegt und grau, der Haaransatz ein zackiges »V« über der Stirn. Er umarmte Adelchi Schiavon, küsste ihn auf beide Wangen und schaute dann den Neuling an.

Adelchi stellte ihn vor: »Das ist Alberto Gasparotto. Ich denke, er bedarf keiner Präsentation.«

»Nicht in dieser Stadt«, nickte der Sekretär. »Und ich meine, wir hätten uns am Donnerstag schon miteinander bekannt gemacht.«

Gasparotto nickte und streckte die Hand aus. Der Parteisekretär ignorierte die Hand, griff den Gast an den knochigen Oberarmen, drückte ihm jeweils einen Kuss auf beide Wangen, schüttelte ihn herzlich an den Schultern und sagte: »Ich freue mich.«

Er bot ihnen zwei Stühle an, die bequem, aber nicht weich waren. Gasparotto war froh, dass er sich setzen und den Schreibtisch zwischen sich und den Sekretär bringen konnte. Er war Körperkontakt nicht gewöhnt, schon gar nicht mit Fremden. Das Büro war mit einer Schlichtheit eingerichtet, die für Gasparotto an Stillosigkeit grenzte, mit billigen Stahlregalen und Furniermöbeln. Ein Fenster mit Milchglas ging auf einen Hinterhof, von dem der Lärm einer Bar hereindrang. Mülleimer krachten, Gegröle. Fußballfans begossen seit dem Vortag den Sieg der SPAL. Das also war seine, Gasparottos, neue politische Heimat.

Der Sekretär öffnete eine Kladde, in der sich nur ein Blatt Papier befand: Sein Aufnahmeantrag.

»Erst einmal Glückwunsch, dass Sie sich für uns entschieden haben.«

Gasparotto nickte. Der Sekretär fuhr fort: »Adelchi hat mir viel über Sie erzählt, das heißt, er hat Sie in höchsten Tönen gelobt.«

Schiavon machte eine abwehrende Geste.

»Nun möchten Sie also Ihre Rolle in der Bewegung etwas genauer definieren. Das begrüße ich. Mir gefallen Mitglieder, die klare Vorstellungen haben und Initiative ergreifen.«

Gasparotto wusste nicht, wie er seinen Wunsch formulieren

sollte. Dabei war er ganz einfach. Er wollte in den Stadtrat gewählt werden, oder, besser noch, Bürgermeister werden.

»Also, welchen Beitrag möchten Sie leisten?«

Gasparotto schluckte den Speichel herunter. »Ich habe mich in erster Linie aus politischen und ethischen Gründen für die Lega Nord entschieden.«

Der Sekretär nickte erwartungsvoll. Aber als der Sprachfluss versiegte, musste er Gasparotto erneut beispringen: »Es ist gut, dass sie den ethischen Gesichtspunkt erwähnen. Hier setzt unsere Partei zuallererst an. Wir brauchen eine moralische Erneuerung des Landes. Jeder soll nach seinen Verdiensten belohnt werden, nicht nach den Gesetzen der Vetternwirtschaft. Wir müssen aufräumen mit Kriminalität und Korruption. In allen Bereichen. Rückhaltlos.«

Gasparotto nickte bei jedem Punkt.

»Und ...«, jetzt reduzierte des Sekretärs Ton sich zu einem Flüstern, »... noch wichtiger ist, dass die Leute das erkennen. Wir dürfen also mit nichts in Verbindung gebracht werden, das irgendwie nach dem alten Sumpf riecht.«

Gasparotto wurde unsicher. Sollte das eine Anspielung sein? Er schaute Schiavon an.

»Adelchi legt für Sie die Hand ins Feuer. Es gibt nicht den geringsten Zweifel an Ihrer moralischen Integrität.«

Gasparotto schüttelte den Kopf, und er wurde rot. Der Sekretär machte eine beschwichtigende Geste.

»Sie brauchen nichts weiter zu sagen. Wir alle sind Menschen. Wir verstehen uns. Was hier zählt, ist Ihr Wort. Keine Gerüchte, Spekulationen. Ich weiß, dass Sie sich von bestimmten Aktivitäten losgesagt haben. Ohne äußeren Druck. Aus moralischer Überzeugung. Einen größeren Beweis Ihrer Rechtschaffenheit könnte es nicht geben. Also, wie gedenken Sie, unserer Organisation zu helfen?«

»Nun, ich werde mich voll und ganz engagieren.«

Der Sekretär nickte, schaute auf das einsame Blatt Papier, schaute auf und fragte: »Konkret heißt das?«

Alberto Gasparotto nahm kurz Anlauf und sagte, ehe er bei seinem Anlauf stolpern konnte: »Ich möchte mich auf Ihrer Liste aufstellen lassen.«

Der Sekretär riss den Kopf hoch. Er nahm die Lesebrille ab, klappte bedächtig die Bügel zusammen und schaute Gasparotto direkt in die Augen.

»Listenplatz vierzig wäre frei. Aber Sie wissen, was damit verbunden ist, oder? Parteiarbeit ist Basisarbeit, Knochenarbeit. Sie werden sonntags an unserem Infostand stehen, Sie werden die Versammlungen in den verschiedenen Vierteln frequentieren und Flyer verteilen. Sie werden Eingaben machen und vortragen, damit das Publikum Sie kennenlernt. Sie werden ältere Damen vor dem Supermarkt ansprechen und an den Wohnungen klingeln. Sie werden Klinken putzen. Und ...«, der Sekretär setzte eine Kunstpause und hob den Zeigefinger, »... Sie müssen Ihr Charisma einsetzen.«

Gasparotto musterte den Sekretär genau. Was meinte dieser mit Charisma? Noch nie hatte jemand diesen Begriff im Zusammenhang mit ihm gebraucht. Er schaute wieder hilfesuchend Adelchi an.

Dieser lächelte und klopfte Gasparotto auf den Unterarm. »Frisch von der Leber weg. Nenn ihm dein Ziel, und er sagt dir, wie du es erreichst. Ganz einfach. Aber ich glaube, die technischen Details solltet ihr unter euch besprechen.«

Adelchi Schiavon erhob sich, umarmte zuerst den Parteisekretär und dann Gasparotto, wobei er diesen sanft in den Stuhl zurückdrückte. Mit drei zügigen Schritten war er aus dem Büro verschwunden. Die beiden hörten, wie er den Nebenraum durchquerte und wie die Aluminiumtür zur *Via Ripagrande* zufiel. Zu dieser engen langen Straße, die ihren Namen der einstigen Funktion als Flussufer zu verdanken hatte. Gasparotto fühlte sich für einen Moment im Stich gelassen – und gleich darauf befreit und kühn. Er sagte mit fester Stimme: »Ich möchte einen Listenplatz, über den ich sicher in den Stadtrat komme, ich will kein Lückenbüßer sein.«

»Hui«, sagte der Sekretär, »daher weht also der Wind. Sie wissen, dass man sich, wie ich eben schon andeutete, Verdienste erwerben muss, um bestimmte Privilegien zu genießen.«

Gasparotto nickte heftig. »Dazu bin ich bereit. Auch in meiner ehemaligen Partei stand ich in dieser Hinsicht immer an erster Stelle.«

Der Sekretär nickte, setzte die Lesebrille wieder auf und betrachtete die leere Kladde. »Das ist mir zu Ohren gekommen. Aber Sie haben die Partei gewechselt. So leid es mir tut, Sie fangen hier wieder von vorne an. Hätten Sie bereits ein Mandat inne oder eine große Popularität beim Wähler, dann wäre es etwas anderes. Aber so ... werden Sie viel Geduld brauchen.«

Gasparotto biss sich auf die Lippen. Er war 65. Mit 70 würde er keine politische Karriere mehr starten können. Er hatte sich ohnehin zu lange schon vertrösten lassen.

»Es gibt doch sicher eine Möglichkeit, die Dinge ein wenig zu beschleunigen.«

Der Sekretär runzelte die Stirn.

»Ich meine, wenn jemand ein bestimmtes Kontingent an Zeit und Energie investiert, dann braucht er, wie Sie mir erklären wollen, eine bestimmte Anzahl an Jahren. Wenn man das Ganze verdoppelt oder verdreifacht ... Nächstes Jahr sind Kommunalwahlen, und da möchte ich auf einem vielversprechenden Listenplatz stehen.«

Der Sekretär lauschte einen Moment auf den gedämpften Lärm, der aus der Kneipe drang. Man hatte dort, nach anfänglichen Schwierigkeiten, eine allgemein akzeptierte Tonlage für die Fangesänge gefunden. Plötzlich jedoch brandeten Geschrei und Zwist auf. Die SPAL hatte am Vortag gespielt und gewonnen. Jetzt lief im Fernsehen offensichtlich ein Spiel aus einer anderen Liga. Und da waren die Sympathien nicht eindeutig verteilt.

»Sie haben einen anstrengenden Beruf. Sie haben eine kranke Frau, wie ich erfahren musste. Um die Sie sich rührend kümmern. Wie wollen Sie all diese Zeit und Energie aufbringen?«

Gasparotto schaute ratlos.

»Oder hätten Sie sonst etwas zu investieren?«

Gasparottos Rückenmuskulatur zog sich einen Moment zusammen. Er sah wieder den Geldeintreiber vor sich, den er aus seinem Haus geschmissen hatte. Sicher, der Stil hier war ein anderer, und es winkte endlich eine politische Funktion …

»Sie meinen eine finanzielle Zuwendung?«

Der Sekretär zuckte entschuldigend mit den Achseln. »Wir sind eine große Organisation. Kosten sind unvermeidlich. Wie Sie sehen …«, er machte eine ausladende Geste, die das Mobiliar in dem engen Raum streifte, »… verprassen wir die Mittel nicht. Wir lieben Zweckmäßigkeit und Bescheidenheit. Aber unsere Partei ist jung. Sie verschmäht Schmiergelder und ist auf echte Freunde angewiesen.«

Gasparotto nickte. »Gibt es eine Größenordnung, an der ich mich orientieren könnte?«

»Das hängt, wie gesagt, ganz von Ihren Vorstellungen ab. Wir können mit zweistelligen Stimmenzuwächsen rechnen. Unsere Arbeit fällt auf fruchtbaren Boden, auch in der roten Emilia-Romagna, aber wenn Sie sicher in den Stadtrat kommen wollen, dann sollten Sie schon auf einem der ersten sechs Listenplätze stehen.«

Gasparotto ließ den Kopf auf und ab wippen.

»Eine Größenordnung?«, fragte er erneut.

Der Parteisekretär wartete, bis das Gegröle wieder einen Spitzenpegel erreicht hatte, dann lehnte er sich über den Schreibtisch und flüsterte eine Zahl. Gasparotto schnellte in seinen Stuhl zurück. Das war also das neue Kapitel, das er in seinem Leben hatte aufschlagen wollen?

39

Die Hütte machte einen verwahrlosten Eindruck. Sie lag auf einer schmalen Landzunge. Lunau schaute noch einmal auf die Landkarte. Kein Zweifel. Dies war das letzte eingezeichnete *Magazzino*. Die Fensterläden waren mit Brettern vernagelt, an der Tür hing eine verrostete Kette mit Vorhängeschloss. Die Rostspuren hatten sich auch auf das Holz der groben Bohlen geschlagen. Sie waren in den letzten Monaten sicher nicht bewegt worden. Aber einige der Schilfhalme, die vom Feldweg an die Hausmauer führten, waren abgeknickt. Von einem Tier oder einem Menschen.

Lunaus Herzschlag beschleunigte sich. Dies war die sechzehnte Hütte, die er kontrollierte. Er hatte sich von Ferrara aus Richtung Osten gearbeitet, war mit dem Leihwagen über den Deich gefahren und hatte an jedem *Magazzino* haltgemacht. Die *Magazzini* waren schlichte eingeschossige Bauten, in denen bereits befüllte oder noch zu befüllende Sandsäcke lagerten, Schubkarren, Schaufeln, Schwimmwesten, Eimer und Spitzhacken. In den größeren auch Holzboote und aufblasbare Schwimminseln. Bei akuter Deichbruchgefahr sollten Mitarbeiter des Deichamts, aber auch zivile Anwohner, in diese Häuschen stürmen, Sandsäcke befüllen, Ketten bilden und mit den Sandsäcken Lecks abdichten. Denn sobald sich das Wasser irgendwo einen Weg durch eine Deichflanke oder auch über einen unterirdischen Tunnel gebahnt hatte und auf der Binnenseite an die Oberfläche drang, hatte es gewonnen. In Minutenschnelle würden die sogenannten *Fontanazzi*, nach dem Gesetz der verbundenen Röhren und mit dem Druck von Millionen Tonnen Flusswasser im Rücken, riesige Tunnel und Risse freisprengen. Deshalb mussten die kleinsten Sickerverbindungen sofort unterbunden werden, mit zentnerschweren Sandlasten.

Lunau hatte den Wagen auf der Straße gelassen und sich in der Abendsonne über den Feldweg geschlichen. Wenn Gasparotto ihm ein Zeichen hatte geben wollen, dann musste Pirri sich hier versteckt halten. Aber warum hatte Gasparotto ihn verraten? War es nur ein unbewusster Reflex gewesen? So wie man zur Kontrolle auf ein Versteck schaut, um sicherzugehen, dass das versteckte Objekt nicht zu sehen war? Und gerade dadurch das Versteck verrät? Oder war das Ganze eine Falle?

Der Wind sang leise am Hauseck und fing sich pfeifend an der verrosteten Regenrinne. Lunau packte seinen Koffer aus. Schraubte das Richtmikrophon auf das Stativ und schloss es an den großen Digitalrekorder an. Dann setzte er den Kopfhörer auf und legte sich ins Schilf.

Das Mikrophon hatte einen Aufnahmewinkel von nur zehn Grad, aber es war das empfindlichste, das auf dem legalen Markt zu haben war. Aus der Hütte war kein Laut zu hören, manchmal schossen Seeschwalben durch das Aufnahmepanorama und jagten schrille Schreie in Lunaus Ohren. Frösche quakten mit einem schnarrend-penetranten Geräusch. Lunau packte auch das kleine Mischpult aus, drosselte die hohen Töne und wartete. Ihn interessierten die tiefen Frequenzen. Je niedriger die Frequenz einer Schallwelle, desto leichter dringt sie durch feste Körper. Deshalb hört man die Bässe aus Autos und Kellern wummern, während der Rest der Musik verschluckt ist. Wenn sich in der Hütte ein

Mensch aufhielt, würde er seine Position durch tiefe Frequenzen verraten, durch Schritte oder Klopfgeräusche. Ein Fensterladen quietschte im Wind. Zu sehen war nichts. Leider war das Sennheiser ein Monomikro, Lunau konnte also die Richtung der Geräuschquelle nicht erkennen. Er ließ das Mikro ein wenig schweifen, auf zehn Uhr, an der linken Seitenwand, war das Signal am stärksten.

Lunau robbte in einem weiten Bogen durch das hohe Schilf, kam von rechts auf die Hütte zu und presste sich mit dem Rücken an die Hauswand. Sie hatte die Hitze des Sonnentages gespeichert und strahlte die Wärme bis auf einen halben Meter Entfernung ab. Lunau sah die Schmalseite: alle Läden geschlossen, keine Spur im Schilf. Dann die Rückwand. Auch hier alles verrammelt und unberührt. Lunau hielt nach dem Boot Ausschau, mit dem Pirri sich vom Lido abgesetzt hatte. Nichts zu sehen. Hier war seit Monaten kein Mensch gewesen. Auch nicht die Polizei. Und die hatte weitaus bessere Chancen, Pirri aufzustöbern. Die Polizei konnte Abhebungen an Geldautomaten verfolgen, Handys orten, Telefone abhören. Lunau schob sich an die Hausecke und lugte herum. Da war der Fensterladen. Nicht verbrettert. Offensichtlich war der Eisenriegel aus dem morschen Holz gefallen, und jetzt schlugen die beiden Flügel im Wind. Mehr Leben war nicht in dem Haus.

Lunau richtete sich auf und ging zu seinem Koffer. Er würde morgen früh nach Berlin fliegen, dann konnte er noch am Vormittag im Büro sein. Er würde seine Hörstücke produzieren und die Fälle Marco Clerici und Vito Di Natale der Justiz überlassen.

Lunau schaute noch einmal in die offene Landschaft, an den Horizont, wo sich ein Schwarm Seemöwen als schwarze Sprenkel in dem Gemisch aus Blau- und Grautönen bewegten. Der Wind rauschte in seinen Gehörgängen, eine Ente schnatterte im Röhricht. Angenehme, beruhigende Geräusche. Geräusche, für die das menschliche Gehör gemacht war, dachte Lunau. Keine keifenden U-Bahn-Gleise, zischenden Hydraulikbremsen, Lautsprecherdurchsagen, elektronische Warnsignale, Presslufthämmer und Überschallflugzeuge.

Er spürte einen sanften Luftzug an seiner Wange, und dann überschlugen sich die Ereignisse. Der Knall war so laut gewesen, dass Lunaus Trommelfelle pfiffen, aus dem Augenwinkel hatte er gesehen, wie Wasser aufspritzte. Jemand hatte auf ihn geschossen.

Er warf sich ins Schilf und sah sich um. Sollte er sich auf die Rückfront des Hauses schlagen? Aber falls der Schütze im Haus war, dann saß Lunau auf dem schmalen Streifen Festland in der Falle. Dahinter war nur noch das Meer. Sollte er sich ins Wasser schieben und wegtauchen? Noch ein Schuss fiel, mit einem hundertfachen Ploppen schlugen die Kugeln hinter Lunau ins Wasser ein. Schrot.

Lunau fingerte nach seinem Handy und schaltete es ein. Er wählte Balbonis Nummer, aber es sprang nur die Mailbox an. Danach probierte er es bei Amanda und hatte Glück.

»Bitte hör mir jetzt genau zu«, sagte er. »Du musst die Polizei verständigen. Ich glaube, ich habe Pirri gefunden. Er schießt auf mich.«

Amanda reagierte nicht. Sie quittierte die Nachricht mit beachtlicher Gleichgültigkeit. Lunau beschrieb, wo er sich genau befand.

»Aber komm nicht hierher, du musst Balboni oder sonst wen von der Polizei rufen.«

Dann legte er auf und stellte das Handy wieder ab. »Pirri!«, schrie er.

Pirri entfuhr ein Schmerzensschrei. Er schien sich beim Nachladen an den heißen Patronenhülsen verbrannt zu haben. Ein geübter Schütze war er also nicht.

»Ich bin Kaspar Lunau, der Journalist aus Deutschland. Ich will nur mit Ihnen reden!«, rief Lunau.

Einen Moment herrschte Stille. Lunau wollte sich aus der Schusslinie bringen, aber die Angst lähmte ihn. Er war unfähig, auch nur den Kopf zu heben. »Pirri, ich bin unbewaffnet.«

Keine Reaktion.

»Sie können mit mir alleine reden, oder ich rufe in Ferrara an, und dann marschieren hier Polizei und Presse auf. In einer Stunde weiß die ganze Stadt, dass Sie sich hier verschanzt haben.«

»Warten Sie!«, antwortete Pirri.

»Worauf?«

»Ich muss nachdenken.«

Die Zeit dehnte sich ins Unendliche, aber Lunau brachte keinen Ton mehr heraus. Nach sieben Minuten quietschte der Fensterladen. Pirri schob die Waffe durch den Spalt. »Stehen Sie auf!«

»Nein.«

»Ich schieße nicht, solange Sie keinen Unsinn anstellen.«

Lunau erhob sich vorsichtig.

»Bleiben Sie da stehen, und nehmen Sie die Hände hoch!«

Man konnte nur den Doppellauf erkennen und einen Streifen des käsigen Gesichts von Pirri.

»Sind Sie allein?«, fragte er.

»Ja.«

Wieder eine Pause. In Lunaus Kopf hallten die Detonationen nach, und in seinen Ohren fing es wieder an zu pfeifen, diesmal in einer tieferen Tonlage.

»Ihnen ist doch sicher jemand gefolgt.«

»Nein.«

»Und die kleine Schiavon?«

Woher wusste Pirri von Amanda? »Ist in Ferrara geblieben.«

Er nickte, und die Waffe in seinen Händen fing an zu zittern. »Haben Sie etwas zu trinken?«

»Nur einen Rest Wasser, im Auto. Ich hole ihn.«

»Halt!«, schrie Pirri und legte wieder an.

Lunau spürte seinen Puls bis in die Stirn, und die Angst verwandelte sich in ein Gefühl von Übelkeit. So schlecht Pirri mit der Waffe umzugehen verstand, auf diese Distanz *konnte* er Lunau nicht verfehlen.

»Gehen Sie ganz langsam zum Wagen. Denken Sie daran, ich habe Sie im Visier.«

Lunau ging, mit erhobenen Händen, den ersten Schritt.

»Halt!«, schrie Pirri wieder, und Lunau fuhr wieder zusammen.

»Lassen Sie Ihr Handy da!«

Lunau zog es vorsichtig aus seiner Gesäßtasche und legte es ins Gras. Dann setzte er sich in Bewegung.

»Bringen Sie auch etwas zu essen mit.«

Lunau versuchte, laut zu antworten, aber seine Stimme überschlug sich: »Ich habe nur ein Stück trockenes Brot, aber ich kann in den nächsten Ort …«

»Nein«, schrie Pirri, »ich knalle Sie ab, wenn Sie das versuchen sollten.«

Das Auto stand etwa hundert Meter entfernt. Hätte Lunau klar denken können, dann hätte er auf Pirris Drohung nicht viel gegeben. Aber Schrot hat eine enorme Streuung.

»Sie schließen das Auto ganz langsam auf, und dann werfen Sie den Schlüssel auf den Boden, ehe Sie die Tür öffnen.«

Während Lunau zum Wagen ging, betrachtete er die Pappelauen und die Weißdornhecken, die den Straßenrand säumten. Sie gaben eine gute Deckung ab. Er zog die Beifahrertür auf und streckte den Kopf ins Wageninnere. Dort lag die Papiertüte mit dem Brotrest. Er konnte durch den Wagen kriechen und auf der anderen Seite durchs Unterholz verschwinden. Aber aus irgendeinem Grund tat er es nicht. Er nahm die

Tüte, hielt sie hoch über seinen Kopf und kehrte zum Haus zurück.

»Kommen Sie rein.«

»Werfen Sie zuerst die Flinte heraus.«

»Nein. Geben Sie mir das Wasser.«

Lunau hob die Flasche auf, ging langsam auf das offene Fenster zu. Pirri riss ihm die Flasche aus der Hand und verschwand. Lunau schaute in die Hütte. Seine Augen gewöhnten sich nur ganz allmählich an die Dunkelheit.

»Kommen Sie rein.«

Als Lunau durch das offene Fenster einstieg, schlug ihm abgestandene, feuchte Luft entgegen. Es stank nach Schimmel und Erbrochenem. Beppe Pirri war in einem jämmerlichen Zustand. Er schien zu zittern und roch nach Altmännerschweiß.

»Und Essen?«

Lunau zeigte ihm die Papiertüte. Pirri entriss sie ihm und stopfte das Brot in den Mund, kaute, fing zu würgen an und rannte in den Nebenraum. Lunau griff sich das Gewehr und warf es zum Fenster hinaus.

»Trinken Sie nie das Wasser aus dem Po!«, sagte Pirri, als er zurückkam. Er ließ sich auf ein Lager fallen, das er sich aus Sand und Jutesäcken gebaut hatte. Das Material in dem Häuschen war seit Jahren weder benutzt noch gewartet worden. Die salzhaltige Luft hatte den Lack von den Holzbooten gefressen, die Taue und Säcke, die an den Wänden hingen, waren mit Stockflecken überzogen.

»Haben Sie Balboni schon angerufen?«, fragte Pirri.

»Nein.«

»Dann tun Sie das. Er muss mich verhaften.«

»Wieso?«

»Sie wissen es. Sonst wären Sie nicht hier. Wie haben Sie mich überhaupt gefunden?«

»Wieso sollte Balboni Sie verhaften?«

»Ich habe Di Natale umgebracht.«

Beppe Pirri, Behördenchef, Stellvertretender Bürgermeister, einer der angesehensten Bürger Ferraras, ließ sich auf den Boden gleiten und weinte.

»Ich habe meinen besten Freund umgebracht. Wegen zwanzigtausend Euro, verstehen Sie? Jetzt rufen Sie schon Balboni an. Er soll mich mitnehmen. Balboni soll mich jetzt abholen.«

Lunau versuchte Pirri zu beruhigen. Sein Anzug war zerrissen und hatte den dunklen Erdton der Umgebung angenommen. Nur sein graues Haar leuchtete in dem dumpfen Zwielicht.

»Ich habe Durst, ich bin krank. Balboni soll kommen.«

»Sie saßen mit Di Natale in dem blauen Punto, der mich überfahren wollte?«

Pirri hob den Kopf und schaute Lunau an. Seine blutunterlaufenen Augäpfel schimmerten, Tränen hingen in den Augenwinkeln. »Nein. Wovon reden Sie?«

»An der Einfahrt zu Zappaterras Sandgrube haben Sie beide versucht, mich umzubringen.«

»Wieso sollten wir?«

»Genau das will ich von Ihnen erfahren.«

»Sie müssen mich verwechseln. Bitte rufen Sie jetzt Balboni an.«

»Zuerst erzählen Sie mir, was genau passiert ist an jenem Donnerstagabend.«

40

Am nächsten Tag stand es in fetten Lettern auf den Werbetafeln der Zeitungskioske: »Vizebürgermeister gesteht Mord«, titelte *Il Tempo di Ferrara*, das sich linksliberal nannte, das konservative

Konkurrenzblatt ging noch ein bisschen weiter: »Pirri ein Mörder. Wer regiert Ferrara?«

Kaspar Lunau war plötzlich stadtbekannt, obwohl in keinem Artikel von ihm die Rede, nirgendwo sein Bild zu sehen war. Als er sich die wichtigsten Blätter geben ließ, spürte er den fragenden Blick des Zeitungshändlers. Als er das *Giori* betrat, das Café im Art-déco-Stil, das sich an die Flanke des Kastells schmiegte, verstummten die Gespräche der alten Männer, alle Augen waren auf ihn gerichtet. Lunau bestellte einen Cappuccino, setzte sich draußen an einen freien Tisch, zwischen die Touristen, die in Einkaufstüten und Reiseführern stöberten, und ließ sich die Frühlingssonne ins Gesicht scheinen. Balboni hatte ihn am Morgen in aller Ausführlichkeit vernommen, während Lunaus Flieger Richtung Berlin startete. Er hatte einen zusätzlichen Tag in Ferrara gewonnen. Aber er wusste nicht, ob er sich darüber freuen sollte.

Die Artikel mixten Fakten und Spekulation zu abenteuerlichen Geschichten. Von Schmiergeldern war die Rede, vom Streit um eine Frau, von käuflichem Sex und Orgien am Fluss. Sogar von Verbindungen zum organisierten Verbrechen in Di Natales sizilianischer Heimat. »Vito Di Natale und Beppe Pirri. Statthalter der Mafia in Ferrara?« Eine Stellungnahme des Bürgermeisters wurde gefordert, eine öffentliche Fragestunde im Stadtrat und sogar Neuwahlen.

Allerdings fanden sich auch präzise Informationen, über die nur der engste Ermittlerkreis verfügen konnte. Wenn überhaupt. Pirris desaströse Finanzlage wurde in allen Einzelheiten ausgebreitet, nicht einmal ein Auto habe er am Ende mehr besessen. Alles, was er besaß, besaß er auf Pump. Auf einem Foto sah man Beppe Pirri, mit verstruwweltem Lockenhaar und panischem Blick, auf dem Hof eines Gebrauchtwagenhändlers. Er stand vor einem weißen Geländewagen und reichte einem Mann im Anzug die Schlüssel. »Ausverkauf eines bürgerlichen Lebens«, war die

Bildunterzeile. Ein Rätsel, wie all diese Informationen innerhalb einer Nacht den Weg aus dem Verhörraum aufs gedruckte Papier hatten finden können.

Teilweise deckte sich die Rekonstruktion der Tat mit der Version, die Pirri Lunau erzählt hatte: Danach hatte er Di Natale am Donnerstagabend, um 19 Uhr 40 vor dessen Haus abgepasst. Er wusste von seinem Treffen mit Dany Bellini. Er wusste, dass Di Natale sich absetzen wollte. Für Pirri die letzte Gelegenheit, seinen Freund anzupumpen. Er fuhr ihn an den Fluss und bettelte ihn an. Wenigstens die 20 000 Euro, die Pirri für die Anmeldung zum Pokerturnier brauchte, sollte Di Natale ihm leihen. »Nur für dieses Wochenende. Am Montag bekommst du es zurück, ich bringe es dir persönlich, und wenn ich in die Dominikanische Republik fliegen muss.« Di Natale hatte für Pirri kein Ohr und stieg aus dem Wagen, um Dany zu treffen. Pirri folgte seinem Freund. Er beobachtete das Beziehungsdrama und erkannte seine Chance. Es würde für Di Natale kein neues Leben geben. Er brauchte das Geld nicht mehr. Aber als Di Natale zurück zum Auto kam, war er alles andere als zugänglich. Seine Verzweiflung schlug, als Pirri ihn bedrängte, in Wut um. Er machte sich lustig über seinen Freund, über seine Spielsucht, die Selbstlügen, in die er sich verstrickt hatte. Sie fuhren in der Gegend herum und stritten, der Streit eskalierte. Pirri stieß seinen Freund in den Kanal, setzte ihm nach und drückte ihn so lange unter Wasser, bis er sich nicht mehr bewegte. Der Koffer war an Land geblieben. Pirri nahm sich seine 20 000 Euro und verschwand.

Und die Attacke auf Lunau? Er rührte in seinem Cappuccino, trank einen Schluck. Die Ziegelmauer, die den Wassergraben abschirmte, reflektierte das Sonnenlicht. Lunau lehnte sich an und spürte, wie die Wärme seine Muskeln entspannte. Winzige Kumuluswolken zogen gemächlich unter dem blauen Himmel dahin, ab und zu pfiff ein Mauersegler vorbei, umkurvte Zinnen und Balustraden des Kastells und verschwand in einer Schießscharte. Hatte er wieder Halluzinationen? Nicht nur akustische, jetzt auch visuelle? Die Bilder, die er im Moment sah, passten zu den Geräuschen. Pirri und Di Natale waren mit Pirris weißem Geländewagen unterwegs gewesen. Darin stimmten die Aussagen Silvias und Pirris überein, und sie deckten sich mit den objektiven Fakten. Was zu keinem der Fakten passte, war dieses Bild von Di Natales Gesicht in Lunaus Kopf. In einem blauen Punto. Es musste eine Halluzination gewesen sein. Die Erosion in seinem Hirn ging also weiter. Immer nach demselben Muster: Lunau sah sich als Zeuge oder gar als Opfer dramatischer Situationen. Genau wie Jette sagte. Er wühlte im Dreck, bis er auf Katastrophen und Konflikte stieß, auch da, wo keine waren. Er war paranoid. Hypochonder und Paranoide waren gewöhnliche Egoisten, nur investierten sie ein bisschen mehr Phantasie in ihren Egoismus. Sie erschlichen sich Zuwendung und andere Privilegien, ohne sich dafür schuldig fühlen zu müssen. Lunau wurde übel. Er stellte sich Di Natales letzte Sekunden vor, den Atemreflex, den er zu beherrschen suchte, bis dieser stärker war als Di Natales Wille. Das Wasser, das er in gierigen Schüben in die Atemröhre sog, dann in die Bronchien, die Angst zu ersticken, der Hustenreiz. Pirri hatte am Ufer gestanden, zugesehen, wie der Freund sich auf das Ufer zubewegte, in bleischweren Kleidern, und dann hatte er dessen Kopf einfach unter Wasser gedrückt, immer wieder. War das glaubhaft? Ja. Panik, Wut, Demütigung. Pirri hatte die Kontrolle verloren. Ein kleines mieses Verbrechen unter Freunden, wegen 20 000 Euro. Unter Freunden, die hinter ihrer gutbürgerlichen Fassade ein paar schäbige Laster versteckten. Banal, deprimierend.

Lunau las noch einmal die beiden Artikel, für den Beitrag im *Carlino* zeichnete »Amanda Schiavon« verantwortlich. Das machte Lunau stutzig. Hatte sie nicht jahrelang versucht, beim

Konkurrenzblatt einen Artikel zu platzieren? Das angeblich liberaler war? Warum war sie ausgerechnet beim *Carlino* zum Zug gekommen? Er betrachtete das Foto noch einmal, Pirris gehetzten Blick, die Schweißflecken, die sich unter seinen Achseln abzeichneten. A. S. stand unter dem Bild: Amanda Schiavon. Warum hatte sie Lunau dieses Foto nicht gezeigt?

Wenigstens hatte sie ihren Ehrgeiz besänftigt. Für Lunau war die Reise ein Schlag ins Wasser gewesen. Er würde die restlichen Stunden darauf verwenden, seine Hörbilder zu ergänzen. Er würde eine idyllische Welt mit Vogelgesang und sanftem Wellenschlag besingen. Damit die Radiohörer sich im deutschen Winter an der Vorstellung wärmten, dass es südlich der Alpen eine bessere Welt gab.

Der Kellner kam und nahm die leere Tasse mit. »Soll es noch etwas sein?«, fragte er. Lunau sah auf die Tische der anderen Gäste. Die Sonne blinkte auf den Biertulpen. Zwei Amerikanerinnen nervten ihn mit ihrer grundlosen Fröhlichkeit. Sie hatten den rhabarberroten *Spritz* bestellt, die Mischung aus Prosecco und Aperol, die man als Aperitif zu sich nahm, erfrischend, bitter, geringer Alkoholgehalt. Seine Zunge wurde trocken, sein Hirn verlangte nach einem schnellen Trost. Dafür, dass er wieder eine Woche einer Schimäre nachgejagt, eine Woche der wenigen Jahre verschwendet hatte, in denen der gesunde Teil seines Gehirns noch die Kontrolle über den kranken behielt. Oder war es bereits umgekehrt? Die Amerikanerinnen bemerkten seinen Blick und prosteten ihm zu.

Lunau bezahlte und ging zu dem Leihwagen, an dem ein Strafzettel hing. Fast 40 Euro.

41

Die restlichen Stunden des Tages verbrachte Lunau damit, seine Aufnahmen zu komplettieren. Er hörte seine Interviews durch, suchte noch einmal den ehemaligen Brückenwärter und die Fährfrau auf und zeichnete die Geräusche der Schwimmbagger und Nebelhörner sauber auf. Es war ein windstiller Nachmittag, die Bedingungen günstig.

Amanda rief an und bat ihn um ein Treffen. Sie wollte sich von ihm verabschieden. Lunau fuhr an die entsprechende Stelle am Deich und wartete.

Vor ihm lag das Vorland, schwarze schlanke Baumstämme, die eine dunkelgraue Fläche schraffierten. Der Fluss machte einen weiten Bogen und hatte in jahrhundertelanger Arbeit einen schneeweißen Sandstrand aufgeschüttet. Den Lido. Einst ein Anziehungspunkt für die Landbevölkerung aus den umliegenden Dörfern und für die Ferrareser, die es rustikal liebten. Hier hatten Strandlokale gestanden, einfache Bretterbuden mit Schilfdächern, Gläser mit Brausen und Bier wanderten über den Tresen, Liegestühle und Tretboote wurden ausgeliehen, abends spielten Tanzkapellen. Die Musik, das Gelächter der angeheiterten Bauern und Fischer, das über das Wasser hallte. Auf diesem Sandstrand hatte Dany sich gesonnt, Di Natale hatte sie im Bikini photographiert.

Lunau zuckte zusammen, als man ihn an der Schulter berührte. Er zog den Kopfhörer ab und drehte sich um. Amanda stand da. In dem Kleid, das sie am ersten Abend getragen hatte. Ihr Parfum mischte sich unter den Blüten- und Ährenduft.

»Komm mit«, sagte sie, schwang sich die winzige Handtasche über die Schulter und stieg die Böschung an der Deichflanke hinab. Ihre schlanken Waden tänzelten durch hohes Gras und Gestrüpp. Weiß wie die Farbe der Unschuld, dachte Lunau, und dann dachte er an den Altersunterschied und würgte den bitteren Geschmack hinunter.

»Was ist?«, rief sie aus dem Unterholz. »Hast du Angst?«

Er stellte den Rekorder ab, packte ihn in den Alukoffer und stieg hinab. Der Sand unter den Füßen war lautlos und weich wie ein Teppich.

Amanda hatte sich auf den Strand gesetzt und eine Zigarette angezündet. Sie nahm einen tiefen Zug und reichte sie an Lunau weiter.

»Ich bin Nichtraucher«, sagte er.

»Die ist auch was für Nichtraucher. Warum schleppst du eigentlich immer diesen Koffer mit dir rum?«

»Das Material ist teuer, außerdem verträgt es weder Sand noch Wasser.«

»Dann hättest du es nicht mit hierher bringen sollen.«

Er roch den süßlichen Duft von Marihuana, die Glut leuchtete vor Amandas fein geschnittener Nase.

»Bist du sicher, dass du abreist?«

Er nickte, und sie schaute säuerlich drein.

»Unser letzter Abend«, sagte sie, »da sollte ich noch einen Wunsch frei haben.«

»Der wäre?«

Sie reichte ihm den Joint. »Benimm dich mal nicht wie ein Langweiler.«

Er zog daran. Die Droge schlängelte sich durch seine Blutgefäße ins Gehirn und tauchte die Welt in einen sanft schimmernden Nebel. Den letzten Joint hatte Lunau in Afrika geraucht. Mit Kurt. Sie hatten auf dem Rand eines riesigen Kraters gesessen, der angeblich durch einen Meteoriteneinschlag entstanden war. Vor ihnen eine sechzig Quadratkilometer große Wanne in der Steppe, aus der die spitzen Schreie der Greifvögel, das Kreischen von Hyänen drang. Wie lange war das her? Neun Jahre. In einem anderen Leben. Zuerst wirkte nur das Nikotin, das Marihuana brauchte ein wenig länger. Sie rauchte in bedächtiger Gleichmäßigkeit die Zigarette, ließ ihn immer wieder ziehen, stand auf und streifte das Kleid ab. Vor dem finsteren Fluss schien ihr Körper blütenrein zu sein, der winzige Bikini lag nur wie ein Schattenspiel zwischen ihren Pobacken. Sie ging, bis sie knietief im Wasser stand.

»Was ist?«

»Warte mal«, sagte Lunau.

»Nein.«

Sie machte einen Kopfsprung und war verschwunden.

»Das ist doch voller Gifte, außerdem sind die Strömungen …«

»Nicht hier. Oder kannst du nicht schwimmen?«, schrie sie, ehe sie wieder abtauchte.

Die Geräusche des aufspritzenden Wassers, Amandas Beinschlag und die weiße Gischt passten genau zueinander. Aber Lunau war schwindlig. Er spürte, wie seine Wahrnehmungen zerfielen und die Geräusche einander überlagerten. Er öffnete den Koffer und schaltete den Rekorder ein. Dann streifte er seine Sachen ab und sprang im Slip ins Wasser. Es traf ihn wie eine Schneelawine. Seine Muskeln schnurrten zusammen, sein Herz setzte einen Moment aus, um dann schnell wie im Leerlauf zu arbeiten. Es pumpte die Droge in sein Hirn, zurück zum Herzen und wieder ins Hirn. Er strampelte und suchte mit den Füßen nach Halt.

Amanda stand am Ufer, schlug sich mit den Armen auf die Brust und lachte schallend. Sie rannte auf dem Sandstreifen flussaufwärts, elegant wie eine Mittelstrecklerin. Mühelos und leicht federten ihre Sprunggelenke.

Lunau frottierte sich mit seinem T-Shirt ab, schlüpfte aus dem Slip und zog das an, was ihm an trockenen Klamotten geblieben war. Amanda kam zurück, außer Atem. Sie wrang ihr

Haar aus und ließ sich das feuchte T-Shirt geben. Sie rieb sich ab und schmiegte sich an ihn.

»Wärm mich mal.«

Er hielt nur unbeholfen ihre Oberarme. Sie trat einen Schritt zurück. Ihr Bikiniunterteil rutschte zwischen den Beinen herab, mit einem Handgriff löste sie den Knoten des BHs auf dem Rücken. Die Körbchen rutschten zur Seite. Sie hatte wunderschöne Brüste, nicht klein, nicht groß, die Vorhöfe der Brustwarzen waren blau angelaufen vor Kälte. Ihr Körper schimmerte als weiße Silhouette vor dem dunklen Fluss und den noch dunkleren Pappelauen.

»Findest du nichts an mir?«

»Ich verstehe nicht, was du an mir findest.«

Sie kniff ihn in die strammen Oberarmmuskeln und sagte: »Das lass mal meine Sorge sein.«

Sie trat auf ihn zu und fuhr mit ihren kalten Fingern unter sein Hemd. Ihre Lippen waren ebenfalls eiskalt, aber warm schoss ihre Zunge hervor und leckte über Lunaus Mund. Er versuchte, die letzten Abwehrreflexe zu aktivieren, er dachte an Jettes Lächeln, an seine Kinder, die sich an ihn klammerten, wenn er von einer Reise zurückkam. Das warme, gelbe Licht, das aus dem Flur ins Treppenhaus fiel, die vielen kleinen Schuhe, die nebeneinander aufgereiht waren. Er spürte Amandas Finger, die sich an seine Taille schmiegten, die Nägel, die unter seinen Hosenbund fuhren und sich langsam Richtung Lenden vortasteten.

Lunau schob sie sanft zurück und bückte sich nach ihrem Kleid.

»Wenn du willst, lade ich dich zum Essen ein.«

Er wollte ihr beim Anziehen helfen, aber sie war wie erstarrt. Ihre Augen waren voller Hass und fixierten den Boden.

»Mein Leben ist sowieso kompliziert genug«, meinte er.

Sie antwortete nicht. Lunau wusste, wie Frauen, die man zurückwies, reagieren konnten. Er wollte ihr über die Wange streichen, aber sie schlug seine Hand weg.

»Fass mich nicht an!«

Er setzte zu einer Bemerkung an, verkniff sie sich aber.

»Du perverses Schwein, du, du …«

Sie trat nach seinem Schienbein und ließ ihre Fäuste wirbeln. Sie war keine trainierte Kämpferin, aber schnell und geschmeidig. Lunau hatte Mühe, den Schlägen auszuweichen, ohne ihr weh zu tun.

»Ich bin für dich doch nur eine Laune«, rief er.

»Du bist ein perverser Spanner.«

»Diese Situation habe nicht ich heraufbeschworen.«

Lunau folgte Amandas Blick und sah seinen aufgeklappten Alukoffer, in dem eine kleine rote LED-Anzeige blinkte.

»Geilt dich das auf? Holst du dir im Hotel einen runter, wenn du so ein kleines Flittchen wie mich betteln und stöhnen hörst? Gehört das in deine akustische Trophäensammlung? Wo andere ihre Ficks auf Video gespeichert haben, da hast du deine gesampelten spitzen Schreie?«

»Du verstehst das ganz falsch.«

»Ach ja?«

Sie schlug immer noch auf ihn ein, und er nahm sie in den Arm, drückte sie so fest an sich, dass sie sich nicht mehr wehren konnte.

»Wir gehen irgendwo essen. Dann erkläre ich dir alles.«

42

Die einzige Bedingung, die Lunau gestellt hatte, war: ein stilles Lokal. Aber jetzt war es selbst ihm zu still. Seit sie aus dem Auto gestiegen war, hatte Amanda noch kein Wort geredet. Sie waren die einzigen Gäste in einem großen Saal, an dessen Wänden alte Dreschflegel, Sensen und Getreidesiebe aus Holz hingen. Der Agriturismo *Oasi* lag an einem Feuchtbiotop. Nieselregen staubte gegen die Fenster, im Dunst erkannte man Ziegen- und Kuhställe, hinter einem Holzgatter begann ein Naturkundepfad, der sich durch Schilf zu den großen Brackwassertümpeln schlängelte.

Amanda stocherte in ihrem Essen herum.

»Ich muss dir etwas erklären«, fing Lunau an.

»Da bin ich aber mal gespannt.«

Er schob nun selbst die mit Kürbis gefüllten *Cappellacci* auf seinem Teller hin und her. Er wusste, wie idiotisch es klang, wenn er von seinen Halluzinationen erzählte. Aber er überwand sich und tat es. Die erste Halluzination hatte Lunau vor etwa zwei Jahren gehabt. Ebenfalls nachts. Er hatte die Kinder in Stefans Zimmer streiten hören, war hinübergerannt und hatte die Tür aufgerissen, um sie zu trennen. Stefan hatte schlafend in seinem Bett gelegen, war aber durch den Lichtschein aufgewacht und hatte lautstark protestiert, dann war auch Jette erschienen. Damals hatte Lunau die Situation noch abgetan. Ein Albtraum. Und tatsächlich hatte er anfangs gehofft, es seien Traumgesichte. Aber nach einem halben Jahr, nach einem zermürbenden Kampf, bei dem er versuchte, sein Hirn und seine wachsende Panik mit Alkohol zu betäuben, bei dem seine Augen ständig kontrollierten, ob das, was er hörte, den Ereignissen in der Umgebung entsprach, bei dem er immer wieder an die Tür oder ans Fenster gehen musste und angstvoll überprüfte, ob das Müllauto, dessen Hydraulik er hörte, tatsächlich auf der Straße war, ob das Radio, das in der Küche dudelte, tatsächlich angeschaltet war, konnte er die Fakten nicht mehr ignorieren. Er hörte Ereignisse, die es nicht gab. Immer häufiger, zu jeder Tages- und Nachtzeit. Er weihte Jette ein. Er wälzte Fachliteratur und stieß, nach langem Suchen, auf einen Aufsatz in einer amerikanischen neurologischen Zeitschrift. Akustische Halluzinationen waren ein Tabuthema, so wie partielle Taubheit, weil sie vor allem Berufsmusiker befielen. Daraufhin wagte Lunau sich selbst zu einem Spezialisten. Es folgte eine monatelange Ochsentour. EEGs, Therapiegespräche, Überweisungen, Streit mit der Krankenkasse. Lunau merkte, dass nach Phasen, in denen er dem Lärm seiner Familie ausgesetzt war, in denen er versuchte, sich trotz der tobenden Kinder auf seine Audiofiles zu konzentrieren, die Halluzinationen zunahmen. Die Ärzte hatten alle nur einen Rat: Sich Ruhe gönnen und Stress vermeiden. Nichts leichter als das – für einen Freiberufler mit zwei kleinen Kindern.

»Du willst sagen, deinem Gehör ist es nicht zuzumuten, mit uns zusammenzuleben?«, hatte Jette gefragt.

Er hatte nur genickt.

»Du hast dir per Attest bescheinigen lassen, dass du uns verlassen musst?«

»Ich verlasse euch nicht. Ich muss nur ein bisschen auf Abstand gehen, mich in einer stillen Umgebung aufhalten, für ein paar Wochen. Wir bleiben eine Familie.«

»Du suchst dir eine Junggesellenbude, ich schmeiße hier den Laden, und wenn du Lust auf Abwechslung hast, dann schaust du mal rein?«

»Ich habe jahrelang alles der Familie untergeordnet. Jetzt muss ich einmal an mich denken. Was nützt es dir, wenn ich in der Klapsmühle lande oder ertaube?«

»Du machst es dir ein bisschen einfach. Hättest du dir das nicht überlegen können, bevor wir eine Familie gegründet haben?«

»Da war ich noch nicht krank.«

»Du meinst, *wir* machen dich krank?« Sie schaute ihn an. Mit ihren klaren, hellblauen Augen und ihrem schmalen Kinn, das so sanft und zerbrechlich wirken konnte und so spitz und abweisend.

»Ich habe mit Gabriela geredet, die ist Neurologin. Ein Tinitus tritt normalerweise auf, wenn das Gehör nachlässt.«

»Es ist kein Tinitus.«

»Es gibt diese Krankheit nicht, von der du faselst. Du hättest eine Familie von Taubstummen gründen sollen.«

Man macht nicht nur mit den Stimmbändern Lärm, hätte er sagen wollen, aber für seinen Sarkasmus war nicht der rechte Zeitpunkt. Sie ging auf und ab, wollte schreien, sah die Köpfe der Kinder im Türspalt und dämpfte die Stimme auf ein normales Volumen.

»Vielleicht ist das wirklich eine Krankheit, die mit dem Hirn zusammenhängt. Die kommt aber nicht von deiner musikalischen Ausbildung oder deiner Arbeit im Tonstudio. Du willst nur einfach nicht auf andere hören, das ist dein Problem. Du hast noch nie eine andere Meinung akzeptiert als deine eigene. Und inzwischen ist das pathologisch.«

»Ich habe meine Karriere für euch aufgegeben, versaure in einem Büro, damit du dich nicht mehr ängstigen und die Kinder nicht von der Kita abholen musst.«

»Wir sind nicht schuld daran, dass Kurt umgekommen ist.«

»Was hat das mit Kurt zu tun?«

»Wenn du ausziehst, dann ist es endgültig. Überlege es dir gut.«

Lunau war ausgezogen, vorübergehend, wie er hoffte. Aber schon am nächsten Tag war das Wohnungsschloss ausgewechselt. Drei Monate später reichte Jette die Scheidung ein.

»Und deshalb machst du so voyeuristische Aufnahmen?«

»Ich versuche, so viel wie möglich aufzuzeichnen, dann kann ich im Zweifelsfall überprüfen, ob ich etwas erlebt oder mir nur zusammengesponnen habe.«

»Auf die Art erlebst du gar nichts. Und herausgefunden hast du hier in Ferrara auch nichts.«

Das wusste Lunau nur zu gut. »Trotzdem hat es für mich keinen Sinn, länger hierzubleiben«, sagte Lunau. »Die Sache ist aufgeklärt, auch wenn die Lösung des Falles uns nicht gefällt. Und meine Reise-Impressionen, die werde ich schon irgendwie zusammenschustern.«

Sie machte ein verächtliches Gesicht. »Und Marco?«

»Der nächste Verhandlungstag ist für Mitte Juni angesetzt.«

»Eben. Du siehst, dass der Prozess eine Farce ist. Wir müssen ganz anders an die Sache herangehen. Du hast weder mit Marcos Freunden geredet noch mit den Polizisten.«

»Ich war bei Palombo und bei Marcos Mutter.«

»Ich weiß. Du hättest mich ruhig mitnehmen können.«

»Es haben sich keine neuen Fakten ergeben. Mir fehlen die Mittel, um bei dieser Geschichte in die Tiefe zu dringen.«

»Ich hatte mir unseren letzten Abend anders vorgestellt. Ich hatte mir die Zusammenarbeit mit dir anders vorgestellt«, sagte Amanda.

»Das Leben läuft anders, als man es sich vorstellt.«

Sie knallte die Gabel in den Teller. »Du kotzt mich wirklich an. Du redest wie mein Alter.«

»Vielleicht weil ich so alt bin wie dein Alter. Ich hatte dir gesagt, du sollst dich von diesem Heroenimage aus dem Internet verabschieden. Ich bin nicht besser als andere Journalisten.«

Sie schüttelte den Kopf. »Du willst dir einfach nicht mehr die Mühe machen, besser als die anderen zu sein. Vielleicht ist das ein Zeichen dafür, dass du alt wirst.«

»Hast *du* noch etwas herausgefunden?«

»Nein«, sagte sie.

Wieder sah er ihren schlanken, nackten Leib vor sich, und er begann bereits daran zu zweifeln, dass die Szene am Fluss sich so zugetragen hatte wie in seiner Erinnerung.

»Warum wolltest du mich eigentlich ausgerechnet am Lido treffen?«, fragte er.

Sie schaute ihn an. »Was soll die Frage?«

»Beantworte sie einfach.«

»Es gibt in Ufernähe keine gefährlichen Strömungen. Früher war dort ein richtiges Strandbad.«

»Ich weiß.«

»Na also.«

»Und warum hast du deinen Artikel beim *Carlino* veröffentlicht und nicht in *Il Tempo di Ferrara*?«

»Was soll das werden? Ein Verhör?«

Ihr Ton sollte gleichgültig klingen, aber sie war rot geworden. Sie entschuldigte sich mit einer knappen Bemerkung und verschwand Richtung Toilette. Ihre Handtasche hatte sie mitgenommen, nicht jedoch die Umhängetasche aus der LKW-Plane. Lunau betrachtete die abgestoßenen Kanten, die wettergegerbte Lackschicht, die einst als Werbeaufschrift über die Autobahnen gerollt war. Er behielt die Tür zum Klo im Auge und zog die Tasche auf seinen Schoß.

In der Kladde zu Pirri waren die Unterlagen, die Amanda ihm kopiert hatte: ein Abriss seiner finanziellen Katastrophe, aber auch Observierungsprotokolle. Der Kellner kam an den Tisch, Lunau verscheuchte ihn mit einer unwirschen Geste. Seine Gedanken fingen an zu rasen. Was für ein Spiel spielte Amanda mit ihm? Sie musste Pirri vor dessen Fahrt nach Venedig irgendwie geortet und durch die Stadt verfolgt haben. Davon hatte sie Lunau nichts gesagt. Das Protokoll setzte am Freitag, um 11 Uhr 15 ein, eine Stunde, nachdem er sie an Di Natales Haus abgelöst hatte. Lunau las die Aufzeichnungen. Pirri war auf mehreren Banken gewesen, dann bei Autohäusern. Er hatte Gasparotto getroffen und den Sekretär des Bürgermeisters. Alles photographisch dokumentiert. Pirri auf dem Hof eines Gebrauchtwagenhändlers. Pirri war bei vielen Autohändlern gewesen. Pirri gestikulierend, auf einem Schrottplatz. Pirri, der in die ausgestreckte Hand eines Händlers einschlägt. Und da war auch das Photo aus der Zeitung: Pirri, der Papiere und Schlüssel übergibt.

Fotos von zwei Autos, die auf einem Hof standen, im Fenster Schilder mit dem Preis, Kilometerleistung, Ausstattung. Ein weißer BMW-Geländewagen und ein blauer Punto.

Die Tür zur Toilette ging auf, Amanda kam heraus. Sie schien noch ein Stückchen größer geworden zu sein. Ihr Blick war undurchdringlich. Lunau schob die Kladden in die Tasche zurück. Amanda blieb stehen. Lunau konnte die Tasche nicht mehr unauffällig auf den Stuhl legen.

»Gehen wir?«, fragte sie und schaute ihn völlig gleichgültig an. Lunau wollte sie zur Rede stellen, doch dann besann er sich. Er hatte kein Recht, in ihren Sachen zu stöbern. Und vielleicht wartete sie nur auf einen besonderen Moment, um ihm die Informationen zu servieren.

»Deine Tasche«, sagte Lunau und hielt sie Amanda an einem Finger hin.

Sie nahm sie wortlos. Schien keinen Verdacht zu schöpfen. Hatte man Amanda auf ihn angesetzt? Aber dann stellte sich immer wieder die Anfangsfrage: Warum hatte sie ihn überhaupt nach Ferrara geholt?

Lunau zahlte an der Kasse, nahm gedankenverloren eine Visitenkarte des Wirtes und folgte Amanda in den Nieselregen. Sie gab ihm die Hand. »Du kannst meinem Mini folgen, so kommst du zurück in die Stadt.«

Lunau starrte auf den weiten Kiesplatz.

Sie schaute ihn an und schüttelte den Kopf. »Aus dir soll einer schlau werden. Ich verlange ja nicht, dass du jetzt sentimental wirst, aber wenn ich dich richtig verstanden habe, werden wir uns nicht wiedersehen.«

Er nickte und schaute ihr in die Augen. Falls sie ihm etwas vorspielte, dann war sie brillant. Aber vielleicht hatte Lunau jetzt auch noch die Menschenkenntnis verlassen, auf die er sich immer etwas eingebildet hatte.

Er folgte den roten Rücklichtern durch den Sprühregen, parkte im Hof des Hotels und legte sich auf sein Bett. In der Ferne rauschte der Verkehr, unten auf der Piazza spielten ein paar angeheiterte Jugendliche Fußball. Die Lederkugel klatschte mehrmals gegen das Marmorpodest, auf dem Ludovico Ariosto stand. Lunau erhob sich und schaute aus dem Fenster. Keine Einbildung, die Jugendlichen waren da. Er legte sich wieder hin und dachte nach. Er spürte, dass er irgendetwas übersah. Etwas, das mit Amanda zusammenhing. Er wartete bis in die Morgenstunden auf einen Anruf.

Vergeblich.

TEIL III

43

Inzwischen hatte die Nacht eine kühle, gnädige Brise in Bolognas Straßen getragen. Sanft strich die Luft über das Kopfsteinpflaster, durch die zahllosen Arkaden, sie lockte die quälende Schwüle aus den Coppi *und aus den vor Hitze berstenden Hausmauern. Sie trocknete den Schweiß unter Aroldos Hemd und trug drei Schläge von der Kirchturmuhr an sein Ohr. Aroldo lag hinter dem ausgebrannten LKW und beobachtete den Haupteingang zur* Questura, *über der eine Laterne brannte. Zwei amerikanische GIs standen neben der weißen Marmortreppe, die Sturmgewehre neben sich. Aroldo hatte lange überlegt, wie man die Wachen ausschalten konnte. Ein offener Konflikt kam nicht in Frage. Offiziell hatten die Partisanen sämtliche Schusswaffen abgeliefert und sich der alliierten Militäradministration unterstellt. So schwer ihnen das gefallen war. Denn nur wenige Wochen nach der so genannten »Befreiung« roch es im ganzen Land schon wieder nach Mauschelei. Versiegelte Güterzüge rollten aus Italien Richtung Frankreich und Deutschland. Die Deutschen waren manische Aktenhüter gewesen, hatten über jedes Bußgeld, jede Denunziation akribisch Buch geführt. Sie hatten Befehle und Anordnungen abgestempelt, unterzeichnet und abgeheftet. Anzeigen und Festnahmen protokolliert. Doch von all diesen Akten war nichts mehr zu finden. So hektisch der Rückzug der Deutschen gewesen war, so sorgfältig hatten sie die Spuren ihrer Gräueltaten verschwinden lassen. Oder waren es gar nicht die Deutschen selbst gewesen, die diese Spuren getilgt hatten? Hatten sie sich, und dieser Verdacht ließ Aroldo keine Ruhe, schon vor der Kapitulation mit Amerikanern, Franzosen und Engländern ge-*

einigt? Wussten die Deutschen, dass man sie im Bollwerk gegen den Sowjetkommunismus brauchte? Dass unter den kapitalistischen Westmächten niemand Interesse daran hatte, alte Rechnungen zu begleichen?

Giovanna, das rothaarige Mädchen mit den kräftigen Waden und der Stupsname, ehemalige Kurierin der Partisanen, jetzt Dolmetscherin bei der amerikanischen Militärverwaltung, hatte an der Rückfront des Gebäudes ein Kellerfenster geöffnet. Aroldo gab seinen zwei Kameraden ein Zeichen, sie sprangen von der Ladefläche und schlenderten an den GIs vorbei, riefen ihnen sogar einen Gruß zu und baten um Zigaretten. Die beiden farbigen Männer warfen ihnen zwei Glimmstängel zu. Aber die Kameraden verlangten mehr und verwickelten die GIs in eine Feilscherei. Was sollte das? Sie riskierten, dass man sich ihre Gesichter einprägte! Schließlich bedankten sie sich, bogen um die Hausecke, und dann herrschte Stille. Aroldo wartete. Er hatte in den letzten Jahren nichts anderes gelernt, als zu warten. Vergeblich zu warten. Er hatte auf den Sieg des Sozialismus gewartet, dann auf den Fall des faschistischen Regimes, dann auf die Befreiung durch die Alliierten, und jetzt warteten sie auf ein demokratisches Italien, an dessen Gründung man sie, die sie die Befreiung erkämpft hatten, nicht teilnehmen lassen wollte.

Eine Katze miaute. Das war das Zeichen. Aroldo kletterte aus dem Führerhaus und bog ebenfalls in die dunkle Seitenstraße. Die Kameraden standen an die Hauswand gelehnt und pafften, schlugen einander auf die Schulter und lachten, wie im zwanglosen Gespräch. Aroldo kauerte sich auf den Boden und kroch zwischen ihren Beinen hindurch. Er ließ sich nach unten gleiten, während er sich mit den Händen an dem scharfkantigen Metallrahmen festhielt. Seine Fußspitzen baumelten im Nichts und stießen dann an die Stuhllehne. Er fand sicheren Halt und schloss das Fenster.

In dem Keller roch es nach Schweiß und fauligem Papier. Aus einer Ecke, in der sich Kartonagen türmten, kam ein Rascheln und

Fiepen. Noch vor zwei Monaten war jeder Italiener, der in diesem Keller landete, so gut wie tot gewesen. Aroldo legte die Hand über das Glas seiner Taschenlampe, schaltete sie ein und ließ einen winzigen Strahl durch die Finger leuchten. An den Wänden dunkle Flecken, von Schimmel oder Blut, der Kalk war in großen Beulen abgefallen. Aroldo musste den Korridor finden und dann nach rechts gehen. Bis zur vierten Tür, hatte Giovanna gesagt. Die Tür bestand aus massiven Holzbohlen, davor ein Riegel und ein schweres Vorhängeschloss. Das hatte Giovanna nicht gesagt. Aroldo war ohne Werkzeug gekommen. In einem Haufen Gerümpel suchte er eine Stange, die er als Brecheisen nutzen konnte. Er fand nur zerborstene Holzkisten, Ölplanen und ein bisschen Draht. Er bog sich einen Dietrich zurecht und versuchte, das Schloss zu knacken. Vergebens. Er suchte die Mauerritzen und Winkel nach einem Versteck ab. Doch nirgendwo war der Schlüssel deponiert. Er ging den Korridor bis zur Treppe, dann stieg er langsam Richtung Erdgeschoss.

Die Questura war um diese Zeit nur von Sicherheitsposten besetzt, gearbeitet wurde nicht. Er hörte von fern Gelächter und das Klirren von Gläsern.

Er kehrte an das Kellerfenster zurück und gab mit der Taschenlampe ein Leuchtsignal. »Ich brauche Schraubenzieher, ein Brecheisen und Dietriche«, sagte er. »Wo sollen wir das hernehmen?«, fragten die beiden zurück. »Bringt mir eine Eisenstange, irgendetwas.«

Die Turmuhr schlug halb vier, sie schlug vier und dann halb fünf. Singvögel kündigten die Morgendämmerung an. Aroldo war mehrmals an die Tür gegangen, hatte vor Wut dagegengetreten. Dann schlich er sich im Erdgeschoss bis an die Pförtnerloge. Dort saß ein Soldat und las in einer Zeitschrift. Alle fünfzehn Minuten stand er auf, schaute nach den Posten an der Tür und kontrollierte die beiden Hintereingänge im Erdgeschoss. Als er zu seinem Rundgang aufbrach, schlich Aroldo sich an den verglasten Schalter der

Loge. Er sah an der Rückfront zahllose Haken, an denen Schlüssel hingen. Aber welcher war der richtige? Es gab große Eisenschlüssel mit einfachem und mit Doppelbart, Flach- und T-förmige Kreuzschlüssel. Beschriftet nur mit Symbolen. Aroldo drückte die Klinke an der Tür zur Pforte. Abgeschlossen. Er betrachtete die Scheibe über dem Tresen. Einfaches, drei Millimeter dickes Fensterglas, nicht gepanzert. Aber wenn er die Scheibe einschlug, blieben ihm nur wenige Minuten. Zu wenige, um die richtigen Akten zu finden und aus dem Gebäude zu schaffen. Aroldo konnte nur in den Keller zurückkehren und auf Hilfe hoffen. Wieder einmal. Er dachte an die Verhöre, die sie in ihrem Kommando in Ferrara geführt hatten. Mehrmals war er seinen Kameraden in den Arm gefallen, wenn sie mit Fäusten und Stuhlbeinen losgehen wollten. Da saßen der Podestà, die Orts- und Provinzsekretäre der faschistischen Partei, gut genährt und in teurer Wäsche. Sie schwiegen und grinsten. Der letzte war Ettore Gasparotto gewesen. Alle »wussten«, dass er seinen Reichtum dem Faschismus zu verdanken hatte. Latifundien, die durch Trockenlegungen entstanden waren, Gemälde, die er Juden bei der Verhaftung abgeschwatzt hatte. Aber was davon war schäbig und was ein Verbrechen? War er tatsächlich auch der Denunziant, für den alle ihn hielten? Seine Hausmädchen hatten ausgesagt, noch im April 1945 sei ein Sack Salz aus Bologna geliefert worden. Kein Beweis, dass er auch für Fiammas und Stefanos Tod verantwortlich war.

Es fiel bereits ein fahles Licht durch das Mäusegitter, als Aroldos Kameraden ihm das Werkzeug hereinreichten. Sie hatten lange gebraucht, aber sie hatten ganze Arbeit geleistet: In einem Leinensack ließen sie Schraubenzieher und -schlüssel, Brech- und Stemmeisen, mehrere Hämmer und Sägen herunter. Außerdem einen Satz Dietriche. Aroldo fing mit dem kleinsten an, das Schloss sprang sofort auf.

Giovanna hatte ihn auf die richtige Fährte gesetzt. Die Wände waren mit grauen Metallschränken bedeckt. Vom Fußboden bis zur

Decke. Aroldos Herz fing zu rasen an. Die Bilder, die er monatelang verdrängt hatte, weil sie ihn aus dem Schlaf rissen, an verlassenen Kreuzungen oder in überfüllten Schenken anfielen, stürmten wieder auf ihn ein. Der Fußmarsch nach Ferrara, nach der Kapitulation, mit einem vor Übermut johlenden Lorenzo, der plötzlich in die Luft gehoben wurde und in einem Regen aus Erde und Schotter wieder auf den Weg fiel, das Nachthemd, das Aroldo eines Morgens aus dem Zimmer seiner Verlobten hatte hängen sehen. Ein weißes Gespenst am Fensterkreuz, darin seine Verlobte. Und immer wieder das dumpfe Klatschen, mit dem Fiammas und Stefanos Körper aus dem Mannschaftswagen der SS gefallen waren. Aroldo schlug mit dem Brecheisen auf die Schränke ein. Er fuhr in die Ritze, ein kleiner Schlag gegen das Ende, und die Hebelwirkung reichte, um die dünnen Blechtüren mit einem ächzenden Geräusch aufspringen zu lassen. Aroldo hatte ein paar Brocken Deutsch, in den letzten Monaten ein wenig Englisch gelernt. Vor allem aber kannte er den deutschen Reichsadler und die Symbole, die jede Uniform, jedes Geschütz, jedes Formular der Nazis zierten. In den Schränken fand er nicht eines davon. Er durchwühlte alle Ordner, alle Kladden und losen Papierstapel. In dem ganzen Archiv waren nur Schriftstücke der Alliierten.

Es war helllichter Tag, als Aroldo den Leinensack aus dem Kellerfenster schob und herauskletterte. Eine Frau sah ihn fragend an, aber es war ihm egal. Wenn man ihn verhaftete, dann bedauerte er das nur um Stefanos und Fiammas willen. Es würde seine Rache unnötig aufschieben. Trotz allem – er würde diesen italienischen Denunzianten und den SSler finden, und wenn er ganz Italien und ganz Deutschland durchkämmen musste. Gerüchte gab es genug, wer denn die Kameraden ans Messer geliefert habe, aber auf Gerüchte durfte man nichts geben. Sie wollten besser sein als die Faschisten, und das hieß: sorgfältig, geduldig und gerecht.

44

Lunau erwachte aus einem unruhigen, kurzen Schlaf. Es war Dienstag, der 4. Mai, 6 Uhr 10. In knapp drei Stunden startete Lunaus Flugzeug von Bologna aus. Von der Straße kam ein sanftes Quietschen, der Wind fauchte in trockenen, harten Böen über das Fensterglas. Aber das war es nicht, was ihn geweckt hatte. Da war noch ein anderes Geräusch. Eine Art Ticken, in enervierend langen Abständen. Es kam aus dem Bad.

Lunau stand auf, ging ans Waschbecken und betrachtete den Tropfen, der allmählich anschwoll, ganz langsam, bis er zu erstarren schien. Lunau spürte so etwas wie Ungeduld, der Tropfen hing da, fett und ungerührt, gehalten von der Oberflächenspannung der Wassermoleküle. Plötzlich löste er sich, nahm kinetische Energie auf, indem er fiel. Und diese kinetische Energie verwandelte sich nach etwa vierzig Zentimetern Weg in Deformationsenergie: Der Tropfen zerplatzte und verformte durch den Aufprall das Keramik des Waschbeckens. Sowohl der explodierende Tropfen als auch die Verformung im Nanomillimeterbereich des Keramiks versetzten die Sauerstoff- und Stickstoffmoleküle in Schwingung, und diese Schwingungen erreichten Lunaus Außenohr, schlugen gegen das Trommelfell, pflanzten sich durch das Mittelohr fort und wurden durch die schneckenförmigen Windungen des Innenohrs an die Haarzellen geleitet, die ihrerseits elektrische Impulse an das Hirn sendeten.

Unfassbar, wie viele Nuancen unser Gehör zu unterscheiden versteht, dachte Lunau. Etwa 1500 Tonhöhen, selbst bei einem Laien, dazu über 300 Lautstärkenunterschiede.

Lunau schloss die Augen und konzentrierte sich auf den nächsten Tropfen. Es dauerte. Dann stand das ganze Badezimmer vor Lunaus innerem Auge. Und das absolut Verblüffende: Nicht das visuelle Gedächtnis erschuf das Bild, sondern das Gehör.

Selbst ein Mensch, der dieses Badezimmer nie gesehen hatte, würde durch das Geräusch dieses einen Tropfens erkennen, dass er in ein Keramikbecken fiel, dass es in einem geschlossenen Raum passierte, in einem relativ kleinen Raum mit glatten, vermutlich gefliesten Wänden. Selbst bei einem Laien würde sich, zumindest unbewusst, das Bild eines tropfenden Wasserhahns in einem Badezimmer einstellen. Schuld daran ist das Gemisch der Schallwellen, die von den verschiedenen Materialien unterschiedlich reflektiert werden. Je enger der Raum, desto dichter die Überlagerungen, vor allem bei rechtwinkligen Wänden.

Lunau riss sich von seinen Gedanken los und ging unter die Dusche. Er hatte einen Tag Verspätung, aber wenn er heute gegen elf wieder in seinem Sender saß, würde ihm niemand Vorwürfe machen. Für den Vortag konnte er eine polizeiliche Vorladung zur Vernehmung vorlegen.

Vorher musste er allerdings nach Bologna fahren, den Leihwagen am Flughafen abgeben und Geschenke für Paul und Stefan besorgen. Wie immer würde er am Ende auch etwas für Jette kaufen, und Jette würde es entgegennehmen, ohne es auszupacken. Manchmal ließ sie beim nächsten Telefonat eine Bemerkung fallen, die nach Dank klang. Meistens ignorierte sie das Thema. Aber Lunau schaffte es einfach nicht, ihr nichts mitzubringen.

Er warf seine Sachen in den Koffer, räumte sein Audioequipment und den Laptop zusammen und schob die Kladden und die Aufnahmen aus dem Tresor in die Umhängetasche.

Nach einem letzten Kontrollblick ging er über den weichen, schallschluckenden Teppichboden hinunter an die Rezeption, gab die Schlüssel ab, zahlte die Rechnung und trat hinaus auf den Hof, wo der Wagen parkte.

Es fing zu dämmern an. Aber der Himmel hatte einen kränklichen Rotton, ein falsches Morgenrot. Die Luft schmeckte nach Sand, war föhnig warm und rüttelte an den Ästen der Platanen.

Eine Laterne schaukelte im Wind und erzeugte das Quietschen, das bis ins Hotelzimmer zu hören war. Lunau startete den Wagen und ließ ihn durch das schmiedeeiserne Tor rollen, das sich automatisch öffnete.

Die Straße war leer. Bis auf einen Wagen, der, in großem Abstand, Lunau folgte. Lunau fuhr auf den *Viale Cavour*, kam noch einmal an den Büros des Deichamts vorbei, über mehrere Verkehrskreisel gelangte er auf eine breite Umgehungsstraße, kurz darauf war er auf der Autobahn. Die Sonne war aufgegangen, aber am Himmel ballten sich immer noch glutrote Wolken. Der Scirocco hatte wieder Sahara-Sand gebracht und wartete darauf, dass der Regen ihn auf die Erde spülen würde.

Der Verkehr auf der Autobahn war dicht, aber er rollte gleichmäßig. Viele Ferrareser pendelten zu ihrem Arbeitsplatz nach Bologna. Das Auto, das Lunau im Rückspiegel gesehen hatte, war verschwunden.

Lunau hatte ein fades Gefühl. Er hatte seine Hausaufgaben gemacht, hatte ein paar hübsche Reise-Impressionen im Gepäck, aber er spürte, dass die eigentliche Geschichte nicht fertig war. Es gab zu viele Details, die nicht zusammenpassten. Selbst wenn man davon ausging, dass Lunau sich Di Natales Attacke auf dem Deich nur eingebildet hatte. Wo zum Beispiel hatte Di Natale das viele Geld her? Warum hatte Silvia die Bilder ihres Mannes verbrannt?

Als Lunau die Abfahrt zum Flughafen *Marconi* nahm, sah er wieder den dunkelblauen Wagen hinter sich. Wie alle Autos hatte er außerhalb der Ortschaft das Abblendlicht eingeschaltet. Und jetzt erkannte Lunau auch die Scheinwerfer wieder. Scharf geschnitten, wie die Augen einer Raubkatze. Es war dasselbe Auto, das ihn schon am Samstag beschattet hatte. Offensichtlich wollte man sichergehen, dass Lunau tatsächlich abreiste. Aber wer? Leute, die hinter Marcos Tod steckten? Die Polizisten also?

Aber warum verfolgten sie Lunau nicht einfach über das Handysignal?

Lunau fuhr mit dem Auto auf den Parkplatz der Leihfirma und betrat dann das Terminal. Der dunkelblaue Wagen rollte langsam am Haupteingang vorbei und verschwand in der Kurzparkerzone. Lunau lud sein Gepäck auf einen Wagen und betrat das Flughafengebäude. Er ging an der Reihe der Check-In-Schalter entlang, bog dann in einen Pulk Touristen, ließ sich von der Menge schlucken und verließ das Terminal wieder durch einen Seitenausgang. Die Bremsleuchten des dunkelblauen Autos erloschen, die kleinen Wölkchen, die aus dem Auspuff kamen, rissen ab. Die Fahrertür ging auf, eine junge Frau mit Sonnenbrille, in Jeans und Pullover, stieg aus. Amanda.

Lunau schob den Wagen schnell wieder in das Terminal und stellte sich in die Schlange für den Flug nach Berlin. In einem der Monitore spiegelte sich die Schiebetür des Haupteingangs. Er konnte beobachten, wie Amanda hereinkam, die Halle absuchte, Lunaus Schalter ausmachte und sich dann hinter einem Ständer mit Postkarten postierte. Es war nur noch ein älteres Ehepaar vor Lunau, als er Amanda immer noch an dem Souvenirladen stehen sah. Offensichtlich nahm sie ihre Aufgabe ernst und wartete, bis er tatsächlich eingecheckt hatte.

Lunau legte sein Ticket auf den Schalter, eine junge Stewardess begrüßte ihn mit einem reizenden Lächeln: »Haben Sie Gepäck?«

Lunau nickte und stellte seinen Koffer auf das Förderband. Die Waage zeigte 12,4 Kilogramm. Warum hatte Amanda ihn nach Ferrara geholt? Wenn sie ihn dann als Feind betrachtete? Was hatte Amanda bei ihren Recherchen entdeckt? Etwas, das sie Lunau auf keinen Fall mitteilen konnte? Oder arbeitete sie gar nicht auf eigene Rechnung? Lunau wurde klar, dass sie ihn die ganze Zeit beschattet hatte. Deshalb war sie am Lido gewesen.

Und vermutlich hatte sie ihn auch im Delta beobachtet, als er Pirri aufspürte. Womöglich wusste sie längst, wo Pirri war. So wie Gasparotto. Aber warum musste ausgerechnet Lunau Pirri finden? Warum hatte man nicht einfach die Polizei informiert?

»Ihren Pass bitte!« Das Mädchen mit den weinrot geschminkten Lippen lächelte nicht mehr. Hinter Lunau wurde Unmut laut. Lunau nickte und nestelte an seinem Jackett. Er fand die Brieftasche und zog den Personalausweis heraus. Er legte ihn auf den Tresen, und das Mädchen tippte seine Daten in den Computer ein.

Lunau musste an die Fotos von Pirri denken. Er holte die Zeitung aus dem Handgepäck, in der Amandas Artikel war. Man sah Pirri, wie er sein Auto verkaufte. Im Hintergrund eine Straßenkreuzung, das leuchtende Kreuz an einer Apotheke und daneben eine Digitaluhr. 04.30., zeigte sie an. Lunau hatte das bei oberflächlicher Betrachtung für die Uhrzeit gehalten. Aber jetzt wurde ihm klar, dass es sich um das Datum handelte. Die Digitaluhr war für den internationalen Markt gemacht. Eines der Modelle, die alle paar Sekunden von der Datum-, auf die Uhrzeit- und dann auf die Temperaturanzeige umsprangen. 04.30. Das war internationaler Modus: Zuerst der Monat, dann der Tag: 30.04. Der dreißigste April. Freitag. Pirri hatte am Freitag sein Auto verkauft, am Tag nach dem Mord, wenige Stunden, ehe er nach Venedig zum Pokerturnier fuhr. Vielleicht hatte er das Auto gar nicht verkauft, weil er Spuren beseitigen wollte, sondern schlichtweg, weil er Geld für das Pokerturnier brauchte. Aber dann stimmte sein Mordmotiv nicht mehr.

Das Mädchen streckte ihm die Bordkarte hin und sagte: »Guten Flug!«

Lunau sah, wie Amanda durch die Schiebetür verschwand. Er schüttelte den Kopf. »Ich brauche meinen Koffer«, sagte er.

»Der ist bereits in der Abfertigung.«

»Er ist da hinten!«

Lunau sah, wie sein grauer Trolley, zwischen einem knallroten Hartschalenkoffer und einer gelben Reisetasche, Richtung Schleuse rollte. Die schwarzen Gummilamellen fächerten sich auf, und der Hartschalenkoffer verschwand.

»Halten Sie das Band an. Ich kann nicht fliegen.«

Hinter Lunau schlug der Unmut in Empörung um. Das Mädchen hatte den roten Notknopf gedrückt, der Alarm jaulte, und die Kolleginnen an den Nachbarschaltern schauten vorwurfsvoll herüber. Die Angestellte ging über das Förderband und brachte Lunau den Koffer.

»Danke«, sagte er.

»Sie müssen mir die Bordkarte zurückgeben«, sagte das Mädchen mit knallroten Wangen.

Er legte sie auf den Tresen, wuchtete seinen Koffer auf den Gepäckwagen und rannte hinaus. Er winkte ein Taxi herbei, suchte den Parkplatz nach dem blauen Wagen ab und warf sein Gepäck auf die Rückbank.

»Das muss aber in den Kofferraum«, sagte der Fahrer. Ein pockennarbiger Mann mit glänzender Haut und schlechtem Atem.

»Fahren Sie los«, sagte Lunau.

»Wohin?«

»Fahren Sie.«

Das Taxi rollte von der Rampe für die Abflüge, zweihundert Meter weiter war ein mehrspuriger Verkehrskreisel, und da war auch Amandas Auto. Der Taxifahrer kramte in seinem Handschuhfach, zog einen Zahnstocher heraus, an dem Tabakkrümel hingen. Er wischte ihn an seinem Ärmel ab und steckte ihn sich in den Mund. Der blaue Wagen hatte den Blinker gesetzt, Amanda bog Richtung Innenstadt ab.

»Folgen Sie dem blauen Auto.«

Amandas Fahrweise war unverkennbar. Ihr Wagen schlingerte

beim Spurwechsel und machte dazwischen Sprünge wie ein nervöses Rennpferd. Der Taxifahrer schüttelte missmutig den Kopf, beherrschte aber sein Geschäft und blieb dran. Amanda parkte vor einem Wohnblock, stieg aus und ging zu Fuß weiter. Das Taxi folgte. Sie steckte sich eine Zigarette an, setzte sich in eine Bushaltestelle und wartete. Nach der dritten Zigarette kam der Bus und nahm sie mit ins Zentrum. In der Innenstadt stieg sie aus. Sie ging ein Stück durch die *Via dell'Indipendenza*, bis zur Universität. Als sie durch den Haupteingang verschwand, stieg Lunau aus dem Taxi. Er war sicher, dass sie ihn nicht bemerkt hatte. Er zahlte, lud sein Gepäck aus und setzte sich in eine Bar.

Er rief in Berlin an. Beate, die Redaktionssekretärin, ging sofort dran. Sie war die gute Seele auf dem Flur. Sechzig Jahre alt, beherrscht, geduldig, mit einem Elefantengedächtnis. Sie erstellte die Produktions- und Belegungspläne für die Studioräume, brachte Spesenabrechnungen und GEMA-Erklärungen in die vorschriftsmäßige Form, bearbeitete Urlaubsanträge und was immer sich an bürokratischem Kram außerhalb der einzelnen Redakteursbüros ansammelte. Sie wusste, welche Sprecher zu Nacht- und welche zu Tagterminen verfügbar waren und wer wann Geburtstag hatte.

»Wir haben Sie gestern schon im Büro erwartet«, sagte sie.

»Ich weiß. Die hiesige Polizei hatte mich aufs Kommissariat vorgeladen«, sagte Lunau.

»Haben Sie etwa ...?«

»Keine Sorge. Ich stecke nicht in Schwierigkeiten. Ich versuche, es bis morgen oder übermorgen zu schaffen.«

»Das müssen Sie«, sagte Beate. »Frau Dr. Gerstner hat für Donnerstag eine Redakteurskonferenz anberaumt. Es geht um das neue Unternehmenskonzept.«

»Ich dachte, wir wären eine öffentlich-rechtliche Sendeanstalt und kein Unternehmen.«

»Sie kennen sie doch. Sie redet halt gerne in solchen Begriffen.«

»Das Schlimme ist, dass sie nicht nur so redet.«

»Jedenfalls müssen Sie hingehen.«

»Okay«, sagte Lunau, und er spürte dieses unangenehme Brennen im Magen, wie als Kind, wenn er in das große Schulgebäude aus graubraunem Klinker trat.

»Es ist ihr nämlich leider nicht entgangen, dass Sie gestern nicht da waren.«

»Was?«

»Sie hat mal überall ›Hallo‹ gesagt.«

Lunau versuchte, sich das vorzustellen. Würde die Gerstner das jetzt jeden Montag tun? »Ich kann doch in der Kantine gewesen sein.«

»Sie hat sich umgehört.«

»Bei wem?«

Beate schwieg. Auch das gehörte zu ihren Tugenden. Sie schwärzte niemanden an. »Jedenfalls hat sie danach einen Blick in die Urlaubsanträge und die Krankmeldungen geworfen.«

»Ich habe eine behördliche Bestätigung für die Vorladung.«

»Gut. Aber ich bitte Sie, kommen Sie morgen pünktlich und gehen Sie übermorgen zu der Konferenz.«

Lunau verabschiedete sich und bestellte einen Cappuccino. Am Eingang der Universität standen junge Leute in Trauben zusammen und rauchten, in einem unaufhörlichen, vermeintlich sinnlosen Wechselspiel strömten die Studenten in das Gebäude hinein und heraus.

Lunau versuchte, sich zu konzentrieren. Aber jeder Gedanke, den er sponn, zerfiel, und dann zerfiel auch der folgende. Das ganze Geflecht aus vermeintlich logischen Handlungen, das er seit Mittwochabend geschaffen hatte, löste sich in Nichts auf. Wenn Pirri gelogen hatte, weil er das Geld von Di Natale gar nicht brauchte, dann hatte auch Dany gelogen. Denn die Geschichten der beiden waren aufeinander abgestimmt. Und Silvia? »Die Mama will ihn nicht mehr«, hatte Sara gesagt. Lunau dachte an das Bild der bunten brennenden Holzscheite. Vitos Bilder. Zerstückelt. Silvia hatte sie also zuerst zerkleinert und dann in ihrem Garten ein Feuer angezündet. Sie hatte sogar die Kinder damit spielen lassen. Wie stark war ihr Hass, wenn er sogar die Mutterinstinkte überstieg?

Ein Geländewagen schob sich vor die Glastür der Bar. Zwei nicht mehr ganz junge Frauen in Pelzmänteln und hochhackigen Stiefeln stiegen aus. Sie ließen einfach den Motor laufen, während sie sich ein Schaufenster aus der Nähe betrachteten. Der Dieselmotor gab das für die jüngere Generation typische Pfeifen von sich, das über dem stark gedämpften Nageln lag. Autos stauten sich, ein Fahrer fing zu gestikulieren und zu hupen an. Die Frauen stiegen ein und machten eine obszöne Geste. Der Fahrer des Wagens, der direkt dahinter wartete, kurbelte das Seitenfenster herunter und schimpfte im Dialekt.

»Was willst du mit deinem rollenden Hühnerkäfig?«, schrie die Frau zurück. Der Mann saß in einem Punto. Ein Punto hinter einem BMW-Geländewagen. Ein merkwürdiger Zufall. Der Benzinmotor des Kleinwagens schnurrte sanft. Ein BMW-Geländewagen und ein Fiat Punto ...

Lunau holte sein Aufnahmegerät aus der Tasche, schaltete es ein, machte dem Kellner ein Zeichen und lief durch die Tür. Er richtete das Mikro zuerst auf den BMW, nach zehn Sekunden auf den Punto.

Amanda kam aus dem Universitätsgebäude und ging eiligen Schrittes zu einer Bushaltestelle. Lunau kehrte in die Bar zurück, bezahlte, nahm seine Sachen und schob sich mit seinem Gepäck in den dichten Strom der Passanten. Er suchte nach einem Taxi, während Amanda, ab und zu einen Blick in die Schaufenster werfend, unter den breiten Arkaden der *Via dell'Indipendenza* entlangging. Lunau hatte Mühe zu folgen. Die Rollen seines Koffers wurden immer wieder durch Split blockiert, und der Riemen seiner Laptoptasche schnitt in die Schulter. Als endlich ein Taxi hielt, hatte er Amanda aus den Augen verloren. Er versuchte, sich zu erinnern, wo Amanda ihren Wagen geparkt hatte. Das Taxi rollte eine Viertelstunde lang zwischen Wohnblöcken umher, die alle gleich aussahen. Aber Lunau hatte sich die Buslinie gemerkt, fand die Haltestelle und schließlich auch den Wagen. Nach einer weiteren Viertelstunde traf Amanda ein. Lunau wies den Fahrer an zu folgen. Sie fuhren durch die breite *Via Stalingrado* Richtung Stadtrand, dann auf den mehrspurigen Umgehungsring. Als Amanda an einer Mautstelle hielt, sagte der Taxifahrer: »Hier endet mein Revier.«

»Machen Sie eine Ausnahme, ich zahle Ihnen den doppelten Tarif.«

Der Fahrer schüttelte den Kopf. »Steigen Sie bitte aus.«

»Hier, an der Autobahn?«

»Wollen Sie wieder zurück in die Stadt?«

»Fahren Sie mich an den Flughafen.«

Amandas Auto hatte unterdessen die Schranke passiert und, in einer dunklen Abgaswolke, beschleunigt. Sie wechselte sofort auf die Überholspur und war im dichten Verkehr verschwunden.

45

»Sind Sie wahnsinnig? Deswegen holen Sie mich aus der Klasse?«

Silvia Di Natale hatte hektische Flecken auf den Wangen. Aus der offenen Tür hallten die Stimmen der Kinder, Johlen und Jubelgeschrei. Ein Mädchen, das offensichtlich als Ordnerin eingesetzt worden war, versuchte vergebens, sich Gehör zu verschaffen.

»Pirri hat Ihren Mann vielleicht gar nicht umgebracht. Ich muss wissen, mit welchem Auto sie unterwegs waren. Nur Sie können mir helfen.«

»Warum sollte ich?« Silvias Blick sprang zwischen Lunau und dem Klassenzimmer hin und her.

Er ließ nicht locker: »Wollen Sie nicht wissen, wer Ihnen den Mann genommen hat? Haben Sie gesehen, wie Vito zu Pirri in den Wagen gestiegen ist?«

»Sie gingen ein paar Schritte auf dem Bürgersteig, da steht eine alte Zeder, dann kommt die Mauer des Nachbarn. Sie waren aus meinem Sichtfeld verschwunden. Aber ich hörte noch zwei Autotüren, dann startete der Motor, und der Wagen fuhr los.«

»Sie konnten das Auto nicht sehen?«

»Nein, das habe ich doch gerade gesagt. War's das jetzt?«

Lunau reichte ihr die kleinen Ohrhörer und legte ihr den Rekorder in die Hand. »Drücken Sie einfach auf ›Start‹, ich sorge derweil für Stille, damit Sie sich konzentrieren können.«

Er ließ Silvia auf dem Flur stehen und trat ins Klassenzimmer. Niemand kümmerte sich um ihn. Papierkugeln und -flieger segelten durch die Luft, zwei Jungs rangen, nebeneinander auf den Stühlen sitzend, miteinander, verloren das Gleichgewicht und schlugen krachend auf den Boden. Lunau schloss die Tür und ließ die Augen über die Reihen gleiten, bis sich sein Blick mit dem eines Jungen kreuzte. Er schaute ihn einfach an, der Junge grinste verlegen, schaute dann weg, redete kurz mit seinem Nachbarn, lachte und schaute Lunau wieder an. Er schwieg, und diese kleine Insel des Schweigens breitete sich aus. Erfasste alle Schüler, alle, bis auf die beiden Raufbolde. Bald war nur noch das Stöhnen und Ächzen aus der letzten Reihe zu hören. Ein Stuhl fiel um. Der eine hatte den anderen im Schwitzkasten und schaute plötzlich auf. Über ihm ragte Lunau auf. Schweigend. Er schaute den Jungen an und sagte leise: »Steh auf.«

Der Junge hatte einen hochroten Kopf, Schweiß stand an seinen Schläfen. Er war mindestens 1,85 groß und achtzig Kilo schwer. Er wollte eine lustige Bemerkung machen, überlegte es sich aber anders und erhob sich langsam. Als der am Boden Liegende nachtreten wollte, schaute Lunau ihn an. Stumm. Die beiden setzten sich wieder auf ihre Stühle und kämmten sich mit den Fingern die Haare. Lunau ging vor ans Pult und sagte auf Deutsch: »Ich bin euer neuer Deutschlektor. Wir sollen Konversation treiben.«

»Aber wir haben doch eine Lektorin«, protestierte ein Junge mit Tattoo auf dem Oberarm.

»Ich bin die Vertretung. Wenn ihr mitmacht, bringe ich euch Flüche und obszöne Redewendungen bei, wenn ihr dagegen herumlärmt, dann nehmen wir Feiertagsbräuche durch.«

»Flüche, Flüche, obszöne Sprüche ...«, schrien die meisten auf Italienisch durcheinander.

»Ihr müsst Deutsch mit mir reden.«

»Wir wissen nicht, was Möse auf Deutsch heißt«, schrie ein Junge auf Italienisch. Gelächter. Die Mädchen in den vorderen Reihen verdrehten die Augen.

»Versuch, es auf Deutsch zu umschreiben. Du kannst mir erklären, wo sie liegt, wer sie hat, wie sie aussieht. Du kannst auch Gesten verwenden, aber kein Italienisch.«

Alle starrten den Jungen erwartungsvoll an. Radebrechend sagte er ein paar Sätze, in einer Pantomime flocht er sich Zöpfe und deutete sich auf den Schritt. Die Tür ging auf, und Silvia kam herein.

Lunau sprang auf und trat auf sie zu. Dann flüsterte er: »Und?«

»Der zweite Motor.«

»Sind Sie sicher?«

»Ja.«

Er nickte. Das war die Bestätigung. Plötzlich fügte sich alles: Das Ehepaar Pirri hatte zwei Autos besessen. Beppe Pirri hatte Di Natale mit dem Punto abgeholt, mit dem unauffälligeren Wagen, den sonst wohl die Frau fuhr. Dann hatten die beiden versucht, Lunau zu überfahren. Wahrscheinlich hatte Pirri am Steuer gesessen, womöglich hatte Di Natale sogar versucht, die Kollision zu verhindern. Das würde auch erklären, warum die Attacke in mehreren unbeholfenen Anläufen stattgefunden hatte. Hatte Di Natale Lunau das Leben gerettet und war dafür bestraft worden?

»Sie haben mir sehr geholfen. Ich will herausfinden, was wirklich passiert ist. Niemand weiß, dass ich noch in der Stadt bin. Niemand außer Ihnen.«

»Ich verstehe.«

»Ich verlasse mich auf Sie.«

Er zog die Kladde mit Di Natales Steuerakten heraus.

Als Silvia erkannte, worum es sich handelte, fragte sie hektisch: »Wo haben Sie das her?«

»Sie sollen mir nur sagen, ob die Unterlagen echt sind oder manipuliert.«

»Sie haben kein Recht …«.

»Ich kann Ihnen das jetzt nicht erklären. Bitte beantworten Sie meine Frage.«

Sie blätterte schnell in den Unterlagen.

»Was ist mit den Flüchen?«, schrie jemand auf Italienisch.

Lunau drehte sich zur Klasse und hob den Zeigefinger.

»Du musst ihn auf Deutsch fragen«, schaltete sich ein Klassenkamerad ein. »Und leise.«

»Das kann ich auf die Schnelle nicht sagen«, meinte Silvia Di Natale. »Schon gar nicht hier.«

»Wann kann ich zu Ihnen kommen?«

Silvia schaute ihn kurz an. »Um halb sechs bin ich zu Hause.«

»Danke«, sagte Lunau und packte den Korg und die Unterlagen weg. Er grüßte Silvia und die Klasse und ging, während sich hinter ihm heftiger Protest erhob. Man schrie, er sei ein Blender und Verräter.

46

Amanda hatte nur ihre Tasche in ihr Zimmer geworfen, die Kamera und das Aufnahmegerät gepackt und die Schlüssel für ihren Minicooper gegriffen.

Sie ärgerte sich über den verlorenen Tag. Den Weg zum Flughafen hätte sie sich sparen können, Lunau war abgeflogen wie erwartet. Und dann waren von den drei Vorlesungen zwei ausgefallen. Außerdem hatte sie die halbe Nacht nicht geschlafen, weil sie vor dem Hotel auf Lunau gewartet hatte.

Sie hatte den Po überquert, jagte über die Staatsstraße Richtung Rovigo, bog aber plötzlich rechts in eine Nebenstraße. Pulla war der Einzige, für den der »Zwischenfall« mit Marco zu Konsequenzen geführt hatte. Catozzo und Massari verrichteten weiterhin in Ferrara ihren Dienst. Mit demselben Rang und mit denselben Aufgaben. Pulla dagegen war nach Adria versetzt worden. Was er dort genau tat, wusste Amanda nicht. Nur dass er morgens um acht Uhr die Dienststelle betrat und am Nachmittag um siebzehn Uhr wieder verließ. In Uniform.

Adria war ein Städtchen mit knapp 20 000 Einwohnern. Die Polizeidienstelle lag direkt an der Piazza, wo auch die Kathedrale stand. Es gab dort nur fünf Parkplätze, zwei für Dienstwagen und die anderen drei für Zivilfahrzeuge der Polizeibeamten. Darunter Pullas kleiner angerosteter Alfa Romeo. Amanda hatte in einer Nebenstraße geparkt und wartete rauchend, mit Blick auf das Dienstgebäude. Sie hatte eine unauffällige Frisur gewählt, aber sie spürte die neugierigen Blicke der Passanten.

Pulla erschien pünktlich. Er sah aus wie der klassische Süditaliener. Schwarzes, dichtes Haar, das er mit Gel nach hinten gesträhnt hatte. In der leicht geöffneten Hemdbrust glänzte eine schwere Goldkette, unter dem Saum der perfekt gebügelten Uniformhose die gewichsten Schuhe. Amanda lief zu ihrem Wagen, startete und hörte, wie der Alfa zu röhren anfing. Er schien ein Loch im Auspuff zu haben, was die Beschattung erleichterte. Pulla umrundete die Piazza, fuhr am kleinen Bahnhof vorbei und bog dann auf die Umgehungsstraße. Er telefonierte kurz mit seinem Handy und nahm dann die Landstraße Richtung Südwesten. Amandas Puls beschleunigte sich, doch nach wenigen Kilometern wich die Erregung einem Gefühl der Enttäuschung. Pulla war nach Ferrara unterwegs.

Er wohnte dort mit seiner Frau und einer vierjährigen Tochter in einem Neubaugebiet außerhalb der Stadtmauer. Er war gerade Vater geworden, als Marco starb, wahrscheinlich unter seinen Schlägen. Und er war gerade erst nach Ferrara versetzt worden, hatte einen Kredit aufgenommen, um sich eine Wohnung zu kaufen. Fast die Hälfte seines Einkommens ging für die Raten drauf. Amanda versuchte sich vorzustellen, wie er seinem Töchterchen mit einer Rassel vor der Nase herumspielte, wie er seiner Frau über den Nacken strich. Das kleinbürgerliche Idyll eines Machos, der meinte, im Schutz der Uniform könne er seinen Sadismus ausleben und damit im neuen Italien Karriere machen.

Als Pulla aus dem Wagen stieg, trat Amanda ihm in den Weg. Er schaute sie mit versteinerter Miene an, seine Lippen waren zu schmalen Wülsten zusammengepresst.

»Sie werden nicht mit einer Versetzung davonkommen, das schwöre ich Ihnen.«

»Ich weiß nicht, wovon du redest«, antwortete Pulla und versuchte, an ihr vorbeizukommen. Aber Amanda machte einen Seitfallschritt und stand wieder vor ihm. Sie war einige Zentimeter größer als er, und sie roch sein billiges Aftershave und seinen kalten Schweiß und Zigarettenasche. Pulla suchte mit dem Blick die Fassade nach seinem Balkon ab.

»Wer saß noch in Ihrem Streifenwagen? Wer war der andere?«

»Welcher andere?«

»Sie werden mit dem Gesetz der *Omertà* nicht durchkommen. Wir sind hier nicht auf Sizilien.«

»Ich weiß nicht, wovon du redest.«

»Davon, dass du Marco erschlagen hast. Du und dein Kollege. Wer war es? Massari und Catozzo werden euch nicht länger decken.«

Er grinste höhnisch.

Amanda holte das Diktiergerät aus ihrer Tasche und spielte den Fetzen der Aufnahme ab: »Ja, hier Hecht 81.« – »Probleme? Wieso meldet ihr euch nicht.« – »Nein, keine Probleme.«

Pullas Lächeln war zu einer Grimasse erstarrt.

»Na, doch neugierig geworden?«, fragte Amanda und stellte das Gerät wieder an.

»Im Moment nicht vernehmungsfähig.« – »Wieso?« – »Pulla hat ihn ein bisschen hart rangenommen.«

Pullas Mundwinkel zuckte kurz, und seine Muskeln waren bereit zum Schlag. Aber er verlor die Kontrolle nicht.

»Schlag zu. Na, mach doch«, sagte Amanda und hielt ihm die Nasenspitze direkt an die Stirn. »Schlag zu.«

Pulla stand da wie in einer katatonischen Lähmung, nur auf Höhe seiner Kniescheibe sah man, wie der Uniformstoff zitterte.

»Pulla hat ihn ein bisschen hart rangenommen«, ertönte es wieder aus dem Diktiergerät. Amanda hielt es ihm direkt ans Ohr.

»Du denkst, weil du eine Uniform trägst, hast du einen Freibrief. Du denkst, weil deine Mama ihrem Liebling jede Woche die gebügelten Hemden schickt, bist du eine Art Halbgott. Oder ist es deine Frau, die dir die Socken wäscht und die Flecken aus der Unterwäsche macht?«

Pullas Venen am Hals schwollen an. Die dichten schwarzen Haare an seinen Handgelenken stellten sich auf.

»Schlag zu, mach schon«, sagte Amanda. Pulla griff in seine Hosentasche, holte den Schlüsselbund heraus und lief zum Hauseingang.

Amanda stieg in ihr Auto, stellte die Videokamera ab, die sie umsonst mitgenommen hatte, ließ die Stirn auf das Lenkrad sinken und fing zu weinen an. Sie wurde noch immer von Heulkrämpfen geschüttelt, als Lunau seinen Wagen vom Parkplatz rollen ließ und sich auf den Weg zu Di Natale Haus machte. Er holte sein Handy aus der Tasche und rief im Kommissariat an. Balboni war angeblich schon nach Hause gefahren. Lunau probierte es unter der Mobilfunknummer.

»Wie kann ich Beppe Pirri sprechen?«, fragte er.

»Überhaupt nicht. Sie wissen, dass er in U-Haft sitzt. Kontaktsperre. Außerdem dachte ich, Sie wären abgereist.«

»Bin ich auch. Ich musste zurück nach Berlin.«

»Dann verstehe ich nicht recht, was Sie die Sache noch angeht.«

»Pirri hat versucht, mich umzubringen.«

Kurzes Schweigen, Gelächter im Hintergrund.

»Ich dachte, es war Di Natale.«

»Di Natale saß nur zufällig mit im Wagen.«

»Woher wissen Sie das?«

»Fragen Sie Silvia Di Natale. Sie kann Ihnen bestätigen, dass Di Natale zu Giuseppe Pirri in dessen blauen Punto gestiegen ist. Und mit diesem Punto wollte Pirri mich totfahren.«

»Was sollte Pirri für einen Grund gehabt haben?«

»Das würde ich gerne von ihm erfahren.«

»Wie gesagt: unmöglich.«

»Wie heißt Pirris Anwalt?«

Balboni stöhnte.

»Ich bekomme es sowieso heraus. Sie könnten mir allerdings ein paar Umwege ersparen.«

»Warum sollte ich?«

»Weil Sie mich sympathisch finden und ich Ihnen zur Hand gehe.«

»Inwiefern?«

»Ich habe für Sie herausgefunden, dass Pirri nicht der Mörder von Di Natale ist.«

»Was?«

Lunau hörte im Hintergrund wieder das Gewirr ausgelassener Stimmen. Sie schienen Englisch zu reden.

»Sind Sie auf einem Empfang?«

»Wie kommen Sie darauf?«

»Es wird Englisch geredet.«

»Freunde meiner Frau. Sie ist Irin.« Besteck klapperte, jemand schrie auf, weil er ein Glas verschüttet hatte. Dann wurde es stiller, Balboni schien mit dem Handy in einen Nebenraum gegangen zu sein.

»Wer dann?«, fragte er.

»Weiß ich nicht.«

»Warum sollte Pirri ein falsches Geständnis ablegen?«

»Offensichtlich hat er Schulden bei den falschen Leuten. Und das Gefängnis macht ihm weniger Angst als diese Leute. Machen Sie ihm klar, dass er im Knast nicht sicherer ist als draußen, dann sagt er Ihnen vielleicht die Wahrheit.«

»Haben Sie einen Beweis für Ihre Behauptungen?«

»Haben Sie Beweise, dass Pirri es war?«

»Er hat Kampfspuren am Körper.«

»Ein paar Kratzer kann er sich auch bei seiner Flucht durch

die Wildnis zugezogen haben. Pirri hat Di Natale nicht beraubt. Die 20 000 Euro für die Anmeldung zum Pokerturnier hat er durch den Verkauf seiner Autos bekommen.«

»Woher wollen Sie das wissen?«

»Es gibt Fotos.«

»Selbst wenn. Das beweist gar nichts. Pirri hat Schulden ohne Ende.«

»Er sieht einen Aktenkoffer voller Geld vor sich, nimmt dann aber nur einen Bruchteil davon und klappert am nächsten Tag brav alle Gebrauchtwagenhändler der Stadt ab? Und das, nachdem er, wie Sie meinen, aus Habgier seinen besten Freund umgebracht hat?«

»Wir haben das Geld nicht gefunden. Er hat wahrscheinlich alles genommen.«

»Warum sollte er dann behaupten, es waren nur zwanzigtausend?«

»Aus Scham. Womöglich haben die Geldeintreiber ihn noch in der Nacht abgefangen, haben ihn um den Koffer erleichtert, und dann musste er am nächsten Tag erneut die Summe für das Pokerturnier auftreiben.«

Das war natürlich denkbar. Lunau musste scharf bremsen, weil er ein Stoppschild zu spät gesehen hatte.

»Ich habe jetzt keine Zeit«, sagte Balboni. »Sie können mich morgen auf der Dienststelle anrufen.«

»Pirris Geschichte stimmt hinten und vorne nicht. Er streitet sich mit Di Natale, und bei diesem Streit fährt er, wie er sagt, kreuz und quer in der Gegend herum. Welchen Sinn sollte das haben? Versetzen Sie sich einmal in seine Lage. Sie haben einen heftigen Streit. Dabei sitzen Sie zufällig am Steuer Ihres Autos, aber ein Ziel haben Sie nicht. Sie müssen nirgendwohin. Bei dem Streit geht es um Ihre Existenz, Ihr bester Freund lässt Sie hängen. Würden Sie dann weiter blind in der Gegend herumkurven, einen

Unfall riskieren? Würden Sie, weil Sie durch den Straßenverkehr abgelenkt sind, riskieren, dass Sie nicht die richtigen Argumente finden, oder würden Sie anhalten und dann weiterreden, würden vielleicht aussteigen, ein paar Schritte gehen, um sich Luft zu verschaffen? Um Ihrem Freund und Gegner in die Augen zu sehen?«

»Das haben die beiden ja dann gemacht.«

»Ausgerechnet am Canale Boicelli? Haben Sie dort überhaupt aussagekräftige Spuren gefunden?«

»Wir sind noch bei der Auswertung.«

»Das heißt, nein. Warum sind Sie dorthin gefahren? Siebzehn Kilometer vom Lido, quer durch die Stadt und dann wieder hinaus, durch Wiesen und über Feldwege?«

»Hören Sie, ich habe Gäste.«

»Sie wissen, dass Pirri lügt.«

»Ich kann jetzt nicht reden. Und ich kann Ihnen nicht helfen.«

»Doch, das können Sie. Lassen Sie mich einen Blick in die Akten werfen.«

»Ich denke, Sie sind in Berlin.«

»Schicken Sie mir eine Kopie, vor allem vom Obduktionsbericht. Ich gebe Ihnen mein Ehrenwort, dass niemand davon erfahren wird.«

Balboni lachte kurz auf. »Sie sind nicht bei Trost«, sagte er, und dann legte er auf.

Lunau rief die Nummer noch einmal an. Aber er bekam nur die Mailbox zu sprechen.

»Sie wollten mir noch einen Gefallen tun und mir den Namen des Anwalts sagen«, sprach er auf die Box, dann warf er das Handy auf den Beifahrersitz.

47

Giuseppe Pirri tastete die Wand über dem Waschbecken ab, suchte nach einem Spiegel. Wozu? Es gab keinen Spiegel, es hatte gestern keinen gegeben, und vorgestern nicht. Damit der Häftling ihn nicht zerdeppern und sich mit den Scherben nicht die Pulsadern aufschneiden konnte.

Aber Pirri brauchte keinen Spiegel. Er wusste, wie sein Gesicht aussah. Nach der zweiten Nacht im Gefängnis, nach der zweiten Nacht ohne Schlaf. Er brauchte Medikamente, ein Betäubungsmittel. Wenn er nicht irgendwie zur Ruhe kam, würde er höchstens noch einen Tag durchhalten. Aber keine Nacht mehr. Dann würde er doch den Spiegel brauchen, und zwar die Scherben.

Wieder waren da die Geräusche, die Geräusche der anderen, die tuschelten und lachten, die das Gemäuer in ständiger Schwingung hielten. Und von Stunde zu Stunde lauter wurden.

Er suchte die zerkratzten, mit obszönen Symbolen und Verwünschungen übersäten Wände nach einer Ritze ab. Er war sich sicher, dass es eine Passage in die Nachbarzelle oder auf den Flur gab, vielleicht an einer Versorgungsleitung, einem Heizungsrohr zum Beispiel. Die anderen steckten einander Tütchen und Kassiber zu. Ihn belauerten sie durch diese Ritzen in den Wänden. Und auch die Wände standen nie still, sie bewegten sich wie Membranen, die Hass und Wut übertrugen. Sie tauschten in dem komplexen Organismus, den dieses Gemäuer darstellte, in einer ständigen Osmose, Morddrohungen aus. Aber wie jede Osmose gehorchte auch diese dem Druckgefälle zwischen den Zellen. In Pirris Zelle herrschte Unterdruck, die Androhungen körperlicher Gewalt strömten in unaufhörlichem Fluss zu ihm herein. Giuseppe Pirri hatte sein Lebtag keine Angst gehabt. Nur eine unschuldige Angst vor dunklen Kellern, später vor einem bösartigen Tumor, aber jetzt wusste er, das war nicht die richtige Angst gewesen. Die richtige Angst hatte keinen konkreten Gegenstand, sie schlug einen nieder wie ein kalter Hammer, sie lähmte die Muskeln, fraß sich wie eine ätzende Flüssigkeit vom Gedärm durch Organe und Glieder. Die richtige Angst war vollkommen, total, sie duldete nichts neben sich. Die richtige Angst war allmächtig wie ein strafender Gott, der den Sünder am Leben ließ, auf dass er litt. Falls es eine ewige Hölle gibt, dachte Pirri, dann gibt es darin keine feixenden Teufel, keine Folterinstrumente, keine siedenden Bottiche. Sie ist nur erfüllt von dieser Angst.

Er hörte Schritte. Und sah sofort wieder die Gesichter hinter den Gucklöchern. Aufgedunsene Schädel, malträtiert von Drogen, Alkohol, Tätowiernadeln und Schlägen. Er hatte auf dem Weg in die Zelle versucht, niemandem in die Augen zu sehen, weil das als Provokation galt, aber er hatte die Gerüchte gehört und nachts die Schreie von anderen Häftlingen. Zuerst panisch, ohne Sinn und Verstand, dann rhythmisch, wie unter einer Peitsche oder einem anderen Werkzeug, bis sie schließlich verstummten. Während sein Hirn weiter nach Bildern suchte, die zu diesen Schreien passen konnten, Schreien, wie er sie noch nie vorher gehört hatte. Die Schritte kamen näher. Er warf sich gegen die Tür, rüttelte an der Klinke. Sie war abgeschlossen. Aber dann hörte er die Schlüssel, die sanft klingelten. Er klammerte sich an die Eisenstäbe an der Luke, spreizte die Beine und stemmte die Füße gegen die Wände. Er spürte den heftigen Zug an der Tür, aber er hatte plötzlich Bärenkräfte. Sie würden ihn nicht bekommen. Er würde sich nicht abschlachten lassen.

Man schrie etwas durch die Luke, er solle loslassen. Er sah die Uniform. Für wie blöd hielten sie ihn eigentlich? Im Gefängnis bekam man alles. Drogen, Werkzeug, sogar Waffen. Alles eine Frage des Preises. Natürlich bekam man auch Uniformen.

Eine zweite Uniform tauchte auf, eine dritte, und plötzlich zischte etwas vor seinem Gesicht, eine Wolke kam auf ihn zu, traf ihn wie ein Keulenschlag mitten ins Gesicht, seine Muskeln gehorchten ihm nicht mehr. Pirri fiel wie ein Käfer auf den Rücken, die Tür flog auf, sie zerrten ihn auf die Beine und legten ihm Handschellen an.

Sieben Minuten später saß er in einem rechteckigen Raum. Seine Kleidung war durchnässt, man hatte ihn wieder wach gekriegt, aber er konnte den Mann, der ihm gegenüber saß, kaum erkennen.

»Niemand kann uns hier hören«, sagte der Mann mit dem weißen Kinnbart. »Sie müssen mir schon die Wahrheit sagen, wenn ich Sie verteidigen soll.«

Pirri war erleichtert, dass man ihn nicht zu den anderen in eine Zelle gesteckt hatte. Aber wenn die U-Haft vorbei war, dann würde er verlegt werden. Dann war es vorbei mit der Einzelzelle. Dann war er ihnen ausgeliefert.

»Ich habe eben einen Anruf von der Polizei bekommen. Stimmt es, dass Sie versucht haben, den deutschen Journalisten zu überfahren, dass Sie aber Di Natale nicht getötet haben?«

»Haben Sie das Schlafmittel?«

»Sie sollen meine Frage beantworten.«

»Wann ist der Prozess?«

Der Mann sah auf die Uhr. Von den fünfzehn Minuten waren drei bereits verstrichen.

»Das Schlafmittel.«

Der Anwalt nahm eine weiße Tablette aus der Sakkotasche und legte sie auf den Tisch. Pirri steckte die trockene Pille in den Mund und schluckte sie hinunter. Aber sie wirkte nicht.

»Die Packung, ich will die Packung«, schrie er.

Der Anwalt schüttelte den Kopf. »Ich könnte Sie vielleicht aus der Untersuchungshaft holen. Dazu müssen Sie mir aber erzählen, was tatsächlich passiert ist.« Er blätterte in einer Akte. »Wissen Sie, wer es war? Waren Sie dabei?«

Pirri antwortete nicht.

»Ich werde für morgen früh einen Haftprüfungstermin beantragen. Die Polizei hat, bis auf Ihr Geständnis, keinerlei Beweise, nicht einmal Indizien gegen Sie. Der Tatort wurde nicht eindeutig ermittelt, an der Leiche sind keinerlei biologische Spuren von Ihnen gefunden worden. Wenn Sie widerrufen, können Sie morgen Abend vielleicht schon wieder zu Hause schlafen.«

Pirri schlug sich mit den Fäusten gegen die Stirn. Sobald er rauskam, würden sie kommen und ihn holen. Aber auch hier drinnen war alles eine Frage der Zeit. Sie würden es schaffen, in seine Zelle einzudringen. Und wenn sie nicht in die Zelle kamen, dann warteten sie ab, bis er verlegt wurde, bis er das erste Mal in den Speisesaal kam, auf den Hof oder unter die Gemeinschaftsduschen. Er hatte kein Recht auf besondere Schutzhaft, das hatte sein Anwalt ihm schon gesagt. Wenn er rauskam, war er sofort geliefert. Hier im Knast blieb ihm noch ein bisschen Zeit. Er musste wieder zu Kräften kommen, das war das Entscheidende. Aber dazu musste er schlafen.

»Die Packung«, sagte er.

»Damit könnten Sie Dummheiten machen.«

»Dann wenigstens noch eine Tablette.«

Der Anwalt legte eine weitere Pille auf die Tischplatte, deckte sie aber mit der Hand ab.

»Hätten Sie ein anderes Motiv gehabt, Di Natale zu töten, außer dem Geld? Was haben Sie mit diesem deutschen Journalisten zu schaffen? Kennen Sie ein Mädchen namens Amanda Schiavon?«

Pirri schlug auf die Hand des Anwalts. »Zuerst die Pille.«

»Zuerst antworten Sie.«

Pirri schüttelte den Kopf. Der Anwalt zog die Hand zurück, Pirri steckte sich die Tablette in den Mund und zerkaute sie. Seine Zunge stocherte in den bitteren Bröseln herum, er schluckte und musste husten.

»Sie sind mir eine Antwort schuldig.«

Pirri spürte endlich die bleierne Müdigkeit und legte den Kopf auf der Tischplatte ab.

48

Lunau schloss die Augen und genoss die Vielzahl an Minimalgeräuschen, die man oberflächlich als Stille wahrnahm. Das gedämpfte Gurren einer Turteltaube, das durchs Dach drang, ein Winkelschleifer, der irgendwo in der Nachbarschaft sang, ab und zu knackten die Holzbalken unter dem Cotto-Boden. Silvia klapperte unten in der Küche, dann summte leise ein Pürierstab.

Von Vito Di Natales Arbeitszimmer ging eine besondere Aura aus, obwohl nichts Besonderes zu entdecken war. Eine Dachgaube mit einem Fenster, an dem der Schreibtisch stand, an die Schräge waren ein paar Bauskizzen gepinnt, die Seitenwände waren mit Bücherregalen bedeckt. Dort standen Grundlagenwerke zur Flussregulierung und zu Ingenieurwissenschaften, ein paar Jahrbücher der Schifffahrtsbehörde, Aktenordner und Notizbücher. Die Rückwand war frei. Lunau lehnte sich in dem bequemen Bürosessel zurück, ließ sich um die eigene Achse kreisen und schloss wieder die Augen. Die Stille hört man erst, wenn in der Ferne ein Hund bellt, dachte er. Es gab in dem Raum keine persönlichen Fotos, weder eine Spur der Kinder noch der Frau oder von Freunden. Alles war nur auf die Arbeit konzentriert.

Bis auf eine einzige Ausnahme: Die Bauskizzen an der Dachschräge. Lunau betrachtete sie eingehend und merkte, dass sie nichts mit der ARNI zu tun hatten. Es waren die Skizzen für das Schiffsmodell, das Vito seinen Kindern aus Holz gebaut hatte. Immer wenn Lunau meinte, er habe ein kohärentes Bild von diesem Di Natale, tauchte eine andere Facette auf. Wie die im Gesicht seiner Frau.

Vito Di Natale, emigrierter Sizilianer, vorbildlicher Familienvater, passionierter Wasserbauingenieur mit einer fast archaischen Liebe zum Po. Ein durch und durch integrer Mensch. Oder ein genialer Blender?

Lunau stand auf, photographierte den Schreibtisch und alle Wände ab, dann begann er mit der eigentlichen Arbeit. Di Natale hatte akribisch ein zweites Büro angelegt. Sämtliche Akten der ARNI waren fotokopiert und abgeheftet, damit Vito jederzeit zu Hause weiterarbeiten konnte. Lunau fraß sich chronologisch rückwärts durch die Aufzeichnungen, legte die Notizbücher und die Steuerunterlagen dazu und versuchte, sich einen Überblick über die Vorgänge zu verschaffen. Besonderes Interesse hatte er natürlich an allem, was Konfliktstoff barg: die Ausschreibung großer Bauprojekte, Vertragskündigungen oder -strafen, Zivil- oder gar Strafprozesse. Auf allen wichtigen Dokumenten war auch Alberto Gasparottos Unterschrift, doch anhand der Notizbücher wurde klar, dass Di Natale das eigentliche Hirn der ARNI war. Er führte die Verhandlungen, trieb die Projekte voran. Erst wenn Verträge unterschriftsreif waren, wurden sie Gasparotto vorgelegt, der sie dann nur noch signierte. Aktuell baute eine Firma aus Treviso eine neue Brücke in Küstennähe, ein Auftrag über 1,3 Million Euro, von denen ein Drittel aus EU-Geldern gespeist wurde. Bisher schien der Bau reibungslos zu funktionieren. Kein Motiv für einen Mord. Lunau ging Monat für Monat durch, aber er stieß auf nichts Auffälliges.

Silvia klopfte und fragte, ob er etwas trinken wolle. Sie schaute die ausgebreiteten Unterlagen an, und Lunau spürte, wie unangenehm es ihr war, dass er das Material durchstöberte. Er sagte nichts dazu, meinte nur, er habe keinen Durst, und arbeitete weiter. Silvia holte die Kinder vom Sport ab, aß mit ihnen zu Abend, Lunau vertrat sich ab und zu die Beine in dem Raum, der nicht größer als eine Klosterzelle war. Aber auch nach zwei Stunden hatte er nichts gefunden. Zu zwei Vorgängen hatte er sich Notizen gemacht, weil er die Fachbegriffe nicht verstand, und vor drei Monaten hatte Di Natale in sein Notizbuch geschrieben: »G. B. uneinsichtig. Prozess unvermeidl.« Lunau suchte nach weiteren Fundstellen mit den Initialen »G. B.« oder einem Klarnamen, der dazu passen könnte. Vergebens.

Er schaltete das Licht an und hörte im Bad die Wasserhähne laufen. Er sah Stefan und Paul vor seinem inneren Auge, wie sie nebeneinander am Waschbecken standen und sich mit den Griffen der Zahnbürsten kitzelten. Wie sie lachend die Zahnpasta an den Spiegel spritzten und das Gurgelwasser einander ins Gesicht spuckten. Wie fehlte ihm jetzt dieser Unsinn.

Lunau spürte, er war mit den Kräften fast am Ende, wurde immer anfälliger für Ablenkungen, aber er wusste auch, dass meist in solchen Situationen die wichtigsten Entdeckungen gemacht werden.

Diesmal war es anders. Die Kinder waren im Bett, Silvia hatte ihnen eine Geschichte erzählt und anschließend ein paar Minuten auf dem Flur gestanden. Sie hatte versucht, ihr Schluchzen zu unterdrücken, aber Lunau hatte es trotzdem gehört. Dazwischen schoben sich wieder Erinnerungen an die eigenen Söhne, ihre schmalen Finger auf der Klaviatur, Klänge. Eine simple Mozart-Variation kreiste durch Lunaus Kopf und erfüllte ihn mit Wehmut. In Di Natales Aufzeichnungen hatte er noch immer nichts gefunden. Allmählich zweifelte Lunau, ob dessen Beruf ein ausreichendes Motiv für einen Mord abgeben konnte. Das letzte Wort hatte in jedem Fall Alberto Gasparotto, bei Großaufträgen sowieso. Ein geprellter oder enttäuschter Geschäftspartner müsste Gasparotto die Pistole an den Schädel halten, nicht Di Natale.

Es fanden sich auch keine Verbindungen zu den anderen Verdächtigen, weder Geschäftsbeziehungen zur AIPO, dem Deichamt, noch zu Zappaterra. Nur zu einer Zweigstelle der AIPO in Venetien hatte Di Natale kürzlich Kontakt aufgenommen. Er bat um die Nutzungskonzession eines Grundstücks im Deichvorland. Die Art der Nutzung wurde nicht genannt.

Lunau war bereits im Vorjahr, dann im Vorvorjahr, als er wieder auf ein Schreiben an die AIPO stieß, diesmal an Giuseppe Pirri. Es wurde ebenfalls um die Nutzungskonzession eines Grundstücks im Deichvorland nachgesucht. Pirris Bescheid war allerdings negativ. »Die geomorphologischen und baustatischen Voraussetzungen für die Erteilung besagter Konzession auf dem Gemarkungsabschnitt F 22/c sind nicht gegeben. Wir müssen Ihre Anfrage daher leider negativ bescheiden.« Lunau photographierte das Schreiben ab und notierte sich das Datum: 24. Mai 2008. Vor fast genau zwei Jahren.

Als Silvia wieder klopfte und mit verheulten Augen eintrat, legte Lunau ihr die Seite von Di Natales Notizbuch vor: »Kennen Sie G. B.?«

Sie trug einen gestreiften Männerpyjama und darüber einen leichten Hausmantel. Ihre schwarzen Locken standen in widerspenstigen Strähnen ab. Lunau fand sie anziehender denn je. Aber er fragte sich, ob es Silvia war, die er anziehend fand. War es nicht dieses Haus, das wie ein Narkotikum wirkte? Er nahm heimlich an einem Leben Teil, wie er es sich immer gewünscht hatte.

Sie schaute Lunau über die Schulter, und er spürte die Wärme ihres Körpers, den Hauch eines Weichspülers oder eines Deos, das nach Piniennadeln, Öl und Meersalz duftete.

»G. B., G. B...«, murmelte Silvia und legte den Kopf schräg.

»Vielleicht der Chef einer Behörde oder ein Unternehmer.«

»Könnte Gianandrea Baiocchi sein.«

»Wer ist das?«

»Ihm gehört ein Hochbau-Unternehmen. Er hat ein, zwei Brücken für das Schifffahrtsamt gebaut, aber dann gab es Streit.«

»Wissen Sie, weshalb?«

Sie zuckte mit den Achseln. »Vito redete nicht gerne über die Arbeit. Wenn er zu Hause war, wollte er zu Hause sein, in seiner Privatwelt.«

»Dieser Raum wirkt aber nicht so.«

Sie schaute sich um und verzog den Mund. »Na ja, wie er gerade Lust und Laune hatte. Aber es gab etwas an seinem Beruf, was ganz privat war.«

»Wie meinen Sie das?«

Ihre Augen glitten über die Rücken der Aktenordner, über die handgeschriebenen Zeilen in Vitos Notizbüchern.

»Er liebte seine Arbeit auf eine Weise, die keiner bei der ARNI nachvollziehen konnte.«

»Die Arbeit oder den Fluss?«

»Wahrscheinlich haben Sie recht. Es war nicht dic Arbeit, es war der Fluss. Sein Fehler war, dass er das eine mit dem anderen vermengte.«

Je länger Silvia in Lunaus Nähe war, desto vertrauter und anziehender kam sie ihm vor. Seit er von Jette getrennt war, hatte keine Frau ihn mehr wirklich interessiert. Er hatte sich immer gegen die Versuchung gewehrt, einen puren Instinkt auszuleben, so auch bei Amanda. Von Silvia ging allerdings eine andere Anziehungskraft aus. Jede ihrer kleinen Gesten interessierte ihn, er spürte das Bedürfnis, mehr von ihr zu erfahren. Die Bücher, die sie mochte, die Kleider, die sie trug.

Lunau war überreizt. Und er war dabei, seine Arbeit mit privaten Gefühlen zu vermengen. Silvia konnte eine Mörderin sein. Und tat alles, um ihn von dieser Idee abzulenken.

49

Lunau zog vorsichtig die Tür zu Vitos Arbeitszimmer zu. Die Kinder schliefen längst, aus dem Wohnzimmer hörte man deutschsprachige Dialoge. Lunau ging die Treppe hinunter und klopfte an die Tür, die halb offen stand. Silvias Locken überragten das Sofa, auf dem Bildschirm sah man einen dicken österreichischen Schauspieler in Schwarzweiß.

»Das falsche Gewicht? Wie kommen Sie auf diesen Film?«, fragte Lunau.

»Für den Unterricht. Joseph Roth. Wenn man Ihnen Literatur schon nicht durch Bücher vermitteln kann, dann versuche ich es eben mit Video.«

»Sie sollten es mit Kraftausdrücken versuchen.«

Sie rang sich ein Lächeln ab. »Wollen Sie ein Glas Wein?«

Die Flasche war fast leer, und es war nicht allein die Müdigkeit, die bleischwer an Silvias Zunge zog. »Gegessen haben Sie auch noch nichts, oder?«, fragte sie.

Sie wollte aufstehen und in die Küche gehen.

»Ich habe keinen Hunger«, log Lunau.

Sie schaltete den Film ab. Man sah nur noch eine giftigblaue Graphik mit dem Markennamen des DVD-Players auf dem Bildschirm. Sie überzog Silvias Gesicht mit einem irrealen Schleier.

»Und, was glauben Sie?«, fragte sie, aber es klang wenig interessiert.

»Das Material ist uferlos und für mich nicht zu durchschauen. Können Sie sich vorstellen, dass ein Geschäftspartner Ihren Mann getötet hat?«

»An wen denken Sie?«

»Dieser Baiocchi, was ist das für ein Typ?«

»Lustesser, Geldsack, hat eine Klitsche vom Vater geerbt und mit Hilfe seiner politischen Verbindungen und unterbezahlter Leiharbeiter ein kleines Imperium aufgebaut.«

»Es wird demnächst zu einem Prozess kommen. Die ARNI hat Baiocchis Firma auf Schadenersatz verklagt.«

»Davon hat Vito nichts erzählt. Wollten Sie ein Glas Wein?«

Lunau zögerte. Die rubinrote Farbe in Silvias Glas war verlockend. Lunau hatte Lust, sich einfach fallenzulassen. Er dachte an die vorletzte Flasche, die er geleert hatte, mit Jette, ein Geschmack von dunklen Waldbeeren, von warmem Ton und würzigem Käse. Und dann dachte er an die letzte Flasche, die er allein geleert hatte, an die vielen letzten Flaschen. »Danke, nein.«

Sie nickte, enttäuscht, und schaute dann auf den kümmerlichen Rest. »Ich habe noch eine.«

»Trotzdem nicht, danke.«

»Warum interessiert Sie die Geschichte eigentlich so?«

Er gab keine Antwort. Es war die Antwort, die er Jette bei jeder Recherche schuldig geblieben war.

»Was steckt dahinter?«, fragte sie.

Lunau zuckte mit den Achseln. »Wir brauchen die Ermittlungsakten. Zeugenaussagen, den Obduktionsbericht usw. Sie sollten als Nebenklägerin auftreten und Akteneinsicht verlangen. Und Sie müssen eine zweite Obduktion beantragen, von einem unabhängigen Gerichtsmediziner.«

Sie ließ kraftlos den Arm fallen. »Das bringt mir Vito nicht zurück. Seine Verwandtschaft ist im Anmarsch. Eine zweite Obduktion, da wird die Leiche nie freigegeben werden.«

»Bitte, tun Sie es.«

Sie schlug die Augen auf. Ihre Pupillen strahlten grün in einem Geflecht winziger roter Äderchen. Plötzlich fing sie zu weinen an. Die Tränen zogen eine Spur und rannen in kurzem Abstand über ihre Wangen. Lunau war so hilflos, er hätte am liebsten mit der Faust in den Glastisch geschlagen.

»Ich muss jetzt gehen.«

Sie nickte, und dann fing sie zu zittern an. Zuerst das Kinn, dann der Hals und schließlich die Arme. Sie schlug die Hände vors Gesicht, schluchzte und ließ sich auf dem Sofa zur Seite fallen. Lunau betrachtete die Ellbogen, an denen der dünne Stoff des Hausmantels fadenscheinig geworden war. Man sah die zerbrechlichen Knochen. Er streckte seine Hand aus, bis er sie fast berührte, dann zog er sie wieder zurück.

»Ich komme morgen wieder. Sie können mich jederzeit über das Handy erreichen. Aber wie gesagt: Offiziell bin ich nicht mehr hier.«

Sie wurde von Konvulsionen geschüttelt, und Lunau wusste nicht, ob sie ihn überhaupt gehört hatte.

Als er das Haus verließ, zogen luftige Dunstschleier durch die Straße. Um die Laternen hatten sich gelbe Blasen gebildet. Die Zeder und die hohe Mauer des Nachbarn standen genau so, wie Silvia es beschrieben hatte. Sie verdeckten die Sicht auf den Straßenrand. Lunau ging an das Törchen. Niemand zu sehen, kein Hinweis darauf, dass Di Natales Haus oder Lunau selbst observiert wurden. Er schwang sich auf das geliehene Fahrrad und fuhr über den nagelneuen leuchtend roten Radweg die *Via Bologna* entlang. Er kam an ein grell erleuchtetes Stadttor, passierte die *Piazza Travaglio* und fädelte sich in die *Via San Romano* ein, eine enge Gasse der Altstadt, Fußgängerzone. Lunau kontrollierte durch Seitenblicke in Schaufenster, ob er jemanden an den Hacken hatte. Aber niemand schien ihm zu folgen. Er bog in eine verlassene Gasse des ehemaligen Ghettos, hielt hinter einer Häuserecke und wartete. Keine Schritte, keine Spur von einem Menschen. Er kehrte in die belebtere *Via San Romano* zurück, mischte sich unter die Passanten, die Eis schleckten und Auslagen anschauten, bis er an die Quergasse kam, in der sein Hotel lag. Allerdings ignorierte er die Gasse. Er ging einen

Zickzackkurs und näherte sich dem Eingang von der Gegenseite.

Die Hotelpension *La Lupa* war eine Absteige. Der Hotelier ein dicker Glatzkopf, der über einem gerippten Unterhemd ein zu enges Sakko trug. Als Lunau ihm neben dem Geld für zwei Nächte weitere 50 Euro bar auf den Tresen gelegt und gesagt hatte, er liebe es, eine neue Stadt inkognito zu erkunden, hatte der Mann gelächelt und erwidert, auf solche Gäste sei sein Haus spezialisiert. Zumindest hatte Lunau sich das aus dem Dialekt seines Gegenübers zusammengereimt.

50

Lunau saß in seinem schäbigen Zimmer, hatte den USB-Stick für die drahtlose Internetverbindung aktiviert und googelte Baiocchis Bauunternehmen. Eine seriöse Website mit vielen Untermenüs und beeindruckenden Aufnahmen von Serpentinenstraßen, Brücken, Staudämmen, vor allem in Norditalien, aber auch in skandinavischen Ländern und in Deutschland. Lunau fand auf Facebook Baiocchis private Handynummer und rief sie an. Baiocchi ging sofort ran, obwohl es fast elf war. Er war gut gelaunt und ärgerte sich nicht einmal, als Lunau unverblümt nach dem Zwist mit Vito Di Natale fragte. Baiocchi war bestürzt über Di Natales Tod. Aber der Streit sei aus der Welt geräumt, da man dem Prozess mit einem Vergleich zuvorgekommen sei. Baiocchis Firma habe eine moderate Summe gezahlt, keine besondere Belastung, steuerlich eher ein Vorteil, da mehrere lukrative Bauprojekte in Schweden vor dem Abschluss stünden. Er selbst, Baiocchi sei übrigens seit zehn Tagen in Göteborg. Lunau rief eine Wetterkarte von Europa auf und bat Baiocchi, aus dem Fenster zu schauen. Was er da sehe? Blitze und Regen, der gegen die

Scheibe schlage, antwortete Baiocchi. Lunau hörte im Hintergrund das Donnergrollen. Das Alibi musste Lunau noch nachprüfen, aber er strich Baiocchi erst einmal von der Verdächtigenliste. Wieder ein Schlag ins Wasser.

Aus der Gasse drang der Lärm von Kneipengästen, die das Rauchverbot auf die Straße getrieben hatte, in einem Nebenzimmer ging eine Gewerbliche ihrem Gewerbe nach. Zu hören war allerdings nur ihr Kunde.

Lunaus Moral war im Keller. Das mochte am Hunger liegen. Er trank aus der Wasserflasche und riss sich ein Stück von der Pizza ab, die er mit aufs Zimmer genommen hatte. Aber auch während sich die Fäden des heißen Mozzarella um seine Zunge wickelten und sein Stoffwechsel das Fett und die Kohlenhydrate aufsaugte, besserte seine Laune sich nicht. Er hatte keine konkrete Spur gefunden.

Bei seiner Arbeit hatte er sich immer an bestimmte Prinzipien gehalten: Er manipulierte kein Material, so leicht das mit Hilfe der Digitaltechnik auch war, und er respektierte die Privatsphäre und das Gesetz. Viele seiner Kollegen arbeiteten mit Wanzen und mit Hilfe von Hackern, die in Mailaccounts eindrangen und Datenbanken plünderten. Lunau hatte das immer abgelehnt. Er hasste Geheimdienste und deren Methoden. Meistens genügte der gesunde Menschenverstand, um Schweinereien auf die Spur zu kommen. Man musste nur genau beobachten, wer von bestimmten Machenschaften und Skandalen am Ende profitierte. Und dort mit den Recherchen ansetzen. Allerdings bezweifelte er langsam, dass er mit diesen Prinzipien in Ferrara Erfolg haben würde. Er fehlte unentschuldigt im Sender, Zeit und Geld rannen ihm durch die Finger.

Er starrte auf die Steuerunterlagen. Laut Silvia Di Natale waren sie authentisch. Noch so ein Mysterium. Warum hatte Amanda Lunau mit heiklen Informationen versorgt, warum war sie ein solches Risiko eingegangen, um ihn dann zu hintergehen?

Er steckte sich das nächste Stück Pizza in den Mund, wischte sich das Fett von den Fingern und blätterte in Konto- und Depotauszügen. Nichts. Di Natales hatten praktisch keine Rücklagen. Der Kredit über das Haus lief noch 24 Jahre, die Einkommen waren für deutsche Verhältnisse lächerlich gering. Und die Lebenshaltungskosten in Italien waren mindestens so hoch wie in Deutschland. Ein Wunder, dass die Familie über die Runden kam. Auch diese Unterlagen waren nach Geschäftsjahren geordnet. Das laufende Jahr war, wie zu erwarten, noch nicht erfasst. Im Vorjahr hatte es keine auffälligen Posten gegeben. Di Natale hatte versucht, sein Arbeitszimmer steuerlich geltend zu machen. Das Finanzamt hatte abgelehnt.

Lunau blätterte noch ein Jahr zurück und schaute sich die Kontoauszüge genauer an. Die üblichen Abbuchungen für Strom, Gas und Müll. Telefon, ein Fitnesscenter, der Beitrag für den Tennisklub. Musik- und Ballettschule. Einnahmen: Nur die Gehälter. Plötzlich fiel Lunau noch eine regelmäßige Abbuchung auf. Der Beitrag für eine Lebensversicherung, die auf den Namen »Vito Di Natale« lief. Lunau blätterte weiter in die Vorjahre. Die Beiträge waren stabil. Jeden Monat über hundert Euro. Silvia Di Natale profitierte also vielleicht doch von Di Natales Tod. Lunau dachte daran, wie sie sich auf dem Sofa gerekelt hatte, wie sie sich ihm in ihrer Trauer dargeboten hatte, und ihn packte die Wut. Er lief eine Weile im Zimmer auf und ab. Angenommen Silvia steckte hinter dem Mord – wie hatte sie die Tat bewerkstelligt? Sie selbst? Oder doch mit Pirris Hilfe? Aber warum mit Pirri?

Lunau legte sich hin und ließ wieder die Stunden von seinem ersten Telefonat mit Di Natale bis zu dessen Ermordung Revue passieren. Er hörte erneut in die Audiofiles hinein, und als er sich nicht mehr konzentrieren konnte, versuchte er einzuschlafen. Vergeblich. Irgendwann war er zumindest in einen Halbschlaf hinübergeglitten, in dem er die Stimmen auf der Straße nur noch in einzelnen heftigen Schüben wahrnahm, einmal piepste das Handy, irgendwann setzte der neue Tag mit dem Rattern der Metallrollos an Geschäften und Handwerksbetrieben, dem Rumpeln der Liefer- und Müllwagen ein, die sich durch die engen Gassen des einstigen Ghettos wanden.

Als Lunau die Leseleuchte einschaltete und auf sein Handydisplay sah, stand dort 6 Uhr 10, außerdem blinkte das Symbol für eine neue Nachricht. Lunau fummelte sich fluchend durch das Menü, um die Tastensperre aufzuheben und die Nachricht zu öffnen. Sie kam von Balboni. Name und Handynummer von Pirris Anwalt. Lunau wählte sie sofort.

51

Es war Mittwoch morgen, sieben Uhr dreißig, als Giuseppe Pirri, genannt »der Kugelblitz« vom Deichamt, aus der Untersuchungshaft entlassen wurde. Er strich sich durch seine grauen Locken, die verklebt und leblos wirkten, nahm seine Tasche und grüßte den Pförtner mit einem kurzen Kopfnicken. Schon auf dem Korridor hatte er sich besser gefühlt, er konnte den Blick bis zu Fenstern und Oberlichtern schweifen lassen, Staubpartikel tanzten im Sonnenlicht und erfüllten ihn mit einer ungeahnten Leichtigkeit. Aber jetzt, vor der kleinen Tür im Stahltor, befiel ihn wieder panische Angst. Die Tür schwang auf, Pirri trat hinaus. Er war zwar im Freien, aber immer noch nicht in Freiheit. Grauer, aschig schmeckender Morgennebel hing über der Ebene, die Sonne dahinter ein finsterer Ball. Pirri musste noch eine lange Flucht durch zwei hohe Eisengatter gehen, dann erst kam er an den mit Stahlspitzen bewehrten Außenzaun des Gefängnisgeländes. Der Wärter schloss ihm die Pforte auf. Und da stand Pirris Frau Erica, die Hände in den Manteltaschen, den Kopf in den Kragen gezogen. Er ließ die Tasche fallen und umarmte sie. Ihre Tränen waren warm, ihr Atem heiß und hastig.

»Ich wusste es, ich wusste es«, stammelte sie immer wieder. »Sag, dass das alles nicht stimmt, was in der Zeitung steht«, schluchzte sie.

»Ich bin kein Mörder«, antwortete er.

»Ich kann nirgendwo mehr Geld abheben.«

»Ich bin ein Spieler.«

Sie fasste ihn am Revers und schüttelte ihn. »Aber du hast doch nicht unsere Ferienwohnungen verspielt, wie die Zeitungen schreiben, oder?«

»Doch.«

Sie schüttelte ihn heftiger.

»Aber nicht unser Haus?«

»Doch.«

»Die Lebensversicherungen?«

Er nickte nur.

»Und die von unseren Kindern?«

Er nickte wieder.

»Ich habe auch die Krügerrand-Münzen von meiner Mama nicht mehr gefunden.«

Er nickte, und sie fing an, ihn zu ohrfeigen. Die ersten Schläge taten ihm weh, aber dann schlug der Schmerz in Erleichterung um.

»Du musst mich zu Alberto Gasparotto bringen«, sagte er.

»Zu Gasparotto vom Schifffahrtsamt? Warum?«

»Er muss mir helfen.«

»Ausgerechnet er? Er hat dich doch noch nie leiden können.«

»Er ist meine einzige Hoffnung.«

Sie kaute bitter. Sie schloss die Kette auf, mit der ihrer beider Fahrräder verbunden waren, und Giuseppe Pirri schwang sein kurzes Bein, nicht ohne Mühe, über den Sattel. Das Gefängnis lag außerhalb der Stadt, an einer Umgehungsstraße. Ein neuer Radweg säumte sie, ein Radweg, dessen Finanzierung Pirri im Stadtrat abgesegnet hatte. Aber nach wenigen Kilometern schmerzten seine Oberschenkel, und als sie vor Gasparottos Villa hielten, war er krebsrot und außer Atem.

»Soll ich mitkommen?«, fragte Erica.

Er schüttelte den Kopf. Die Demütigung wollte er ihr ersparen. Aber es sollte nicht gelingen. Denn als Pirri die Klingel drücken wollte, schnarrte die Verriegelung in der Gartenpforte, während oben die Haustür aufging, und Alberto Gasparotto, in langem leichtem Mantel und Hut, auf den Treppensabsatz trat. Er sah Pirri, seine Miene verfinsterte sich, Pirri schob das Törchen auf.

»Du wagst es?«, fragte Gasparotto.

»Tu nicht so«, sagte Pirri. Er trat auf Gasparotto zu und packte ihn an den Oberarmen. Der hagere Gasparotto war fast einen Kopf größer als Pirri, wusste sich aber nicht zu helfen.

»Die bringen mich um«, sagte Pirri. »Ich bin erledigt. Ich muss Fahrrad fahren.«

Gasparotto schnaubte verächtlich. »Das schadet dir nicht.«

»Du weißt, was mit mir passiert.«

»Nein. Das weiß ich nicht.«

»Ich habe Schulden ohne Ende. Ich habe alle Fristen verstreichen lassen.«

»Ich wüsste nicht, was ich damit zu tun habe.«

»Ich habe es genauso für dich getan.«

Gasparotto, der die ganze Zeit versucht hatte, Pirris Griff zu entkommen, erstarrte. Sein Blick bohrte sich in Pirris Augen.

»Bitte?« Sein Ton war scharf. »Wann wirst du endlich aufhören, dich selbst zu belügen? Ich wollte noch nie etwas mit dir zu tun haben. Und du nicht mit mir. Was du getan hast, hast du aus Feigheit und Schwäche getan. Du ganz alleine.«

»Aber du hast über all die Jahre mitprofitiert.«

Gasparotto sah sich im Garten und auf der Straße um. »Ich weiß nicht, wovon du redest. Und sieh zu, dass du von meinem Grundstück kommst.«

Er riss sich mit einer heftigen Bewegung des Oberkörpers los und trat hinaus auf den Bürgersteig. Den kurzen Weg zur ARNI ging er gewöhnlich zu Fuß. Als er Erica Pirri sah, wollte er sich automatisch an die Hutkrempe tippen. Er hielt auf halbem Weg inne und tat es dann doch. Er bemerkte Lunau nicht, der mit seinem Fahrrad den Pirris gefolgt war und hinter einer Platane stand. Gasparotto rückte sich Krawattenknoten und Mantelrevers zurecht und bog in den *Corso Isonzo*.

52

Andrea Zappaterra war froh, dass er auf dem weiten Parkplatz kein bekanntes Kennzeichen entdeckte. Er fuhr einen weiten Bogen und stellte dann seinen Geländewagen ab.

Danys dämlicher Kleinwagen war natürlich schon da. Wie kann man nur so ein bescheuertes Auto kaufen, dachte Zappaterra, und dann noch in so einer Farbe? Das Thema musste er irgendwann anschneiden. Bei dem Gedanken, sich in dieses Auto zu setzen, wurde ihm übel. Konnte ja sein, dass Dany ihn mal irgendwo hinbringen musste. Und ans Steuer seines Landrovers konnte er sie ja schlecht lassen.

Dany schob ihre nackten Beine aus dem Wagen. Sie hatte das enge Kleid mit den Spaghettiträgern an, und sofort stieg diese

Welle des Verlangens in ihm hoch. Was für eine beschissene Idee, sich Möbel anzusehen, dachte er. Warum nur standen Frauen auf einen solchen Scheiß?

Er spürte ihre spitze, harte Zunge, die sich tief in seinen Mund schob. Ihr Atem verschmolz mit dem seinen, und er hatte nur noch einen Wunsch: sie direkt auf der Motorhaube zu nageln, bis die Lichter ausgingen.

»Also, was willst du dir zuerst ansehen? Küche, Bad oder …«, sie machte eine künstliche Pause, die gar nicht zu ihr passte, »… Schlafzimmer?«

Sie nahm ihn an der Hand und zog ihn hinter sich her, ehe er etwas erwidern konnte. Was waren das für Stöckelschuhe? Aber er fragte nur: »Wir stapfen in einen x-beliebigen Möbelmarkt, und deswegen hast du so eine gute Laune?«

»Für mich ist das kein x-beliebiger Möbelmarkt. Nicht, wenn ich mit dir zusammen reingehe.«

Sie nahm einen der riesigen Rollwagen.

»Wir wollten doch nur mal schauen. Ich hab gar kein Geld dabei«, sagte er.

»Man weiß nie.«

»Ich frage mich sowieso, wie man sich Möbel aussuchen soll, wenn man noch gar keine Wohnung hat.«

Sie blieb stehen und schaute ihm in die Augen. »Lass uns doch einfach mal ein bisschen Spaß haben. Wir lassen uns inspirieren.«

»Das ist für mich weder Inspiration noch Spaß.«

»Interessiert dich nicht, in was für einer Umgebung du leben wirst? Ich habe mir extra einen halben Tag frei genommen.«

»Ich auch«, brummte er.

Sie hatte den Wagen stehen lassen und sich in einen grünen Ohrensessel fallen lassen. Der Ohrensessel war der Mittelpunkt eines Wohnzimmers mit grässlicher Stehlampe, Sitzgarnitur und

Couchtisch mit Zierdecke. Plötzlich sprang sie auf und trat auf Zappaterra zu. Ihre Augen funkelten wild. Ihr sehniger Körper schien gespannt wie eine Bogensaite. »Oder hast du es dir anders überlegt? Willst du jetzt einen Rückzieher machen?«

Er ging auf Abstand und schaute sich um. Was für eine beschissene Idee, dachte er, was für eine beschissene Idee. Aber er sagte: »Quatsch. Ich will nur dich.«

»Dann ist das dein neues Leben, das wir hier einrichten.«

»Ich meine ja nur, dass du das auch alleine machen könntest.«

»Und wenn es dir dann nicht gefällt?«

»Du kriegst das schon hin mit deinem Geschmack.«

Ihr Geschmack. Mit Grausen dachte er an ihr Wohnzimmer. Und jetzt erinnerte er sich auch wieder daran, warum er hatte mitkommen wollen. Um das Schlimmste zu verhindern. In so einem Plüschkäfig würde er nach einem halben Tag verrückt werden.

»Lass uns mit der Küche anfangen«, sagte er.

Sie drehte sich um, grinste ihn an und sagte, mit ausgestrecktem Zeigefinger und schräg gestelltem Becken, wie eine Popsängerin in einem Videoclip: »Okay.«

»Mit dir ist doch irgendwas«, sagte Zappaterra.

»Später«, erwiderte Dany und winkte mit einer Hand über ihre Schulter.

Andrea Zappaterra glaubte nicht an die christliche Lehre, wonach im Leben alles einen Sinn habe, auch und vor allem das Leiden, das dazu da sei, uns zu läutern, uns zu Reife und höherem Bewusstsein zu führen. Er glaubte nicht daran, dass man durch Entbehrungen und Schmerz das Eintrittsbillett ins Paradies erwarb. Was sollte er mit einem ewigen Leben? Vielleicht noch mit all seinen Liebsten aus dem Diesseits? Gar mit Marta, seiner Ehefrau? Für ihn war mit dem Tod Schluss, und deshalb musste man vorher alles geschossen haben, was es in der Losbude des Lebens zu holen gab.

Als sie nach einer Stunde in dem Schnellrestaurant saßen und Dany ihre trockenen Salatblätter mit dem Messer zerschnitt, dachte Zappaterra, dass diese Stunde, die er in dem Möbelhaus vergeudet hatte, nie wieder zurückkommen würde. Er hatte eine Stunde seines Lebens einfach vernichtet, wie einen Geldschein, unter den man ein Streichholz hält.

»Jetzt verrat mir wenigstens, was das für eine Neuigkeit ist«, sagte er und biss in seinen Burger. Das Fleisch war genau auf den Punkt gebraten, das Brötchen frisch, und doch schmeckte der Burger fade.

Sie schaute ihn an. Ihre Wangen glühten noch immer vor Begeisterung. »Ich bekomme eine richtige Stelle. Vollzeit und unbefristet. Ist das nicht der Wahnsinn?«

»Wo?«

»Wo? In der ARNI natürlich.«

Er wischte sich mit dem Handrücken über den Mund. »Wer sagt das?«

»Wer wohl? Alberto Gasparotto.«

»Du meinst, er hat dir das persönlich gesagt?«

»Spreche ich so undeutlich? Er hat mich in sein Büro bestellt. Am Anfang redete er total verquer, wie es mir denn bei der ARNI gefalle, ich sei ja schon so lange dabei, verdienstvolle Mitarbeiterin, er weiß, lange nicht adäquat eingestuft, Besoldungsmodelle, Sparzwang, Budgeteinfrierung, der übliche Sermon. Und am Ende, ob ich mir vorstellen könnte, Vollzeit zu arbeiten. Ob ich mir das vorstellen könnte, verstehst du?«

Sie meckerte und ließ den Kopf nach hinten fallen, so dass die Haut über den Knorpeln von Schilddrüse und Kehlkopf spannte.

»Der hat herumgeeiert, als wollte er mich fragen, ob ich ihm einmal einen blasen könnte.«

Zappaterra schoss das Blut ins Gesicht. »Red nicht so vulgär«, fauchte er sie an.

Sie starrte ihn verwundert an. »Freust du dich nicht für mich?«

»Heißt das, du hörst bei mir auf?«

»Vollzeit ist Vollzeit. Klar muss ich bei dir aufhören. Aber du hast ja sowieso immer gesagt, du tätest mir einen Gefallen mit dieser Teilzeitbeschäftigung. Das sei betriebswirtschaftlich für dich eine Belastung. Jetzt, wo wir zusammenziehen, sehen wir uns doch oft genug, oder?«

Er war wie vom Donner gerührt.

»Jetzt freu dich doch mal für mich!«

»Ja, ja, ich freue mich«, sagte er.

Als er in seine Sandgrube eingebogen und Danys Auto aus seinem Rückspiegel verschwunden war, holte er sein Handy hervor. Er tippte eine Nummer ein und wartete, bis Gasparotto dranging.

»Sag mal, spinnst du?«, legte er los, ohne zu grüßen.

»Wovon redest du?«, fragte Gasparotto, obwohl er die Antwort zu kennen meinte.

»Wieso gibst du Dany auf einmal eine volle Stelle, noch dazu unbefristet?«

»Jetzt, wo Di Natale uns fehlt, brauche ich eine zuverlässige Kraft. Und einen Ingenieur kann meine Behörde sich nicht mehr leisten.«

»Dany ist eine Analphabetin, die Tochter eines debilen Halbwilden. Sie kann nicht einmal unter Diktat einen vernünftigen Brief schreiben.«

»Seit wann machst du dir Sorgen um die Effizienz meiner Behörde?«

Zappaterra schwieg. Dann sagte er: »Du wirst ihr mitteilen,

dass du neue Dispositionen von oben bekommen hast und dass diese Stelle gestrichen wurde.«

Zappaterra drehte den Zündschlüssel um, und der Dieselmotor erstarb mit einem letzten Rüttler. »Was hast du gesagt?«, fragte er.

»Nichts.«

»Hast du mich verstanden?«, hakte Zappaterra nach.

»Du hast mir nichts zu befehlen.«

Zappaterra starrte durch die Windschutzscheibe auf die Blechbaracke, in der sein Büro untergebracht war, in der Dany jeden Werktag um vierzehn Uhr erschienen war. Er spürte eine so unbändige Wut in sich, dass das Bild langsam zu zittern anfing. Er war bereit gewesen, alles aufzugeben, er wollte ein neues Leben anfangen, ein neuer Mensch werden. Er hatte plötzlich wieder diese Großzügigkeit in sich entdeckt, diese Hilfsbereitschaft, wie damals, als er noch in seine Frau verliebt war. Und jetzt wurde er bei der erstbesten Gelegenheit verraten. Von seinen engsten Verbündeten?

53

Lunau hatte sich einen neuen Leihwagen besorgt und im Schatten der großen Zeder geparkt. Er saß hinter dem Lenkrad und wartete auf Silvia Di Natale. Auf seine Anrufe hatte sie nicht reagiert, laut Schulverwaltung hätte sie längst Feierabend haben müssen. Lunau starrte abwechselnd auf den Monitor seines Laptops und auf das Haus Di Natales.

Am Vormittag war er zur Schifffahrtsbehörde gegangen. Er wollte einen Moment abpassen, in dem Dany das Büro verließ, aber Dany war nicht zur Arbeit erschienen. Lunau konnte im Treppenhaus warten, bis der Büroflur leer war. Dann ging er an

Di Natale Tür. Sie war nicht abgeschlossen. Lunau trat ein, schloss die Tür hinter sich und konnte ungestört in den Akten lesen. Die Polizei hatte nichts beschlagnahmt, nichts versiegelt. Die Unterlagen deckten sich mit den Kopien, die Vito mit nach Hause genommen hatte. Allerdings fehlten zwei Vorgänge: Der Antrag bei der AIPO zur Nutzung des Deichvorlands, (eben jener Antrag, den Pirri abgelehnt hatte), und der Antrag bei der Zweigstelle in Venetien, auf der anderen Flussseite. Was wollte Di Natale mit diesem Stück Land? Warum war es so wichtig, dass er zwei Jahre lang mit diesem Wunsch schwanger ging? Und warum hatte er sich nicht einfach irgendwo ein Grundstück besorgt?

Lunau hatte sich auch den Inhalt der beiden Schreibtische angeschaut. Er fand nur den üblichen Krimskrams, alte Visitenkarten, Büroklammern, USB-Sticks. Das Foto von Dany, in leicht erotischer Pose am Flussufer, war verschwunden. Es gab auch sonst keinen Hinweis auf eine Affäre zwischen den beiden Bewohnern dieses Raumes. Entweder hatte es nie welche gegeben, oder sie waren beseitigt worden. Lunau stellte einen Stuhl unter die Türklinke und versuchte, die beiden Rechner hochzufahren. Doch er konnte das Passwort nicht knacken. Die USB-Sticks aus den Schubladen waren jedoch ungeschützt. Und so hatte er den Inhalt auf seinen Laptop kopiert. Einen Inhalt, der bisher nichts von Interesse abgeworfen hatte.

Er öffnete einen Ordner namens »Privat« und fand eine Menge Word-Dokumente. Rechnungen, Briefe, sogar Aphorismen, die von Di Natale stammen mussten. Lunau wollte gerade den ersten Brief öffnen, als Silvias weißer Panda vorbeirollte und in der Einfahrt hielt.

Lunau fuhr seinen Laptop herunter, packte seine Tasche, stieg aus und trat auf Silvia zu. »Wo haben Sie die Kinder gelassen?«, fragte er.

Silvia schaute sich hektisch auf der Straße um. »Heute ist Mittwoch. Da haben sie bis halb fünf Unterricht.«

»Ich hätte noch ein paar Fragen.«

Silvia reagierte nicht, sondern trat auf die Haustür zu. Lunau ging einen halben Schritt hinter ihr her. Sie zückte den Schlüssel und zögerte dann. Sie schaute sich wieder in der Nachbarschaft um, dann blickte sie Lunau in die Augen.

»Seien Sie mir nicht böse, aber die Leute hier reden.« Lunau war verwirrt. »Worüber?«

»Sie waren gestern Abend schon bei mir im Haus.«

Er wollte protestieren, aber dann besann er sich eines Besseren. Er kannte Italien gut genug, um zu wissen, dass auch im Norden die Moral vor allem aus Etikette bestand. »Es dauert nur ein paar Minuten.«

Sie warf ihre Sachen an die Garderobe und ging ins Wohnzimmer. Sie setzte sich nicht und bot Lunau auch keinen Platz an.

»Ich will Ihnen helfen«, sagte Lunau. Sie nickte.

»Aber Sie müssen schon offen zu mir sein«, hakte er nach.

Sie runzelte die Brauen. »Sie konnten sich Vitos Sachen anschauen, in seinen intimsten Dingen stöbern …«

Er hob die Hand, um einzuhaken. Von intimen Dingen hatte er nichts gesehen.

Aber Silvia ließ sich nicht unterbrechen. »Was stellen Sie sich denn unter Offenheit vor?«

Er zögerte. »Alles, was irgendwie ein Mordmotiv abgeben könnte, ist von entscheidender Bedeutung.«

Sie zuckte mit den Achseln. Immer wieder diese knappe Geste, mit der Italiener Verspätungen im Nahverkehr genauso kommentieren wie die Endlichkeit des Daseins. Lunau verlor allmählich die Geduld. »Sie haben Vitos Lebensversicherung nicht erwähnt.«

Sie schaute verdutzt, dann verzog sie den Mund.

»Das ist doch schäbig.«

»Das wird die Polizei nicht interessieren«, sagte Lunau. »Ich versuche, alle Hebel in Bewegung zu setzen, damit man sich nicht mit der erstbesten Theorie zufriedengibt. Wie soll ich Ihnen helfen ...«

»Niemand hat gesagt, dass Sie mir helfen sollen«, schrie Silvia. Sie funkelte ihn an, und er fragte sich, wie sich die Harmonie, die er am Vorabend gespürt hatte, so schnell hatte ins Gegenteil verkehren können.

»Wollen Sie deshalb keine zweite Obduktion, weil Sie die Ergebnisse fürchten?«, fragte er kalt.

»Ich möchte Sie bitten, jetzt zu gehen.«

»Wo ist die Police der Lebensversicherung?« Lunau bewegte sich nicht vom Fleck.

Silvia schaute ihn einen Moment voller Hass an, ihr Kinn zitterte. Dann machte sie auf dem Absatz kehrt und kniete sich an die Schrankwand. Sie zerrte ein paar Aktenordner heraus und blätterte in den Unterlagen, bis sie schließlich ein Blatt gefunden hatte. Sie knallte es auf den Couchtisch. »Hier.«

Büttenpapier mit aufwendigem Druck. In der Mitte standen, fett gedruckt, zwei Summen: 100 000 Euro und 450 000 Euro. Die erste war die Prämie, die bei Erreichen des 65. Lebensjahrs fällig wurde, die zweite im Falle eines vorzeitigen Ablebens. Das Blatt war jedoch voller Stanzlöcher, die im Abstand von drei Zentimetern die Ränder säumten, außerdem befand sich ein roter Stempel darauf: »Vertrag aufgelöst. Ansparsumme (41 275 Euro) ausgezahlt.« Mehrere Unterschriften, darunter die von Vito Di Natale, und ein Datum: 01. April 2008. Lunau dachte sofort an das Ablehnungsschreiben von Pirri, das ebenfalls aus dem April 2008 stammte.

»Was ist aus dem Geld geworden?«, fragte er.

Sie machte eine vage Geste. »Meinen Sie nicht, dass man als vierköpfige Familie vierzigtausend Euro ausgeben kann?«

»Im selben Monat hat Ihr Mann von Pirri eine Absage bekommen. Er hatte die Nutzung eines Grundstücks im Deichvorland beantragt. Wozu war das Grundstück?«

»Sicher nicht für Privatzwecke.« Silvia versuchte, geistesabwesend zu schauen, aber Lunau war nicht entgangen, dass sie gezuckt hatte.

»Sie meinen, Ihr Mann hat das Geld der ARNI gespendet? Wofür?«

Sie reagierte nicht.

»Was hat Ihr Mann mit dem Geld gemacht? Ein Grundstück gekauft? Wo? Wozu?«

»Keine Ahnung.«

»Ihr Mann hat zwei Jahre lang um ein Ufergrundstück gekämpft.«

»Ich weiß davon nichts.«

Lunau musste sich zusammenreißen. Er sah Silvias harte Miene, die künstlich aufgeblasenen Lippen. Das Blut rauschte in seinen Ohren, schoss durch sein Hirn, das Adrenalin verlangte nach Abfuhr. Er schlug mit der Faust zwei Luftlöcher, als es klingelte. Silvia ging aus dem Wohnzimmer und öffnete die Tür. Lunau hörte eine Männerstimme. Er trat hinaus in den Garten, zog die Glastür zu und versteckte sich hinter einem Pizzaofen. Balboni klärte Silvia darüber auf, dass es neue Erkenntnisse gebe. Pirri sei aus der Untersuchungshaft entlassen worden, man müsse auch andere Spuren in Betracht ziehen. Er fragte Silvia nach ihrem Alibi, nach Zwistigkeiten in der Ehe.

Silvia gab mit müder, aber gelassener Stimme Auskunft. Von Lunau erwähnte sie nichts. Nachdem Balboni gegangen war, trat Lunau wieder ins Wohnzimmer.

»Danke«, sagte er. »Ich werde Sie auf dem Laufenden halten.«

Sie nickte und schaute ihn von oben bis unten an. Als sähe sie ihn zum ersten Mal. Ihr Blick verweilte auf seinem Kinn, seinen Schultern, seinen Beinen. Lunau tat es ihr gleich. Sie lächelte, und dann ging er.

54

Amanda klopfte an der Tür zum Arbeitszimmer. Als keine Antwort kam, drückte sie die Klinke. Sie wusste, dass sie eine Regel brach, aber das war ihr egal. Die Tür war abgeschlossen. Amanda schlug mit der Faust gegen das Eichenfurnier. Keine Reaktion. Sie trat dagegen.

»Mach auf, ich weiß, dass du da drin bist!«, rief sie.

Der Schlüssel wurde im Schloss umgedreht, das Gesicht ihres Vaters erschien in einem Spalt. »Was ist denn in dich gefahren?«

»Was hast du da drin gemacht?«

»Gearbeitet. Was sonst?«

Amanda versuchte, über die Schulter ihres Vaters einen Blick auf seinen Schreibtisch zu erhaschen. Dieser war bedeckt mit Papieren, Belegen und Aktenordnern.

»Ich muss mit dir reden«, hakte Amanda nach.

»Aber nicht jetzt.«

»Doch, jetzt«, sagte sie, und schon war sie an ihrem Vater vorbeigeschlüpft. Sie ging auf den Schreibtisch zu, doch er holte sie ein und dirigierte sie auf die Clubgarnitur. Er setzte sich in einen Sessel, schlug die mageren Beine übereinander, strich seine Hose auf den Oberschenkeln glatt und fragte: »Also, was gibt es so Dringendes?«

»Ich dachte, wir hätten eine Abmachung«, sagte Amanda.

Er nickte und lächelte. Es war dieses wissende, überlegene Lächeln, das Amanda so schnell aus der Fassung brachte. Sie riss sich zusammen.

»Ich habe meinen Teil geleistet. Jetzt will ich, dass du dasselbe tust.«

»Ich verstehe nicht recht«, sagte Adelchi Schiavon, legte seinen Kopf etwas schräg, und Amanda sah wieder die schlaffe Haut unter seinem Kinn.

»Du hattest mir Informationen versprochen, eine Hilfestellung.«

»Habe ich dir gegeben. Du weißt, wer Marco auf dem Gewissen hat, und du hast Platz für deinen Artikel bekommen. Übrigens einen sehr gelungenen Artikel, elegant formuliert, konzise. Ich bin stolz auf dich.«

»Lass den Sermon«, sagte Amanda. »Ich muss wissen, was die Zentrale auf Massaris Funkspruch geantwortet hat, wann ein Rettungswagen gerufen wurde, wer diesen Funkspruch so lange zurückgehalten hat ...«

»Mein liebes Kind.«

»Hör auf, mich wie eine Idiotin zu behandeln!«

Sie war aufgesprungen und funkelte ihren Vater an, der kein bisschen zurückwich, sondern Rücken und Kinn gerade hielt wie in einer steifen Brise.

»Ich habe dir alles gegeben, was ich hatte.«

»Dann verrat mir wenigstens den Namen des Informanten. Ich muss meine Quelle benennen können. Ich muss irgendwo weitermachen können.«

Er schüttelte den Kopf. »Dir ist klar, dass ich schon sehr weit gegangen bin.«

Sie ließ sich wieder auf das Zwei-Sitzer-Sofa fallen.

»Wer hat dir die Aufnahme gegeben?«

Er wackelte wieder nur mit dem Kopf und schüttelte den gestreckten Zeigefinger vor seiner Nase. Vor dem Fenster stand eine Kastanie, auf deren Zweigen ein Eichelhäher herumhüpfte. Mit hektischen, abgehackten Bewegungen wechselte er seinen Standplatz, pickte in der Rinde herum und fraß ein Insekt nach dem anderen. Dieselbe Motorik wie ihr Vater.

»Was hast du eigentlich davon, dass deine Tochter diesen Journalisten beschattet hat?«

Er zuckte mit den Schultern. »Ich wollte sicher gehen, dass du keine Dummheiten machst.«

Sie schüttelte den Kopf.

»Du hast schon überzeugendere Lügen erzählt.«

Er versuchte, wieder sein Lächeln aufzusetzen, musste aber abbrechen, weil diesmal seine Gesichtsmuskeln stärker waren als sein Wille.

»Also, was bringt es dir, zu wissen, wo Lunau hingefahren und wann er abgeflogen ist?«

»Er ist ein Mann mit einem gewissen Riecher. Ich dachte, er deckt vielleicht etwas Interessantes auf.«

»Wenn er etwas aufdeckt, erfährst du es aus der Zeitung.«

Er verzog das Gesicht zu einer peinvollen Grimasse. »Ich möchte es wissen, bevor es in der Zeitung steht.«

»Du möchtest vor allem wissen, was nicht in der Zeitung steht.«

Sie stand auf. Er tat es ihr gleich und bewegte sich auf seinen Schreibtisch zu, um weiterzuarbeiten.

»Du hast mir keine Antwort gegeben«, zischte sie.

Er setzte sich auf seinen Bürosessel und legte die Arme auf die Lehnen.

»Wozu wolltest du wissen, was Lunau tut?«

»Du musst dich schon mit meiner Antwort zufriedengeben.«

»Tue ich nicht.«

Er seufzte. »Informationen sind Gold wert.«

»Erpresst du andere Leute?«

Amanda sah, dass seine Deckung wackelte.

»Du hast eine viel zu schlechte Meinung von mir. Meine Beziehungen basieren auf Freundschaft.«

»Wo warst du am Donnerstagabend?«, fragte sie kalt.

Nun war er überrascht. »Das ist nicht dein Ernst, oder?« Er winkte ab. »Ich hätte dir mehr Verstand zugetraut.«

»Wenn du nichts mit Di Natales Tod zu tun hast, dann vielleicht einer deiner vielen Freunde.«

»Bitte, ich habe noch dringende Arbeit zu erledigen. Du weißt, dass ich mich auf nichts Illegales einlasse.«

»Ich weiß, du pflegst nur deine Freundschaften.«

Amanda nahm die Klinke in die Hand. Sie ärgerte sich über sich selbst. Sie konnte mit ihrem Vater über das Studium reden oder über Politik, sie konnte mit ihm streiten oder einer Meinung sein. Das Endergebnis war immer dasselbe: Sie ärgerte sich über sich selbst.

»Ach, Amanda«, rief er ihr nach, »ich will dir deine Impertinenz nicht nachtragen. Aber da es dich so brennend interessiert: Ich war bei einer Versammlung meiner Partei. Dafür gibt es rund zweihundert Zeugen. Schön, wenn eine Partei wie die unsere Mitgliederzuwächse hat, nicht?«

55

Im Hotel rief Lunau wieder die Ordner von Di Natales USB-Stick auf. Er suchte nach Dateien, die im April 2008 angelegt worden waren. Nichts. Dann stieß er auf eine Rechnung vom 15. März 2008. Die Firma »Corelli Cantieri« verlangte 35 000 Euro für »Instandsetzungsmaßnahmen«, und zwar nicht von der Schifffahrtsbehörde, sondern von Di Natale persönlich. Di Natale hatte also sein Haus renovieren lassen und dafür die Lebensversicherung aufgelöst. Warum hatte Silvia das nicht gesagt? Und warum war diese Rechnung digitalisiert – und in den Bürounterlagen versteckt? Lunau durchsuchte die Steuerunterlagen und die Kontoauszüge. Keine Spur von dieser Zahlung. Lunau rief Silvia Di Natale an. Sie nahm nicht ab. Auf dem Briefkopf der Rechnung war eine Adresse mit Telefonnummer angegeben, in Goro, einem Fischerdorf im Po-Delta.

Als Lunau aus dem Wagen stieg, meinte er, sich geirrt zu haben. Er schien am Ende der Welt angelangt zu sein. Eineinhalb Stunden lang hatte er zugesehen, wie die Landschaft immer flacher, leerer, unbestimmter wurde. Ab und zu ein Straßendorf, Felder. Ansonsten Sumpf, Wasserarme, Kanäle, Schilfgürtel. Um nach Goro zu gelangen, musste man mit der Fähre übersetzen. Am Horizont waren nur das Meer und ein graublauer Himmel zu erahnen. Dahinter musste Kroatien liegen. Warum sollte Di Natale ausgerechnet hier eine Baufirma für sein Häuschen in Ferrara auftun? Weil sie besonderss billig war? Oder besonders diskret?

Lunau stand vor einem Ufergelände, das mit einem Metallzaun gesichert war. Dahinter trabten zwei bellende Köter hin und her. Hinter der Firma begann die *Sacca*, eine Meerwasserlagune, über der Möwen kreisten. Neben den weitläufigen Hallen – eine aus Blech, eine aus Holz und eine ausgebrannte Ruine – standen auf Böcken und Trailern zahlreiche Boote und Fischkutter, auch elegante Segelyachten lagen dazwischen. Aber das Schild über dem Blechhangar ließ keinen Zweifel zu: »Corelli Cantieri«. Er war also nicht bei einer Baufirma, sondern einer Werft. 35 000 Euro für die Instandsetzung eines Bootes?! Nirgendwo in den Unterlagen hatte Lunau Spuren eines Bootes gefunden. Keine Liegeplatzgebühren, keine Steuern. Auch die 35 000 Euro waren nicht vom Konto abgebucht worden.

Lunau drückte auf die Klingel am Tor. Eine Glocke schrillte auf dem Gelände, die Hunde gingen auf die Hinterläufe und geiferten. Ein alter Mann kam aus dem Blechhangar. Er trug einen blauen Overall und Gummistiefel. An den Händen Lackspuren.

»Was kann ich für Sie tun?«, fragte der Mann und beruhigte die Hunde.

»Ich würde Sie gerne kurz sprechen.«

»Worum geht es?« Der Mann öffnete das Tor nicht. Er hatte die harten wettergegerbten Züge eines Fischers. Seine Arme waren sehnig und von knotigen Venen überzogen.

»Ich bin Kaspar Lunau. Ich arbeite für die Witwe von Di Natale.«

Er verzog keine Miene. Der Name schien ihm nichts zu sagen.

»Er war Kunde bei Ihnen.«

Der Mann zuckte mit den Achseln. »Ich kenne keinen Di Natale.«

»Sind Sie Herr Corelli?«

»Ja.«

»Dann müssen Sie ihn kennen. Sie haben vor zwei Jahren einen großen Auftrag für ihn erledigt.«

Lunau reichte die Rechnung durch das Tor. Der Mann warf einen Blick darauf und zog die Mundwinkel nach unten. Er legte den Kopf schräg und sagte: »Kenne ich nicht.«

»Wer macht denn bei Ihnen die Buchhaltung?«

»Mein Bruder.«

»Könnte ich ihn sprechen?«

Der Mann schaute Lunau aus hellblauen Augen an. Er mochte sechzig oder siebzig sein, das war bei den tiefen Furchen und den wilden Bartstoppeln in seinem Gesicht schlecht abzuschätzen.

»Ich habe Ihnen gesagt, wir kennen keinen Di Natale.«

»Sie haben gesagt, *Sie* kennen keinen Di Natale. Ihren Bruder würde ich gerne selber fragen.«

Signor Corelli zögerte einen Moment und musterte Lunau von oben bis unten. »Giorgio!«, schrie er völlig unvermittelt, ohne sich vom Fleck zu rühren. Die Hunde fingen wieder zu bellen an, und in Lunaus Ohren klingelte es.

»Giorgio!« Die Halsschlagader des Mannes schwoll an und wieder ab. Aus dem Hangar trat ein zweiter Mann, der genauso aussah wie der erste. Er trug den gleichen Overall, war genauso groß, hatte dieselbe moosgrüne Farbe an den Händen, und er hatte die gleiche Physiognomie. Lunau hatte noch nie eineiige Zwillinge im Rentenalter gesehen. Er betrachtete die beiden ungläubig. Die Zeit hatte ihrer Ähnlichkeit nichts anhaben können. Sogar die gräulichen Bartstoppeln waren gleich lang.

»Kennst du einen Vito Di Natale?«

Der Bruder schüttelte den Kopf.

»Sehen Sie?«

»Ich hatte nicht erwähnt, dass Herr Di Natale Vito heißt.«

Der Mann starrte Lunau einen Moment an. Dann sagte er:

»Es steht auf der Rechnung.«

Die beiden ließen Lunau stehen und gingen zurück in die Halle. Sie redeten erst miteinander, als sie außer Hörweite waren.

Die Alarmanlage bereitete Lunau kein Kopfzerbrechen. Zwar waren an den beiden großen Hallen auffällige gelbe Leuchten, aber sie dienten wohl eher der Abschreckung. An den Zäunen waren keine Stromverbindungen, auch keine Lichtschranken. Auf dem Tor dagegen waren Infrarotsensoren, denn wer eine Yacht klauen wollte, der musste sie zwangsläufig durch das Tor abtransportieren. Das wirkliche Problem waren die Hunde, die frei herumliefen. Lunau hatte den Nachmittag überlegt, wie er sie ausschalten konnte. Er war in den Nachbarort gefahren und hatte in einer Apotheke ein Schlafmittel gekauft. Er hatte erzählt, sein Hund habe Koliken. Die Apothekerin hatte ihm ein homöopathisches Mittel zur Regenerierung der Magen-Darm-Flora verkaufen wollen, aber Lunau hatte sich nicht erweichen lassen.

Lunau hatte zwei Paar Würste besorgt und mit dem Schlafmittel präpariert. Er zischte durch die Zähne, um die Hunde auf sich aufmerksam zu machen. Statt neugierig anzutraben, fingen sie sofort zu bellen an. Nichts zu machen, dachte Lunau, der beste Freund des Menschen gehört nun einmal nicht zu meinem Freundeskreis. Er pfiff, winkte die Hunde heran, und als sich einer gegen den Zaun warf, schleuderte er eine Wurst in hohem Bogen auf die andere Seite. Der Hund kläffte weiter und beschnupperte dann die Wurst. Er schob sie mit der Schnauze hin und her, biss in den Zipfel, trug sie in ein Gebüsch und legte sie dort ab. Ein Greifvogel schrie, Lunau kroch etwas unter die Hose. Er schüttelte das Bein, aber das Kitzeln hörte nicht auf. Er schlug mit der flachen Hand auf den Stoff und spürte etwas Feuchtes an seiner Haut kleben. Weiter geschah nichts.

Man hörte nur die Dünung und das Klingeln der Drahtseile, die der Wind gegen die Aluminiummasten der Yachten schlug. Es roch würzig nach Salz und Tang.

Lunau war sich sicher, dass die Corelli-Brüder etwas zu verbergen hatten. Etwas, das mit Di Natale zusammenhing. Sonst hätten sie ihn nicht belogen. Wenn Di Natale in illegale Machenschaften verwickelt war, dann hatten diese mit dem Fluss zu tun. Und dafür hatte er ein Boot gebraucht. Und Partner.

Den Nachmittag hatte Lunau im Internet zu den »Cantieri Corelli« recherchiert. Keine auffälligen Einträge. Bis auf einen Zeitungsbericht zu einem Brand. Im März 2008!

Ein Hund kam angehechelt und stupste mit der Schnauze gegen den Zaun. Lunau nahm die zweite Wurst und warf sie hinüber. Der Hund nahm sie zwischen die Zähne, schleuderte sie herum und schluckte sie unzerkaut hinunter. Das Tier trabte davon, und Lunau war nicht sicher, ob es dasselbe wie eben war. Er hatte das Gewicht der Hunde auf je zwanzig Kilo veranschlagt und jede Wurst mit einer entsprechenden Dosis präpariert. Wenn einer der Hunde alle Würste fraß, war er tot. Und der andere blieb wachsam und bissig.

Lunau pfiff durch die Zähne. Wieder kam ein Tier angetrabt. Das Schlafmittel schien bei ihm keine Wirkung zu zeitigen. Vielmehr kläffte es, lockte damit seinen Partner an, und dieser stimmte mit ein. Lunau sah sich um. Auf dem Wasser war alles still, die Landzunge war verlassen, aber die nächsten Wohnhäuser waren nur etwa hundert Meter entfernt. Lunau schob sich rückwärts durchs Schilf, bis er knietief im Wasser stand. Er wartete, bis die Hunde sich beruhigt hatten. Aber als er nachsehen wollte, waren die Tiere verschwunden. Er ging auf den Zaun zu und wollte gerade hochklettern, als die Köter erneut anschlugen. Allerdings klang ihr Bellen lustlos und heiser. Sie lagen am Tor eines Hangars, hoben nur den Kopf und schauten in Lunaus Richtung.

Lunau wartete noch eine Viertelstunde und arbeitete sich am Ufer bis zum offenen Meer vor. Er kletterte über den Eisenzaun und marschierte zwischen den Bootsrümpfen umher, die im Mondlicht wie riesige Delphine schimmerten. Das Gelände war etwa zwei Hektar groß. Die drei Hallen standen in T-Formation, stammten aber aus unterschiedlichen Bauperioden. Die älteste, aus Backstein und Holz, war ausgebrannt. Daneben war eine kleine Baracke, die vermutlich als Büro diente. Auf dem Areal wurden Segelyachten, Holzboote und große Kutter überwintert. Die beiden intakten Hallen waren verschlossen. Große Rolltore, an denen Ketten mit Vorhängeschlössern hingen.

Der ausgebrannte Hangar zeichnete sich wie eine zerbombte Ruine vor dem Nachthimmel ab. In dem offenen, rechteckigen Innenraum türmten sich Schuttberge, aus denen verkohlte Balken und Eisenträger ragten. Das Dach war eingestürzt und hatte Holzböcke, Planken und anderes Material unter sich begraben. Das meiste verkohlt, hin und wieder ein Werkzeug aus Metall. Ein bestimmter Bereich war aufgeräumt. Der Boden war von

Schutt befreit und gesäubert, so als hätte jemand nach dem Brand gezielt nach etwas gesucht. Der Erdboden war glatt, man konnte kein Muster, keine Abdrücke erkennen. Was hatte hier gelagert? Warum der Brand? Ein Zufall? Einer der vielen Zufälle, die sich zwischen März und April 2008 ereigneten? Oder hatte man etwas verdecken wollen? Lunau wühlte in den Schutthaufen herum, fand eine zerbeulte Taschenuhr, eine Schutzbrille, ein Kofferradio und ein Sägeblatt, dessen Griff verbrannt war. Das war alles, alles ohne Aussagekraft. Allerdings war auf dem Boden ein merkwürdiges Muster zu sehen. Zwei konzentrische Kreise, der innere mit einem Durchmesser von etwa fünfzehn Zentimetern, der äußere von knapp zwei Metern. Der Zwischenraum zwischen den Kreisen war frei von Ruß.

Die beiden unversehrten Hallen hatten lange Reihen von Oberlichtern, darunter waren kleine Fenster. Lunau kletterte auf einen Holzbock und leuchtete mit seiner Taschenlampe hinein. In dem vorderen Hangar, der gerade auf das Tor zulief, standen zwei Fischkutter. Der Rumpf des einen war zur Hälfte mit Schutzlack versehen: moosgrün. Daran arbeiteten die Corelli-Brüder wohl gerade.

Lunau ging an den hinteren Hangar, der sich im rechten Winkel an den vorderen anschloss. Er schien außer Betrieb. Die Fenster waren mit Pappe verklebt, die Zufahrt mit Unkraut überwuchert. Seit Jahren war hier kein Trailer mehr entlanggefahren. Lunau ließ den Strahl der Taschenlampe an der Fassade entlanggleiten. Nichts Auffälliges. Er ging zur Bürobaracke und leuchtete durch das Fenster hinein. Zwei Räume, im vorderen ein Tisch und drei Stühle, im hinteren ein Schreibtisch und Aktenschränke. Man konnte den Staub selbst im Licht der Taschenlampe sehen. Lunau zögerte einen Moment. Dann wickelte er einen Lumpen um den Griff der Lampe und schlug das Fenster ein. Ein helles Klirren, danach herrschte Stille. Der Alarm ging nicht los. Lunau zog die Scherben aus dem Fensterrahmen und warf sie ins Gras. Dann stieg er ein.

Er wusste nicht, wonach genau er suchte. Über den Fluss ließ sich viel verschieben. Drogen, unverzollte Zigaretten, sogar illegale Einwanderer. Womöglich hatte Di Natale sich sogar aus Gutmütigkeit auf diese Machenschaften eingelassen. Der vordere Raum war schnell gefilzt. Er diente als Kaffeeküche. Im Kühlschrank standen ein Liter Milch und ein paar Flaschen Bier, auf den Regalen Geschirr und Lebensmittel. Im zweiten Raum lagerten die Akten. Der Computer war mindestens zehn Jahre alt, das Plastikgehäuse des Monitors war vergilbt. Lunau fuhr ihn hoch. Er war nicht mit einem Passwort gesichert, aber das Booting dauerte so lange, dass Lunau in der Zwischenzeit in den Akten blätterte. Die üblichen Geschäftsunterlagen. Rechnungen, Briefverkehr, Mahnungen, behördliche Anordnungen. Lunau richtete sich auf und schaute sich um. Es musste hier irgendetwas geben, was ihm entging. So wie am Nachmittag, als er sich das Haus der Corelli-Brüder angeschaut hatte. Es sah aus wie ein bescheidenes altes Fischerhäuschen. Und der Lebensstil der Brüder war der von anspruchslosen Provinzlern. Sie fuhren jeden Morgen mit dem Fahrrad in ihren Betrieb und am Abend zurück. Dann saßen sie in der »Bar Sport«, redeten über Fußball und Fischzucht und spielten *Briscola*, das typische Kartenspiel der italienischen Rentner. Falls sie illegale Geschäfte betrieben, dann waren diese nicht sehr lukrativ. Für den März 2008 fand Lunau nur eine größere Rechnung. Eine rumänische Schreinerei hatte eine reetgedeckte Holzhütte für 17 500 Euro geliefert. Empfänger: »Cantieri Corelli«. Weder im Garten noch in der Werft war eine reetgedeckte Holzhütte zu sehen gewesen.

Lunau stellte die Unterlagen zurück, kletterte aus dem Fenster und schaltete die Taschenlampe aus. Er glaubte, einen der Hunde winseln zu hören. Einen Augenblick presste er sich an die Außenwand und wartete. In der Ferne waren Schritte zu hören, eine Stimme, dann war es still. Dunst kroch vom Meer auf das Festland. Das Mondlicht tauchte das Gelände in feines Silberlicht, der Wind hatte sich gelegt. Lunau ging geduckt zwischen den Booten hindurch und kam an dem verlassenen Hangar vorbei. Einer der Hunde hob den Kopf und drehte ihn in seine Richtung. Lunau bewegte sich nicht. Der Hund bellte einmal lustlos und streckte sich wieder aus. Lunaus Herz schlug schneller: Das zweite Tier war nicht zu sehen. In dem hohen Gras, das die Mauer säumte, waren Fußspuren. Viele Fußspuren. Der erste Eindruck hatte getrogen. Dieser Hangar war zwar verrammelt, aber nicht verlassen. Das Gras war umgetreten, die Trampelspur führte zu der kleinen Eisentür, die in das Haupttor geschnitten war. Lunau folgte den Spuren. Rüttelte an der Klinke. Abgeschlossen. Aber sie ließ sich leicht, ohne Quietschen, bewegen. Keine Frage, diese Tür wurde regelmäßig geöffnet. Lunau ging an das erste der verklebten Seitenfenster, wickelte seine Jacke um die Taschenlampe, schob den Arm durch das Gitter und schlug auch hier die Scheibe ein. Dann drückte er gegen den Karton, bis dieser aus dem Rahmen sprang und zu Boden segelte. In der Finsternis meinte Lunau, einen Schiffsrumpf auszumachen. Er schaltete die Lampe ein und ließ den Strahl über die Flanke gleiten.

Gewaltige Planken, die nach Holz und Teer dufteten. Ein wuchtiger und gleichzeitig eleganter Schiffsrumpf. Größer als alle anderen auf dem Gelände. Man erkannte die Maserung, die von alten Messingbullaugen unterbrochen wurde. Das Gefährt, das Lunau schon zwei Mal begegnet war, stand hier im Maßstab 1:1. In Di Natales Garten, in der Regentonne, hatte Lunau nur das Holzmodell gesehen, in Di Natales Arbeitszimmer die Konstruktionszeichnung. Er hatte gedacht, Di Natale habe sich in seiner Klause mit Kinderspielzeug beschäftigt. Aber es war kein Spielzeug. Es war ein gewaltiges Projekt, das offensichtlich geheimgehalten wurde. Nirgendwo an Rumpf und Aufbau waren moderne Materialien zu sehen. Kein Fiberglas, kein Kunststoff, keine Stromleitungen. Dafür bestand die Kajüte an Deck aus einer reetgedeckten Hütte! Aber welche Geschäfte ließen sich mit dem historischen Nachbau eines Schaufelraddampfers betreiben?

Reflexartig drehte Lunau sich um, als er den Kies knirschen hörte. Er holte mit der Taschenlampe aus, um dem Hund zuvorzukommen. Hunde sind so programmiert, dass sie immer zuerst die Kehle attackieren. Wenn sie ihrer Beute die Halsschlagader durchtrennen, dann wird bei dieser sofort die Sauerstoffzufuhr des Gehirns abgeschnitten, und das Opfer ist gelähmt. Einige Sekunden später tot. Aber Lunau traf ein metallischer Gegenstand an der Stirn, sein Hinterkopf schlug gegen die Mauer, und seine Beine gaben nach. Er kriegte einen der Gitterstäbe zu fassen und konnte sich aufrecht halten. Er sah nicht viel, weil Blut in sein linkes Auge lief, aber er erkannte zwei erwachsene Männer. Einer hielt einen Feuerlöscher in der Hand, der andere eine Eisenstange.

Lunau hob beschwichtigend die Hände: »Ich bin kein Einbrecher, ich kann Ihnen alles erklären.«

Der Schlauch des Feuerlöschers wurde auf Lunaus Gesicht gerichtet, der Hebel entriegelt. Einer der Männer bückte sich nach der Taschenlampe, der Strahl blendete Lunau.

Er sah die Eisenstange zu spät, er konnte seine Rippen nicht schützen. Der Schlag nahm ihm die Luft, er ging zu Boden.

»Ich bin Journalist«, japste er.

Noch ein Schlag. Er schirmte seinen Kopf ab und schrie: »Ich bin ein Freund Di Natales.«

Plötzlich herrschte Stille. Die Männer hielten inne. »Haben Sie die Hunde vergiftet?«, fragte der eine. Es war Tommaso Corelli, mit dem Lunau zuerst am Tor gesprochen hatte. Seine Stimme war ein bisschen tiefer als die des Bruders.

»Nur betäubt.«

Sie fesselten ihm die Hände, dann filzte einer der Brüder seine Kleider. Lange und gründlich. Er richtete sich auf und schüttelte den Kopf.

»Ich habe keine Waffe«, sagte Lunau.

»Schnauze. Hat er Papiere?«, fragte Tommaso seinen Bruder Giorgio.

Dieser nahm die Brieftasche aus der Jacke und leuchtete auf den Personalausweis. »Kaspar Lunau, aus Berlin«, las er vor.

Lunau schaute auf den Feuerlöscher. »Das war Brandstiftung, oder?«, fragte er. Niemand antwortete.

»Im März 2008. Da hat man Ihren Hangar in Schutt und Asche gelegt.«

»Was haben Sie damit zu tun?«

»Nichts. Ich frage mich nur, was verbrannt wurde.«

»Woher kennen Sie Vito?«, fragte Tommaso. Er schien der Anführer zu sein.

»Könnten wir uns vielleicht in die Hütte setzen und reden? Und dann bräuchte ich ein bisschen Eis für meinen Schädel.«

56

Seine Frau saß auf der von Zappaterra bezahlten cremefarbenen Ledercouch, sah in den von ihm bezahlten Plasmabildschirm, stopfte die von ihm bezahlten Erdnussflips in sich hinein und prustete bei jeder noch so abgestandenen Pointe des Showmasters los. Sie hatte gute Laune, Zappaterra zahlte. Das Leitmotiv seiner Frauengeschichten.

Andrea Zappaterra hatte sich vorgenommen, reinen Tisch zu machen. Nicht unbedingt, weil er ein besserer Mensch werden wollte. Vielmehr war er die Anstrengungen leid, die mit Verstellung und Betrug verbunden waren. Mit siebenundvierzig Jahren und fast dreißig Jahren harter Arbeit auf der Habenseite wollte er offen und unverkrampft genießen, was er sich aufgebaut hatte.

»Wir müssen reden«, sagte Zappaterra. Seine Frau starrte auf den Fernseher, setzte kurz mit der Kaubewegung aus. Ihr Haar stand in struwweligen Strähnen ab, es sah ungewaschen und licht aus. Der leichte Buckel vervollkommnete das Bild, das er sich als Kind immer von der Märchenhexe ausgemalt hatte.

»Die Bonusfrage, die Sendung ist gleich vorbei«, sagte sie mampfend.

Er ging um die Couch herum, griff sich die Fernbedienung und drückte auf die rote Taste. Noch ehe das Bild mit einem fast unhörbaren Pfeifton in sich zusammengefallen war, hatte sie das schwarze Plastikkästchen gegriffen und wieder auf die Taste für das zweite Programm gedrückt. Der Quizmaster grinste erneut sein dämliches Grinsen und deutete in gespielter Ekstase auf die Pyramide, deren oberste Diode mit der Aufschrift »100 000 Euro« blinkte.

Zappaterra wollte vor Wut in den Fernseher treten, beherrschte sich aber im letzten Moment angesichts des selbst für seine Verhältnisse unverhältnismäßigen Anschaffungspreises des Geräts. Er zog den Stecker aus der Wand.

»Hast du mich nicht verstanden? Wir müssen miteinander reden.«

»Auf einmal? Nach vierzehn Jahren? Ausgerechnet bei der Bonusfrage?« Ihr Ton war alles andere als defensiv. Sie schaute herausfordernd und gleichzeitig gelangweilt, um ihren Mund spielte so etwas wie Verachtung.

»Ich habe eine andere«, sagte er.

Sie lupfte eine Augenbraue und tat so, als sei sie unbeeindruckt. »Wieso sagst du mir das ausgerechnet jetzt, wenn ich fragen darf? Hast du dieses Flittchen geschwängert?«

Er war in einem Satz bei ihr und versetzte ihr mit dem Handrücken einen Schlag. Dafür gab es zwei Gründe: Den Ausdruck »Flittchen« und vor allem die Tatsache, dass sie von seinen Affären wusste. »Wage nicht, so mit mir zu reden.«

»Wer sich mit so einem wie dir einlässt, ist ein Flittchen.«

»Das gilt also auch für dich.«

Sie zuckte mit den Achseln. »Je früher du ausziehst, desto besser.« Sie sprang auf, öffnete die Panoramascheiben, fächelte sich Luft zu und fing zu schreien an: »Dann kann man hier endlich wieder atmen. Dann verpestest du endlich nicht mehr die Luft mit deinem primitiven Egoismus, deinem Wildschweingestank. Dann weht hier wieder ein frischer Wind.«

Sie griff sich den hellbeigen Seidenvorhang von *Bassetti*, der sich neben dem Kamin in der Zugluft wiegte, sie wickelte sich lachend ein und riss ihn dann in einem Ruck von der Vorhangstange. Die Messingringe schlugen klingelnd aneinander. Dann ging sie zum nächsten Store und tat dasselbe. Jeder dieser Fetzen hatte 400 Euro gekostet. Sie war verrückt geworden.

»Aufhören!«, schrie er und fiel ihr in den Arm. Sein Griff war hart, sein Gesicht nur Zentimeter von dem ihren entfernt, und mit der freien Hand hieb sie ihm die Fingernägel in die Visage. Sie zog sie ihm durch die Haut, bis sie den Kiefer erreicht hatte, dann über den Hals.

Er versetzte ihr einen Faustschlag, seitlich am Kinn. Er hatte absichtlich einen leichten Schlag an einer harmlosen Stelle gewählt, durch die keine Nervenbahnen liefen. Er wollte sie nur abschütteln. Sie flog rückwärts in den Sessel und schaute ihn an. Kein bisschen beeindruckt.

Sie sprang sofort wieder auf, mit irrem Blick, und geiferte: »Schlag mich tot, wenn du dich traust. Meinst du, mich kümmert das?«

Und die Kinder? Seine Frau hatte tatsächlich den Verstand verloren.

»Nennst du das reden?«, schrie er. »Bist du noch bei Trost?«

»Ich will nicht reden. Verschwinde aus unserem Leben!«

Sie lief aus dem Wohnzimmer, er hörte sie im Schlafzimmer toben. Als er nachsah, warf sie seine Sachen im Kleiderschrank durcheinander. Ein Anblick, den er nicht ertragen konnte. Es bereitete ihm schon Unbehagen, dass sie seine Kleidung bügelte und faltete.

»Was tust du?«

»Ich packe für dich.«

Sie stopfte wahllos Unterwäsche, Hosen und Hemden in eine Reisetasche. Dann griff sie an die Krawattenleiste in der Schranktür.

»Finger weg. Jetzt reicht es.«

Er sah die dunkelblaue Armanikrawatte, seine Lieblingskrawatte seit fast zwanzig Jahren. Eine echte Klassefrau hatte sie ihm geschenkt. Acht Jahre älter als er, hatte sie den Liebhaber in ihm veredelt. Eine Fata Morgana in diesem Provinzloch. Und wie eine Fata Morgana hatte sie sich verflüchtigt, war sie verblasst vor ihrem Hackklotz von Mann, vor dem Blöken der Schafe, den Windeln, die gewaschen, dem Kohl, der gestampft werden musste. Sie war für etwas anderes geschaffen gewesen.

»Fass die Krawatte nicht an! Nicht diese Krawatte«, schrie er, aber es war zu spät. Sie hatte sie wie einen Expander zwischen die Arme gespannt, ließ dann ein Ende baumeln und zog sie sich durch den Schritt.

»Was ist denn das Besondere an dieser Krawatte, he?«, schrie sie und wienerte sich den Beckenboden.

Danach stopfte sie die Krawatte zu dem Haufen in die Reisetasche, warf ihm das Gepäckstück vor die Füße und deutete Richtung Haustür. »Raus!«

Warum eigentlich sollte *er* gehen? Er dachte an die Holzfensterläden, die er als Elfjähriger zum ersten Mal gestrichen hatte, an die Hochbeete, die er für seine Mutter angelegt hatte. Wieso sollte er sich aus seinem Zuhause vertreiben lassen? Von dem Grundstück, das seit Generationen seiner Familie gehörte?

»Und wenn *ich dich* an die frische Luft setze?«

»Das würdest du auch noch fertigbringen? Deinen Kindern das Zuhause zu nehmen? Wenn du uns verlassen willst, dann wirst du bluten, das schwöre ich dir. Ich werde dich ausziehen bis aufs Hemd. Ich werde dich vor Gericht zerpflücken lassen. Ich weiß alles über dich. Und am liebsten würde ich deine Dany warnen. Sie tut mir jetzt schon leid, ich werde ihr stecken, mit wem sie sich einlässt. Wer sie zerstört, nachdem er ihre Familie zerstört hat.«

Er war im Nu über ihr. Mit ausgestreckten Händen hatte er sie an der Kehle gefasst und seitlich zu Boden gerissen. Er warf sich auf sie, klemmte ihre Schultern unter die Knie und umklammerte ihren Hals.

»Sag ihr ein Wort, und du bist tot.«

Er war schwer wie ein Klavier. Sie hatte keine Kraft zur Widerrede, konnte ihn nicht einmal anspucken. Das Kratzen in ihrem Hals war so stark, dass sie zu ersticken drohte. Die Sauerstoffzufuhr zu ihrem Gehirn war unterbrochen, und das Bild auf ihrer Netzhaut, sein wutverzerrtes Gesicht, sein aufgerissener Rachen, aus dem der Speichel spritzte, wurde nicht mehr weitergeleitet.

57

Lunau raste über die schnurgeraden Straßen der Trockenlegungsgebiete zurück Richtung Ferrara. Man hätte 200 fahren können, wären nicht die vielen Bodenwellen und Absenkungen der Fahrbahn gewesen, die wie Uppercuts in die Stoßdämpfer fuhren. Die bläulich-weißen Xenon-Scheinwerfer tasteten sich an den Schilf- und Binsenhecken entlang, die den Fahrdamm säumten. Es gab weder Leitpfosten noch -planken. Manchmal schreckte das Licht Hasen und Füchse auf, manchmal sah man auch die fluoreszierenden Pupillen einer Katze. Die Ebene war so eben, dass jedes Haus, jeder Baum wie ein überraschendes Ereignis wirkte. Die Monotonie mochte man für deprimierend halten, für Lunau hatte sie etwas Erhabenes.

Lunau fuhr an der Stadtmauer entlang, die wie ein schlafendes Ungetüm in der finsteren Ebene leuchtete, er umrundete Ferrara und steuerte den Deich an. Bei Francolino fuhr er auf die schmale Teerstraße, die sich auf der Deichkrone den Fluss entlangschlängelte. Ein graues Band in der Finsternis, eingerahmt von den Silhouetten der Bäume, Büsche und Gräser. Das Grundstück F 22/c lag nur einen halben Kilometer flussabwärts, wenige Kilometer vor der Stelle, an der Di Natale oder Pirri ihn hatte überfahren wollen. Noch so ein Zufall. Lunau parkte und kletterte in die steile Böschung. Auf dem taunassen Gras glitt er aus, er fiel auf die Flanke und rutschte die zwanzig Meter ins Deichvorland hinab. Auf den Rippen, die Tommaso, der um drei Minuten Ältere der Corelli-Bruder, mit der Eisenstange traktiert hatte.

Lunau blieb die Luft weg. Er richtete sich langsam auf, schöpfte Atem und stapfte dann durch die Pappelpflanzung auf das Wasser zu. Nichts Auffälliges war zu entdecken. Lunau leuchtete ins Gestrüpp, an den schlanken Stämmen der Bäume entlang. Sie standen Spalier auf einer ebenen Sandfläche. Nichts an diesem Grundstück schien anders zu sein als an anderen Uferabschnitten des Po. Der tiefe Motor des Schwimmbaggers dröhnte über den Fluss, zwischen den schlanken hohen Stämmen konnte man ein paar schwache Lichter aus der Schiffsbrücke sehen. Lunau setzte sich in den weichen, feuchten Sand, stellte seine Füße auf die algigen Granitbrocken, die das Ufer säumten, und versuchte nachzudenken. Was war das Besondere an dieser Stelle?

Der Fluss roch wie überall, nach fauligem Fisch, Abwässern und Erde. Im Mondlicht schimmerte er bleigrau. Das Brummen des Schwimmbaggers war so laut, dass Lunau erst im letzten Moment das Bimmeln der Schafherde wahrnahm. Er war praktisch schon umzingelt, und der stinkende Schäfer setzte sich neben ihn.

»Na, wieder auf Pidrüs-Jagd?«, schrie Lunau und wedelte mit der Hand vor seiner Stirn herum. Der Mann reagierte nicht. Er saß einfach da, schwitzte Alkohol aus und starrte in dieselbe Richtung wie Lunau.

»Kannten Sie Vito Di Natale?«, fragte dieser.

Der Schäfer ließ die Arme in theatralischer Geste kreisen und stieß einen Heullaut aus.

»Er ist tot«, sagte Lunau. »Ermordet.«

Der Schäfer verzog sein Gesicht zu einer wütenden Fratze und zeigte, wie man ein Huhn erwürgt. Na danke, das hätte Lunau auch alleine gekonnt, eine Art Laieninterpretation der Tragödie.

Der Saugmotor des Schwimmbaggers setzte aus, die Drehzahl des Dieselantriebs stieg, und das Gefährt schob sich langsam hundert Meter weiter flussaufwärts, dann setzte es seine Arbeit fort.

Der Schäfer verzog wieder sein Gesicht, schrie etwas, das wie *Sabbia*, »Sand«, klang und warf den Ufersand in die Luft.

»Haben Sie Di Natale vor einer Woche hier auf dem Deich gesehen? Mit Beppe Pirri?«

Der Schäfer glotzte blöd.

»Wissen Sie, wer Vito umgebracht hat?«

Der Mann fing wieder an, Sand in die Luft zu schmeißen, unter anderem auf Lunaus Laptop-Tasche, in der sich neben dem Computer auch der Digitalrekorder befand. Lunau stand auf, machte eine unwirsche Geste, die man als Abschiedsgruß verstehen konnte, und bahnte sich dann einen Weg durch das blökende Vieh. Er trat einem Schaf, das sich partout nicht wegschieben ließ, in den Hintern.

Der Schäfer sprang mit erstaunlicher Behändigkeit auf und knuffte Lunau in den Rücken.

»Hej«, schrie er.

Lunau wiegelte ab. Der Mann schrie immer wieder »Hej«, nahm Sand in die Hand und schleuderte ihn in die Luft.

»*Sabbia*«, schrie der Mann und warf Sand in die Luft.

»Oder Giuseppe Pirri?«

»*Sabbia.*«

»Alberto Gasparotto?«

»*Sabbia.*«

»Andrea Zappaterra?«

»*Sabbia.*«

»Silvia Di Natale?«

»*Sabbia.*«

Idiot, dachte Lunau und arbeitete sich, trotz seiner Ungeduld, möglichst respektvoll durch die Herde. Als er den Eindruck hatte, das Bimmeln folge ihm, krabbelte er schnell die Böschung hoch und ließ den Wagen an.

Die Corelli-Brüder hatten Lunau erzählt, was sie wussten: Dass Vito Di Natale eine schwimmende Mühle an historischem Ort installieren wollte. Eine Mühle, die sie für ihn gebaut hatten, die abgefackelt und ein zweites Mal gebaut worden war. Was die Corelli-Brüder nicht wussten, war, ob Di Natale allein agierte. Auch wenn die Werftbetreiber Di Natale einen Großteil der Kosten gestundet hatten – auf die Zahlung der beiden Tranchen von 35 000 Euro und, zwei Jahre später, 130 000 Euro, hatten sie bestanden. Und am Donnerstagabend hätte Di Natale dieses Geld bei ihnen abliefern sollen. Andernfalls hätten sie ihren Betrieb nicht halten können. Aber woher hatte Vito Di Natale dieses Geld? Hatte er Finanziers? War Pirri ein Teilhaber? War Pirri ein Teilhaber, der seinen Beitrag nicht mehr leisten konnte? Wieso hatte er dann jedoch Di Natales Antrag für die Grundstücksnutzung abgelehnt? Oder war alles ganz anders: Hatte er von dem Projekt Wind bekommen und versucht, Vito zu erpressen? Hatte er das Genehmigungsverfahren blockiert, um sich schmieren zu lassen? Weil er das Geld dringend für seine Spielschulden brauchte?

Das wäre eine Erklärung, bei der alle Mosaiksteine zusammenpassten: Pirri fängt Di Natale ab, der mit dem Geld unterwegs zu den Bootsbauern ist. Pirri will Schmiergeld, erfährt aber, dass Di Natale gar nicht mehr darauf angewiesen ist, ihn zu schmieren, weil er sich schon anderweitig ein Grundstück besorgt hat, bei der Behörde in Venetien, auf der anderen Flussseite. Pirri sieht seine Felle davonschwimmen. Das Geld vor Augen, dreht er durch und bringt Di Natale um. Passte alles zusammen – bis auf die Tatsache, dass Pirri am nächsten Tag seine Autos verkauft. Hat er nur einen kleinen Anteil genommen, aus Respekt vor dem Freund? Genau die Summe, die er als Schmiergeld verlangt hatte? Aber warum der Verkauf der Autos? Hatten die Geldeintreiber eines Wucherers ihn tatsächlich abgefangen und abgeschöpft?

Möglich. Allerdings blieb noch eine entscheidende Frage unbeantwortet: Woher hatte Di Natale das Geld in dem Koffer, laut Corelli-Brüdern 130 000 Euro? Die erste Tranche an die Bootsbauer hatte er mit seiner Lebensversicherung bezahlt. Aber die zweite, viel üppigere?

Die Werftbesitzer hatten Lunau erklärt, dass Di Natale für seine schwimmende Mühle eine Stelle mit besonders starker Strömung brauchte, eine Strömung, wie sie sich normalerweise in engen Flussbiegungen bildet. Das Grundstück F 22/c lag an so einer Biegung. Und auch das Alternativgrundstück, das Di Natale gefunden hatte. Es lag nämlich F 22/c genau gegenüber.

Lunau fuhr zurück bis zur großen Brücke. Ein Eurostar donnerte gerade über die Parallelbrücke und zog ein flirrendes Lichterband durch die Nacht. Lunau überquerte den Po, der als schwarze, von winzigen Lichtreflexen unterbrochene Ebene unter ihm lag. Jedes Mal befiel ihn ein etwas flaues Gefühl, wenn er an die unendlichen Massen kalten Wassers dachte, an die Strudel und Gifte, die Tiere und Schlingpflanzen, die darin lebten. Und er war erleichtert, wenn er wieder festen Boden unter den Reifen des Autos hatte. Er bog vom Brückenkopf rechts auf den Norddeich und fuhr wieder flussabwärts, tastete sich mit den Scheinwerfern über das ungesicherte, sich schlängelnde Asphaltband, das rechts von Baumkronen und Gestrüpp überragt wurde. Er hatte auf den Kilometerzähler gesehen und hielt nach 500 Metern an. Er stieg aus dem Wagen, in die feuchte, kühle Nachtluft. Die Motoren des Schwimmbaggers waren ganz nahe. Er kletterte wieder hinunter ins Vorland, das auf dieser Flussseite nur aus einem breiten Sandteppich bestand. Waren auf der Gegenseite Schwarzpappeln in der üblichen geometrischen Formation gepflanzt, so befanden sich hier nur Unkraut und Gestrüpp. Es schien also nicht um den Bewuchs zu gehen, entscheidend für die Wahl des Grundstücks war die Lage. Lunau kämpfte sich bis zum Wasser vor und setzte sich wieder. Der Schwimmbagger saugte immer noch Sand ab. Inzwischen hatte er so eine schwere Ladung, dass sein Rumpf nur noch wenige Dezimeter aus dem Wasser ragte.

Lunau spürte die tiefen Frequenzen des Dieselaggregats in seiner Bauchdecke. Der angenehme Kitzel, der von einem wuchtigen Bass ausging. Der angeblich den Intellekt außer Kraft setzte. Lunau wanderte in dem Vorland herum. Was wollte Di Natale mit dem Gelände? Warum reichte ihm nicht die Mühle auf dem Fluss? Wollte er eine Anlegestelle bauen? Eine feste Zufahrt mit Beiboot oder Fähre, damit Besucher der Mühle leicht übersetzen konnten? Was war so brisant an dem Projekt, dass Di Natale es in aller Heimlichkeit vorantrieb? Offensichtlich wusste nicht einmal seine Frau davon. Vorsicht, nachdem die erste Mühle verbrannt war? Aber warum war die erste Mühle verbrannt? Die Polizei hatte keinen Brandstifter ermittelt. Anfangs hatte sie sogar die Corelli-Brüder selbst verdächtigt, hatte einen Versicherungsbetrug gewittert, doch dann waren die Ermittlungen eingestellt worden. Ohne Ergebnis. Die Brüder und Di Natale waren dennoch überzeugt, dass man die Halle angesteckt hatte, um die Mühle zu vernichten. Wer? Und warum?

Lunau fand ein paar benutzte Kondome, alte Federkernmatratzen, das Skelett einer Katze. Sonst gab es auf diesem Grundstück nichts Besonderes zu entdecken. Genauso wenig wie auf der anderen Flussseite.

Als er den Mücken nicht länger standhielt, setzte er sich ins Auto und starrte auf den Fluss. Das Brummen des Schwimmbaggers ließ die Seitenscheibe zittern. Am gegenüberliegenden Ufer tummelte sich die Schafherde als schimmliger Fleck in der Nacht. Kaum zu glauben, dass dieser verrückte Schäfer ein Kind hatte, angeblich sogar allein groß gezogen hatte, nachdem Danys Mutter sich das Leben genommen hatte.

Der Schwimmbagger schien jeden Moment zu sinken. Aber der Fluss war ganz ruhig, keine Welle schwappte an Bord. Lunau startete den Motor und ließ den Wagen anrollen. Er öffnete die Seitenscheibe und ließ die kalte Nachtluft herein. Bei Fahrtwind war man sicher vor den Stechmücken. Er streckte den Arm zur Seite hinaus und genoss die frische Luft, die in seinen Hemdärmel fuhr und unter der Achsel kitzelte.

Die Drehzahl des Dieselmotors hatte sich verändert. Endlich hat er ein Einsehen und wirft den Sand wieder ab, dachte Lunau. Doch nun hörte er mehrere Frequenzen gleichzeitig. Sie waren beide tief und kitzelten in der Bauchdecke, aber sie lagen etwa zwei Ganztonschritte auseinander. Lunau konnte sich nicht erinnern, dass die Saugpumpe sich so angehört hätte. Die Drehzahl des Motors stieg und senkte sich, stieg und fiel, Lunau dachte an sein erstes Mokick, bei dem er immer kurz Zwischengas gegeben hatte, den Gasgriff aus dem Handgelenk drehend, um dieses angenehme Geräusch zu hören. Er dachte an den Frühling in der Stadt, an die warmen Hauswände am Abend, an den Geruch der frischen Blätter an den Alleebäumen. Er wusste nicht, warum diese Erinnerungen ihm auf einmal zusetzten, heftig wie eine Migräne. Er dachte an seine Eltern, an die Klaviermusik, die aus den offenen Fenstern drang, wenn er nach Hause kam. Wie hatte er diese ewig gleichen Klänge gehasst, die Hammerklaviersonate, Dvořaks Duos für Klavier und Geige, die sein Vater abends mit der Mutter spielte. »Um Finger und Geist zu entspannen.« Jetzt plötzlich hätte er liebend gern seine Eltern spielen hören, und wenn es nur eine Aufnahme gewesen wäre. Möglichst eine der frühen, die noch den warmen weichen Klang der Vinyl-Platten hatten.

Er trat auf die Bremse, das ABS ruckte in seinem Becken, der Wagen kam zum Stehen. Der Geruch des verbrannten Gummis wehte in die Fahrgastzelle. Lunau stellte den Motor ab und lauschte in die Nacht.

Wie hatte er so blind sein können!? Oder besser gesagt: taub! Er legte den Rückwärtsgang ein und trat aufs Gas. Singend setzte der Wagen zurück. Er schlingerte bei jeder Lenkbewegung. Lunau hielt an, sprang aus dem Wagen und rannte die Böschung hinunter. Sein Gehör hatte ihm längst die Bestätigung seines Verdachts gebracht: Er hatte mehrere Motoren gehört! Vom Fluss kam kein Licht mehr. Die Positionsleuchten an dem Schwimmbagger waren erloschen, auch die Lampen auf der Brücke. Man erahnte nur zwei langgezogene schwarze Silhouetten auf dem Fluss. Die eine sah aus wie ein liegender Dinosaurier, dessen Höcker aus Sandhaufen gebildet wurden, die andere dagegen war flach wie ein Krokodil. Sie waren aneinandergekettet, und während die Höcker des Dinosauriers abschmolzen, versank das Krokodil, fast unmerklich, im Fluss. Das dicke Plastikrohr, durch das der Sand schoss, ragte vom Bagger hinüber auf den Lastkahn.

Der Sand wurde nicht, wie gesetzlich vorgeschrieben, an anderer Stelle wieder im Flussbett deponiert – er wurde abtransportiert! Eine unerschöpfliche Einnahmequelle, zum Beispiel zur Finanzierung eines Großprojekts wie das der historischen Nachbildung einer schwimmenden Mühle.

Der Schwimmbagger war derselbe, der die ganze Woche auf dem Fluss arbeitete, das Modell, das der ARNI gehörte und das Di Natale Lunau gezeigt hatte. Erst jetzt fiel Lunau auf, dass Vito den Bagger gar nicht vorgeführt hatte, sie hatten das Gefährt, nach einem flüchtigen Gruß, einfach links liegen lassen. Aber wem gehörte der Lastkahn? In der Dunkelheit war weder eine Flagge noch ein Name oder die Zulassungsnummer am Rumpf zu erkennen.

58

Silvia lag im Doppelbett und lauschte auf die unnatürliche Stille im Haus. Kein Atmen neben sich. Das Parkett im Arbeitszimmer knarrte nicht unter den Rollen des Schreibtischstuhles, im Wohnzimmer lief kein Fernseher, niemand kam auf Zehenspitzen die Treppe hoch, im Bad rauschte kein Wasserhahn. Silvia wollte es sich nicht eingestehen, aber am Vortag hatte die Anwesenheit des Journalisten, die verhaltenen Geräusche aus dem Obergeschoss, ihr ein Gefühl von Sicherheit gegeben. War es nur das, oder war es mehr? Silvia weigerte sich, nach einer Antwort zu suchen. Sie drehte den Kopf auf ihrem Kissen – und lag auch nicht bequemer. Sie ließ den Kopf Richtung Vito gleiten, direkt auf das Laken, wo man die Wärme spürte, noch bevor man den Körper berührte. Jetzt war das Laken kalt, aber Vitos Geruch war da. Sein Nacken, seine Brust. Silvia fuhr mit den Händen unter Vitos Kissen, zog seinen Schlafanzug hervor und presste ihr Gesicht hinein. Der Duft stieg ihr in die Nase. Schmerzhaft und betörend. Ihr Kiefer fing zu zucken an, aber sie unterdrückte das Weinen, sie wälzte sich auf den Bauch, in Konvulsionen zog sich ihr Zwerchfell zusammen, so dass sie mit dem Gesicht in die Matratze pochte.

Sie meinte, einen Schrei gehört zu haben, fuhr aus dem Bett, wischte sich mit dem Pyjama die Tränen ab und lief auf den Flur. Es kam aus Saras Zimmer.

»Ich bin da«, sagte Silvia leise, als sie die Tür aufschob. Sara saß in ihrem zerwühlten Bett und drehte den Kopf ein wenig zur Seite, weil der Lichtschein aus dem Flur sie blendete.

»Mama, ich habe Papa gesehen. Er war da, aber nur kurz.«

Silvia setzte sich auf die Bettkante und drückte Saras Kopf an ihre Brust.

»Wieso bleibt er immer nur so kurz? Und nur nachts?«, fragte Sara.

Silvia suchte nach einer Antwort. Sie biss sich auf die Lippen und konnte die Tränen nicht zurückhalten.

»Verstehst du das auch nicht?«, fragte Sara.

»Nein, das verstehe ich auch nicht«, sagte Silvia.

»Du hast ihn wenigstens schon früher gekannt. Du hast viel Zeit mit ihm verbracht. Mirko auch, jedenfalls mehr als ich. Muss ich jetzt als erste sterben, damit ich die Zeit nachholen kann?«

»Unsinn«, sagte Silvia. »Schlaf jetzt.«

Sie drückte Sara auf das Kissen und strich ihr über das wirre Haar. Aber die Augen des Mädchens waren hellwach.

»Magst du den blonden Mann mit der Beule?«

»Ja.«

»Sehr?«

»Nein.«

»Wie sehr? Von null bis zehn?«

Silvia überlegte.

»Fünf«, sagte Silvia.

»Ich sechs«, antwortete Sara.

»Aha!«

»Darf ich dich wieder rufen, wenn ich nicht schlafen kann?«

»Sicher«, sagte Silvia, »aber versuch es wenigstens.«

Sara nickte, und Silvia ging zurück in ihr Schlafzimmer. Sie machte das Deckenlicht an und starrte auf das Bett. Neben dieser Lücke würde sie nie in den Schlaf finden. Der Geruch war da. Vito nicht. Sie fing an, das Bettzeug auf seiner Seite aufzuknöpfen, sie zog daran, aber als sie das traurige, nackte Federbett sah, hielt sie inne. Sie brachte es nicht fertig, es abzuziehen. Also löschte sie wieder das Licht, streckte sich aus und wartete auf den Schlaf.

59

Der Mond war hinter einer dichten Wolkenwand verschwunden, nur manchmal drang diffuses Licht bis auf die Wasseroberfläche. Der Fluss gurgelte unter Lunaus Füßen, die unendliche Fläche schien mit schwarzem Lack überzogen, der sich manchmal zu Strudeln formierte, manchmal von Windböen angeraut wurde.

Lunau hatte einen Holznachen gefunden, der im Vorland an eine Pappel gebunden war. Er war nicht angekettet gewesen. Und jetzt wusste Lunau, warum: Er war undicht. Das Wasser schien durch die Fugen der Planken einzudringen. Zum Glück musste Lunau selten rudern, die Strömung nahm ihm die meiste Arbeit ab. Er konnte sich darauf konzentrieren, das Lenzwasser aus dem

Rumpf zu schöpfen und ab und zu den Kurs zu korrigieren. Die Nacht hatte auf dem Fluss einen ganz anderen Klang als am Festland. Das Wasser selbst floss lautlos, die Geräusche von Land wurden sanft und blechern, in Schwaden, herangetragen. Schließlich nahm Lunau das Brummen wahr, das schnell anschwoll. Noch ehe er einen freien Blick hatte, wusste er, dass nicht nur der Schwimmbagger, sondern auch der Lastkahn noch in der Nähe war. Er war rechtzeitig gekommen.

Da klingelte sein Handy, Lunau fischte es aus der Tasche und wollte den Anruf wegdrücken, als er die Nummer erkannte: Jette.

»Hallo Jette«, sagte Lunau, so neutral wie möglich, weil er wusste, dass sie Gefühlsduselei nicht mochte.

»Hallo Kaspar.«

»Wie geht's den Kindern?«

»Ich rufe nicht wegen der Kinder an. Kannst du bitte mit Beate reden?«

»Was ist mit Beate?«

»Ist mir egal. Ich bin weder deine noch Beates Logistikzentrale. Geh einfach an dein Handy und sag deinen Kollegen, sie sollen nicht mich behelligen, wenn du gerade abgetaucht bist.«

Lunau fiel ein, dass er das Handy fast den ganzen Tag abgestellt hatte und dass man ihn heute im Sender erwartet hatte. Auf dem Display blinkte das Symbol für entgangene Anrufe.

»Was ist das für ein Lärm. Wo steckst du überhaupt?«

»Das ist jetzt schwer zu erklären. Jedenfalls in Italien.«

»Wie schön für dich.«

»Ich arbeite.«

»Na eben. Für dich gibt es ja nichts Schöneres.«

»Jette ...«

»Was ist?«

Lunau schwieg. Es gab zu viel, was er zu sagen hatte. Nichts von alledem wollte Jette jetzt hören. Sie wollte es überhaupt niemals hören. Er sagte es trotzdem.

»Du fehlst mir. Und die Kinder.«

»O bitte!«

Er spürte, dass sie einfach auflegen wollte. »Warte ...«

Sie atmete ungeduldig. Er wollte einfach nur ihre Stimme oder ihren Atem hören.

»Was wollte Beate denn?«

»Ruf sie selber an.«

»Bitte sag's mir.«

»Hast du was an den Ohren?«

Jetzt merkte sogar Jette, dass sie sich einen Fauxpas geleistet hatte. Sie schnaubte ganz leise durch die Nase und sagte: »Entschuldige.«

»Schon gut. Wenigstens habe ich bei dir einen Behindertenbonus.«

Sie lachte, und dann fragte sie: »Ist alles in Ordnung mit dir?«

In ihrer Stimme schwang auf einmal etwas mit, das wie Sorge klang, ein weicher, gefühliger Ton, in dem Lunau sich immer geborgen gefühlt hatte wie sonst nirgendwo.

»Ja«, antwortete er.

»Mach's gut. Und halt mir die Nervensägen aus deinem Sender vom Leib.«

Sie hatte aufgelegt, ehe Lunau etwas erwidern konnte. Er stellte das Handy aus und tauchte in den infernalischen Lärm ein. Er war jetzt so dicht an den Schiffen, dass er die Nieten in den Stahlwänden erkennen konnte. Zwei Männer bewegten sich auf dem Schwimmbagger, ebenso auf dem Lastkahn. Einer war auf der Brücke, der andere am Bug, wo er den Rüssel so justierte, dass der Sand sich gleichmäßig im Rumpf verteilte und den Kahn nicht in Schieflage brachte. Gesichter waren nicht zu erkennen.

Lunau suchte den Bug des Lastkahns ab, aber die Zulassungsnummer war von Tauen und Fendern verdeckt.

Der Schwimmbagger lag mit dem Bug flussaufwärts in der Strömung, dahinter war der Lastkahn vertaut. Der trieb genau auf den Schwimmbagger zu. Der Lärm ließ nicht nur Lunaus Bauchdecke, sondern auch die Hohlräume im Kopf vibrieren. Lunau drosselte die Pegel des Rekorders und schob seine Ohrplugs in die Gehörgänge.

Er wollte sich am Schwimmbagger vorbeitreiben lassen und die Zulassungsnummer des Lastkahns notieren, danach versuchen, die Gesichter zu erkennen. Dass man ihn wahrnahm, war nahezu ausgeschlossen, denn die Motoren überdeckten jedes Geräusch, und bis auf die Notbeleuchtung auf den Brücken waren alle Scheinwerfer ausgeschaltet.

Der Mann am Saugrüssel war groß und schlank. Seinen geschmeidigen Bewegungen nach recht jung. Er hob den Arm und winkte ab. Die Drehzahl des Saugmotors reduzierte sich zu einem sanften Tuckern. Ein Mann kam von der Brücke des Schwimmbaggers und zog den Saugrüssel zurück an Bord. Lunau war mit dem Nachen gegen die Bordwand des Lastkahns gestoßen und Richtung Heck abgetrieben. Dort hing ein Beiboot. Kunststoffrumpf und starker Außenbordmotor. Lunau erkannte ihn wieder. Er war dunkelblau, mit der Aufschrift »90 PS«. Es war dasselbe Boot, das Pirri vom Lido aus verfolgt hatte.

Lunau versuchte, gegen die Strömung zu rudern, um wieder den Bug zu erreichen, aber zwischen seinem Boot und dem Lastkahn war kein Platz zum Rudern. Also griff er nach der Bordwand und zog sich langsam flussaufwärts. Die Sandberge verdeckten ihm die Sicht auf die beiden Schiffe, gleichzeitig gaben sie ihm Deckung.

Die weiße Farbe, mit der die Buchstaben auf den Metallrumpf gemalt waren, war rissig und grau, aber ein »L« und ein »K«

waren am Ende zu entziffern. Die Zulassungsnummer schob sich allmählich in Lunaus Blickfeld: »FE 326 …«

Etwas lenkte ihn ab. Er sah aus dem Augenwinkel einen orangefarbenen Schimmer. Die Glut einer Zigarette. Der große schlanke Bursche stand über ihm auf einem Sandhaufen und rauchte. Die Zigarette flog in hohem Bogen, gerade erst angeraucht, ins Wasser. Der Mann verschwand hinter dem Sandberg, dafür war auf dem Schwimmbagger jetzt hektischer Betrieb. Die beiden Männer sprangen von Bord und landeten auf dem Sandhaufen. Der Schwimmbagger war jetzt führerlos.

Lunau wollte sich mit seinem Nachen abstoßen, aber plötzlich schwankte das Boot, die Bugspitze hob sich. Jemand war in Lunaus Rücken an Bord gesprungen. Und da spürte er auch schon den Unterarm, der gegen seine Kehle drückte. Er wollte mit dem Ruder den Kopf des Angreifers treffen und schlug nach hinten, aber man drehte ihm den Arm um, das Ruder klatschte ins Wasser. Seine Schulter jaulte. Er wollte nach unten aus dem Griff tauchen, aber die zwei waren stärker als er. Lunau warf sich absichtlich nach links und rechts, um die *Sandola* umzukippen, aber auch das klappte nicht. Man hatte ihn an den Händen gefasst und zog ihn auf den Lastkahn. Sein Rücken schabte über die rostige Bordwand.

Lunau wurde auf den Sandberg geworfen, war aber im Nu wieder auf den Beinen. Sie umringten ihn zu viert. Er musste sich den Schwächsten suchen, eine Lücke reißen und ins Wasser springen.

Der schmächtigste Mann war um die sechzig. Er trug eine Schiebermütze, hatte einen Schnauzbart. Es war Mario, der Vorarbeiter aus Zappaterras Sandgrube. Und auch die beiden jungen Hünen waren da. Sie trugen dieselben Overalls wie an dem Abend, als Lunau angefahren wurde. Nur den schlanken jungen Mann, der die Zigarette geraucht hatte, sah Lunau zum ersten

Mal. Marios Augenlider hatten sich zu Schlitzen verengt. Er stand sprungbereit, in der rechten Hand einen Schraubschlüssel. Einer der beiden Riesen ließ plötzlich eine Kette schwingen.

Lunau ließ sein Bein nach oben schnellen, drehte sich auf dem Standfuß und im Becken und traf Mario seitlich am Kopf. Dieser Drehtritt war eine der Techniken, die Lunau noch zuverlässig beherrschte, auch wenn seine Muskeln nicht mehr so dehnfähig waren wie früher. Mario rappelte sich aber wieder auf. Lunau war mit dem Standbein in den feuchten Sand eingesunken und versuchte, an die Reling zu kommen. Eine Kette traf ihn auf der Schulter, der Schmerz schoss wie Eiswasser über seine Brust. Aber er jagte auch Unmengen Adrenalin in Lunaus Blut. Er merkte erst nachträglich, dass ihn ein Reflex gerettet hatte: In Sekundenbruchteilen hatte er das Surren der Kette wahrgenommen, den Kopf zur Seite gerissen und das Ende auf seiner Brust gefasst. Er wollte den Angreifer von den Beinen holen, riss an der Kette, aber sie fühlte sich an, als wäre sie an einer Betonwand befestigt. Den zweiten Schlag hatte er nicht mehr kommen hören. Er hatte nur das Gefühl, man habe die Haut quer über seinem Schädel aufgetrennt, es knallte in seinem Ohr, heiße Flüssigkeit lief an seinem Hals hinab, und dann wurde es schwarz um ihn. Ehe er ohnmächtig wurde, dachte er noch an das Mikro, das er am Körper trug und das bei dem Höllenlärm der Motoren völlig nutzlos war.

Das Erste, was er schmeckte, waren Sand und Blut zwischen den Zähnen. Auf dem rechten Ohr hörte er nur einen Pfeifton. Er lag auf dem Bauch und konnte sich nicht bewegen. Bis auf den Kopf. Er drehte ihn langsam zur Seite und sah die Silhouette von drei Männern. Sie gestikulierten und schrien. Mario war nicht zu sehen.

Lunau musste gegen den Wunsch ankämpfen, wieder einzuschlafen. Er war todmüde, und wenn er einschlief, dann spürte er wenigstens nicht mehr die Schmerzen in Kopf und Schulter.

Aber er musste irgendwie an sein Mobiltelefon kommen. Es steckte in seiner linken Gesäßtasche. Er versuchte, zwei Finger hineinzuschieben. Vielleicht reichte sogar ein Finger. Er musste die Tastensperre aufheben und auf die große grüne Taste drücken. Dann würde das Handy automatisch die letzte gewählte Nummer noch einmal anrufen. Balbonis Nummer.

Da merkte Lunau, dass er die Motoren nicht mehr hörte. Er hörte gar nichts mehr, nur das Pfeifen. Die Szenen, die sich in der Dunkelheit abspielten, waren stumm. Er wand sich auf dem Sandhaufen, um seine Klamotten schaben zu hören. Sie schabten nicht. Er schlug die Zähne aufeinander. Er spürte den Druck in seinem Kiefer, aber er hörte kein Klappern.

Er fing vor Verzweiflung zu zucken an. Er ignorierte den Schmerz, krümmte den Oberkörper, zog die Beine in Embryonalstellung und streckte sich dann mit einem Ruck. Die Kabelbinder schnitten in seine Haut, mehr passierte nicht. Er lag wieder flach auf dem Bauch, während die Männer offensichtlich diskutierten, was sie mit ihm anfangen sollten. Sie waren nur zu dritt. Wo war Mario? Warum war Mario nicht bei ihnen? Was trieb Mario? Mario war der Älteste, seine Gesten hatten eine besondere Autorität ausgestrahlt. Lunau musste sich auf ihn konzentrieren. Völlig nüchtern würde Mario abwägen, wie man das Problem, das Lunau verursacht hatte, aus der Welt schaffen konnte. Und diese Abgeklärtheit Marios machte Lunau viel mehr Angst als die sadistische Brutalität der Brüder. Lunau versuchte, hinter seine Schulter zu sehen, er wehrte sich gegen die Erstarrung, indem er wie ein Verrückter seine Streckbewegungen wiederholte, bis er ins Rutschen kam und seitlich von dem Sandhügel glitt.

Da tauchte Mario hinter einer großen Kabelrolle auf, das Handy am Ohr. Er nickte. Mario schien Lunau gesehen zu haben, denn er streckte den Arm in seine Richtung, und dann kamen alle vier angelaufen. Die beiden Brüder griffen Lunau an den Oberarmen, zerrten ihn wieder auf den Hügel, und einer setzte sich auf seinen Rücken. Er wog so viel wie ein Omnibus. Lunau bekam keine Luft.

»Was hat er gesagt?«, fragte der junge Blonde, den Lunau nicht kannte.

»Na, was wohl?«, erwiderte Mario.

Lunau hatte also doch nicht das Gehör verloren, auch wenn die Stimmen wie durch Watte kamen. Lunau fiel ein, dass er die Ohrplugs trug, aber das allein konnte die Dämpfung nicht erklären. Vermutlich war auch Blut in seine Gehörgänge gelaufen, hatte sich mit Sand verklebt. Oder er hatte von dem Schlag ein Knalltrauma.

Der Blonde starrte Mario an, dann zerrte er an seiner Schulter.

»Du meinst doch nicht, dass ...«, er warf einen Blick auf Lunau. »Da mache ich nicht mit. Ihr seid wahnsinnig.«

»Red keinen Scheiß, wir sitzen alle in einem Boot.«

Der Blonde schaute die beiden Riesen an. »Jetzt sagt doch auch mal was. Das können wir doch nicht machen. Wegen ein bisschen Sand.«

Die beiden Brüder schraubten an irgendwelchen Geräten herum. Sie schauten kurz auf. Aus einem Riss in den Wolken lugte ein Fetzen des Mondes hervor, ließ Glanzlichter über die Reling und die Radarantenne springen.

»Ein bisschen Sand? Du hast jahrelang hier deine Sonderzulagen kassiert. Du wusstest genau, was gespielt wird.«

»Ich habe einen Job erledigt. Sand hinter dem Deich, Sand vor dem Deich, was macht das schon für einen Unterschied?«

»Jetzt merkst du, dass es einen Unterschied macht, und halt die Schnauze«, zischte Mario mit einem Blick auf Lunau. »Er hat den Kahn gesehen, er hat eure Fressen gesehen, du sagst ihm am besten noch, für wen du arbeitest, dann hast du dir die Entscheidung abgenommen, was aus ihm werden soll.«

Lunau fingerte hektisch an seiner Hosentasche herum, aber er fand das Handy nicht.

»Ich mache das nicht, hast du mich verstanden? Ohne mich«, schrie der Blonde.

»Balboni«, wollte Lunau sagen, aber es hörte sich nur nach einem Mampfen an.

Einer der Riesen hatte sich wieder über die Gerätschaften gemacht. Lunau erkannte seinen Korg und das Handy. Die Männer hatten es ihm natürlich längst abgenommen.

»Halt die Fresse«, schrie jemand. Es musste der andere der beiden Brüder sein. Der auf Lunaus Rücken.

»Lass ihn reden«, sagte Mario. Er scheuchte den Kerl von Lunau herunter und richtete dessen Oberkörper auf. Lunau saß, die Arme auf seinem Rücken wie abgestorben. Er hatte Mühe, den Kopf aufrecht zu halten, alles drehte sich. Vor ihm stand Mario und starrte ihn an.

»Was hast du gesagt? Für wen arbeitest du?«

»Balboni«, sagte Lunau.

»Welchen Balboni?«

»Michele Balboni, Kommissar Balboni.«

»Was soll der Scheiß? Du arbeitest für Balboni? Als was denn? Als Hausmädchen?«

Die beiden Brüder lachten meckernd. Aber Lunau spürte, dass dieses Gelächter künstlich war. Der Jüngere hörte gar nicht wieder auf. Seine aufgequollenen Backen wabbelten. Sein Bruder hatte den gleichen Bierbauch, ähnliche Gesichtszüge, aber dessen Gesicht sah nicht aus, als wäre es aufgepumpt.

»Balboni weiß, dass ich hier bin«, sagte Lunau.

Die Brüder lachten nicht mehr.

»Du bluffst«, sagte Mario.

»Schau dir mein Handy an. Die letzten Nummern, die ich gewählt habe.«

Mario ließ sich das Handy geben, fingerte daran herum und fluchte.

»Mach du das«, sagte er schließlich zum Blonden. Aber der Blonde war verschwunden. »He, du Arschloch, wo bist du?«, schrie Mario. Nichts rührte sich. »Wo ist der Idiot? Ist er von Bord gesprungen?«

Die beiden Brüder drehten die offenen Handflächen auseinander und zogen die Schultern hoch. Die italienische Geste der Ratlosigkeit.

»Sucht ihn!« Sie stapften durch die Sandhügel, leuchteten mit Taschenlampen die Winkel der Ladefläche ab und gingen dann auf die Kommandobrücke. Lunau sah seine Chance. Aber was war das für eine Chance? Mario drückte wieder auf den Tasten des Handys herum.

»Ich zeige Ihnen die Nummer«, sagte Lunau.

»Für wie bescheuert hältst du mich? Du fasst das hier nicht mehr an.«

Mario schien fündig geworden zu sein. »Welche ist es?«, fragte er.

»Die letzte gewählte.«

»Woher weiß ich, dass das Balbonis Nummer ist?«

»Probieren Sie sie aus.«

Mario schaute Lunau verächtlich an. »Du hältst dich wohl für einen ganz Schlauen? Vor allem warst du so schlau, heimlich wieder nach Ferrara zu kommen. Wenn du verschwindest, wird niemand dich vermissen. Ist das nicht eine Wucht?« Mario grinste.

Lunaus Hirn fing wieder zu arbeiten an. Die Benommenheit war verschwunden. Mario hatte recht. Aber nicht ganz. Woher hatte er seine Informationen? Von Amanda? Allerdings gab es jemanden, der von Lunaus Anwesenheit in Ferrara wusste. Silvia. Aber sie würde er nicht mit in diese Sache hineinziehen.

Mario schrie nach seinen beiden Helfern. Er vermied es, Namen zu nennen, rief immer nur »Hej!«, und Lunau hielt das für ein gutes Zeichen. Hätte festgestanden, dass sie Lunau eliminieren wollten, dann hätten sie auf Vorsichtsmaßnahmen verzichtet. Der Jüngere kam an, grinste, er sollte Lunau wohl bewachen. Der Ältere suchte auf den Kähnen herum, Mario verschwand wieder. Lunau nahm sich vor, die drei hinzuhalten. Wenn der Blonde an Land geflüchtet war, würde er vielleicht Hilfe holen.

»Vernichtet das Material und lasst mich abhauen. Mir ist euer Sand egal. Ich war hinter etwas anderem her.«

»Ach ja? Hinter was denn?«, fragte das Teiggesicht. »Hinter Blesshühnern?«

»Zum Beispiel. Ich wollte außergewöhnliche Geräusche aufnehmen.«

Lunau versuchte, den Mann auf seine Seite zu ziehen, aber es war aussichtslos. Er sah in dessen Glupschaugen, dass er es gar nicht erwarten konnte, etwas Außergewöhnliches zu erleben. Zum Beispiel jemanden ertrinken zu sehen.

Von achtern kam ein Schrei. Sie schienen den Blonden gefunden zu haben. Zu zweit zerrten sie ihn über die Sandhaufen und setzten ihn vor Lunau. Er umklammerte seine Knie, legte den Kopf darauf und blieb unbeweglich sitzen. Nur ein leichtes Zittern am Nacken war zu erkennen.

Mario ließ sich Lunaus Geräte geben. Er drehte sie in der Hand, zerschlug sie aber nicht, sondern warf sie in hohem Bogen über die Reling.

»Und? Hatte ich recht?«, fragte Lunau.

Mario nickte.

»Wenn Sie mich umbringen, haben Sie ein Problem.«

»Welches? Niemand weiß, dass Sie jemals hier angekommen

sind. Niemand weiß, dass hier jemals ein Schwimmbagger gelegen hat.«

»Eben. Selbst wenn ich so blöde wäre, Anzeige zu erstatten, ich hätte nicht einen Beweis.«

Mario gab den beiden Brüdern einen Wink. Der Ältere ging auf die Brücke und kam mit einem Eisengewicht wieder. Ein zylindrischer Block, aus dessen Oberseite ein langer Haken ragte. Vermutlich beschwerte man Planen damit. Die beiden Brüder fassten Lunau an Kopf und Füßen, dieser fing an zu strampeln.

»Wenn man mich hier im Fluss findet, dann ist das ein Beweis. Hört auf, ihr seid wahnsinnig«, schrie Lunau. Seine Stimme überschlug sich. »He, Blonder, schau mich an! Schau mich an!« Aber der Blonde hielt sich die Ohren zu. »Blonder! Blonder!« Lunau spürte, wie ihm vor Angst der Urin am Schenkel hinabfloss. Er strampelte so heftig, dass dem Jüngeren die Beine entglitten. Der Mann fluchte und schlug Lunau die Faust auf den Solar Plexus. Der Schmerz nahm Lunau die Luft.

Sie hatten ihn bäuchlings auf die Reling gelegt. Der kalte Eisenhaken schob sich zwischen seine Handgelenke.

»Ihr werdet alle in den Knast gehen«, schrie Lunau. »Der Einzige, der nicht bezahlen wird, ist Zappaterra.«

Mario zuckte zusammen und mahlte mit seinen Kiefern. Der Name Zappaterras hatte ihm Eindruck gemacht.

»Was weißt du von Zappaterra?«

»Für ein paar Kröten macht ihr jede Drecksarbeit. Am Ende zahlt ihr allein die Zeche.«

Mario kam näher und zischte: »So ist die Welt nun mal eingerichtet. Wer kein Geld hat, zahlt für die anderen die Zeche.« Er grinste und fügte hinzu: »Zumindest wenn er sich dämlich anstellt.« Er trat Lunau in die Flanke, woraufhin dieser von der Reling rutschte. Instinktiv krümmten sich seine Finger, suchten nach einem Halt, den sie nicht fanden. Sein Magen rutschte nach oben, wie in einem anfahrenden Aufzug, und dann rauschte auch schon das Wasser eiskalt unter seine Kleider, es presste sich brausend in die Gehörgänge und gegen seine Ohrplugs.

TEIL IV

60

German Zueggeler spürte ein Schwindelgefühl, als er hinab in die Schlucht blickte. Und er fühlte sich verhöhnt von seinem Schöpfer. Höhenangst. Er! Der er in den Bergen geboren worden, aufgewachsen und alt geworden war. Nie hatte er sich beklagt über sein Schicksal als Bergler, er hatte es angenommen in demütiger Gottesfurcht. Er hatte im Frühling das Milchvieh auf die Alm getrieben und sich mit dem ersten Oktoberschnee wieder ins Tal begeben. Er hatte die sanften Matten erwandert und die Wände erklettert. Er hatte jeden Stein erfühlt, Wind und Wolken zu deuten gelernt. Er hatte die Berge angenommen und geliebt. War der beste Kletterer seiner Generation geworden. Er hatte den Zueggeler-Knoten erfunden, mit dem sich Reepschnüre an die dicken Hanfseile binden und mit einem Handgriff wieder lösen ließen. Er hatte alle Dolomitengipfel bezwungen, in den Chroniken des internationalen Alpinismus war er mit vier Erstbesteigungen eingetragen, unter anderem für die Alleingänge auf den Cima della Madonna *und die* Guglia di Brenta. *Dass er im hohen Alter nicht mehr so flink und kräftig sein würde, das hatte er immer gewusst, aber Höhenangst, das war zu viel.*

Er schaute noch einmal hinab, sah das Wasser als kleines, zersplittertes Band blinken, und wieder verschwamm das Bild und kippte weg, die Luft schien um sein Haupt zu wirbeln. Ich tauge zu nichts mehr, nicht einmal mehr zum Ziegenhüten, dachte er.

Aber wenn der Herr es darauf anlegte, dann sollte er es so haben. Dann sollte er ihn sich holen! Zueggeler klammerte sich mit beiden Händen am Fels fest und tastete mit einem Fuß in die Tiefe. Als er einen Tritt gefunden hatte, löste er eine Hand, griff um, dann löste er die andere. Wie in Trance führte er die Bewegungen aus, der Schwindel war verschwunden. Er hielt den Blick starr nach oben gerichtet, auf die neue Brücke, über die der Zugverkehr Richtung Brenner rollte. Von unten kam wieder das Meckern des Zickleins. Es klang unendlich fern. Zueggeler konzentrierte sich auf den sturen Ablauf der Bewegungen, auf den Klang der Steine, die seine Fußspitzen berührten. Kalk war tückisch, er ragte als vermeintlich bequemer Standplatz aus einer Wand, trug die Belastung von einem erwachsenen Mann, um dann plötzlich in Brösel zu zerfallen, die dem Abstürzenden wie zum Spott hinterhertrudelten. In seiner aktiven Zeit hatte Zueggeler 167 Verunglückte geborgen, 52 davon tot.

Von dem schmalen Felspfad bis auf den Grund der Schlucht waren es 136 Höhenmeter. German hätte dazu früher eine Stunde gebraucht. An diesem Augusttag 1945 wurden es sieben. Es war früher Nachmittag, als er mit den Lederstiefeln im klaren Felswasser stand und ein letztes Mal hinauf zur Brücke sah, am ganzen Leib vor Erschöpfung zitternd. Die Sonne rutschte gerade hinter den Stahlträgern hervor. Für den kurzen Weg bis zur Felskante würde sie nur zwei Stunden brauchen, dann würde die Wand im Schatten liegen, einige Stunden später in der Finsternis. Der Aufstieg war heute, vorausgesetzt er fand das Zicklein, nicht mehr zu schaffen. Wenn er in der Wand von der Nacht überrascht wurde, war das sein sicherer Tod.

Er trank von dem klaren, kalten Wasser und lauschte in das Brausen des Gebirgsbachs. Das Meckern kam aus dem Gestrüpp hinter einer Felsnase. Zueggeler balancierte auf den glitschigen Kieseln und sah das weiße Fell inmitten fleischiger Blätter. Das Tier war in ein weiches Bett aus Wasserpflanzen und Reisig gefallen. Es zuckte mit dem Kopf, als wollte es sich erheben, aber irgendetwas hielt es zurück. Zueggeler war über ihm und drückte die kleine warme Schnute an seine Wange. Ziegen waren die launischsten, zähes-

ten und klügsten Wesen, die er kannte. Divenhafter als Katzen und verschlagener als Hyänen. Und sie kletterten besser als der junge Zueggeler.

Er formte seine Hand zur Schale, schöpfte aus dem Bach und ließ das Zicklein trinken. Doch als er sich mit dem Rücken an die Felswand lehnte, fiel sein Blick auf das Nest, in dem das Tier lag. Nicht allein das Blattwerk hatte den Sturz abgefangen, sondern ein grau-grüner Brei. German griff hinein. Aufgequollene Pappe und Papier. Dazwischen Büroklammern und die Bügel von Aktenordnern. In den Mäandern des Baches lagen Dutzende Kisten mit dem Reichsadler, der ein Hakenkreuz in den Klauen hielt. Die Kisten waren teilweise aufgeplatzt, andere unversehrt.

Sie waren auf dem Weg ins Deutsche Reich gewesen, als sie von der Brücke gefallen waren. Bei einem Eisenbahnunglück? Einem Anschlag von Partisanen? Warum auch immer – irgendwer wollte nicht, dass sie gefunden wurden. Wahrscheinlich die Deutschen.

German hieß nicht zufällig German. Seine Familie hatte immer nur Deutsch gesprochen und Deutsch gedacht. Und als man ihr Heimatdorf 1919 an die Italiener verramschte, hatten die Zueggelers mit der Politik abgeschlossen. Dass jetzt auch noch der Zweite Weltkrieg verloren war, hieß für German Zueggeler: Er würde in italienischer Erde begraben werden. Das war fast so schlimm wie die Höhenangst.

Er nahm eine der zerborstenen Kisten, die das Bachwasser nicht erreicht hatte. Er zog einen Aktenordner heraus und fing zu lesen an. Die Rede war von Denunziationen, Verhaftungen, Vergeltungsaktionen. »Repressive Schutzmaßnahmen gegen terroristische Elemente in der Zivilbevölkerung.« »Unterbindung des Bandenwesens im Flachland.« German Zueggeler liebte die Ordnung, Sauberkeit und Korrektheit, die aus der Form dieser Akten sprach.

Die Sonne nahm einen warmen Orangeton an, während die Schatten sich langsam durch die Schlucht fraßen. Es wurde langsam zu dunkel zum Lesen. Germans Augen tränten. Er streichelte mechanisch dem Zicklein übers Fell und dachte an die drei Banditen, die er an einem Frühlingstag auf seiner Alm entdeckt hatte. Er hatte sie angezeigt. Drei Tage später hingen sie auf dem Dorfplatz an der Pestsäule. Waren das tatsächlich Partisanen gewesen? Wie sie ihm gegenüber behauptet hatten?

Wenn er aufrichtig war, dann hatte er es damals schon gewusst. Er hatte sich eingeredet, dass es ganz gewöhnliche Tagediebe und Herumtreiber waren. Auch nachdem er die beiden Karabiner gefunden hatte.

Die Akten waren nach Provinzverwaltungen geordnet, aber zu Bozen fand er nichts. Je mehr Rapporte German Zueggeler las, desto größer wurde das Gefühl der Scham in ihm. Er sah die ausgemergelten, verschreckten Gesichter der drei jungen Burschen vor sich. Und die angsterfüllte Fratze mit den aufgerissenen Augen, die sie nach ihrer Hinrichtung zeigten. Dies war die Wirklichkeit, die hinter den korrekten Formulierungen stand: »07. April 1945: Zeuge Ettore Gasparotto, wohnhaft in Ferrara, gibt an, dass der Halbpachtbauer Lorenzo Dandini Saboteuren Unterschlupf gewährt. Direkte Beteiligung an wehrkraftzersetzenden Aktivitäten wahrscheinlich. Identität der Saboteure unbekannt.«

German Zueggeler schlug die Akte zu und schob die Kiste unter einen Felsvorsprung. Dann sammelte er trockene fleischige Blätter, die er zu einer glatten Unterlage ausbreitete. Er suchte das Bachufer nach weiteren Kisten ab und fand zwei Aktenordner mit Stellungsbefehlen. Sie waren unwichtig genug, um vernichtet zu werden. Er polsterte sein Lager mit den Papieren, auf denen Männer an die Ostfront, nach Afrika oder nach Skandinavien beordert wurden. Er zerschlug die Kisten, sammelte Reisig und Brennholz und legte mit großen Kieseln einen Kreis.

Der Abendhimmel war klar. Es würde nicht regnen, aber kalt werden. German Zueggelers Entschluss stand fest. Er würde seinen

Fund melden. Und wenn andere seinen Namen lesen würden in den Akten, dann sollte sich auch dieses Schicksal vollenden. Er jedenfalls hatte seinem Schöpfer nichts mehr zu sagen.

61

Der Sonnenstrahl stach Lunau genau ins Auge. Durch seinen Schädelknochen lief ein Schmerz, wie auf einer gezackten Bahn. Und dann merkte er, dass dieser Schmerz bis in die Finger- und Fußspitzen Signale sendete.

Ein Hund bellte, in einiger Entfernung, und das Geräusch deckte einen Moment lang die anderen Empfindungen zu. Dann nahm er eine Welle aus Gestank wahr, die ihn würgen ließ. Es roch nach Exkrementen, Tier und nach Erbrochenem.

Lunau lag auf dem Rücken, er war nicht mehr gefesselt. Aber er konnte sich trotzdem nicht bewegen.

»Wasser«, sagte er, aber es kam nur ein heiseres Krächzen. Seine Zunge war pelzig und klebte am Gaumen.

Und dann kamen die Erinnerungen wieder. An das Absinken, den Druck auf den Ohren, die Kälte, bis Lunau plötzlich ganz klar denken konnte. Er hatte nur eine Chance gehabt: Er musste auf festen Grund kommen, versuchen, das Gewicht auszuhaken und sich mit den Beinen so heftig abzustoßen, dass er mit dem Mund über die Wasseroberfläche kam. In der Flussbiegung war das Wasser relativ seicht. Lunau streckte sich, um möglichst schnell zu sinken. Doch trotz des Gewichtes ging es nicht schnell genug. Als er endlich einen Stoß im Rücken spürte, zuckten seine Lungen schon. Er zerrte und schob mit den gefesselten Handgelenken an dem Gewicht in seinem Rücken. Er spürte, wie die Kabelbinder sich in der Öse des Hakens bewegten, aber er fand die Öffnung nicht. Sollte er versuchen, sich mitsamt dem Gewicht abzustoßen? Aussichtslos. Er kniete sich hin, die Strömung zerrte an seiner Flanke, dann setzte er das Gewicht auf den angewinkelten Waden in seinem Rücken ab. Er trat nach oben, schlug die Handgelenke nach unten, probierte es in alle Richtungen. Er konnte die Luft nicht länger anhalten, die Konvulsionen liefen durch seine Atemröhre, schrien danach, dass er den Mund aufriss. Er kämpfte gegen seinen Kiefer an, der sich einfach öffnen und irgendetwas einsaugen wollte, egal was, ein bisschen Sauerstoff würde schon dabei sein. Lunau wusste, wenn er das tat, wurde er bewusstlos. Der Schmerz würde aufhören, aber auch alles andere. Plötzlich schlugen seine Arme nach oben, er hatte es geschafft und drückte sich mit aller Gewalt vom Boden ab, kam kurz an die Oberfläche und sog die Lungen voll. Aber da ging es schon wieder abwärts. Die Strömung zog ihn weg. Und jetzt vermisste er das Gewicht. Er kam nicht mehr nach unten. Die Strömung riss seine Füße zur Seite, er lag schräg im Fluss, verlor die Orientierung. Er versuchte, mit den gefesselten Beinen zu schlagen wie mit einer Schwanzflosse und wieder nach oben zu kommen, aber er strampelte hilflos in dem eiskalten Wasser, bis er das Bewusstsein verlor.

Lunau sah die Kreise an den Wänden, wie Bullaugen. Aber sie waren nicht verglast, sie waren mit einer Membran bespannt. Mit Haut. Ziegenhaut, dachte Lunau. Der verrückte Schäfer war es also gewesen, der ihn aus dem Wasser gezogen hatte.

Lunau gab sich einen Ruck, stemmte sich gegen die Gewichte, die auf seinen Gliedern zu liegen schienen. Er musste Balboni informieren. Diesmal war alles anders. Diesmal musste es eindeutige Spuren geben. Zum Beispiel in Marios Gesicht. Und der Blonde würde vielleicht auch aussagen. Und wenn man den Schwimmbagger erkennungsdienstlich behandelte, würde man nicht nur die Fingerabdrücke aller Beteiligten, sondern auch Fragmente von Lunaus Handy und Audiogeräten finden.

Lunau stützte sich auf den Ellbogen ab. Aber sofort drehte sich alles, ein saurer Schub kam durch seine Speiseröhre. Gehirnerschütterung. Er hob eine Hand und tastete seinen Kopf ab. Er war mit einem Lappen verbunden. Lunau drehte sich auf den Bauch und kroch auf allen vieren in die Richtung, in der das Licht am grellsten war. Er spürte einen frischen Luftzug, und dann kamen auch die Geräusche in einer unerwarteten Vielzahl zurück. Der Wind in den Baumkronen, eine grelle Fahrradklingel, der Motor eines Sportflugzeuges und der blökende Brei Dutzender Schafe.

Plötzlich wurde er an den Schultern gepackt und auf den Boden gepresst.

»Telefon«, stammelte Lunau, »ich brauche ein Telefon.«

Als Antwort kam nur ein wütendes Grunzen.

»Wasser«, sagte Lunau, ein Stoß gegen seinen Rücken, und dann spürte er einen frischen Schwall, den er gierig aus seinem Gesicht leckte.

Er öffnete die Augen einen Spalt und erkannte den Schäfer, dessen irrer Blick über Lunaus Körper jagte.

»Ich muss telefonieren«, sagte Lunau und versuchte wieder, sich aufzurichten. Wieder wurde er auf den Boden gepresst. Der Schäfer hatte Kräuter in der Hand, mit denen er vor Lunaus Gesicht herumfuchtelte.

»Sie können mich nachher verarzten, ich muss zuerst telefonieren. Haben Sie alles beobachtet? Man hat versucht, mich umzubringen.«

Die Worte hatten Lunau so angestrengt, dass er sich einen Moment ausstreckte. Aber als der Schäfer seinen Kopfverband abwickeln wollte und der Schmerz hinter seinen Augenhöhlen wieder zu jaulen begann, rappelte er sich auf.

»Ich muss zur Polizei«, keuchte Lunau.

Der Schäfer schüttelte den Kopf.

»Zappaterra war es«, sagte Lunau.

Der Schäfer schüttelte den Kopf.

»Er war nicht an Bord. Aber es waren seine Leute«, schob Lunau nach.

Er löste sich von der Wand und versuchte, ein paar Schritte ohne Hilfe zu gehen. Sein Kopf war schwer und ließ sich kaum gerade halten, aber die Beine funktionierten. Lunau tastete sich zur Tür.

»Haben Sie ein Handy?«, fragte er wieder. Der Schäfer schüttelte den Kopf.

»Etwas Geld? Sie bekommen es wieder.«

Der Schäfer reagierte nicht. Lunau probierte es in allen möglichen Sprachen und Dialekten, rieb schließlich Daumen und Zeigefinger aneinander. Der Schäfer warf begeistert die Arme nach oben und verschwand in einem Winkel der Hütte. Er kramte unter Gerümpel und kam mit zwei Scheinen zurück, die er Lunau auf die Hand legte. Zwei Hunderteuroscheine.

»Haben Sie kein Kleingeld? Ich muss telefonieren. Wo ist die nächste Zelle?«

Der Mann kramte wieder in dem Winkel, diesmal brachte er ein Bündel Fünfzigeuroscheine. Als Lunau wieder nicht zufrieden war, brachte der Schäfer den ganzen Koffer. Einen Aktenkoffer, mit geöffneten Schlössern. Lunau hatte ihn nur ein einziges Mal gesehen, aber er war sich sicher, dass dies Di Natales Aktenkoffer war. Er war leer, bis auf sieben mit Gummis gebündelte Geldscheinpacken.

»Wo haben Sie den gefunden?«, sagte Lunau. Er durfte nicht schreien, weil sich bei jeder Kieferbewegung die gezackte Linie auf seinem Schädel meldete. Sein Hirn arbeitete langsam und sprunghaft. Er sah zersplitterte Momentaufnahmen vor sich, die keinen Sinn ergaben: Der Schäfer, der im Dickicht den Aktenkoffer aufstöbert; den Schäfer, der auf der Lauer liegt und Di Natale beobachtet; der Schäfer, der ...

Er nahm die Packen und fing an, das Geld zu zählen. Dabei fragte er: »Haben Sie mit Di Natale gestritten?«

Der Schäfer schüttelte heftig den Kopf.

»Haben Sie jemanden gesehen, mit dem er gestritten hat?«

Wieder ein heftiges Kopfschütteln.

»Aber an die Stelle, wo Sie den Koffer gefunden haben, können Sie sich erinnern?«

Diesmal nickte der Schäfer.

»Bringen Sie mich hin.«

Lunau war nicht sicher, dass er die Summe richtig überschlagen hatte, aber es schienen rund 130 000 Euro in dem Koffer zu sein.

»Haben Sie eigenes Geld dazugetan?« Der Schäfer schüttelte den Kopf.

»Haben Sie etwas ausgegeben davon?«, fragte Lunau.

Wieder schüttelte der Mann den Kopf

»Ihrer Tochter gegeben?«

Wieder ein Kopfschütteln.

»Ist das alles, was Sie gefunden haben?«

Achselzucken. Eines war sicher: Pirri hatte sich keine 20 000 Euro von der Beute genommen.

Lunau legte seinen Arm um des Schäfers Schulter, auf den speckigen Poncho, der nach Käse und Schweiß stank. Und dann verließen sie die Hütte.

62

Im Treppenhaus des Redaktionsgebäudes hing immer derselbe Geruch von Seifenlauge und altem Staub. Amanda wusste nicht, ob ihr Herz so heftig schlug, weil sie die zwei Stockwerke zu Fuß gegangen war, oder weil sie, trotz aller Verachtung für die politische Ausrichtung und die Borniertheit dieses Provinzblattes, so etwas wie Ehrfurcht spürte. Vor 150 Jahren Geschichte. Vor der Aufgabe, die sich selbst eine Tageszeitung wie der *Carlino* einmal gestellt hatte: Die Bürger aufzuklären, ihnen das nötige Wissen an die Hand zu geben, um sich gegen die Willkür und die Lügen der »höheren Stände« zu wehren. Mit einem Wort: für die Abschaffung dieser höheren Stände zu sorgen.

Der Chefredakteur war ein aggressiver Polterer, dessen Glaswürfel hinter dem Empfangstresen lag. Er überwachte das Kommen und Gehen auf seiner Etage.

»Ist Vittorio da?«, fragte Amanda die Redaktionssekretärin, ehemalige »Miss Palio«, die nur drei Jahre älter war als sie, die auf dieselbe Schule gegangen war wie sie und die, wie sie, dank ihrem Vater Zugang zu dieser Etage bekommen hatte.

»Beim Bildredakteur«, sagte die blondierte Schönheit, den Blick schon wieder auf ihrem Monitor.

Die Tür des Glaswürfels ging auf, der Chefredakteur sagte, ohne ein Wort des Grußes: »Du brauchst gar nicht zu insistieren, vor dem nächsten Prozesstag ist das Thema für uns kein Thema.«

Amanda winkte ab. »Ich hab's kapiert. Es geht mir nicht um den Artikel.«

Sie ging durch den engen Korridor bis zur letzten Tür, klopfte kurz und trat ein, ohne auf eine Aufforderung zu warten. Vittorio und der Bildredakteur, ein älterer Herr mit Schnauzbart, schauten sie verdutzt an.

»Ich muss dich kurz sprechen, Vittorio«, sagte Amanda.

»Du siehst doch, dass ich gerade in einer Unterredung bin.«

»Es ist wichtig.«

»Meinst du, unsere Unterredung nicht?«

Aufgeblasenes Arschloch, dachte Amanda. Vittorio war Anfang dreißig, trug von Oktober bis März einen Woll- und von

April bis September einen Baumwollpullover, und ganzjährig, wohl als einziger seines Jahrgangs, einen Seitenscheitel. Er hatte einen schwammigen Körper, der sich, servil und egoistisch wie eine Sonnenblume, stets in die Richtung des jeweils Ranghöchsten beugte. Irgendwann würde er schwarz und vertrocknet irgendwo stehen bleiben, als Wegweiser zum Chefredakteur.

»Ich würde ja gerne in deinem Büro auf dich warten, aber du hast hier kein Büro, oder?«

Vittorio war sprachlos, und Amanda bereute ihren Ton. Er war ein armes Schwein. Außerdem wollte sie etwas von ihm, nicht umgekehrt.

»Draußen steht eine Bank«, sagte der Bildredakteur und beugte sich wieder über das Display von Vittorios Kamera.

Amanda wartete zwanzig Minuten, dann kam Vittorio. Mit Fototaschen behängt. Er versuchte, Amanda auf die Wangen zu küssen, und sie wich so weit zurück, dass sein Mund ihre Haut nicht berührte.

»Du hast am Donnerstagabend Fotos von der Parteiversammlung der Lega Nord geschossen?«, fragte sie.

Er nickte.

»Kann ich die mal sehen?«

Er setzte sich neben Amanda auf die Bank, tauschte die Speicherkarte in einer Kamera aus und schaltete sie ein. Auf dem Display sah man Fahnen und Redner an einem Pult.

»Hast du auch Fotos vom Publikum?«

»Natürlich.«

Er scrollte in den Bildern, aber auf dem Display konnte man kaum Gesichter erkennen. Amanda holte ihren Laptop aus dem Rucksack, schloss die Kamera an und betrachtete die Fotos in einem größeren Maßstab.

»Hast du meinen Vater gesehen?«

»Den kenne ich nicht.«

»Schmächtig, Anfang fünfzig, sieht aber aus wie sechzig. Wenn er da war, dann saß er bestimmt in der ersten Reihe.«

Sie gingen die Bilder durch. Adelchi war nirgendwo im Publikum auszumachen. Dafür entdeckte Amanda Alberto Gasparotto. Die Aufnahmen waren mit Zeitangabe gespeichert. Alberto Gasparotto hatte von 20 bis kurz nach 22 Uhr im Publikum gesessen. Er hatte ein Alibi. Bis 22 Uhr.

»Was passierte nach der Versammlung?«, fragte Amanda.

»Es gab noch einen kleinen Umtrunk. Im Parteibüro.«

»Warst du dabei?«

»Natürlich«, sagte Vittorio mit einem Stolz, der Amanda unangenehm berührte. War Vittorio stolz auf sein Berufsethos oder darauf, dass er als offener Sympathisant zu dem inneren Kreis Zutritt hatte?

Vittorio wechselte die Speicherkarte. Man sah einen engen Raum, dessen Wände mit Plakaten bedeckt waren. Ein keltischer Krieger, der stolz sein Schwert in die Luft reckt. Boat People, die in Horden aufs italienische Festland stürmen, darüber ein roter Balken: »Wir stoppen die Invasion.«

»Da ist er ja«, sagte Amanda. Ihr Vater stand mit einem Sektglas in einer Gruppe von Männern, darunter Gasparotto, und diskutierte angeregt. Ernste Mienen.

»Ach den meinst du!«, sagte Vittorio. »Das ist dein Vater?«

»Wieso? Kennst du ihn?«

Er nickte, wechselte wieder die Speicherkarte und blätterte zurück zu den ersten Aufnahmen. Das Podium mit den Spitzen der Ortssektion. Adelchi Schiavon. Er saß zwischen dem Präsidenten und dem Kassier.

Ihr Vater war also in die Führungsriege aufgerückt. Und sein Alibi stimmte.

Das alte verblichene Blechschild ließ Lunaus Herz höher schlagen. Es zeigte einen Telefonhörer in einer Wählscheibe und stammte noch aus der Zeit, als man italienische Fernsprecher mit profilierten Jetons zu 200 Lire füttern musste. Das Schild hing über dem Eingang einer Bar, und die Bar schien geöffnet. Ein roter Plastiktisch und Stühle standen vor der Tür. Lunau ging hinein.

Der Tresen, eine lange Glastheke, war leergeräumt. Niemand dahinter. Der Gastraum wirkte kahl, trotz der Bücherborde mit den Blechpokalen und den bunten Ölgemälden an den Wänden. Landschaftsszenen vom Fluss.

Acht alte Männer standen – Weingläser in der Hand – um zwei Tische und begutachteten Bilder. Sie stritten im Dialekt darüber, welches einen Preis verdient habe.

»Kann ich hier mal kurz telefonieren?«, fragte Lunau. »Ich zahle das Gespräch.«

Die Debatte verstummte schlagartig. Die Männer waren wie erstarrt. Nur einer bewegte sich auf Lunau zu. Er war um die siebzig, Bierbauch unter einer Schürze. Anscheinend der Wirt.

»Das hier ist ein *Circolo ARCI.*«

Lunau kannte diesen Verbund. Er betrieb Lokale, Kleinbühnen und Ähnliches. Er sorgte dafür, dass in Italien der »unabhängige« Kulturbetrieb nicht einschlief. Er hatte seine Verdienste. Und seine Eigenheiten.

»Das Telefon ist nur für Gäste.«

»Ich konsumiere auch. Geben Sie mir bitte einen Orangensaft.«

»Meine Schanklizenz bezieht sich nur auf Mitglieder. Wenn eine Kontrolle kommt, bin ich geliefert. Es geht uns übrigens nicht nur darum, dass wir nicht erwischt werden wollen. Wir sind für klare Regeln in der Gesellschaft, und wir sind dafür, dass diese Regeln eingehalten werden. Wir haben Sinn für das Gemeinwohl. Wenn wir schon Steuerprivilegien genießen, weil wir den Status einer Kulturgenossenschaft haben, dann wollen wir auch unseren Pflichten nachkommen.«

Lunau schloss kurz die Augen. Er hatte Mühe, sich auf den Beinen zu halten.

»Was kostet die Mitgliedschaft?«

Der Mann rührte sich nicht vom Fleck. »Sie müssen im Rentenalter sein.«

Lunau war in einer Geschwindigkeit bei dem Mann, die ihn selbst erstaunte. Er packte ihn an den gummierten Trägern seiner Schürze, zog ihn zu sich heran und schrie: »Wo ist Ihr verschissenes Telefon? Ich brauche die Polizei, verstehen Sie? Ich brauche einen Rettungswagen. Glauben Sie, ich sehe so aus, weil ich eine Zangengeburt bin?«

Eine halbe Stunde später rollte Balbonis Privatwagen auf den Kiesplatz. Die alten Männer standen Spalier, während Lunau ins Auto stieg.

»Wo kommen Sie denn plötzlich her? Ich dachte, Sie wären in Berlin.«

Lunau schwieg. Das Schaukeln des Fahrzeugs setzte ihm zu.

»Was ist passiert?«, fragte Balboni.

»Was soll schon passiert sein? Sie müssen den Schwimmbagger der ARNI, einen Lastkahn der Firma Zappaterra und drei Mitarbeiter erkennungsdienstlich behandeln.«

Balboni lachte kurz auf. »Wie stellen Sie sich das vor?«

»Ich habe heute Nacht beobachtet, wie Zappaterras Arbeiter den Sand, der aus dem Flussbett abgebaut wird, verschifft haben.«

»Ich verstehe nicht recht.«

»Auf einen Lastkahn. Ich bin sicher, dass der Sand nicht wieder eingeleitet, sondern verkauft wird. Was hätte sonst ein Privatunternehmen damit zu schaffen? Und warum hätte man mich sonst als Zeugen eliminieren sollen?«

Balboni überholte eine Gruppe Radwanderer auf dem Deich, nachdem er mit der Faust auf die Hupe geschlagen hatte.

»Und die Anweisung kam direkt von Zappaterra.«

»Heute Nacht, sagen Sie?«

Lunau nickte. Dann sah er auf dem Display des Bordcomputers die Uhrzeit: 11 Uhr 30. Am Nachmittag sollte die Konferenz zum Unternehmenskonzept stattfinden.

»Kann ich mal kurz telefonieren?«, fragte Lunau, und Balboni gab ihm sein Handy.

Beate antwortete erst nach dem fünften Klingeln. Das war ungewöhnlich.

»Um wieviel Uhr beginnt die Konferenz?«, fragte Lunau.

»Welche Konferenz?«

»Die Strategiekonferenz. Unternehmenskonzept. Die Nabelschau von der Gerstner.«

Beate räusperte sich. »Frau Dr. Gerstner steht neben mir. Ich gebe sie Ihnen mal.«

»Herr Lunau. Glauben Sie, Sie können sich über eine ganze Sendeanstalt lustig machen. Für wen halten Sie sich?«

»Ich wollte nur rechtzeitig nach Berlin kommen. Ich wurde hier aufgehalten.«

»Können Sie mir erklären, was für Sie rechtzeitig bedeutet?«

»Das weiß ich ja eben nicht, solange mir keiner die Uhrzeit sagt.«

»15 Uhr, s. t.«, sagte Frau Dr. Gerstner.

Balboni stieß Lunau mit dem Ellbogen an. »Führen Sie ein Auslandsgespräch? Mit meinem Handy?«

Lunau nickte, brach die Kopfbewegung aber gleich wieder ab, weil der Schmerz mitnickte.

»Dann schaffe ich es vielleicht noch«, sagte Lunau.

»Das bezweifle ich, Herr Lunau«, antwortete Frau Gerstner kalt.

»Wieso?«

»Die Konferenz war gestern.«

Balboni protestierte lautstark.

»Ich muss jetzt Schluss machen, Frau Dr. Gerstner«, sagte Lunau. »Wir besprechen dann alles vor Ort.«

»Natürlich. Ich bin gespannt, welchen Ort Sie meinen.«

Die Gerstner hatte aufgelegt.

»Welcher Tag ist heute?«, fragte Lunau.

»Der 7. Mai, Freitag«, grummelte Balboni mürrisch und steckte das Handy weg, nachdem er noch einmal die Gesprächsdauer im Menü kontrolliert hatte.

»Dann muss ich mich korrigieren«, sagte Lunau, »in der vorletzten Nacht hat man den Sand abtransportiert und versucht, mich umzubringen.«

Balboni zog eine Augenbraue hoch und wackelte mit dem Kopf.

Eineinhalb Tage und eine Nacht hatten Zappaterras Leute Zeit gehabt, die Spuren zu beseitigen. Balboni ließ alle Fenster herunter und drehte die Nase in den Fahrtwind. Auch das war eine Folge dieser zwei Tage in der Obhut des Wilden.

»Sie müssen einen Durchsuchungsbefehl für Zappaterras Firma beantragen. Auf dem Schwimmbagger und dem Lastkahn sind auf jeden Fall Spuren von dem Kampf. Und ich habe den Tatort gefunden, den Ort, an dem Di Natale ermordet wurde«, setzte Lunau neu an.

Jetzt war Balbonis Interesse doch geweckt. »Wo?«, fragte er.

Lunau ließ Balboni umkehren. Sie brauchten nur zehn Minuten bis zu der Stelle, die der Schäfer Lunau gezeigt hatte. Anscheinend eine beliebige Uferstelle. Aber sie war für einen Mord ideal. Hohes Gestrüpp bildete eine Sichtbarriere zur Deichstraße, eine breite Rampe eine Fahrverbindung. Es gab jede Menge Reifenspuren, jemand war durchs Unterholz gegangen, auch eine Lache von Erbrochenem fand sich. Balboni hatte seine Zweifel.

»Warum hier? Das ergibt keinen Sinn. Das ist noch weiter vom *Canale Boicelli* entfernt.«

»Ich weiß.«

Balboni starrte hoch auf die Straße und schüttelte den Kopf. »Sie meinen also, Zappaterra ist ein Mörder?«

»Ich bin sicher. Es würde alles zusammenpassen. Er hat die Mittel, um den Abbau und den Vertrieb des Sandes professionell zu betreiben. Vielleicht hatte er mit Di Natale gemeinsame Sache gemacht, und dann gab es Streit über die Anteile.«

»Aber Zappaterra hat ein bombensicheres Alibi.«

»Er hat Leute, die für ihn so etwas erledigen. Meinen Sie, ich habe mir das ausgedacht? Schauen Sie mich einmal an. Nur diesem irren Schäfer ist es zu verdanken, dass ich noch am Leben bin.«

»Wie wollen Sie nachweisen, dass der Befehl, Sie zu ertränken, von Zappaterra kam?«

»Ich dachte, darum würden Sie sich kümmern.« Lunau stieg wieder in den Wagen.

Balboni kam nach und startete den Motor.

»Ich muss erst den Untersuchungsrichter kontaktieren. Wenn die den Kahn gereinigt haben, dann schon gestern. Ich habe auch Neuigkeiten.«

Balboni verließ den Deich, fuhr eine kerzengerade Allee entlang und kam an einen Verkehrskreisel. Plötzlich schob sich zur Rechten ein Schatten vor den azurblauen Himmel. Die Stadtmauer Ferraras, ein sienafarbener Koloss, auf dem das frische

Grün der Kastanien und Platanen leuchtete. Von der Stadt sah man nichts, nur dieses kilometerlange Bollwerk.

»Pirri ist aus der Haft entlassen. Dank Ihrer Intervention. Und Silvia Di Natale hat sich einen Anwalt genommen und einen unabhängigen Gutachter bestellt.«

»Und weiter?«

»Habe ich Ihnen das zu verdanken?«

Lunau starrte vor sich hin. »Hat der Zweitgutachter etwas Neues herausgefunden?«

»Weiß ich nicht.«

»Egal. Es passt alles zusammen. Zappaterra hat jetzt das Geschäft mit dem Sand in der Hand. Entweder als ehemaliger Kompagnon von Di Natale, dem sein Anteil nicht mehr reichte. Oder als Neueinsteiger.«

Lunau dachte an den Mordabend zurück, als Zappaterra ihn so jovial behandelt hatte und nicht mehr von seiner Seite gewichen war. Eine schlaue Methode, sich ein Alibi zu beschaffen. Was immer noch keinen Sinn ergab, war die Attacke auf dem Deich gegen Lunau.

»Wie hat euer Gerichtsmediziner die Tatzeit ermittelt?«

»Ich denke, durch eine Temperaturmessung an Leiche und Fluss, er wird die normale Auskühlung im Wasser veranschlagt haben.«

»Das heißt, man hätte die Leiche auch künstlich herunterkühlen und so das Ergebnis manipulieren können.«

Balboni zuckte mit den Achseln. »Sie sagten doch, der Schäfer hat die Szene am Po beobachtet. Hat er Zappaterra erkannt?«

Lunau schüttelte den Kopf.

»Warum hat er nicht eingegriffen? Was hat er denn überhaupt gesehen?«

Lunau schaute Balboni an. »Glauben Sie, er hat mir das erklären können? Was ist eigentlich mit ihm?«

»Wunderlich war er schon immer. Dann ist er einmal in eine böse Schlägerei geraten, schwere Schädelverletzung. Seitdem leidet er an Aphasie.«

Balboni fuhr in den Hof der Questura. »Ich habe einen Gerichtsmediziner verständigt. Er wird Sie untersuchen und erkennungsdienstlich behandeln. Er wird auch entscheiden, ob Sie stationär behandelt werden müssen.«

Balboni parkte und half Lunau aus dem Wagen.

»Ich habe noch eine Neuigkeit«, sagte der Kommissar.

»Di Natale hatte ein Riesenprojekt in Planung.«

»Ich weiß. Im Deichvorland.«

64

Lunau hatte sich inzwischen im Spiegel gesehen, aber er vergaß immer wieder, wie er auf andere Menschen wirkte. Mirkos Gesicht war für einen Augenblick in der Haustür aufgetaucht, doch dann hatte er sie mit einem Schrei wieder zugeworfen. Lunau klingelte noch einmal. Dann pochte er an die Tür.

»Was wollen Sie von uns?«, schrie Silvia von drinnen.

»Ich bin es«, flüsterte Lunau, »bitte.«

Die Tür ging einen Spalt auf, und Silvias Gesicht erstarrte vor Schreck. Ehe sie etwas sagen konnte, schob Lunau sich in den Korridor und drückte die Tür hinter sich zu.

»Niemand darf wissen, dass ich hier bin. Zappaterra denkt, ich bin tot. Balboni hat mir gesagt, dass Sie eine zweite Obduktion haben machen lassen.«

Silvia hielt sich die Hand vor den Mund, ihre Kehle pumpte.

»Das ist halb so schlimm«, sagte Lunau und deutete vage auf seinen Kopf.

»Das ist es nicht. Es ist dieser Geruch ... Tun Sie mir den Gefallen, waschen Sie sich.«

»Ich glaube, ich weiß jetzt, wer Ihren Mann umgebracht hat, und warum. Zappaterra. Er wollte sich das Geschäft mit dem Sand unter den Nagel reißen. Oder es gab Streit, weil Ihr Mann aussteigen wollte. Ihr Mann hat das Geld wahrscheinlich nur genutzt, um seine schwimmende Mühle zu bauen, seinen Erlebnispark, wahrscheinlich hatte er nur das Wohl des Flusses im Sinn.«

Silvia zog ihn am Ärmel durch den Flur, durch das Wohnzimmer und durch die Glastür, bis er im Garten stand.

Lunau schaute sich um. Man konnte den Garten von den Nachbargrundstücken aus einsehen.

»Zappaterra denkt, ich bin tot. Das soll so bleiben.«

»Dann waschen Sie sich, und ziehen Sie etwas anderes an.«

Lunau nickte.

»Setzen Sie sich hier hin. Ich lasse das Wasser einlaufen.«

Silvia verschwand. Lunau überlegte. Der Gerichtsmediziner hatte die Todeszeit Di Natales offensichtlich nur sehr oberflächlich ermittelt. Es gab im Fluss Strömungen mit unterschiedlicher Temperatur, es gab die Möglichkeit, die Leiche künstlich herunterzukühlen. Womöglich war Di Natale erst später gestorben. Zappaterra war an jenem Abend bis 22 Uhr 30 bei Lunau im Hotel gewesen. Dann kam ein Anruf, und Zappaterra verschwand, in heller Aufregung.

Lunaus Gedanken drehten sich im Kreis: Er brauchte Beweise gegen Zappaterra. Wo gab es die? Balboni musste sich die Verbindungsübersichten von Zappaterras Handy besorgen, seine Telefone abhören. Aber auch das würde nur bewilligt werden, wenn Beweise für einen Anfangsverdacht vorlagen. Beweise, nicht nur eine Theorie.

»Sie können kommen.« Silvia stand, in sicherem Abstand, neben Lunau. Sie betrachtete seine Kopfwunde. »Wer hat das denn verarztet?«

»Der Schäfer, Dany Bellinis Vater.«

»So sieht es auch aus. Das muss desinfiziert werden.«

Lunau ging ins Badezimmer. Das Fenster war beschlagen, in der Wanne war ein Berg aus Badeschaum, der nach Piniennadeln und Cognac duftete. Lunau öffnete den Knoten der Kordel, an der die grobe Hose hing. Sie rutschte nach unten. Er versuchte, sich den kratzigen Pullover über den Kopf zu ziehen, aber er konnte den rechten Arm nicht über Brusthöhe heben. Also probierte er es mit dem linken.

Das warme Wasser stimulierte die Durchblutung und damit die Nerven. Die Schmerzen liefen durch Lunaus Glieder, ehe sich die Muskeln entspannten. Lunau wurde plötzlich müde, aber er durfte keine Zeit verlieren. Er rief nach Silvia.

»Hatten Sie wegen dieser illegalen Sandgeschäfte Krach mit Ihrem Mann?«

Sie war an der Tür, sprach aber ganz leise, er solle den Mund halten.

»Was ich nicht verstehe: Wieso wurde die erste Mühle abgefackelt? Und von wem? Sind Umweltschützer Ihrem Mann auf die Schliche gekommen?«

»Sie haben nichts begriffen von Vito.«

»Erklären Sie ihn mir.«

»Wie weit sind Sie?«

»Fertig«, sagte Lunau, und die Tür ging auf. Silvia stand mit einem Stoß Klamotten in der Tür. Sie entschuldigte sich, ging aber nicht. Sie betrachtete das, was von Lunaus Körper aus dem Schaum ragte.

»Ich habe Ihnen ein paar Sachen von meinem Mann gebracht. Ist nicht genau Ihre Größe, aber wird Ihnen besser stehen als die Schäferkluft. Und entschieden besser riechen.«

Sie legte die Kleider auf eine Kommode neben der Badewanne und warf einen Blick auf Lunaus Kopf. Die Wunde war durch das

Badewasser aufgeweicht, aber sie blutete kaum. Silvia strich die Haare auseinander.

»Gütiger Gott«, sagte sie. »Hat *er* das genäht?«

»Ich weiß nicht. Ich war nicht bei Bewusstsein.«

»Sie müssen unbedingt ins Krankenhaus.«

»Es ist schon untersucht worden. Scheint nicht entzündet zu sein.«

Sie holte ein Fläschchen mit Desinfektionsmittel aus einem Hängeschrank und träufelte es auf einen Wattepad. Dann tupfte sie vorsichtig die Wunde ab.

»Haben Sie wegen dieser illegalen Sandgeschäfte mit Ihrem Mann gestritten an jenem Abend?«

Sie lachte. »Verstehen Sie denn immer noch nicht? Mein Mann hat den Fluss geliebt.«

»Mehr als Sie?«

»Vielleicht. Jedenfalls hat er für den Fluss sein Leben riskiert, und am Ende verloren.«

Lunau schwieg. Er konzentrierte sich darauf, das Brennen des Desinfektionsmittels und den Druck des Wattepads auszuhalten.

»Vito wollte zwei Fliegen mit einer Klappe schlagen mit dieser Mühle«, sagte Silvia.

»Das dachte ich auch. Er baut die Mühle und außen herum einen Erlebnispark. Er bringt Leben auf den Fluss und nutzt die schwimmende Mühle als Zwischenlager für den gestohlenen Sand. Man kann ja schlecht alle Stunde mit einem Frachtkahn an dem Saugbagger anlegen. Das wäre zu auffällig.«

»Verstehen Sie immer noch nicht? Vito hat die Mühle nicht für die Sandräuber gebaut, sondern gegen sie. Er wollte die Mühle genau in dieser Flussbiegung platzieren, um den Kerlen das Handwerk zu legen. Wenn ständig Touristen auf dem Wasser sind, wenn rund um die Uhr Betrieb ist an der Stelle, dann wird der

Diebstahl zu gefährlich. Vitos Projekt hätte das Ende dieser Machenschaften bedeutet.«

Lunau war beeindruckt. Wie hatte er nur so blind sein können?! Jetzt passte tatsächlich alles zusammen.

»Und deshalb hat man die Mühle abgefackelt«, sagte er.

»Und deshalb hatten wir Krach. Nach dem Brand in dem Hangar hatte er versprochen, dass er das Projekt aufgibt.«

»Wo hatte er das viele Bargeld her?«

»Von seinen Eltern. Er hatte sie dazu gebracht, ein Grundstück zu verkaufen. Es war sein Erbteil. Kaum war das Geld auf unserem Konto, hatte Vito es schon wieder abgehoben.«

Sie presste das Desinfektionsmittel so heftig auf Lunaus Kopf, dass ihm die Tränen den Blick trübten.

»Aber warum hat Ihr Mann die Warnungen nicht ernst genommen?«

»›Was meinst du, warum ich aus Sizilien weggegangen bin‹, sagte er. ›Ich will endlich meine Ideen verwirklichen.‹ – ›Bei uns gibt es denselben Filz wie bei euch‹, sagte ich. – ›Aber hier stirbt man nicht an diesem Filz‹, meinte er.«

Sie hatte den Wattepad ins Wasser fallen lassen und stützte sich mit den Händen auf Lunaus Schultern ab. Sie zitterte und weinte. Sein Schlüsselbein schrie auf. Er drehte sich um und betrachtete ihr Gesicht, ihre geschwollenen Augen und ihre Lippen, die auf einmal kein bisschen unnatürlich wirkten.

Sie erwiderte seinen Blick kurz und riss sich dann los.

»Aber irgendwer bei der ARNI muss in die Machenschaften involviert sein. Andernfalls wäre die Sache zu gefährlich. Wissen Sie, wer?«

Sie schüttelte den Kopf.

»Gasparotto«, sagte er. »Gasparotto stiftet diesen Saugbagger und wird Chef der Behörde. Seine großzügige Geste wirft für ihn doppelt Profit ab.«

Sie stand auf und ging zur Tür.

»Und Pirri war auch involviert?«, fragte Lunau.

»Weiß nicht. Kommen Sie ins Wohnzimmer, dann lege ich Ihnen einen sauberen Kopfverband an.«

Er stieg aus der Wanne, trocknete sich mit einer Hand ab und schlüpfte in die Kleider. Ein schlichter grauer Anzug und ein hellblaues Hemd. Ärmel und Hosenbeine waren ein paar Zentimeter zu kurz.

Silvia saß inmitten ihrer Kinder auf dem Sofa.

Sara drehte erschrocken den Kopf weg und schlug den Unterarm vor die Augen. Dann linste sie neugierig wieder hervor.

»Ist nicht so schlimm«, sagte Lunau. »Ist bald wieder verheilt.«

»War das ein Gormito?«, fragte Sara und deutete auf Lunaus Blutergüsse.

»Ja«, antwortete dieser.

»Welcher?«

Bitte, da hatten sie ihn schon wieder. »Es war dunkel, ich konnte ihn nicht erkennen.«

»Dann war es wahrscheinlich Obskurio, der sieht auch in der Nacht.«

»Ja, daran habe ich auch schon gedacht.«

»Aber du hättest sowieso keine Chance gegen ihn gehabt.«

Lunau nickte. Dann fiel sein Blick auf Silvia. Sie starrte ihn sprachlos an. Genauer gesagt, starrte sie die Kleider ihres Mannes an.

»Ich ziehe mich im Hotel um und bringe sie Ihnen so schnell wie möglich zurück. Danke.« Er gab ihr die Hand.

»Und der Kopfverband?«

»Bisher ging es auch ohne. Der Schäfer versteht sein Handwerk.«

Sie stand auf und hauchte ihm jeweils einen Kuss auf jede

Wange. »Man wird Zappaterra niemals überführen«, sagte sie.

»Wir werden es versuchen.«

Sie hatte ihren Mund immer noch an seinem Ohr, und dann flüsterte sie etwas. Sie sprach plötzlich Deutsch, mit dem singenden Akzent der Italiener, der schöner und wichtiger klang als der Inhalt. So wichtig und brutal der Inhalt auch sein mochte.

65

Dany kletterte die Böschung hinunter, und mit einem sonderbaren Glücksgefühl spürte sie, wie die Erdoberfläche seitlich wegkippte. Denn natürlich war nicht der steile Hang an dem Schwindel Schuld, sondern die Schwangerschaft. Der winzige Mensch in ihrem Bauch war erst einen halben Zentimeter lang, aber er stellte bereits ihr Leben auf den Kopf. In den intensiven Geruch von feuchtem Gras und Sand mischte sich eine süßlich-würzige Note: Marihuana. Er zog von der Hütte herüber, vor der ihr Vater saß. Er rauchte eine der Zigaretten, die er sich aus den Tabak- und Cannabisblättern drehte. Dany hatte nie herausbekommen, wo er die Blätter fand, die er unter der Decke seiner Hütte trocknete.

Er stand auf und kam ihr entgegen. Zum ersten Mal seit langem. Dany spürte, dass etwas mit ihm geschehen war, aber dann war sein Geruch wieder so stark, dass sie nicht mehr denken konnte. Sie umarmte ihn. Das Ratgeberbuch hatte leider auch in diesem Punkt recht: Der Geruchssinn wurde in der Schwangerschaft deutlich empfindlicher. Aber noch stärker war heute ihr Bedürfnis, ihren Vater ganz fest zu halten, ihm die Neuigkeit mitzuteilen.

»Papa!«, sagte sie, »ich muss dir etwas sagen, setz dich.« Sie zog ihn wieder auf den Holzklotz und blieb vor ihm stehen, deutete auf ihren Bauch. »Ich bin schwanger. Ich bekomme ein Kind! Du wirst Großvater.«

Er schien in die Ferne zu lauschen und nach geraumer Zeit das Echo ihrer Worte wahrzunehmen. Und erst dieses Echo konnte er entschlüsseln. Sein Gesicht hellte sich auf, sein Mund entblößte die gelblich-braunen Zähne, in seinen Augen war ein jungenhaftes Strahlen, wie sie es noch nicht an ihm gesehen hatte.

Er sprang auf und presste sie fest an sich, drückte ihr Küsse auf Wangen und Stirn, und dann lief er plötzlich in seine Hütte. Dany setzte sich auf den Hackklotz, verschnaufte und genoss diesen perfekten Tag, die Sonne, die in Millionen Glanzlichtern auf dem Fluss spielte, den Wind, der die Pappelblätter applaudieren ließ.

Danys Vater kramte in seinem Gerümpel. Eisen- und Blechteile schepperten, Glas klirrte. Er kam nicht zurück.

Dany stand auf und rief: »Papa! Ich muss weiter.« Keine Reaktion, nur ein leerer Plastikkanister, der von innen gegen die Wand flog.

»Was suchst du denn?«

Sie warf einen Blick in die Hütte, und dann verschlug es ihr die Sprache. Ihr Vater stand mit einer Flasche Wein und zwei stumpfen Gläsern vor ihr. Aber das war es nicht. Hinter seinem Rücken hatte jemand ein Blutbad angerichtet. Und zwar nicht mit einem Tier, sondern mit einem Menschen, wie man an den zerfetzten, mit geronnenem Blut getränkten Kleidern erkennen konnte.

»Papa, was hast du getan?«, fragte sie. »Wer war hier?«

Der Schäfer winkte ab und entkorkte die Flasche. Er schenkte die beiden Gläser randvoll und reichte Dany eines. Sie stießen an. Sie nippte.

»Wer war hier?«

Er ermunterte sie mit einer Geste, weiterzutrinken.

»Ich darf nicht, wegen der Schwangerschaft. Ich werde dafür versuchen, ein bisschen mehr zu essen.«

Wieder strahlte er. Plötzlich schien er jedes Wort zu verstehen. Er deutete auf Danys Bauch, auf Danys Gesicht und dann auf eine Stelle neben Dany. Sie schaute auf den Boden. Nur zertrampeltes Gras. Was meinte er? Er holte eine Trommel und zeigte ihr eine der Kopulationsszenen, die er in den Holzrahmen geschnitzt hatte. Er zeigte auf ein dickbäuchiges Tier mit Schweinekopf und dem buschigen Schwanz eines Fuchses, das von hinten einen übergroßen Frosch begattete. Ihr schoss die Röte ins Gesicht. Warum nur musste bei ihm alles abstoßend wirken?

Sie wollte gehen, aber er hielt sie am Handgelenk fest. Seine harte Pranke umschloss sie wie ein Schraubstock, und mit der Linken dividierte er ihre Finger auseinander, bis er ihren Ringfinger gefunden hatte. Er hielt ihr seinen Ehering direkt vor die Nase, und dann deutete er wieder auf ihren Ringfinger, der leer war.

»Ich bin nicht verheiratet. Na und? Willst du mir erklären, wie man eine Beziehung zu führen hat? Soll ich vielleicht so eine Ehe führen wie du?«

Er schüttelte heftig den Kopf und starrte ihr in die Augen, streichelte ihr über die Wange. Er bot ihr den Platz auf seinem Holzklotz an, aber ihr war längst die Lust vergangen. Er fiel vor ihr auf die Knie und faltete die Hände wie im Gebet, hielt sie an den Fesseln fest. Sein theatralisches Getue ging ihr gegen den Strich.

Mit dem Finger malte er drei Figuren in den Sand: Mutter, Vater, Kind. Er deutete auf den Vater und riss fragend die Augen auf.

»Wer der Vater ist, willst du wissen?«

Er nickte heftig und strahlte über das ganze Gesicht. Dany tat leid, dass sie so wenig Geduld für ihn aufbrachte.

»Zappaterra«, sagte sie.

In einer ansatzlosen Bewegung war er aufgesprungen und stand vor ihr, die Beine leicht gebeugt, die Arme seitlich abgespreizt, wie ein Messerkämpfer. Jetzt bringt er mich um, dachte Dany. Sie versuchte aufzustehen, aber er war schneller. Er hatte sie überwältigt und zerrte sie an den Haaren in die Hütte.

»Papa! Papa!«, schrie sie. »Tu es nicht!«

Sie war gefallen und hing mit den Haaren an seiner Faust. In Schräglage trippelten ihre Füße hinter ihm her, ihre Kopfhaut schmerzte, als laufe siedendes Wasser darüber. Sie versuchte, sich aufzurichten. Vergebens. Sein Arm war stark wie ein Eichenknüppel, und er hielt ihren Kopf auf Hüfthöhe.

Mit der freien Hand kramte er wieder in seiner Ecke. Er schob Gerümpel von einer Truhe und riss den Deckel auf.

»Papa, lass mich los!« Er hörte nicht auf ihr Flehen. Mit der Rechten hielt er sie nieder, mit der Linken schaufelte er Papiere aus der Truhe. Briefe, lose Blätter, vergilbte Fotos. Von den vielen Hochwassern längst zu Brei zerklumpt.

»Was soll das? Lass mich los! Papa!«

Er fand einen Ring und hielt ihn ihr vors Gesicht. Dann eine Photographie, die noch nicht völlig unkenntlich geworden war. Ihre Mutter war darauf zu sehen, und ihr Vater bespuckte sie. Dany kam frei und rannte aus der Hütte.

Das war das letzte Mal, sagte sie sich.

66

Zappaterra hatte auf den ersten Blick keinen schlechten Geschmack. Er wohnte auf einem ehemaligen Bauernhof, der seinen ursprünglichen Charme bewahrt und durch eine Vielzahl an Kletterrosen eine fast romantische Note bekommen hatte.

Ein Ensemble schlichter Backsteingebäude, direkt hinter dem Hauptdeich, vier Kilometer östlich der Sandgrube. Das Haus war der typische einstöckige Langbau, der früher in Wohnräume und Stallungen unterteilt gewesen war. Zwei gemauerte Scheunen standen einander gegenüber und bildeten, gemeinsam mit dem Wohnhaus, ein »U«, das von hohen Ulmen beschattet wurde.

Kurz nach 16 Uhr trat Andrea Zappaterra, gefolgt von seinem Sohn Filippo, auf den einstigen Dreschplatz. Zappaterra drehte sich um, und er spürte so etwas wie Stolz, weil Filippo ihn um fünf Zentimeter überragte. Sicher, er hatte noch nicht die Muskulatur seines Vaters. Er war erst einmal in die Höhe geschossen, dünn, unsicher und blass wie eine Pflanze, die zu wenig Licht abbekommen hatte. Aber diese Pflanze würde sich das Licht schon beschaffen und damit die gesunde Farbe, den Schmelz und die Kraft, mit denen man im Leben bestand.

Filippo wollte in sein BMW-Cabriolet steigen, aber Zappaterra sagte: »Wir nehmen meinen.« Mit einer mürrischen Miene stieg Filippo auf den Beifahrersitz.

»Du weißt, dass ich das nicht ausstehen kann«, sagte Filippo.

»Du machst in wenigen Tagen Abitur. Du stehst bald auf eigenen Füßen. Wir müssen einmal von Mann zu Mann reden.«

Zappaterra ließ den Wagen über den Deich rollen, wechselte auf die venetische Seite und fuhr weiter flussaufwärts. Nach vier Kilometern bog er ins Deichvorland ab. Filippo verdrehte die Augen.

»Du willst doch nicht angeln, oder?«

»Ich will mit dir reden.«

Zappaterra stellte den Motor ab, stieg aus und holte die Ruten aus dem Kofferraum. Eine warf er Filippo hin, der sie reflexartig auffing.

»Na, geht doch«, sagte sein Vater.

»In einer Stunde kommt die Zusammenfassung der Pokalspiele.«

»Die zeichne ich auf. Du kannst sie auch morgen noch sehen.«

Zappaterra ging mit seinem Sohn über eine Landungsbrücke auf eine Art Hausboot. Eine Holzplattform, die auf zwei langen, schmalen Kähnen ruhte. Mitten auf der Plattform stand eine Blockhütte, die Außenkanten waren mit einer Reling versehen. Zappaterra holte zwei Klappstühle aus der Hütte, nahm zwei Dosen Bier aus dem Kühlschrank, aus der großen Gefriertruhe holte er Pommes frites und legte sie zum Auftauen auf den Tisch.

»Ich habe keine Lust, mich hier von den Stechmücken piesacken zu lassen«, sagte Filippo.

»Jetzt hör auf zu maulen«, antwortete Zappaterra und schaltete ein hellblau schillerndes Gerät an, das unter der Dachrinne hing und in dem Insekten mit einem Zischen verglühten. Er spießte zwei Stichlinge auf die Haken und zeigte seinem Sohn, wie er die Angel auswerfen sollte. Dann setzten sich die beiden nebeneinander, und Zappaterra trank in großen Schlucken.

»Zum Essen gibt es einen Weißwein.«

»Ich will nicht hier essen.«

Zappaterra versuchte, mit seinem Sohn anzustoßen, aber dieser hatte das Bier nicht angerührt. Zappaterras Miene wurde hart.

»Es wird Zeit, dass du ein paar ganz wesentliche Dinge lernst«, sagte er. Sein Sohn hatte sich in den Klappstuhl sinken lassen und schaute durch seine gespreizten Beine ins trübe Flusswasser.

»Es gibt wichtige Neuigkeiten. Zwischen deiner Mutter und mir sind die Dinge nicht mehr so wie früher.«

»Ach, das war mir gar nicht aufgefallen.«

Zappaterra schaute seinen Sohn an. Wäre er nicht sein Sohn

gewesen, hätte er ihn längst mit einem Faustschlag niedergestreckt. Dafür, dass er so ein Hänfling war, riskierte er einiges.

»Du musst bald allein deinen Mann stehen.«

»Ja, das hast du jetzt schon zwei Mal gesagt. War das alles, was du mir beibringen musstest?«

Jetzt war auch die väterliche Geduld aufgebraucht. Zappaterra packte Filippo an der Schulter: »Vorsicht. Vergreif dich nicht im Ton. Nicht mit mir.«

Sein Sohn hatte kein bisschen Körperspannung aufgebaut, was Zappaterra noch mehr fuchste. Er wollte Filippo aus dem Stuhl zerren, als sein Schwimmer unter der Wasseroberfläche verschwand. Er griff sich die Rute, ließ die Spitze nach oben schnellen und gab gleich wieder ein bisschen Leine. Der Widerstand, den er in seinem Unterarm gespürt hatte, ließ sein Herz schneller schlagen. Das war ein kräftiger Kerl, vielleicht ein Hecht. Der Kampf dauerte fast eine halbe Stunde. Eine halbe Stunde, in der Zappaterra den Fisch mürbe machte, indem er ihn immer wieder davon schwimmen ließ und in Schwächephasen zurückholte. Er durfte den Zug nicht übertreiben, sonst riss die Schnur, oder der Kiefer des Hechts. Als er ihn an Bord hievte, das Tier um seine Längsachse peitschte und ihm das Wasser ins Gesicht spritzte, warf er einen Blick auf seinen Sohn.

»Ist das nicht ein erhabenes Schauspiel?«

Filippo war verschwunden.

»Filippo!«, schrie Zappaterra.

Der Junge kam aus der Hütte, eine Zeitschrift in der Hand.

»Was zum Teufel treibst du denn? Kreuzworträtsel? Mit neunzehn? Bist du bescheuert? Nimm das Messer.«

Er deutete mit dem Kinn auf das Messer, das in der Scheide an seinem Gürtel steckte. Er hatte den Fisch jetzt mit beiden Händen gepackt.

»Töte ihn!«, sagte Zappaterra.

Sein Sohn bewegte sich nicht. Er hielt das Messer wie ein Ministrant eine Kerze.

»Das musst du lernen.«

»Ach ja, meinst du?«

»Nimm das Messer an der Klinge, und dann schlägst du mit dem Knauf – hier auf den Schädel. Du musst ihm mit einem Schlag den Schädel zertrümmern. Dann leidet er am wenigsten, und du ruinierst die Filets nicht.«

Der Sohn bewegte sich nicht.

»Jetzt mach schon, verdammt! Was bist du für eine Memme.«

Andrea Zappaterra hatte sich mit seinem ganzen Gewicht auf den Fisch gestemmt, aber das Tier schlug so heftig mit der Schwanzflosse, dass es ihm zu entgleiten drohte.

»Er haut ab. Schlag zu.«

»Wozu?«

»Wozu? Willst du ihn vielleicht lebend essen?«

»Ich will ihn gar nicht essen. Ich bin Vegetarier.«

»Seit wann?«

Zappaterra hatte es die Sprache verschlagen. Sein Griff hatte sich gelockert, und der Fisch schnalzte in großen Sprüngen über Deck, knallte gegen die Wand der Blockhütte, fiel auf die Planken zurück und rutschte über die Kante in den Fluss, wo er lautlos abtauchte.

»Vegetarier? Spinnst du?«

Zappaterra griff seinem Sohn an das Jackenrevers und schüttelte ihn. »Mensch, was ist denn los mit dir? Du bist mein Erstgeborener.«

»Na und?«

Zappaterra ließ sich in seinen Klappstuhl fallen und schaute seinen Sohn an. Dieser hatte sein Handy hervorgeholt und wählte eine Nummer.

»Wen rufst du an?«

»Mama.«

»Wozu?«

»Sie soll mich abholen.«

»Kommt nicht in Frage«, sagte Zappaterra und nahm Filippo das Handy ab. »Über deine Mutter müssen wir noch reden.«

Er drückte das Gespräch weg und schaute seinen Sohn wieder an. Er überlegte, wo er anfangen sollte, aber dieser Mensch stand vor ihm wie ein Unbekannter. Fast machte er ihm Angst.

67

Lunau hatte Zappaterra schon den ganzen Nachmittag observiert. Zappaterra hatte früh das Firmengelände verlassen, war in ein Fitnesscenter gegangen, dann hatte er seinen Sohn geholt.

Er hatte niemanden getroffen, der als Mittäter in Frage kam. Er zeigte keine Spur von Nervosität.

Lunau durchsuchte noch einmal die Steuerunterlagen, las den vorläufigen Obduktionsbericht, den Silvia ihm gegeben hatte, er telefonierte mehrmals mit Balboni, aber es gab keine Argumente, um bei der Staatsanwaltschaft einen Durchsuchungsbefehl zu beantragen. Im Gegenteil, das Erbrochene, das man am Tatort gefunden hatte, stammte von Pirri. Allerdings hatte Balboni eine Flusskontrolle für die kommende Nacht angeordnet.

Jetzt fuhr Lunau noch einmal zum Tatort und sah über den Fluss. Er ließ den Wagen auf der Deichstraße stehen und ging in dem feuchten Gras die Rampe hinab. Es dämmerte, der Tau glitzerte in den letzten Lichtstrahlen. Unten am Flussufer standen die hohen Büsche als schwarze Wand.

In den Fahrspuren, die ins Deichvorland führten, sah man noch Reste von dem Gips, mit dem die Ermittler die Profile ausgegossen hatten. Außerdem hatten sie an zahlreichen Stellen Bodenproben genommen und seltene Pflanzenarten katalogisiert. Sollte man an Schuhwerk oder sonst wo Samen oder Erde finden, konnte man einen Abgleich anstellen. Aber dazu musste man erst einmal einen Verdächtigen haben. Für die Polizei gab es den nicht. Und je mehr Zeit verging, desto unwahrscheinlicher wurde, dass der Mörder derlei Spuren konservierte.

Lunau streifte durch das Unterholz, er stöberte in den hohen Grashalmen herum und schaute sich die Lache mit dem Erbrochenen an. Warum hatte Pirri sich übergeben? Hatte er zusehen müssen, wie sein Freund getötet wurde?

Lunau lauschte auf ungewöhnliche Geräusche und suchte nach Müll. Er fand nichts, was irgendeinen Aussagewert gehabt hätte. Er versuchte sich vorzustellen, wie man Di Natale hierher gelockt hatte, einen Mann, dem Argwohn fremd war. Aber er hatte seine Fahrt zu den Corelli-Brüdern in aller Heimlichkeit vorbereitet. Nicht einmal ein Handy hatte er mitgenommen, damit man ihn nicht orten konnte. Wie war es möglich, dass er sich ans Ufer hatte locken lassen? Ohne Gegenwehr? Wieso gab es keine Spuren von einem Kampf?

Lunau ging ans Ufer, setzte sich auf die glitschigen Steine, die einen schmalen Sandstrand flankierten, und starrte aufs Wasser, diese graue, trübe Brühe, die sich unbeeindruckt von allem dahinwälzte.

5000 Kubikmeter Wasser pro Sekunde, bei Hochwasser leicht das Vierfache. Damit konnte man 20 Hallenbäder befüllen. Jede Sekunde. Dieses Wasser löscht den Durst von etwa 15 Millionen Menschen und 20 Millionen Stück Milch- und Schlachtvieh, es dient chemischen Reaktionen und zur Kühlung in Industrieanlagen, zur Reinigung von Leder in Gerbereien. Es lässt Binsen, Schilf und Algen wachsen, die das Wasser mit Sauerstoff anreichern, den wiederum Groppen, Döbel und Welse mit ihren

Kiemen atmen. Der Po bewässert Tabak-, Mais- Weizen- und Reisfelder, Birnen-, Apfel- und Pfirsichplantagen. Die Klospülungen in Mailand laufen im Oberlauf des Po zusammen, ungeklärt macht das Material sich auf den Weg in die Adria, vorbei an zinnenbewehrten Städten wie Cremona, Mantua oder Ferrara. Die Sedimente, die der Fluss mitschleppt, drängen als riesige schlammfarbene Wolke ins Meer, die von den Strömungen an der Küste verteilt wird und die Erosion der Sandstrände ausgleicht.

Die verschiedensten Behörden sind ausschließlich dazu da, den Po und sein Verhalten zu überwachen. Diese Behörden kommen nicht immer gut miteinander aus. Zu unterschiedlich sind die Zielsetzungen. Wenn es nach der AIPO ginge, könnte der Fluss getrost austrocknen, dann stiege sein Wasser nicht mehr über die Deiche, und die AIPO müsste nicht mehr um Leib und Leben der Zivilbevölkerung bangen. Für die ARNI kann der Wasserstand nicht hoch genug sein, denn die ARNI versucht, der Binnenschifffahrt eine möglichst tiefe Fahrrinne zur Verfügung zu stellen, gleichzeitig aber die Brücken so weit anzuheben, dass Schiffe bequem darunter passieren können. Die Umweltbehörde wiederum wacht mit Argusaugen darüber, dass diese neuen Brücken, ebenso wie Schleusen oder Deichbaumaßnahmen heimische Arten nicht beim Brüten, Jagen oder bei der Paarung stören. Eine Fuchsmutter, die mit einer toten Ratte im Maul in einer Deichflanke verschwindet, um ihren Wurf zu nähren, kann einen Umweltschützer erfreuen, für den Deichwächter ist sie der Auftakt zur nationalen Katastrophe. Nur eines haben diese Behörden gemein: Ihnen fehlt es an Geld und Mitarbeitern. Und ihre Aufgabe ist jeweils so kompliziert, dass sie auch unter Idealbedingungen kaum zu lösen wäre.

Dass der Po trotzdem fließt, und zwar meistens da, wo er soll, ist eines der vielen italienischen Geheimnisse.

Lunau war seit zehn Tagen in Ferrara. Sein Geld war aufgebraucht und ein Großteil seines Audio-Equipments verloren. Wenn er ehrlich war, musste er sich eingestehen, dass er die Partie verloren hatte. Balboni nahm seinen Beruf ernst, aber er kam mitsamt seinem Ermittlungsapparat nicht weiter. Was wollte Lunau da ausrichten? Idealismus und Dickköpfigkeit allein genügten nicht.

Er dachte an die Worte, die Silvia ihm ins Ohr geflüstert hatte: »Bring ihn zur Strecke, tu's für mich.« Wieso sollte er? Auftragsarbeiten hatte er noch nie akzeptiert.

68

Es war Samstagmorgen. Plötzlich schien der Winter wieder Einzug gehalten zu haben. Ein kalter grauer Nebel hing über dem Fluss.

Zappaterra parkte seinen Wagen vor der Blechbaracke, ließ den Blick über die Sandgrube schweifen und grüßte mit einer vagen Geste in die Runde. Die zwei Arbeiter, die einen Bagger reparierten, reagierten nicht. Sie hatten Zappaterra nicht gesehen, oder wollten ihn nicht sehen. Und das brachte ihn noch mehr auf.

Andrea Zappaterra war mit schlechter Laune erwacht. Reinen Tisch zu machen war viel mühseliger als erwartet. Er musste immer noch ein Halstuch tragen, das die Kratzer verdeckte, im Gesicht zwei Pflaster. Und was Dany ihm zumutete, ging für seinen Geschmack auch zu schnell. Gemeinsame Wohnung, Trennung von seiner Frau. Und jetzt: schwanger.

Gasparotto stellte sich tot, und Zappaterras Arbeiter trugen eine Miene zur Schau, die ihm nicht gefiel. Der Blonde hatte sogar gekündigt. Einen Monat nachdem Zappaterra ihm einen regulären Arbeitsvertrag gegeben hatte. Anderthalb Jahre lang arbeitet er schwarz, und kaum hat er die ersten Privilegien, steigt ihm der Erfolg zu Kopf. Es war immer dasselbe. Man musste sie unter der Knute halten, sonst wurden sie aufmüpfig und arbeitsscheu. Es gab für einen Menschen nun einmal keinen besseren Antrieb als die Angst. Existenzangst.

Zappaterra trabte die Metallstufen hoch, öffnete die Tür, warf seine Jacke im Vorraum auf die Ledercouch und betrat sein Büro. Es verschlug ihm für einen Moment die Sprache, er meinte, ein Gespenst zu sehen. Auf seinem Drehstuhl mit den gepolsterten Armlehnen, auf seinem 1200 Euro teuren Lederstuhl mit hydraulischer Höhen-, Lehnen- und Achsenverstellung saß eine Gestalt, die in allen Farben leuchtete. Das Gesicht war nur mit Mühe als ein solches zu erkennen, ein Ohr geschwollen wie ein aufgeblasener Spülhandschuh, Stirn und Wangen schillerten lila und gelb, in das Haar waren riesige Schneisen rasiert, in denen Mull und Pflaster klebten.

»Was wollen Sie hier? Ich glaube nicht, dass das Ihr Platz ist«, sagte Zappaterra barsch, um seinen Schreck zu überspielen. Er hatte Kaspar Lunau inzwischen erkannt.

»Sie bauen illegal Sand aus dem Fluss ab und verschiffen ihn.«

Zappaterra verzog keine Miene und antwortete: »Raus aus meinem Sessel.«

»Sie haben Di Natale umgebracht.«

Zappaterra kam um den Schreibtisch und stellte sich neben Lunau. »Ich möchte nicht grob werden. Angesichts Ihres Zustandes.«

Lunau stand auf und nahm auf dem einfachen Besucherstuhl jenseits des Schreibtisches Platz.

»Michele Balboni ist in alles eingeweiht. Die Ermittlungen laufen neu an. Es ist eine zweite Obduktion durchgeführt worden.«

»Sie wissen, dass ich ein Alibi habe.«

»Das ist nichts wert. Der Todeszeitpunkt war falsch berechnet. Wo waren Sie, nachdem Sie mich im Hotel so überhastet verlassen hatten?«

»Bei meiner Frau. Die Polizei hat ihre Aussage schriftlich.«

»Sie waren mit Ihrem Auto unterwegs. Das habe ich selbst gehört.«

Zappaterra zog die Mundwinkel nach unten und zuckte mit dem Kopf. Noch eine Variante, um Wurschtigkeit auszudrücken. »Ich habe niemandem ein Haar gekrümmt.«

»Ist egal, wer diesen Job für Sie erledigt hat. Tatsache ist, er wurde *für Sie* erledigt. Und ich werde Sie überführen.«

»Da bin ich mal gespannt.«

Zappaterra lachte. Aber das nervöse Zucken, mit dem er seine Schultern zurechtrückte, verriet eine gewisse Gereiztheit.

»Ich gehe davon aus, dass Sie Ihre Mikros unter dem Hemd haben. Deshalb lassen Sie uns nur in Hypothesen reden. Angenommen, irgendwer baut illegal Sand aus dem Flussbett ab, wie Sie meinen, glauben Sie, dass Sie das als Erster beobachtet hätten?«

»Nein.«

»Sehen Sie. Und wenn bisher nichts geschehen ist, dann wird auch weiterhin nichts geschehen.«

»Weil niemand ein Interesse daran hat, die Sache zu ändern?«

Zappaterra nickte.

»Bis auf Di Natale. Und dafür musste er sterben«, meinte Lunau.

Zappaterra schaute, als hätte man ihm ein kaltes Wattestäbchen an einen freiliegenden Zahnhals gepresst.

»Sie haben nicht die geringste Ahnung, welche Gesetze hier herrschen. Aber ausgerechnet Sie wollen sie ändern?«

»Es gibt ein italienisches Gesetz, das die Entnahme von Sand aus dem Flussbett des Po streng verbietet.«

»In Italien werden Gesetze nicht gemacht, damit man sie respektiert, sondern damit man sie brechen kann. Ihr Deutschen denkt zu kleinkariert.«

Lunau fing allmählich zu kochen an. Das Blut pochte unter seiner Schädeldecke, entlang des Risses, der quer durch die Kopfhaut lief.

»Ich bin nicht gekommen, um mir anzuhören, wie viel Esprit und Phantasie ihr Italiener in der Auslegung der Gesetze habt. Dass ihr nun mal die geborenen Anarchisten seid, dank eurer Kreativität aber auch die besten Modedesigner und die besten Spielmacher im Fußball. Sie haben einen Mord begangen, ein zweiter ist Ihnen misslungen. Ich weiß das und werde so lange nach Beweisen suchen, bis ich sie gefunden habe.«

Zappaterra winkte gelangweilt ab. »Das haben in Italien schon ganz andere versucht.«

Lunau stand auf und ging zur Tür.

»Ich hätte aber auch noch eine Frage«, schob Zappaterra nach.

Lunau drehte sich um und schaute in Zappaterras verpflastertes Gesicht.

»Haben Sie noch nicht genug?«

»Nein.«

»Warum machen Sie das?«

»Ich will die Wahrheit erfahren – und bekannt machen. Das ist mein Job.«

Zappaterra nickte anerkennend. »Wahrheit. Klingt nicht schlecht. Und was haben Sie ganz persönlich davon?«

»Nichts.«

»Vorbildlich. Heroisch. Aber ich nehme Ihnen das nicht ab. Ich sag Ihnen, was Sie antreibt: Sie wollen gelobt werden. Sie brauchen jemanden, der Ihnen auf die Schulter klopft und Ihnen sagt, Sie sind besser als die anderen. Sie wollen auf die anderen herabsehen. Waren Sie als Kind immer der Klassenbeste? Mussten Sie das sein, damit Ihre Eltern Ihnen nicht gram waren? Ein kleiner langweiliger, unsympathischer Streber?«

Lunau schaute Zappaterra an und merkte, wie der Hass ihm den Blick trübte. Genau darauf hatte Zappaterra es angelegt.

»Sie wagen nicht, sich das zu nehmen im Leben, was Ihnen gefällt. Deshalb müssen Sie sich hinter Spielregeln verschanzen, hinter Gesetzen, hinter der Wahrheit, wie Sie das nennen. Das ganze Korsett, das Schwächlinge brauchen. Sie rennen in Afrika herum, bemitleiden Säuglinge mit Malaria und Kleinkinder, die man mit Macheten aufeinander hetzt. Und wenn Sie wieder zu Hause sitzen und sich gut fühlen, sterben genauso viele Negerlein an Malaria und an ihren eigenen Macheten.«

Er klatschte ganz langsam und betont, so dass es wie Häme klang. »Sie wollen sich für das Gute in der Welt opfern, oder irgend so einen romantischen Scheiß. Aber ich sage Ihnen was: Die Welt will Ihr Opfer nicht. Die Welt will Sie nicht. Genau das ist Ihr Problem. Die Welt mag keine Einserschüler, Klassensprecher und Säulenheilige. Ihre Mama hat Sie nie geliebt, und wir werden Sie auch nicht lieben.«

Er stand auf, sichtlich erfreut über seinen Redefluss. Er gab Lunau die Hand und sagte: »Wie heißt es so schön am Ende eines erfolglosen Bewerbungsgespräches: Wir wünschen Ihnen noch alles Gute auf Ihrem weiteren Lebensweg.«

Lunau ging, und während Zappaterra an seinen Schreibtisch zurückkehrte, dachte er: Na bitte. So kann man sich auch die schlechte Laune vertreiben.

Lunau machte auf dem Absatz kehrt und betrat, ohne anzuklopfen, Zappaterras Büro. »Sie wollten Pirri dazu zwingen, Di Natale für Sie zu erledigen. Wahrscheinlich hätten Sie ihm im Gegenzug die Spielschulden beglichen. Sie dachten, es ist besonders schlau, sich durch mich ein Alibi zu beschaffen. Aber Ihr

Plan hat nicht funktioniert. Pirri hatte die Nerven nicht, und deshalb mussten Sie es selbst tun. Sie haben Vito Di Natale eigenhändig ertränkt, haben die Leiche in der Gefriertruhe Ihres Hausbootes heruntergekühlt und dann im *Canale Boicelli* ins Wasser geworfen. Alle dachten, entweder ist der Mörder meschugge oder ortsunkundig, wenn er die Leiche kurz vor der Schleuse entsorgt. Dabei kam der Mörder aus dieser Gegend und hielt sich für besonders gerissen. Er wollte, dass man Di Natales sterbliche Überreste möglichst schnell findet und einen möglichst genauen Todeszeitpunkt ermittelt. Den falschen Zeitpunkt, für den Sie durch mich ein perfektes Alibi hatten. Ein Ausländer, renommierter Journalist, ein Wahrheitsapostel, was gibt es Unanfechtbareres? Deshalb haben Sie auch so lange an mir dran geklebt. Bis Sie von Pirri erfuhren, dass Di Natale gar nicht eliminiert worden war. Da spielten Sie plötzlich verrückt. Sie haben eine ganze Reihe Fehler gemacht. Aber der größte war, dass Sie so schlau sein wollten. Das können Sie nicht. Sie sind ein stumpfer Instinktmensch, einer, der sofort zuschlägt, wenn ihm etwas gegen den Strich geht. Das ist eine gewisse Stärke, aber wenn Sie anfangen zu überlegen, sind Sie verloren.«

Zappaterra schaute ihn missmutig an. Lunau hatte einen wunden Punkt getroffen.

»Und hätten Sie keine Angst, hätten Sie auch nicht so genau zu meiner Vorgeschichte recherchiert.«

»Sie haben nicht einen Beweis, sonst würden Sie nicht hier stehen und herumsalbadern. Die Polizei wäre längst da. Und wie gesagt: Sie werden auch nicht einen Beweis gegen mich finden. Es gibt keine.«

Lunau schaute ihm ganz ruhig in die Augen. »Jede Tat hinterlässt Spuren, auch wenn der Täter sie nicht sieht. Ich werde so lange an Ihnen drankleben, bis Sie einen groben Fehler machen. Bis ich Sie erledigt habe. Sie müssen mich schon umbringen, wenn Sie das verhindern wollen. Aber noch einen Fehlversuch können Sie sich nicht erlauben.«

Lunau grinste ihn höhnisch an und ging. Einen Moment lang dachte er, Zappaterra würde sich auf ihn stürzen, aber nichts geschah.

69

Lunau besaß keine Wanzen. Nur Lavaliermikrophone, winzige Mikrophone, die man Interviewpartnern ans Revers heftete. Allerdings waren sie an einen zigarettenschachtelgroßen Sender gekoppelt. Lunau hatte es in der Schreibtischschublade versteckt. Falls Zappaterra nach einer Wanze suchen würde, dann würde er wohl zuerst hinter Bilder, Ordner und in Lampenschirme schauen. In Verstecke eben. Lunau saß in seinem Leihwagen und schloss den Empfänger an seinen Laptop an. Dann stöpselte er die Ohrhörer ein. Der Sender hatte nur eine Reichweite von 100 Metern, und die Geräusche drangen nur gedämpft in die Schublade.

Zappaterra lärmte in seinem Büro herum. Er fluchte, trat gegen die Tür, verschob Möbelstücke. Er griff zum Telefon, knallte aber den Hörer wieder auf die Gabel. Lunau hatte ihn doch verunsichert. Er fürchtete offenkundig auch, dass man seine Telefonleitung überwachte.

Kurz darauf schoss der Geländewagen auf die Deichstraße. Lunau hängte sich dran, aber er musste vorsichtig sein. Zappaterra ahnte, dass er beschattet wurde, denn er bog mehrmals auf Nebenstraßen ab, stoppte plötzlich, machte kehrt. Lunau hielt einen großen Abstand, verlor den Geländewagen aus den Augen und fuhr dann auf gut Glück an die lange Gerade, die Francolino mit Ferrara verband.

Da war Zappaterra wieder. Er fuhr durch einen Kreisel, dann

an der Stadtmauer entlang. Er wechselte plötzlich die Fahrspur und ordnete sich zum Linksabbiegen ein. Lunau suchte eine Lücke im Verkehr, um zu wenden. Lunau schaltete herunter in den zweiten Gang, schlug das Lenkrad voll ein und schaffte einen sauberen U-Turn.

Zappaterra irrte in dem Gewirr von engen Anliegerstraßen umher. Plötzlich weitete sich der Blick, der Geländewagen war auf eine mit Flusskieseln gepflasterte Allee eingebogen. Lunau kannte diese Straße, die an der *Casa del Boia*, am Henkershaus, direkt an der Stadtmauer endete. Amanda wohnte hier.

Lunau ließ den Wagen stehen und ging zu Fuß weiter. Zappaterra suchte einen Parkplatz, fand ihn nicht und ließ den Wagen mit Warnblinklicht stehen. Dann ging er zu Amandas Haus und drückte auf die Klingel. Er schaute sich mehrmals um, ehe er die Pforte aufdrückte und durch den Vorgarten lief.

Zu wem wollte er? Zu Amanda oder zu ihrem Vater? Lunau überlegte, ob er sich an das Haus heranschleichen sollte, aber er musste hören, was gesprochen wurde. Er wählte Amandas Nummer. Sie meldete sich mit »Pronto«. Im Hintergrund lief laute Musik. Lunau hörte die Türklingel durch das Handy. Also war Amanda zu Hause.

»Ich bin es«, sagte er, »Kaspar.«

Sie schwieg einen Moment. »Was ist das für eine komische Telefonnummer?«

»Ich habe mir ein neues Handy besorgt.«

»Warum? Wo bist du?«

»Vor deinem Haus.«

»Was? Wann bist du zurückgekommen?«

»Ich kann dir jetzt nichts erklären. Zappaterra hat eben bei euch geklingelt. Will er zu dir?«

»Wieso zu mir?«

Die Verwunderung in ihrem Ton war nicht gespielt. Lunau

dachte an die Fotos, die Amanda ihm vorenthalten, die Lügen, die sie ihm aufgetischt hatte.

»Hör zu. Du hast mitgeholfen, dass Pirri in den Knast wandert.«

»Was? Wie kommst ...«

»Wir haben dafür jetzt keine Zeit. Ich brauche deine Hilfe«, sagte er. »Ich nehme an, dass Zappaterra zu deinem Vater will. Du musst das Gespräch aufzeichnen.«

»Ich soll meinen Vater hintergehen?«

»Du hast auch mich hintergangen. Es geht um Zappaterra, nicht um deinen Vater. Ich kann es dir jetzt nicht erklären.«

»Kommt nicht in Frage. Ich wüsste auch nicht, wie ich das tun soll.«

»Ich habe keine andere Chance, an Beweise gegen Zappaterra zu kommen. Ich nehme an, dass er deinem Vater alles beichten wird und ihn um einen Rat bittet.«

»Wieso hast du dich nicht früher bei mir gemeldet?«

»Weil ich dir nicht trauen kann.«

»Und jetzt traust du mir?«

»Ich hab keine andere Wahl.«

Die Musik verstummte. Sie ging in ihrem Zimmer auf und ab. »Es geht nicht. Wenn sie im Arbeitszimmer sind, habe ich keinen Zutritt.«

»Dann horche an der Tür. Ich muss wissen, was Zappaterra deinem Vater erzählt.«

Amanda reagierte nicht. Lunau hörte eine Tür gehen, Schritte auf der Treppe. Klopfen. Stille. Wieder Klopfen. Eine schwere Tür ging auf.

»Du weißt, dass ich nicht gestört werden will«, sagte eine barsche männliche Stimme. Adelchi Schiavons Stimme.

»Ich brauche mal dein Auto. Meines springt nicht an.« Schlüssel klimperten.

»Aber bring es mir ohne Delle zurück«, sagte Amandas Vater. Eine Tür fiel zu, dann sagte ein indignierter Adelchi: »Sie ist meine Tochter.«

»Ja, ist ja gut. Hingucken ist doch nicht verboten, oder?«

»Doch«, sagte Schiavon kalt.

Offensichtlich hatte Amanda es geschafft, das Handy irgendwo im Arbeitszimmer abzulegen.

»Also, was soll ich tun«?, fragte Zappaterra.

»Woher soll ich das wissen? Ich bin immer für Legalität und Transparenz.«

»Ja, ja«, schnaubte Zappaterra. »Du hast ein Riesengeschäft gemacht.«

»Wie bitte? Ich habe dir einen Gefallen getan. Du wolltest diese Schuldscheine um jeden Preis.«

»Den hast du ja auch verlangt. Obwohl du genau wusstest, dass du von Pirri nicht einen Cent mehr bekommen hättest. Der Kerl ist total überschuldet. Die Schuldscheine waren das Papier nicht wert, auf das sie geschrieben waren.«

»Du wolltest sie haben, und wir haben uns auf einen Preis geeinigt. Deine Gründe gehen mich nichts an.«

»Und dann erzählst du mir noch, dieses Arschloch wäre wieder in Deutschland.«

»Ich habe dir gesagt, was ich wusste. Ich hätte nicht erwartet, dass mein Entgegenkommen von dir so quittiert wird. Was gehen mich schließlich eure zwielichtigen Geschäfte an? Nichts.«

»Sag mir wenigstens, an wen ich mich wenden kann.«

»Womit? Ich weiß nicht, wovon du redest.«

»Du hast doch deine Leute.«

»Ich habe keine Leute. Was meinst du?«

Zappaterra ging in stampfenden Schritten hin und her, zerrte einen Vorhang auf. Es herrschte einen Moment Stille.

»Was gibt es so Interessantes da draußen?«, fragte Adelchi.

Zappaterra schien ans Fenster getreten zu sein. Lunau verbarg sich hinter einem Stromkasten, obwohl kein Sichtkontakt zur Villa der Schiavons bestand.

»Deine Tochter wollte doch so dringend deinen Wagen«, kam es aus größerer Entfernung. »Wieso fährt sie nicht damit?«, hakte Zappaterra nach.

Adelchi schnaubte verächtlich. »Hühner. Alle zehn Minuten fällt ihnen etwas anderes ein.« Adelchis Bürostuhl knarzte.

»Gib mir eine Telefonnummer«, hakte Zappaterra nach. Seine Stimme war jetzt wieder deutlich. Er schien in die Raummitte zurückgekehrt zu sein.

»Du hast da etwas falsch verstanden. Ich bin immer für den legalen Weg.«

In Lunaus Handy piepste es. Eine SMS war eingegangen. »Wir informieren Sie, dass Ihr Guthaben nahezu aufgebraucht ist. Sie können es in allen angeschlossenen Verkaufsstellen, an Geldautomaten, außerdem online …«

»Du kannst es dir leisten, die Gesetze einzuhalten, weil …«

Die Verbindung war abgebrochen, aus dem Handy kam nur noch das Besetztzeichen. Lunau überlegte, ob er über die hohe Mauer klettern sollte. Er wusste nicht einmal, wo Amandas Zimmer war. Er ging an das schwarze Metalltor und spähte hindurch.

Zappaterra kam aus dem Haus, setzte sich in seinen Geländewagen und fuhr Richtung Fluss. Lunau schaffte es zu folgen. Bis zur Sandgrube. Zappaterra lief in sein Büro. Aber er telefonierte nicht, empfing keinen Besuch.

Lunaus Handy klingelte. Auch wenn er sein Guthaben aufgebraucht hatte, blieben ihm noch einige Tage, in denen er Anrufe entgegennehmen konnte: Es war Amanda.

»Warum hast du dich nicht mehr bei mir gemeldet?«

»Hast du das Gespräch der beiden belauscht? Mein Kredit

war vorzeitig aufgebraucht, das Interessanteste konnte ich nicht hören.«

»Nein«, sagte sie, »ich bin zurück in mein Zimmer. Bis mein Vater kam und fragte, warum ich doch nicht weggefahren sei. Willst du mir nicht endlich erklären, was das alles soll?«

»Kannst du zu mir auf den Deich kommen? Bring eine Fotokamera, deinen Mp3-Player und eine Videokamera mit, falls du eine besitzt.«

Als Amanda Lunau sah, verschlug es ihr die Sprache. Lunau bat sie, die Observierung von Zappaterra zu übernehmen. Sein merkwürdiges Aussehen werde er ihr beim nächsten Zusammentreffen erklären. Amanda wollte sofort eine Aussprache, aber Lunau setzte sich in seinen Wagen und fuhr weg.

70

Pirri starrte aus dem Fenster seines Arbeitszimmers und suchte die Straße nach verdächtigen Gestalten ab. Nichts. Er lief zur Tür, lauschte ins Treppenhaus: Auch nichts. Er schaute auf seinen Computer. Er würde nicht spielen, das hatte er sich geschworen. Nicht einmal Gratisspiele. Also kehrte er wieder ans Fenster zurück. Es war genau wie vorher in der Gefängniszelle. Die Angst brachte ihn um. Und jetzt hatte er kein Geld mehr, weder für Leibwächter noch für Überwachungskameras. Ihm blieb nur seine Frau. Aber wo steckte sie so lange? Nie hätte er gedacht, dass er einmal seine Frau herbeisehnen würde, weil er sich ohne sie fürchtete!

Er schaute auf die Uhr. Ein, zwei Stunden, hatte sie gesagt. »Eine oder zwei?«, hatte er nachgefragt. »Ist doch egal.« Es war nicht egal. Aber es waren erst zwanzig Minuten vergangen, seit sie mit dem Fahrrad aus der Einfahrt gerollt war, mit dem lächerlichen Weidenkorb auf dem vorderen Gepäckträger.

Seit drei Tagen war er aus der Haft entlassen, seit drei Tagen hatten sie nicht angerufen. Nur Balboni, sein Anwalt, die Presse. Und die Genossen, die ihn dazu anhielten, den Ruf der Partei nicht zu schädigen. Endlich sein Mandat niederzulegen. Als ob das jetzt von Bedeutung gewesen wäre! Aber warum hatte *er* nicht angerufen? Oder seine Geldeintreiber? Vor nichts hatte er sich mehr gefürchtet als vor dem Telefonterror, der losbrechen würde. Dass man ihn hetzen würde wie ein Tier. Stattdessen: Stille. Und diese Stille war noch unheimlicher als Drohungen.

Pirri zuckte zusammen, als es klingelte. Er lief zur Gegensprechanlage im Flur und schaute auf den Monitor. An der Pforte stand ein Mann. In dem eingeschwollenen Gesicht konnte man nur mit Mühe Kaspar Lunau, den deutschen Journalisten, erkennen. Pirri wollte schon den Summer drücken, als er Verdacht schöpfte. Er ging wieder an das Fenster seines Arbeitszimmers und schaute hinaus. Dasselbe Bild: Kaspar Lunau stand an der Pforte. Niemand sonst war auf der Straße zu sehen.

Pirri ging die Treppe hinunter, betätigte den Summer, schaute durch den Türspion und riss die Tür auf, als Lunau davor stand. Er zog den Mann herein und schlug die Tür wieder zu.

»Haben Sie meine Frau gesehen?«, fragte Pirri.

»Nein, wieso?«

»Sie ist einkaufen gegangen, aber noch nicht zurück.«

Lunau schüttelte bedauernd den Kopf.

»Ist man Ihnen gefolgt?«

»Nein. Aber die Leute, die hinter Ihnen her sind, wissen, wo Sie wohnen.«

Pirri schaute Lunau missmutig an und sagte: »Natürlich. Kommen Sie.«

Sie gingen die Treppe hoch. Pirri bezog wieder Posten am Fenster.

»Sie haben den Mord nur gestanden, weil Sie meinten, Sie seien im Knast sicherer, oder? Wer war es?«, fragte Lunau.

Pirri antwortete nicht.

»Oder haben Sie tatsächlich Ihren Freund umgebracht? Und Zappaterra hat dafür Ihre Schulden bezahlt? Aber vor wem haben Sie dann noch Angst?«

Pirri schüttelte den Kopf, und Lunau verlor allmählich die Geduld. Er packte Pirri an den Schultern und rüttelte ihn. Seine Stimme wurde immer lauter: »Warum haben Sie mir im *Magazzino* diese Märchen erzählt? Warum haben Sie versucht, mich über den Haufen zu fahren? Was haben Sie mit Di Natale gemacht?«

»Ich war es nicht.«

Er ließ sich in einen Sessel fallen und hielt sich den Kopf.

»Sie müssen mir glauben. Ich ... ich habe ihn nicht umgebracht, ich konnte es einfach nicht.« Seine Schultern bebten.

»Jetzt reden Sie schon, verdammt noch mal!«

Lunau fing an, ihn sanft zu ohrfeigen, nach dem dritten Schlag riss er sich zusammen. Pirri saß auf seinem Sessel und weinte.

»Ich kriege es auch so raus«, sagte Lunau und ging.

»Nein, bleiben Sie, ich erzähle alles, bitte, bleiben Sie.«

»Bei der ersten Lüge bin ich weg.«

Pirri schüttelte den Kopf und starrte ins Leere.

»Zappaterra wollte Ihre Schulden bezahlen, und dafür sollten Sie Di Natale erledigen. Oder ging es Ihnen nur um den Aktenkoffer mit den 130 000 Euro?«

»Zappaterra hatte die Schuldscheine aufgekauft. Er hat mich so weit gebracht, ja, aber ich konnte es nicht. Da saß Vito, er hörte sich meine ganze Geschichte an, diese idiotische Zockerei. Mir war nach wenigen Minuten klar, dass ich es nicht fertigbringen würde. Und dann kam mir die Idee, Sie vom Deich zu befördern.«

»Aber wozu?«

»Das war alles so mit Zappaterra ausgemacht.«

»Dass Sie mich umbringen?«

»Ich wollte Sie doch nicht umbringen.«

»Was wollten Sie denn?« Lunau schrie, die Wunde auf seinem Schädel zog. Der einzige Trost seines Zustandes war, dass er wieder normal zu hören schien. Er hatte nicht ein einziges Geräusch halluziniert, seit er am Vortag erwacht war.

»Zappaterra wollte das perfekte Alibi. Eigentlich sollte alles wie ein Selbstmord aussehen, jedenfalls hat er mir das gesagt, aber für alle Fälle wollte er aus dem Schneider sein. Wenn Di Natale stirbt, sitzt er mit Ihnen zusammen und plaudert über die idyllische Flusslandschaft. Das hatte er sich fein ausgedacht.«

»Und dann dachten Sie, wenn Sie mich umbringen, bevor ich bei Zappaterra ankomme, hat Zappaterra kein Alibi?«

»Ich wollte Sie nicht umbringen, nur verscheuchen, aber Vito griff mir ins Lenkrad und zog an der Handbremse, die Sache war nicht so einfach.«

Lunau schaute an die Decke. »Und dann bin ich doch bei Zappaterra aufgekreuzt.«

Ihm fiel die SMS ein, die der Sandgrubenbesitzer geschrieben hatte, während Lunau von dem Unfall erzählte.

»Hat er Sie per SMS angefunkt und nach dem Unfall gefragt?«

»Nein, er gab mir nur das Ok.«

Deshalb hatte sich Zappaterra also so viel Zeit gelassen an dem Abend. Bis er erfuhr, dass Di Natale noch lebte.

»Und als er hörte, dass Sie versagt hatten …«

»Ich war mit Di Natale auf dem Deich unterwegs, Richtung Goro. Er wollte die Corelli-Brüder bezahlen.«

»Ja, das weiß ich.«

»Ich hielt an einer Stelle, die Zappaterra genannt hatte.«

»Und Di Natale wurde nicht misstrauisch?«

»Ich war völlig mitgenommen, krank vor Angst. Ich habe es gerade so bis an die besagte Stelle geschafft, und dann musste ich ins Gebüsch, mich übergeben. Vito kam auch noch nach, machte sich Sorgen.«

»Also haben Sie Ihren besten Freund in eine Falle gelockt. Das ist fast noch schlimmer, als wenn Sie …«

Lunau beherrschte sich. Pirri zitterte am ganzen Leib.

»Sie haben jahrelang illegale Geschäfte gemacht mit Zappaterra. Sie mussten einfach dafür sorgen, dass Ihre Behörde keine Nachforschungen anstellt, nichts meldet. Und dafür haben Sie die Hand aufgehalten. Gasparotto tat dasselbe bei der ARNI, stimmt's?«

Pirri schüttelte den Kopf.

Lunau zog ihn hoch: »Sie müssen eine Aussage machen. Sie müssen alles erzählen, was Sie wissen.«

Pirri schüttelte noch immer den Kopf und klammerte sich am Schreibtisch fest.

»Kommen Sie mit.«

»Niemals.«

Pirri schlug um sich, er hatte auf einmal Bärenkräfte, und er fing an zu kreischen. Lunau ließ ihn los und wandte sich zur Tür.

»Wo wollen Sie hin?«

Lunau war schon unten an der Haustür, als Pirri jammerte: »Bitte, gehen Sie nicht. Sie können mich doch hier nicht alleine lassen.«

71

Dany bahnte sich ihren Weg durch die Jogger und Spaziergänger und tastete nach der Shuffle-Funktion ihres Mp3-Players. Take That, ihr Lieblingssong. Vor Begeisterung legte sie einen Zahn zu. Schade, dass ihr Kind das nicht hören konnte, Musik verlieh angeblich schon dem ungeborenen Leben wichtige Impulse. So eine groovige Musik sowieso. Sie würde das Album nach dem Duschen in der Wohnung auflegen und den Verstärker aufdrehen, dann konnte das Kleine nachholen, was es gerade versäumte. Dany musste das Tempo drosseln. Nicht übertreiben während der Schwangerschaft, hatte die Frauenärztin gesagt, Pulsfrequenz maximal 140. Dany erreichte das Ende der Geraden, an der die Stadtmauer von der *Via Porta Po*, einer breiten Ausfallstraße, unterbrochen wurde. An den Marmorpollern, die den Autos die Zufahrt auf die Stadtmauer verwehrten, standen wie immer andere Läufer, dehnten ihre Muskeln, kontrollierten ihre Pulsuhren oder hielten einen kurzen Plausch. Normalerweise lief Dany einfach zwischen ihnen durch, grüßte nur im Notfall, aber heute hielt sie an und legte ihre Ferse auf einen Poller, um die Adduktoren zu dehnen. Sie hoffte, man würde ihr ihren Zustand ansehen, auch wenn das unmöglich war im ersten Monat.

Die anderen Läufer trabten davon, eine Frau trat zwischen den geparkten Autos hervor. Dany hatte Mühe, das Gesicht, das sie von Fotos kannte, wiederzuerkennen.

»Ich möchte kurz mit dir reden«, sagte Frau Zappaterra.

»Geht nicht, ich kühle aus. Außerdem wüsste ich nicht, dass wir per du sind«, antwortete Dany und war selbst erstaunt über ihre Schlagfertigkeit. Die Frau war dicklich und hatte geschwollene Tränensäcke. Dany empfand aber weder Eifersucht noch Abscheu oder Hass, eher ein bisschen Mitleid.

»Ich will Sie warnen.«

»Wovor?«

»Vor meinem Mann. Er wird Sie zerstören.«

Dany trabte auf der Stelle und sagte: »Ich verstehe, dass Sie alles versuchen, um ihn zu halten …«

»Im Gegenteil. Ich kann es nicht erwarten, ihn loszuwerden. Aber ich will nicht, dass er Sie auch noch zerstört.«

Dich hat nicht Andrea zerstört, sondern das viele tierische Fett, das du in dich hineingestopft hast, die Schnapspralinen, die Stunden vor der Glotze und der Zahn der Zeit, dachte Dany, aber sie sagte nichts.

»Er hat dir die Mutter genommen, den Vater, und jetzt holt er sich den Rest«, sagte Frau Zappaterra. Dany blieb abrupt stehen. Sie spürte ihren Pulsschlag im Hals, der plötzlich wieder zu rasen anfing.

»Was soll das heißen?«

»Da es dir offensichtlich nie jemand gesagt hat, muss ich es tun.«

»Ich will nichts hören. Sie sind verblendet von Hass und Eifersucht, sie werden uns nicht entzweien, unsere Liebe ist stärker als alles andere.«

Sie fing wieder zu laufen an, locker auf den Fußballen federnd, bewegte Dany sich zwischen den Autos hindurch auf den Bürgersteig. Die Frau rannte neben ihr her, auf ihren breiten hohen Absätzen, mit ihren pummeligen Beinen und ihrer Handtasche sah sie grotesk aus.

»Aus einer puren Laune heraus hat er deiner Mutter den Kopf verdreht, und als dein Vater ihn zur Rede stellen wollte …«

Dany beschleunigte, holte jetzt weit aus, ließ die Schienbeine locker nach vorne fliegen und rannte über den Zebrastreifen, auf dem schon vier Läufer zu Tode gekommen waren. Die Autos konnten aber rechtzeitig bremsen. Frau Zappaterra keuchte hinter ihr.

»Jetzt bleib doch stehen. Er hat ihn fast totgeprügelt, auch das aus einer puren Laune. Dein Vater war nicht immer so.« Den letzten Satz hatte sie geschrien, und Dany meinte, alle Fenster an den modernen Wohnblocks müssten sich öffnen, die ganze Stadt ihre Schande hören.

Sie blieb stehen und drehte sich um. »Sie lügen«, zischte sie.

Frau Zappaterra schnappte nach Luft, sie hatte den Oberkörper nach unten geklappt und stützte sich auf den Oberschenkeln ab. Sie schüttelte heftig den Kopf. Dann zog sie sich an einem Straßenschild hoch und sagte: »Ich kann dir die Briefe zeigen, und die Fotos.«

Dany meinte, das Kleine zu spüren. Ein kleiner Zappaterra. Wieder sah sie ihre Mutter vor sich, mit aufgeschnittenen Pulsadern, in der Wohnküche. Und plötzlich fügte sich alles zu einem klaren Bild. Die irrsinnige Szene, die ihr Vater ihr gemacht hatte, war nicht vom Irrsinn diktiert gewesen. Das Kleine schien treten zu wollen, obwohl es noch keine zwei Zentimeter lang war. Ein Monster, wie sein Vater.

»Gibt es einen Ort, an dem wir uns in Ruhe unterhalten können?«, fragte die Frau und hielt Dany ein Foto vors Gesicht. Ihre Mutter, eine strahlende junge Frau, in den Armen eines muskulösen Burschen. Zappaterra, gerade mal zwanzig.

»Ich will Ihnen einen Vorschlag machen. Wir zahlen es ihm heim«, sagte die Frau. Sie holte ein Etui aus ihrer Handtasche. »Ich habe jede Menge Material mitgebracht.«

Dany wurde schwarz vor Augen, und dann hörte sie die Stimme der Frau nur noch aus weiter Ferne.

72

Kaum war Pirri allein, trieb die Angst ihn wieder um. Er lief zwischen Fenster und Videomonitor hin und her, dann schaute er aus dem Schlafzimmer hinunter in den Garten. Inzwischen war Erica fast vier Stunden unterwegs. So lange hatte sie noch nie für einen Einkauf gebraucht. Er wählte ihre Handynummer, aber es sprang nur die Mailbox an.

Da hörte er ein metallisches Geräusch. Seine Frau schob den Schlüssel ins Schloss. Er wollte ihr entgegengehen, ihr den Einkauf abnehmen, aber dann überlegte er es sich anders. Sie sollte nicht denken, dass er die ganze Zeit nur auf sie gewartet hätte und jetzt, da ihm alles genommen wurde, vor ihr zu Kreuze kroch. Er war immer noch der Mann im Haus.

Er zog ein Buch aus dem Regal, schlug es an einer x-beliebigen Stelle auf und setzte sich auf die Chaiselongue. Er würde sich nicht konzentrieren können, und doch tasteten sich seine Augen mechanisch durch die Zeilen, die von einem Kind erzählten, von einem Krüppel, dessen die Geschwister sich schämten und den sie deshalb umbringen wollten. »Eines Tages im Sommer, es regnete, schleppten die Kinder Menuchim aus dem Haus und steckten ihn in den Bottich, in dem sich Regenwasser seit einem halben Jahr gesammelt hatte, Würmer herumschwammen, Obstreste und verschimmelte Brotrinden. Sie hielten ihn an den krummen Beinen und stießen seinen grauen, breiten Kopf ein Dutzendmal ins Wasser. Dann zogen sie ihn heraus, mit klopfendem Herzen, roten Wangen, in der freudigen und grausigen Erwartung, einen Toten zu halten.« Wie oft hatte er dieses Buch gelesen, wie gern hatte er sich als Krüppel gefühlt! Schon als Kind, als er in seinem Jahrgang die schnellste Zeit auf 100 Meter lief und die besten Klausuren schrieb. Als die ganze Stadt ihm mit Respekt begegnete, ihm, dem Sohn des Bürgermeisters und Senators der Republik. Vor Rührung wurden seine Augen feucht, und die Buchstaben verschwammen.

Deshalb hielt er die Gestalt, die das Zimmer betrat, immer noch für seine Frau, als schon ein zweiter Mann nachgekommen war und sich auf ihn geworfen hatte. Sie trugen dünne schwarze Motorradhauben und blockierten seine Arme. Das Buch fiel zu Boden, der Lauf einer Waffe berührte seine Schläfe. Ganz sanft.

»Setz dich an den Schreibtisch«, sagte eine männliche Stimme, die Pirri nicht kannte. Er stand auf, zitternd. Obwohl er wusste, dass sie ihn nicht töten würden. Die Kuh, die man melkt, schlachtet man nicht. Allerdings wusste er auch, dass diese Zahlungserinnerung schmerzhaft sein würde. Und er hasste Schmerzen, er war ihnen nicht gewachsen.

»Ich tue, was ihr wollt, bitte!«, sagte er.

»Nimm dein Briefpapier und schreib!«

Was die Stimme, die er nicht kannte, ihm diktierte, beunruhigte ihn. Aber jedes Mal wenn er innehielt, drückte sich der kalte Lauf in seinen Nacken. Wo nur blieb seine Frau?

Er setzte seine Unterschrift unter den Brief, dessen Authentizität man allein deshalb anzweifeln würde, weil das Zittern seiner Hand die Schrift verfälscht hatte.

»Jetzt steh auf«, sagte die Stimme. Der zweite Mann hatte die ganze Zeit über geschwiegen, aber er war nicht untätig gewesen. Er hatte eine von Ericas Wäscheleinen doppelt verdrillert, eine Schlinge geknüpft und an dem Haken des Kristalllüsters befestigt. Sie hoben ihn mit vereinten Kräften auf einen Stuhl, schoben seinen Kopf durch die Schlinge, und als er sich wehren wollte, war es zu spät. Seine Hände griffen ins Leere, er verlor das Gleichgewicht. Seine Füße tasteten nach dem Stuhl. Vergeblich, er war umgefallen. Die Schnur schnitt tief in seine Kehle, der Druck in seinem Kopf wuchs, und dann kam plötzlich die Angst zurück. Dass dies mehr sein könnte als nur eine Warnung.

73

Lunau klingelte Sturm, und als sich die Tür einen Spalt öffnete, drückte er sie auf. Dany stand im Bademantel vor ihm, mit nassen Haaren. Sie starrte ihn genauso ungläubig an wie alle anderen. Lunau redete nicht, er versuchte, aus ihrer Miene abzulesen, ob sie nur über seine Verletzungen entsetzt war oder ob sie gemeint hatte, er wäre tot. Weil Zappaterra es ihr erzählt hatte. Weil sie mit Zappaterra gemeinsame Sache machte.

»Sie haben mich belogen«, sagte Lunau. »Sie haben mich von Anfang an verarscht. Sie hatten nie eine Beziehung zu Vito Di Natale. Was sollte dieser Unsinn?«

Dany ging ins Wohnzimmer und setzte sich auf die Couch. Lunau sah wieder den Samstagnachmittagsverkehr, der zum Einkaufszentrum rollte.

»Wo waren Sie am Mittwochabend?«

Sie überlegte nicht einen Augenblick, sondern sagte: »Ich war mit Andrea Zappaterra zusammen, von 19 bis 24 Uhr.«

»Das haben Sie auswendig gelernt. Hat Zappaterra in der Zeit telefoniert?«

»Vielleicht.«

»Nicht vielleicht, ganz sicher. Er hat einen Anruf von einem Schwimmbagger bekommen und hat den Befehl gegeben, mich zu töten. Und eine Woche vorher hat er Di Natale getötet. Und Sie haben ihm geholfen, die Taten zu verschleiern.«

»Was?«

Sie riss die Augen weit auf und schlug die Hände vors Gesicht.

»Sie wollen mir doch nicht weismachen, dass Sie das nicht gewusst haben.«

Sie schüttelte nur den Kopf.

»Was hat er denn für einen Grund genannt, dass Sie mir diese Komödie mit dem Foto vorspielen sollen?«

»Er ... er ... er hatte Schwierigkeiten, er wollte es erst seiner Frau sagen, bevor unsere Beziehung bekannt wird. Er ...«

Lunaus Energie war plötzlich verpufft. Dieses Mädchen war zu viel für ihn. Konnte man so beschränkt sein?

Sie schüttelte nur den Kopf. »Ich wusste nicht, worum es ging. Ich wollte ihm einen Gefallen tun. Aber ich hatte Ihnen gesagt, dass das mit Di Natale nicht so ist, wie Sie meinten. Sie glaubten mir ja nicht.«

Dany weinte nicht.

»Aber Sie hatten doch versucht, das Foto aus Di Natales Schreibtisch verschwinden zu lassen. Nachdem Sie es zuerst hineingelegt hatten?«

»Er wollte es so.«

»Zappaterra baut seit Jahren illegal Sand aus dem Flussbett ab. Di Natale wollte ihm das Handwerk legen, und dafür musste er sterben.«

Sie nickte.

»Das wissen Sie?«

»Nein. Aber geahnt habe ich so etwas in der Art.«

»Wieso?«

»Wegen des Umsatzes. Die Sandmenge, die wir verkauften, konnte von unserer Grube kaum gefördert werden.«

Also war sie doch nicht so einfältig.

»Haben Sie dafür Beweise?«

»Nein, aber ich kann sie besorgen. Ich habe alles in der Buchhaltung.«

»Würden Sie mir helfen?«

Sie zögerte.

»Und das ist sicher, dass Andrea mit den Morden zu tun hat.«

Lunau nickte. »Ich komme heute Abend zu Ihnen.«

Wieso ging das jetzt erneut so glatt? War das wieder ein Hinterhalt? Lunau wollte gehen, als ihm noch etwas einfiel.

»Bringen Sie alles mit, was Sie finden können. Auch Telefonrechnungen, Verbindungsübersichten, Aufzeichnungen von Gesprächen, alles, was Zappaterras Aktivitäten in den letzten Tagen und Wochen belegt.«

Dany nickte.

Lunau nannte die Adresse seines Hotels, und als er auf der Schwelle war, drehte er sich noch einmal um, schaute das zerbrechliche Wesen an und sagte: »Seien Sie vorsichtig!« Auf der Straße musste er lange nach einem Kiosk suchen, wo er ein neues Guthaben für sein Handy kaufen konnte. Die Schlagzeilen galten immer noch Pirri. Die Presse hatte erfahren, dass er aus der Haft entlassen worden war. Zu Unrecht, wie man fand, da es keinen neuen Tatverdächtigen gab.

Lunau wollte gerade ins Auto steigen, als sein Handy klingelte. Balboni. Erica Pirri hatte die Leiche ihres Mannes entdeckt. Der Kommissar sprach von Selbstmord.

»Das war Zappaterra«, sagte Lunau.

»O bitte, nicht schon wieder. Wir haben einen Abschiedsbrief gefunden. Er ist eindeutig«, sagte Balboni. »›Nach stundenlanger Irrfahrt tötete ich meinen Freund in einem Anfall von blinder Wut und Verzweiflung bei km 4,5, an dem Uferstreifen auf der Südseite des Po. Es war gegen elf. Ich war mit ihm alleine.‹ Das steht hier. Und es deckt sich mit dem Obduktionsbericht und mit allen Spuren, die wir gefunden haben.«

»Der Brief ist gefälscht. Pirri hat mir gegenüber ausgepackt. Nicht er hat Di Natale umgebracht, sondern Zappaterra. Es passt alles zusammen. Und die neuesten Obduktionsergebnisse werden das bestätigen. Zappaterra hat Pirri umgebracht, oder er hat ihn umbringen lassen, damit er nicht aussagen kann. Er war bei Adelchi Schiavon und hat versucht, irgendwelche Schläger anzuheuern«, antwortete Lunau.

»Woher wissen Sie das?«

»Kann ich jetzt nicht sagen. Wo ist Zappaterra jetzt?«

»Zu Hause. Er war seit 14 Uhr zu Hause. Seine Frau bestätigt das.«

»Sie glauben doch nicht an ein solches Alibi, oder? Zappaterra hat sich die neuesten Ermittlungsergebnisse zu Herzen genommen und hat diesen Brief selbst geschrieben.«

»Ein Graphologe sitzt dran, aber er meint, auf den ersten Blick ist es Pirris Handschrift.«

»Dann hat Zappaterra ihn gezwungen, das zu schreiben. Was war es für eine Schnur?«

»Eine Wäscheleine aus Pirris Keller.«

»Wenn die Spurensicherung akribisch arbeitet, wird man Hinweise finden.«

»Sie ändern Ihre Meinungen wohl nie, wie?«

»Meinungen schon, Überzeugungen nicht.«

Lunau raste die Deichstraße entlang und schlug vor Wut auf das Lenkrad. Er rief Amanda an. Sie hatte Zappaterra bei der Observierung verloren.

74

Als Lunau auf den mit Kies geschotterten Vorplatz rollte, stand da nur ein Kleinwagen. Zappaterra schien nicht mehr da zu sein.

Lunau drückte auf die Klingel und ließ erst los, als die Tür aufging.

Eine Frau mittleren Alters stand auf der Schwelle.

»Sind Sie Frau Zappaterra?«, fragte Lunau.

»Ja, was kann ich für Sie tun?«

»Wo ist Ihr Mann?«

»Warum?«

»Ich muss ihn sprechen.«

»In welcher Angelegenheit?«

»In welcher Angelegenheit? Er hat vor wenigen Stunden Giuseppe Pirri umgebracht.«

»Wie bitte?«

»Und Sie haben ihm ein falsches Alibi gegeben.«

Die Frau schaute Lunau fast amüsiert an. »Wollen Sie nicht einen Moment hereinkommen? Und dann erklären Sie mir alles?«

Sie führte ihn in ein riesiges Wohnzimmer, mit altenglischem Mobiliar, einer cremefarbenen Ledercouch und dem größten Plasmabildschirm, den Lunau je gesehen hatte.

»Bitte, nehmen Sie doch Platz.«

Lunau blieb stehen. »Ihr Mann war nicht hier. Wieso decken Sie ihn?«

»Ich decke ihn nicht. Mein Mann ist ein wunderbarer Mensch. Er hat zwar eine etwas harte Schale, aber in Wahrheit ist er der zärtlichste, ja verletzlichste Kerl, den man sich denken kann.«

Lunau hatte Mühe, kühlen Kopf zu bewahren. Er sah aus den französischen Fenstern hinaus auf den gepflegten Rasen, der in sanfter Steigung zu den Terrassen des Hauptdeiches führte.

»Ihr Mann betrügt Sie seit Jahren mit anderen Frauen. Er hat eine junge Geliebte, die halbtags bei ihm im Büro arbeitet ...«

»Wer, Dany? Sie müssen sich irren.«

»Ich irre mich nicht. Genausowenig wie ich mich irre, wenn ich ihn des Mordes bezichtige.«

»Haben Sie denn einen einzigen Beweis für Ihre Behauptungen?«

Lunau wusste nicht, was die Komödie sollte. Wenn die Frau an das glaubte, was sie sagte, musste sie zumindest aufgebracht sein über die Anschuldigungen. Er listete alle Indizien auf, angefangen bei dem Sandraub.

Sie legte den Kopf schräg und sagte: »Das sind vor allem Theorien. Sie müssen mir schon einen Beweis liefern, wenn Sie mich überzeugen wollen.«

Lunau nickte und schmiss vor Wut die Tür zu.

Wenigstens hatte er es geschafft, sein zweites und letztes Lavaliermikrophon zu platzieren. Er setzte sich in den Wagen, fuhr den Laptop hoch und schloss den Empfänger an. Dann fuhr er aus dem Anwesen auf den Deich und lauschte. Frau Zappaterra ging fröhlich pfeifend aus dem Wohnzimmer, klapperte in der Küche herum und rief jemanden an. Lunau konnte den Inhalt des Gespräches nicht hören, aber dem Tonfall nach schien sie mit einer Freundin zu plaudern.

75

Dany war auf die Minute pünktlich. Sie hielt sich nicht mit Vorreden auf, sondern packte USB-Sticks, sieben Ordner mit Fotokopien, zehn CD-ROMs und drei DVDs auf das Bett. »Zeigen Sie mir das Wichtigste«, sagte Lunau.

»Die Saugleistung unseres Hauptpumpwerks in der Grube liegt bei knapp zwei Tonnen pro Stunde. Über Jahre haben wir fast 100 Tonnen Sand pro Tag verkauft.«

»Das ist kein Beweis für Mord.«

Dany zeigte Lunau Rechnungen, Geschäftsbriefe und Mails. Auf den Verbindungsübersichten waren zahlreiche Anrufe bei ARNI und AIPO, auf dem Anschluss von Pirri und Gasparotto, außerdem hatte Dany die Files von digitalen Anrufbeantwortern und Mailboxes kopiert. Es gab Nachrichten, in denen von einem »Problem« die Rede war, dass man »Di Natale stoppen« müsse, aber keine Formulierung war explizit genug.

»Sie sagten, Sie waren in der Nacht bei Zappaterra, als er vom Schwimmbagger aus angerufen wurde. In der Nacht, als man mich umbringen wollte. Was sagte Zappaterra genau?«

Dany überlegte. »Ihr wisst, wie ihr das Problem zu lösen habt. Hauptsache, die Lösung ist nachhaltig.«

Auch das war nicht eindeutig genug. Lunau bestellte etwas zu essen, Dany trank nur ein wenig Mineralwasser, und gemeinsam überlegten sie, wie man Zappaterra überführen könnte.

»Sie müssen etwas zusammenschneiden«, sagte sie schließlich.

»Was meinen Sie?«

»Sie haben Zappaterras Stimme. Ich habe Ihnen genug Material geliefert, auch von meinen Anrufbeantwortern, Mailbox usw. Sie müssen ein paar Sätze zusammenschneiden, in denen er die Anordnung zum Mord gibt.«

Lunau war baff. »Ich fälsche keine Beweise.«

»Es geht nur darum, die Ermittlungen in Gang zu setzen. Die Beweise findet die Polizei dann schon, das haben Sie selbst gesagt. Und wenn ich dann noch aussage …«

Lunau schüttelte den Kopf. »Kommt nicht in Frage. Das verstößt gegen meine Prinzipien. Und ein Fachmann in der Kriminaltechnik würde die Manipulation wahrscheinlich hören. Selbst wenn ich noch so gut arbeite.«

Sie schaute ihn fast spöttisch an. Den Deutschen. »Schade«, sagte sie. »Sie sollten es sich überlegen. Und was haben Sie sonst zu bieten?«

Lunau listete auf, welche Hinweise er gefunden hatte. Dany war enttäuscht. Sie verabschiedete sich gegen Mitternacht, umarmte Lunau und sagte: »Sie sollten es sich noch einmal überlegen.«

»Gute Nacht.«

Nachdem sie gegangen war, fing er an, verschiedene Wörter und Silben aus Zappaterras Audiofiles zu kombinieren. Mit Hilfe der Digitaltechnik konnte man sogar einzelne Laute kopieren und verschieben, Hall und Raumwirkung korrigieren. Lunau setzte einen Satz zusammen, hörte ihn sich immer wieder an, feilte noch ein bisschen an den Obertönen, und am Ende war die

Manipulation perfekt. Er bouncte das File und kopierte es in ein neues Sequenzer-Projekt. Nun waren auch alle Spuren der Bearbeitungsschritte getilgt.

»Ihr wisst, wie ihr das Problem Lunau zu lösen habt. Eliminiert ihn«, sagte Zappaterra.

Es war halb zwei, als Lunau mit der Arbeit fertig war. Er steckte noch einmal seinen Internet-Stick an, um seine Mails zu kontrollieren. Von der Sekretärin aus dem Sender waren inzwischen vierzehn Nachrichten eingegangen. Er hatte nicht den Mut, sie zu öffnen. Er surfte eine Weile auf Nachrichtenseiten, las ein paar Meldungen von *Solidarnews*, und als sich endlich ein Gefühl von Müdigkeit einstellte, ließ er sich auf das Bett fallen und schlief sofort ein.

Am nächsten Morgen wurde er von einem Anruf geweckt. Dany.

»Und, haben Sie noch gearbeitet letzte Nacht?«

»Ja.«

»Ist es etwas geworden?«

Er brummte nur.

»Spielen Sie es mir einmal vor.«

»Nein. Ich bleibe dabei. Wir verwenden es nicht.«

»Es ist unsere einzige Chance.«

»Nein.«

»Ich habe dafür noch etwas für Sie.«

Sie verriet nicht, worum es ging, wollte es per Mail schicken. Er gab ihr die Adresse und ging frühstücken. Als er später die Mail öffnete, fand er eine weitere Verbindungsübersicht, die mit der aktuellen Festnetzrechnung gekommen war. Wieder viele Telefonate mit Pirri, Gasparotto und Di Natale. Wieder kein Beweis. Er schrieb ihr zurück, dass er in dem Material keine neue Qualität entdecken konnte. Dann schlug sein Virenschutz Alarm und meldete eine Phishing-Datei, die angeblich sein Betriebssystem infiziert habe. Man empfahl ihm, die Datei zu löschen, aber er traute dieser Empfehlung nicht. Er fuhr den Rechner herunter und rief Balboni an. Er fragte nach neuen Hinweisen. Es gab keine. Nur das graphologische Gutachten, das bestätigte, dass Pirri den Brief selbst geschrieben hatte. Unter großer Anspannung, aber das sei bei bevorstehendem Suizid nur verständlich.

76

Die Corelli-Brüder saßen in ihrem Büro, nebeneinander, mit verschränkten Armen, in milchigem Licht. Die Scheibe, die Lunau eingeschlagen hatte, war mit Plastikfolie verklebt.

»Kommt nicht in Frage«, sagte der um drei Minuten Ältere.

»Es ist Ihre einzige Chance, jemals an Geld zu kommen.«

»Wenn die Mühle bezahlt ist, dann kann sie meinetwegen vom Gelände, vorher nicht.«

»Sie haben über zwei Jahre in dieses Projekt investiert.«

»Eben. Wir haben gratis geschuftet, man hat uns den Hangar abgefackelt. Bei uns bekommt keiner mehr Kredit. Vito stieg als Süditaliener bei der Mentalität hier nicht durch, wie wollen Sie da etwas bewerkstelligen?«

»Seine Frau will zu Ende bringen, was Di Natale angefangen hat.«

Die beiden schauten sich an. »Und warum ist sie dann nicht hier?«

Lunau hatte der Wahrheit ein bisschen auf die Sprünge geholfen. »Sie müssen nichts weiter tun als mich bis in die Flussbiegung bei Polesella zu schleppen. Dort verankern Sie die Mühle mit mir, und dann sind Sie raus aus dem Spiel. Es ist völlig ungefährlich. Oder haben Sie selbst dafür den Mut nicht?«

Die Miene der beiden wurde grimmig. »Sie nehmen das Maul ein bisschen voll.«

»Zappaterra hat bei Ihnen einen Brand gelegt, Zappaterra hat Giuseppe Pirri und Vito Di Natale umgebracht, das kann Ihnen doch nicht gleichgültig sein.« Lunau wurde laut.

»Ist es uns nicht«, sagte der Jüngere, der einen Brieföffner auf der Spitze kreisen ließ, indem er den Griff zwischen den Fingern drehte.

»Das ist Sache der Polizei«, sagte der Ältere, »und damit basta.« Er stand auf, um zu signalisieren, dass die Unterredung beendet war.

»Die Polizei hat nicht einmal den Brand bei Ihnen aufgeklärt. Ich muss Zappaterra aus der Reserve locken.«

»Sie meinen, er soll auch noch die zweite Mühle abfackeln?«

»Das werde ich verhindern. Ich bleibe an Bord.«

»Das ist Irrsinn. Das ist lange gelagertes, mit Schutzmittel behandeltes Lärchen- und Eichenholz. Das brennt schneller ab als ein Streichholz.«

»Ich werde vorbereitet sein.«

Der Ältere schüttelte den Kopf. »Haben Sie Erfahrung mit Schiffsbränden?«

Lunau antwortete nicht.

»Das war früher schon eines der Hauptprobleme. Manchmal reichte ein bisschen Hochwasser, die Strömung nahm zu, die Zahnräder in der Mühle liefen heiß, ein paar Funken und – zusch! – brannte der Kahn wie eine Fackel. Allein in der Provinz Ferrara sind in fünfzig Jahren vier Müllerfamilien bei lebendigem Leib verbrannt. Und da hatte keiner einen Brandbeschleuniger in den Rumpf geworfen.«

Lunau stand auf und holte sein Scheckbuch aus der Innentasche.

»Wieviel wollen Sie?«

Die beiden Brüder sahen sich an.

»So war das nicht gemeint«, sagte der Jüngere.

»Doch, es war genau so gemeint. Solange die Mühle nicht bezahlt ist, bleibt sie auf unserem Gelände.«

»Es geht uns nicht um Geld«, sagte der Jüngere.

Sein Bruder durchbohrte ihn mit seinen Blicken. Dann schaute er Lunau an. »Könnten Sie uns einen Moment allein lassen?«

Lunau nickte und trat hinaus in die frische Luft, die nach Salz und Muscheln roch. Die Brandung toste, und er spürte plötzlich das Verlangen nach einer Zigarette. Der Streit in der Baracke wurde immer heftiger.

Lunau lief die Zeit davon.

77

Am Tresen der *Bar Olimpia* lehnten zwei Männer in Fanschals. Sie tranken sich Mut für das letzte Ligaspiel der SPAL an, lachten immer wieder heiser und schauten Dany dann vermeintlich pfiffig an. Diese saß am Fenster, blickte hinaus auf die *Via Arianuova* und rührte in ihrem Espresso, obwohl es nichts umzurühren gab. In der schwarzen Flüssigkeit waren weder Milch noch Zucker. Dany hatte darauf bestanden, dass sie sich an einem neutralen Ort trafen. Sie fühlte sich unwohl, wenn sich jemand anderes in ihrer Wohnung aufhielt.

Marta Zappaterra kam eiligen Schrittes um die Ecke, winkte kurz durch die Scheibe und trat ein. Marta war wie verwandelt. Sie war dezent geschminkt, trug ein Kostüm mit Rock, dazu einen passenden Seidenschal und große Goldohrringe. Sie sah selbstbewusst und attraktiv aus, ihre Figur fraulich und nicht fett. Dany spürte einen Stich der Eifersucht.

Marta überraschte Dany mit zwei Wangenküssen und einem strahlenden Lächeln.

»Warum sind Sie so gut gelaunt?«, fragte Dany.

»Einen Cappuccino, bitte«, rief Marta und lächelte die beiden Fußballfans an. »Keine Ahnung. Es ist, als wäre ich zwanzig Jahre jünger, als dürfte ich noch einmal von vorne anfangen. Oder vielleicht liegt es auch nur an dem Journalisten, der mich besucht hat. Den habe ich vielleicht verschaukelt! Ich habe ihm die Ohren vollgesungen, wie sehr ich an meinem Mann hänge, dass ich ihm jedes Alibi dieser Welt geben würde. Er hat mich angestarrt wie ein grün-gelb-gestreiftes Zebra.«

Sie lachte kurz auf, blickte Dany an, legte ihr die Hand auf den Arm und fuhr fort: »Wir lassen uns von niemandem in die Suppe spucken, oder? Andrea gehört uns. Wir haben es uns verdient.«

Dany nickte. Ihr war diese Zutraulichkeit unangenehm. Und für sie gab es keinen Grund, gute Laune zu haben. Auch wenn ihr Teil des Plans ebenfalls aufgegangen war. Sie legte eine CD auf den Tisch.

»Wie hast du es ihm abgeluchst?«, fragte Marta.

»Eine infizierte E-mail. Der Virus hat die Firewall blockiert, und ich konnte die Datei kopieren.«

Marta zog eine anerkennende Grimasse, sah Danys kalte Miene und fügte hinzu: »Tut weh, oder?«

Dany nickte.

»Verstehe ich. Wer sonst sollte dich so gut verstehen wie ich? Zwanzig Jahre habe ich dumme Gans gebraucht, um ihn zu durchschauen, um ihn wie eine Zwiebel zu schälen. Dabei ist er gar nicht so vielschichtig.« Sie prustete los, biss sich dann auf die Lippe und machte eine entschuldigende Geste. »Tut mir leid. Die Vorstellung, dass wir beide es ihm heimzahlen, ist einfach zu schön. Also, erklär mir alles.«

Dany baute ihren Laptop auf, schaltete die Webcam an und wählte sich ins Internet ein. Dany und Marta sahen sich selbst auf dem Bildschirm.

»Und diese Bilder kann jeder sehen, der diese Website aufruft?«, fragte Frau Zappaterra.

Dany nickte. »Geben Sie mir mal Ihren Laptop.«

»Wir waren doch per du.«

Dany nickte. Marta hob die Tasche auf den Bistrotisch, Dany zog das Gerät heraus, wählte sich auch damit ins Internet ein und rief die Website auf. Dann hob sie ihren eigenen Computer vom Tisch, starrte auf den Monitor und ging eine Runde durch die Bar. Marta starrte auf ihren Bildschirm und sah die Aufnahmen von Danys Webcam. Sie sah Danys Gesicht, das starr ins Objektiv schaute, dahinter drehten sich die Tische und Scheiben, die Blumenkübel und Flaschenregale hinter dem Tresen.

»Verrückt«, sagte sie.

»Eine bessere Lebensversicherung gibt es nicht.«

Marta nickte. »Und wer soll ihn treffen?«

»Ich«, sagte Dany.

Marta überlegte einen Moment. Sie war in den zwanzig Jahren zu oft betrogen worden, um nicht misstrauisch zu werden. Warum sollte sie ausgerechnet Dany trauen?

»Lass lieber mich gehen«, sagte sie.

Dany zuckte mit den Achseln. »Ist mir gleich.«

Marta schaute sie verblüfft an. Man durfte dieses Mädchen nicht unterschätzen, sich nicht von seinem fragilen Körper täuschen lassen.

»Hast du keine Angst, ich könnte dich übers Ohr hauen?«

Wieder Danys fast schon tickhaftes Achselzucken.

»Es war deine Idee. Und du hast mich mit ins Boot geholt.«

Marta nickte. Das stimmte. Aber ein Plan ist eine Sache. Die Umsetzung eine andere. Man konnte auch im letzten Moment schwach werden. Das hatte man bei der Ermordung von Di Natale gesehen.

Das Stampfen des Dieselmotors, das Rauschen der Bugwelle und das Knarren des Schaufelrades vermischten sich zu einem fast überschwänglichen Konzert. Lunau stieg hinunter in den Rumpf und betrachtete die Kurbelwelle und die Holzzahnräder, die, ächzend und knirbelnd, den Mühlstein auf seiner Bodenplatte drehten. Jetzt wurde Lunau klar, was den Abdruck in dem ausgebrannten Hangar hinterlassen hatte: Es war eben dieser Mühlstein gewesen. Lunau kehrte an Deck zurück und suchte den Horizont ab. Das aufspritzende Flusswasser duftete, die Abendsonne stach in spitzen Bündeln durch die Pappelpflanzungen.

Die Corelli-Brüder standen in der halb offenen Kajüte des Fischkutters. Sie redeten nicht miteinander, ab und zu sahen sie sich nach der Mühle um, die sie im Schlepptau hatten.

Zappaterra sollte am nächsten Morgen die schwimmende Mühle in der Flussbiegung vorfinden. Zappaterra sollte denken, Lunau wolle Di Natales Plan alleine umsetzen. Eine schwimmende Mühle genau vor der Nase des Saugbaggers zu betreiben, um den Sandabbau zu stoppen. Zappaterra würde versuchen, die Mühle zu versenken. Das wäre zwar kein Beweis dafür, dass er ein Mörder war, aber es war eine Straftat. Balboni würde endlich freie Hand haben, um flächendeckend gegen Zappaterra zu ermitteln. Allein die Verbindungsübersichten von Zappaterras Telefonen würden vermutlich den wahren Mörder entlarven.

Lunau hoffte, dass Zappaterra schnell agieren würde. Denn der nächste Tag war schon wieder ein Montag, noch ein Arbeitstag, den Lunau im Sender versäumte. Er würde früh anrufen, und, wenn alles klappte wie geplant, am Dienstag wieder im Büro sein. Dr. Wilma Gerstner würde er mit italienischen Bescheinigungen belegen. Für die polizeiliche Vorladung, die Gehirnerschütterung, das angebrochene Schlüsselbein und die Prellungen.

Von Goro bis Francolino waren es etwa 55 Kilometer, aber Lunau hätte nicht erwartet, dass die Fahrt gegen die Strömung so lange dauern würde. Das Flussdelta hatte sich verengt, auf beiden Seiten waren jetzt die Deiche in ihrer fünffachen Terrassierung zu sehen. Die Sonne war als roter Ball auf den Wasserspiegel gesunken und dann erloschen. Schlagartig war es kalt geworden. Lunau holte seine Lederjacke aus der Sporttasche und überprüfte die Geräte, die Amanda ihm geliehen hatte. Eine Videokamera, einen Fotoapparat und einen Mp3-Player. Lunau würde in einem Schlafsack an Deck schlafen, in einem Versteck auf einem kastenförmigen Aufbau, von dem aus er den besten Überblick hatte und im Notfall ins Wasser springen konnte.

Sie hatten die Flussbiegung erreicht. Niemand zu sehen, auch der Schwimmbagger der ARNI nicht. Der Ältere der Corelli-Brüder kletterte an Bord und warf den Schirmanker aus. Der Schlepper gab Leine, aber die Mühle wurde von der Strömung fortgerissen. Es dauerte eine ganze Stunde, bis der Anker gegriffen hatte. Corelli schüttelte den Kopf.

»Der soll zwar eingespült werden, aber ich fürchte, der hält nicht lange. Der Sand da unten ist ständig in Bewegung. Und wenn Hochwasser kommt …«

»Mir reicht ein Tag«, sagte Lunau.

Corelli schaute ihn skeptisch an. Er wollte etwas sagen, verkniff es sich dann aber und schüttelte nur den Kopf. Er nahm Lunaus Hand und drückte sie mit beiden Händen. Lunau spürte die Zustimmung und alles, was dieser Mensch an Herzlichkeit aufbringen konnte. Corelli kletterte zurück auf den Kutter, die beiden Brüder grüßten noch einmal mit einer Geste und drehten ab.

Lunau sah den Kutter hinter der Biegung verschwinden, hörte noch einmal das Nebelhorn und fühlte sich merkwürdig allein. Er nahm das Autan-Spray und besprühte alle freiliegenden Hautpartien, auch wenn die Mückenstiche nach diesen zwei Wochen nicht mehr so juckten wie am Anfang. Er kletterte auf den Vorbau der Hütte, rollte den Schlafsack aus und legte sich auf den Rücken. Venus leuchtete bereits, und nach und nach tauchten kleinere, in der Feuchtigkeit changierende Lichtpunkte auf.

Lunau dachte an die Wagenremise, in der er bald wieder erwachen würde, an den Anblick des gealterten Schauspielers, der vor seinem Küchenfenster vorbeiging und ihm in seiner einstigen Entertainermanier zuzwinkerte. Senil, betrunken und todtraurig. Er dachte an Jette, deren Stimme weniger abweisend geklungen hatte als noch vor einem Monat.

Lunau rief Amanda an. Sie beschattete Zappaterra. Er war zu Hause und schaute ein Fußballspiel im Fernsehen.

79

Das Handyklingeln riss Lunau aus dem Schlaf. Er spürte zuerst die klamme Kälte, die durch die beiden Decken und den Schlafsack gekrochen war. Über dem Fluss war es stockfinster, nur das Display seines Telefons leuchtete. Das Wasser gurgelte unter den beiden Rümpfen, das Mühlrad knarrte. Lunau war sofort hellwach.

»Zappaterra belädt sein Auto.«

Amanda. Es war kurz vor zwei Uhr morgens.

»Jetzt schon?«

»Ja, jetzt schon.«

»Hast du eine Vorstellung, wie er es erfahren haben könnte?«

»Keine Ahnung. Aber er scheint die halbe Nacht wach geblieben zu sein. Er hat einen dieser weißen Plastikoveralls mit Tarnfarben besprüht. Und diesen Overall trägt er jetzt.«

»Was verlädt er? Siehst du Benzinkanister oder Flaschen?«

»Nein. Er hat Plastiksäcke und eine Waffe eingepackt. Mehr konnte ich nicht erkennen.«

»Was für eine Waffe?«

»Ein Gewehr.«

Irgendetwas stimmte nicht. Was hatte Zappaterra vor? Der Overall und die Plastiksäcke deuteten darauf hin, dass er penibel darauf bedacht war, Spuren zu vermeiden. Aber wenn er die Mühle versenken wollte, dann würde der Po dafür sorgen, dass etwaige Spuren verschwanden.

»Ich verständige Balboni, und du fährst nach Hause«, sagte Lunau.

»Aber ...«

»Kein Aber. Du bringst dich nicht in Gefahr, verstanden?«

Lunau hörte, wie Amanda durch hohes Gras ging, die Autotür öffnete und sich in den Wagen setzte.

»Lass den Motor aus, bis er weg ist.«

Amanda atmete heftig, man hörte, ganz gedämpft, das Prasseln von Autoreifen auf Schotter und einen Dieselmotor, der vorbeifuhr.

»Ich schalte jetzt das Handy ab«, flüsterte Amanda.

»Du fährst nach Hause.«

Amanda hatte die Verbindung bereits beendet und das Handy abgeschaltet.

Lunau rief Balboni an. Das Telefon klingelte eine Unendlichkeit lang. Lunau fürchtete schon, die Mailbox würde anspringen, aber da ging Balboni ran. Mit äußerst ungehaltener Stimme sagte er: »Dass ich Ihnen meine Handynummer gegeben habe, war einer der größten Fehler ...«

»Hören Sie mir genau zu. Ich liege mit der Schwimmmühle in der Flussbiegung bei Francolino. Zappaterra ist unterwegs, um die Mühle zu versenken. Er hat eine Waffe dabei, außerdem einen Kunststoffoverall angelegt. Sie wissen, was das bedeutet.«

»Nein.«

»Er will keine Spuren hinterlassen. Sie müssen es sich mit eigenen Augen anschauen.«

Balboni stieß eine Reihe von Flüchen aus. »Wovon reden Sie eigentlich?«

»Details erkläre ich Ihnen später. Sie können Zappaterra jetzt in flagranti schnappen.«

Balbonis Atem ging heftig. Man hörte, wie er sich im Bett umdrehte und flüsterte: »Ich habe die Schnauze voll von Ihren Wildwestspielchen. Haben Sie Zappaterra zu einer Straftat verleitet?«

»Ich tue nichts Illegales. Ich versuche nur, Di Natales Projekt zu vollenden.«

»Sie sind ein Sturkopf und ein Spinner.«

Balboni legte auf. Und ging auch nicht mehr an sein Handy. Lunau bekam es mit der Angst zu tun.

Irgendetwas hatte er falsch eingeschätzt. Denn wie hatte Zappaterra so schnell von der Mühle erfahren können? Und wozu brauchte er das Gewehr? Alles, was Lunau an Bord hatte, waren eine Axt und drei lange Schraubenzieher. Er legte eine Schwimmweste bereit und überprüfte noch einmal, dass das Beiboot sicher vertäut war und dass die Ruder darin lagen. Er überlegte, ob er nicht sofort ablegen und die Mühle vom Ufer aus beobachten sollte. Aber er hatte von seinem Oberdeck aus den ganzen Fluss im Blick. Wenn Zappaterra übersetzen wollte, blieb Lunau genug Zeit, im Schutz der Mühle ans Gegenufer zu verschwinden.

Lunau zuckte zusammen, als das Handy an seinem Oberschenkel vibrierte. Er holte es mit zitternden Fingern aus der Hosentasche und drückte auf die grüne Taste. Es war Amanda. Sie flüsterte.

»Zappaterra hat das Gewehr in einem Gebüsch versteckt. Er hat seinen Kofferraum mit den Plastikbahnen ausgelegt und den Wagen ebenfalls im Unterholz versteckt. Er scheint auf jemanden zu warten.«

»Wo bist du, verdammt noch mal? Ich hatte gesagt, du sollst dich raushalten.«

»Ich bin am Lido.«

»Wir überlassen alles Weitere der Polizei. Ich rufe jetzt Balboni an. Du fährst sofort nach Hause, verstanden?«

Die Verbindung wurde unterbrochen. Lunau steckte sich die Schraubenzieher in die Gesäßtasche, warf die Axt ins Boot und legte ab. Dann rief er Balboni an und gab ihm die Informationen durch.

»Wenn Sie ihn auf frischer Tat ertappen wollen, dann müssen Sie sich unauffällig nähern.«

»Meine Arbeit lassen Sie mal mich tun. Das Wichtigste ist, Unheil zu verhüten.«

Lunau hieb die Ruder ins Wasser. Sein ganzer Plan ging schief. Balboni würde mit seiner Armee anrücken und Zappaterra vertreiben, dann konnten sie von vorne anfangen. Auf wen wartete Zappaterra? Wer konnte ihm, außer Lunau, so gefährlich werden, dass er noch einen Mord riskierte? Gasparotto. Die einzige Erklärung. Und sie erfüllte Lunau fast mit Genugtuung. Gasparotto hatte es geschafft, bei der ganzen Affäre mitzuverdienen, ohne sich jemals zu exponieren. Sollten die Aasgeier sich gegenseitig erledigen. Irgendwann war die Habgier stärker als jede Vernunftehe. Balboni konnte sich ruhig Zeit lassen.

81

Amanda spürte, wie ihr Herz hämmerte. Sie war Zappaterra in großem Abstand, mit abgeschalteten Scheinwerfern, gefolgt und hatte ihr Auto oben an der Deichstraße stehen lassen. Sie war sich sicher gewesen, dass Zappaterra sie nicht bemerkt hatte. Aber jetzt schlich er mit angelegtem Gewehr durchs Unterholz, als suchte er etwas. Amanda wagte nicht mehr, sich zu rühren. Sie lag auf dem Bauch und hörte, wie Reisig knackte und Zappaterras Stiefel auf Müll und in Pfützen traten. Amanda trug Jeans und einen Militärparka, die Tarnfarbe würde sie schützen. Doch dann fielen ihr die Turnschuhe mit den fluoreszierenden Streifen ein. Die mussten verschwinden. Am besten unter dem Parka. Sie schob ein Knie seitlich an der Flanke hoch, griff nach ihrem Fuß und zog vorsichtig an einem der Klettverschlüsse. Das Ratschen platzte in die Stille wie eine Chipstüte im Kino. Amanda hielt inne. Ebenso wie die Schritte Zappaterras. Amanda biss die Zähne so fest zusammen, dass ihr Kiefergelenk schmerzte. Sie wollte ihr Handy aus der Tasche holen. Aber inzwischen war alles zu spät. Das Geräusch von Zappaterras Schritten war wieder da. Es kam genau auf sie zu. Trockene Äste, eine Blechdose, Sand, ein Stück poröses Plastik, Gras, sie konnte die Materialien unterscheiden, die unter seinem Gewicht nachgaben.

82

Marta Zappaterra wurde von ihrem Handy geweckt. Sie schaute auf den leeren Platz neben sich, und dann fiel ihr ein, dass sie ihren Mann ausquartiert hatte. Er schlief im Gästezimmer. Sie griff nach dem Telefon und meldete sich.

»Was, du? Weißt du, wie spät es ist?«

Es war Dany Bellini.

»Mach mal deinen Computer an.«

»Aber wieso um diese Zeit?«

Martas Herz schlug schneller. Irgendetwas lief aus dem Ruder, und das entsprach nicht den Vereinbarungen. Als der Signalton am Rechner ertönte, stöpselte sie die Freisprechanlage an.

»Siehst du mich?«, fragte Dany.

»Ja, ich sehe dich. Wo bist du?«

Dany Bellini saß in ihrem Auto.

»In meinem Wagen.«

»Das kann ich erkennen, aber wo bist du?«

»Kann ich dir leider nicht sagen.«

»Dany, was soll das?«

»Lass einfach die Aufnahme laufen, wie besprochen. Du wirst das Video noch brauchen.«

Danys Gesicht rutschte aus dem Bild. Die Webcam nahm nur noch Finsternis auf.

»Dany, Dany«, schrie Marta, und dann fingerte sie nach ihrem Handy und wählte den Notruf. Sie erkannte jetzt den Fluss, über den die Scheinwerfer von Danys Auto rutschten. Ein Mann kam ins Bild. Zappaterra schlief nicht im Gästezimmer. Er war am Fluss. In einem Kampfanzug.

83

Scheinwerfer fingerten über den Deich, fielen abwärts durch die Pappelstämme, schließlich übers Wasser. Ein Auto rollte herab ins Vorland. Zappaterra trat auf den Wagen zu und blieb wie angewurzelt stehen. Der Wagen hielt, die Tür ging auf. Eine erschreckend magere junge Frau stieg aus.

»Dany?«, sagte Zappaterra, »wir waren doch erst in einer Stunde verabredet. In meiner Hütte.«

»Irrtum, wir waren hier verabredet.«

Er starrte sie fassungslos an. »Wieso?« Sein Gesicht war angespannt, plötzlich fiel sein Kiefer herab, und seine Fäuste ballten sich. Er hatte endlich begriffen.

»Du steckst dahinter? Was soll der Unsinn?«

Dany trat auf ihn zu. Ihr Blick war ausdruckslos, sie wirkte, als stünde sie unter Drogen. »Hast du das Geld mitgebracht?«, fragte sie kalt.

»Wovon redest du? Du weißt doch besser als jeder andere, dass ich keine zwei Millionen Euro auftreiben kann.«

»Ich weiß, wie viel du verdienst.«

»Eben.«

»Wenn du willst, kannst du es. Der Schwimmbagger für die ARNI hat auch so viel gekostet.«

»Hör auf mit dem Unsinn. Wir sind zusammen, dir gehört doch sowieso alles, was ich …«

»Wir sind nicht zusammen.«

»Was soll das heißen?«

»Und ich will, dass dieser Bastard in meinem Bauch krepiert.«

Zappaterras Gesichtsausdruck änderte sich. »Schluss jetzt, Dany.« Er klebte ihr eine.

Sie machte einen Ausfallschritt nach hinten, fing sich und trat wieder auf ihn zu. »Du hast meine Mutter auf dem Gewissen.«

Er winkte ab. »Unsinn. Sie hat mich verführt. Ich war damals noch Jungfrau. Aber sie war eine Klassefrau, deine Mutter.«

»Wo ist das Geld?«

»Wo ist die Aufnahme, und das andere Material?«

»Das Geld?«

Zappaterra hielt plötzlich das Gewehr in der Hand und legte es auf Dany an. »Hol das Material. Es gehört mir.«

Amanda hoffte, dass Dany nicht zum Wagen gehen würde. Um noch eine letzte Chance zu haben, hätte sie behaupten müssen, sie hätte die Beweise nicht dabei, an einem sicheren Ort deponiert. Aber sie marschierte seelenruhig auf ihr Auto zu. Ein schwaches Licht leuchtete in der Fahrgastzelle, wie von einem Monitor. Dany hantierte am Armaturenbrett und auf dem Beifahrersitz und kam mit einer Tasche zurück. Sie zog den Reißverschluss auf und präsentierte Zappaterra den Inhalt.

»Wirf sie her.«

Dany schleuderte Zappaterra die Tasche vor die Füße.

»Dany, Dany, du warst schon immer eine beschränkte Gans. Dumm fickt gut. Du weißt doch, wenn man einen Erpresser einmal bezahlt, muss man ewig bezahlen.«

Dany lächelte. »Und genau das wirst du tun.«

Er schüttelte den Kopf. »Du wirst jetzt wahrscheinlich irgend so einen Unsinn erzählen, dass eine Freundin von dir Kopien von allen Unterlagen hat und dass sie zur Polizei geht, wenn dir etwas zustößt. Aber wenn deine Freundin sieht, wie es dir ergangen ist, wird sie die Klappe halten. So einfach ist das.«

Dany reagierte nicht. Sie schaute Zappaterra nur an. »Und meinen Vater? Aus purem Sadismus hast du ihn zum Idioten gemacht? Wo ist das Geld?«

Zappaterra lachte höhnisch. »Du hast doch nicht ernsthaft geglaubt, dass ich jemandem zwei Millionen Euro gebe? Nach allem, was ich durchgemacht habe? Und dir schon gar nicht.«

Er zielte auf Danys Kopf und sagte: »Geh zum Wasser.«

»Nein.«

Sie schaute ihn verächtlich an.

»Du sollst gehen.« Seine Stimme hallte durch die Nacht.

»Schieß doch.«

Sie war ganz ruhig. Zappaterra schien einen Moment ratlos. Er spannte den Hahn und streichelte den Abzug. Dany lächelte ihn an, schloss die Augen und sagte: »Schieß!«

»So blöde werde ich sein«, zischte er, sprang dabei vor und griff sich Danys Handgelenke. Als er sie zum Wasser zerren wollte, kam Leben in sie.

Amanda sah die Waffe vor sich. Nur etwa zwanzig Meter entfernt, aber diese zwanzig Meter schienen ein unüberwindliches Hindernis. Und dann fing Dany so schrill zu schreien an, dass Amanda erstarrte. Sie wollte gegen die Lähmung ankämpfen, aber ihre Füße bewegten sich nicht vom Fleck.

Zappaterra hatte mit Dany das Flachwasser erreicht. Das Mädchen versuchte, ihm die Fingernägel ins Gesicht zu schlagen, aber er fing immer wieder ihre Hände ab. Er wollte Spuren vermeiden, und so brutal und enthemmt Zappaterra agierte – er hielt sich an seinen Plan.

84

Lunau hieb die Ruder ins Wasser. Die Schreie waren auf dem Fluss nicht leicht zu lokalisieren. Lunau passierte eine Bucht nach der anderen, aber wo war der Lido? Da war Licht im Ufergehölz, Autoscheinwerfer, warum war niemand auf der Deichstraße? Wo blieb die Polizei?

Der Bug des Bootes schob sich durch die hängenden Äste einer Weide, und dann sah Lunau im Gegenlicht ein Knäuel aus Leibern. Zappaterras wuchtige Gestalt, die versuchte, sich von einem hageren schmächtigen Körper zu befreien, der an ihm hing wie ein Äffchen, ihn mit Tritten und Schlägen traktierte. Zappaterra bekam Danys Hände zu fassen, befreite sich aus ihrem Griff und drückte ihren Kopf unter Wasser. Ein, zwei Mal, dann war ihr Widerstand gebrochen, und Zappaterras Oberkörper lag ruhig auf dem Fluss. Die ausgestreckten Arme tief im Wasser. Die Stöße, die von unten kamen, wurden von seinen Schultern abgefangen.

Zappaterra riss noch einmal Danys Kopf aus dem Fluss, sein Blick war irr vor Jähzorn. »Du kleine, dreckige Schlampe dachtest also, du kannst mich erpressen.«

Sie schüttelte den Kopf.

»Nein?«, schrie er. »Nein? Ich hör dich so schlecht!« Er hielt sein Ohr an ihren Mund. »Was?«, schrie er. »Du musst lauter reden!«

Dany bewegte die Lippen, dann jaulte Zappaterra auf. Sie hatte ein Stück der Ohrmuschel zwischen den Zähnen. Er drückte sie unter Wasser, bis keine Gegenwehr mehr kam. Lunau hatte sich aufgerichtet und sprang vom Boot direkt auf Zappaterras Rücken. Sein lädiertes Schlüsselbein stach, und im rechten Arm verließ ihn sofort die Kraft. Wo, verflucht noch mal, blieb eigentlich Balboni? Zappaterra wog mindestens zwanzig Kilo mehr als Lunau, und er spürte dessen trainierte Muskeln unter dem Overall. Lunau erwischte Zappaterras Hinterkopf mit einem Ellbogenschlag. Dieser Schlag konnte das Kleinhirn blockieren. Aber Lunau hatte zu wenig Platz, um effektiv zu treffen. Zappaterra wankte nur, fasste sich an den Kopf und verlor in der Strömung das Gleichgewicht. Lunau griff sich den zierlichen Leib von Dany, versuchte, ihn sich auf die Schulter zu laden, konnte ihn dann aber nur mit dem linken Arm hinter sich her ziehen. Lunau hörte Zappaterra prusten, als plötzlich Sirenen näher kamen und Blaulicht über der Deichstraße kreiste. Eine Flut an Scheinwerfern rutschte hinunter ins Vorland und tauchte die Szenerie in gleißendes Licht. Autotüren wurden aufgerissen, Uniformierte verteilten sich auf dem Ufergelände.

»Keine Bewegung«, schrie Balboni. Er hatte, ebenso wie sechs seiner Kollegen, die Waffe im Anschlag und rannte auf Lunau zu. Und da endlich sah Lunau Amanda. Ein Polizist warf sich von hinten auf sie und entriss ihr das Gewehr. Lunau schrie: »Lasst sie los!« Lunau legte Danys leblosen Körper in den Sand, stemmte die Handflächen auf den Brustkorb, ein Wasserschwall schoss aus ihrem Mund. Als er seine Lippen auf Danys Lippen presste und mit aller Kraft Luft in sie hineinblies, sah er aus dem Augenwinkel, wie sich die Knie eines Polizisten in den Rücken der am Boden liegenden Amanda bohrten. Er sah ihren hilflosen Blick, die Angst, die langsam dem Hass Platz machte.

»Ihr sollt sie loslassen, verdammt. Helft lieber mir«, schrie Lunau. Zwei Beamte lösten ihn ab. Einer presste das Wasser aus Danys Lungen und massierte das Herz, der andere machte Mund-zu-Mund-Beatmung.

Eine Viertelstunde später saß Lunau bei Amanda im Wagen. Sie hatte das Gesicht auf die Hände gelegt, mit denen sie das Lenkrad umklammerte. Sie zitterte am ganzen Leib.

Lunau strich ihr vorsichtig über das Haar. Da sie nicht reagierte, versuchte er, ihren Kopf zu drehen. »Amanda«, flüsterte er, während die Sirene eines Rettungswagens näher kam. »Wenn eine Schusswaffe im Spiel ist, muss diese immer zuerst einmal unschädlich gemacht werden. Auch Polizisten kriegen es mit der Angst zu tun.«

Sie hob den Kopf und starrte ihn aus rot geheulten Augen an.

»Das ist es nicht. Ich konnte mich nicht bewegen, verstehst du. Ich hätte einmal Mut beweisen müssen, aber ich habe nicht einmal meinen Arsch hochgekriegt. Er hat sie umgebracht, und ich habe einfach zugesehen.«

Er schüttelte den Kopf. »Du hast mehr Mut bewiesen als jeder andere hier. Du standest unter Schock.«

Sie schüttelte den Kopf, legte ihn wieder auf die Hände. Lunau zog ihn langsam zu sich heran und schlang seine Arme um Amandas Hals.

»Warum hast du mich hintergangen?«, fragte er.

Sie zuckte immer noch, löste sich aus seiner Umarmung und schaute ihm in die Augen. »Ich wollte wissen, wer Marco umgebracht hat.«

»Und jetzt weißt du es?«

Sie antwortete nicht.

»War es Pulla?«, hakte er nach. »Oder der Mann, der mit ihm zum Dienst eingeteilt war?«

Er spielte ihr die Aufnahmen der Drohanrufe vor. Er hatte die Frequenzen zu entzerren versucht, so dass die Stimme natürlicher klang. Man konnte sie nicht eindeutig identifizieren, aber der Akzent war deutlich. Harte Konsonanten, Doppelkonsonanten, wie bei einem süditalienischen Akzent. Und am Tatort war nur ein Süditaliener gewesen.

»Also doch Pulla?«, fragte Amanda.

»Hört sich ganz so an. Und deswegen hast du ihn observiert?«

Sie schwieg. Dann sagte sie: »Ich habe auch Hinweise. Ich werde sie dir später zeigen.«

»Warum hast du mir die Fotos von Pirri nicht gezeigt? Hat das irgendetwas mit Marcos Tod zu tun?«

»Nein. Nur mit meiner Wut an jenem Abend.«

»Und warum hast du mich observiert?«

Jemand klopfte ans Seitenfenster. Es war Balboni. Lunau ließ die Scheibe heruntergleiten.

»Ich will sie nachher direkt vernehmen. Sie alle beide. Können Sie in einer Stunde auf der Dienststelle sein?«

Lunau nickte. »Also, warum hast du mich observiert?«

»Mein Vater hat mir verboten, dich zu sehen.«

»Und deshalb bist du mir nicht mehr von den Fersen gewichen?«

Sie nickte.

»Er scheint viel Einfluss auf dich zu haben.«

Sie lachte nicht.

85

Lunau stand auf dem weichen Läufer, schaute durch die geöffnete Tür in den Salon und spürte die feindselige Atmosphäre wie ein geruchloses Gas durch die Räume strömen. Er ließ seinen Blick über den Marmorkamin, die Ölgemälde und die Louis-XV.-Sesselchen schweifen, auf denen Gasparottos Gattin und Mutter saßen. Er erwiderte deren verächtlichen Gruß und sagte zu Gasparotto: »Ich würde gerne unter vier Augen mit Ihnen sprechen.«

Gasparotto wies mit einer Geste Richtung Treppe. »In meinem Arbeitszimmer, aber viel Zeit habe ich nicht.«

»Natürlich nicht«, sagte Lunau mit ironischem Unterton. »Mir genügen fünf Minuten.«

»Sie erlauben, dass ich vorgehe.«

Lunau folgte dem hageren, steifen Körper und verabschiedete sich mit einem Nicken von den beiden Hausdrachen, in das er so viel Gift wie möglich legte.

Da Gasparotto ihm keinen Platz anbot, setzte Lunau sich auf den kleinen Diwan und sagte: »Ich nehme mal an, dass Ihre Verbindungen effizienter sind als die Ermittlungsmethoden der hiesigen Polizei. Aber mich können Sie nicht täuschen.«

»Worauf wollen Sie hinaus?«

»Zappaterra hat nicht nur aus Eigeninteresse gehandelt. Den Mord an Di Natale haben Sie gemeinsam geplant.«

Gasparotto wurde blass. An seiner Kinnspitze konnte man ein leichtes Beben erkennen. »Was erlauben Sie …?«

»Sie haben jahrelang von dem illegalen Sandabbau profitiert. So wie Pirri und Zappaterra davon profitiert haben. Sie haben dafür gesorgt, dass die ARNI stillhält, so wie es Pirri bei der AIPO getan hat.«

Gasparotto lachte künstlich. »Sie haben wirklich gar nichts verstanden. Weder die Mentalität dieses Ortes noch die eines Menschen wie mir.«

»Erklären Sie sie mir.«

»Ich bin ein Ehrenmann, kein Mörder.«

»Ein Ehrenmann bereichert sich nicht jahrelang auf Kosten der Allgemeinheit.«

»Sehen Sie, Sie haben nichts begriffen. Unsere Behörden haben gar nicht die Mittel, dem Gesetz zu gehorchen. Den Sand immer wieder abzusaugen und an anderer Stelle wieder einzuleiten ist ein Luxus, den wir uns nicht erlauben können.«

»Der Sand ist für das ökologische Gleichgewicht unverzichtbar.«

Gasparotto schnaubte verächtlich. »Vom ökologischen Gleichgewicht faselt jeder, der die Zusammenhänge nicht kennt.«

»Erklären Sie sie mir.«

»Die AIPO hat das Geld nicht, um die Deiche zu erhöhen, aber die Spitzenpegel steigen kontinuierlich. Eine Frage der Zeit, wann es zu einer Hochwasserkatastrophe kommt.«

»Es sei denn, Sie baggern den Sand ab und senken damit wieder das Flussbett.«

Gasparotto lächelte. »Sie lernen schnell.«

»Also geben Sie zu, dass Sie sich an dem illegalen Handel beteiligt haben.«

»Ich habe zum Schutz der Allgemeinheit agiert. Im übrigen

habe ich sämtliche Finanzmittel zum Wohle der Allgemeinheit investiert.«

»Was Sie unerwähnt lassen, sind die Langzeitfolgen. Wenn das Flussbett sich an einer Stelle immer tiefer eingräbt, verengt es sich. Der Sand wird nicht mehr auf der ganzen Breite ins Meer gespült, und damit steigt am Ende die Hochwassergefahr. Das Wasservolumen, das zwischen die Deiche passt, wird geringer statt größer.«

Gasparotto antwortete nicht. Lunau sah sich in dem Raum um, in dem ein Porträt von Gasparottos Vater hing, zwischen einem präparierten Löwen- und einem Nashornkopf, Trophäen von Großwildjagden in einstigen italienischen Kolonien. Die toten Tiere verbreiteten einen Geruch von Apotheke und vergammeltem Leder.

»Ich frage mich, warum dieses so harmonische Gefüge zerbrochen ist. Sie hatten eine perfekte Geldmaschine konstruiert. Konnte tatsächlich ein einziger blauäugiger Eindringling für dieses Desaster sorgen? Hatte Di Natale so viel Kraft?«

Gasparotto sprach noch immer nicht. Er stand hinter seinem Schreibtisch und stützte sich auf die gespreizten Finger. »Wenn Sie mir nichts Wichtiges mitzuteilen haben, dann möchte ich Sie bitten, mein Haus zu verlassen.«

»Soweit ich weiß, ist es das Haus Ihrer Mutter«, sagte Lunau. Er hatte plötzlich Lust, diesen verknöcherten, dünkelhaften Popanz durchzuschütteln.

»Ich muss zugeben, dass ich Ihre Intelligenz unterschätzt hatte«, sagte Lunau. »Wie Sie mir Pirri ans Messer geliefert haben, das war äußerst schlau.«

»Ich bin kein Verräter.«

»Wie gesagt, es war subtil, fast stilvoll. Verrat war es trotzdem. Eiskalt berechnet, begangen an Ihrem langjährigen Komplizen und Freund.«

Gasparotto zog eine Grimasse. »Freund«, sagte er verächtlich.

»Sicher, politisch stehen Sie wahrscheinlich auf verschiedenen Seiten der Barrikade ... Aber deswegen einen Unschuldigen ans Messer zu liefern.«

Gasparotto ließ sich in seinen Sessel fallen. »Unschuldig ... Sie wissen nichts über dieses Land. Wissen Sie, was Verrat ist?«

Lunau schwieg.

»Wenn man sich aus Bequemlichkeit oder Feigheit vor seinen Pflichten drückt.«

»Ich verstehe nicht recht.«

»Pirris Vater. Als er für das Vaterland die Waffe in die Hand nehmen sollte, verkroch er sich in irgendeinem Heuschober. Ein Landstreicher, der den Bauern die letzten Kartoffeln stahl und den ehrenwerten Landsleuten, die ihren Dienst taten, aus dem Hinterhalt in den Rücken schoss.«

»Soweit ich weiß, war Pirris Vater einer der mutigsten Partisanen.«

»Mutig?«, schrie Gasparotto. »Ein Lynchmörder, der für seine Untaten nie gebüßt hat. Im Gegenteil, man hat ihm noch politische Ämter und Privilegien in den Rachen geworfen. Dass dieser Mann zum Senator der Republik erklärt wurde, disqualifiziert unsere gesamte Nachkriegsgeschichte.«

»Er war nicht der einzige Partisan, der eine politische Karriere machte.«

»Er war derjenige, der meinen Vater umgebracht hat.«

Lunau schwieg und schaute Gasparotto an, dessen graue Wangen jetzt einen flammenden Schimmer hatten.

»Und das haben Sie erst jetzt erfahren?«

Gasparotto schüttelte den Kopf. »Alle wussten es. Schon in den ersten Nachkriegsjahren. Nachdem die Kommandos die Diener der Republik von Salò abgeholt und gelyncht hatten.«

»Und Aroldo Pirri gehörte zu so einem Kommando?«

»Er war der Anführer in diesem Abschnitt. Mein Vater wurde einfach in irgendeinem Erdloch verscharrt. Wie Tausende andere.«

»Man hat Pirri nie vor Gericht gestellt?«

Gasparotto machte eine verächtliche Geste. »Man hat die Leiche nie gefunden, wie so viele andere nicht. Es gab nicht einmal eine ernsthafte Ermittlung.«

»Ich weiß, dass viele Partisanen von den Justizbehörden verfolgt wurden. Viele haben im Gefängnis gesessen«, sagte Lunau.

»Das steht in den Geschichtsbüchern, die von Kommunisten geschrieben wurden. Wenn es wirklich brenzlig wurde, tauchten sie unter, ja dienten sich sogar dem Ostblock an, der Tschechoslowakei oder der Sowjetunion. Verrieten unser Land ein zweites Mal.«

»Pirri blieb hier.«

Gasparotto ging auf Lunau zu. »Ich möchte Sie bitten zu gehen.«

»Wieso soll sein Sohn für diese Taten büßen?«

»Sein Sohn hat sein Leben lang von diesen Privilegien gezehrt. Hat ein lasterhaftes Leben geführt, dank der Meuchelmorde seines Vaters. Und kaum hatte er alles durchgebracht, war er bereit, selbst zum Mörder zu werden.«

»Er hat keinen Mord begangen.«

»Auch Selbstmord ist Mord. Vor allem, wenn er aus so niederen Beweggründen geschieht. Weil man sich seiner Verantwortung nicht stellen mag.«

»Und Sie tun das?«

Gasparotto reckte das Kinn empor. »Ich lebe anspruchslos. Was ich tue, tue ich für unser Land. Ich will nur Gerechtigkeit. Bitte ...«

Er wies Lunau den Weg zur Tür.

86

Es war spät geworden, als Lunau am Haus Di Natales klingelte, viel später als geplant. Auch an diesem Montag war Lunau nicht aus Ferrara weggekommen. Er hatte den Leihwagen abgegeben, die Hotelrechnung beglichen, sich von Amanda und Balboni verabschiedet. Ja, er hatte sogar mit Erica Pirri geredet, obwohl er sich auch am Tod ihres Mannes mitschuldig fühlte. Lunaus Flug ging am nächsten Morgen.

Silvia öffnete und lächelte Lunau mit ihren vollen, rubinrot geschminkten Lippen an. Sie trug ein grünes Samtkleid, das sich an ihre Brüste und Hüften schmiegte und an den richtigen Stellen im gedämpften Licht des Hausflures glänzte. Er überreichte ihr die Weinflasche, die er nach langer Beratung gekauft hatte.

Sie presste ihm rechts und links einen Kuss auf die Wange, er spürte ihren warmen, duftenden Atem, als sie sagte: »Die Kinder schlafen schon.«

Sie schaute auf das Etikett und ließ den Mund offen stehen.

»Aber das ist doch …«

Lunau starrte auf die Lippen und fragte sich wieder, ob sie nicht vielleicht doch natürlich waren. Er winkte ab: »Lassen Sie ihn ein bisschen atmen.«

»Nur wenn Sie ein Glas mittrinken.«

Aus den geplanten vier Tagen in Ferrara waren fast zwei Wochen geworden. Zwei Wochen lang hatte er sich zusammengerissen. Er dachte an den schlanken, weißen Körper Amandas, an die Fläschchen in der Minibar, die jeden Abend geklingelt hatten. Er konnte einigermaßen zufrieden sein mit sich und seiner Arbeit. Das kam nicht oft vor.

»Besser nicht«, sagte er.

Sie goss den Inhalt der Flasche in einen Dekanter, und sofort stieg das blumige Aroma in Lunaus Nase.

»Ich will Sie nicht zwingen. Aber Sie sollten zumindest die Chance dazu haben.«

Sie stellte das bauchige Gefäß auf ein Tablett, dazu zwei Weingläser, dann ging sie voraus ins Wohnzimmer, ließ ihn auf dem Sofa Platz nehmen, stellte eine CD an und setzte sich dicht neben ihn. Es war unangenehm, so miteinander zu reden, aber angenehm war ihr warmer Körper, der nach Pinienholz und Zimt duftete und auf jede zufällige Berührung der Schultern mit einem weichen, aber entschlossenen Widerstand reagierte. Im Hintergrund liefen Vivaldis »Vier Jahreszeiten«. Lunau konnte ganz selten noch Musik ertragen, aber Vivaldi hatte er früher schon nicht ertragen. Jetzt mochte er ihn.

Silvia schaute ihn direkt an, trank vor seinen Augen und merkte, wie sehr er gegen die Versuchung kämpfte mitzutrinken.

»Sie sind ein komischer Kerl«, sagte sie. »So eine Art Säulenheiliger, oder?«

Er schüttelte den Kopf.

»Warum haben Sie das alles getan?«

»Ich mochte Ihren Mann.«

Diesmal schüttelte sie den Kopf, wurde ernst. Ein dunkler Schatten huschte über ihre Stirn, und dann wandte sie sich wieder Lunau zu. »Das nehme ich Ihnen nicht ab. Wieso haben Sie so viel aufs Spiel gesetzt? Die Geschichte ging Sie doch nichts an.«

»Mich interessiert nur die Wahrheit.«

»Warum?«

Er zögerte und lachte verlegen. »Im Zweifelsfall ist immer die Kindheit Schuld.«

»Jetzt bleiben Sie ernst.«

Sie war fast aggressiv geworden. Eine Furche hatte sich über ihrer Nasenwurzel gebildet, und ihre Augen ließen Lunau nicht entwischen.

»Ihre Eltern sind berühmte Musiker«, sagte sie.

»Ich wäre es auch fast geworden.«

»Sehen Sie. Sie hätten ein komfortables Leben führen können. Warum haben Sie nicht weitergemacht?«

»Womit?«

»Mit der Musik.«

»Es klang alles falsch für mich.«

Sie stellte das Glas ab und lehnte sich zurück, schaute an die Decke.

»Sie wollen es mir nicht sagen. Sie haben immer noch kein Vertrauen zu mir?«

Er lehnte sich über sie. Er wollte nicht reden. Er wollte ihren Mund küssen, ihre Wärme und Weichheit spüren. »Doch, ich vertraue Ihnen.«

»Dann zeigen Sie es. Ich möchte nicht, dass Sie morgen abreisen«, sagte Silvia Di Natale.

»Ich habe keine andere Wahl«, antwortete Lunau.

»Sind Sie sicher?«

Er nickte. »Darf ich Ihnen eine Frage stellen?«

»Nein. Sie haben meine nicht beantwortet.«

Er griff nach ihrer Schulter und ließ die Hand dort liegen. Das Samtkleid knisterte sanft. Sie schob seine Hand weg.

»Was ist?«, fragte er.

Er ließ sich nach hinten fallen. Er konnte nicht verhindern, dass Veras Gesicht vor ihm auftauchte, ihre besorgte Stimme am Telefon: »Was ist denn? Fieber?« Niemand wusste, was an jenem Tag wirklich geschehen war. Aber Lunau wusste ein bisschen mehr als alle anderen.

»Ich war damals elf«, sagte er. Silvia nahm den Weinkelch und drehte ihn in ihrer Handfläche.

»Ich war in Chopin verliebt. In seine Etüden. Die sind technisch äußerst schwierig. Meine Eltern waren in Brasilien auf Konzertreise und sollten zwei Tage später wiederkommen.«

Silvia stellte das Glas ab, stützte sich mit dem Ellbogen auf die Rückenlehne des Sofas und legte den Kopf in die Hand. Sie schaute Lunau an und verunsicherte ihn zusätzlich.

»Ich hätte zwei Stunden Nachmittagsunterricht in der Schule gehabt. Sport. Was ich hasste. Ich hasste es, über irgendwelche Kästen zu hopsen, sinnlos im Kreis zu rennen oder mir von anderen gegen das Schienbein treten zu lassen.«

Silvia runzelte die Stirn. Sie schien den Faden zu verlieren, wagte aber nicht mehr, Lunau zu unterbrechen.

»Ich behauptete, ich hätte Fieber. Ich wollte eigentlich nur die c-moll-Etüde üben. Ich wollte meine Eltern beeindrucken. Wenn sie zurückkamen, sollten sie vor Ehrfurcht auf die Knie fallen. Vor ihrem begabten Sohn. Deshalb habe ich gelogen.«

Silvia schüttelte den Kopf. »Es gib Schlimmeres.«

»Nein. Nichts Schlimmeres als das, was folgte.«

Lunau betrachtete die halb leere Weinflasche. Er wollte auch diese angenehme taube Schwere spüren. Trinken, bis er das Klicken im Kopf hörte und Stille herrschte. Aber er zwang sich fortzufahren.

»Meine Schwester Vera war damals vierzehn. Sie war so ...«, er unterbrach sich, denn jedes Adjektiv, das ihm einfiel, kam ihm banal vor. »Sie war bei einer Freundin, aber meine Eltern riefen sie aus Brasilien an, sie solle nach Hause fahren und sich um mich kümmern.«

Silvia bewegte sich nicht. Sie wagte auch nicht mehr zu atmen. Ihr Blick schien entspannt, aber sie bewegte nicht einmal mehr die Pupillen.

»Ich saß am Flügel und übte Chopin, stundenlang. Als es dunkel wurde, konnte ich die Etüde auswendig, und deshalb schaffte ich auch sämtliche Sprünge in der linken Hand. Sie wissen vielleicht nicht, was das bedeutet. Aber ein Elfjähriger, der Chopin-Etüden fehlerlos spielt ...«

Ein Pochen kam durch die Decke. Lunau schaute Silvia an, ob

sie das Geräusch auch gehört habe. Aber sie rührte sich nicht. Für Lunau hatte es so geklungen, als trete eines der Kinder gegen die Wand.

»Und dann?«, fragte Silvia.

»Vera ist nie angekommen. Sie ist auf dem Weg nach Hause verschwunden.«

Silvia schaute verwirrt. Sie schien das Geräusch jetzt auch wahrgenommen zu haben. Aber nun war es wieder verstummt.

»Sie meinen ...?« Sie formulierte die Frage nicht aus.

»Keiner weiß, was passiert ist. Es gab keine Unfallspuren auf der Strecke, keine Augenzeugen einer Entführung. Ein Busfahrer konnte sich an Vera erinnern. Am Fehrbelliner Platz hätte sie in die U-Bahn umsteigen müssen. Dort verlor sich ihre Spur. Und es gab nie wieder einen Hinweis.«

Sie nickte. Und schwieg. Lunau war ihr dankbar dafür. Sie hätte nur sagen können, was er sich auch manchmal einreden wollte: Vielleicht lebte Vera noch. Irgendwo. War glücklich. Und selbst wenn man sie entführt, misshandelt, getötet hatte. Ihn traf keine Schuld. Nur den Täter.

Er schaute sie wieder an, ihre Lippen, die so voll waren, voller als es die Natur für gewöhnlich vorsah.

»Sie wollten mich doch etwas fragen«, sagte Silvia und schloss die Augen. Aber plötzlich erschien ihm seine Frage unwichtig.

»Na, was war es? Ich weiß, dass Sie das schon seit Tagen umtreibt.«

»Was ist ein Pidrüs?«

Sie lachte: »Ein Pidrüs? Eines der Wesen, die durch die lokale Mythologie schwirren. Eine Mischung aus Schwein und Hund, die in Kloaken und schmutzigen Kanälen lebt. Man nimmt Auswärtige gerne damit auf den Arm, dass man sie auf Pidrüs-Jagd schickt. Aber sagen Sie nicht, dass Sie darauf hereingefallen sind.«

»Nein«, sagte Lunau.

Er beugte sich über sie und sah, dass sie ein Grinsen nicht unterdrücken konnte. »Das war es aber nicht, was Sie mich fragen wollten«, sprach sie, mit geschlossenen Augen. »Sie wollen wissen, ob meine Lippen aufgespritzt sind.« Sie schlug die Augen auf und starrte ihn an. »Stimmt's?«

Ihr Ton klang, als wäre das eine Geschmacklosigkeit. Als ob man eine Dame nach ihrem Alter gefragt hätte.

»Ja, stimmt.«

»Sind sie nicht. Sie sind von Natur aus so. Ich merke, wie mich manche Menschen wegen meiner Lippen verachten. Ich hatte sogar schon überlegt, ob ich sie verkleinern lassen soll. Damit man mich nicht für ein Dummchen hält. Aber dann dachte ich: Schönheitschirurgie, damit man vor Leuten sicher ist, die Vorurteile gegen Schönheitschirurgie haben? Etwas Dämlicheres gibt es ja wohl nicht, oder?«

»Nein, wahrscheinlich nicht.«

Er presste seine Lippen auf die ihrigen, suchte mit seiner Zungenspitze nach einer Antwort, die prompt und ohne Zurückhaltung kam. Silvia schmeckte nach Trauben und Alkohol, und noch einmal musste Lunau der Versuchung widerstehen, den Arm auszustrecken und ein paar Gläser Wein in sich hineinzukippen. Aber dann schwieg auch dieses Verlangen. Seine Lippen wanderten über ihr Gesicht, während er ihre Finger unter seinem Hemd spürte und aus den Boxen die Geigen hackten, die Vivaldi so simpel und effektvoll arrangiert hatte.

»Reise nicht ab«, flüsterte sie, »bleib bei uns.«

Sie stand auf und zog ihn aus dem Sofa, packte die Rotweinflasche wie eine Keule und führte ihn die Treppe hoch.

Vor der Schlafzimmertür sagte Lunau: »Ich glaube nicht, dass das richtig ist. Mein Leben ist ...«

»Das hier ist nicht dein Leben.«

Sie zog ihn in das finstere Zimmer. Man hörte nur ihrer beider heftigen Atem, es duftete nach frischer Wäsche und ganz entfernt nach Mottenkugeln.

»Zieh das an!«

Sie reichte ihm einen Kleiderbügel, auf dem ein Anzug mit Hemd und Krawatte hing. Di Natales Sachen.

»Aber …«

»Bitte, tu es für mich.« Als sie seinen verstörten, widerwilligen Gesichtsausdruck sah, sagte sie: »Es hat nichts mit der Wirklichkeit zu tun, ich weiß. Lass es uns einfach genießen.«

Lunau kam Jette in den Sinn. Und ein letztes Mal wollte er sich zur Ordnung rufen. Aber dann waren ihre Finger schon mit seinen Knöpfen beschäftigt. Sie hatte ihr Kleid zu Boden rutschen lassen, stand in einem Seidenneglig̀é vor ihm und zog ihn aus. Das Geräusch seines Reißverschlusses, das Knistern des Stoffes. Als er nur noch Socken und Slip trug, zog er sie an sich, presste sein hartes Glied an ihren Bauch, doch sie ließ sich nicht beirren und dirigierte ihn in die Hemdärmel, in die zu kurze Hose und in das Jackett.

»Gleich«, sagte sie, »du bekommst mich ganz.«

Er spürte die Luft, die unter die Hochwasserhosen strich, den Bund der zu kurzen Jackettärmel an Elle und Speiche. Sie legte sich auf das Bett, schaltete eine Nachttischlampe an und betrachtete Lunau. Sie schloss die Augen und flüsterte: »Komm!«

EPILOG

Der 13. Juni war wieder ein Sonntag. Die Schulferien hatten begonnen, und die *Superstrada*, die schnurgerade Hauptverkehrsader zwischen Ferrara und dem Meer, hatte sich in eine zähflüssige, in der Frühsommerhitze blinkende Blechkarawane verwandelt, die sich mit quälender Langsamkeit durch Reisfelder und einstige Sümpfe schob, auf die *Romea*, die Küstenstraße, ergoss und von dort in die so genannten *Lidi Ferraresi* sickerte, Badeorte, die verschiedene Namen und Abfahrten hatten, in Wahrheit aber eine einzige anonyme Neubausiedlung bildeten. Es war nicht erkennbar, warum die Menschen sich dieser Tortur aussetzten, nur um dicht an dicht auf glühend heißem Sand zu liegen, vor einem Wasser, in das der Po die Umweltgifte des industrialisierten Nordens leitete.

Und auch das Gift des politischen Alltags nahmen die Ferrareser mit ans Meer. Sie sogen es aus den Tageszeitungen, die sie auf ihren gemieteten Liegen lasen, aus den Fernsehnachrichten, die sie bei jeder Mahlzeit in ihren Ferienapartments verfolgten, während sie sich der Illusion hingaben, in der Stadt, die sie verlassen hatten, herrsche bis September Waffenruhe.

Ferrara, einst Hochburg der faschistischen Bewegung, war seit Kriegsende, wie fast die ganze Emilia-Romagna, eine Bastion der linksliberalen Parteien. Die Rechte war in der Opposition, die Lega Nord hatte Mühe, zehn Prozent der Wählerstimmen zu erringen. Die Lega Nord hatte ihre Stammwählerschaft auf der anderen Seite des Pos. In der Lombardei und in Venetien. Doch die Partei wollte auch im restlichen Italien Fuß fassen, indem sie

Kandidaten aus dem Süden aufstellte, auf separatistische Parolen verzichtete, ansonsten aber weiterhin auf komplexe Fragen simple Antworten gab.

Seit Lunaus Abreise vor sechs Wochen sezierte die lokale Presse den Lebenswandel Beppe Pirris. Beppe Pirri war zum Sinnbild einer überlebten politischen Klasse geworden, die Ferrara in einen neuen Sumpf aus Korruption und Vetternwirtschaft gezogen habe. Der rechtslastige *Carlino* ritt immer neue Attacken, der linksliberale *Tempo di Ferrara* versuchte, Beppe Pirris Verfehlungen als Einzelfall, ohne politische Implikationen, darzustellen. Dass der Mörder Andrea Zappaterra hieß, war darüber in Vergessenheit geraten.

Lunau sah die Journalisten der beiden Lokalblätter drüben auf dem Deich sitzen, während er den süßlichen Duft des Flusses roch, das sanfte Schaukeln des Schiffsrumpfes unter sich spürte, die Holzzahnräder und das Schaufelrad ächzen hörte. Man hatte die schwimmende Mühle an Stahlpilonen vertäut und in eine Bühne verwandelt. Der terrassierte Deich gegenüber diente als Zuschauertribüne. Dort saßen, neben der Presse, die Mitglieder des Lion's und des Rotary Clubs, Bankdirektoren, Gemüsegroßhändler, Universitätsdozenten, der Theaterintendant, politische Repräsentanten von Stadt- und Provinzverwaltung. Etwas weiter oben Amanda und Eltern, Pirris Witwe in Schwarz, Dany, Michele Balboni, ja sogar der hagere Alberto Gasparotto hatte den Rollstuhl mit seiner kranken Frau die Schotterpiste an der Deichflanke hinabgeschoben. Silvia hatte, mit Mirko und Sara, einen Ehrenplatz in der ersten Reihe eingenommen. Mirko schien noch ein Stück gewachsen zu sein, und Saras Gesicht war reifer geworden. Vielleicht zeichnete sich darin der Schmerz über den Verlust des Vaters ab, vielleicht aber einfach die sechs Wochen, die Lunau fortgewesen war. Bei Stefan und Paul, seinen Söhnen, hatte Lunau jeden Samstag den Eindruck, sie hätten sich unter der Woche verändert, wären ihm schon wieder ein bisschen fremder geworden – trotz des Kompromisses, den er mit Jette gefunden hatte.

Silvia schaute ihn an, ruhig und scheinbar ausdruckslos. Aber in ihren Augenwinkeln erkannte er ein Schmunzeln, wie an jenem letzten Abend. Es war dasselbe Schmunzeln, das er nachts aus den langen Gesprächspausen am Telefon heraushörte.

Auf dem Podium regte sich etwas. Der junge Bürgermeister von Francolino, dem es zu verdanken war, dass die Mühle doch noch ihren Zweck als Freilichtmuseum erfüllen konnte, hatte sich erhoben. Er griff zum Mikrophon, begrüßte das Publikum und ganz besonders Silvia. Der Applaus zwang sie, sich ebenfalls zu erheben und sich, mit heißen Wangen nickend, zu bedanken. Lunau wurde unbehaglich zu Mute. Wie immer vor Publikum. Und wie immer, wenn er in der Nähe von Dr. Wilma Gerstner war. Sie saß neben ihm. Nun war es an ihr, das Mikro in die Hand zu nehmen und die Begrüßung von einem Blatt abzulesen, das Lunau ihr geschrieben hatte. Ihr Italienisch klang furchtbar. Aber sie wusste es nicht. Als Einzige bei dieser Veranstaltung.

So wird man Chef, dachte Lunau. Als er seine Hörstücke produzierte, war Frau Gerstner unangekündigt im Tonstudio aufgetaucht. Sie hatte von der bevorstehenden Einweihung der Mühle erfahren, hatte das Lokalkolorit in seinen Hörstücken gelobt (»Herrlich! Herrlich! Das ist Italien!«) und sofort eine Chance auf »Synergien« erblickt. Die Folge davon waren ein Produktionszuschuss vom italienischen Tourismusverband und der Provinz Ferrara für die Sendeanstalt, Mehrarbeit für Lunau, der eine italienische Fassung erarbeiten musste, sowie eine Reise für zwei. Frau Dr. Gerstner in der Bussines Class, Lunau in der Touristenklasse.

Und nun hallte die italienische Fassung der Hörstücke aus den Boxen hinter ihm. Geräusche, die Lunau im Deichvorland aufgenommen hatte, ein Musikakzent, dann setzte die Stimme des Brückenwärters ein, der davon erzählte, wie er als Kind über die schwimmende Brücke gelaufen war, um seinem Vater das Essen zu bringen. Wie sie gemeinsam nach Regenschauern die Kähne leer schöpfen mussten, auf denen die Holzplanken lagen, wie Schiffe ihr Kommen durch das Nebelhorn ankündigten und, je nach Breite, zwei oder drei Mal tuteten, weil aus der Brücke zwei oder drei Module ausgehakt und zur Seite gezogen werden mussten, damit das Gefährt die Lücke passieren konnte.

Lunau suchte noch einmal das Publikum ab. Wer in Ferrara etwas auf sich hielt, war gekommen; der Brückenwärter und die Fährfrau, Serse Rabuffo oder der Schäfer waren nicht darunter.

Aber dann meinte Lunau ein Geräusch zu hören, das nicht in der Tonmischung seiner Sendung war: Das Bimmeln der Schafglöckchen. Lunau suchte die Deichkante und das Vorland ab, das Flirren wurde immer stärker, manchmal kläfften die Hütehunde. Von dem Schäfer und seinen Tieren keine Spur. Setzten jetzt wieder die Halluzinationen ein, von denen Lunau geheilt schien, seit er fast im Fluss ertrunken wäre? In den vergangenen sechs Wochen war er mehrmals in der Nacht hochgefahren, weil er ein Geräusch gehört zu haben meinte, und jedesmal hatte er erleichtert festgestellt: Das Geräusch war wirklich da.

Die letzten Töne verklangen, auch das Bimmeln der Herde, es wurde heftig applaudiert. Lunau glaubte, sogar einige Tränen der Rührung gesehen zu haben. Der Präsident der Provinzverwaltung ergriff das Wort und dankte Lunaus Sender für dieses bewegende Erlebnis.

»Es ist schon kurios, dass die Deutschen kommen müssen, um uns die Schönheit unserer Heimat klarzumachen.« Es folgte die übliche Rede, in der Menschen und Institutionen gedankt wurde, die Lunau nicht kannte. Dann kam der Chef des italienischen Tourismusverbandes an die Reihe, mehrere Lokalpolitiker. Das

Publikum wurde ungeduldig, immer wieder wanderten die Augen zu den Häppchen, die ein Cateringservice inzwischen im Deichvorland auf langen Tischen aufgebaut hatte.

Frau Dr. Gerstner griff, entgegen den Absprachen, noch einmal nach dem Mikro. Was hatte sie jetzt noch zu sagen? Und in welcher Sprache?

Auf Deutsch fing sie an, die italienische Großzügigkeit und Gastfreundschaft zu loben, Italien, das Land, das unseren größten Klassiker, Johann Wolfgang Goethe, zu künstlerischer Reife erzogen hatte. »Übersetzen Sie«, zischte sie Lunau zu. Aber dieser tat, als hätte er nicht gehört. »Sie sollen übersetzen.« Lunau reagierte nicht. Das Publikum beobachtete gebannt die Szene. Ein Eklat lag in der Luft, und den wollte sich niemand entgehen lassen. Dr. Wilma Gerstner funkelte Lunau an, dann betrachtete sie das Publikum, das an ihren Lippen hing.

Frau Dr. Gerstner breitete die Arme aus, das Mikrophon in der Hand, wie ein Schlagerstar oder ein moderner Wanderprediger.

Sie rief »Cari amici!« und »Grazie Italia!«, die Leute starrten sie amüsiert an, und da Italiener jedes redliche Bemühen um Verständigung zu schätzen wissen und bei Grammatikfehlern nicht kleinlich sind, schlugen ihr sämtliche Sympathien entgegen. Sie war dabei, mit ihrem beschränkten Wortschatz, den sie immer neu variierte, und ihrer theatralischen Gefühlsduselei, die Zuschauer zu bannen. Ihr Erfolg ließ sie jedes Ressentiment vergessen, ihr Gesicht strahlte, und dann wandte sie sich, mit immer noch ausgebreiteten Armen, Lunau zu. »Ich wusste, dass ich mich in Ihnen nicht getäuscht habe, dass Sie ein Rohdiamant sind, der nur etwas geschliffen werden muss.« Sie kam immer näher, aber dann zuckte sie zusammen, weil das aggressive Bellen eines Hundes über den Fluss hallte. Ein zweiter Köter sprang ihm bei, die klobigen Köpfe flogen über die Deichkante, gefolgt von

Knäueln dicker Wolle. Im Nu waren die Hunde am Büffet und stöberten mit ihren Lefzen in den kalten Platten. Die Schafe trotteten gemächlich hinterher. Der Schäfer war oben auf der Deichkrone erschienen. Er ließ seinen Blick über das Vorland, die Zuschauermenge und die schwimmende Mühle schweifen. Nichts deutete darauf hin, dass er Lunau erkannt hatte. Nichts außer der Tatsache, dass er ihn ein zweites Mal gerettet hatte. Oder vielleicht waren es sogar die Hunde gewesen, mit denen Lunau sein Lebtag nicht warmgeworden war.

Amanda kam über die Landungsbrücke und stieg aufs Podium. Lunau sah, wie Silvias Miene hart wurde. Amanda gab ihm zwei unverbindliche Küsse auf die Wange und sagte: »Na, großer Meister ... Bist du jetzt unter die Hofpoeten gegangen?«

Das Publikum suchte unterdessen, sich der Schafe zu erwehren, kletterte die Deichflanke hoch und flüchtete sich in die Autos. Der Schäfer kam gemächlichen Schrittes herab, verscheuchte seine Hunde und bediente sich am Büffet. Lunau lächelte Silvia an, und gleichzeitig sagte er Amanda ins Ohr: »Bei Hof weiß niemand, dass morgen der Prozess in Sachen Marco Clerici weitergeht.«

Am nächsten Morgen saß Ida Gasparotto im Salon hinter dem halbgeschlossenen Rollladen und las die Montagszeitung. Die meisten Artikel waren ein Ärgernis: Man hatte diesen impertinenten Journalisten nicht nur offiziell eingeladen, man hatte seinem Machwerk sogar eine hymnische Rezension gewidmet. Dann waren da die Ankündigung des neuen Verhandlungstages in Sachen Marco Clerici und die Mitteilungen einer Pressekonferenz in der Questura: »... haben die Nachforschungen der hiesigen Mordkommission höchst belastende Indizien gegen Andrea Zappaterra, den bis dato allseits geschätzten Sandgrubenbetreiber und vermeintlich vorbildlichen Unternehmer, zu Tage gefördert. Neben Mordversuchen an Dany Bellini und dem deutschen Journalisten Kaspar Lunau werden Zappaterra auch die Morde an Giuseppe Pirri und Vito Di Natale zur Last gelegt. Hintergrund sei ein weitverzweigtes Geschäft mit illegal aus dem Flussbett abgebautem Sand. Laut informierten Kreisen steht das Ermittlungsverfahren kurz vor dem Abschluss, so dass in Kürze Anklage gegen Andrea Zappaterra sowie drei seiner Angestellten erhoben werden kann.«

Wenigstens hatte man Alberto, der gegen ihren ausdrücklichen Wunsch zu der Veranstaltung am Deich gegangen war, nicht mit den kriminellen Machenschaften in Zusammenhang gebracht. Ida hörte die Hunde bellen, sah auf die Kaminuhr, und der Ausdruck der Zufriedenheit wich einer säuerlichen Miene. Sie war zwar einundneunzig, aber ihr Gehör ließ sich nicht täuschen. Den Weg, den der Postbote nahm, erkannte sie noch heute an der Sequenz des Hundebellens in ihrer Straße. Sie erkannte den Weg und vor allem die typische Trödelei an dem zeitlichen Abstand zwischen dem kleinen giftigen Bastard an der Ecke zur *Via Monte Nero* und dem Dobermann der Riccis. Zwischen der Dogge der Zambonis und dem Rauhaardackel der Nachbarn. Früher wurde die Post zwei Mal täglich zugestellt, einmal morgens um halb sieben, einmal gegen Abend, um 18 Uhr. Jetzt kam sie nicht einmal am Montag pünktlich.

Sie nahm ihren Stock mit dem eleganten Elfenbeingriff, stemmte ihre 52 Kilogramm aus dem Lesesessel und trat ans Fenster. Der Postbote war ein junger Kerl mit Rastalocken und einer Tätowierung am Hals, der aufreizend langsam auf seinem gelben Fahrrad pedalierte und achtlos zurückgrüßte, wenn man ihn ansprach. Klagen über späte und manchmal unregelmäßige Zustellung wies er mit einem respektlosen Achselzucken zurück. »Da müssen Sie sich bei der Zentrale in Rom beschweren«, sagte er, »ich tue, was ich kann.« Ida Gasparotto war nicht dieser Ansicht.

»Die Post ist gekommen«, sagte Nadia, die Rumänin. Ida erwiderte kalt: »Ich weiß« und kam wie immer dem Hausmädchen zuvor, indem sie den Schlüssel vom Haken nahm, sich die Tür öffnen ließ und zum Briefkasten humpelte.

Zwei Flyer von Lokalpolitikern, eine Telefonrechnung, ein Bettelbrief von einer kirchlichen Organisation und ein Umschlag, dessen Anblick Ida einen Stromschlag bis in die Fingerspitzen jagte. Auf die kurze Distanz sah sie die Buchstaben nur verschwommen, sie waren zittrig und größer als früher, aber ihr war ein Schatten der Vergangenheit vor die Augen getreten und hatte in ihrem Herzen ein Stechen ausgelöst. Eine Mischung aus Rührung, Sehnsucht und ungläubigem Staunen. Der Herr schien sich ihres langen Leidens zu erbarmen. Sie setzte die Lesebrille auf, die an der goldenen Kette an ihrem Hals hing. Die Briefmarke zeigte einen bunten Vogel und stammte aus einem exotischen Land, aus Kolumbien. Die Handschrift, mit der die Adresse geschrieben war, wirkte dagegen vertraut und gleichzeitig fremd. »Per Alberto Gasparotto«, stand da. Der Brief war an ihren Sohn gerichtet. Er schrieb Alberto, nicht ihr! Sie hatte den Moment der Schwäche überwunden. Was hatte das zu bedeuten? Der Poststempel war verblasst, Bogotá und ein Datum, das nur ein paar Wochen zurücklag. Der Absender ließ keinen Zweifel zu: Ettore Gasparotto, ihr Mann. Er lebte. Er hatte all die Jahre gelebt.

Die Wut trübte ihren Blick. Dieser Verräter, dachte sie. Die Erinnerungen stiegen in ihr hoch, wie jeden Tag, aber diesmal hatten sie einen höhnischen Beigeschmack. Die harten Schläge an die Haustür, die Fensterscheiben, die splitterten. Ida, die halb nackt die Treppe hinabstürzte und sich dem zerlumpten Wegelagerer entgegenstellte, der sich »Kommandeur« nennen ließ. »Ihr habt ihn euch doch schon geholt! Was wollt ihr noch?« Die Plünderer nahmen Bilder und Teppiche mit, einer öffnete sogar seinen Hosenstall und pinkelte auf den Diwan. Ettore, der Hausherr, konnte sich nicht schützend vor seine Familie stellen, denn er war längst Opfer der Kommunisten geworden. Hatte Ida immer geglaubt.

Sie steckte den Brief in die Tasche ihres Hausmantels, kehrte in die Villa zurück und zog sich in ihr Arbeitszimmer zurück. Sie schloss ab und musste sich beherrschen, dass sie das Kuvert nicht einfach mit dem Fingernagel aufschlitzte.

Sie nahm den Brieföffner aus Ebenholz, Handarbeit aus Libyen, der ehemaligen Kolonie, und führte die Spitze in den Falz.

»Mein geliebter Alberto,

wenn Du diesen Brief liest, bin ich nicht mehr.

Ich schreibe Dir vor allem, um mich zu entschuldigen. Ich konnte Dir nicht der Vater sein, der ich Dir gerne gewesen wäre. Politische und geschichtliche Umstände haben es verhindert.

Als unsere *Repubblica di Salò* vor der militärischen Übermacht des Gegners und feiger Brudermörder kapitulierte, war für mich in Italien kein Bleiben mehr. Ich sah, wie es Kameraden erging, die vom Mob gelyncht oder in farcenhaften Prozessen zum Tod verurteilt wurden. Man hätte nicht nur meine, sondern auch Eure Existenz vernichtet. Und so musste ich in sicherer Entfernung bessere Zeiten abwarten.

Die beispielhafte Kameradschaft in unseren Reihen erlaubte mir, meine Haut zu retten, außerdem den Großteil meines Vermögens, vor allem die Ölgemälde. Ich lebte in Kolumbien mit neuer Identität und brachte es durch eiserne Selbstdisziplin und harte Arbeit sogar zu einem gewissen Wohlstand.

In wenigen Wochen wird Dir im Hafen von Genua eine Containersendung zugehen. Darin wirst Du alles finden, was einst die Pracht unseres Hausstandes ausmachte. Die nicht unbeträchtliche Barschaft wird auf das Konto Deiner Mutter überwiesen werden.

Vielleicht fragst Du Dich, warum ich die Gemälde und einen Teil des Geldes nicht früher nach Italien geschickt habe. Es war mir nicht möglich. Sie bildeten die Grundlage meiner materiellen Existenz, die Gemälde konnte ich erst nach Liquidierung meiner Firma zurückkaufen. Außerdem wollte ich nicht, dass vor meinem Ableben mein Aufenthaltsort bekannt wird. Womöglich der einzige Akt der Feigheit, den ich mir vorzuwerfen habe, wohlgemerkt keine Feigheit vor dem Feind, sondern vor dem Menschen, den ich mehr als alles sonst auf dieser Welt geliebt habe.

Ich hoffe, dass Du mit diesem Wissen und den neuen finanziellen Möglichkeiten Deinen Teil zur nationalen Wiedergeburt beitragen und überdies ein angenehmes Leben führen kannst. Und vielleicht ist es Dir Trost zu wissen, dass das meinige es ebenfalls war. Wäre nicht die Trennung von Dir und meiner geliebten Frau gewesen, so würde ich es unumwunden als glücklich bezeichnen.

Bitte grüß auch Deine Mutter herzlich von mir. Ihr wird ein gesonderter Brief zugehen.

In treuer Liebe,
Dein Vater Ettore.«

Ida schaute noch einmal den Stapel durch. Es war kein zweiter Brief dabei, keine Zeile für sie. Sie sprang, ohne Hilfe ihres Stockes, vom Stuhl auf und fing an, im Zimmer auf und ab zu gehen. Sie stellte sich vor, wie ihr Mann, damals Mitte dreißig, kakaobraune Flittchen auf seinem Schoß reiten ließ und mit weltmännischer Geste alkoholische Getränke bestellte. »Eiserne Selbstdisziplin«, zischte sie durch die Zähne und lachte verächtlich. Sie steckte den Brief in den Umschlag zurück. Der Brief gehörte ihrem Sohn. Es war sein Recht, die Wahrheit zu erfahren. Aber würde diese Wahrheit ihm nützen? Würde diese Wahrheit Italien nützen? Nein. Sie konnte nur Zweifel säen. Dass Ettore die Ideale verraten hatte, entwertete diese Ideale nicht. Sie selbst würde sich um den Container kümmern, die Bilder würde sie heimlich gegen die Kopien austauschen. Der einfältige Alberto würde den Unterschied wohl nicht bemerken.

Sie entzündete die Holzscheite, die zu dieser Jahreszeit nur noch zu dekorativem Zweck im Kamin ihres Arbeitszimmers aufgeschichtet waren, und steckte den Brief hinein.

Der Kampf musste weitergehen.

Danksagung

Dieses Buch ist ein Werk der Phantasie. Aber die darin erzählten Geschichten nehmen ihren Ausgangspunkt in authentischen Geschehnissen. Viele Figuren sind realen Persönlichkeiten nachempfunden, die ich in den letzten Jahren bei Recherchen in der Flusslandschaft kennen – und schätzen gelernt habe.

Mein Dank gilt Edgardo Azzi von der ARNI, den Flussvermessern Mario und Angelo, außerdem Romano Gialdini, Gianluca Bonazzi, Gianluca Bortolotti, Filippo Parisini, Don Bugada, Udo Toniati und Roberto Antico.

Ich danke den Angestellten der AIPO sowie Maurizio Farina und Alessandro Buzzoni von der Flussregulierungsbehörde.

Carlo Bassi verriet mir seine jüngsten Entdeckungen zur Kosmologie im Grundriss der Stadt Ferrara, und Ennio Guirrini, der im Stadion der SPAL aufgewachsen ist, öffnete mir das Archiv seiner Erinnerungen und seines Herzens.

Ganz besonders fühle ich mich den Partisanen Aroldo Tomelelli und Renato Italiano verpflichtet, die mir aus erster Hand von den Kämpfen um Bologna berichtet haben.

Nicht vergessen möchte ich Katrin Oppmann, die mir stets in medizinischen Fragen weiterhilft, noch weniger meine Eltern und meine Frau, die aufmerksam und kritisch eine erste Fassung gelesen haben. Des weiteren Claudio Barbujani, Fabio Vallieri, Riccardo Bregola, Michele Frabetti, Riccardo Venturi, Ornella Fiorini, Nino Zen und Alfio Antico. Auch Matthias Manzke, Tanja Rauch und Peter Henning seien bedankt für ihre geduldige Aufbauarbeit und ihre konstruktiven Kommentare.

Dr. Dieter Jost, der über all die Jahre ein offenes Ohr für Sujets aus der Po-Ebene hatte und auch die versponnensten Projekte beförderte, ist einer der Väter dieses Romans. Er hat sich immer schützend zwischen seine Autoren und die Dr. Wilma Gerstners dieser Welt gestellt. Nicht zuletzt gilt mein Dank Gunnar Cynybulk, der beharrlich daran geglaubt hat, dass in diesem Sumpf eine vielversprechende Geschichte steckt.

Wen auch immer ich vergessen haben sollte, er möge Nachsicht üben und auf den nächsten Band warten …

Diana Fiammetta
Lama
Eine
Leiche zu
Ferragosto
Maresciallo
Santomauro
fischt im Trüben
CRODIN
atb